# LES FABLES DE L'HUMPUR

Du même auteur
*aux Éditions J'ai lu*

# PIERRE BORDAGE

# LES FABLES DE L'HUMPUR

**LIVRE PREMIER**

*Le pays de la Dorgne*

# CHAPITRE 1

# Véhir

*Ainsi s'en vient le grogne, l'allure pesante,*
*la fourche ou la faux sur l'épaule,*
*la tête baissée sur cette terre qu'il éventre de son soc*
*et engrosse de sa sueur,*
*et sa peur l'ensuit comme une ombre.*
*Un jour, un hurle errant et de mauvais aloi*
*croise le chemin d'un grogne âgé et*
*frappé par la maladie des os mous.*
*« Es vieux et guère alléchant, failli grogne,*
*mais, foi de hurle, ta boucane sera meilleure encore*
*que la carne des bêtes sauvages.*
*— N'y songez pas, seur hurle, répond le grogne.*
*Si vous me ripaillez, serai'j comme une maladie*
*dans votre sang et dans vos os. Et mourrirez*
*avant la fin de la lunaison des arbres défeuillés... »*
*Le hurle réfléchit et dit :*
*« Tu as peut-être raison, pue-la-peur, mais si je ne te saigne*
*pas sur l'instant,*
*je serai mort avant la fin du jour. »*
*Et il se jeta sur le grogne pour l'égorger.*

*Puissent un jour les dieux de l'Humpur nous délivrer*
*de ces deux fruits de l'ignorance que sont la faim et la peur.*

Les fabliaux de l'Humpur

« Grrrooooo... »

La brise du crépuscule colporta de val en val le cri du veilleur. Vidés de leur énergie, les moissonneurs suspendirent leurs gestes et restèrent immobiles le temps d'un passage d'oies sauvages. Le soleil couchant teintait de pourpre les vagues ondulantes des champs de blaïs, les ramures des grands chênes, la surface ridée des retenues d'eau, les pierres affûtées des faux, les perles de sueur qui scintillaient sur les visages, les bras et les torses nus. L'odeur des nids de mulots et des terriers de lapins se mêlait aux senteurs de chaume et de terre brûlée.

Recru de fatigue, les yeux dans le vague, Véhir saisit machinalement la gourde de peau que lui tendait son voisin de gauche. Aigri par la chaleur, le vin tiède lui brûla l'œsophage et lui tira une grimace. Le manche rugueux de la faux avait semé des ampoules sur ses paumes et la pulpe de ses doigts. Il remit la gourde à son voisin de droite et laissa errer son regard sur les lourds épis de blaïs qui, une fois ensilés, constitueraient la base de l'alimentation de la communauté grogne de Manac. À la lunaison des arbres défeuillés, les troïas battraient les gerbes au fléau, broieraient les grains ronds et bruns dans les grandes meules de pierre, confectionneraient les pains, les galettes et les gâteaux pour les occasions exceptionnelles comme la fête de l'Humpur ou les cérémonies du grut.

Les pluies persistantes de la lunaison des bourgeons avaient fait craindre le pire : il avait fallu trier et arracher les tiges qui avaient commencé à pourrir sur pied, creuser des rigoles, canaliser l'eau vers les retenues et l'empêcher de gâter l'ensemble de la récolte. Par la grâce de l'Humpur, le temps chaud et sec était revenu avec la lunaison des fleurs, et la communauté ne serait pas obligée, pour passer l'hiver, de puiser dans des réserves déjà fortement entamées par les deux cycles précédents.

« Grrrooooo... »

8

Au deuxième cri du veilleur, les bouviers aiguillonnèrent les attelages de leur pique de bois et les quarante charrettes chargées de gerbes s'ébranlèrent au rythme pesant des bœufs. Les lieurs, les mâles encore trop tendres pour manier la faux ou les anciens dispensés des travaux de force, glissèrent les ficelles dans les poches de leurs bragues et prirent à leur tour le chemin de la communauté. Les faucheurs attendirent encore quelques instants avant de leur emboîter le pas.

« Le grut de la lunaison des orages, dans un peu plus de cinq nuits, grrrooo... »

Ces paroles produisirent sur Véhir le même effet que l'apparition d'un hurle de Luprat. Il se retourna avec vivacité vers le grogne qui venait de parler, Graüm, un géant dont les doigts jouaient négligemment avec le tranchant de sa faux et dont les muscles épais se découpaient sous une couenne tannée par le soleil. Vêtu d'une brague courte d'où s'évadaient des cuisses aussi larges que des troncs d'arbres, il donnait de petits coups de bassin pour mimer la saillie. Ses yeux brillaient comme des braises rougeoyantes entre les soies blanches de ses cils.

« Planterai'j mon soc dans le sillon des troïas, insista-t-il en fixant Véhir. Et serai'j le premier à ensemencer la terre de troïa Orn. »

Des grognements, des sifflements, des applaudissements soulignèrent ses paroles. Chargés avec les autres vaïrats dans la force de l'âge d'assurer la pérennité de la communauté, les faucheurs se réjouissaient à l'avance d'être enfermés pendant trois jours et trois nuits dans l'enclos de fécondité. Ils se lancèrent des coups d'œil égrillards, se donnèrent des coups de coude, entrechoquèrent les lames de leurs faux, entonnèrent le refrain des reproducteurs :

*Mélangeons la semence dans le sillon des troïas,*
*Engendrons les grognelets,*
*Vaïrats deviendront, mères deviendront,*

*Engendreront d'autres grognelets,*
*Qu'à jamais vive la communauté de Manac.*

Les gourdes volèrent à nouveau de main en main, des rigoles sombres sinuèrent sur les mentons, les bras, les torses. Véhir n'avait pas le cœur à rire, à chanter, à boire avec les autres. Ils l'invitaient à quitter les rêves de l'enfance pour entrer dans le monde des adultes. Dans un peu plus de cinq nuits, troïa Orn, sa chère troïa Orn, serait poussée dans l'enclos avec les femelles en âge de procréer et subirait les assauts de tous les vaïrats de la communauté. La loi interdisait aux troïas de faire des préférences, de se donner au mâle de leur choix. Il n'avait jamais participé à un grut mais des anciens lui avaient conté qu'une fois dans l'enclos les réticences étaient balayées comme des balles de blaïs au vent de l'automne et que les saillies se succédaient à un rythme effréné jusqu'à ce que les uns et les autres s'écroulent d'épuisement. C'était, selon les trois lais de l'Humpur, un présent de l'âge de l'Humanité, une énergie surnaturelle que les dieux humains avaient offerte aux grognes afin de réduire les risques de stérilité et permettre à la communauté de se perpétuer.

Véhir se fichait comme de sa première brague de ces fables de stérilité et d'énergie surnaturelle. Il comprenait seulement que la prochaine cérémonie du grut lui enlèverait sa troïa, que le ventre de la belle Orn deviendrait une terre communautaire au même titre que les champs de blaïs, les vignes, les plantations de patates truffières et les serres légumières. Il avait beau se répéter que son étrange désir de réserver une femelle à son seul usage, fût-elle la plus jolie grognesse du pays pergordin, contrevenait à la règle fondamentale du partage, que cette idée puérile risquait de fissurer la cohérence de la communauté de Manac, il ne pouvait s'empêcher de ressentir une colère teintée de détresse chaque fois qu'il imaginait Orn dans les bras d'un autre mâle. Il ne savait pas d'où lui venait ce sentiment, cette souffrance indicible qui le réveillait en plein cœur des nuits glaciales ou brûlantes et l'empêchait de replonger dans l'oubli du sommeil. Il n'avait jamais osé s'ouvrir de ses tourments à un ancien, de peur d'être exilé ou offert en pâture aux hurles du comté de Luprat.

Une bourrade le tira de ses réflexions. Il faillit s'écorcher la joue sur la lame de pierre de sa faux. Le soleil sombrait dans les vagues grises des collines environnantes.

« Sera ton premier grut, Véhir ! s'exclama Graüm. Pourra't labourer les troïas... Et troïa Orn... après qu'aurai'j défloré icelle. »

Les lèvres du géant s'écartèrent en une grimace qui dilata les narines de son large groin et dévoila ses dents jaunes. Véhir se contint pour ne pas lui sauter à la gorge.

« L'est colère, ct'e puceau ! ricana Graüm. Attendra't la prochaine fête de l'Humpur pour te battre.

— L'est en fraye avec troïa Orn, fit une voix.

— Croit sans doute que ct'e femelle est qu'à lui ! »

La brûlure de la honte se propagea sur le front et les joues de Véhir. Les faucheurs, et l'ensemble de la communauté sans doute, se riaient de ses escapades avec Orn. Oh, il n'avait pas commis le grut en dehors des cérémonies ! Il ne tenait pas à offenser les dieux humains et à défier les trois lais en transgressant la loi sacrée de l'Humpur, mais il s'était promené avec elle le long de la rivière Dorgne, il l'avait tenue par la main, s'était couché à son côté sur l'herbe grasse et odorante de la lunaison des fleurs, avait posé la tête sur son ventre et s'était laissé aller à des rêveries qui l'avaient entraîné très loin en lui-même. Les mains de la troïa, aussi ensorcelantes que les onguents des anciennes, avaient couru sur son torse et éveillé un désir brutal que seul un bain dans l'eau fraîche de la Dorgne était parvenu à chasser.

Devant la bouille déconfite du puceau, les faucheurs éclatèrent de rire. Ils se resserrèrent autour de lui comme pour le contraindre à écouter ce qu'ils avaient à lui dire. Le ciel s'assombrissait rapidement, la nuit tombante avalait les reliefs, le vent séchait leur sueur, soulevait leurs chevelures blondes, grises ou blanches, jouait dans les plis de leurs bragues. Ils piétinaient les chaumes durs et coupants, mais leurs pieds à trois ou quatre doigts – seule une poignée d'anciens en comptait cinq – étaient enrobés d'une telle couche de corne qu'ils pouvaient marcher sur des pierres aux arêtes tranchantes ou sur les ronces sans même s'en apercevoir.

« Sommes tous passés par là, dit Graüm. Avons tous été en fraye avec une grognesse avant le premier grut. »

Véhir perçut de la bienveillance dans les yeux du géant. Les autres hochaient la tête et grognaient d'approbation.

« Frayai'j avec troïa Erl, fit l'un.

— Étai'j avec troïa Und, dit l'autre.

— Troïa Abr...

— Troïa Opk...

— Troïa Imp, grrrooo... »

Véhir fut soudain environné de regards mélancoliques, de mâchoires serrées, de faces rembrunies. Ils n'avaient pas renoncé à leurs chimères de gaieté de cœur, ils gardaient au fond d'eux la nostalgie de ces jours anciens où ils avaient rêvé d'appartenir à la femelle de leur choix. Ils avaient traversé les mêmes épreuves que lui, sacrifié leur enfance sur l'autel de la communauté, arraché leurs désirs « individules » comme on séparait sans pitié l'ivraille des pousses de blaïs.

Graüm posa une main calleuse sur l'épaule de Véhir. Bien que ce geste fût une marque d'affection, un réflexe poussa le jeune grogne à se reculer d'un pas.

« Le Grand Mesle, le démon, l'est çui qui pousse au fraye avec une seule troïa, déclara Graüm sans tenir compte de sa réaction. Compren't ça, Véhir : le Grand Mesle s'aglisse dans la tendre tête des grognelets pour ébouiller les communautés. »

Véhir avait toujours jugé contradictoire la terreur du mélange symbolisée par le démon et le grut collectif prescrit par l'Humpur.

« Si les troïas et les vaïrats s'emmêlent, font la même chose que le Grand Mesle, pas vrai ?

— Pour le moment, le partage des semences renforcit la race des grognes, répondit Graüm avec patience. Ainsi le veut la malédiction du Grand Mesle. Mais quand les temps seront venus, quand la grâce de l'Humpur sera redescendue sur le pays de la Dorgne, un mâle pourra saillir trois, deux ou même une seule femelle. En attendant, puceau, buvons au prochain grut ! »

Graüm agita une gourde sous le groin de son vis-à-vis. L'odeur qui s'échappait du goulot retourna les tripes de Véhir mais il n'osa pas décliner l'invitation : après l'avoir houspillé, voire rudoyé, tout au long de cette journée de moisson, les faucheurs le jugeaient digne d'être introniseé dans la confrérie des reproducteurs. La moitié de la rasade reflua par les commissures de ses lèvres et dégoulina de chaque côté de son menton. Le vin aigre se répandit sur son torse et raviva les multiples écorchures qui lui parsemaient la couenne. Des mouches attirées par le sucre bourdonnèrent autour de lui. Il n'eut pas la force de les chasser, trop occupé à contenir les spasmes de dégoût qui lui contractaient le ventre et la gorge. Il frissonna de la tête aux pieds et ses soies se hérissèrent comme les piquants d'un hérisson.

Graüm l'enveloppa d'un regard à la fois ironique et compatissant, lui reprit la gourde, larigota une longue rasade de vin, s'essuya les lèvres d'un revers de main.

« À Manac ! fit-il en levant sa faux.

— À Manac ! » crièrent les autres en écho.


Les moissonneurs traversèrent le pont de bois qui enjambait la Dorgne, large en cet endroit d'une demi-lieue. Les bâtiments de la communauté entouraient une vaste cour où se dressaient l'enclos de fécondité, la chêneraie truffière et les margelles des puits. Au nord, les silos de blaïs et les greniers dressaient une muraille imposante sur laquelle se brisaient les vents hurlants de l'hiver. À l'ouest, s'étendaient des constructions basses reliées les unes aux autres par des passages couverts, les logements des trois lais de l'Humpur, le temple, les quartiers des troïas et des grognelets. À l'est, les dortoirs des mâles jouxtaient d'un côté les ateliers où étaient entreposés les outils et les charrettes, de l'autre les étables qui abritaient les vaches laitières et les bœufs pendant les lunaisons des grands froids. Au sud enfin, l'entrée principale d'une largeur d'un cinquième de cinquième de lieue séparait la salle du conseil communautaire et la grande soue des gavards. Dans un coin de la cour, une vingtaine d'anciennes, les robes remontées jusqu'à la taille, piétinaient le torchis de terre et de paille destiné à consolider les murs avant les tempêtes d'automne. Perchés sur les toits, les jeunes mâles chargés de l'entretien recalaient les lauzes, consolidaient les charpentes, arrimaient les branches creuses qui faisaient office de chéneaux. Çà et là, on allumait des torches dont l'éclairage fuyant révélait une mère en train de laver un nourrisson dans un bac de pierre, des grognelets tout roses qui jouaient au pied d'un chêne, des anciens assis sur une margelle, le menton posé sur leur bâton.

Chaque fois qu'il longeait la grande soue d'où s'exhalait une suffocante odeur de lisier, Véhir songeait qu'il aurait pu faire partie des gavards, ces malheureux sélectionnés depuis leur plus jeune âge pour leur faculté à produire de la graisse, castrés à l'issue de leur premier cycle et condamnés à finir dans le ventre des hurles de Luprat. Bien qu'il eût toujours été aussi sec que l'écorce d'un vieux chêne, Véhir ne pouvait s'empêcher d'éprouver de la pitié lorsque les intendants du comté venaient prendre livraison des gavards parvenus à ripaille. Les pauvres étaient tellement patauds qu'ils n'avaient plus la force de remuer, ni même de crier, qu'il fallait les hisser avec des palans et des cordes dans les chariots grillagés. Ils se laissaient emporter avec une résignation qui avait quelque chose de choquant, de poignant. Le regard de Véhir s'échoua machinalement sur les formes immobiles et silencieuses allongées dans les courettes de la soue.

« Ct'es gavards ! s'exclama un faucheur derrière lui. L'ont pas encore atteint leurs trois printemps que pèsent déjà des livres et des livres ! Les hurles auront bonne ripaille pour l'hiver ! »

Véhir lui aurait volontiers abattu sa faux sur la tête s'il n'avait aperçu troïa Orn qui, portant un baquet, se dirigeait d'une démarche gracieuse vers le quartier des femelles. Comme chaque fois, il fut émerveillé par sa beauté. Elle avait retroussé sa robe de lin jusqu'en haut des cuisses. Ses fines soies rehaussaient le rose délicat de sa couenne, sa chevelure claire dévalait ses épaules comme une cascade ensoleillée. Il aimait par-dessus tout son groin aussi fin qu'un museau de hurle, ses yeux d'un rouge si profond qu'ils semblaient habités par la nuit, ses lèvres pleines qui appelaient le frotti-frotta, ses mamelles arrogantes qui tendaient le tissu comme deux truffes appétissantes. Elle se retourna, croisa son regard, lui adressa un petit signe de connivence avant de se remettre en marche, ployée par le poids du baquet.

À nouveau, un vent mauvais le traversa lorsqu'il l'imagina offerte à Graüm et aux autres vaïrats. Bien que puceau, il savait comment se pratiquait le grut. À Manac, la reproduction se limitait aux deux cérémonies annuelles mais on en parlait sans pudeur le reste du temps. Les grognelets apprenaient très tôt que leur dardelet n'était pas seulement destiné à vider la vesse, qu'ils s'en serviraient un jour comme d'une charrue pour labourer la terre des femelles. Véhir n'avait pas cru la chose possible jusqu'à ce que son vit lui pousse en bas du ventre et devienne aussi dur que le soc d'un araire.

Les charrettes traversèrent la cour intérieure, contournèrent l'enclos et s'alignèrent devant les portails des granges. Les chaînes se formèrent aux lueurs des torches, les gerbes s'empilèrent dans les greniers, le blaïs fut mis à l'abri d'un caprice des cieux avant la tombée de la nuit noire. Puis on tendit les pièges devant les ouvertures pour empêcher les rats et les mulots de grignoter la récolte, on tira soigneusement les vantaux de bois, on détela les bœufs, on vida quelques gourdes pour célébrer la générosité de l'Humpur. La gorge sèche, Véhir ingurgita cette fois une généreuse rasade de vin qui, même s'il abandonna un goût de fiel dans sa gorge, eut le mérite de le désaltérer.

Il but encore pendant le repas, plus copieux que d'ordinaire, servi par les troïas dans la grande salle à manger de la communauté. Les yeux des mâles, embrasés par l'alcool, se posaient avec insistance sur Orn. Elle roulait des hanches, distribuait des sourires, se complaisait en mines et poses aguicheuses. L'approche du grut réveillait en elle les réflexes ancestraux du partage. Véhir et elle avaient pourtant vécu des instants magiques les soirs précédents sur les bords de la Dorgne, seuls au monde, unis comme deux doigts d'une même main. Avait-elle été sermonnée par les troïas expérimentées comme lui-même avait été chapitré par les faucheurs ? Il remarqua qu'elle évitait soigneusement de croiser son regard, qu'elle s'arrangeait pour desservir d'autres tablées que la sienne. Alors il remplit son gobelet d'un vin plus frais et capiteux que celui des gourdes, le vida d'un trait, empoigna le cruchon, se servit de nouveau, recommença plusieurs fois de suite jusqu'à ce que le liquide reflue par les trous de son groin.

« L'a le feu au gosier, Véhir ! s'exclama son voisin.

— L'aura bientôt ailleurs, le pichtre ! renchérit un ancien.

— L'enterre sa vie de grognelet !

— La cuite avant le grut, sera bientôt un vaïrat, ggrroo ! »

Il ne les entendait plus, il luttait contre l'instabilité du sol, contre l'envie de vomir, contre la tristesse qui

16

lui enserrait le cœur comme une poigne de glace. Tout se mit à tournevirer autour de lui, la table, les pains dorés, les plats de terre cuite débordant de légumes, de champignons, de glands, de truffes, les trognes rougeaudes des mâles, les silhouettes affairées des troïas, les taches lumineuses des torches... Il eut l'impression que le banc se dérobait sous ses fesses et que le sol de terre battue se soulevait pour lui frapper l'échine.

Et vint le grut de la lunaison des orages.

Vint l'aube où les anciennes dévêtirent et poussèrent à l'intérieur de l'enclos les pucelles ou les troïas qui n'avaient pas été fécondées lors du premier grut de la lunaison des bourgeons.

Les trois lais de l'Humpur bénirent les vaïrats regroupés dans la cour. Véhir n'aimait pas ce trio de castrés qui se présentaient comme les seuls intermédiaires entre les dieux humains et leurs frères grognes. Ils occupaient une place prépondérante au sein du conseil communautaire. Ils combattaient avec sévérité les déviations individules inspirées par le Grand Mesle et n'hésitaient pas à condamner au bannissement les vaïrats ou les troïas qui transgressaient les lois sacrées. Or, déchu de la protection du comté, privé d'abri, forcé par les prédateurs errants, l'exilé n'avait aucune chance de survivre hors de la communauté. Les véritables chefs de Manac n'étaient pas les anciens du conseil, dont le rôle se bornait à la répartition des tâches et à la distribution des ressources, mais bel et bien ces trois lais qui gardaient la connaissance humaine dans le temple réservé à leur seul usage et qui, vêtus de longues chasubles noircies au brou de noix, évoquaient une nichée de grolles.

Le soleil se levait dans un ciel blême où s'étiraient quelques nuages paresseux. Le vent fleurait l'herbe humide, signe qu'il allait pleuvoir au cours de la journée. L'eau pouvait tomber maintenant que le blaïs était engrangé. Les premiers cèpes déploieraient leurs grosses têtes brunes au pied des chênes, la terre asséchée s'amollirait pour absorber les feuilles et le lisier étalé sur les chaumes.

Tous les membres de la communauté se pressaient de part et d'autre de l'enclos. Un lai s'avança, leva le bras et prononça les paroles rituelles d'une voix aigrelette :

« Que l'Humpur donne à ct'es vaïrats bon et long durcissement du vit, afin que fertilisent les troïas de bonne et féconde semence et que naissent moult grognelets à la lunaison des fleurs. Que soient respectées les lois sacrées des dieux humains pour qu'iceux accordent éternelle vie aux grognes de Manac.

— Éternelle vie à Manac ! » clama l'assistance.

Véhir discernait des regrets dans les yeux des anciens et de l'envie dans le regard des grognelets. Les vaïrats se débarrassèrent de leurs bragues. Certains d'entre eux, déjà touchés par la grâce de l'Humpur, arboraient un vit aussi roide et noueux qu'une branche de chêne. Véhir prévoyait de prendre les autres de vitesse et de saillir Orn en premier, une compensation dérisoire au regard du sacrifice qu'exigeait la discipline communautaire. Il se coucherait ensuite en attendant la fin de la cérémonie. Il n'avait pas l'intention de devenir l'un de ces fanfarons qui se targuaient de réussir trente ou quarante saillies pendant les trois jours de grut. Un regard insistant lui lécha la nuque. Il se retourna, aperçut Graüm qui dépassait les autres d'une bonne tête et le dévisageait d'un air goguenard.

Deux anciens du conseil ouvrirent le portail de l'enclos, une palissade d'une hauteur de trois grognes et couverte d'une immense bâche de lin huilé. Placé aux premiers rangs, Véhir écarta ses voisins à coups d'épaule et s'élança mais quelque chose – quelqu'un – lui accrocha le pied et le fit trébucher. Un déluge de rires accompagna sa chute. Il mordit la poussière, se redressa, se rendit compte que les autres, aiguillonnés par les encouragements des troïas, s'étaient déjà engouffrés dans l'enclos.

« Empresse, andouille ! glapit le lai. Devons fermer asteur ! »

Fou de colère, Véhir sauta sur ses jambes et se précipita vers le portail sans accorder la moindre attention aux bouilles hilares des anciens et des grognelets. Il entendit, comme dans un rêve, le grincement des vantaux qui se refermaient dans son dos.

La disposition de l'enclos le dérouta. Il s'était attendu à une salle unique, une sorte de gigantesque couche de terre battue où les couples se seraient unis et désunis dans un enchevêtrement digne du Grand Mesle, et il se retrouvait dans un couloir étroit, sombre et désert dont il ne distinguait pas l'extrémité. Des sifflements, frottements, chuintements, soupirs, gémissements le prévinrent que troïas et vaïrats ne l'avaient pas attendu. Après qu'il se fut accoutumé à l'obscurité, il remarqua des entrées basses découpées sur des cloisons de bois, franchit la première en rampant, se releva dans une pièce basse où, sur la paille étalée, des troïas à quatre pattes subissaient les assauts frénétiques de vaïrats accroupis. Il ne distinguait pas le visage des femelles mais il sut, à leurs chevelures blanches pour les unes et grises pour les autres, que troïa Orn n'était pas parmi elles.

Inquiet, fébrile, il explora les pièces du premier couloir, s'engouffra dans un deuxième passage, visita d'autres stalles, y découvrit des scènes qui lui inspirèrent davantage de dégoût que de désir. Il ne voyait pas de différence entre l'accouplement des grognes et la monte des bovins dans les pâturages. Une, peut-être : les taureaux ne venaient pas se vanter à tout propos de la vaillance de leur vit, un levier autrement impressionnant que le soc tordu des vaïrats.

Son cœur s'arrêta de battre lorsqu'il se glissa dans l'une des dernières pièces du labyrinthe et qu'il reconnut troïa Orn à quatre pattes sur l'épais tapis de paille, la face à demi enfouie sous un rideau agité de cheveux d'or. Ses mamelles tressautaient à chacun des coups de boutoir que lui assenait Graüm. Elle leva sur lui un regard trouble et se mordit la lèvre inférieure. Il ne lut aucun regret dans ses yeux, dans son sourire, seulement un mélange de douleur et de plaisir qui déformait ses traits, qui l'enlaidissait.

Des grognements de plus en plus bruyants, de plus en plus précipités s'échappaient de la gueule du géant. Secoué par une série de spasmes, il poussa une longue plainte et s'affaissa sur l'échine de la troïa comme un sac de jute vidé de ses grains. Il resta prostré un petit moment en buffant comme un bœuf assoiffé, puis il se releva, donna une petite tape sur les fesses de la grognesse agenouillée et se dirigea d'un pas vacillant vers l'ouverture de la pièce. Il transpirait encore plus qu'après une journée entière de fauchage dans un champ de blaïs et répandait une odeur âcre qui emplissait toute la pièce.

« L'ai'j sacrément foutue, ct'e femelle, haleta-t-il. Pourrai'j encore la labourer, ggrroo, mais sui'j pour le partage et te la laissai'j, Véhir. Ai'j envie de nouvelles conquêtes. »

Il lâcha un rire gras et s'accroupit pour disparaître par l'ouverture basse.

« L'a fait mal, ct'e brute, soupira Orn en s'asseyant. Sui'j déchirée... »

Elle mentait. Ni ses yeux ni sa voix ni ses gestes languides n'exprimaient la souffrance. Désespéré, pétrifié, Véhir fixait jusqu'au vertige le ventre de la grognesse, ce ventre qu'il avait tant rêvé de posséder et qui lui paraissait à présent plus hideux qu'une peau de crapaud.

« Pourquoi... »

Les hoquets étouffèrent les mots dans sa gorge.

« Va't pas pleurer comme un puceau, Véhir, murmura-t-elle. Sera't un vaïrat dornavant. »

Des rais de lumière s'infiltraient par les jours du galandage, dessinaient des cercles clairs sur le sol, sur les cloisons, sur les cruches de vin. Des nuées de mouches et de guêpes bourdonnaient autour des plateaux de truffes, de noix, de glands et de gâteaux disposés au petit jour par les anciennes.

« Aurai'j dû être ton premier vaïrat, bredouilla Véhir. L'était ta promesse...

— Premier, deuxième, dernier, quelle importance ? Le partage des semences, l'est pour le bien de la communauté. Sui'j aussi prête à t'accueillir, ggrroo. »

Véhir se leva avec une telle vivacité que des fétus de paille volèrent autour de lui et dessinèrent des arabesques étincelantes dans les faisceaux de lumière.

« Après ce pichtre de Graüm, jamais ! »

Orn le saisit par le poignet et le tira vers elle.

« Après çui, viendront d'autres. Et d'autres encore. Veu'j maintenant ta semence. »

Elle se retourna, se remit à quatre pattes et frotta ses fesses contre le bassin de Véhir. La puissance du grut, cette énergie surnaturelle dont parlaient les anciens, déferla en lui avec la force d'un torrent. Même saccagée, la terre de troïa Orn lui parut attirante comme jamais. Le bas-ventre parcouru de frissons, il se sentit aussi dur et brutal que l'araire crevant les mottes attendries par une averse. Le temps d'une stridulation de grillon, il oublia sa détresse et aspira de tout son être à plonger en elle.

« Enfonce donc, asteur ! »

Les cheveux étalés de troïa Orn se confondaient avec les brins de paille. Les grosses mains de Graüm avaient imprimé des marques rouges sur la couenne de son échine et de ses flancs. Véhir savait qu'il rentrerait définitivement dans le rang s'il accédait à la requête de la grognesse. Il deviendrait un vaïrat, un mâle qui mettrait sa vigueur au service de la communauté, qui observerait avec docilité les règles édictées par les trois lais. Protégé des clans errants par les hurles de Luprat, régi par le cycle des saisons, il mènerait à Manac une existence sans surprise. Laboureur à la lunaison des grands vents, semeur à l'orée de l'hiver, bineur au printemps, cueilleur à la lunaison des fruits, faucheur avant les orages de la fin de l'été. Il s'abrutirait dans les ripailles et les beuveries des célébrations de l'Humpur, il mourrait une poignée de cycles après être devenu un ancien, victime comme tous les grognes de la malédiction du Grand Mesle, une accélération subite du vieillissement qui donnait aux os des vieux grognes la consistance de brins d'herbe et les condamnait à recevoir le coup de grâce de la main des mâles dans la force de l'âge.

« Saillis, saillis, ggrrooo... »

Ensorcelé par le murmure de troïa Orn, par les mouvements de ses hanches, il oublia ses tourments, ne songea qu'à butiner sa fleur comme un bourdon ivre. Puis, un mâle et une femelle s'introduisirent dans la pièce et, sans leur prêter la moindre attention, s'accouplèrent avec une frénésie, avec une dureté qui le dégrisèrent. Rebuté par les entrechoquements de leurs corps, il s'écarta de Orn, les regarda copuler pendant quelques instants, observa leurs faces congestionnées, les ondulations de la couenne de la troïa, le déhanchement frénétique du vaïrat, les rigoles de sueur qui leur couraient l'échine et accrochaient des éclats de lumière.

« Qu'atten't, pichtre ? » grogna Orn, impatiente.

Elle tenta encore de se coller à lui mais il se déroba et fila vers la sortie. De son désir ne subsistait qu'une tension agaçante qui semblait le tirer vers l'avant. Orn lui décocha un regard courroucé. Il la trouva moins belle tout à coup, comme dépouillée de sa grâce. Les deux autres, absorbés par le grut, ne relevèrent même pas la tête.

« Si es't incapable de saillir, Véhir, sera't qu'un zirou de coupé ! »

Elle ne disait pas cela pour le préserver de la castration réservée aux mâles inaptes à la reproduction, mais parce que sa rebuffade l'avait humiliée. Elle ne comprenait pas pourquoi la fascination qu'elle avait exercée pendant des cycles et des cycles sur ce grognelet se volatilisait dans le clair-obscur de l'enclos. Elle ne lui avait pas réservé la primeur de son ventre, la belle affaire ! Une ancienne lui ayant recommandé d'offrir son pucelage à un mâle expérimenté, elle avait choisi Graüm, le géant dont la carrure soulevait l'admiration de toutes les femelles de Manac. Elle ne le regrettait pas. Fécondée par le vaïrat le plus vigoureux de la communauté, elle mettrait au monde un beau grognelet à la lunaison des fleurs, un mâle, espérait-elle, qui deviendrait aussi robuste que son géniteur. Elle aurait participé à sa manière au renforcement de la race grogne.

« Seraï'j ni vaïrat ni coupé ! déclara Véhir d'une voix calme mais résolue.

— Qui sera't, alors ? »

Il n'avait aucune réponse à cette question, il savait seulement ce qu'il ne voulait pas être.

« À la Grâce de l'Humpur, troïa Orn. »

Les couinements aigus de l'autre mâle annonçaient la fin imminente de la saillie. La femelle, le groin dans la paille, tendait désespérément le cou pour respirer. Orn s'avança vers Véhir, les cheveux emmêlés et les épaules parsemées de brins entrelacés.

« Arrête de faire l'animal. »

Il jeta un regard lourd de regrets aux mamelles qu'il avait si souvent caressées en pensée, pivota sur lui-même, s'accroupit et franchit sans hésiter l'ouverture basse.

« Véhir ! »

Le cri de troïa Orn se perdit dans le tumulte. Une odeur âpre, suffocante, imprégnait la chaleur humide. Véhir fonça vers l'extrémité du couloir, fermée par le galandage de l'enclos. Il repéra, au travers des interstices, les cordes de lin qui liaient les planches entre elles, prit son élan et percuta de l'épaule celle qu'il jugea la moins résistante. Elle céda au premier coup dans un craquement sinistre. Le vent et la pluie, s'engouffrant par l'ouverture, lui giflèrent la face et la poitrine. Il aperçut un pan de ciel aussi noir que la chasuble des lais, un coin de la cour centrale désertée par les anciens et les grognelets. Il fracassa la planche voisine pour agrandir le passage, brisa du poing les éclats de bois aussi effilés que des lames.

« Véhir... »

Troïa Orn s'était approchée dans son dos. Ses yeux griotte n'exprimaient plus la colère ni le mépris, mais la tristesse, les remords. Le temps d'un coasse de grenouille, il espéra qu'elle partagerait sa folie, qu'elle le suivrait sur les chemins du hasard. Vaïrats et troïas se poursuivaient en roucoulant dans la pénombre. Eux limitaient leur univers aux cloisons de l'enclos. Peut-être étaient-ils dans le vrai, peut-être recevraient-ils la grâce de l'Humpur, peut-être un grogne n'avait-il pas d'existence légitime en dehors de la communauté ?

« Où va't ? » demanda Orn.

Il haussa les épaules.

« Sai'j pas.

— Finira't dans l'estomac d'un hurle ou d'un autre prédateur, comme un gavard ou un banni.

— Aimai'j mieux servir de pâture aux ripailleurs que de finir ma vie à Manac. »

Elle lui posa la main sur l'avant-bras, le premier geste qui rappelait leur ancienne complicité depuis que le portail de l'enclos s'était refermé sur eux.

« Savai'j pas pour Graüm...

— Si, savai't ! »

La pluie plaquait sur son crâne et ses tempes les cheveux blancs de Véhir, aussi clairsemés que les feuilles des arbres à la lunaison des tourmentes.

« Reste à Manac, l'implora-t-elle.

— Viens avec moi dans le monde. »

Elle leva sur lui un regard navré et secoua la tête à trois reprises. Ses cheveux dansèrent autour de sa tête comme un soleil dans le lit d'une rivière. L'intrusion d'un mâle poussa Véhir à franchir la brèche et à passer dans la cour. La pluie avait transformé la terre battue en une boue collante. Le tonnerre roulait dans le lointain, le vent sifflait dans les branches des chênes, dans la bâche de lin, des rus serpentaient sur les chemins empierrés, les chéneaux recueillaient les rigoles qui dévalaient les toits des bâtiments et les canalisaient vers les immenses barriques dressées à la verticale sous les gouttières.

« L'est pichtre, Véhir ! gronda le vaïrat. Les trois lais castreront çui si ne revient pas tout de suite. Faut être zirou pour refuser de saillir la belle troïa Orn.

— Refuserai'j pas d'accueillir un bon vaïrat, ggrroo... »

Véhir crut déceler de la détresse dans la voix de la grognesse, mais peut-être n'était-ce que l'écume de ses propres regrets. Il chercha des yeux les bragues, ne les trouva pas, présuma que les anciennes les avaient ramassées pour les soustraire à l'orage. Entièrement nu, il s'élança vers la porte monumentale de la communauté, passa sous l'arche des veilleurs et franchit en courant le pont qui donnait sur le chemin de Luprat.

Il parcourut quatre bonnes lieues à travers champs avant d'éprouver la très nette sensation d'être suivi. Il se retourna, examina les buissons et les bosquets environnants, huma le vent, ne perçut aucune odeur, aucun mouvement, entre les troncs d'arbres et les cordes de pluie. Il n'en fut pas rassuré : les hurles et les autres prédateurs étaient maîtres dans l'art de pourchasser leurs proies sans trahir leur présence. Il commença à prendre peur mais repoussa fermement la tentation de rebrousser chemin. La colère de l'Humpur se déversait autour de lui avec une violence inouïe, éclairs et coups de tonnerre se succédaient à une cadence soutenue. Il perdit rapidement ses repères et erra comme une âme en peine entre les collines parées d'une noirceur effrayante. Il s'embourba à plusieurs reprises dans les fossés, roula dans les torrents qui bondissaient au-dessus des talus et emportaient tout sur leur passage, s'écorcha sur les arêtes des pierres, sur les branches basses, sur les épines, sur les souches. La nature tout entière s'acharnait sur lui, cieux, terre, minéraux, végétaux, comme pour lui faire regretter d'avoir quitté la communauté et transgressé la loi des dieux humains.

Épuisé, frigorifié, il finit par se réfugier dans une grotte dont l'entrée voilée par des buissons se découpait sur une paroi rocheuse dévorée par le lierre. Il y demeura jusqu'à ce que la faim le pousse à affronter les éléments hostiles. Les glands à moitié pourris qu'il déterra au pied d'un chêne ne firent qu'aviver son appétit. Il avait toujours mangé à sa faim à Manac, où les réserves de blaïs, de patates truffières et de fruits secs permettaient de subvenir aux besoins de tous les membres de la communauté, il faudrait dorénavant partir en quête de sa nourriture quotidienne.

À l'orée du crépuscule, l'orage s'éloigna, la pluie décrut, le vent chassa les nuages et les rayons du soleil couchant tombèrent en colonnes ensanglantées dans les sous-bois. Alors qu'il flairait l'humus à la recherche de champignons ou de truffes tardives, une branche craqua derrière lui. Saisi, il se retourna et aperçut, entre les entrelacs de brume, une silhouette qui fondait sur lui.

# CHAPITRE 2

# Jarit

*Certains jurent avoir vu les dieux de l'Humpur.*
*Tel ce ronge hardi qui conta qu'une*
*déesse de lumière lui avait parlé*
*en un lointain pays du Grand Centre.*
*Les lais l'accablèrent sitôt afin de lui faire abjurer*
*pareille menterie.*
*« Sortez-moi d'là, cria-t-il tandis que l'eau ébouillée*
*du chaudron lui pelait le cuir.*
*Je le confesse, j'ai affablé c't'histoire.*
*Et j'ai plus l'intention d'recommencer,*
*pouvez m'encroire sur parole. »*
*Les lais le laissèrent agonier dans d'atroces souffrances.*

*Mieux vaut clapper sa gueule*
*plutôt que de rebrousser le poil de ceux qui parlent*
*au nom des dieux.*
*Si tu choisis malgré tout de clamer ta vérité,*
*préfère mieux aller au bout.*
*Le résultat sera du même au même,*
*mais la fleur que tu auras semée*
*répandra un jour un doux parfum*
*dans le cœur d'iceux qui t'auront ouï.*

Les fabliaux de l'Humpur

L'odeur de la silhouette enveloppée dans un ample manteau de lin, la tête enfouie sous un capuchon, n'était pas celle d'un hurle. Un miaule, un glape, un gronde, peut-être.

Affalé sur son tapis de feuilles, paniqué, le jeune grogne ne parvint pas à prendre la seule décision qui s'imposait : prendre ses jambes à son cou. Son enfance à Manac avait forgé en lui un comportement de soumission, de résignation. En dehors de la communauté, il était aussi nu et fragile qu'un nouveau-né, une proie à la fois recherchée et facile pour les rôdeurs du pays de la Dorgne. En dépit de la protection offerte par ses soies et sa couenne, des frissons glacés le parcouraient du sommet du crâne jusqu'à l'extrémité des doigts. Les arbres eux-mêmes prenaient une allure menaçante dans la brume et l'obscurité naissante.

Il trouva cependant les ressources de se relever et de se camper sur ses jambes filasse. Il n'eut pas le réflexe de chercher des yeux une branche morte ou une pierre pour se défendre : un tabou de l'Humpur proscrivait l'usage des armes dans les communautés agricoles. Jamais un grogne de Manac n'aurait eu l'idée de lever sa fourche, son fléau ou sa faux sur un hurle ou un membre d'un autre clan. Quelques anciens se souvenaient du traitement infligé aux mêles de Valahur dont un bouc avait encorné un intendant de Luprat. Les mâles avaient été châtrés et crucifiés sur les remparts de la citadelle hurle, les femelles ébouillantées dans de grands chaudrons, les anciens écartelés, les petits rôtis à la broche. On disait que la fourrure et les cornes des boucs ornaient encore les murs du castel du comte, qu'on servait aux hôtes de marque leurs coïlles conservées dans des jarres d'alcool.

La silhouette contourna un grand hêtre et se rapprocha de Véhir, qui se recula instinctivement, se prit les pieds dans une souche, perdit l'équilibre et tomba sur le cul. Son périple risquait fort de s'achever dans cette forêt qui s'habillait de ténèbres. Il ne regrettait pas de s'être ensauvé de Manac, car il n'y avait pas de place pour lui dans une communauté organisée pour moudre les grains et les rêves, mais il n'avait pas envisagé de tomber dès le premier soir sous les griffes et les crocs d'un prédateur. Une formidable envie de vivre l'ébranla, le poussa à se révolter, à forcer sa nature de grogne. Sans quitter la silhouette des yeux, il glissa la main droite dans son dos, ramassa une poignée de terre, se tint prêt à la lancer dans les yeux de son adversaire.

Ce dernier s'était immobilisé à moins de dix pas, comme si le geste de Véhir n'avait pas échappé à son attention. Ses vêtements cent fois ravaudés étaient d'un lin plus grossier que les étoffes tissées par les troïas de Manac. Trop longues, les manches de sa tunique et les jambes de sa brague dissimulaient ses pieds et ses mains. Le grogne ne distinguait pas davantage sa face dans la pénombre du capuchon, il devinait seulement l'éclat de ses yeux. Ils s'observèrent en silence le temps d'un cancanement d'oies sauvages. La lumière déclinait rapidement, les ramures bruissaient de plaisir sous les caresses de la brise, les oiseaux s'étourdissaient dans un dernier chant avant l'envol des rapaces nocturnes dont les ululements retentissaient comme autant d'avertissements.

« Croi't sans doute me vaincre avec une misérable poignée de terre ! »

La voix grave cloua Véhir au sol. La terre humide s'écoula entre ses doigts écartés. L'odeur de son interlocuteur, fouettée par la fraîcheur naissante, lui était vaguement familière.

« Sai't pourtant que le tabou de l'Humpur interdit aux grognes de se dresser contre un prédateur.

— Appartien'j à la communauté de Manac, bredouilla Véhir. Sui'j sous la protection du comte de Luprat... »

L'autre éclata d'un rire tonitruant qui ferma le bec aux oiseaux et rétablit le silence.

« La protection hurle ne s'applique pas aux bannis.

— Sui'j pas un exilé, argumenta Véhir, espérant que ce rappel à la loi du comté dissuaderait son interlocuteur de se jeter sur lui pour l'égorger. Sui'j... sui'j perdu à cause de l'orage.

— Qu'est donc çui qui erre à la nuit tombante aussi nu qu'un ver ? Qu'est affamé comme un vaïrat après le grut ?

— Étai'j dans l'enclos de fécondité, sui'j ensauvé, veu'j maintenant retourner à Manac...

— Si tu t'es ensauvé, les lais te couperont les coïlles. Tu fabriqueras tellement de graisse que tu seras incapable de travailler et seras livré avec les gavards aux intendants de Luprat. C'est ça que tu veux ? »

Véhir secoua la tête. Sa peur le désertait peu à peu : un prédateur ne se serait pas abaissé à discuter avec sa proie.

« Serai'j mangé de toute façon, ci ou là. Comment... comment connai't les coutumes de Manac ? »

L'autre abaissa son capuchon en un geste théâtral. Véhir ne put retenir une exclamation de surprise : il avait devant lui un grogne, un ancien à en juger par ses rides profondes et les soies rêches qui lui recouvraient les joues. Ses yeux n'étaient pas rouges, mais noirs, et son groin minuscule aussi plissé qu'une pomme blette.

« Je viens moi aussi de Manac, déclara-t-il avec un petit sourire. Je m'appelle Jarit. »

Il s'exprimait comme un ansavant, utilisait des tournures que les grognes de Manac avaient renoncé à employer depuis des lustres. Véhir avait besoin d'un petit délai pour remettre certains mots dans le bon sens, mais il le comprenait. Il se souvenait des histoires qui couraient sur le compte d'un certain Jarit, banni de la communauté des cycles plus tôt pour avoir commis un crime de lèse-humanité et dont les anciens parlaient avec de l'effroi dans les yeux.

« Cela fait soixante ans que les serviteurs de l'Humpur m'ont exilé, ajouta le vieux grogne comme s'il avait deviné ses pensées. Je venais alors d'atteindre mes neuf printemps. »

Véhir ne savait pas ce que signifiaient les mots soixante et neuf, mais il se doutait qu'ils représentaient une durée très longue, le temps peut-être pour un chêne d'atteindre une hauteur de trois grognes.

« N'a't pas été mangé par les hurles ou d'autres viandards ? demanda-t-il.

— Je ne serais pas en train de discuter avec toi si j'avais échoué dans le ventre d'un prédateur. J'ai appris à déjouer les ruses des hurles, des grondes, des miaules, à me débrouiller par moi-même pour me nourrir, pour me soigner. Et j'ai découvert bien des choses bien plus importantes que la survie durant ces soixante années de solitude et de silence. »

Il s'assit à côté de Véhir après avoir relevé son manteau et sa brague. Ses articulations craquèrent comme du bois mort. Des senteurs végétales masquaient en partie son odeur de grogne.

« A't quel âge ? demanda Véhir.

— Si tu savais compter, tu aurais déjà eu la réponse à cette question.

— Compter ? »

Jarit ramassa deux cailloux et les posa sur la mousse.

« Les grognes oublient peu à peu le savoir. Du temps où je vivais à Manac, les anciens connaissaient encore les fondements du calcul.

— Calcul ? »

Jarit sépara les cailloux et en désigna un de l'index.

« Combien est-ce que je t'en montre ? »

La finesse de sa main frappa Véhir. Ses longs doigts s'articulaient en trois phalanges, contre deux à l'ensemble des grognes de Manac – certains grognelets n'en comptaient même plus qu'une –, et semblaient aussi agiles que des pattes d'araignée. Il ne put en revanche observer ses pieds que dissimulaient des chausses de peau fermées par des tresses végétales.

« Combien ? répéta Jarit.

— Un », répondit Véhir.

Le vieux grogne rapprocha le deuxième caillou.

« Combien en vois-tu maintenant ?

— Deux.

— J'en avais un, j'en ai rajouté un, cela fait deux. Voilà la base du calcul.

— Ah... » souffla Véhir, désappointé.

Il n'avait pas l'impression d'avoir appris quelque chose de nouveau. Il lui suffisait de regarder sa propre main pour savoir qu'elle comportait trois doigts.

« Croi't sans doute que le calcul s'arrête à ce que voi't ! » fit Jarit d'un ton agacé, réutilisant tout à coup les tournures en usage à Manac.

La faculté qu'avait son vis-à-vis de lire dans ses pensées stupéfiait Véhir. L'inquiétait également, car les anciens décelaient l'empreinte du Grand Mesle dans ce genre de pouvoir. Il valait mieux affronter un prédateur plutôt que de tomber sous la coupe d'un serviteur du démon. Des cohortes de monstres semblaient désormais peupler la forêt escamotée par la nuit. Il se prit à regretter la chaleur du dortoir de Manac, les ronflements des mâles abrutis de fatigue ou de vin, les sifflements du vent dans les charpentes craquant sous le poids des lauzes. Et troïa Orn...

« Les grognes redeviennent des animaux, reprit Jarit à voix basse, comme s'il s'adressait à lui-même. Pas seulement les grognes, mais l'ensemble des communautés agricoles de la Dorgne, les mêles, les meugles, les glousses, les hennes... Nous avons perdu le secret des chiffres, de l'écriture, nos mesures de temps sont de moins en moins précises, nous ne savons plus travailler le métal, notre musique se limite à trois ou quatre notes, notre langage régresse, nous utilisons des matériaux, des tissus, des outils de plus en plus grossiers. »

Si bon nombre de mots échappaient à l'entendement de Véhir, il saisissait le sens général du discours de Jarit ou, plus exactement, le désarroi du vieux grogne entrait en résonance avec la détresse qu'il avait lui-même ressentie à l'intérieur de l'enclos de fécondité.

« Quel est ton nom ? demanda Jarit en le fixant avec une insistance soudaine qui le mit mal à l'aise.

— Véhir.

— Regarde-toi, Véhir, regarde tes mains, tes pieds, ton groin, tes soies, ta couenne, ton vit. Deux générations seulement nous séparent, et déjà tu n'as plus que deux phalanges à chaque doigt, tu n'as plus que trois orteils, ton groin fait le double du mien, tes soies sont plus épaisses et rêches que les miennes à ton âge, ton vit se tire-bouchonne alors que le mien est resté droit... Les clans prédateurs sont plus évolués que nous, et c'est la raison pour laquelle ils nous imposent leur loi, mais ils nous suivent à distance sur le chemin de la régression. »

Véhir tremblait de nouveau, mais d'excitation cette fois, certain que Jarit détenait la réponse à ses propres interrogations.

« Comment connai't tout ça ?

— L'ai'j découvert en grande partie dans ma tête. L'était dans un coin de mon esprit, comme des truffes enfouies trop profondément dans la terre pour qu'on puisse les flairer. Les trois lais de l'Humpur m'ont banni de Manac parce que j'avais selon eux un comportement contraire aux intérêts de la communauté...

— Individule ? » suggéra Véhir.

Le rire de Jarit troua le silence nocturne. La brise était tombée, et des étoiles scintillaient entre les frondaisons immobiles.

« Plus facile à dire qu'individuel, pas vrai ? Je suis resté dans les parages. Fou que j'étais, j'espérais que le conseil m'entendrait et m'accorderait sa grâce. Je me suis présenté à vingt reprises...

— Vingt ?

— Les doigts de quatre ou cinq mains... à vingt reprises, disais-je, devant la porte de Manac. Les vaïrats m'ont chassé à coups de fourche ou de fléau. J'ai fini par me résigner et je me suis installé définitivement dans cette forêt. J'ai vécu comme une bête sauvage jusqu'à ce que je découvre une grotte. Pas une vraie grotte d'ailleurs, plutôt les ruines d'une très vieille demeure. Suis-moi, je vais te la montrer. »

Joignant le geste à la parole, Jarit se releva avec difficulté et, d'un hochement de tête, invita Véhir à lui emboîter le pas. Le jeune grogne ne tergiversa pas longtemps : il préférait courir le risque de s'inviter dans l'antre du Grand Mesle plutôt que de passer la nuit seul au beau milieu de cette forêt hostile.

Ils parcoururent en silence une bonne lieue entre les troncs torturés qui surgissaient de la nuit comme des spectres. Les ululements des rapaces et les craquements des branches retentissaient dans la nuit avec la force de coups de tonnerre. Jarit s'orientait dans les ténèbres sans marquer la moindre hésitation.

« Pour répondre à ta question de tout à l'heure, reprit-il tout à coup, je suis âgé de soixante-neuf cycles.

— Es't vieux, alors ?

— Plus vieux que tous les anciens de Manac.

— A't pas reçu la malédiction du Grand Mesle ?

— Tu veux sans doute parler de la maladie qui frappe les grognes vers l'âge de quarante-cinq ans ?

— Soi... soixante-neuf, l'est plus que quarante-cinq ?

— Ajoute la vie du plus ancien de Manac à ta propre vie, et tu auras une idée de la longueur de la mienne. Mes os sont restés aussi durs que de la pierre. Ils me font souffrir parfois, surtout en hiver, mais ils continuent de me porter. Et toi, p'tio grogne, pourquoi es't ensauvé de l'enclos de fécondité ? »

Véhir prit le temps de retirer une branche d'épines enroulée autour de son bassin et de ses cuisses avant de répondre.

« Frayai'j avec troïa Orn mais icelle a aimé mieux offrir sa fleur à Graüm.

— Tu la voulais pour toi tout seul, n'est-ce pas ? Péché... individul. Qu'as-tu ressenti à l'intérieur de l'enclos ?

— Avai'j pas l'envie de partager les semences. Les vaïrats, les troïas, iceux saillissent comme les taureaux et les vaches dans les pâturages...

— Tu n'as pas eu besoin d'être banni par les fanatiques de l'Humpur pour te rendre compte que les grognes se comportaient comme des animaux. »

Bien que Jarit eût chuchoté cette dernière phrase, Véhir discerna une certaine allégresse dans sa voix. Puis, une succession de grondements montèrent de son estomac et lui rappelèrent qu'il mourait de faim. Il espéra que l'exilé ne se nourrissait pas que de pensées dans son mystérieux repaire.

Jarit puisa largement dans sa réserve de glands, de truffes et de pommes séchées pour rassasier son jeune hôte. Lui-même se contenta de mâcher quelques racines noires qui avaient, selon lui, d'intéressantes propriétés « énergétiques ». Véhir larigota plusieurs gobelets d'une boisson ambrée et sucrée que le vieux grogne tira d'un tonnelet de bois et présenta comme un vin de miel, « un présent des abeilles à leur vieil ami l'ermite de la forêt ».

Les flammes dansantes de deux torches et du feu crépitant dans l'âtre révélaient par intermittence les pierres rectangulaires des parois. Véhir n'avait encore jamais vu ce genre de construction. À Manac, les murs des bâtiments se composaient d'un torchis de terre et de pailles étayés par une structure de troncs verticaux et horizontaux. Il se demandait comment des êtres avaient réussi à donner une forme régulière à ces blocs de pierre alors qu'il fallait plus de deux lunaisons aux grognes de la communauté pour polir un moyeu, pour affûter le soc d'un araire ou la lame d'une faux.

« Nous sommes devenus aussi puants que notre lisier, avait grommelé Jarit en découvrant l'entrée de la grotte dissimulée par un rideau de laurier et de thym. Je me frotte tous les jours le corps avec des essences, mais je ne parviens pas toujours à tromper le flair des prédateurs. Avant-hier, j'ai été suivi à la trace par un miaule.

— Comment a't échappé à çui ?

— Je me suis réfugié dans la Dorgne. Je suis resté dans l'eau jusqu'à la tombée de la nuit, j'ai respiré avec la tige d'un roseau. Il m'a fallu toute la journée d'hier pour récupérer : mes os ont beau être solides, ils supportent de plus en plus mal les bains prolongés...

— Comment a't su qu'étai'j perdu dans ct'e forêt ? »

Avant de se glisser dans l'entrée, Jarit s'était retourné et avait dévisagé le jeune grogne.

« Ton odeur. Elle te trahit à des lieues à la ronde. Si veu't vivre plus de deux jours dans le monde extérieur, Véhir, devra't comprendre que le vent est ton meilleur ami et ton pire ennemi. »

Le vin de miel et les aliments s'associaient à la chaleur de l'âtre pour répandre une douce chaleur dans le corps de Véhir. Le groin collé au bois de la table, il dévorait les glands et les truffes étalés sans se servir de ses mains, une pratique de plus en plus courante dans la communauté où, exception faite des ripailles de fête, les repas étaient servis dans des auges collectives de terre cuite. Il ponctuait ses déglutitions de grognements de satisfaction, bâfrait avec une telle gloutonnerie qu'il devait récupérer d'un coup de langue les morceaux de nourriture à peine mastiqués qui lui tombaient de la bouche.

« Les grognes ripailleront bientôt à quatre pattes, murmura Jarit avec amertume. Dans quelques générations, ils auront renoncé aux derniers vestiges de la civilisation, aux vêtements, à l'agriculture, à la poterie, au langage, au feu... »

Véhir s'essuya les lèvres d'un revers de main et leva les yeux sur le vieil ermite assis sur un tabouret près de l'âtre. Il entrevit ses côtes saillantes par l'échancrure de sa tunique. La lumière vacillante des flammes soulignait ses rides, ses veines, ses arcades sourcilières, les plis de son groin, la couenne granuleuse de son crâne où ne subsistait qu'une poignée de soies blanches. Dans un coin de la pièce, des fibres de lin s'entassaient autour d'une quenouille et d'un fuseau. Un peu plus loin, se dressaient un métier à tisser rudimentaire et le socle d'une couche d'où dépassaient des brins de paille.

« Ils se laisseront guider par l'instinct, poursuivit Jarit. Ils ne se préoccuperont plus que de nourriture, d'accouplement, émigreront vers le sud en hiver et le nord en été, laisseront les plus faibles d'entre eux aux carnassiers, repeupleront les troupeaux au printemps. Toute forme d'intelligence aura bientôt disparu du pays de la Dorgne, et le Grand Mesle aura gagné la partie.

— Sommes pas des pichtres d'animaux ! » protesta Véhir.

Jarit eut un sourire désabusé que la clarté diffuse transforma en un rictus inquiétant.

« Tu l'as dit tout à l'heure : les saillies des vaïrats et des troïas sont pareilles qu'icelles des bovins. Ta façon de manger ne vaut guère mieux. Et je suis prêt à parier que les grognes de Manac chient et pissent n'importe où !

— L'est vrai, admit Véhir. Mais l'est parce que les troïas ramassent le lisier pour l'étaler dessus les chaumes.

— L'est surtout parce que la communauté aime se vautrer dans sa merde ! Les prédateurs, au moins, enterrent leurs déchets dans la terre.

— Fai't comme iceux ?

— J'ai un petit coin pour ça. Et tant que tu seras chez moi, tu devras l'utiliser. Va te coucher maintenant : tu dois être fatigué. »

Jarit entraîna son hôte jusqu'à la couche et lui donna une épaisse couverture de lin qui le protégerait de l'humidité nocturne. Véhir ne chercha pas à savoir où le vieux grogne comptait dormir, il se laissa tomber comme une masse sur la paille, tira la couverture sur lui et s'endormit en moins d'un huant de hibou.

La grotte n'était pas l'une des cavités naturelles qui abondaient dans le pays de la Dorgne mais, ainsi que l'avait affirmé Jarit, une demeure très ancienne recouverte par une épaisse couche de terre et de végétaux.

« Les galeries creusées par les rivières souterraines ont autrefois provoqué un glissement de terrain », précisa le vieux grogne.

Le logis produisait sur Véhir des impressions contradictoires : ces pierres taillées et ces quatre pièces carrées dont Jarit se servait pour entreposer ses réserves de nourriture et de lin lui faisaient tantôt l'effet d'un lieu ensorcelé, lui donnaient tantôt l'étrange sentiment de revenir chez lui après un long exil. Il admirait surtout les pierres plates et lisses qui recouvraient le sol dans deux des quatre pièces, ajustées avec une telle perfection qu'on aurait pu les croire posées par les dieux humains en personne. Le temps avait accompli son œuvre, de larges fissures apparaissaient çà et là sur les plafonds envahis de moisissures, des éboulis de pierres obstruaient des passages qui ouvraient probablement sur des salles inexplorées, la mousse courait sur les embrasures des lucarnes condamnées, mais l'usure révélait la splendeur passée de la bâtisse comme les signes extérieurs de vieillesse faisaient ressortir la jeunesse d'esprit de son occupant.

« Elle a été habitée par des dieux humains, déclara Jarit, assis sur un tabouret devant le métier à tisser.

— Iceux ont pourtant rejoint l'Humpur depuis des cycles et des cycles, protesta Véhir. Et le Grand Mesle, l'est çui qu'a tout détruit leur œuvre.

— Ça, c'est ce qu'affirment les trois lais. Moi je crois que les dieux humains sont restés dans le monde, qu'ils se sont cachés dans un endroit secret en attendant qu'un grogne ou quelqu'un d'une autre communauté ne les retrouve et ne recueille leur parole.

— Es't fou ! s'écria Véhir. Ct'es dieux jouent pas à cache-cache avec leurs créatures !

— Ce ne sont pas les dieux humains qui ont institué les lois communautaires, mais les clans prédateurs avec l'appui de ces pichtres de lais. M'est avis que l'Humpur ne se trouve pas dans le ciel mais ici, sur ce mònde.

— Pourquoi n'a't pas été chercher, alors ? »

Un voile sombre glissa sur la face de Jarit.

« Je n'en ai pas eu le temps. Quand j'ai compris que je ne pourrais pas changer les choses en restant dans les parages, il était trop tard. Mes forces déclinaient et, avec elles, ma volonté. Même si je suis en bonne santé pour un vieillard, je n'ai ni assez de vigueur ni assez de courage pour me lancer dans ce genre d'aventure. »

Il suspendit ses gestes et s'absorba dans la contemplation de l'étoffe qu'il était en train de tisser. Comme il ne disposait pas de vêtements de rechange, il avait décidé de confectionner un manteau, une brague et une tunique pour Véhir. Il détestait le travail du lin, raison pour laquelle il retardait jusqu'à l'inéluctable le renouvellement de sa propre garde-robe, mais il ne voulait pas laisser son hôte dans un état de nudité qui était, selon lui, une invitation à ripaille lancée à tous les prédateurs de la région.

« À la condition qu'on les trempe régulièrement dans une eau pure, les vêtements retiennent l'odeur. Et puis tu n'es pas un gavard, tu n'as pas suffisamment de graisse sous la couenne pour supporter les grands froids de l'hiver. »

Bien qu'il fît preuve d'une étonnante dextérité dans le maniement de la navette, la trame n'avançait pas vite. L'essentiel était toutefois de finir la brague et la tunique avant la lunaison des feuilles tombantes. Les derniers feux de l'été et la chaleur de l'âtre permettaient à Véhir de patienter sans trop souffrir de la fraîcheur humide annonciatrice de la lunaison des cèpes.

Le logis ne possédait qu'une entrée – les autres ouvertures extérieures, portes, fenêtres, avaient été condamnées soit par le glissement de terrain soit par Jarit lui-même –, mais des courants d'air venus d'invisibles passages l'aéraient régulièrement, aspiraient la fumée, assainissaient l'atmosphère. Il y avait dans cette régénération permanente un parfum de miracle qui semblait corroborer les dires du vieux grogne. Véhir s'attendait à tout moment à voir surgir devant lui des dieux humains nimbés de lumière. Il avait l'impression de déambuler dans les ruines d'un paradis perdu. Si les trois lais lui inspiraient une telle méfiance, c'était sans doute parce qu'ils maintenaient l'Humpur hors de portée de leurs fidèles, qu'ils avaient confisqué à leur seul profit le grand rêve des grognes. Le sinistre arrangement conclu avec le comté de Luprat – la protection des hurles contre la livraison annuelle d'un contingent de gavards – leur servait principalement à asseoir leur domination sur leurs « frères ». Ils jouaient en permanence de cette arme redoutable qu'était la peur. Quiconque n'obéissait pas à leur loi était jeté en pâture aux prédateurs mais, Jarit avait raison sur ce point, leur loi relevait davantage d'une volonté hégémonique que d'une quelconque légitimité divine.

La folle attirance que Véhir avait éprouvée pour troïa Orn se traduisait encore par des bouffées de désir qui se volatilisaient presque aussitôt qu'elles apparaissaient. De même la nostalgie qui venait de temps à autre lui rendre visite ne s'invitait que le temps d'un sifflement de merle ou d'un bourdonnement de mouche. Il apprivoisait peu à peu l'idée qu'il était désormais un proscrit, qu'il devrait s'habituer à la solitude et consacrer une grande partie de son énergie à assurer sa survie. Il avait tranché définitivement les liens qui l'unissaient à la communauté en s'ensauvant de l'enclos. Il n'était pas devenu un véritable individul – « individu », aurait corrigé Jarit – dans la mesure où son conditionnement influençait encore la plupart de ses réactions, mais il lui était impossible d'envisager son retour à Manac, de renouer avec le fil d'une existence rythmée par les travaux saisonniers, les rituels dans le temple de l'Humpur et les cris des veilleurs.

« Tu as connu ta mère ? » demanda Jarit en glissant la navette sur la longueur de la duite.

La question produisit sur Véhir le même saisissement que si on lui versait un baquet d'eau glacée sur la tête. De sa bouche entrouverte ne sortit qu'un gargouillement prolongé.

« J'ai connu la mienne, poursuivit le vieil ermite. J'étais son premier grognelet et elle ne s'est jamais résolue à couper le cordon. Elle me rejoignait dans les champs de blaïs, m'étreignait pendant des heures, me donnait ses mamelles à téter, m'implorait de ne jamais l'oublier. À la lunaison des fruits, alors que je venais d'atteindre mes neuf printemps, nous avons été surpris par un veilleur. Les trois lais l'ont condamnée à l'exil et m'ont battu jusqu'au sang pour extirper le Grand Mesle de mon corps. J'ai exploré les champs et les forêts pendant des jours et des jours, mais je n'ai jamais réussi à savoir ce qu'elle était devenue. Je me suis efforcé de respecter ma promesse : elle n'est jamais sortie de ma mémoire. C'est d'elle, sans doute, que je tiens ce caractère insoumis. Sans elle, sans son souvenir, je n'aurais pas survécu à ma solitude. »

Véhir s'aperçut que les mains tremblantes de Jarit ne maîtrisaient plus la course de la navette. La tristesse communicative du vieux grogne lui donnait envie de pleurer.

« Ai'j pas connu de mère, bredouilla-t-il. Souvent ai'j regardé les troïas pour connaître icelle qui m'a mis bas, mais l'ai'j pas retrouvée. La loi de Manac, l'est que les grognelets sont à tout le monde...

— Nous sommes tombés bien bas pour séparer les troïas de leurs petits, reprit Jarit en se secouant comme pour chasser ses souvenirs. La mère ne fournit pas seulement le lait à son nourrisson, elle arrose ses racines de tendresse, elle lui permet de se dresser vers le ciel comme un chêne ou un hêtre. Nous autres, les grognes, nous avons sacrifié les mères et nous touchons le fond. »

Il posa la navette sur l'armature de bois du métier et recula son siège.

« Assez de lin et de racontars pour aujourd'hui !
Allons plutôt voir si les premiers cèpes sont sortis de
terre. »

La connaissance qu'avait Jarit des végétaux et des
minéraux émerveillait Véhir. Le vieux grogne n'était
pas comme ceux de Manac, qui n'avaient aucun égard
pour cette terre qu'ils ensemençaient avec la même
brutalité et le même mépris que le ventre de leurs
femelles, il traitait la forêt avec un respect infini. Ses
gestes se faisaient délicats, presque caressants, pour
couper la tige d'une plante, écarter les branches d'un
buisson, cueillir une mûre noire dans un roncier. Il se
plaçait de temps à autre face au vent, flairait les odeurs
colportées par les rafales, repartait après avoir grommelé quelques mots. Il baptisait chaque pierre de noms
aussi étranges que « kouartz » ou « gips ».

À Véhir qui lui demanda d'où il tenait tout ce savoir,
il répondit d'un air mystérieux qu'il lui montrerait bientôt les présents extraordinaires laissés par les dieux
humains dans une pièce dérobée de leur ancienne
demeure. Le jeune grogne assimila cette cachotterie à
une marque de défiance.

« Pourquoi a't pas montré plus tôt ?

— Sage est l'hôte qui prend le temps d'évaluer son
invité avant de lui confier ses secrets. »

Ils déambulèrent dans la forêt jusqu'à ce que le crépuscule rougisse les clairières et les sous-bois. La
découverte de trois cèpes au pied d'un chêne aida Véhir
à tromper son impatience. Les champignons avaient
toujours été associés à la générosité de l'Humpur chez
les grognes, et ils les croquèrent avec d'autant plus de
plaisir que leur longue balade leur avait ouvert l'appétit. Puis ils reprirent le chemin de la grotte, chargés
chacun d'un sac de jute rempli à ras bord de plantes,
de fruits et de minéraux.

Au sortir d'un sentier, Jarit s'immobilisa, leva le
groin et huma un long moment le vent mollissant.

« Deux miaules. À moins d'une lieue d'ici. »

Tétanisé, Véhir tenta à son tour de percevoir l'odeur des prédateurs. Il détecta des effluves âcres, musqués, nettement moins volatils que les essences végétales environnantes.

« Viennent dans notre direction », murmura Jarit.

Il sortit de son sac deux branches de sauge, en tendit une à Véhir.

« Frotte-toi avec ça. J'ai été imprudent : nous aurions dû le faire plus tôt. »

Malgré sa terreur galopante, Véhir entreprit de se frictionner le corps avec les feuilles tandis que Jarit s'en imprégnait le visage, le cou, les vêtements.

« Insiste sur le trou du cul, souffla le vieux grogne. C'est le puits d'où sort l'odeur la plus forte, l'odeur de la peur. »

Jarit releva sa tunique, baissa sa brague et glissa la branche entre ses cuisses et ses fesses. Véhir l'imita. Ses tremblements rendaient ses gestes nerveux, imprécis. La tige et les feuilles rêches lui irritèrent l'entre-jambe.

« Les miaules sont les tueurs les plus malins et les plus imprévisibles du pays de la Dorgne, ajouta Jarit à voix basse. Ils peuvent jouer toute une nuit avec leur proie avant de la saigner. J'espère que ces deux-là ont déjà ripaillé. »

Sous le parfum entêtant de la sauge, Véhir continuait de discerner la menace odorante et silencieuse des maraudeurs qui s'insinuait entre les troncs et contrastait avec la sérénité crépusculaire de la forêt. Les oiseaux n'avaient pas cessé leur chant, avertis par leur instinct qu'ils n'avaient rien à craindre du drame qui commençait à se jouer en contrebas. Leurs propres prédateurs, les chouettes, les grands ducs, les busards attendraient la nuit noire pour déployer leurs ailes.

Jarit lâcha sa branche de sauge, remonta sa brague, cala la lanière de son sac sur l'épaule.

« Tâchons à présent de semer ces pichtres. »

Les deux grognes se lancèrent dans une course éperdue entre les arbres et les buissons. Véhir s'appliqua à suivre l'allure de son congénère tout en jetant des regards fréquents par-dessus son épaule. Il lui sembla discerner des mouvements suspects dans la pénombre. Il ne cherchait pas à éviter les branches basses, les épines et les fougères qui lui cinglaient la face, le torse ou les jambes. Son cœur martelait sa cage thoracique, ses muscles, ses poumons, son corps tout entier se consumaient dans la violence de l'effort. N'ayant pas appris à courir à Manac, où les grognes n'éprouvaient jamais le besoin de hâter le train, il dispersait son énergie dans l'incohérence de ses mouvements, dans le désordre de sa respiration, tandis que Jarit progressait avec une régularité et une économie révélatrices de son entraînement, de sa maîtrise.

« Empresse ! l'exhorta le vieux grogne sans se retourner. Ou devrai'j te laisser te débrouiller seul avec ct'es charognards ! »

L'obscurité de plus en plus dense estompait les reliefs et semait de nombreux pièges sous leurs pas. La tentation de renoncer traversa Véhir. À deux reprises, il heurta une pierre, perdit l'équilibre, roula dans les fougères, exploita son élan pour se rétablir. Ses yeux se tendaient déjà d'un voile rouge. Il ne tiendrait pas longtemps à ce rythme.

« La cascade ! »

Véhir regarda dans la direction indiquée par le bras de Jarit. Il fit le rapprochement entre la chute d'eau qu'il apercevait entre deux grands saules et le bourdon grave qui sous-tendait le silence. Une paroi rocheuse se dressait devant eux, d'une largeur telle qu'ils n'en distinguaient pas les bords. Véhir pensa d'abord qu'ils s'étaient fourvoyés dans une nasse : les miaules seraient sur eux bien avant qu'ils n'aient eu le temps de contourner cette infranchissable muraille. Hors d'haleine, épuisé, il décocha un regard courroucé, presque haineux, à son vieux compagnon. La cascade jaillissait d'une hauteur de six ou sept grognes, tirait un rideau de plus en plus évasé au fur et à mesure qu'elle se rapprochait du sol, s'écrasait enfin dans un bouillonnement d'écume qui soulevait une brume grise, opaque. L'eau avait fini par creuser un vaste bassin d'où elle débordait pour se déverser dans le lit d'une rivière.

« La Zère, elle se jette plus loin dans la Dorgne », dit Jarit.

Lui ne paraissait pas plus essoufflé que s'il venait d'effectuer une petite promenade.

« L'est pas le moment ! maugréa Véhir. Pouvons plus ensauver, dornavant ! »

Il s'attendait à tout moment à voir surgir des ombres menaçantes de l'enchevêtrement des branches tombantes des deux saules. La sueur ravivait les égratignures semées par les végétaux sur sa couenne.

« Peu't pas apprendre à être méfiant si es't incapable d'être confiant », grommela Jarit qui enjamba le bord du bassin, s'enfonça dans l'eau jusqu'à la taille et s'avança vers la cascade.

Véhir ne bougea pas jusqu'à ce que l'étoupe de bruine eût avalé le vieux grogne. Il hésita à s'engager sur ses traces, convaincu que la cataracte allait le broyer comme un épi de blaïs sous le cylindre d'une meule, puis un craquement retentit derrière lui, qui domina le grondement de la chute et l'entraîna à franchir à son tour le bord surélevé du bassin. Talonné par la peur, il ne prit pas le temps de s'habituer à la fraîcheur saisissante de l'eau, ni même celui de surveiller ses arrières. Il surmonta la fatigue de sa course pour se diriger, avec une lenteur exaspérante, vers le cœur de la cascade. Il pénétra d'abord dans un crachin à la fois dense et léger, puis des gouttes de plus en plus lourdes lui cinglèrent le crâne et les épaules. Il commença à suffoquer mais, malgré les trombes qui s'abattaient sur lui et le contraignaient à ployer les genoux, malgré le fracas étourdissant qui lui donnait l'impression de se jeter dans la gueule d'un monstre, malgré le froid qui lui engourdissait les jambes et le bassin, il continua d'avancer.

Il se sentit tout à coup délesté d'un fardeau douloureux, sortit de l'eau, laissa à ses yeux le temps de s'accoutumer à l'obscurité. Il était arrivé sous un surplomb rocheux, un toit naturel qui déviait la course de la cataracte. Assis sur une pierre ronde, Jarit essorait son manteau. D'un signe de la main, le vieil ermite invita Véhir à venir s'installer près de lui. Lorsque le jeune grogne, transi de peur et de froid, se fut exécuté, il se pencha pour lui chuchoter quelques mots à l'oreille :

« Devra't réagir plus vite la prochaine fois. Resterons maintenant toute la nuit dans cet abri. N'aurions aucune chance contre les miaules dans l'obscurité. Mes pauvres os... »

La fin de sa phrase se perdit dans le grondement de la cascade.


Jamais nuit ne parut si longue et pénible à Véhir.

« La liberté se paye au prix fort. Mais tu as encore la possibilité de retourner à Manac. »

Ayant prononcé ces mots, Jarit s'adossa à la paroi, ferma les yeux et, en dépit de l'inconfort de leur situation, ne tarda pas à trouver un sommeil qui fuyait obstinément son jeune compagnon.

Au moment où les paupières de Véhir s'abaissaient enfin de fatigue, un cri aigu transperça le fracas de la chute. Un miaulement qui lui glaça le sang et le maintint jusqu'à l'aube dans un cauchemar éveillé.

## CHAPITRE 3

# H'Gal

*Ainsi s'arue le hurle, l'espadon sur les bottes,*
*orgueilleux de ses crocs et de ses griffes,*
*noble en vérité,*
*d'aucuns diraient plein de morgue.*
*Un jour un hurle de Luprat se prend de querelle avec*
*un gronde d'Ursor qui refuse de lui céder le passage*
*sur un sentier forestier.*
*Prompt, le hurle tire son espadon mais le gronde,*
*plus vif encore malgré sa lourdeur,*
*abat sa hache et fend l'épaule de notre fier-à-bras.*
*Çui devient alors colère et écache le gronde*
*à coups de griffes et de crocs*
*avant d'éparpiller ses restes dans la forêt.*

*De cette histoire je tire deux leçons :*
*on ne se méfie jamais assez d'un hurle blessé,*
*le gronde l'apprit à ses dépens.*
*L'amène civilité est souvent mieux préférable*
*que la force brutale,*
*le hurle l'admit un peu tard,*
*qui mourut peu de temps après.*

Les fabliaux de l'Humpur

Les deux grognes traversèrent la cascade dans l'autre sens et, après avoir inspecté les environs du flair, de l'ouïe et du regard, se hissèrent à la force des bras sur le bord de la retenue d'eau. Éblouis par la luminosité, transis jusqu'aux os, ils attendirent que le soleil matinal les eût réchauffés pour prendre le chemin du retour. Véhir ne décelait plus l'odeur des miaules parmi les parfums entêtants des fruits surs et les senteurs plus lourdes des arbres, des fougères, des racines, des champignons, de la terre encore humide. La lumière dorée du jour se déversait à profusion sur la forêt et dispersait l'ombre de la peur. Il doutait à présent de la réalité des événements de la veille, se demandait si l'ermite n'avait pas inventé la présence des deux carnassiers pour lui donner une petite leçon de survie. Son flair n'était pas suffisamment développé pour faire la différence entre les odeurs des prédateurs des clans et celles d'animaux sauvages, de sangliers, de cerfs ou même de rats musqués. De même, le cri terrifiant qu'il avait entendu avait peut-être été poussé par un grand duc ou un busard.

Du coin de l'œil, il épia Jarit, qui avait retiré ses vêtements et qui, la tête posée sur son sac, s'était allongé sur l'herbe pour se gorger de la chaleur naissante du jour. La couenne du vieux grogne ressemblait à un sac de jute qu'on aurait rempli d'os taillés en pointe. Cependant, bien qu'il eût pour lui la vigueur de la jeunesse, Véhir avait l'impression d'être un double dégénéré de son congénère. Un double animal. Il se sentait laid, dépourvu de cette grâce singulière, indéfinissable, qui imprégnait chaque geste, chaque parole de l'ermite. Ils étaient de la même race, sans doute, mais l'un avait accumulé une énorme somme de connaissances là où l'autre pataugeait dans son ignorance et dans sa peur ; l'un s'était affiné en vieillissant, l'autre s'était engagé dès la naissance sur le chemin de la régression ; l'un employait un langage élaboré, précis, l'autre rencontrait les pires difficultés à transformer ses pensées en paroles. Quant à leurs différences physiques, elles n'étaient que l'illustration de l'inexorable déchéance des grognes de Manac.

« Du temps où j'étais un grognelet, les anciens m'apparaissaient bien plus beaux que moi », dit soudain Jarit sans bouger.

Bien que couverte par le grondement de la chute, sa voix effaroucha les oiseaux qui s'envolèrent des deux saules dans un bruissement d'ailes.

« L'est le démon, çui qui s'aglume dans la tête d'autrui ! » s'exclama Véhir.

Jarit partit d'un éclat de rire qui fit onduler la couenne plissée de son ventre.

« Pas besoin d'être démon pour deviner tes pensées, p'tio ! Elles se voient sur ta face aussi clairement que des cailloux au fond d'un ruisseau. Toutes ces années de solitude ont développé en moi un sens aigu de l'observation.

— Eh, pouvai't pas me voir puisqu'avai't les yeux enclos !

— J'ai également appris qu'on pouvait voir sans se servir de ses yeux. J'appelle ça la vision intérieure.

— A't pas eu la vision... intérieure de miaules, ct'e matin ?

— Je crois qu'ils ont renoncé à leur repas, répondit Jarit en se redressant sur un coude. Mais ni ma vue ni mon flair ne sont infaillibles.

— Ai'j faim.

— Rentrons. Il ne fera pas bon rester dehors aujourd'hui. »

Ils se mirent en chemin alors que les nuages bas et noirs s'amoncelaient au-dessus de leurs têtes. La chaleur se faisait lourde, et le silence qui figeait la forêt annonçait un orage imminent. Ils ne s'arrêtèrent ni pour cueillir les cèpes qui s'épanouissaient au pied des chênes ni pour déterrer les patates truffières dont les effluves agaçaient l'appétit de Véhir. Ils arrivèrent en vue de la grotte au moment où une bourrasque soudaine déracinait un hêtre à moitié mort.

Lorsqu'ils se furent restaurés, Jarit saisit une pelote de lin et se dirigea vers le métier à tisser. Véhir ne lui laissa pas le temps de s'asseoir sur le tabouret.

« A't dit que montrerais les trésors abandonnés par les dieux humains dans ct'e maison ! »

L'ermite se retourna, la face éclairée d'un large sourire. Les roulements de tonnerre accompagnaient le fracas de la pluie qui tombait à verse, les éclairs se glissaient par les jours de l'entrée et dérobaient par intermittence les lueurs vacillantes des flammes.

« Tu es donc tellement pressé de les contempler ?

— Aï'j envie de connaître tout ce que connai't.

— N'attends pas tout des dieux humains : tu devras d'abord leur montrer ta résolution. Quand tu as faim, les glands ne viennent pas tout seuls dans ton estomac.

— Comment montrerai'j ct'e... résolution aux dieux ? Iceux n'habitent pas le pays pergordin.

— Les êtres aux pouvoirs magiques n'ont pas besoin d'être à tes côtés pour t'évaluer.

— Veu'j pas être un pichtre de vaïrat, veu'j découvrir le monde de l'autre côté du pays de la Dorgne. »

Les mots étaient sortis spontanément de la bouche de Véhir. De grosses larmes de fatigue et de détresse roulaient sur ses joues blanchies par ses soies.

« Suis-moi, dit Jarit en reposant la pelote de lin sur le bord du métier. Si tu es bien celui que je pense, les présents des dieux humains te sont destinés. »

Il alluma, avec un boutefeu d'amadou, une branche imprégnée de résine, se rendit dans la pièce où étaient entreposés les vivres, écarta un paravent de tissu, s'accroupit et, de sa main libre, commença à retirer les pierres du mur. Il dégagea une entrée basse qu'ils durent franchir à quatre pattes. Le passage, d'une étroitesse telle que leurs épaules en frôlaient les deux bords, parut interminable à Véhir, qui, en proie à un début de panique, ne parvint à en venir à bout qu'en gardant les yeux rivés sur la lueur rassurante de la torche. Ils débouchèrent sur une salle exiguë, baignée d'un silence mortuaire et dont les murs, le plafond et le sol étaient pavés de carreaux plats et lisses.

La flamme vive révéla un petit baquet suspendu, surmonté de deux becs recourbés couleur d'argile rouge, un bassin allongé de la taille d'un abreuvoir à bovins, un immense coffre de bois vermoulu de la hauteur d'un vaïrat.

« La salle de bains de la demeure », précisa Jarit.

Sa voix semblait résonner dans une profonde caverne. Il ajouta, devant l'air interrogateur de Véhir :

« L'endroit où les dieux humains se nettoyaient.

— Iceux se lavaient donc... comme nous autres ?

— Dieux ou pas, ils avaient les mêmes besoins que nous. Tu vois ces deux robinets, au-dessus du lavabo ? »

Il s'approcha du baquet suspendu et pointa l'index sur les deux becs recourbés.

« Ils sont en métal, poursuivit-il. Ils étaient jadis équipés d'une tête qu'il suffisait de tourner pour faire couler l'eau. »

Fasciné, Véhir s'en approcha à son tour et posa un doigt craintif sur les... comment Jarit les avait-il appelés, déjà ?... robinets. S'il avait entendu parler du métal, ce matériau légendaire qu'utilisaient certains clans prédateurs pour fabriquer leurs armes, c'était la première fois qu'il en voyait, qu'il en touchait. Les roues, les moyeux, les grillages, les ridelles, les brancards et les harnais des chariots du comté de Luprat, qui stationnaient deux fois l'an devant la porte de la communauté, étaient en cuir, en pierre ou en bois, tout comme les charrettes grognes. Le contact avec les robinets, irritant et froid, ne se différenciait guère de celui d'une roche rugueuse.

« Tu ne touches pour l'instant que de la rouille, ajouta Jarit. Une maladie qui ronge le métal quand on ne l'entretient pas. Le lavabo et la baignoire, le grand bassin si tu préfères, sont en faïence émaillée, une terre cuite recouverte d'un vernis.

— L'est ça, le trésor ? » soupira Véhir, déçu.

Jarit déplaça sa torche de manière à éclairer le grand coffre. La lumière étirait les ombres sur le sol et les murs.

« Le témoignage d'une civilisation disparue est en soi-même un trésor, p'tio. Mais jette plutôt un coup d'œil à l'intérieur de cette armoire. »

Le vieux grogne ouvrit la porte du meuble dans un grincement horripilant. Véhir entrevit, posés sur des étagères, d'étranges objets dont certains se dressaient les uns contre les autres comme des planches d'un galandage et dont les autres s'empilaient à l'horizontale. C'était vraisemblablement d'eux qu'émanait l'odeur indéfinissable qui imprégnait l'air confiné de la pièce.

Véhir, qui s'était attendu à quelque éclat extraordinaire, à quelque manifestation surnaturelle, s'avança d'un pas circonspect vers le coffre. Il distingua des signes gravés sur les tranches des objets, des dessins mystérieux qui lui rappelaient les griffonnages qu'il avait tracés, grognelet, sur la terre poussiéreuse de la cour intérieure de la communauté.

« Des livres, déclara Jarit qui s'était figé dans une attitude respectueuse.

— Les livres, l'est ça qui sert à peser. »

Les grognes de Manac appelaient « livres » les pierres qu'ils utilisaient pour partager les légumes, les fruits, les truffes et la farine de blaïs entre les différents membres de la communauté. Ils les posaient sur l'un des deux plateaux de la balance de la salle du conseil et remplissaient l'autre de nourriture jusqu'à ce que le fléau de bois se maintienne en équilibre. En dehors des banquets de fête, une pierre de deux livres équivalait à la ration d'un grognelet, une pierre de trois livres à celle d'une femelle non fécondée, d'un ancien ou d'un castré, une pierre de cinq livres à celle d'un lai, d'un vaïrat ou d'une troïa pleine, une pierre de beaucoup plus de cinq livres à celle d'un gavard.

« Ces livres-là donnent la connaissance, corrigea Jarit. Ils sont autant de trésors qui contiennent la mémoire des dieux humains. Ils se sont conservés pendant des cycles grâce à la température constante de cette pièce. C'est dans iceux que j'ai appris une grande partie de ce que je sais. »

Il souleva une pierre plate du sol, planta la torche dans un trou, saisit un livre sur l'étagère du milieu, l'ouvrit et, avec délicatesse, tourna les feuilles fineś, molles qui se trouvaient à l'intérieur et qui produisaient un bruissement semblable au froissement des épis de blaïs sous la brise. L'odeur qui s'en dégageait était de la même nature que celle de la pièce, mais plus dense, plus concise. Chacune d'elles était couverte de signes incompréhensibles qu'entrecoupaient parfois des carrés gris, noirs ou colorés.

« Les dieux humains, p'tio. Regarde comment ils étaient sur cette page. »

Jarit leva le livre à hauteur du groin de son vis-à-vis. Le rythme cardiaque de Véhir s'accéléra lorsqu'il contempla les images qui occupaient toute la largeur de la feuille. Bien que les couleurs fussent passées et certaines lignes effacées, la précision des dessins et la beauté des êtres qu'ils représentaient le fascinèrent : ils se distinguaient les uns des autres par la couleur ou la longueur de leurs chevelures, par les coupes ou les teintes de leurs vêtements, mais ils avaient en commun une finesse et une grâce irréelles qui faisaient ressortir la grossièreté des habitants de la Dorgne, y compris des hurles, y compris de Jarit. Il s'attendait à les voir bouger, parler, s'évader de cette étrange prison ouverte par les doigts de l'ermite et qui les retenait là depuis la nuit des temps. Les larmes qui lui montaient aux yeux n'exprimaient pas la tristesse cette fois-ci, mais un bouleversement profond, une joie indescriptible.

« J'ai ressenti la même chose que toi lorsque je les ai découverts, murmura Jarit. J'avais enfin sous les yeux mes modèles. Cette page représente l'évolution des costumes au cours de l'âge de l'humanité. Compare maintenant la richesse des étoffes avec le lin ou le jute de Manac et vois comment nous avons dilapidé l'héritage.

— Iceux sont tout p'tios et paraissent géants ! s'écria Véhir.

— Si les images dégagent une telle force, imagine maintenant ce que tu ressentirais devant les dieux humains en personne. Est-ce que ça ne te donne pas envie de chercher le pays de l'Humpur ?

— Sui'j qu'un pichtre de grogne, gémit Véhir. Les prédateurs me croqueront comme un gland.

— Je te montrerai comment te défendre. Tu ne partiras d'ici que lorsque je t'estimerai prêt. Je t'apprendrai également à lire.

— Lire ?

— Comprendre le sens des signes qui sont imprimés sur les pages. De cette façon, les dieux te raconteront eux-mêmes leur histoire, leurs légendes, leurs guerres.

— Comment a't appris ? »

Jarit referma le livre et le reposa sur l'étagère. Véhir faillit le prier de l'ouvrir de nouveau, mais il se retint, estimant qu'il aurait d'autres occasions d'admirer les images enchanteresses. Il se promit de revenir dans cette pièce aussi souvent qu'il en aurait le loisir.

« Il m'a fallu du temps pour comprendre les secrets de l'écriture. Je suis parfois resté devant un livre ouvert jusqu'à m'écrouler de fatigue. Puis je suis tombé sur un ouvrage pour les p'tios humains qui expliquait les lettres, les sons qu'elles produisaient et la façon qu'elles avaient de se combiner pour former les syllabes, les mots et les phrases. Sur mes soixante années de solitude, j'en ai consacré près de trente à l'étude de la lecture. Et encore, je ne comprends que la moitié de ce que je déchiffre. C'était mon aventure, p'tio, la grande œuvre de ma vie. Il te faudra bérède moins de temps que moi pour parcourir le même chemin.

— Pourquoi va't pas à Manac avec ct'es livres ? Pourquoi montre't pas ct'es images aux grognes de la communauté ? »

Les traits de Jarit se durcirent.

« Parce que les trois lais soutiendraient qu'ils sont l'œuvre du Grand Mesle et qu'ils les brûleraient. Je suis le gardien du trésor, p'tio, et je commettrais une faute impardonnable si je le donnais à des pichtres dont le seul intérêt est de maintenir les autres sous leur coupe. »

L'attitude de troïa Orn dans l'enclos de fécondité démontrait mieux qu'un long discours la validité du raisonnement de l'ermite. La communauté ne souhaitait pas remettre en cause les mécanismes qui la conduisaient peu à peu à sa perte, elle s'acharnait à éliminer les intrus qui perturbaient ses habitudes. Les vaïrats s'étourdissaient dans le travail, le vin et le grut, les troïas mettaient bas jusqu'à l'assèchement de leur ventre et s'affairaient aux tâches domestiques, les gavards ne songeaient qu'à s'empiffrer, les anciens attendaient que la maladie les prît et qu'un plus jeune, leur fils peut-être, vînt les étrangler avec un lacet de cuir.

« L'est pas avec la lect...

— Lecture.

— Qu'échapperai'j aux carnassiers.

— Dans leur grande sagesse, les dieux humains t'ont laissé un autre présent. »

Jarit se pencha sur une étagère basse du coffre, glissa la main derrière la rangée de livres, se redressa et se replaça dans le halo de la torche. Il tenait, en équilibre sur sa paume, un objet long et fin dont une extrémité était recouverte d'une gaine de cuir et dont l'autre se présentait sous la forme d'un manche magnifique, bien différent des manicles rudimentaires des outils de la communauté : taillé dans un matériau aussi lisse que la surface d'un étang à la lunaison des grandes chaleurs, légèrement renflé en son milieu, il s'ornait en son extrémité d'une petite boule couleur de soleil. Jarit l'empoigna et tira lentement hors de la gaine une lame étroite et pointue qui accrocha des reflets de lumière. Véhir se recula dans la pénombre, persuadé qu'il y avait quelque diablerie du Grand Mesle là-dessous.

« Ne crains rien, grognelet ! Ceci est une dague, une arme de métal forgée par les dieux humains. Elle sera ta griffe et ta dent sur le chemin de l'Humpur.

— L'est un tabou qui interdit aux communautés agricoles de s'enservir des armes.

— Tu voulais toucher du métal tout à l'heure. La rouille a épargné celui-ci. »

Jarit s'avança vers Véhir avec une telle brusquerie que ce dernier recula avec précipitation et percuta le mur. L'ermite planta la lame de la dague dans le ventre du jeune grogne jusqu'à ce qu'une douleur vive le contraigne à se plier en deux.

« Pourrai'j te mettre les tripes à l'air ! gronda Jarit sans relâcher sa pression. Est-ce que tu te laisserais percer comme un sac de jute ? Est-ce que tu renonce-rais à rejoindre l'Humpur parce qu'un stupide tabou t'interdit de te défendre contre un pichtre de hurle ou de miaule ?

— Le comte de Luprat, bredouilla Véhir, toujours courbé par la morsure de la lame. Çui brûlera la com-munauté si tuai'j un prédateur. Comme... comme les mêles de Valahur.

— Ne me parle pas de ces crétins de boucs aux gros-ses coïlles et à la cervelle de mouche ! Les exilés n'ap-partiennent à aucune communauté, p'tio. Ton chemin t'entraînera bien au-delà du comté, bien au-delà du pays pergordin. Les lois sont comme les arbres et les fleurs, elles changent selon les régions.

— Comment... comment sai't si n'a't jamais bougé de ct'e forêt ?

— J'ai remonté la Dorgne jusqu'à sa source, je suis allé jusqu'aux montagnes du Grand Centre, j'ai traversé un duché, un marquisat, un royaume, j'ai entendu des hérauts proclamer des édits...

— Les armes ne sont pas interdites dans le Grand Centre ? »

Le bras de Jarit se détendit et Véhir put enfin se redresser. La lame avait percé dans sa couenne une minuscule entaille d'où s'écoulait un filet de sang.

« Pas partout, répondit enfin le vieux grogne. Prends cette dague, p'tio. Elle est la face cachée de ton savoir, le symbole du pacte secret que tu passes avec les dieux humains. »

Il pointa l'arme à nouveau, mais la poignée vers l'avant. La ferveur de son regard balaya les hésitations de Véhir, qui enroula les doigts autour du métal. La tiédeur du manche, imprégné de la chaleur de Jarit, le surprit. Il était plus doux que les joues de troïa Orn, plus doux encore que la tendre couenne d'un nourrisson. Une vague d'une puissance inouïe déferla en lui, comme si la magie des dieux humains se déversait par l'objet qu'ils avaient fabriqué dans des temps oubliés. Il craignit de se brûler la main en effleurant la petite boule à l'extrémité de la poignée mais, malgré son étonnante couleur de soleil, elle était de la même température que le reste de l'arme.

« Le pommeau, la petite boule, est en or, ajouta l'ermite. Le métal le plus rare et le plus précieux de l'âge de l'Humanité. On n'en trouve plus depuis bien longtemps dans le pays de la Dorgne.

— Quand l'ai'j prise, ct'e dague était comme une main.

— Le métal est conducteur. Ça signifie qu'il s'adapte à la température ambiante. Il deviendra brûlant si tu le mets près du feu, glacial si tu le plonges dans le froid. Il te servira loyalement, s'abreuvera du sang de tes ennemis, se parera de la noirceur de ton âme si tu sombres dans la déchéance. Ne l'utilise jamais contre un plus faible ou il se retournera contre toi. »

De l'index, Véhir éprouva le tranchant de la lame. Une caresse pourtant peu appuyée qui abandonna une longue estafilade sur la pulpe de son doigt.

« Elle est plus affûtée que les pierres des faux de Manac, pas vrai ? jubila Jarit. Je ne l'ai pourtant jamais aiguisée. Elle ne peut ni rouiller ni s'émousser. Elle est résistante et plus efficace que les épées des hurles ou les haches des grondes. Elle est emplie de la puissance humaine.

— Sui'j pas un dieu humain, objecta Véhir en suçant machinalement le sang qui perlait de son index.

— Elle a goûté ton sang, vous êtes liés dornavant. Sortons maintenant : je dois m'avancer dans le tissage, ou le froid t'emportera cet hiver plus sûrement qu'un prédateur. »

Véhir se dandina d'une jambe sur l'autre.

« Peu'j pas rester ici pour... pour regarder les livres ?

— Un livre ne se manipule pas comme un outil ou un sac de blaïs, et tu n'es pas encore dégrossi, p'tio. Mais garde la dague : elle a trouvé son maître, il n'y a aucune raison de la retenir ici. »


Véhir dormit cette nuit-là avec sa nouvelle compagne métallique. Elle le gêna à maintes reprises lorsque, en proie aux cauchemars, il se tourna et se retourna sur sa couche, mais pour rien au monde il ne s'en serait séparé. Chaque fois qu'il lui meurtrissait les bras ou les côtes, le métal lui rappelait qu'il avait transgressé un tabou, qu'il avait franchi une frontière où n'existaient ni lois ni lais, une perspective qui le galvanisait autant qu'elle l'intimidait. Son premier réflexe, lorsqu'il se réveillait, était de serrer la poignée de l'arme pour s'assurer qu'il ne rêvait pas. Il entendait le ronflement léger de Jarit qui dormait sur la couche voisine, le craquement des braises sous la cendre, le crépitement de la pluie qui tombait sans discontinuer depuis le crépuscule. Il se remémorait les images des dieux humains captifs des pages, comme figés par un sortilège du Grand Mesle, et il lui tardait d'entamer l'apprentissage de la lecture, de percer le mystère de ces signes – de ces lettres, comme les appelait Jarit.

Il avait découvert davantage de choses au cours de ces deux jours d'exil que durant tout le reste de son existence à Manac. Il avait certes renoncé aux plaisirs du grut – lequel se manifestait encore par des tensions douloureuses de son vit et des émissions intempestives de semence qui poissaient la couverture et la litière de paille –, mais qu'était cette brève jouissance en comparaison du savoir contenu dans les trésors humains ? En comparaison d'un horizon qui se débouchait, qui s'éclaircissait ?

Il se félicitait *a posteriori* de ne pas être tombé dans le piège de troïa Orn. Elle avait joué avec perversité de l'attirance qu'elle avait exercée sur lui sur les bords de la Dorgne. Consciente qu'elle n'aurait pas le courage ni la volonté de s'opposer aux dogmes, elle avait fait tout ce qui était en son pouvoir pour le retenir, elle l'avait emberlificoté dans les mailles d'un invisible filet pour le traîner dans l'enclos de fécondité, présumant sans doute qu'il succomberait à l'appel de la chair et oublierait ses velléités individuelles dans l'énergie collective du grut.

Il alterna jusqu'à l'aube les périodes d'un sommeil agité et les réveils en sursaut. Il crut à plusieurs reprises serrer une déesse humaine dans ses bras, s'aperçut qu'il se battait avec la couverture, se figura entendre des éclats de voix menaçants, chercha fébrilement la poignée de la dague coincée entre ses cuisses.


Une sensation de danger, presque palpable, exacerba tout à coup ses perceptions et le maintint dans un état de nervosité proche de l'exaspération. Le flot de lumière qui s'engouffrait par l'entrée de la demeure l'éblouit. L'inquiéta également, car Jarit ne sortait jamais sans prendre la précaution de tirer le rideau de branchage sur l'ouverture. Il trouva étrange, de surcroît, que le vieil ermite l'eût laissé dormir alors que de nombreuses tâches les attendaient avant les grands froids de l'hiver. Il leur fallait non seulement amasser des réserves de champignons, de patates, de truffes et de racines, mais également rentrer du bois en grande quantité, achever la trame du lin, se consacrer enfin à l'apprentissage de la lecture et du maniement de la dague. Un silence oppressant régnait sur les environs.

Les odeurs venant de l'extérieur se diluaient dans celle, omniprésente, du charbon de bois.

Inquiet, Véhir repoussa la couverture, empoigna la dague et se leva. Transi par la fraîcheur du petit matin, il avisa le manteau de Jarit jeté en travers de la table, s'en recouvrit et, sans prendre le temps de passer les bras dans les manches, se dirigea à pas lents vers l'ouverture. Des voix retentirent au moment où il se penchait pour en franchir le seuil. Il comprit alors qu'il n'avait pas rêvé, qu'il avait bel et bien été réveillé par les éclats d'une dispute quelques instants plus tôt. Entraîné par sa curiosité, plus forte que sa peur, il se glissa dehors et se releva.

Il se rendit aussitôt compte qu'il avait commis une erreur.

« Voilà le deuxième, hoorrll ! Pas besoin de fouiller le repaire de ce sorcier.

— Un peu maigre, ce grogne, mais sa viande sera de meilleure qualité que la boucane du vieux ! »

Véhir identifia sans l'ombre d'une hésitation les deux silhouettes qui cernaient Jarit quelques pas plus loin. Vêtues de bragues et de tuniques d'une étoffe à la trame plus fine que le lin de la communauté, elles portaient à la taille un large ceinturon du même cuir que leurs bottes et le fourreau de leur épée. Leur crâne et leur face se couvraient partiellement d'un gazon de poils noirs et drus d'où émergeaient un museau long et fin, des lèvres molles et tombantes, des yeux d'un noir charbonneux. Leurs quatre doigts, terminés par des griffes acérées, étaient en revanche aussi blancs et lisses que le cœur d'un peuplier. À la couleur brun-rouge de leurs vêtements, Véhir sut que les deux visiteurs étaient des prévôts de Luprat, des hurles chargés du maintien de l'ordre dans le comté et réputés pour leur férocité. D'eux émanait l'odeur typique des viandards, l'odeur de la mort. Une vague de terreur submergea Véhir qui, recouvrant sur l'instant son conditionnement de grogne, faillit lâcher la dague, se coucher sur le sol et attendre la fin avec la résignation habituelle des membres des communautés agricoles. Le regard à la fois implorant et sévère que lui jeta Jarit l'en dissuada.

« Pourquoi es't sorti, pichtre d'andouille ? Avai't une chance de t'en sortir en restant caché », gronda le vieux grogne.

Un hurle dégaina son épée et la pointa sur la gorge de l'ermite. La lame ébréchée avait gardé les traces des coups de marteau qui l'avaient façonnée.

« Te fatigue pas, sorcier. Nous savions que vous étiez deux dans cette foutue grotte.

— Grâce à ton petit protégé, ajouta le deuxième prévôt en désignant Véhir d'un mouvement de menton. Les trois lais de Manac nous ont prévenus de sa fuite, hoorrll. Avons d'abord envoyé des miaules en reconnaissance. »

Les hurlements et les clappements de langue dont ils émaillaient leurs phrases donnaient l'impression qu'ils pouvaient à tout moment se jeter sur leurs proies pour les réduire en charpie.

« Y a pas meilleur que ces fouineurs pour remonter une piste, reprit le premier prévôt. Vous avez cru leur échapper, mais ils vous ont tranquillement attendus et suivis à la trace depuis la cascade de la Zère.

— Pourquoi ne nous ont-ils pas tués... eux-mêmes ? » demanda Jarit.

La pointe émoussée de l'épée s'était enfoncée dans son cou et lui avait rentré ses derniers mots dans la gorge.

« Les trois lais de Manac nous ont mandé de détruire ton antre, sorcier, de faire disparaître toute trace de tes ripailles avec le démon. Ça fait plus de trente cycles que le comte veut clouer ta tête sur la barbacane de Luprat.

— Tu as tenu en échec les prévôts pendant des lustres, maudit. Bon nombre d'iceux ont été convaincus d'incapabilité et empalés sur les remparts de la citadelle. Mais tu as perdu de ta prudence depuis que tu as recueilli ce drôle qui pue la peur et la merde, hoorrll. »

Ces paroles désespérèrent Véhir. Sa réaction individuelle dans l'enclos de fécondité n'aurait réussi qu'à précipiter la mort de Jarit. Harcelé par les remords, il se mordit la lèvre inférieure jusqu'au sang. Il ne trouvait pas injuste de mourir, car il n'était qu'un jeune grogne ignorant et puant, mais Jarit, ce gardien précieux des ultimes vestiges de l'âge de l'Humanité, ne méritait pas de tomber sous les griffes et les crocs de prédateurs aussi arrogants que stupides. Ses doigts se crispèrent sur la poignée de la dague dissimulée par le manteau de lin.

« Tuez-moi mais épargnez çui, argumenta Jarit. Il n'est encore qu'un grognelet, un puceau qui a eu peur du grut. Je n'allais tout de même pas laisser la faim l'emporter.

— Le comte se fera une joie de manger ses coïlles, hoorrll. Rien ne vaut les testes d'un puceau pour ragaillardir la verdeur défaillante.

— C'est que notre comte a de nombreuses concubines à saillir, hoorrll.

— Aux nobles familles de Luprat iront les jarrets et les côtes, à nous autres la ventraiche et les rilles, aux miaules les rogatons. Tout est mangeaille dans le grogne. »

Leur rire caverneux se prolongea en un hurlement strident. Rassemblant son courage, Véhir exploita leur inattention passagère pour se rapprocher de Jarit. Il lui semblait que la dague palpitait dans le creux de sa paume, que le métal vibrait au rythme redoublé de son cœur. Il bâillonna la petite voix insistante qui le suppliait de prendre ses jambes à son cou : plus puissants et rapides que lui, les hurles le rattraperaient en quelques foulées et, dans le cas improbable où il parviendrait à leur échapper, il répandrait une telle odeur qu'il n'aurait aucune chance de déjouer leur flair.

« Avons reçu l'ordre de te regrappir vivant, sorcier,

reprit le prévôt qui maintenait Jarit au bout de sa lame. Le comte souhaite t'interroger.

— Sur nous l'envie de t'exécuter sur-le-champ, maudit, de venger le sang des nôtres qui sont morts par ta faute, intervint l'autre.

— Patience. Le comte nous a promis de nous le remettre quand il en aura fini avec lui.

— Lui ferons regretter d'être une boucane immangeable, hoorrll. Comparé au sien, le sort du puceau sera enviable. Çui sera déjà mort quand la broche lui sortira du crâne. »

Leurs yeux jetaient des éclats flamboyants sous le double arc proéminent de leurs arcades sourcilières. L'évocation du traitement qu'ils réservaient aux deux grognes, la torture pour l'un, la mangeaille pour l'autre, les rendait hystériques. Ça et le fait, sans doute, d'avoir mis le grappin sur un hérétique qui narguait depuis des lustres les autorités religieuse et militaire de Luprat.

Le deuxième hurle dégaina son épée, s'avança vers Véhir et, de la pointe de la lame, écarta un pan de son manteau de lin. Le grogne plaqua la dague derrière sa cuisse. La fraîcheur du petit matin s'engouffra sous son vêtement, hérissa ses soies, contracta ses muscles. Le hurle, plus grand et large que Graüm, le dépassait de deux bonnes têtes. Véhir vit avec effroi la lame se glisser entre ses cuisses et soulever la chair molle de ses bourses. La dureté coupante du fer l'entraîna à creuser le ventre, à suspendre sa respiration. À petits mouvements de poignet, le prévôt prolongea le jeu un bon moment avant de crier :

« Pouvez asteur vous montrer, seur H'Gal ! Les œufs sont tombés tout seuls du nid. »

Un craquement retentit derrière eux, suivi d'un bruit de pas. Du coin de l'œil, Véhir aperçut un troisième hurle qui fendait le buisson derrière lequel il s'était tenu caché. Il portait, par-dessus sa tunique et sa brague, une cape noire et flottante qui lui donnait l'allure d'un oiseau de proie. Il brandissait une torche, pour l'instant éteinte, mais dont l'extrémité renflée et luisante répandait une odeur d'alcool. De l'autre main, il tenait une jarre fermée par un bouchon de bois. Son espadon battait régulièrement ses bottes de peau retournée. Au milieu de sa face presque glabre, brillaient des yeux de la couleur d'un ciel matinal de la lunaison des truffes.

Il vint se placer devant Jarit et le toisa pendant quelques instants. Ses lèvres, plus minces et fermes que celles de ses congénères, se retroussèrent et dévoilèrent des crocs impressionnants, disproportionnés avec son museau étroit et court. Sa prestance le désignait comme un membre de l'aristocratie de Luprat.

« On dirait que le démon t'a abandonné, sorcier. »

Sa voix coulait de sa gorge avec l'impétuosité d'un torrent.

« C'est toi et les tiens qui êtes les serviteurs du Grand Mesle, répliqua Jarit d'une voix douce. Moi je n'ai fait qu'entretenir la mémoire de l'Humpur.

— Le comportement individule n'est pas concile avec l'avènement de l'Humpur, hoorrll ! gronda le hurle en pointant sa torche sur le visage de l'ermite. La grâce des dieux humains ne descendra pas sur nous autres tant que le désordre régnera sur le pays de la Dorgne.

— La loi édictée par les clans prédateurs n'est certainement pas la loi des dieux humains. »

Véhir admira l'attitude du vieux grogne qui, campé sur ses jambes, soutenait sans faiblir le regard furibond de son interlocuteur. Loin de l'abattre, l'imminence de sa mort lui procurait un regain de force. Les frémissements des soies de son crâne et de sa face soufflées par le vent du petit matin soulignaient le calme hiératique de ses traits.

Véhir eut honte de sa propre frayeur, d'autant que son aîné avait pris la précaution – une prémonition ? – de lui confier la dague des dieux humains. Stimulé par le comportement de Jarit, il s'efforça d'oublier la lame qui lui irritait le bas-ventre. Le froid de la peur se transmuta en une chaleur intense qui l'embrasa comme un arbre frappé par la foudre et se répandit dans ses veines. La sensation de brûlure intérieure lui arracha un gémissement qui décocha un sourire venimeux sur la face de son vis-à-vis. Il eut l'impression que la colère et la frustration accumulées par d'innombrables générations de grognes se propageaient dans son corps. Il serra le manche de la dague à s'en faire éclater la couenne et baissa la tête pour ne pas attirer l'attention des prévôts.

« La nature veut qu'il y ait des prédateurs et des proies, hoorrll. L'accord conclu avec la communauté de Manac...

— Accord ? coupa Jarit. Ce mot prend une curieuse résonance dans ta bouche. »

L'extrémité de la torche s'abattit brusquement sur le front du vieux grogne. Un filet carmin s'écoula sur sa couenne craquelée comme un ru à moitié asséché sur la terre sèche. Ses jambes ployèrent mais il domina sa souffrance pour rester debout.

« Tu rendras compte de ton insolence, sorcier ! » vitupéra l'aristocrate hurle, les yeux hors de la tête.

Véhir se contint pour ne pas lui sauter à la gorge. Ses muscles se nouèrent encore, au point que la tension devint insupportable. L'épée avait cessé de remuer mais elle était restée fichée entre ses jambes, et il aurait suffi au prévôt de la lever d'un coup sec pour lui écacher le vit et les bourses.

« Le comte vous a mandé de regrappir çui en vie, seur H'Gal », intervint ce dernier.

H'Gal le foudroya du regard.

« Je connais ça, fouchtre d'imbécile !

— La route sera longue jusqu'à Luprat, lança le deuxième prévôt. Nous aurions tôt mieux fait de prendre les chevaux.

— Ils nous auraient trahis. Le sorcier est méfiant, il aurait flairé leur odeur, il aurait ouï leurs sabots, leurs hennissements. L'est aussi pour ça que nous nous sommes arués en petit nombre. Une cohorte entière aurait fait trop de potin. »

Tout en parlant, H'Gal avait reposé la jarre sur le sol et avait sorti, de la poche de sa tunique, un objet constitué d'un fil épais, jaune, et d'un petit réservoir métallique surmonté d'une mollette. Un boutefeu équipé d'une mèche d'amadou. Les grognes de Manac utilisaient un système analogue, en moins sophistiqué, pour allumer les feux nécessaires à la cuisson des aliments et au chauffage des bâtiments durant les lunaisons des grands froids. Il leur fallait frotter deux pierres et produire une étincelle pour enflammer l'amadou au préalable séché et enduit de résine. Le hurle, lui, se contenta de tourner la mollette d'un coup de pouce et de souffler sur l'amadou. Une fumée noire monta de la mèche rougeoyante et répandit une odeur âcre.

« La route sera longue mais glorieuse, reprit H'Gal. Notre comte saura vous récompenser selon vos mérites. Attendez-moi ici : il me reste une tâche à accomplir. »

Il ramassa la jarre, la cala sous son bras et se dirigea d'une allure décidée vers l'entrée du logis de l'ermite. Il s'accroupit devant l'ouverture, se retourna avant de s'y engouffrer et déclara, d'une voix forte :

« Vous subirez le sort réservé à ces deux pue-la-merde s'ils s'ensauvent. »

Les prévôts posèrent avec nervosité la pointe de leur épée sur la poitrine de leurs prisonniers. Le fer avait semé des égratignures cuisantes sur l'intérieur des cuisses de Véhir. Jarit essuya d'un revers de main les gouttes de sang qui perlaient de sa blessure et, dans le même mouvement, lança à son jeune compagnon un regard qui lui commandait de se tenir prêt.

Ils restèrent immobiles le temps d'un vol de papillon au-dessus d'un champ de blaïs, puis des relents d'alcool montèrent dans les senteurs végétales.

« À toi ces deux-là ! » cria Jarit.

Il se jeta en arrière, pivota sur lui-même et courut vers l'entrée du logis. L'épée du prévôt, pris au dépourvu, resta un moment suspendue dans les airs, comme braquée sur un adversaire invisible. Lorsque le hurle songea enfin à réagir, le vieux grogne avait déjà glissé la moitié de son corps par l'ouverture basse.

Véhir voulut faire un pas de côté mais son vis-à-vis, en un geste réflexe, piqua la pointe de son arme sur sa cage thoracique. Le fer lui transperça la couenne et crissa sur ses côtes. La douleur, aiguë, vénéneuse, lui coupa la respiration. Il vit comme dans un rêve le deuxième prévôt se ruer à la poursuite de Jarit, écarter d'un coup de pied le rideau de branchage qui gisait dans l'herbe, disparaître dans la bouche sombre.

« Tout doux, grogne, ou je te crève le cœur. »

Véhir obtempéra d'autant plus docilement que sa vie s'échappait par l'entaille de son torse. Il n'avait pas pour l'instant la capacité de défier son adversaire, seulement de rester debout et de garder les doigts serrés sur le manche de la dague. Lorsque le hurle eut retiré la lame d'un coup sec, le sang dévala son ventre et ses aines avec la légèreté d'une cascade de duvets. Des bruits retentirent dans le lointain, des vociférations, des cliquetis, des craquements. On se battait à l'intérieur de la grotte. Jarit avait lancé le signal de la révolte mais il avait surestimé la force de caractère et les réflexes de son jeune compagnon.

Véhir devrait faire preuve d'initiative la prochaine fois. Y aurait-il une prochaine fois ? Il songea à troïa Orn, la belle grognesse qui s'était effacée de ses pensées avec une rapidité surprenante, aux faucheurs de la lunaison des moissons, aux anciens de la communauté, aux trois lais de l'Humpur. Ne valait-il pas mieux jouir d'une vie même imparfaite, même misérable, plutôt que de rôtir à petit feu sur la broche d'un âtre de Luprat ? Pour la première fois depuis son départ de Manac, il regretta amèrement la folie qui l'avait poussé à briser le galandage de l'enclos de fécondité.

Des silhouettes s'agitèrent dans son champ de vision. H'Gal et le prévôt traînaient par les pieds le corps ensanglanté de Jarit. Les vêtements de l'aristocrate hurle portaient des traces de brûlures, non seulement sa cape à moitié déchiquetée, mais également sa tunique et sa brague noircies et trouées par endroits. Une épaisse fumée sortait de l'ouverture de la grotte, subtilisait les reliefs, donnait à la scène un aspect cauchemardesque.

« Triple bouq ! gronda H'Gal. Tu aurais pu te contenter de l'assommer.

— Il s'aruait sur vous dans l'intention de vous occire, seur, plaida le prévôt.

— Lui ? M'occire ? C'est un grogne, un vieillard.

— Vous lui tourniez l'échine. Il...

— Je t'avais pourtant commandé de le surveiller. Le comte sera furieux. J'espère pour toi qu'il survivra jusqu'à Luprat.

— Peut-être que si on lui remise les tripes dans le ventre... »

Ils reposèrent sans ménagement Jarit sur le sol. Les mains crispées de l'ermite tentaient de retenir les intestins qui débordaient de la plaie béante de son abdomen. Le banni de Manac avait engagé un combat perdu d'avance pour empêcher H'Gal d'incendier sa demeure, de détruire les trésors dont il était le gardien. Et lui, Véhir, lui qui était en grande partie responsable de ses malheurs, s'était montré incapable de lui prêter mainforte, vautré dans sa peur comme un gavard dans son lisier. Devant le vieux grogne éventré, devant l'énorme gâchis que représentait la disparition des livres humains, des larmes de rage lui brouillèrent les yeux. La douleur de sa blessure s'estompa et, à nouveau, il ressentit l'appel de la dague, ce chant secret qui résonnait dans le creux de sa paume, ce murmure envoûtant qui émanait du métal et lui ensorcelait tout le bras. Du bout des doigts, il commença à dégager la lame de sa gaine de cuir.

Le prévôt, qui observait ses deux congénères, se retourna subitement et le fixa d'un air soupçonneux.

« Qu'est-ce que tu farfailles dans ton dos ?

— Gratté'j le cul... » bredouilla Véhir.

Le prévôt gloussa, glissa son épée contre le flanc du grogne, releva le manteau de lin d'un coup sec, puis se pencha sur le côté pour vérifier. Son bras se raidit tout à coup.

« Me semble que tu caches quelque chose dedans ton dos.

— Un présent », murmura Véhir en finissant de dégager la lame de la dague.

La gaine ricocha sur son mollet et atterrit silencieusement dans l'herbe.

« Donne ! glapit le hurle, les yeux brillants d'avidité.

— Que soit faite la volonté de l'Humpur. »

# CHAPITRE 4

# Leude Tia

*Un jour un trouvre s'agluma à la cour de Luprat,*
*un glate à plumes et à bec des monts pyrénains,*
*et son chant enjomina toutes les pucelles*
*des nobles familles.*
*Parlait des dieux de l'Humpur,*
*disait qu'iceux apparaissaient en une grotte*
*du Grand Centre et contaient*
*mille merveilles à leurs adorateurs.*
*Les lais ne l'ouïrent pas de cette oreille,*
*qui intriguèrent auprès du comte,*
*se saisirent du trouvre et le décapitèrent*
*sur la place de Luprat.*
*Le comte y consentit, au risque de déclencher l'ire*
*du clan ailé et puissant des glates.*

*Quand les pucelles s'éplorent,*
*tandis que les lais et les soldats se gobergent,*
*alors rôdent les temps du malheur.*
*Mais viendra le jour béni où les cœurs*
*des pucelles battront plus fort que*
*le prêche des lais ou le fer des soldats.*

Les fabliaux de l'Humpur

Le bras de Véhir se détendit. Il frappa d'un geste circulaire, le geste naturel d'un faucheur. Surpris par la soudaineté de l'attaque, le hurle esquissa un pas de recul mais ne parvint pas à éviter la dague qui s'engouffra dans son flanc jusqu'à la garde. Dans un état second, comme possédé, Véhir ne lui laissa pas le temps de riposter. Il se colla à son adversaire et lui plongea sa lame dans le cou. Il sentit sur son torse le souffle chaud du prévôt, une exhalaison prolongée qui s'acheva en un râle étranglé. Il retira la dague de la plaie et repoussa du genou le corps vacillant. Le sang jaillit en force et lui éclaboussa le visage. Il s'essuya le front et les yeux d'un revers de main, vit le prédateur basculer vers l'arrière, reporta son attention sur les deux autres. Toujours penchés sur Jarit, ils n'avaient rien remarqué du combat qui s'était pourtant déroulé à moins de cinq pas, à cause sans doute de la fumée de plus en plus dense et des gémissements de l'ermite.

Enflammé par la chaleur de la dague, Véhir se débarrassa du manteau de lin sans quitter les deux hurles du regard. La mort du prévôt l'avait libéré du joug de la peur. Il avait maintenant la certitude d'avoir vaincu la fatalité du pays de la Dorgne, de s'être placé sous la protection de l'Humpur. Il lui suffisait de se laisser guider par l'arme des dieux humains. Son euphorie l'aida à oublier sa blessure au torse. Le manteau s'affaissa dans un froissement à ses pieds. Sa nudité ne lui apparut pas comme un inconvénient mais, de par la grande liberté de mouvement qu'elle lui offrait, comme un avantage.

Il serra le manche de la dague et s'approcha en catimini des deux prédateurs. Le prévôt n'avait pas rengainé son épée dont la lame émoussée était marbrée de sang. La fumée s'épaississait encore, répandait dans la clairière une oppressante odeur de brûlé. Véhir croisa le regard de Jarit, luisant entre ses paupières mi-closes. Il comprit que l'ermite, parfaitement lucide, poussait des gémissements de plus en plus bruyants pour couvrir son approche.

« Qu'est-ce que tu attends pour lui remiser la tripaille dans le ventre ? siffla H'Gal. Qu'il calanche pendant le trajet, et j'épandrai ta propre merde jusqu'à la barbacane du castel de Luprat, hoorrll ! »

Le prévôt soupira, posa son épée dans l'herbe, se pencha sur Jarit et entreprit de lui décroiser les mains afin de dégager l'entaille. L'éclat insolite des yeux du vieux grogne l'alerta. Il se redressa, entrevit une silhouette claire et menaçante, comprit en un éclair qu'il devait défendre sa vie, empoigna son arme et se jeta à terre. Son agresseur s'abattit sur lui de tout son poids et lui bloqua le bras. Il tenta de s'en débarrasser d'un coup de reins mais une lame courte se ficha sous sa cage thoracique et lui fouailla les viscères.

Les soubresauts du hurle déséquilibrèrent Véhir qui, au moment de porter le coup de grâce, s'affaissa sur le côté et roula sur l'herbe encore imprégnée de rosée. Il sauta sur ses jambes au bout de sa culbute, balaya les environs du regard. Le prévôt gigotait sur le sol comme un crapaud échardé sur une planche. H'Gal s'était reculé et avait tiré son épée. Il évaluait les forces en présence avant d'entrer à son tour dans la bataille, silhouette immobile et menaçante dans l'étoupe grise qui ensevelissait la clairière.

Véhir hésita sur la conduite à suivre : ou bien il affrontait H'Gal au risque d'être pris à revers par le prévôt blessé, ou bien il achevait le prévôt et s'exposait à l'attaque de l'aristocrate. Jarit avait cessé de geindre et, appuyé sur un coude, les mains toujours crispées sur son abdomen, résistait désespérément à la mort qui lui voilait déjà la face d'une ombre pâle. Il luttait jusqu'à la dernière limite de ses forces pour étayer le courage de son protégé, pour le réchauffer aux derniers feux de sa vie.

Le prévôt parvint à s'agenouiller et à tendre son épée en direction de Véhir. Le sang s'épanouissait comme un coquelicot géant sur les plis de sa tunique et le haut de sa brague.

« Maudit, murmura-t-il dans un souffle. Je te mangerai moi-même les coïlles ! »

Il se releva, tituba, s'appliqua à maîtriser le flageolement de ses jambes, s'avança d'une allure hésitante vers Véhir, qui esquiva facilement ses coups d'estoc et guetta la première occasion de riposter. Elle se présenta quelques instants plus tard lorsque le hurle, emporté par son élan, trébucha sur une racine et lui présenta le dos. La dague du grogne vola vers la nuque offerte, ripa sur une vertèbre cervicale. Le bras engourdi par le choc, il faillit lâcher le manche de son arme. Il n'eut pas besoin de frapper à nouveau : le coup avait arraché la moitié du cou du prévôt qui s'effondra comme une masse après avoir parcouru une distance d'une dizaine de pas.

« Derrière toi ! »

Le cri de Jarit tira Véhir de la torpeur qui partait de son poignet et s'étendait à tout son corps. Ces deux combats, pourtant brefs, l'avaient épuisé autant qu'une journée entière de fauchaison dans les champs de blaïs. Il pivota sur lui-même. H'Gal s'était élancé et avait comblé l'intervalle en moins d'un chant de coucou. Ses bottes martelaient le sol et sa cape claquait comme une oriflamme au-dessus de sa tête.

Véhir discerna un éclat devant lui, le scintillement d'une lame. En un réflexe, il plaça la dague à hauteur de son ventre, à la verticale, et d'un mouvement tournant, dévia l'épée du hurle. Il crut que le heurt des fers lui brisait le coude. La parade ne déséquilibra pas H'Gal qui, contrairement au prévôt, ne se laissa pas emporter par sa charge. Il corrigea sa position d'un simple retrait du tronc et frappa aussitôt de taille. Véhir plongea sur le côté, la lame siffla à moins d'un pouce de son oreille, il tomba de tout son long sur l'herbe, entrevit les semelles et le bas de la cape de l'aristocrate.

« Coïllon de grogne, tu vas connaître ce qu'il en coûte de défier la loi de Luprat ! »

Véhir devina plus qu'il ne vit la trajectoire plongeante de l'épée. Il poussa sur son bras, fit un tour complet sur lui-même, perçut une vibration sourde sur sa gauche. Il ne chercha pas à savoir où s'était plantée la lame, il recommença à rouler sur lui-même, sans lâcher la dague, évita une deuxième botte, puis une troisième. Il se sentait dans la position d'un ver minuscule essayant d'échapper au bec d'une poule, ses plaies l'élançaient de nouveau, les aspérités de la terre lui griffaient les fesses et le dos. Il apercevait, au gré de ses reptations, l'ombre gigantesque du hurle qui le rattrapait en deux enjambées et levait son arme pour le clouer au sol. Seule la rage aveugle de H'Gal lui permettait pour l'instant de surseoir au coup fatal. Il eut l'impression que cette étrange poursuite durait depuis des cycles et des cycles, que son existence était suspendue depuis toujours au ballet désordonné de l'épée. Sa couenne partait en lambeaux sur les arêtes des pierres, sur les racines, les épines s'incrustaient dans ses chairs à vif, la fumée lui irritait la gorge, ses poumons réclamaient de l'air, son cœur tambourinait sur sa veine jugulaire et ses tympans. Il lui fallait d'urgence réagir, changer les règles du jeu. L'espadon se ficha profondément dans la terre à deux pouces de sa tempe et se coinça dans une racine. H'Gal poussa un juron de dépit. Véhir saisit tout le parti qu'il pouvait tirer de ce répit inattendu, raffermit sa prise sur la poignée de la dague, interrompit ses roulades, lança la main vers la jambe du prédateur arc-bouté sur son arme, l'atteignit au-dessus du genou.

Le hurle ne parut pas prendre conscience du coup porté à sa cuisse, pourtant entaillée jusqu'à l'os. Mais, lorsqu'il parvint à dégager son arme et qu'il arma son bras pour achever ce grogne aussi insaisissable qu'un reptile, ses jambes se dérobèrent et il s'affala sur le dos. Il remarqua alors que le sang jaillissait par saccades de son artère fémorale sectionnée. Ses yeux clairs se troublèrent. Il voulut se relever mais, incapable de surmonter la douleur, il s'affaissa de nouveau comme un ancien de Manac gangrené par la malédiction des os mous.

Hors d'haleine, rompu, Véhir n'eut lui-même ni la force ni la volonté de bouger. Un gémissement de Jarit le ravigota. Il se releva, avisa l'épée du prévôt qui gisait dans l'herbe un peu plus loin, la ramassa et s'avança vers H'Gal. L'arme était tellement lourde qu'il peinait à la porter, qu'elle le tirait vers l'avant à chacun de ses pas. Le moindre de ses gestes ravivait les multiples douleurs qui lui picoraient la couenne. Des craquements sinistres retentissaient à l'intérieur du logis dont l'ouverture vomissait une poix irrespirable et noire.

Toujours affalé, le hurle parut d'abord vouloir reprendre le combat mais il se ravisa, baissa son épée en signe de capitulation et posa les mains sur sa cuisse pour tenter de juguler l'hémorragie. La terreur et la souffrance lui retroussaient les lèvres, lui révulsaient les yeux, blêmissaient les zones glabres de sa face.

« Épargne-moi, grogne, et... et ta vie sera garantie dans tout le comté de Luprat, proposa-t-il d'une voix mal assurée.

— A't pas épargné çui-ci ! répliqua Véhir en désignant Jarit d'un mouvement de menton.

— L'est ce bouq de prévôt qui l'a éventré.

— N'ai'j pas confiance dans la parole d'un hurle. »

Véhir lâcha la dague et brandit l'épée à deux mains.

« Je suis le neuvième fils de seur H'Kor, connétable en second du comté de Luprat, articula rapidement H'Gal, épouvanté. Si tu me tues, tu ne trouveras ni repos ni mangeaille. Tu seras pisté par tous les prédateurs du pays de la Dorgne et tu... »

La fin de sa phrase se perdit dans un gargouillis inaudible. Le tranchant de l'épée s'était abattu sur son crâne et lui avait fendu la tête jusqu'à la naissance du museau.


« Inutile, murmura le vieux grogne. Les trésors des dieux humains ont disparu à jamais. »

Véhir lança un coup d'œil désespéré vers l'entrée du logis dévorée par des flammes ronflantes. Il avait essayé d'en forcer le passage quelques instants plus tôt afin de sauver ce qui pouvait encore l'être, mais la chaleur et la fumée s'étaient liguées pour dresser devant lui une infranchissable barrière, le roussissement de ses soies l'avait obligé à reculer, à renoncer. La perte des livres lui avait causé un chagrin encore plus cruel, peut-être, que l'agonie de Jarit dont les entrailles découvertes exhalaient une odeur répugnante. Il n'y avait plus rien à faire pour le vieux grogne qu'animait un souffle de vie plus ténu que la brise de la lunaison des grands chauds. Il ne restait plus à Véhir, assis à ses côtés, qu'à recueillir ses dernières paroles, ses dernières volontés. Les dieux humains avaient renié tous les habitants du pays de la Dorgne en abandonnant leur vieux serviteur, en laissant se détruire les vestiges de leur règne.

« C'est peut-être mieux comme... comme ça, murmura Jarit. Ces livres n'étaient pas... »

Un grondement sourd et prolongé domina sa voix agonisante. La colline qui renfermait l'ancienne demeure des dieux s'effondrait sur elle-même. Des rochers dévalèrent les pentes affaissées, des étincelles jaillirent en gerbes des failles, des poutres à demi consumées transpercèrent la terre, des éclats de bois, projetés sur un rayon de vingt pas, rougeoyèrent entre les brins d'herbe.

Une ivresse sous-jacente coulait d'une source occulte et s'infiltrait dans la tête, le ventre et les membres de Véhir. Il avait aimé la sauvagerie des combats contre les hurles, aimé le paroxysme de ces instants où la vie se jouait sur un geste, aimé plonger le fer dans le corps de ses adversaires, aimé verser leur sang. Il contempla la dague qui reposait à ses pieds, enfouie dans sa gaine comme un vaïrat glissé sous ses couvertures après une dure journée de labeur. Son alliée, sa griffe et sa dent selon les termes de Jarit.

« Tu es dornavant le seul lien avec les dieux humains, reprit le vieux grogne d'une voix de plus en plus faible. Tu es celui que je n'ai pas su être... J'aurais dû moi-même partir d'ici depuis longtemps mais je... je n'en ai pas eu le courage... »

D'un geste de la main, il ordonna à Véhir, qui ouvrait la bouche pour protester, de l'écouter.

« Je n'ai plus beaucoup de temps... Je t'ai menti, je ne suis jamais allé dans le Grand Centre... Je n'ai jamais voulu quitter mes trésors, mes livres... C'était une appropriation confortable, une prison bien plus sournoise que les murs de la communauté... L'avoir n'est pas l'être, et le savoir n'est pas l'agir... »

Il crachait du sang et peinait à maintenir ses paupières entrouvertes. Ses yeux noirs s'étaient ternis et sa couenne avait pris la couleur d'un bloc de craille. Ses doigts s'enroulèrent autour du poignet de Véhir. Le jeune grogne évitait de regarder la tripaille qui débordait du ventre béant de son congénère.

« Promets-moi... promets-moi de chercher l'Humpur... Tu es le seul qui puisse... »

Un spasme violent le secoua de la tête aux pieds, ses os claquèrent sur la terre ramollie par les pluies de la nuit. Les cendres voletaient autour d'eux, habillaient d'un tapis blanchâtre la clairière, les fourrés, les arbustes et les cadavres des hurles.

« Promets... répéta Jarit.

— Promet'j, obtempéra Véhir, les larmes aux yeux.

— Dis : je te le promets...

— Je te le promets. Mais par où irai'j ?

— Écoute ton cœur... ton cœur... Une dernière chose... »

Véhir dut coller son oreille contre les lèvres de Jarit pour entendre son chuchotement.

« Brûle... brûle mon corps avant de partir... afin que... mes cendres se mêlent à celles des trésors... humains... »

Il se raidit après avoir prononcé ces paroles et sa tête se renversa en arrière. Véhir comprit, à la crispation soudaine de sa main, que le vieux grogne venait de rendre son dernier souffle.

Il resta un long moment prostré près du cadavre de Jarit. En moins de deux jours, l'ermite avait pris une telle place dans sa vie qu'il avait l'impression de pleurer un père. Il n'avait jamais rien éprouvé de tel pour un membre de la communauté, et pourtant, son véritable géniteur s'était peut-être trouvé parmi les anciens qui avaient été étranglés les cycles précédents. La noblesse de Jarit ressortait encore davantage dans la fixité de la mort. La sérénité de son visage, dont les rides s'étaient effacées, offrait un contraste saisissant avec l'aspect répugnant de sa blessure et la saleté de ses vêtements couverts de boue, de cendres et de sang. Un étrange sourire flottait sur ses lèvres exsangues, comme un signe adressé à son jeune protégé depuis l'au-delà. Lui disait-il qu'il avait rencontré les dieux humains dans l'autre monde, qu'il goûtait enfin la paix de l'esprit après des cycles et des cycles de solitude sur cette terre ingrate ? Qui pouvait savoir ce qui se passait dans la tête d'un mort ?

De nouvelles secousses avaient agité la colline, qui n'était plus désormais qu'une masse informe de ruines noircies. Des nuées de grolles s'étaient abattues sur les cadavres des hurles. Leurs serres et leurs becs jaune foncé avaient commencé à les dépecer dans un crépitement frénétique. Quelques flammèches léchaient encore les poutres et les arbres couchés par les éboulements. Le vent avait dispersé la fumée et les cendres, les oiseaux s'étaient remis à chanter, les premiers rayons du soleil avaient déchiré les nuages pour éclabousser de lumière les frondaisons, les fourrés, les herbes. La vie reprenait son cours après la parenthèse de fureur qui avait embrasé la forêt.

Un craquement retentit dans le couvert. Véhir sursauta, se retourna, flaira les senteurs végétales qui embaumaient l'air lavé de ses scories, tenta de percer du regard la pénombre de la forêt, ne distingua pas d'autre mouvement que celui des fougères entre les troncs élancés et les buissons. Il courait un danger à rester au milieu de cette clairière. L'odeur des charognes attirerait rapidement les prédateurs errants et il était dans un tel état de fatigue qu'il n'aurait aucune chance de leur échapper. Il lui fallait trouver un endroit sûr pour se reposer et reconstituer ses forces. Le seur H'Gal avait eu raison sur un point : les prévôts du comté remueraient ciel et terre pour retrouver l'assassin de deux des leurs et d'un membre de l'aristocratie de Luprat. Pris de panique, il faillit s'enfuir en abandonnant le corps de Jarit, puis il se ressaisit et entreprit d'accomplir les dernières volontés de l'ermite. Il ignorait les raisons pour lesquelles le vieux grogne avait émis le désir d'être brûlé, mais il se devait de respecter sa promesse.

Il ramassa les branches brisées par la tempête de la veille et les entassa sur un lit de cendres tièdes. Taraudé par la peur, il disposa des brindilles entre les branches, donna un peu d'épaisseur à l'amas avec des poutres à demi calcinées, puis il empoigna le cadavre de Jarit et, luttant contre la nausée soulevée par la puanteur de charogne, le posa sur le bûcher.

Une rapide fouille des vêtements de H'Gal ne lui permit pas de mettre la main sur son boutefeu. Probablement le hurle l'avait-il perdu lors de la brève lutte qui l'avait opposé à Jarit à l'intérieur du logis. Il chercha un autre moyen d'enflammer le bois, repéra un foyer encore actif parmi les décombres, rassembla les braises sur une pierre plate et les glissa sous le bûcher. Puis, imitant les anciennes de Manac chargées d'allumer ou d'entretenir le feu, il s'agenouilla et souffla sur les charbons ardents. L'humidité du bois lui compliqua la tâche mais, alors que ses expirations prolongées l'avaient conduit au bord de l'évanouissement, des flammes timides s'élevèrent des brindilles et grimpèrent à l'assaut des branches.

Il demeura près du bûcher jusqu'à ce que le feu eût dévoré le corps de Jarit. Son chagrin le déserta peu à peu, comme dissipé par la crémation, et fit place à une sérénité qu'il n'avait jusqu'alors jamais ressentie. Peut-être le vieux grogne avait-il imposé cette cérémonie à son congénère pour lui montrer que la mort n'était pas seulement cette fin misérable que connaissaient les anciens de Manac jetés dans une fosse après leur étranglement ? Que le souvenir d'un mort brille avec davantage d'éclat lorsqu'il a été purifié par le feu ?

Véhir ajouta encore un peu de bois au brasier puis, craignant que le fumet n'allèche un prédateur, il se résolut à partir. Suivant le conseil de Jarit – les vêtements retenaient les odeurs corporelles à condition de les laver régulièrement –, il dépouilla H'Gal de sa cape, de sa tunique, de sa brague et de ses bottes. Nu, le hurle lui parut encore plus impressionnant qu'habillé. Un pelage noir et ras lui mangeait l'abdomen et les cuisses, les muscles se dessinaient sous la peau presque translucide des jambes, des pectoraux et des épaules, ses orteils portaient des griffes recourbées aussi dures et affûtées que ses crocs. Son vit et ses bourses n'étaient pas reliés, contrairement aux grognes, mais séparés par deux pouces de distance, si bien que le vit, enfoui sous une gaine sombre et velue, se trouvait placé plus haut sur le ventre, presque en son milieu.

H'Gal avait pissé et chié sur lui au moment de recevoir le coup de grâce, et Véhir dut surmonter son dégoût pour enfiler ses vêtements, pourtant plus agréables à porter que les étoffes grossières de Manac. Il se promit de les nettoyer à la première occasion. Comme elles étaient trop grandes pour lui, il retroussa les manches de la tunique et les jambes de la brague. Les bottes, en revanche, lui allaient parfaitement. Il n'avait pas l'habitude des chaussures, mais ses pieds acceptèrent sans difficulté le cuir souple et fin qui les emprisonnait. Une fois habillé, il eut l'impression d'avoir perdu son identité de grogne, de s'être glissé dans une nouvelle odeur, dans un nouveau corps. Il n'estima pas nécessaire de s'encombrer d'une épée, dont le poids risquait de l'entraver dans sa fuite. En outre la dague perdrait sans doute de son efficacité, de sa puissance, au contact d'une arme aussi grossière. Il ne tenait pas à offenser ses nouveaux protecteurs, les dieux humains dont les images lui avaient procuré un tel ravissement dans la salle de bains de leur ancienne demeure.

Après avoir jeté un bref regard à la forme sombre de Jarit livrée aux flammes, il se dirigea vers le cœur de la forêt, repoussant la tentation de revenir sur ses pas, de se recueillir une dernière fois devant ce compagnon dont la mort avait été aussi grande que la vie.


Il marcha sans s'arrêter, sans manger, sans boire, jusqu'au crépuscule. S'orientant grâce au soleil, il avait décidé de suivre la direction du nord-est, là où se dressaient en principe les lointaines montagnes du Grand Centre. Il avait enfoui sa tête dans un pan de la cape, si bien que les rares silhouettes qu'il avait croisées dans les sentiers envahis de ronces – des mêles reconnaissables à leurs cornes et à leur barbiche, des bêles vêtus de leur seule toison de laine – étaient restées à distance respectable, trompées par son déguisement. Il avait effectué de larges détours pour éviter les communautés agricoles dont il avait aperçu les toits et les palissades entre les frondaisons, le plus souvent établies sur les bords d'une rivière, la Dorgne sans doute.

Lorsque le soleil eut disparu derrière les crêtes des collines environnantes, il chercha un abri pour y passer la nuit. Les grottes étant nombreuses dans la région, il n'eut que l'embarras du choix. Il opta pour une caverne profonde où coulait une rivière souterraine dont le murmure se perdait dans les profondeurs de la terre. Il reboucha l'entrée du boyau avec des pierres et, après s'être longuement désaltéré, il décida de se baigner. S'il avait toujours assimilé le bain à une corvée à Manac, il prit un plaisir indicible à s'immerger dans l'eau glacée. Il nettoya ses multiples blessures, lava la tunique et la brague de H'Gal mais évita de mouiller la cape pour s'en servir de couverture le temps que sèchent les vêtements. Éclairé par la faible lumière qui tombait d'ouvertures invisibles et dessinait des auréoles pâles sur les tores des stalagmites, il constata que les teintures végétales imprégnant le tissu se diluaient au contact de l'eau, que le brun-rouge originel se transformait en une indéfinissable couleur grise. Les clans prédateurs maîtrisaient encore quelques techniques oubliées par les communautés agricoles du pays de la Dorgne, mais ils subissaient le même déclin, ainsi que l'avait affirmé Jarit : le fer de leurs épées n'avait ni la finesse ni la solidité du métal forgé par les dieux humains, les teintures de leurs vêtements paraissaient bien ternes en comparaison de la richesse des étoffes aperçues sur les livres et, de surcroît, se délayaient au moindre contact avec l'eau. Ils ne tiraient leur supériorité que de leur force physique, du tabou proscrivant l'usage des armes aux communautés et de la duplicité des lais de l'Humpur.

Le cœur de Véhir se serra au souvenir du vieux grogne. Sa tristesse ne le quitta pas lorsqu'il fut sorti de la rivière, qu'il eut essoré et étalé les vêtements, qu'il se fut enroulé dans la cape et allongé à même la roche, la dague posée contre sa cuisse. Le sommeil vint rapidement le délivrer de sa détresse et de sa faim.

*
**

L'agitation, inhabituelle en cette heure matinale, réveilla leude Tia. La cour intérieure du castel bruissait de cris de colère, de claquements de sabots sur les pavés. Elle crut d'abord que Luprat avait été prise d'assaut par une troupe ennemie. Elle s'en étonna, car elle ne connaissait pas de seigneurs assez forts ou assez fous pour défier l'armée de son père, la plus puissante du pays pergordin. Cela faisait en outre plus de trente cycles que le comte H'Mek avait conclu un pacte de non-agression avec les territoires voisins d'Ursor, de Gupillinde et de Muryd.

Tia repoussa les draps de lin, se leva, courut à la fenêtre de sa chambre sans enfiler sa matinette et entrouvrit les deux battants de bois. La fraîcheur de l'aube s'enroula autour de son cou, de ses épaules, de ses mamelles, de son bassin, de ses jambes. Peu étendu, ras, son pelage fauve ne lui protégeait que le crâne, le cou et le bas-ventre.

De sa chambre, située au troisième étage de la tour sud, elle avait une vue d'ensemble de la cour, des dépendances, et une vue partielle des remparts extérieurs de la cité. Elle laissait d'habitude errer son regard sur les toits de lauzes des maisons basses, serrées les unes contre les autres comme un troupeau de bêlants, sur les places inondées de soleil ou noyées de pluie, sur l'entrelacs de ruelles sinueuses qui charriaient dès l'aube une foule dense et bruyante, sur le moutonnement infini et sombre des collines qui cernaient la cité, mais ce matin-là, son attention fut attirée par les trois corps étendus sur des litières de paille autour desquelles se pressaient une trentaine de prévôts, deux miaules errants et quelques membres de l'aristocratie hurle. Elle reconnut le seur H'Kor, le connétable en second, agenouillé près d'un cadavre dénudé dont il ne restait pratiquement rien de la tête, le seur H'Pël, l'intendant majeur, et le seur H'Jah, le commandant en chef de la sécurité. Ils n'avaient pas pris le temps de s'habiller, ils s'étaient revêtus en hâte de leur cape de laine et de leurs chausses à semelle de bois. Les lamentations de H'Kor se mêlaient aux vociférations des prévôts et aux hennissements des chevaux dont les robes fumaient et les naseaux écumaient. Palefreniers et badauds, alertés par le bruit, surgissaient des écuries ou des porches, venaient aux nouvelles, s'agglutinaient en grappes autour des fontaines de pierre.

Leude Tia se demanda si ces événements avaient un rapport avec l'expédition lancée trois jours plus tôt sur la forêt de Manac. Les miaules à la solde des prévôts avaient repéré l'antre du grogne qui narguait depuis des lustres l'autorité du comté et qui était, selon le clergé de l'Humpur, un sorcier, un suppôt du Grand Mesle. Elle avait jugé ridicule un tel déploiement de forces pour la capture d'un vieil original rejeté par sa communauté et condamné à vivre comme une bête sauvage. Depuis la rébellion des mêles de Valahur et la terrible répression qui s'en était suivie, les communautés agricoles ne s'avisaient plus de transgresser la loi des clans et s'acquittaient docilement de leur dîme. La viande des gavards de Manac était d'ailleurs considérée comme l'une des plus tendres et savoureuses de la Dorgne, au point qu'elle faisait l'objet d'un commerce florissant entre Luprat et les pays voisins.

« Ma leude, vous allez attraper la mort à vous esbauder entièrement poil à cette fenêtre ! »

Leude Tia n'eut pas besoin de se retourner pour savoir qui venait ainsi de l'apostropher : Fro, sa servante, sa confidente, une femelle aussi vieille que revêche, un laideron qui suscitait de la pitié et de l'effroi chez les autres pucelles de la cour. Un poil rêche et gris lui dévorait la face, le museau, le cou, les mains. Ses babines plissées retombaient de chaque côté de son menton, cachant des crocs déchaussés, jaunes, ainsi qu'une langue déchiquetée et râpeuse qui semblait trop grande pour sa gueule. Son haleine, aussi redoutable que son allure, tenait ses interlocuteurs à distance et ses griffes recourbées, qu'elle brandissait à tout propos comme des crochets de boucherie, dissuadaient quiconque de discuter ses ordres. Bien qu'elle n'appartînt pas à l'aristocratie hurle, elle jouissait d'une grande considération dans l'enceinte du château, d'autant qu'elle avait servi de gouvernante au comte en personne, qu'elle n'ignorait rien des petits secrets de la cour, qu'elle savait se montrer discrète, qu'elle était donc une messagère toute indiquée pour orchestrer les rendez-vous inavouables entre les leudes et les seurs. Les membres du clergé eux-mêmes recouraient fréquemment à ses services. On disait que l'archilai ne prenait aucune décision sans l'avoir au préalable consultée. On ne lui connaissait qu'une faiblesse, Tia, la septième fille du comte, à laquelle elle vouait la même tendresse qu'une mère à sa fille et à qui elle passait tous les caprices.

Fro saisit la matinette posée sur l'un des deux fauteuils de la chambre, des chausses de laine gisant sur le tapis, et s'approcha à grands pas de la leude.

« Êtes-vous folle de vous montrer de la sorte ? grommela-t-elle. Le seur H'Wil, votre futur époux, sera furieux d'apprendre que vous exposez votre corps à d'autres regards que le sien !

— Je ne serai que sa troisième épouse, rétorqua Tia sans s'écarter de la fenêtre.

— Les deux premières sont sèches, argumenta Fro. Il vous suffira de lui donner un enfant pour les supplanter. Et puis cette union a été voulue par votre père pour...

— Favoriser le rapprochement avec H'Wil, soupira la leude. Il m'a vendue à ce boître comme de la viande de gavard.

— Couvrez-vous, je vous en conjure. Le comte me tiendrait pour responsable de la rupture de vos fiançailles. »

Fro lui posa d'autorité la matinette sur les épaules. En son for intérieur, la servante comprenait la détresse de Tia, la femelle la plus gracieuse du pays de la Dorgne, une petite merveille – *sa* petite merveille – qu'on s'apprêtait à pousser sur la couche d'une brute qui avait la réputation de dévorer ses proies vivantes et de fouetter ses épouses jusqu'au sang. Cependant, elle évitait de dévoiler ses véritables sentiments à la leude, consciente que les enjeux de cette union outrepassaient l'intérêt individul, que le sacrifice de Tia était nécessaire à l'équilibre du comté. Elle avait elle-même conseillé au comte de négocier un traité avec H'Wil, un aristocrate indépendant et belliqueux dont la puissance représentait un danger pour la cité de Luprat.

Elle avait regretté sa suggestion lorsque le comte avait décidé d'offrir, en gage de sa bonne foi, sa septième fille à l'insoumis, plus encore quand ce dernier avait accepté l'offre, trop heureux de se draper dans un pan du prestige de la famille régnante.

« Passez vos chausses, leude. Ce bois est aussi glacé que le cul d'un miséreux au plus froid de l'hiver.

— Tu sais ce qui se passe, Fro ? » demanda Tia qui dédaigna les chausses offertes par sa servante mais resserra les pans de sa matinette.

La vieille hurle se pencha à son tour sur le rebord de la fenêtre et embrassa du regard la cour intérieure à présent noire de monde. Été comme hiver, elle portait la même robe de laine grise, qu'elle ne lavait qu'une fois l'an et qui trahissait son odeur à des pas à la ronde. Tia changeait quant à elle de tenue toutes les semaines, une fantaisie qui coûtait un surcroît de travail aux lingères du palais, obligées après chaque lavage de teindre ses vêtements dans ses couleurs préférées, le vert, le noir et le rouge.

« M'est avis que H'Gal, le fils du seur H'Kor, est tombé sur un os, hoorrll, marmonna Fro. Ce coïllon se figurait que la capture du vieux grogne de la forêt de Manac serait une simple formalité, mais çui a fendu sa tête comme une bûche ! Et les ventres des deux prévôts qui l'accompagnaient ressemblent asteur à des outres crevées.

— Le tabou de l'Humpur...

— Les hors-la-loi sont des zirous ! N'ont rien à fouchtre des tabous de l'Humpur ! »

La servante avait expulsé autant de salive que de mots. Ses babines tremblaient de colère et son museau écrasé paraissait s'être allongé de deux ou trois pouces. Dans la cour, la foule s'écartait pour laisser le passage à leude Poë, quatrième épouse du seur H'Kor et mère de H'Gal. Elle non plus n'avait pas pris le temps de se parer : l'échancrure de sa matinette légère s'ouvrait largement sur ses mamelles et son ventre velu. Elle n'avait pas rabattu ses longues oreilles de chaque côté de son crâne, comme le voulait l'usage, ni même démêlé les poils drus et noirs qui lui tombaient sur les épaules. Parvenue devant les litières de paille, elle s'agenouilla aux côtés de son époux et contempla le cadavre de son fils. Le brouhaha s'interrompit peu à peu et un silence oppressant retomba sur la cour.

« Trois hurles dans la force de l'âge ne sont pas venus à bout d'un vieux grogne, chuchota Tia avec une moue de mépris.

— Pas n'importe quel grogne, répliqua Fro à voix basse. Un sorcier, un serviteur du Grand Mesle.

— Ça, c'est le clergé qui le dit. »

Fro décocha un regard sévère à la leude, dont l'effronterie confinait parfois à l'hérésie.

« Le grogne n'aurait pas échappé au flair des miaules pendant des cycles s'il n'avait invoqué la puissance des démons.

— Le flair des miaules n'est pas infaillible. Ces boîtres sont aussi stupides que des bouqs !

— Mesurez vos paroles, leude. J'en connais beaucoup à la cour qui s'esbaudiraient de vous voir gigoter à la branche basse du chêne de justice. »

Tia éclata d'un petit rire qui résonna comme une note indécente dans le silence funèbre.

« Qui s'aviserait de pendre la fille du comte de Luprat ? lança-t-elle d'un ton provocant.

— Moins fort, je vous prie. Respectez la douleur de leude Poë.

— Qui ? » insista Tia.

Fro la fixa d'un air où se mêlaient tendresse et sévérité.

« Les seurs que vous avez éconduits, ma leude, les épouses et les concubines qui jalousent votre beauté, certains membres du clergé qui ne prisent guère votre insolence, les servantes que votre coquetterie rend folles...

— Ils ne pensent qu'à ripailler, qu'à jacasser, qu'à intriguer. Ils ne valent guère mieux que les pue-la-merde des communautés agricoles. Et ils craignent le courroux de mon père encore davantage que celui du Grand Mesle.

— N'en appelez pas à la désobéissance, ma leude. Vous ne serez pas toujours sous la protection de votre père. »

Tia hocha lentement la tête et désigna d'un mouvement de menton l'attroupement en contrebas.

« Le jour où mon père me conduira dans la demeure de H'Wil sera encore plus triste pour moi que ce jour pour leude Poë... »

La main de Fro vint se poser avec une délicatesse étonnante sur l'avant-bras de Tia.

« Vous saurez amadouer ce monstre, mon oiseau, ma beauté, vous deviendrez une femelle féconde, forte et sage, vous œuvrerez pour la gloire du comté. »

Les larmes étaient venues aux yeux de la servante tandis qu'elle prononçait ces paroles. La leude eut envie de se blottir dans ses bras, comme dans ces temps maintenant lointains où elle n'était qu'une hurlonne insolente et agitée, mais quelque chose, l'invisible barrière qui séparait les maîtres des valets sans doute, l'en dissuada. De même, elle s'abstint de hurler qu'elle n'avait rien à fouchtre de la gloire du comté, que son ventre lui appartenait, que seul lui importait son bonheur. Les récits héroïques d'Avile le trouvre, un glate venu des lointaines montagnes pyrénaines deux cycles plus tôt, avaient soufflé sur son désir de découvrir d'autres paysages, d'autres civilisations, de contempler les dieux humains parés de lumière qui rendaient visite à leurs créatures dans les grottes enchanteresses des montagnes du Grand Centre. Avile s'était accompagné d'un petit instrument à la sonorité nostalgique qui tirait des larmes à ses auditeurs, aux leudes en particulier. Mais ses chants avaient été considérés comme des fariboles par le conseil du comté et comme des germes d'hérésie par le clergé. L'archilai avait exigé et obtenu l'arrestation du trouvre, qui avait été jugé et condamné à la pendaison le jour même. Tia s'était précipitée dans les appartements de son père afin d'obtenir sa grâce, mais le comte était resté inflexible. Elle avait essayé de le piquer en insinuant que l'archilai était devenu le véritable gouverneur de Luprat. En réponse, il l'avait giflée à toute volée. Elle s'était retirée en larmes dans sa chambre où elle était restée enfermée trois jours et trois nuits. Jamais il ne l'avait frappée auparavant.

Sermonnée par Fro et par sa mère, leude Yda, elle avait feint de se soumettre, elle avait accepté de se réalimenter et renoncé à ses chimères de pucelle. Elle se pliait de nouveau aux us de la cour, elle tenait sa langue devant les représentants du clergé, elle jouait son rôle de septième fille du comte H'Mek avec la vivacité enjouée qu'on lui connaissait, mais, au fond d'elle-même, elle se berçait toujours des chants d'Avile, elle ne songeait qu'à partir en quête des pays et des êtres légendaires évoqués par le trouvre à la bouche en forme de bec, aux yeux perçants et à la face auréolée d'une somptueuse parure de plumes, elle guettait la première occasion de s'envoler de la cage que lui destinaient son père et son futur époux. L'idée même que H'Wil pût poser ses sales pattes sur son corps la révulsait. Elle ne se donnerait jamais à lui, de cela elle était certaine, elle se jetterait de la fenêtre de sa chambre plutôt que d'être livrée à ce soudard comme un gavard à un boucher.

« Vous êtes bien pensive, ma leude. »

La face ingrate et penchée de Fro avait quelque chose de pitoyable en cet instant. Ses yeux battus quémandaient de l'affection à sa maîtresse. Devant Tia, elle abaissait ses défenses, elle se dépouillait de cet aspect rogue qui en faisait une interlocutrice à la fois redoutée et recherchée dans l'enceinte du castel. Malgré sa laideur, on lui prêtait de nombreuses aventures avec les palefreniers, les cuisiniers, les prévôts ou les gardes de l'escouade personnelle du comte, mais elle n'avait jamais été grosse. Frappée, à ses propres dires, de la malédiction de la stérilité. Les mauvaises langues insinuaient que l'Humpur avait fait preuve de sagesse en asséchant son ventre.

« J'ai du mal à croire que le vieux grogne de la forêt de Manac soit le seul responsable de ce carnage, avança Tia.

— Le pouvoir du Grand Mesle est immense. Il peut aussi bien se nicher dans le corps d'un grogne que dans les belles menteries d'un trouvre. »

La leude se retourna avec une telle vivacité que sa matinette glissa sur ses épaules et qu'elle se retrouva dénudée jusqu'à la taille.

« Les chants des trouvres sont plus agréables à ouïr que les prêches des lais ! »

Tia distingua nettement les éclairs de panique qui zébrèrent le regard de Fro et regretta aussitôt ses paroles.

« Ne me dites pas, ma leude, que vous êtes encore troublée par les niaiseries de ce chanteur à bec ! Cela fera bientôt deux cycles que çui a été pendu. »

Tia jugea urgent de détourner le cours de la conversation. Elle ne devait pas éveiller les soupçons de la servante si elle voulait mettre ses projets à exécution. Fro avait beau la couver de son affection, elle restait l'œil et l'oreille du comte, elle ne trahirait jamais la confiance qu'il avait placée en elle.

« Je m'étonne encore que tu ne te sois pas élevée contre cette exécution, toi qui es si soucieuse de la paix du comté. »

Les traits de la vieille hurle se détendirent, signe que la leude avait visé juste.

« Notre comte n'avait pas à craindre une réaction des glates des montagnes pyrénaines. Il est une règle de l'Humpur qui oblige les visiteurs à respecter les lois des domaines qui les accueillent.

— Avile le trouvre avait-il enfreint nos lois ?

— Çui a chanté des récits qui emmêlent les pensées des gens. Vous-même, ma leude, vous avez été troublée au point d'en perdre l'appétit et le sommeil. Et puis, les montagnes pyrénaines sont trop éloignées pour que la nouvelle de la mort d'un petit trouvre parvienne jusqu'aux oreilles des seigneurs à bec.

— Tu as sans doute raison, Fro, mais je persiste à trouver cette exécution injuste.

— Comme vous trouverez injuste la répression qui s'abattra bientôt sur la communauté grogne de Manac, hoorrll. Fort heureusement pour nous tous, la charge du comté n'incombe pas aux pucelles. Relevez donc votre matinette : des regards se tournent vers votre fenêtre. »

Tia s'exécuta docilement avant de se plonger de nouveau dans la contemplation de la cour intérieure. Des nuages noirs s'amoncelaient au-dessus de Luprat, comme si les sanglots déchirants de leude Poë s'élevaient jusqu'au ciel. Des gardes vêtus d'uniformes blancs et coiffés de casques coniques s'étaient disposés de chaque côté de la porte principale du castel tandis que d'autres, aidés par les prévôts, ouvraient un passage dans la multitude. Le comte n'allait pas tarder à paraître. La population de la cité convergeait tout entière vers la cour, ruisseaux agités et bruissants qui se jetaient dans une mare triste et figée.

Ces événements servaient les desseins de Tia. Si le comte décidait d'organiser des représailles contre les grognes de Manac, il rassemblerait une grande partie de ses troupes, gardes, prévôts, éclaireurs miaules, et la surveillance se relâcherait autour de la cité. Cela lui laisserait le temps de parcourir des dizaines de lieues avant que les miaules ne se lancent sur ses traces, et donc, de gagner une contrée qui ne dépendait pas de la juridiction de Luprat. Là-bas, elle se débrouillerait pour s'engager dans une expédition à destination du Grand Centre où les récits héroïques d'Avile situaient les apparitions des dieux humains. Cependant, même si les doigts de ses pieds et de ses mains étaient munis de griffes aussi dures et tranchantes que les lames des épées, même si ses dents étaient capables de déchirer la carne la plus dure, elle n'était qu'une pucelle élevée dans un castel, une aristocrate qui ne s'était jamais frottée au monde extérieur. Elle avait déjà repoussé à plusieurs reprises la date de son départ et, quels que fussent les prétextes invoqués – le climat, un défaut de préparation, la vigilance des prévôts, la proximité d'une troupe de miaules... –, elle savait bien au fond que seule sa peur l'avait empêchée de franchir le pas.

La voix de Fro la tira de ses pensées.

« Votre père, ma leude. »

Le comte H'Mek venait en effet de surgir dans la cour, escorté de ses trois fils aînés, tous les quatre vêtus de capes noires, de bragues brun-rouge et de chausses de laine à semelle de bois. Conçus par des mères différentes, aucun des frères de Tia ne lui ressemblait. L'un avait de larges oreilles et un poil ras et jaune qui ne laissait pas un pouce de cuir apparent, l'autre un pelage blanc et soyeux d'où saillaient son long museau rose et les pointes touffues de ses oreilles, le troisième une tête directement posée sur les épaules et une fourrure d'un noir profond qui contrastait fortement avec ses joues et son front glabres. On disait souvent à Tia – Fro la première – qu'elle avait hérité de son père ses yeux clairs, son museau court et fin, son cuir pâle rehaussé de poils épars et roux, mais elle ne se reconnaissait pas davantage en lui qu'en ses frères.

Elle ne s'était d'ailleurs jamais reconnue dans la race hurle en général, qu'elle n'estimait guère supérieure aux prédateurs errants et aux pue-la-merde des communautés agricoles. La vérité, sa vérité était ailleurs, au-delà de ces collines sombres qui se dressaient autour de la cité comme d'infranchissables remparts.

# CHAPITRE 5

# Ombe

*Dure est la loi des clans qui condamne*
*les pue-la-merde à finir dans l'estomac*
*des prédateurs.*
*Mais voici l'histoire de ce henne,*
*qui refusa de partager sa pitance*
*avec un bêle affamé.*
*« Descampis, dit le henne. Ai'j juste assez*
*de mon repas pour me remplir la panse.*
*— N'aurai'j plus la force de m'engarder des prédateurs*
*si ne ripaillé'j pas tout de suite, plaida le bêle.*
*— Qu'est-ce que tu aricotes hors de ta communauté ?*
*— Me sui'j perdu asteur...*
*— Un pichtre qui se perd n'a plus sa place*
*dans le pays de la Dorgne. »*
*Le henne frappa le gêneur d'un coup de sabot*
*et vida tout son seau d'herbe et d'avoine.*
*« Les dieux de l'Humpur te puniront de ton manque de charité »,*
*cria le bêle en s'éloignant.*
*Il avait dit vrai, sans doute, puisqu'un miaule*
*croqua le henne le jour même.*

*D'autres lois sont plus dures encore*
*que la loi des clans,*
*qui ne sont promulguées ni par décret ni par force.*

**Les fabliaux de l'Humpur**

Le soleil n'avait pas reparu depuis trois jours. Un crachin maussade tombait sans discontinuer de l'aube au crépuscule. Trempé jusqu'aux os, Véhir avait perdu tout sens de l'orientation. Il avait l'impression de tourner en rond, d'emprunter des chemins déjà parcourus, d'arpenter la même forêt, les mêmes champs, les mêmes collines. Il marchait au hasard, espérant découvrir, au détour d'un sentier, un nouveau paysage, une végétation insolite, une population inconnue, un signe quelconque qui lui indiquât la sortie du labyrinthe.

Il ne se reposait guère durant la nuit, car l'humidité imprégnait les grottes ou les ruines dans lesquelles il se réfugiait et empêchait ses vêtements de sécher. Transi, affamé, démoralisé, il ne parvenait pas à trouver le sommeil et, lorsque enfin la fatigue finissait par le terrasser, il se produisait toujours un craquement, un grattement, un ululement pour le réveiller en sursaut et lui mettre les nerfs à fleur de couenne. Le matin, il lui fallait prendre son courage à deux mains pour s'ébrouer, repartir, affronter les éléments hostiles, se lancer dans une nouvelle journée d'errance. Les quelques glands et champignons qu'il ramassait dans les sous-bois ne suffisaient pas à le rassasier, d'autant que, gâtés par la pluie, leur amertume le maintenait en permanence au bord de la nausée. Ils lui causaient en outre de violentes coliques qui l'obligeaient à observer de nombreuses haltes et le vidaient de ses dernières forces. Il aurait donné n'importe quoi pour croquer une galette de blaïs chaude trempée dans de l'huile de raisin. De même il aurait volontiers échangé l'eau des ruisseaux ou des sources contre une bonne lampée de vin. Il ne se baignait plus, et les vêtements de H'Gal, qu'il ne lavait plus malgré les recommandations de Jarit, restaient fortement imprégnés de son odeur. Il avait renoncé à retirer les bottes dont le cuir comprimait ses pieds gonflés. La gaine de la dague, toujours enfoncée dans la ceinture de sa brague, lui irritait le haut de la cuisse.

Le souvenir de son combat contre les trois hurles ne lui suffisait plus à écarter la peur. Elle se faufilait, ombre omniprésente et sournoise, dans ses moindres failles, transformait les arbres en silhouettes menaçantes, les sifflements du vent en hurlements sinistres, le froissement de la pluie en fracas de troupe, les craquements des branches en crépitements de sabots, les senteurs végétales en odeurs de grondes ou de miaules... Il s'était cru suivi à plusieurs reprises mais, au lieu de se frotter avec des plantes aromatiques et de chercher un abri, il avait pris ses jambes à son cou. Il s'était arrêté quelques centaines de pas plus loin, hors d'haleine, les yeux voilés de rouge, conscient de la stupidité de son attitude : les prédateurs n'avaient plus qu'à tirer profit de son épuisement pour l'égorger. Une fois l'alerte passée, il se raisonnait, se promettait d'agir avec davantage de discernement la prochaine fois, voire d'attendre et d'affronter l'adversaire plutôt que se lancer dans une fuite éperdue. Las, ses résolutions ne duraient que le temps d'un coassement de grenouille et la panique le reprenait à la première occasion. Il lui était arrivé de sauter dans une rivière – la Dorgne ? – et d'y rester immergé jusqu'à la tombée de la nuit, sortant de temps à autre la tête de l'eau pour respirer.

Il ne savait plus très bien ce qu'il faisait au milieu de cette nature qui prenait un malin plaisir à l'égarer. Il s'efforçait d'entretenir sa détermination par l'évocation des images des dieux humains entrevues dans les livres, mais il doutait de leur réalité, comme il doutait de la réalité de Jarit, cet improbable ermite qui s'effaçait de sa mémoire à une vitesse effarante. Sa solitude le restituait à sa condition de grogne. Il regrettait amèrement la chaleur de la communauté, les rires et les cris des grognelets, les chants des troïas, les éclats de voix des vaïrats, les repas – surtout les repas... – pris dans le quartier des mâles ou dans la grande salle des banquets. Il regrettait troïa Orn, qui lui paraissait plus séduisante que jamais dans ses souvenirs. Que lui importait dornavant qu'elle eût été saccagée par Graüm, qu'elle eût été ensemencée par tous les reproducteurs de la communauté ! Il ne laisserait sûrement pas passer une deuxième occasion de la saillir. Il n'était désormais qu'un pichtre d'exilé, un banni, un pue-la-merde égaré dans un monde trop vaste pour lui, un tueur de hurles, un hors-la-loi recherché par les prévôts de Luprat, et la chance ne se représenterait pas, il ne connaîtrait jamais le plaisir du grut, ni avec Orn ni avec une autre femelle, il serait traqué en quelque endroit que le porteraient ses pas, il finirait selon toute probabilité dans le ventre d'un prédateur. Et même s'il atteignait l'âge des anciens de Manac, il resterait toute sa vie un clandestin de l'existence, une bête craintive qui fuirait toute compagnie et tressaillirait au moindre friselis.

Ce soir-là, alors qu'il cherchait un abri, il aperçut une lumière tremblante entre les branches des chênes. Il s'en approcha, tous sens aux aguets, et distingua la forme d'une construction grise déjà cernée par la nuit. Ce n'était pas une communauté, mais une bâtisse isolée. Le fait qu'elle fût habitée l'étonna : ses occupants, des agriculteurs sans doute, ne bénéficiaient pas de la protection accordée aux communautés, se trouvaient donc à la merci des viandards qui hantaient les forêts profondes. Toutes les masures qu'il avait visitées ou simplement aperçues au cours de son errance étaient en ruine, preuve que la survie s'avérait impossible en dehors de l'organisation édictée par les clans régnants et le clergé de l'Humpur.

Les odeurs de cuisine qui dominaient le remugle d'étable le retinrent de déguerpir. La faim prenant le pas sur la prudence, il était prêt à se battre, à tuer même, pour se remplir l'estomac. Sa main agrippa le manche de la dague et ses muscles noués par la fatigue se tendirent un peu plus. Ses dents claquaient, des frissons glacés lui sillonnaient la couenne. Il avait sûrement attrapé une de ces fièvres malignes auxquelles les potions des anciennes, des décoctions à base d'herbes et de minéraux, auraient remédié en moins de trois jours.

Il écarta les branches, quitta l'abri de la forêt et s'avança vers la maison. Les murs en colombages et en torchis ressemblaient à ceux de Manac. La toiture, en revanche, n'était pas couverte de lauzes mais de chaume et de rondins. Une silhouette s'agita dans l'encadrement d'une fenêtre découpée par les lueurs dansantes d'un âtre. Des braiments et des gloussements s'élevèrent d'une palissade basse qui partait de la construction et rejoignait, une vingtaine de pas plus loin, un bâtiment annexe, une grange ou un silo. Des meuglements et des hennissements leur répondirent en écho. Véhir se figea, craignant que le vacarme déclenché par son intrusion n'alerte les occupants de la ferme. Il ne repéra aucun mouvement suspect alentour, attendit que le silence se rétablisse pour dégainer la dague et reprendre sa marche en avant. Sans doute se précipitait-il la tête la première dans une mare d'ennuis, mais sa fièvre et sa faim balayaient sa raison, seul comptait son désir de se restaurer, de se réchauffer, de goûter une vraie nuit de repos.

Il atteignit le mur sans encombre et se posta près de la fenêtre, une ouverture carrée et béante comme toutes les fenêtres des communautés agricoles du pays pergordin – une légende prétendait qu'elles étaient jadis fermées par du vitre, une matière transparente dont les secrets de fabrication étaient depuis longtemps tombés dans l'oubli. Les planches qui servaient à l'occulter durant les lunaisons de grands froids gisaient dans l'herbe mouillée, rongées par l'humidité. Véhir pataugeait dans une flaque boueuse qui s'étendait tout le long du mur et de la palissade. L'eau dégoulinait des chéneaux engorgés et l'aspergeait en abondance. Le torchis des hourdis présentait de nombreuses fissures par lesquelles fusaient des coulées de terre. Les colombages rognés par les parasites semblaient aussi friables que des galettes de blaïs. Il se demanda par quel miracle cette bâtisse tenait encore debout. Il risqua un œil à l'intérieur, entrevit l'âtre, deux récipients d'argile posés sur le foyer de pierre, la paille éparse jonchant le sol, le coin d'un banc... La silhouette, attablée et penchée sur une écuelle, ne portait aucun vêtement mais une toison de laine grise et bouclée lui couvrait tout le corps, hormis la face, les avant-bras, la poitrine, le ventre et les jambes. Une bêle, une femelle pleine ou ayant mis bas récemment à en juger par la lourdeur de ses mamelles. Elle ne se servait pas de ses mains à trois doigts pour manger, elle plongeait directement le mufle dans l'écuelle et lapait avec avidité une bouillie épaisse et fumante. Véhir saliva, refoula à grand-peine l'impulsion qui lui commandait de franchir la fenêtre et de lui arracher le récipient des mains. Il se remémora les paroles de Jarit, lui enjoignant de ne pas utiliser l'arme des dieux humains contre plus faible que lui, mais il flottait dans un état second, ensuqué, incapable de réfléchir, investi de la chaleur et de la puissance de la dague. La scène paisible qu'il observait par la fenêtre lui rappelait son propre dénuement, faisait ressortir la misère de son existence. Même si le sang de cette bêle ne lui rendait rien de ce qu'il avait perdu, il le vengerait de ses malheurs et lui procurerait, du moins l'espérait-il, la même ivresse que le combat contre les hurles.

Au moment où il s'élançait, il sentit une présence dans son dos. Il se retourna et vit une forme claire accourir dans sa direction. Un bêle, un peu moins grand que lui, vêtu comme la femelle de sa seule toison de laine, équipé d'une fourche en bois à deux dents. Le grogne identifia son odeur jusqu'alors masquée par les effluves de purin, de bois brûlé et de nourriture. Il maintint la dague cachée sous sa cape et s'apprêta à combattre, les jambes fléchies, les bras légèrement écartés.

Le bêle s'arrêta à dix pas de lui et abaissa sa fourche.

« Faites excuse, seur hurle, dit-il. J'vous avais pris pour l'un de ces maudits goupils qui barbotent ma volaille, bêêê. »

Sa voix chevrotante déclencha un nouveau charivari de l'autre côté de la palissade. Véhir hésita pendant quelques instants à dévoiler sa véritable identité, puis il se dit qu'il n'avait pas grand-chose à gagner à entretenir la méprise et se recula dans la lumière de la fenêtre.

« Sui'j... Je n'suis pas un hurle, mais un grogne », déclara-t-il.

Il ne relâcha pas pour autant sa vigilance, il garda les yeux rivés sur la fourche et, au second plan, sur le corps du bêle, sur les mouvements de ses jambes et de ses bras. Figé par la stupeur, ce dernier ne bougeait pas.

« Qu'est-ce donc qu'un grogne fagoté comme un hurle fiche dans mes plates-bandes ? finit-il par demander d'un ton rogue. La première communauté s'trouve à plus de cinquante lieues d'ici.

— Sui'j... J'suis mandé par ma communauté pour me rendre dans le Grand Centre. Me sui'j perdu asteur.

— De quel besoin sont donc les grognes pour s'aruer dans le Grand Centre ? »

Toujours sous la cape, Véhir remisa sa dague dans sa gaine puis il remonta ses bottes pour se donner le temps de la réflexion. Le tapage avait cessé derrière la palissade et le silence était retombé sur la ferme, brisé par les crépitements du feu dans l'âtre et le murmure de l'eau qui dégringolait des chéneaux.

« Manac cherche un nouveau semis de blaïs, répondit-il avec toute la force de conviction dont il était capable. L'actuel ne résiste plus guère aux grosses chaleurs. »

Le bêle posa la fourche sur son épaule et se rapprocha du grogne. Son odeur se fit plus insistante, presque écœurante. Ses petits yeux ronds et noirs luisaient sous les poils épars et frisés qui lui balayaient le front. Des taches noires criblaient son mufle allongé, percé en son extrémité de deux larges narines retroussées. Le cuir de son torse, de son ventre et de ses cuisses était lisse et clair, hormis la touffe de laine qui escamotait ses bourses et son vit.

« Manac dépend de Luprat, t'y pas ? Tu rôderais pas sur mes terres comme un failli barboteur si les hurles étaient enquis de ton expédition.

— Mieux vaut parfois se darbouiller par soi-même que d'attendre le bon vouloir d'iceux qui vous commandent », répliqua Véhir sans quitter son vis-à-vis du regard.

Le bêle, d'un abord plutôt aimable en dépit de la puanteur qui émanait de sa toison mouillée, cherchait peut-être à endormir sa méfiance. Seule la haie grisâtre de l'orée se devinait dans les ténèbres qui effaçaient la forêt.

« L'est pour ça que tu t'promènes dans ct'es habits de hurle ? »

Véhir se ménagea un nouveau temps de réflexion.

« Les aï'j trouvés au bord de la Dorgne. Aï'j pensé... J'ai pensé qu'iceux tiendraient les maraudeurs à l'écart... »

Le bêle libéra un rire grave qui s'acheva en un bêlement horripilant.

« Une fichtre de bonne idée ! à condition de ne pas s'aglumer sur une patrouille de prévôts ! Qu'iceux te découvrent dans ct'e coutrement, et ils t'embrocheront aussi sec : ces mange-sans-faim ne prisent rien tant que la viande de Manac.

— La communauté leur livre chaque année un lot de gavards.

— M'est avis qu'ils ne cracheraient pas sur une petite ripaille supplémentaire. J'gage de même que tu n's'rais pas contre une bonne assiette de soupe, un verre de vin et une litière bien sèche, t'y pas ? »

La proposition du bêle suscita en Véhir des sentiments contradictoires : il éprouva de la gratitude pour l'hôte de fortune que lui envoyaient les dieux humains, mais il regretta de ne pas croiser le fer avec lui, comme s'il voulait ne rien devoir à personne, comme si son statut de banni ne s'accommodait d'aucune compromission. La violence de ses pensées l'effraya : le massacre des trois hurles devant la demeure de Jarit et quelques jours de vagabondage avaient-ils suffi à le métamorphoser en tueur ?

Le mâle s'appelait Difar et la femelle Ombe. Elle avait mis bas, une lunaison plus tôt, une portée de trois bêlots qui dormaient serrés l'un contre l'autre dans un caisson de bois fourré de paille. Entièrement glabres, pas plus gros que des patates truffières, ils semblaient nettement plus fragiles que les grognelets au même âge. Les mains et les pieds des deux femelles comprenaient trois doigts chacun, tandis que ceux du mâle n'en comptaient que deux. Même si les mufles n'étaient pas encore très développés, les particularités de la race bêle étaient visibles au premier coup d'œil : narines retroussées, arcades et pommettes saillantes, lèvre supérieure fendue en son milieu.

Ombe voulut retirer ses vêtements à Véhir pour les étendre devant l'âtre mais il refusa de se défaire de la tunique et de la brague. Elle n'insista pas, prenant sans doute pour de la pudeur ce qui n'était que la volonté de garder secrète l'existence de la dague. Il aurait dû se sentir proche d'eux, car ils vivaient à l'écart de toute communauté, ils ne respectaient pas la loi du partage, leur comportement individul défiait l'autorité des prédateurs et des lais, comme Jarit dans l'ancienne demeure des dieux humains, comme lui lorsqu'il cherchait la compagnie de troïa Orn sur les bords de la Dorgne, mais, pour une raison qu'il ne parvenait pas à s'expliquer, il continuait de se défier de ce couple dont l'existence ne correspondait pas à ce qu'il connaissait des agriculteurs.

L'odeur suffocante qui s'échappait de ses bottes et l'aspect de ses pieds couverts de crasse et de plaies purulentes effrayèrent Ombe. Elle poussa un bêlement suraigu, grimaça, courut dans une pièce attenante, en revint quelques instants plus tard avec un baquet empli d'un liquide verdâtre et, d'un geste péremptoire, lui commanda d'y plonger les pieds. Il s'exécuta et ressentit un soulagement immédiat. Une douce euphorie le gagna, qui s'associa à la chaleur de l'âtre pour détendre ses muscles et estomper sa méfiance.

La bêle lui servit ensuite une écuelle d'un brouet aux herbes où surnageaient des fèves, des patates et des morceaux de galettes de blaïs. Difar lui versa du vin dans un gobelet d'argile. Il ingurgita le tout avec une gloutonnerie qui arracha un sourire à ses deux hôtes attablés en face de lui.

« T'as pas ripaillé depuis combien de cycles ? » demanda Difar en penchant le cruchon au-dessus de son gobelet.

Véhir ne répondit pas, étourdi par l'alcool, accaparé par des sensations qui paraissaient resurgir d'un passé lointain. Le chaud, le sec, la sécurité représentée par un toit... L'intérieur de la ferme était pourtant aussi délabré que l'extérieur : murs gondolés, torchis écaillé, plafond éventré, poutres rongées... Des nuées d'insectes prenaient d'assaut les déjections qui assombrissaient la paille étalée sur le sol de terre battue. Difar récupérait probablement la litière sale pour l'épandre sur les cultures, comme les grognes de Manac. Les bêles aussi se vautraient dans leur propre merde, selon l'expression de Jarit.

Véhir vida six écuelles de soupe et autant de verres de vin. Son insatiable appétit contraignit Ombe à quérir le deuxième fait-tout d'argile qui mijotait sur le foyer et contenait la même pitance, en un peu plus épais. Lorsqu'il fut enfin rassasié, il s'essuya les lèvres d'un revers de manche et, le vin lui déliant la langue, leur posa les questions qui le tracassaient.

« Ct' endroit est encore au comté de Luprat ? »

Difar secoua lentement la tête en se curant les dents avec une écharde.

« Hon, hon... Sommes juste de l'autre côté de la frontière, dans le pays de la Crèze. Ici l'est le duché de

Muryd. Et plus loin, en direction du Grand Centre, le royaume d'Ophü. »

Véhir frémit de joie. Il avait donc réussi, il était sorti du comté de Luprat, du pays de la Dorgne, il se trouvait dornavant hors d'atteinte des prévôts et de leurs affidés miaules.

« Y a encore bérède de chemin à courir jusqu'au Grand Centre, poursuivit Difar. Et il s'raconte par ci qu'Ophü est une contrée guère fréquentable. »

Ombe ponctuait les paroles de son mâle de mimiques, de mouvements d'épaules, de bêlements. Elle semblait avoir perdu l'usage du langage, franchi un palier supplémentaire dans la régression. Elle aurait pu être jolie avec son cuir délicat, sa toison soyeuse, ses mamelles pleines, ses jambes aux belles proportions, mais l'atonie de son regard la flétrissait.

« Comment l'est possible de survivre en dehors d'une communauté ? demanda Véhir. N'êtes plus protégés par la loi de votre duché.

— La peste a ébouillé les bêles de Brief, nous deux exceptés, répondit Difar. J'ai quéri du duc de m'installer dans ct' endroit pour fonder une nouvelle communauté. À la condition que j'continue d'lui fournir sa ripaille favorite : l'foie grassu d'oies et de canards. »

Le bêle se leva, s'approcha du caisson où dormaient les bêlots, saisit le mâle et le brandit au-dessus de sa tête sans tenir compte de ses vagissements de protestation.

« Vise les coïlles de ce p'tio, bêêê ! se rengorgea-t-il en palpant les bourses du nourrisson. Faudra attendre un peu avant qu'il soit en âge de saillir. J'ensemencerai Ombe afin qu'elle en donne d'autres à la communauté, pis j'ensemencerai mes filles dès qu'icelles s'ront fertiles. Si l'Humpur nous prête vie, une grande marmaille s'esbaudra tantôt entre ces murs. J'bâtirai d'autres maisons, d'autres basses-cours, d'autres silos, j'engrangerai des livres et des livres de blaïs pour engrassuyer oies et canards, et la communauté red'viendra autant prospère qu'avant la pidémie de peste. »

Véhir ne put s'empêcher de trouver exécrable le projet de son hôte, ce rêve qu'il tenait à bout de bras et qui était pourtant l'expression d'un désir légitime. Difar ne songeait qu'à engendrer au plus vite, et avec ses propres filles, une descendance qui irait grossir le lot des populations misérables et soumises.

Les lèvres retroussées de colère, Ombe se leva à son tour, fondit à grandes foulées sur son mâle, lui arracha le nouveau-né des mains, puis elle s'assit à même le sol et présenta la mamelle au bêlot qui se jeta sur le tétin et cessa aussitôt de vagir.

« Et si votre duc commande un beau jour d'être fourni en bêles ? » lança Véhir.

Difar revint tranquillement s'attabler, s'empara du cruchon et versa du vin dans les trois gobelets.

« Ombe cause pas, mais c'est un ventre fécond et une bonne nourricière, répondit-il. J'acompte qu'elle nous fabrique des femelles aussi fertiles et laiteuses qu'elle. Y aura bien de quoi contenter le duc si çui quérit ses lots de bêles pour sa ripaille, t'y pas ?

— Avez le droit de saillir deux fois l'an, comme dans les communautés du pays de la Dorgne ? »

Le bêle avala d'un trait le contenu de son gobelet avant de libérer un rire caverneux.

« À Muryd, chacun est libre de saillir comme il l'entend, pourvu d'le faire avec une femelle de sa race. J'aurais les coïlles aussi grassues que le foie d'mes oies si j'devais monter deux fois l'an ! Deux fois par jour, voilà ma mesure, bêêê. Et j'm'en porte bien ! »

Ombe reposa délicatement le nourrisson rendormi dans le caisson. Les yeux luisants de Difar s'attardèrent sur la croupe de sa femelle, garnie d'une laine épaisse qui se raréfiait sur les hanches et le haut des cuisses.

« Assez discutaillé, asteur, reprit le bêle. Faudra s'lever tôt au matin, toi pour reprendre ta route, nous pour nourrir nos bêtes. Tu coucheras dans la remise d'à côté. Tu s'ras pas dérangé par les piaillis des p'tios. J'm'en vais t'installer une litière. »

Bien que fatigué et abruti de vin, Véhir ne s'endormit pas tout de suite sur la paille fraîche de la litière. Ombe lui avait donné une couverture de laine imprégnée d'une forte odeur de bêle. Il en déduisit qu'ils fabriquaient le tissu avec les poils de leur propre toison, qu'ils tondaient sans doute au printemps. Il avait remarqué des pierres aiguisées dans un coin de la remise, trop petites et affûtées pour être de simples lames de faux. Difar ne maîtrisait pas davantage que les grognes le façonnage du métal. Il utilisait le bois, la pierre et l'os pour fabriquer ses outils. Des jarres de toutes tailles s'entassaient sur des étagères, des réserves d'huile et de vin. La pluie s'écoulait goutte à goutte par une fissure du toit, le vent fredonnait dans les chevrons et les pannes.

Véhir s'était déshabillé une fois qu'Ombe avait refermé la porte. Il croyait se rappeler qu'elle avait posé sur lui un regard à la fois provocant et implorant. Une impression puérile. Les chances étaient minces, pour ne pas dire nulles, de plaire à une femelle d'une autre race, encore moins quand cette femelle avait l'intelligence d'une bête de somme. Les critères de séduction n'étaient pas les mêmes et, surtout, les organes de reproduction, formés différemment, interdisaient ce genre d'accouplement. Il avait entendu parler d'un cas de copulation entre un henne et une glousse, mais le clergé n'avait pas laissé aux fautifs, ébouillantés sur la place de Luprat, le temps d'élucider le mystère d'une union en théorie impossible.

Il avait apprécié de sentir la caresse de l'air sur sa couenne. Même si ses vêtements ressemblaient désormais à des hardes, il les avait étalés avec soin sur les bottes de pailles entassées dans un coin de la remise. Il avait posé la dague contre son flanc et tiré la couverture sur lui. Il avait perçu, provenant de l'autre pièce, des couinements, des soupirs et des frottements qui lui avaient rappelé les saillies des troïas et des vaïrats dans l'enclos de fécondité de Manac. Une flambée de désir avait hérissé ses soies et tendu son vit. Il avait alors espéré qu'Ombe se glisserait dans la remise et lui tendrait sa croupe, mais la bêle, montée deux fois par jour au dire de Difar, n'était sûrement pas démangée par des besoins impérieux qui l'auraient entraînée à transgresser un tabou. Il finit par s'assoupir, vaincu par la fatigue, bercé par le crépitement de la pluie et le murmure du vent.

Il se réveilla en sursaut, couvert de sueur. Il empoigna la dague, se redressa, scruta l'obscurité, discerna des bruits de pas, le grincement d'une porte qui pivotait sur ses gonds de pierre. De la basse-cour s'élevèrent des cancanements qui enflèrent en un concert assourdissant. Inquiet, il se releva, chercha ses vêtements à tâtons, les enfila, glissa la dague dans la ceinture de la brague. La puanteur de sa tunique encore humide lui retourna le ventre.

« La paix, vous autres ! »

Il reconnut la voix chevrotante de Difar. Le temps d'un vol de faucon, il hésita sur la conduite à suivre. Le bêle était peut-être sorti de la maison tout simplement parce qu'il avait flairé l'approche d'un goupil ou d'un autre animal sauvage. Voulant en avoir le cœur net, Véhir se dirigea au jugé vers la porte de la remise, la poussa de l'épaule, s'introduisit dans la grande pièce. Les braises rougeoyaient encore dans l'âtre et jetaient des éclats mordorés sur les pierres du foyer.

Une ombre grise surgit de la pénombre et s'interposa entre le grogne et la sortie principale de la maison. Les premiers instants de frayeur passés, il reconnut Ombe, d'abord à son odeur, ensuite à ses mamelles, enfin à ses yeux éteints. Elle le saisit par les poignets et l'entraîna avec douceur vers la remise.

« Ai'j entendu des bruits et ai'j... j'ai cru qu'il y avait du danger », bafouilla le grogne, troublé par cette soudaine intimité avec la femelle qu'il avait convoitée avec une telle violence au début de la nuit.

L'énergie du grut l'élançait à nouveau, lui brouillait les idées, lui asséchait la bouche. Elle désigna du doigt le caisson des bêlots, lui fit signe de se taire, lui prit la main et la posa d'autorité sur l'une de ses mamelles. Il resta un petit moment indécis, puis, encouragé par le sourire de la bêle, il caressa le cuir gonflé, le mamelon durci et crevassé par les tétées. Elle renversa la tête en arrière et laissa échapper une plainte sourde et prolongée. Ce contact eut pour conséquence inattendue de calmer les ardeurs du grogne. Elle n'avait pas le désir d'être saillie, mais d'être reconnue comme un individu femelle et mère, d'être traitée autrement qu'une terre labourée ou que le foie grassu d'une oie. Elle évoluait dans un environnement irrespectueux et brutal qui hâtait sa régression et la privait de l'usage de la parole. Jarit n'avait-il pas affirmé que l'obligation faite aux troïas d'offrir leur ventre à la communauté et de se séparer de leurs petits précipitait le déclin des grognes ?

Il regretta d'avoir éprouvé pour elle des pensées méprisantes et lui caressa la deuxième mamelle avec la même douceur, la même tendresse qu'il avait effleuré la couenne de troïa Orn. Ces attouchements le renvoyaient à une époque très lointaine où il sentait sur ses yeux et ses pommettes le souffle attentif et rassurant de sa mère. Il aurait aimé que le jeu se prolonge indéfiniment, il aurait aimé enfourner un tétin dans sa bouche, enfouir son groin entre ces pis gonflés de lait, mais un vagissement monta du caisson des bêlots et brisa la magie de l'instant. Ombe se raidit, soupira, lui lança un regard lourd de regrets, le repoussa et s'éloigna dans l'obscurité. Elle se pencha sur le caisson, souleva un bêlot et le berça en fredonnant une mélopée syncopée d'où se détachaient des bribes de mots. Il comprit qu'elle ne reviendrait pas vers lui et, désenchanté, alla se recoucher dans la remise.

Un rai de soleil tombant de la toiture lui brûla le front. D'autres rayons fusaient par les jours et s'écrasaient en flaques éblouissantes sur les murs, sur le sol, sur les bottes de paille, sur les jarres. Cette débauche de lumière aurait dû le rasséréner après une nuit marquée par les cauchemars, mais un silence hostile résorbait le tapage de la basse-cour. Il dégaina la dague, se leva et, sans prendre le temps de se rhabiller, colla son œil sur une large fissure qu'une poutre verticale, en se rétractant, avait ouverte sur le torchis. Dehors, des grappes d'oies et de canards se disputaient des grains de blaïs dans des bacs en pierre. Il vit, au second plan, les planches de la palissade assemblées entre elles par des cordes de lin, les flaches scintillantes abandonnées par les pluies des jours précédents, un pan de ciel bleu, le sommet arrondi d'une colline criblée de rochers gris. Le jour était bien avancé à en croire la chaleur ambiante. La tranquillité apparente de ce paysage ne suffit pas à le rassurer. Il se rendit près de la porte de la remise et tenta de détecter des bruits de l'autre côté de l'huis de bois. Il n'entendit ni les vagissements des p'tios, ni les bêlements d'Ombe, ni la voix chevrotante de Difar, comme si ses hôtes avaient déserté leur maison au cours de la nuit. Le remugle de la basse-cour lui fouettait les narines et l'empêchait de flairer d'autres odeurs.

Il lui fallait pourtant passer dans l'autre pièce pour récupérer la cape et les bottes qu'Ombe avait posées devant l'âtre. Sa nervosité galopante lui labourait le ventre, le manche de la dague glissait dans sa paume moite. Il resta un long moment immobile, tendu, à l'affût du moindre indice qui étayât ses craintes. Quand il fut las d'attendre, il se dit qu'après tout ce silence n'avait rien d'anormal, que Difar vaquait sans doute à ses occupations dans les granges, qu'Ombe, en mère attentive, veillait à ne pas déranger les p'tios dans leur sommeil.

Il recula, saisit ses vêtements, dissimula la dague entre la brague et la tunique, cala le tout sous son bras, retourna près de la porte, entrebâilla du pied le vantail de bois, avisa un pan de mur, la table, les bancs, le caisson des bêlots, la cheminée vidée de ses cendres. Le soleil s'engouffrait à flots par la fenêtre et dorait les brins clairs et enchevêtrés de la paille fraîche étalée sur la terre battue. La pièce était déserte. Il en conclut qu'Ombe était partie avec son mâle nourrir les animaux.

Le cœur battant, il s'avança de deux pas. Détecta un mouvement sur sa gauche. Une ombre grise, un sifflement... Il tenta aussitôt de battre en retraite, mais une aile souple et mordante s'abattit sur sa tête, sur ses épaules, sur ses bras, lui enserra le torse, le bassin, les jambes. Il commença à se débattre, trébucha, roula dans la paille, tenta de se relever, perdit de nouveau l'équilibre, heurta en tombant un pied de la table. Il était pris dans un filet, comme ces étourneaux que les grognes attiraient dans des nasses pour les empêcher de dévaster les récoltes. Ses gestes désordonnés ne réussissaient qu'à renforcer la pression des mailles qui l'emprisonnaient. Il ne pouvait plus se servir de son bras gauche, déjà paralysé.

Entre les brins de paille et les cordelettes, il vit une silhouette se détacher du mur et s'approcher de lui, vêtue d'un pourpoint gris et d'une brague verte chaussée de bottes de cuir brut qui lui montaient jusqu'à mi-cuisse et s'évasaient à hauteur des genoux. D'énormes pupilles noires brillaient dans ses yeux d'un jaune étincelant ; ses oreilles pointues surmontaient une face ronde et mangée par un pelage blanc ; de son museau rose et court saillaient de longues vibrisses qui tressautaient à chacun de ses pas. Elle brandissait un poignard métallique à double lame qui, davantage que son apparence physique, renseigna Véhir sur son identité : un miaule, un de ces prédateurs errants réputés pour leur sournoiserie, leur habileté, leur cruauté. Quand ils n'entraient pas au service des clans régnants, ils ne respectaient qu'une règle, la leur, et déjouaient les services d'ordre avec une facilité déconcertante. Celui-là avait certainement capturé les deux bêles et leurs p'tios avant de tendre un piège à leur hôte. Il se fichait de la loi du duché de Muryd comme de sa première dent.

Les paroles des anciens de Manac revinrent à la mémoire du grogne : *De tous les prédateurs, est le miaule le plus pire, car çui joue trois jours et trois nuits avec le pichtre tombé dans ses griffes avant de le ripailler tout cru. Que l'Humpur t'engarde de servir de pitance à un miaule ! Préfère mieux être agrappi par un kroaz ou rôtir dans les flammes du Grand Mesle.*

Véhir banda les muscles, tenta de briser le réseau des cordelettes, ne parvint qu'à bloquer son bras droit et à rendre un peu plus inconfortable sa position. Le filet lui cisaillait la couenne, la paille lui picotait le groin, lui agaçait les narines. Il sentait, sous ses vêtements chiffonnés, la forme dure et allongée de la dague. Il aurait dû se servir de l'arme des dieux humains pour couper les mailles au lieu de se tortiller comme un stupide ver de terre ! Les leçons de Jarit n'avaient donc servi à rien... Jarit... Comme l'ermite lui paraissait loin à présent !

Le miaule s'accroupit et le contempla d'un air à la fois matois et gourmand. Véhir humait maintenant son odeur aigrelette. Le prédateur s'était frotté le corps avec les déjections de ses hôtes pour tromper l'odorat de sa proie. Le grogne ne vivrait pas assez longtemps pour mettre en pratique cette leçon de survie.

« De la viande de Manac, murmura le miaule avec un sourire qui découvrit ses canines effilées et accentua la férocité de son expression. Rose, croquante, fondante, maahhoo.

— Sui'j pas de la viande à ripaille, bredouilla Véhir.

— Meilleure est la chair d'un entier que la graisse d'un castré », répliqua le prédateur.

Il promenait son poignard à quelques centimètres du ventre et du torse de son prisonnier. Ses quatre doigts poilus et griffus jouaient sur le manche bombé, taillé dans la même pièce de bois que la large garde.

Les deux lames, distantes l'une de l'autre de la longueur d'un pouce, étaient d'un métal aussi grossièrement façonné que les épées des hurles de Luprat.

Une interrogation se fraya un chemin entre les pensées tumultueuses de Véhir.

« Comment... comment sai't que vien'j de Manac ? »

Chacun des mouvements de sa mâchoire inférieure entraînait un resserrement des mailles du filet. Il lui fallait pourtant parler pour détourner l'attention du miaule, pour se donner une petite chance de dégager la dague et de se libérer de sa prison de corde.

« Moi, Arbouett le Blanc, ai chassé tous les gibiers et les bannis du pays de la Dorgne et de la Zère, mais jamais n'ai ripaillé un grogne de ta qualité, répondit le miaule. Grand dommage que tu ne m'appartiennes pas, maahhoo. »

Au moment où il prononçait ces paroles, la porte s'ouvrit et livra passage à six autres miaules, les uns vêtus de pourpoints et de bragues, les autres affublés de hardes qui laissaient entrevoir des bandes de peau ou de pelage. Tous armés de poignards à double lame, tous dotés d'yeux verts ou jaunes aux pupilles dilatées. Ils contournèrent la table, se regroupèrent autour de Véhir, l'observèrent un long moment en silence. Eux n'avaient pas pris la précaution de se frictionner avec les excréments des bêles, et leur odeur emplissait toute la pièce. Leurs bottes maculées de terre s'enfonçaient dans la litière de paille.

« Aviez grand tort de craindre ct'e pichtre ! dit Arbouett le Blanc en se relevant. S'est laissé capturer comme une faillie hase.

— A pourtant occis trois hurles devant l'antre du sorcier, rétorqua l'un de ses congénères au poil noir et strié de taches rousses.

— Les hurles ne sont plus aguerriés qu'à terroriser les communautés pour lever la dîme, maahoo !

— En ce cas, pourquoi as-tu accepté d'œuvrer pour le comte de Luprat, le Blanc ?

— Concours de circonstances. Suis las de jouer à cache-cache avec les prévôts, et ont promis l'amnistie à ceux qui les aideraient à capturer ct'e grogne.

— T'aurais pu t'exiler, battre d'autres territoires.

— Aucune terre ne vaut le pays de la Dorgne. La ripaille y est de qualité, les forêts profondes et les femelles accueillantes, maahhoo. Et maintenant, ramène çui-ci à ton maître avant que ne me prenne l'envie de le croquer.

— Le comte de Luprat n'est pas mon maître ! » protesta l'autre.

Arbouett le Blanc le toisa d'un air méprisant.

« C'est au valet qu'on connaît le maître.

— Prends garde, le Blanc : d'ici à Luprat, grand nombre de miaules rêvent de t'arracher les coïlles.

— Faudrait encore qu'ils en aient eux-mêmes ! »

Les deux miaules se défièrent du regard en libérant des cris aigus qui évoquaient les piaillis des nouveau-nés. Un bruit de pas attira l'attention de Véhir. Il réussit à tourner la tête, reconnut Difar qui s'approchait d'une démarche hésitante et dont le regard fuyait obstinément le sien. Le miaule au poil noir et roux désigna le bêle d'un mouvement de menton.

« Comment acomptes-tu récompenser çui ?

— Lui accorde ma protection contre les errants en échange d'oies et de canards, répondit Arbouett le Blanc. Une chance pour ton maître que je sois en affaire avec çui. Sommes ici en territoire de Muryd, et auriez pu dire adieu à votre fuyard si Difar n'était pas couru me prévenir au mitan de la nuit. M'a conté qu'il avait donné l'hospitalité à un grogne affamé et déguisé en hurle. Ai deviné qu'il s'agissait du meurtrier de la forêt de Manac, le même pour lequel les prévôts remuaient ciel et terre.

— Comment savais-tu que les prévôts recherchaient ce grogne ?

— Un bon errant a des yeux et des oreilles partout, même au castel de Luprat. M'a pas été difficile de vous trouver : faites autant de potin qu'un troupeau entier

114

de hures. Dites au comte qu'Arbouett le Blanc a rempli sa part de marché et descampissez si ne voulez pas d'ennuis avec les gens d'armes de Muryd. »

Il remisa son poignard dans sa gaine, se dirigea vers la porte, donna une tape sur l'épaule de Difar, se retourna et se figea dans une posture provocante.

« Ramenez-moi le filet quand aurez livré votre terreur au comte. Et si jamais en avez assez de servir les hurles, enjoignez-moi dans la forêt : nous autres miaules, sommes faiçonnés pour l'errance, pour une vie sans loi ni contrainte. »


Les miaules n'avaient pas commis l'erreur que Véhir avait escomptée, à savoir le libérer de sa prison de mailles pour le contraindre à marcher. Ils avaient coupé une branche épaisse et y avaient noué les deux extrémités du filet. Puis deux d'entre eux l'avaient soulevée, calée sur l'épaule, et ils s'étaient aussitôt mis en route, de peur d'être surpris par les prévôts ronges de Muryd.

À chacun de leurs pas, les cordelettes cisaillaient un peu plus la couenne du grogne suspendu. La paralysie gagnait peu à peu ses membres. Il doutait d'arriver vivant à Luprat, et c'était sans doute un sort enviable comparé au traitement que lui réservaient les hurles. Il avait assassiné trois des leurs, transgressé un tabou, menacé l'ordre du comté, brisé l'équilibre de l'Humpur, et le clergé le lui ferait payer de la plus atroce des manières. La dague coincée entre son bras et son flanc lui meurtrissait les côtes. L'arme des dieux humains se retournait contre lui, il s'était montré indigne d'elle, indigne d'eux, indigne de Jarit. Le vieil ermite avait-il donc perdu tout sens du discernement pour se méprendre à ce point sur son compte ? La quête de l'Humpur s'achèverait avec lui, plus personne ne se lèverait pour empêcher les clans et les communautés de sombrer dans les ténèbres de la régression, et ce sentiment d'échec lui infligeait une souffrance plus cruelle encore que la morsure des cordes.

Le sentier déboucha sur un étang bordé de roseaux et éclaboussé de lumière. Les miaules s'arrêtèrent, posèrent leur fardeau sur la mousse et s'agenouillèrent sur la rive pour se désaltérer. Un craquement les fit se redresser et dégainer leur poignard. Ils se détendirent lorsqu'ils reconnurent la silhouette menue et partiellement habillée d'une toison de laine qui sortait du couvert et courait vers le grogne allongé.

Véhir, qui tentait d'exploiter le léger relâchement des cordes pour oublier son inconfortable position, rouvrit les yeux, découvrit Ombe accroupie devant lui, voulut se jeter sur elle, mais les mailles se resserrèrent aussitôt et lui écachèrent la couenne.

La bêle tendit le bras et lui effleura le groin au travers du filet. Elle transpirait, haletait, signe qu'elle venait d'effectuer une longue course. Il se raidit au contact de ses doigts, puis il croisa son regard et sut, à l'expression de ses yeux, qu'elle ne l'avait pas trahi, que leur brève rencontre au cours de la nuit n'avait pas été destinée à le retenir pendant que Difar s'en partait quérir Arbouett le Blanc, qu'elle avait éprouvé un désir sincère, maternel, lorsqu'elle lui avait donné ses mamelles à caresser. Mieux que les mots, ses gémissements exprimaient la force de ses regrets. Alors il surmonta sa douleur et sa détresse pour lui adresser un sourire. Même si elle avait perdu l'usage de la parole et semblait très proche de l'animal, il lui trouva en cet instant davantage de noblesse que son mâle, ce bêle vantard et cupide, que tous les membres des clans et des communautés du pays pergordin.

« Descampis, pue-la-merde, ou te ripaillons sur place, maahhoo ! »

Le miaule au poil noir et roux se précipita sur Ombe et lui décocha un coup de pied dans les côtes. Les autres éclatèrent de rire. Elle s'éloigna en titubant. Avant de disparaître dans les fourrés, elle lança un ultime regard à Véhir par-dessus son épaule. Des larmes roulaient sur ses joues. Elle ne pleurait pas à cause de la douleur, mais parce qu'on lui enlevait le seul être qui lui eût témoigné un peu de tendresse dans une existence frappée du sceau de la rudesse et de la brutalité.

# CHAPITRE 6

# Luprat

*Un grogne fut amené devant le conseil des lais de l'Humpur.*
*On l'accusait d'avoir levé sa fourche sur une leude*
*dont le cheval empêchait sa charrette de passer.*
*« Vous vous méprenez, se défendit le grogne. Ai'j voulu*
*chasser les guêpes qui risquaient de piquer sa monture.*
*— Aurais pu les chasser avec une branche, dit l'archilai.*
*— N'avai'j pas de branche sous la main...*
*— Il y avait des arbres alentour.*
*— Le temps qu'aillé'j près de ct' arbres, le cheval*
*aurait été piqué et la leude désarcée.*
*— Aurais dû utiliser le manche, alors.*
*— On n'chasse pas grand-chose avec un manche...*
*— Suffit, failli grogne ! As levé ta fourche sur une leude,*
*et c'est grand crime. Seras écaché aujourd'hui même. »*

*Si le grogne avait laissé les guêpes piquer le cheval de la leude,*
*les lais l'auraient pareillement condamné.*
*Rien ne sert à un pue-la-merde d'avoir raison.*

Les fabliaux de l'Humpur

Luprat fut en vue l'après-midi du deuxième jour.

La veille, les miaules s'étaient relayés avec régularité pour transporter leur prisonnier et s'étaient arrêtés à la tombée de la nuit. Véhir avait essayé de tirer profit de l'obscurité naissante pour glisser la main sous ses vêtements et dégager la dague, mais, malgré la légère distension des cordelettes, il n'était parvenu qu'à effleurer le manche lisse.

Deux miaules chargés du ravitaillement avaient forcé un chevreuil et l'avaient rabattu vers la clairière où leurs congénères s'étaient embusqués. Ils l'avaient encerclé, affolé de leurs cris et lacéré de coups de griffes ou de poignard jusqu'à ce qu'il s'effondre, exténué, couvert de sueur et de sang. Ils l'avaient ripaillé vif en commençant par les cuisses et la croupe, riant à chacun de ses soubresauts, à chacune de ses plaintes. Une fois rassasiés, les prédateurs n'avaient même pas pris le soin de l'achever. Ils s'étaient allongés sur le sol et s'étaient endormis sans plus lui accorder le moindre regard.

Pendant une grande partie de la nuit, Véhir avait entendu les râles sourds du chevreuil, sa respiration de plus en plus lente, de plus en plus sifflante, puis le silence était retombé sur la forêt, et le grogne l'avait envié d'être délivré de ses tourments. Il s'était de nouveau contorsionné pour se saisir de la dague, mais ses muscles engourdis avaient refusé de lui obéir.

Au matin du deuxième jour, ils étaient tombés sur une patrouille de prévôts qui s'étaient bruyamment réjouis de la capture de ce « rejeton maudit d'un ventre fécondé par le Grand Mesle ». Ils avaient agoni le prisonnier d'injures, lui avaient piqué la couenne de la pointe de l'épée, l'avaient frappé à coups de pied et de poing sous tous les angles jusqu'à ce que leur chef, un hurle à l'épaisse fourrure grège, intervienne :

« Les autorités de Luprat mandent çui en vie ! avait-il grondé. Patience, notre comte nous a promis de nous le remettre après le rogatoire de l'archilai. Nous pourrons tantôt venger la mort des nôtres. »

120

Attirés par les cris, d'autres prévôts, d'autres miaules avaient surgi de la forêt et s'étaient joints à l'escorte, qui n'avait cessé de grossir au fur et à mesure qu'ils s'étaient rapprochés de Luprat. Ils avaient longé les murs extérieurs de communautés agricoles dont les habitants, alertés par les guetteurs, s'étaient massés de part et d'autre du chemin. Entre ses paupières tuméfiées, Véhir avait aperçu des grognes et des bêles, mâles et femelles, grands et p'tios, qui le fixaient d'un air où se mêlaient la réprobation et l'effroi. Ils craignaient sans doute que le passage de ce pichtre emberlificoté et encadré par une troupe imposante ne prélude à des représailles sanglantes contre les communautés.

Véhir ne se reconnaissait plus en eux. Il n'avait plus envie, comme eux, de baisser la tête, de courber l'échine, de garder les lèvres closes tandis qu'on menait l'un des leurs au supplice. Il avait au moins ramené une certitude de ces quelques jours d'errance : la mort était mille fois préférable à une existence sans espoir, sans avenir. Il avait dès lors cessé de regretter son choix et, pendant quelques instants, il avait oublié l'inconfort de sa situation, la faim, la soif, la peur. Ni la vue des troïas, vêtues de robes légères qui soulignaient leurs rondeurs, ni celle des champs de blaïs surgissant au détour du chemin comme des lacs ensoleillés ne l'avaient réconcilié avec son ancienne existence. Il n'avait jamais fait partie de ce monde.


L'équipage se rapprochait de Luprat. Le gigantesque mur d'enceinte de la citadelle hurle, juché au sommet d'un causse et flanqué de quatre tours cylindriques, semblait se dresser hors du ventre de la terre pour lancer un défi aux cieux. Une porte monumentale s'ouvrait en son milieu, surmontée d'une autre tour, carrée celle-là et couronnée de mâchicoulis. Véhir distingua les silhouettes minuscules des gardes au-dessus du parapet du chemin de ronde, le ruban clair du chemin qui serpentait entre les murailles sombres des forêts, les toits de lauzes des maisons basses accrochées à flanc de colline comme des arbustes anémiques et traversées par des veines sinueuses. La rumeur encore sourde qui s'écoulait de la bouche arrondie de la porte monumentale venait s'échouer dans les claquements de bottes des membres de l'escorte et les vociférations des passants. Des faces se penchaient sur le grogne ébloui par le soleil rasant, des yeux le dévisageaient avec colère, des lèvres se relevaient sur des crocs affûtés, des griffes tentaient de l'égratigner au travers du filet. Des hurles pour la plupart, mais aussi des prédateurs appartenant à d'autres clans, des grondes peut-être, ou encore des glapes. Le tumulte enflait comme un grondement d'orage et se liguait à la poussière, à la chaleur montante et à l'engourdissement de Véhir pour entretenir son impression d'évoluer dans un mauvais rêve. Il ferma les yeux, crut que la pluie s'était mise à tomber, se rendit compte qu'on lui crachait dessus. Des nuées d'odeurs lui agressaient les narines, chargées de menaces. La peur, à nouveau, lui figeait les sangs, exhumait les terreurs secrètes de son patrimoine grogne.

À l'obscurité soudaine qui se déposa sur ses paupières closes, il devina que l'escorte s'engageait dans une venelle de l'agglomération. Il lui semblait à présent naviguer au cœur d'une tempête. Bien qu'ils eussent établi un triple cordon de sécurité autour des deux porteurs et de leur prisonnier, les prévôts et les miaules peinaient à contenir la foule de plus en plus dense et agressive. Les insultes pleuvaient désormais sur ceux qui empêchaient la populace de régler son compte au prisonnier, au pue-la-merde qui, en brisant l'un des tabous majeurs de l'Humpur, avait menacé l'ordre du comté et, par extension, leurs propres certitudes. Les clameurs et les cliquetis couvraient les aboiements du chef des prévôts. Véhir n'eut pas besoin de rouvrir les yeux pour savoir qu'on avait tiré les armes, qu'on s'apprêtait à s'entre-tuer sur le chemin pavé de pierres rondes. Avec un peu de chance, la multitude réussirait à déborder les membres de l'escorte et à le réduire en charpie. C'était désormais la seule faveur qu'il requérait des dieux humains. De brusques écarts imprimaient au filet un mouvement continu de balancier. Il entendit un roulement, un bruit de cavalcade, puis la branche qui le supportait céda dans un craquement, et il chuta sur les pavés comme un fruit mûr. La douleur qui partit de ses reins se propagea dans tout son corps avec une telle virulence qu'il perdit connaissance.

Rugueuses et froides, les dalles de pierre lui irritaient la joue, l'épaule, la hanche et la cuisse. Il eut besoin d'un bon moment, à peu près le temps pour un escargot de franchir une distance de cinq pouces, pour prendre conscience que les dieux humains n'avaient pas daigné exaucer sa prière. Il était toujours dans le monde des vivants. Il lui sembla encore sentir la pression coupante des cordelettes sur son corps, mais, aux fourmillements désagréables qui couraient le long de ses membres, il comprit qu'on l'avait libéré du filet, que le sang circulait librement dans ses veines. On l'avait également dépouillé de ses vêtements et de la dague. Il avait perdu bien davantage qu'une simple arme dans l'affaire, il avait trahi la confiance des dieux humains.

« C'est peut-être ça que tu cherches, grogne ? »

Véhir surmonta sa souffrance pour relever la tête. Il vit la dague posée en travers d'une main poilue et griffue. Les flammes dansantes des torches se reflétaient sur la lame lisse et effleuraient au second plan une chasuble noire. Il tendit le bras pour se saisir de l'arme, mais la pointe d'une botte lui percuta les côtes et lui coupa le souffle.

« C'est avec icelle que tu as assassiné le seur H'Gal et deux prévôts dans la forêt de Manac ? »

La voix, tranchante, provenait du capuchon de la chasuble. Un gémissement monta d'un petit groupe massé sur le côté d'un trône de pierre.

« Tu as semé le malheur dans le cœur du seur H'Kor et de la leude Poë, pue-la-merde, poursuivit la silhouette enveloppée dans l'ample vêtement noir. Tu connais pourtant que l'Humpur interdit l'usage des armes à ceux de ton espèce.

— Mandez-moi donc de lui arracher le cœur, archilai ! » tonna une voix grave.

D'un geste du bras, l'archilai interrompit les hurlements et les grondements qui saluèrent cette intervention.

« Je comprends votre douleur et votre désir de vengeance, seur H'Kor, mais l'Humpur exige la vérité. »

Il se retourna et leva la dague à hauteur des yeux du hurle assis sur le trône.

« Constatez par vous-même, comte H'Mek : ct'e dague n'a pas pu être faiçonnée par un armurier du pays pergordin.

— D'un pays sis au-delà du Grand Centre, alors ? » suggéra le comte en avançant le torse.

Le seigneur de Luprat s'était revêtu de sa tenue officielle, une tunique, une brague et une cape brunes rehaussées de motifs rouges et verts. Un poil ras et roux ornait le cuir pâle de sa face et ses oreilles pointues. Ses yeux étaient tellement clairs qu'ils en paraissaient transparents.

« Sommes en contact régulier avec le clergé des contrées lointaines, et jamais n'avons ouï d'un forgeron capable de fabriquer une arme d'une telle perfection. »

La douleur s'apaisant, Véhir entreprit d'observer les différents groupes de prédateurs répartis dans la pièce. Il lui fut aisé de reconnaître les femelles des mâles : moins grandes, plus fines, moins velues, elles portaient d'amples robes grises, rouges ou vertes, qu'on ne pouvait pas confondre avec les tuniques, les bragues et les capes. De même, leurs épées, dont les gaines se perdaient dans les plis des étoffes, paraissaient plus légères et courtes que les espadons des seurs et des prévôts. En revanche, la férocité de leur expression et la longueur de leurs griffes ou de leurs crocs ne le cédaient en rien à celles de leurs congénères mâles.

L'archilai frappa de nouveau le grogne, dont la tête heurta durement la dalle de pierre.

« Parle, pue-la-merde ! Qui t'a donné ct'e dague ?

— L'ai'j... je l'ai trouvée, balbutia Véhir.

— Où ?

— Dans... dans la forêt.

— Menterie ! »

L'archilai se recula, bouscula deux gardes et arracha une torche de son support de pierre. La lumière vive de la flamme débusqua son museau court, ses gros yeux noirs et ses longues canines dans la pénombre du capuchon. Il revint vers Véhir, s'accroupit, rapprocha la torche du flanc du grogne.

« La vérité véritable, pue-la-merde, ou te rôtissons sur place, hoorrll ! »

La chaleur de la flamme mordit la couenne de Véhir et se propagea sur son ventre. Il voulut se relever, mais sur un signe de l'archilai, un garde s'avança et le maintint cloué au sol avec la pointe d'un hast. Le grogne resta coincé pendant un moment entre le fer et le feu. Ses soies commencèrent à roussir, une rigole de sang lui parcourut le creux de l'échine. Il se mit sangloter. C'était, davantage que la douleur, sa solitude qui lui faisait mal en cet instant, ce sentiment désespérant que ni lui ni personne d'autre ne réussirait à changer le cours du temps. Puis la souffrance physique commença à le dominer et sa détermination se fissura. Il accepta de parler, il accepta de tromper Jarit, de dévoiler un secret que les hurles de Luprat n'étaient pas dignes de recevoir. Voilà où l'avaient conduit son orgueil et son inconscience de puceau : il était le traître par qui s'effaçaient les dernières traces des dieux humains, la porte par laquelle se déversaient les ténèbres du Grand Mesle.

Une âpre odeur de roustir lui frappa les narines et le ramena quelques jours en arrière devant le corps calciné de Jarit.

« L'est Jarit qui me l'a donnée ! » cria-t-il.

Chaque mot qui sortait de sa gorge le blessait comme une pierre aux arêtes blessantes. L'archilai éloigna la torche, se redressa et se tourna vers le comte H'Mek.

« Jarit, c'est le nom du maudit qui a tenu vos prévôts en échec pendant des cycles et des cycles, seur comte. »

Le seigneur de Luprat hocha la tête d'un air grave. La sensation de brûlure s'estompa sur le flanc de Véhir.

« Conte-moi où Jarit a pris ct'e dague, pue-la-merde, fit l'archilai.

— L'est... l'est un cadeau des dieux humains. »

Des cris de colère et d'indignation tombèrent de l'assistance comme une grêle de flèches. Les hurles ne pouvaient admettre une réponse qui ébranlait les fondements mêmes d'une organisation sociale où ils s'attribuaient les meilleurs rôles. Les yeux de l'archilai flamboyèrent dans la pénombre de son capuchon.

« Çui n'est pas qu'un simple assassinier, seur comte, mais un disciple du Grand Mesle, un suppôt de la diablerie ! gronda-t-il. Et la dague n'a pas été faiçonnée par un être de chair et de sang, mais par la sorcellerie. Devons maintenant écorcher vif ct'e grogne afin d'extirper tout le mal de sous sa couenne, puis les jeter tous les deux, dague et grogne, dans un chaudron d'eau bouillante.

— Dès ce jour ? s'étonna le comte. Ne convoquez pas d'abord le conseil rogatoire de l'Humpur ?

— La diablerie ne fait aucun doute, et le temps presse, seur comte : le Grand Mesle aurait tôt fait de s'aglumer dans les têtes de vos sujets.

— Le seur H'Kor et les prévôts réclament ct'e grogne pour venger la mort des leurs. »

L'archilai écarta les bras en un geste théâtral. Les lueurs vacillantes des torches étirèrent son ombre sur les pierres des murs. De la même manière que les trois lais de l'Humpur exerçaient leur autorité sur le conseil des anciens de Manac, l'archilai saisissait toutes les occasions d'affirmer la sienne sur le seigneur de Luprat.

Véhir eut la sensation fugitive de croiser un regard bienveillant parmi les éclats de haine qui le cernaient. Comme deux lumières rassurantes dans une nuit hostile.

« Seuls les serviteurs de l'Humpur sont appelés à déjouer les ruses du Grand Mesle, déclara l'archilai d'une voix forte. Le Grand Mesle acompte la vengeance du seur H'Kor et des prévôts pour s'aruer dans leur esprit et continuer son œuvre de corruption. Devons nous assurer d'ébouiller les germes d'infection selon les règles très anciennes et très justes de notre ordre. Si leur confiez ce pichtre, seur comte, risquez de les transformer à leur tour en graines de sorcier. »

Les yeux rivés sur les voûtes de l'immense salle, le comte posa son museau sur ses six doigts entrecroisés. Il lui en cuisait, visiblement, de céder en public aux exigences de l'archilai, mais le clergé lui était indispensable, à la fois pour asseoir sa légitimité sur le trône de Luprat et pour cimenter l'unité de son clan autour du culte de l'Humpur. Il lui fallait donc contenter son allié le plus puissant tout en ménageant la susceptibilité de l'aristocratie.

Le regard bienveillant appartenait à une femelle au même pelage roux et au même cuir pâle que le comte de Luprat. Vêtue d'une robe vert sombre, elle se tenait à droite du trône de pierre, entre un mâle tout jaune de poil et une vieille femelle aux babines tombantes. Elle le fixait avec la même attention caressante que troïa Orn sur les bords de la Dorgne. De ses yeux aussi limpides que des cristaux de glace, coulait une douceur ineffable qui atténuait à la manière d'un baume les blessures de Véhir. Pris tout à coup d'un doute, il se demanda si la fièvre ne lui avait pas tournéviré le dessous du crâne : lorsque les hurles, et les prédateurs dans leur ensemble, daignaient abaisser leur regard sur un grogne, c'était uniquement avec appétit ou avec mépris.

« Ct'e grogne sera écorché et ébouillanté selon les rites sacrés de l'Humpur », déclara le comte.

Il écarta les bras pour apaiser les rumeurs qui montaient du petit groupe massé devant le trône.

« Devons d'abord respecter le chagrin du seur H'Kor et de son épouse, leude Poë. En conséquence, le condamné sera encagé et exposé jusqu'à la tombée de la nuit sur la grand-place de Luprat. Demain à la première heure, archilai, pourrez procéder à l'exécution de votre sentence, hoorrll. »

Le comte avait espéré que sa décision satisferait l'un et les autres. L'un parce que le prisonnier serait supplicié selon les règles de son ordre, les autres parce qu'ils auraient un jour entier pour exprimer leur colère et leur chagrin. Il laissa errer son regard sur les faces environnantes et s'aperçut qu'il n'avait réussi qu'à mécontenter tout le monde. Quelques jours plus tôt, la vieille Fro, la gouvernante de Tia, lui avait conseillé de déclarer une guerre afin d'occuper les aristocrates désœuvrés. Il avait d'abord rejeté cette idée avec d'autant plus de force qu'il avait consacré le plus clair de son temps à établir une trêve durable avec Muryd, Ursor et Gupillinde. Mais la paix transformait les anciens compagnons d'armes en intrigants, et Fro, les yeux et les oreilles du palais, avait surpris des conversations fallacieuses, des complots scélérats. La suggestion de la vieille servante n'était peut-être pas si stupide qu'elle en avait l'air – comme d'habitude. Le seur H'Wil allait bientôt prendre leude Tia pour troisième épouse, et de cette union, l'armée de Luprat ressortirait plus puissante de plusieurs centaines de soldats. Restait à trouver un ennemi : le duc de Muryd, un souverain aussi prétentieux que pusillanime, ferait parfaitement l'affaire. Et ses sujets, ces ronges plus forts en gueule qu'en actes, seraient des adversaires tout indiqués pour détourner l'ardeur des jeunes seurs en mal d'exploits guerriers.

128

Le comte fit un signe de tête à H'Qak, le responsable du protocole, qui, de l'extrémité métallique de son bâton, frappa par trois fois les dalles de pierre.

« La séance publique est levée, hoorrll. Que les seurs et les leudes qui mandent un entretien privé avec notre comte s'aruent dornavant dans le petit salon. »

Un garde saisit Véhir par le bras et le força à se relever. Ses jambes se dérobèrent mais le garde le plaqua contre lui pour le maintenir debout.

« Voyez son vit ! s'exclama une leude. L'est encore plus frisouné que le poil de leude Uar ! »

Tous éclatèrent de rire, hormis l'archilai, impassible sous son ample capuchon, et la jeune femelle au pelage roux et aux yeux clairs, immobile à côté du trône de pierre. Alors seulement Véhir prit conscience qu'on venait de le condamner à être écorché vif puis ébouillanté, et il se dit qu'il aurait mieux fait de s'allonger sur le bûcher funéraire avec le corps de Jarit.


Le grogne ne dormait pas malgré la fatigue qui lui alourdissait les membres. On l'avait jeté dans un cachot après l'avoir exposé toute la journée dans une cage de fer où des pics disséminés sur le plancher lui avaient interdit de s'asseoir ou de s'allonger. Il avait donc dû rester debout jusqu'à la tombée de la nuit, la tête rentrée dans les épaules et les jambes légèrement fléchies à cause d'un plafond un peu trop bas. Il avait subi les quolibets et les crachats des badauds qui s'étaient succédé sans interruption de l'autre côté des barreaux. Les gardes, pourtant nombreux et protégés par des boucliers, avaient eu toutes les peines du monde à contenir l'agressivité de la multitude. Les femelles et les p'tios s'étaient montrés les plus hargneux, passant le bras ou le museau à travers les barreaux pour essayer de griffer ou de mordre le prisonnier. Cuit par les rayons du soleil, couvert de sueur et de crachats, assoiffé, affamé, Véhir avait eu l'impression d'être harcelé par des cohortes de démons surgis tout droit de l'antre du Grand Mesle – et c'était lui, ironie du sort, qu'on accusait d'être une créature diabolique.

Il avait d'abord ressenti un immense soulagement lorsque les gardes l'avaient sorti de la cage et conduit dans les sous-sols d'une tour carrée. Les bruits, la lumière et la chaleur s'étaient effacés au profit de l'ombre, de la fraîcheur, du silence. Puis, après que la lourde porte en fer – un fer d'apparence aussi grossière que du bois – s'était refermée dans un grincement sinistre, il s'était plongé dans une nuit froide et désespérante.

Un rayon de lune s'invitait par une haute lucarne et déposait une lumière ténue sur les pierres taillées et le sol de terre battue. Aucun mobilier dans l'ergastule, ni couchette, ni chaise, ni table, seulement un trou dans un coin d'où émanait une forte odeur de déjections. Véhir demeura prostré contre un mur pendant un temps qu'il aurait été incapable d'évaluer, les bras refermés sur son torse, les jambes repliées sous lui. Ses pensées se gelaient dans sa tête, et il n'était plus suspendu qu'au rythme engourdi de son cœur. Si l'idée de la mort ne l'effrayait plus, l'expectative du supplice le plongeait dans les affres de la terreur. Il déplorait d'être resté à la porte du monde extraordinaire entraperçu dans la demeure de Jarit. Les dieux humains n'avaient-ils donc suscité son émerveillement que pour mieux le décevoir ? Sûrement pas : les êtres légendaires de l'Humpur ne pouvaient se comporter avec la même cruauté que les membres des clans prédateurs où que les grognes de Manac. L'explication la plus simple, la plus probable, était qu'il ne s'était pas montré à la hauteur et qu'ils lui avaient retiré leur soutien.

Des bruits de pas, des éclats de voix, des cliquetis brisèrent le silence. Véhir leva un œil anxieux sur la lucarne du cachot. Les étoiles brillaient d'un vif éclat dans un ciel aussi noir que le plumage des grolles. Le jour ne se lèverait pas de sitôt. Le seur H'Kor ou les prévôts avaient peut-être soudoyé les geôliers pour s'introduire dans son cachot et le découper en morceaux. Ses ongles se plantèrent dans la terre battue. La lourde porte pivota en gémissant sur ses gonds de pierre et livra passage à deux visiteurs : un garde reconnaissable à son casque conique, une silhouette plus menue et drapée dans une cape.

« Pas longtemps, ma leude, murmura le garde. Si mon chef, le seur H'Jah, venait à vous surprendre en ces lieux, il séparerait sitôt ma tête de mes épaules.

— Eh bien, qu'attends-tu pour refermer la porte ? »

La deuxième voix, haletante, une voix de femelle, était à la fois douce et tranchante comme une faux.

« N'oublierez pas votre parole, ma leude ?

— Une leude tient toujours ses promesses, hoorrll. Tu auras tout ce que tu m'as mandé. En attendant, descampis et barre la porte. »

Le garde se retira en ronchonnant. Le bruit décroissant de ses pas succéda au grincement des gonds et au crissement du verrou. La visiteuse resta pendant quelques instants immobile avant de s'avancer dans le rayon de lumière blafarde qui tombait de la lucarne. Le capuchon empêchait Véhir de discerner ses traits, mais le grogne commençait à se détendre. Il disposait encore d'un peu de temps avant d'être livré aux bourreaux de l'archilai.

La silhouette, à nouveau figée, le contemplait avec attention. Il ressentit le même trouble que lorsqu'il s'était retrouvé en tête à tête avec troïa Orn et Ombe. Un réflexe l'entraîna à poser les mains sur son vit et ses bourses.

Le capuchon glissa sur les épaules de la visiteuse et découvrit une tête au museau fin, au cuir et aux yeux clairs. Le grogne reconnut la jeune femelle hurle dont le regard avait été le seul îlot de douceur dans l'hostilité de la grande salle du castel. L'éclat de la lune et des étoiles enflammait la rousseur de son pelage.

« Je suis leude Tia, la fille septième du comte H'Mek. »

Véhir décela de l'inquiétude dans son murmure essoufflé. Il se leva tout en gardant ses mains plaquées sur son bas-ventre – une pudeur ridicule : elle avait eu le temps de l'examiner sous toutes les coutures dans la grande salle du castel. Le simple fait de déplier ses jambes réveilla en sursaut ses douleurs assoupies. Aussi grande que lui, la hurle l'examina d'un regard indéchiffrable.

« J'ai une question à te poser, reprit-elle.

— Ai'j... J'ai déjà répondu à toutes les questions. »

Il se sentait misérable face à cette visiteuse à l'allure à la fois autoritaire et gracieuse. Elle sourit, ou plutôt elle retroussa sa lèvre supérieure, qui s'affaissa comme un rideau sur les crocs de sa mâchoire supérieure.

« Pourquoi as-tu conté à l'archilai que la dague était un présent des dieux humains ? »

Il n'hésita pas longtemps avant de répondre. Il avait le sentiment qu'il pouvait lui faire confiance. Elle voulait comprendre avec sincérité, contrairement à l'archilai qui n'avait songé qu'à lui arracher des aveux.

« Parce que l'était la vérité.

— Tu as vu les dieux humains ? Tu les as touchés ?

— J'ai vu leur ancienne demeure, j'ai vu leurs images dans les livres.

— Les... livres ? »

Véhir perdit tout complexe d'infériorité. Elle avait beau être la fille du comte H'Mek, porter des étoffes teintes et une épée en fer, elle était aussi ignorante que lui, et même davantage puisqu'elle ne connaissait pas les livres.

« Les... choses où tout leur savoir était enfermé. H'Gal et ses prévôts les ont brûlés.

— C'est pour ça que tu les as tués ? »

Aucune trace d'agressivité dans la question de la hurle, mais le grogne se recula instinctivement d'un pas.

« Aussi parce qu'avaient tué Jarit, répondit-il sans

quitter des yeux les griffes qui dépassaient des pans de la cape et des manches de la robe.

— Et ce Jarit ? Il a vu les dieux humains ?

— Çui était le gardien de leur mémoire. Avait appris à lire, à recueillir leur savoir dans les livres. Tout est perdu dornavant. »

Seul un reste d'orgueil – mal placé d'ailleurs, l'orgueil ne serait d'aucun secours à un grogne qui ressemblerait bientôt à un bouquin dépiauté – le retint de s'effondrer en larmes.

« Les lais de l'Humpur prétendent que les dieux humains ne se sont jamais avenés en ce monde, murmura la hurle. Qu'ils vivent dans un monde magique où les rejoindront après leur mort ceux qui observent les règles du clergé. Tes paroles tendent à prouver le contraire. »

Véhir garda le silence. Il n'avait pas cherché à prouver quoi que ce soit, il avait seulement voulu respirer un autre air que celui de la communauté.

La hurle fouilla sous sa cape. En moins d'un reptir de vipère, elle en ressortit un objet long et pointu dont le scintillement esquissa une lune éphémère sur les pierres de l'ergastule. Abasourdi, Véhir reconnut la dague que lui avait confiée Jarit. Un courant d'énergie le balaya, qui accéléra le battement de son cœur, qui chassa le désespoir et le froid. Il n'avait pas besoin de toucher l'arme des dieux humains pour ressentir sa chaleur, pour entendre son chant.

« J'ai réussi à la barboter à l'archilai. » La hurle parlait à voix basse, comme effrayée par son audace. « Le meilleur des forgerons de toute la Dorgne ne réussirait jamais à faiçonner une lame d'aussi belle qualité. »

Véhir tendit machinalement la main, mais elle referma les doigts sur le manche et replia le bras avec vivacité. Ses yeux étincelèrent au milieu de sa face pâle.

« Je consens à te la rendre, poursuivit-elle. À une condition.

— Quelle ?

— Que tu t'arues avec moi dans le Grand Centre. »

La proposition médusa Véhir : qu'une femelle hurle eût l'idée saugrenue de lui rendre visite dans son cachot, passe encore, mais qu'elle l'invitât à l'accompagner dans le Grand Centre, cela dépassait son entendement. Jamais, de mémoire de grogne, on n'avait vu un prédateur s'entendre avec un membre des communautés. Ou alors, pour l'égorger et le ripailler. Et puis, elle oubliait qu'il était encachoté dans le château de Luprat, l'enceinte la mieux gardée du pays de la Dorgne.

« Pour... pourquoi voulez m'emmener ? bredouilla-t-il.

— Parce que je recherche la même chose que toi. À deux, aurons deux fois plus de chances de trouver.

— Sui'j... je ne suis qu'un pichtre de grogne. »

Elle déplia à nouveau le bras et agita la dague sous son groin.

« Icelle sera ta griffe et ta dent. »

Elle employait les mêmes mots que Jarit. Le temps d'une piqûre de moustique, il eut l'impression que la voix grave de l'ermite s'était écoulée par la bouche de la leude.

« Ne voulez pas la garder pour vous ? »

Elle exhiba ses crocs d'un large bâillement.

« Je suis déjà aguerriée. Et c'est à toi qu'elle a été donnée.

— Qu'allez quérir dans le Grand Centre ? »

Elle garda un moment les yeux baissés sur la dague.

« Avile le trouve disait que les dieux humains apparaissent dans les grottes du Grand Centre et s'adressent à leurs créatures. Je veux les voir, les ouïr, les toucher.

— Comment acomptez me... ? »

Un crissement interrompit Véhir, suivi du grincement horripilant de la porte. Leude Tia dissimula précipitamment la dague dans son dos. Le garde s'introduisit dans le cachot. Son ventre rebondi chassait son ceinturon vers le bas et son lourd espadon raclait le sol à chacun de ses pas.

« Faut vous en retourner asteur, ma leude. Je vous ai déjà laissé trop longtemps seule avec ct'e drôle.

— C'est vrai qu'on a parfois peu de temps pour se faire une idée », dit-elle en fixant le grogne.

Véhir observa le garde, un gaillard aussi haut que large et dont les yeux jaunes luisaient comme deux torches dans la fourrure sombre de sa face. De sa tunique saillaient un cou et des avant-bras épais. Ses oreilles tombaient de chaque côté de son casque conique et ses crocs, énormes, obliques, maintenaient en permanence ses lèvres plissées.

« Venez, ma leude.

— Il sera bientôt trop tard.

— Faites pas de bile, hoorrll, fit le garde. Personne ne connaîtra que la septième fille du comte a eu pitié de ct'e boître.

— Je parle de désir, pas de pitié. »

Le garde eut une expression de surprise avant de hocher la tête d'un air entendu.

« Ah, vouliez donc mirer la viande de ct'e grogne avant de le ripailler... »

Tia vint se placer entre son congénère et Véhir.

« Jamais n'aurons l'occasion de goûter la saveur de l'interdit, murmura-t-elle sans se retourner. L'archilai en a jugé autrement. Grand dommage : la chance ne se représentera pas. »

Elle tendit le bras en arrière, un mouvement qui écarta un pan de sa cape et dévoila sa robe verte. La pointe de la dague effleura la hanche du grogne. Il ne bougea pas dans un premier temps, incapable d'aligner deux pensées cohérentes, aussi figé et stupide qu'une musaraigne devant une couleuvre. Elle s'éloigna de lui avec une lenteur calculée, le bras toujours tendu dans son dos, la dague posée en travers de sa main. Le garde l'attendait devant la porte, les yeux rivés sur le couloir. Au loin, une invisible torche dispensait un éclairage ténu. Dans moins d'un grisollement d'alouette, la leude aurait quitté le cachot, la porte se serait refermée et il ne resterait plus à Véhir qu'à attendre avec résignation son supplice et sa mort.

Alors une digue se rompit, un flot de colère déferla en lui avec la puissance d'un torrent grossi par les grêlées de la lunaison du premier grut. Il n'avait pas le droit de se laisser déposséder de son seul bien, la vie, sans réagir. Il rattrapa la leude en trois bonds, empoigna le manche de la dague et fondit sur le garde. Averti par le bruit, le hurle se retourna et entreprit de dégainer son espadon, mais la surprise et la lourdeur de la lame rendaient ses gestes maladroits. Il eut cependant le réflexe de dévier du bras la course de la dague. Au lieu de plonger dans son abdomen, le fer crissa sur son os iliaque. Il poussa un rugissement, lança son poing vers la face du grogne, ne frappa que le vide. Il n'eut pas le temps de s'en étonner : son adversaire tourna autour de lui avec la vivacité d'un miaule, la dague s'enfonça une première fois dans son flanc, une deuxième dans ses reins. Ses forces le désertèrent comme un tonneau se vidant de son vin, ses jambes flageolèrent, ses yeux se ternirent. Il tenta une dernière fois de riposter, mais ses gestes se suspendirent et il s'affaissa de tout son poids sur le sol.

Véhir l'acheva d'un coup à la gorge puis se redressa, barbouillé de sang. La leude fixait le cadavre de son congénère avec des lueurs d'effroi et de remords dans les yeux. Bien que très brève, la scène semblait avoir produit sur elle une impression saisissante. Elle était complice de l'assassinat d'un hurle, et, plus grave encore, de la transgression d'un tabou. Un gargouillis s'élevait comme une complainte funèbre dans le silence mortuaire retombé sur l'ergastule. Les doigts de Véhir se resserrèrent sur le manche de la dague. Les yeux de la hurle, pétrifiée devant lui, se pailletaient à présent d'éclats durs, colériques. Elle se laissait reprendre par ses instincts de prédatrice. Il se tint prêt à livrer un deuxième combat. Comme devant la tanière de Jarit, une ivresse diffuse irriguait son cerveau, ses muscles, effaçait ses douleurs, sa fatigue. Les dieux humains avaient exaucé ses prières : il mourrait la dague à la main, en disciple de Jarit, en guerrier de l'Humpur, et non comme un misérable pichtre dans l'eau bouillante d'un chaudron.

La leude émit un grondement sourd et prolongé. Les jambes fléchies, Véhir leva la lame à hauteur de son ventre. La femelle hurle était moins corpulente que le garde, mais sûrement plus rapide, plus féroce. Il n'en avait pas peur, il était baigné d'un calme souverain, d'un silence intérieur que ne troublait aucune pensée, aucun bruit.

« Hoorrll... hoorrll... »

Elle cherchait à lui dire quelque chose mais elle était encore trop bouleversée pour aligner les mots, les phrases. Son expression avait changé en tout cas, ses yeux avaient recouvré leur clarté, leur limpidité.

« Devons... hoorrll... devons descampir avant... avant la relève... » Haletante, elle désigna le garde qui continuait de se vider de son sang. « Prends ses vêtements. Vite. »

Joignant le geste à la parole, elle se pencha sur le corps et entreprit de lui retirer ses bottes. À cet instant, un brouhaha enfla à l'autre bout du couloir, des claquements, cliquetis, clameurs, ahanements, autant de bruits caractéristiques d'une bataille.

Tia s'interrompit, prêta l'oreille.

« Seur H'Kor et ses partisans, souffla-t-elle, livide. Se battent contre les gardes. Se sont arués ici pour venger la mort de H'Gal. Pour te tuer, grogne. »

## CHAPITRE 7

# Le cousin roux

*Il me revient en mémoire cette rencontre entre un glape*
*et un miaule à l'humeur belliqueuse.*
*Çui voulut égorger le cousin roux au seul prétexte*
*qu'il lui avait fait de l'ombre en passant.*
*« Avez raison, seur miaule, dit le glape. Je mérite*
*cent fois la mort pour une semblable forfaiture.*
*Cependant, je vous informe que ma tête est mise à prix,*
*et que, plutôt que de m'assassinier, devriez me livrer*
*au marquis de Gupillinde. Vous en tirerez cent pièces. »*
*Ainsi fut fait : le miaule agrappe le cousin roux*
*dans un filet et le transporte sur l'épaule*
*jusqu'au marquisat de Gupillinde.*
*Mais, alors qu'il frappe à la porte du*
*castel, il s'aperçoit qu'il ne porte plus que des pierres :*
*le cousin roux avait rongé les mailles du filet,*
*l'avait rempli de grosses pierres et, quand le poids*
*d'icelles fut équivalent au poids de çui, s'était ensauvé*
*par le trou. Notre miaule n'eut droit qu'à cent coups*
*de bâton pour avoir dérangé le chef des prévôts.*

*Si un quidam se montre plus affûtié qu'un cousin roux,*
*demande-toi s'il ne s'agit pas de l'un des mille démons*
*du Grand Mesle.*

Les fabliaux de l'Humpur

« Pas le temps de défagotter çui ! souffla Tia en se relevant.

— Mon odeur, gémit Véhir. Va me trahir.

— J'ai ce qu'il faut. »

La hurle farfouilla à nouveau à l'intérieur de sa cape. Elle extirpa de l'étoffe une petite fiole en terre cuite fermée par un bouchon de liège, l'ouvrit et en versa le contenu sur la tête et le corps de Véhir. Des rigoles d'un liquide odorant et visqueux rampèrent comme des lombrics froids sur le cou, le torse et le bassin du grogne.

« Une essence d'amour, précisa rapidement Tia. Les seurs de la cour l'utilisent pour masquer leur odeur et agréer la leude de leur cœur. Échratte-la sur ta couenne, empresse ! »

Elle avait recouvré son autorité naturelle mais elle lançait des regards affolés, presque implorants, en direction du couloir. Le vacarme de la bataille se répercutait sur les murs et les voûtes. Les prévôts avaient sans doute reçu l'ordre formel de s'opposer à toute expédition punitive contre le grogne, car, bien qu'ils eussent affaire aux sbires de H'Kor, l'un des aristocrates les plus prestigieux de Luprat, ils défendaient pied à pied l'accès aux ergastules.

Se souvenant des leçons de Jarit, Véhir répandit la lotion sous ses aisselles, sur son vit et dans le sillon de ses fesses. Puis, il enjamba le cadavre et emboîta le pas à la leude qui s'engageait dans le couloir. Ils longèrent une dizaine de cachots fermés par des portes en fer et pour la plupart occupés par des prédateurs hors la loi. Le halo tremblant de la torche encore invisible révélait les irrégularités des pierres. Les cris des combattants étaient proches à présent, et Véhir craignait qu'ils ne débouchent à tout moment de l'un des boyaux perpendiculaires qui s'enfonçaient de part et d'autre dans une indéchiffrable obscurité. Les pieds de la hurle paraissaient à peine effleurer le sol de terre battue. Sa cape flottait derrière elle comme l'aile d'un kroaz – du moins tel que Véhir imaginait les kroaz, ces monstres légendaires au plumage noir et aux serres redoutables. Le grogne peinait en tout cas à suivre le rythme. Chacun de ses pas ébranlait le sol, chacune de ses expirations résonnait avec la force d'un vent d'ouest. Et la sueur, cette sueur implacable qui suintait par tous les pores de sa couenne, chassait l'essence d'amour et démasquait son odeur.

Le couloir donnait sur une petite place circulaire où, à la lueur de plusieurs torches, les prévôts regroupés contenaient les assauts des partisans de H'Kor. Tia s'immobilisa, remonta son capuchon sur ses épaules, fit signe à Véhir de se cacher derrière elle et observa les combattants dont les ombres démesurées s'entrelaçaient sur la voûte et les murs. Leurs lourds espadons raclaient les pavés arrondis. Ils ahanaient et soufflaient comme des bœufs dont ils avaient par ailleurs la même lourdeur obstinée. Pour les hurles, et particulièrement pour les mâles, le combat se résumait le plus souvent à une pure et simple épreuve de force, contrairement aux miaules qui privilégiaient la ruse et la vivacité. Tia se disait souvent que ces derniers, s'ils avaient eu un minimum de discipline, n'auraient eu aucun mal à vaincre l'armée de son père. Par chance pour le clan de Luprat, le goût de l'indépendance des miaules s'accommodait mal avec les contraintes de l'organisation militaire et les confinait dans des rôles de mercenaires, de fricoteurs, de rôdeurs ou de hors-la-loi.

Tia reconnut aux couleurs de ses vêtements, à son poil gris et à son large museau le seur H'Kor qui se tenait à l'écart dans la bouche ténébreuse du couloir opposé. La haine consumait ses yeux globuleux et jaunes. Il n'aurait pas de trêve tant qu'il n'aurait pas versé de sa main le sang du grogne qui avait écaché son fils, ce même grogne dont l'odeur appétissante chassait déjà l'essence d'amour et fouettait les narines de la leude. Elle venait de commettre l'acte le plus stupide de sa courte existence. Elle avait défié tout le clan hurle, non seulement l'archilai et ses cohortes fanatiques, mais également l'aristocratie, et à travers elle, son propre père, le comte H'Mek. Elle fut effleurée par l'envie de réparer sa faute avant qu'il ne soit trop tard, de ramener le pue-la-merde dans son ergastule et de remettre la dague où elle l'avait prise. Puis elle se souvint qu'une vie sans espoir et sans joie l'attendait dans la demeure du seur H'Wil, elle se remémora les chants d'Avile. Ce grogne n'était sans doute pas le compagnon idéal mais, en dehors du trouvre, personne d'autre ne lui donnait la force d'accorder sa vie à ses rêves.

Elle s'avança de quelques pas pour observer la disposition des lieux. Les combattants continuaient de lever et d'abattre les espadons avec une lenteur révélatrice de leur état de fatigue. Il fallait, pour atteindre l'entrée du passage le plus proche, sortir sur la place et parcourir une quinzaine de pas en longeant le mur incurvé. Un courant d'air soufflait sur les torches, ployait les flammes, entrechoquait les halos, déformait et multipliait les ombres.

Le moment propice se présenta lorsqu'un prévôt s'effondra et que trois partisans de H'Kor se précipitèrent sur lui pour l'achever. Les deux camps reprirent soudain des forces, les uns volant au secours de leur compagnon en difficulté, les autres tentant de forcer le passage, et il se produisit au centre de la place une empoignade furieuse dans laquelle finit par se jeter le seur H'Kor.

Tia se tourna vers le grogne et, d'un geste du bras, lui ordonna de la suivre. Véhir eut la sensation que tous les regards convergeaient vers lui après qu'il eut quitté l'obscurité sécurisante du couloir et qu'il se fut aventuré sur l'espace dégagé de la place. Les torches lui paraissaient briller plus que trois soleils réunis et le désigner de leurs doigts tremblants de lumière. Il essaya de rester dans les plis de la cape de la leude mais elle se déplaçait trop vite pour lui, si bien qu'il perdit rapidement le contact et se retrouva isolé le long du mur. Les pierres rugueuses lui égratignèrent la couenne. Du coin de l'œil, il sur-eilla les hurles qui s'affrontaient à quelques pas de lui. Il lui sembla que l'entrée du couloir dans lequel Tia s'était déjà engouffrée s'éloignait au fur et à mesure qu'il s'en rapprochait. À plusieurs reprises, il crut que prévôts et partisans de H'Kor cessaient de se battre pour se ruer sur lui, mais il atteignit sans encombre l'entrée du passage, une galerie étroite et étayée par des poutres vermoulues dans laquelle il s'engouffra comme il aurait sauté dans un lac d'eau fraîche après une longue journée de travail sous le soleil de la lunaison des fruits.

La leude l'y attendait, le museau plissé par l'inquiétude.

« Empresse », souffla-t-elle.

Ils filèrent à toutes jambes dans le boyau. Une trentaine de pas plus loin, ils durent se contorsionner pour franchir un éboulement de pierres et de terre. Les ténèbres avalèrent peu à peu les cliquetis et les grognements des combattants.


La dernière des galeries donnait sur les anciennes étables du château, qu'à cause de l'odeur et des mouches le comte avait fait transférer quelques cycles plus tôt dans un quartier éloigné de Luprat. On y entreposait désormais du matériel, charrettes, harnais, colliers, outils. Malgré l'obscurité, Tia n'eut aucun mal à s'orienter. Enfant, elle était souvent venue jouer dans les lieux avec les filles des servantes. Elle savait également qu'un souterrain partait de la casemate située dans le prolongement des étables et débouchait directement sur une forêt, à l'extérieur du mur d'enceinte. Les choses ne s'étaient pas déroulées selon ses prévisions, mais l'essentiel était de sortir de Luprat et de gagner le duché voisin de Muryd avant d'être regrappie par les prévôts. Elle crevait de chaud sous sa cape et l'odeur obsédante du grogne aiguisait sa faim. Son épée lui battait les jambes à travers le tissu de sa robe. Elle se sentait marcher au bord d'un abîme, un sentiment de vertige qui n'était pas seulement dû à l'incertitude, à la peur, mais à l'action, au mouvement. Une griserie similaire à celle qui l'envahissait sur les cimes des monts Dorgne, la résidence d'été de la cour, ou lors des primes chaleurs de la lunaison des bourgeons. Pour la première fois de son existence, elle prenait sa vie en main, elle écoutait les désirs profonds de son esprit, de son cœur et de son corps. Elle ne pensait pas à son père en cet instant, ni à sa mère, ni à aucun autre membre de sa famille, mais à Fro, la vieille servante dont elle avait trahi la tendresse.

Ils traversèrent les étables, dérangèrent une bande d'hirondelles vertes qui avaient bâti leurs nids entre les barreaux des anciennes mangeoires. Des rayons d'étoiles se glissaient par les soupiraux, sculptaient les roues des charrettes alignées, les moyeux de pierre, les rayons de bois, les ridelles à claire-voie. Une odeur de fumier flânait dans le silence nocturne troublé de temps à autre par les cris rauques des rapaces. Véhir n'avait rien mangé depuis qu'Arbouett le Blanc l'avait capturé dans la ferme des mêles, et son ventre réclamait son dû.

« J'ai faim. »

Ses propres mots, glissés de ses lèvres comme une pensée perdue, le firent sursauter.

« L'est pas le moment de te soucier de ton estomac ! grommela Tia. Attendras d'être hors de Luprat. »

Une lourde porte fermée à clef interdisait l'accès à la casemate. La hurle essaya de l'ouvrir à coups d'épaule, puis, n'y parvenant pas, entreprit de défoncer le panneau inférieur avec son épée. Véhir sursautait à chacun des coups portés sur le bois, persuadé que le vacarme, amplifié par les ténèbres, sonnait le branle-bas de combat dans tout le castel. Déjà des cris, des claquements, des grincements résonnaient au-dessus de leurs têtes. La leude cognait de toutes ses forces mais le fer cabossé de son épée ne parvenait pas à entailler le chêne. De grosses gouttes s'écoulaient de son pelage et dévalaient ses joues glabres. Sa langue pointue saillait de sa gueule et pendait sur un côté de sa mâchoire inférieure. D'elle émanait une odeur de poil mouillé qui remuait les terreurs ancestrales du grogne. Après s'être acharnée sur la porte le temps d'une ondée de la lunaison des premières chaleurs, elle dut s'arrêter pour reprendre son souffle et détendre ses bras tétanisés.

Les bruits se précisèrent dans le silence restauré, vociférations, sifflements, tintements, roulements, le tapage caractéristique d'une meute en chasse. Les partisans de H'Kor avaient sans doute forcé le barrage des prévôts et, découvrant que le prisonnier s'était évadé après avoir éliminé le geôlier, ils s'étaient lancés à sa poursuite en remontant la piste de son odeur. Ils coupaient en tout cas toute possibilité de retour en arrière aux deux fugitifs. Des gémissements aigus, nerveux, s'échappaient du souffle de Tia. Véhir serra le manche de la dague à s'en faire craquer les jointures. La magie des dieux humains ne suffirait pas à tenir en respect une dizaine de hurles surexcités. Il mourrait l'arme à la main, comme le guerrier qu'il aurait pu devenir, certes avec davantage de panache et de mérite qu'à l'intérieur d'un chaudron d'eau bouillante, mais, il en prenait conscience en cet instant, aucune mort, même la plus glorieuse, n'était préférable à la vie. La vie était une chance formidable, unique, un présent magnifique que galvaudaient les habitants de Luprat et des autres territoires.

Déjà, à l'autre bout de l'étable, les lueurs de torches retroussaient l'obscurité et se reflétaient sur les pavés arrondis et lisses. Alors Véhir se souvint que les grognes chargés du bois de chauffage se servaient de leurs fronts pour fendre les bûches. Il les revit prendre leur élan et foncer la tête en avant vers le bout de tronc coincé contre un mur. Ils le faisaient d'ailleurs autant par défi que par nécessité. Leur couenne se déchirait parfois et des filets sanglants se croisaient autour de leur groin, mais jamais on n'avait vu le bois, même le chêne le plus coriace, résister à leur os frontal.

« Écartez », fit-il à la hurle.

La surprise déplissa le museau de Tia, mais elle pressentit que lui seul avait la possibilité de débloquer la situation et elle obtempéra. Véhir se recula de dix pas avant de s'élancer vers la porte. Un doute s'insinua dans son esprit au milieu de sa course. Il ralentit, puis le vacarme de la meute l'aiguillonna, et il accéléra à nouveau, le front en avant, se crispant dans l'attente du choc.

Il ne ressentit pas grand-chose lorsqu'il percuta le panneau inférieur de la porte. Il y eut un grand craquement, le bois vola en éclats, des échardes se fichèrent dans sa couenne – pas dans ses yeux, heureusement –, des filets tièdes coulèrent sur ses joues. Emporté par son élan, il roula sur un sol dur de l'autre côté et se rétablit quelques pas plus loin. Il était passé dans une pièce en arc de cercle toute en longueur et très haute de plafond. La clarté laiteuse des étoiles se faufilait par d'étroites embrasures pour se pulvériser sur les reliefs d'une voûte majestueuse. Un ouvrage très ancien, dont les bâtisseurs actuels de Luprat étaient sans doute incapables de reproduire la solidité, la complexité. Véhir arracha machinalement une écharde fichée dans un côté de son groin et écrasa d'un revers de main les rigoles de sang. Des rochers naturels aux formes torturées servaient de support à la construction et saillaient du sol comme des racines pétrifiées.

« Par là ! »

Tia s'était glissée à son tour dans la brèche et, l'épée à la main, se dirigeait vers le fond de la casemate. Hébété, Véhir suivit la leude des yeux jusqu'à ce que les ondulations de sa cape s'évanouissent dans les ténèbres. C'était maintenant qu'il éprouvait la violence du choc contre le bois de la porte, maintenant que la douleur commençait à lui vriller le crâne, maintenant qu'il prenait conscience du filet poisseux de sang qui lui emprisonnait la face, les épaules et le torse. Maintenant qu'il était au bord de l'évanouissement. Son cerveau lui commandait de bouger, son corps refusait de s'exécuter, engourdi, comme séparé de son esprit. Pourtant, il restait parfaitement lucide, conscient que la meute des poursuivants ne tarderait pas à fondre sur lui. Il lança un regard éperdu vers le fond de la casemate, mais les ténèbres avaient digéré la silhouette de la hurle et l'avaient restitué à sa solitude, cette solitude qui l'avait toujours bercé au sein de la communauté de Manac et qui prenait une dimension terrifiante dans les ténèbres souterraines du château de Luprat.

Une main griffue s'abattit sur son épaule.

Déjà.

Il n'eut pas le réflexe de lever la dague.

« Qu'est-ce que tu aricotes ? »

Il reconnut l'odeur et la voix de la leude. Elle avait rengainé son épée et était revenue sur ses pas. Sa face pâle émergeait des plis du capuchon rabattu sur ses épaules. Ses yeux clairs étaient des puits d'inquiétude et de pitié – il n'aurait jamais cru qu'une hurle pût éprouver de la pitié pour un pue-la-merde.

« Les autres vont nous regrappir si ne descampissons pas. »

Tout en parlant, elle l'avait saisi par le poignet et le tirait vers la sortie de la casemate. Il n'opposait aucune résistance, mais ne faisait rien non plus pour sortir de son inertie, et elle devait s'arc-bouter sur ses jambes pour le contraindre à avancer.

« Faut d'abord sortir d'ici si voulons nous aruer en quête des dieux humains. »

Les mots de la leude glissaient sur la couenne de Véhir comme des gouttes légères et tièdes. Il ne parvenait pas à s'imprégner de la réalité de cette scène.

Tia perdit patience et décida d'administrer au grogne un traitement de choc : elle lâcha son bras et enfonça ses crocs dans la partie la plus charnue de son épaule. Des frissons de plaisir la parcoururent lorsque le sang bouillonna sous ses dents et lui inonda le palais. La viande du grogne, plus ferme que celle des gavards, avait également un goût plus fort, plus sauvage. Les frissons se transformèrent en contractions délicieuses, très proches sans doute des spasmes de jouissance qui secouaient les femelles saillies par les mâles – aucun mâle n'avait encore cueilli la fleur de Tia, mais Fro, très expérimentée en la matière, lui avait brossé un tableau détaillé des réactions physiologiques femelles durant l'accouplement. Elle fut tentée de s'abandonner à ses instincts et de le ripailler sur place. La gueule refermée sur l'épaule du grogne, elle émettait des gémissements à la fois voluptueux et plaintifs, voluptueux parce qu'elle avait l'impression de laper un élixir divin, plaintifs parce qu'un reliquat de raison lui conseillait de s'arrêter avant d'être débordée par ses sens.

Ce fut Véhir qui, cette fois, l'aida à surmonter l'ivresse dangereuse qui la gagnait. La douleur, aiguë, eut le même effet sur lui qu'une piqûre de frelon. Il s'ébroua pour échapper aux mâchoires puissantes de la hurle. Elle ne les desserra pas tout de suite, l'appétit de plus en plus aiguisé par le sang frais, les griffes rétractées dans ses bottes, les jambes ployées pour mieux résister aux remuements convulsifs de sa proie. Il fallut un coup de coude désespéré du grogne en pleine poitrine pour la contraindre à lâcher prise. Le museau et les babines marbrés de sang, elle renversa la tête en arrière et poussa un long soupir de protestation avant de poser sur Véhir un regard chaviré par les regrets.

Le ramdam des poursuivants s'amplifiait comme le froissement d'un vol de migrateurs à la lunaison des arbres défeuillés.

« Sui'j... je suis prêt à vous suivre, asteur », dit le grogne.

148

Les dents de la leude lui avaient cisaillé l'épaule. Elle hocha la tête avec une expression de tristesse poignante qui témoignait de la violence de sa frustration. Elle s'essuya les lèvres d'un revers de manche, remonta son capuchon sur sa tête et pivota sur elle-même avec une telle vivacité que sa cape s'enroula autour de son corps.

Le souterrain ne partait pas de la casemate proprement dite, mais d'une galerie contiguë creusée dans le rocher et prévue pour permettre aux troupes de se déplacer en toute sécurité entre le fossé sud et le grand fossé nord. Tia n'était pas encore née lorsque les armées d'Ursor et de Gupillinde avaient cerné le château, mais Fro lui avait raconté comment, après des jours et des jours de siège, les troupes du comte H'Gof, « votre grand-père, ma leude », avaient quitté en pleine nuit l'enceinte de Luprat, s'étaient rassemblées silencieusement dans la forêt et, à l'aube, avaient pris les assaillants à revers, changeant ainsi le cours d'une guerre qu'on avait longtemps crue perdue.

Les éclats de voix des poursuivants taillaient en pièces le silence des entrailles du castel. De grosses pierres posées les unes sur les autres bouchaient l'entrée du souterrain. Tia entreprit de la dégager, bientôt imitée par Véhir, qui oublia la blessure à son épaule pour remuer des blocs plus lourds que des sacs de blaïs. Ils ouvrirent un passage en haut du monticule. Les éclats menaçants des torches léchaient déjà les parois et le sol rocheux de la galerie. La leude aida Véhir à franchir la musse étroite avant de s'y enfourner elle-même. Sa cape se prit sur l'aspérité d'une pierre et se déchira du haut en bas. Elle dévala l'éboulement de l'autre côté et rattrapa en quelques foulées le grogne dont les pieds martelaient lourdement la terre battue, dont les bras giflaient l'obscurité comme des branches battues par les rafales.

Ils coururent sans se retourner pendant un temps qui parut interminable à Véhir. Leurs épaules·se frottaient aux parois, ils trébuchaient sur les arêtes des pierres effondrées de la voûte et serties dans la terre. Ils pouvaient maintenant distinguer les silhouettes lointaines et gesticulantes de leurs poursuivants, qui, grâce à la lumière des torches, gagnaient inexorablement du terrain.

Tia s'obligeait à modérer son allure pour rester au contact du grogne. Le moment approchait où elle devrait l'abandonner à son sort si elle voulait garder une chance de semer ses congénères et de regagner ses appartements sans être découverte. Elle savait qu'elle n'aurait pas le courage de poursuivre l'aventure seule. Elle avait repoussé le moment du départ jusqu'à ce qu'elle découvre le prisonnier allongé sur les dalles de la grande salle des réceptions et qu'elle l'entende parler des dieux humains. Elle avait alors établi le lien entre le grogne et les chants d'Avile le trouvre, elle avait compris qu'elle avait sous les yeux la seule créature du pays pergordin capable de l'accompagner sur les chemins du Grand Centre. Et tant pis si c'était un pue-la-merde, un pichtre d'une communauté agricole, de la bonne et belle ripaille sur pattes. Sans lui, sans le feu qui brûlait dans ses yeux, elle se refroidirait, elle renoncerait à ses aspirations, elle rentrerait dans le rang, elle redeviendrait la fille septième du comte H'Mek et l'épouse tierce du seur H'Wil. Elle retardait jusqu'à l'inéluctable le moment d'abandonner cet étrange compagnon de fortune. Elle jetait de fréquents coups d'œil en arrière, voyait se rapprocher les sbires du seur H'kor, entendait les raclements de leurs épées sur les parois, leurs grognements, leurs halètements. Les torches transformaient le souterrain en une coulée de fureur et lumière qui bientôt les rattraperait et les engloutirait.

Une pierre se détacha soudain du plafond et dégringola au-dessus d'eux comme un oiseau fauché par la flèche d'un archer. Un court éboulement de terre s'en suivit, puis la chute d'autres pierres, plus petites. Tia revint sur ses pas, observa, à la lueur incertaine des torches, l'endroit de la voûte d'où étaient tombées la terre et les pierres : un étai de bois, rongé par l'humidité et fendu jusqu'au cœur, ployait dangereusement sous le poids de sa charge. Essoufflée, elle évita de regarder en direction des poursuivants, réprima l'impulsion qui lui ordonnait de reprendre ses jambes à son cou, dressa son épée à la verticale et en ficha la pointe dans le bois pourri de la poutre. Une pluie de terre et de cailloux lui cribla le crâne et les épaules.

« Reconnais icelle ! rugit un poursuivant. On... on dirait la leude Tia, la fille septième du comte ! »

Les sbires de H'Kor n'étaient plus qu'à une quinzaine de pas. À moins de les occire tous, Tia ne pouvait plus maintenant effacer son forfait ni retrouver sa place à la cour de Luprat. Elle frappa à nouveau la poutre vermoulue, provoqua une deuxième chute de terre et de pierres. Un craquement sinistre couvrit pendant quelques instants les claquements de bottes et les cris des poursuivants.

« Vite ! Elle aspère à boucher le... »

Au troisième coup, l'étai céda et la voûte s'effondra dans un grondement prolongé. Tia eut tout juste le temps de se jeter en arrière pour esquiver les plus grosses pierres. Une grêle de terre s'abattit sur elle, lui cingla le dos, mais, s'appuyant sur son épée, elle parvint à rester debout et à s'éloigner de la zone dangereuse. L'éboulement avait soulevé une poussière épaisse qui lui piquait les yeux et s'infiltrait dans sa gorge. Le grondement s'interrompit et le silence, à nouveau, se déploya dans les entrailles de la terre. Chancelante, Tia progressa à tâtons dans l'obscurité jusqu'à ce qu'elle aperçoive la silhouette grise du grogne figée contre la paroi.

« Qu'est passé ? » demanda Véhir.

La leude toussa, expulsa la poussière de sa gorge et de ses narines avant de répondre.

« Un éboulis. »

Le grogne regarda derrière lui, ne distingua plus les flammes menaçantes des torches. De même il ne décelait plus aucun bruit dans la paix profonde qui, à nouveau, régnait sur le souterrain. Alors délivré du fardeau de la peur, il oublia la faim, la soif, la douleur, et jouit sans retenue du formidable bonheur d'être en vie.

*
* *

Tia et Véhir marchèrent pendant deux jours et deux nuits à travers le pays de la Dorgne en suivant la direction de l'est. Ils ne s'arrêtaient que le temps de croquer quelques truffes rances pour le grogne et quelque gibier cru pour la hurle. Ils avaient traversé une rivière – la Zère, la Dorgne ? – à plusieurs reprises afin de brouiller leur piste.

À l'aube du premier jour, ils avaient détroussé un voyageur gronde, le dépouillant non seulement de ses vêtements et de ses chaussures, mais également de sa bourse, gonflée de pièces en bronze monnayables dans un grand nombre de contrées, et d'un pain de blaïs sur lequel s'était immédiatement jeté Véhir. Le gronde, aussi massif qu'un bœuf, avait essayé de se défendre, mais sa lenteur ne lui avait laissé aucune chance face à la hurle, dont l'épée lui avait transpercé le cœur avant qu'il n'ait eu le temps de tirer sa propre hache. Véhir avait été impressionné par l'épaisseur du torse et des bras de leur victime, couverts d'un poil brun et luisant sur lequel les gouttes de sang glissaient comme sur des plumes de canard. Avant de les enfiler, il avait raccourci la brague et la tunique à l'aide de la dague, puis il avait bourré les bottes, beaucoup trop grandes pour lui, avec les chutes de tissu. Il avait enfoui le tout sous le long pardessus fait d'une laine rêche et grise d'où s'exhalait une tenace odeur de bêle.

Tia s'était débarrassée de sa cape à demi déchirée et l'avait remplacée par une mante à capuche dérobée sur un fil à linge dans la cour intérieure d'une maison de maître – la ferme d'une famille hurle qui vivait en dehors de Luprat et qui exploitait ses terres à l'aide de ses serviteurs grognes, hennes ou mêles. La leude avait également barboté un passe-montagne qui permettait au grogne de se voiler entièrement la face en cas de mauvaise rencontre. Jusqu'alors, les quelques prédateurs errants qu'ils avaient croisés ne leur avaient pas prêté attention.

Un soir cependant, un glape au poil roux et à l'œil vif vint leur tenir compagnie sur la rive du lac où ils avaient prévu de dormir. Bien qu'ils n'eussent pas allumé de feu malgré l'humidité froide et pénétrante, bien qu'ils eussent pris la précaution de s'abriter sous un grand rocher, le glape surgit de la nuit et s'assit en face d'eux sans leur demander leur avis. Sans doute ressentait-il l'irrépressible besoin de parler, car, sitôt installé, il se mit à raconter son histoire. Il portait en bandoulière une longue sarbacane taillée dans un bois blanc et lisse ainsi qu'un étui de cuir qui contenait probablement des dards envenimés. Les glapes avaient élevé la fourberie au rang d'une vertu et leurs armes, qui donnaient une mort sournoise, en étaient l'illustration la plus patente. Tia ne les prisait guère, moins encore depuis qu'ils avaient conclu un traité de paix avec leurs « cousins hurles » et qu'ils circulaient en toute liberté dans le comté de Luprat. Un proverbe hurle disait qu'accorder sa confiance à un « cousin roux » de Gupillinde revenait à armer la main qui s'apprêtait à vous enfoncer le couteau dans le cœur. Celui-ci s'en revenait chez lui après des lunaisons et des lunaisons passées au service de l'armée du roi d'Ophü.

« Les siffles sont créatures étranges, cruelles, difficiles à comprendre pour nous autres viandards à sang chaud. Goburent leurs proies vivantes et restent des jours et des jours sans rien aricoter d'autre que de digérer. Leurs p'tios naissent dans des œufs, à l'intérieur du ventre de leur mère ainsi que les vipereaux de chez nous.

— Pourquoi être resté si longtemps chez iceux ? »
demanda Tia.

Elle s'était efforcée de dissimuler son inquiétude
dans la neutralité de sa voix. En bon prédateur, le glape
s'était placé dans le sens du vent, et elle craignait qu'il
ne détecte l'odeur du grogne sous ses vêtements grondes. Emmitouflé dans le pardessus et le passe-montagne, immobile, silencieux, Véhir évitait de croiser les
yeux jaunes et pénétrants de l'intrus. Heureusement,
aucune étoile ne brillait dans un ciel plus noir que le
cœur d'un lai.

« Parce qu'iceux paient en bonnes et belles pièces de
bronze et qu'ai attendu d'en avoir amassé une assez
grande quantité pour m'en retourner à Gupilinde.
Mais vous, la hurle, qu'est-ce qu'une leude de votre
qualité peut bien aricoter aussi loin du castel de
Luprat ?

— Comment savez que je suis une leude ? » releva
Tia avec une pointe d'agressivité.

Le glape écarta les bras en un geste d'apaisement.
Un chuintement irritant s'exhala de ses vêtements faits
d'un mélange d'écailles et de mailles métalliques.

« Votre allure, votre face, votre parlure : je sais
reconnaître une courtisane au premier coup d'œil.
Quand icelles s'aruent en pleine campagne, sont d'habitude escortées par une escouade de prévôts ou de
gardes du corps. Pas par un failli gronde qu'a l'air aussi
vivace qu'une limace.

— Auriez tort de vous fier aux apparences ! fit Tia
avec une précipitation révélatrice de son embarras. Il
est peut-être muet, mais...

— Pas besoin de vous justifier, ma leude, l'interrompit le glape avec un sourire cauteleux qui dévoila ses
petites dents pointues. N'avez pas devant vous un prévôt ou un lai, seulement un pauvre pichtre qui s'en
retourne chez lui après un trop long séjournement chez
les siffles. N'avez aucun compte à me rendre, pouvez
roupir sur vos deux oreilles... »

Mais, au cours de la nuit, Tia eut l'occasion de vérifier que les proverbes avaient un fond de vérité et que les déclarations du glape dissimulaient des intentions nettement moins avouables.

Des bruits tirèrent la hurle de son sommeil. Elle se redressa et chercha des yeux la silhouette de Véhir. Il avait disparu, ainsi que le cousin roux de Gupillinde. Le vent avait dispersé les nuages et découvert un croissant de lune qui déposait une clarté céruse sur les rochers, sur les roseaux environnants, sur l'eau figée du lac. Tia se secoua pour chasser les lambeaux de sommeil et débrouiller ses pensées. Elle se leva, tira son épée et se dirigea d'un pas encore hésitant vers les ahanements et les frottements qui s'envolaient comme des oiseaux de mauvais augure dans le silence nocturne. Elle discerna deux formes agitées et entremêlées en contrebas sur la rive du lac. Un reflet de lune miroita un court instant sur le métal d'une lame. Elle reconnut le glape, vêtu de sa seule brague et dont le torse s'habillait d'un poil fauve et ras. Après avoir arraché son passe-montagne à Véhir, il tentait de lui percer la jugulaire avec la pointe de son poignard. Comme tous les prédateurs, il aimait d'abord saigner ses proies avant de les ripailler. Le grogne, allongé sous lui, lui offrait une résistance farouche malgré son épaule blessée – Tia s'en voulut de l'avoir mordu aussi profondément.

Un hurlement déchira la nuit. La leude vit les deux adversaires rouler entre les roseaux et basculer dans l'eau. Folle de rage – contre elle-même surtout, qui s'était laissée emberlificoter par les beaux discours de ce finaud de glape –, elle se précipita vers le bord du lac, écarta les roseaux et scruta la surface de l'eau. Elle ne distingua que des remous à l'endroit où le grogne et le cousin roux avaient disparu. Des remous, et un liquide plus sombre qui était sans doute du sang. Elle ne savait pas si Véhir savait nager, ils s'étaient débrouillés pour garder pied lorsqu'ils avaient traversé et retraversé la rivière deux jours plus tôt. Sans cesser de surveiller la surface de l'eau, elle dégrafa fébrilement sa mante puis se débarrassa de son ceinturon, de son épée, de ses bottes et de sa robe. La fraîcheur piquante lui mordit la poitrine et le ventre. Sa peau presque glabre, la peau délicate et lisse d'une aristocrate, n'était pas exercée à affronter les températures des lunaisons préhivernales. Elle hésita un petit moment puis, retenant sa respiration, elle sauta dans l'eau. Elle crut qu'elle avait plongé à l'intérieur d'un bloc de glace. Le lac étant profond à cet endroit, elle coula comme une pierre, puis, l'air commença à lui manquer et elle remua les bras et les jambes, avec lenteur d'abord, de plus en plus vigoureusement ensuite, entama sa remontée et déboucha enfin à l'air libre. Elle vomit les serpents d'eau glacée qui furetaient dans ses narines, dans sa bouche, dans sa gorge, prit une profonde inspiration, aperçut un corps qui, un peu plus loin, dérivait sur un faible courant.

Elle s'en rapprocha à la nage et identifia le glape. Il flottait sur le dos, un filet de sang s'écoulait d'une longue estafilade à son flanc. Il ne bougeait plus, la gueule entrouverte, la langue pendante, les yeux fixes, les bras et les jambes écartés. Tia se sentit gagnée par un engourdissement pernicieux et jugea urgent de sortir de l'eau. Elle eut toutes les peines du monde à regagner la berge et à se hisser sur la terre ferme. Elle s'enveloppa dans sa mante et fouilla à nouveau des yeux la surface du lac. Le glape continuait de dériver au second plan, mais elle ne vit pas le corps du grogne. Aucune créature terrestre ne pouvait rester aussi longtemps dans l'eau sans respirer.

Le tissu épais de la mante n'empêchait pas Tia de grelotter. Des gouttes piquetaient son pelage, se faufilaient sous son vêtement, dessinaient des arabesques glacées sur son échine et ses mamelles. Elle s'était imaginée taillée pour l'aventure, pour les destinées héroïques, il avait suffi de la sournoiserie d'un cousin roux pour briser ses rêves de pucelle. Dépossédée de son rang, de sa fortune, de ses privilèges, elle ne pouvait plus demeurer dans le comté, encore moins retourner au château de son père. Son coup de folie l'avait condamnée à une vie de solitude et d'errance, comme ces prédateurs bannis de leurs clans qui s'échouaient parfois sur le territoire de Luprat. L'idée de s'aruer dans le Grand Centre ne lui effleurait même plus l'esprit, ce voyage n'avait aucun sens sans la compagnie du grogne.

Animée par l'espoir un peu fou de voir Véhir surgir entre les roseaux frissonnants, elle resta immobile et grelottante sur le bord du lac jusqu'à ce qu'un banc de nuages eût dérobé le ciel étoilé. La pluie se mit à tomber, rageuse, blessante. Elle ramassa ses vêtements, ses bottes, son épée, et, le cœur en berne, alla se réfugier sous le rocher.


Elle ne sut ce qui la réveilla, ou la caresse mutine d'un rayon de soleil ou la sensation persistante d'être observée. Le corps et l'esprit gelés, elle avait fini par sombrer dans un sommeil sans saveur.

Son premier réflexe fut de saisir son épée et de la lever au-dessus de sa tête. Surprise par sa réaction, une ombre bondit sur le côté et disparut derrière un rocher. Elle sauta sur ses jambes, se défit de sa mante d'une rotation du buste et, entièrement nue, se lança à la poursuite du rôdeur.

Elle ne courut pas longtemps, une dizaine de pas tout au plus. La surprise la cloua sur place lorsqu'elle reconnut le poil roux et la brague écailleuse du glape, qui filait ventre à terre en direction de la forêt. Les premiers instants de stupeur passés, elle faillit éclater de rire : le coup du mort était l'une des farces les plus célèbres des cousins roux, et pourtant, celui-ci l'avait exécuté avec un tel talent qu'elle avait donné tête baissée dans le panneau. Il était revenu sur ses pas, sans doute pour récupérer ses vêtements roulés en boule sous le rocher, peut-être même pour la tuer et lui voler ses bottes, sa mante, sa bourse et son épée. Bien que deux fois plus rapide et puissante que lui, elle renonça à se lancer à ses trousses. La traque risquerait de l'emmener jusqu'au zénith du soleil, et il lui fallait franchir au plus vite les frontières du comté. Elle ne tenait pas à être capturée par les prévôts et ramenée pieds et poings liés devant son père, devant la vieille Fro, devant ses frères, devant les leudes et les seurs de la cour de Luprat.

Elle étira ses membres encore engourdis sous le soleil déjà chaud. Ni le bleu tendre du ciel annonciateur d'une belle journée ni le chant serein des oiseaux ne parvinrent à chasser sa mélancolie. Son regard tomba sur le passe-montagne et le pardessus du grogne à demi recouverts d'éclats de boue. Elle se reprocha encore une fois sa naïveté de pucelle. Elle avait expérimenté avec Véhir une brève complicité qu'elle n'avait jamais trouvée chez ses congénères hurles. Pas même chez la vieille Fro. Les croyances rapprochaient davantage les êtres que l'instinct ou l'appartenance à un clan. L'odeur d'un lièvre qui passait non loin lui rappela qu'elle mourait de faim.

Les roseaux s'agitèrent au bord du lac. La brise, si légère qu'elle peinait à rider la surface du lac, ne suffisait pas à expliquer ce friselis. Tia ne put retenir une exclamation de surprise. Une tête apparaissait entre les panaches ployés des plantes aquatiques.

La tête ruisselante et pâle d'un grogne.

Plus légère tout à coup qu'un duvet d'oisillon, la leude s'avança vers Véhir avec un large sourire. Elle remarqua la tige d'un roseau coincée entre ses lèvres bleuies par le froid et comprit comment il avait réussi à rester aussi longtemps dans l'eau. Le grogne s'était montré encore plus rusé que le glape. Elle dut le tirer par le bras pour l'aider à se hisser sur la rive, puis, comme il s'avérait incapable d'esquisser le moindre geste, elle lui retira sa tunique, ses bottes et sa brague. Elle ne réussit pas en revanche à dénouer ses doigts crispés sur le manche de la dague. La vue de sa couenne étalée au soleil déclencha chez elle une salivation intense, une envie folle de déchirer son abdomen, de fouir du museau ses viscères chauds. Elle avait choisi un bon partenaire, plus fort et madré que ne le laissait supposer son apparence, mais il avait le gros défaut d'être appétissant et, si elle ne trouvait pas rapidement quelque chose à se mettre sous les crocs, elle ne pourrait pas s'empêcher un moment ou l'autre de se jeter sur lui pour le ripailler.

# CHAPITRE 8

# H'Wil

*Rencontrer un kroaz ne vaut mieux guère*
*que de s'aglumer sur un démon du Grand Mesle.*
*Tel ce hurle errant qui se vit tout à coup cerné*
*par de grands freux aux plumes noires et au bec féroce.*
*Comme il était grand et fort, il tira son épée*
*et s'apprêta à défendre chèrement poil et cuir.*
*Le freux dominant dit alors : « N'y songez pas, seur,*
*seriez réduit en charpie avant même d'avoir touché*
*un seul des nôtres.*
*— Que me voulez ? demanda le hurle, effrayé.*
*— Te donnons la vie sauve si tu consens*
*à faire quelque chose pour nous. »*
*Le hurle accepta, se rendit à Luprat et égorgea la leude*
*qu'ils lui avaient mandé d'assassinier.*
*Il en fut mal récompensé : agrappi par les prévôts,*
*il fut pendu à la branche basse du grand chêne de justice,*
*et sa tête resta longtemps clouée sur la barbacane du castel.*

*Garde l'honneur en toutes circonstances,*
*quitte à perdre la vie,*
*ainsi auras une clef du paradis.*

Les fabliaux de l'Humpur

Le seur H'Wil retira son heaume et promena sur l'assistance des yeux jaunes luisants d'insolence. Caparaçonné de la tête aux pieds d'un métal grossièrement martelé, il portait une ample cape rouge et noir qui ondulait doucement sous l'effet d'un imperceptible courant d'air. Un poil brun et strié de taches grises lui mangeait entièrement la face, hormis le museau, un appendice allongé, sombre, hérissé de longues vibrisses semblables à celles des miaules. Deux canines immenses et recourbées saillaient de ses lèvres noires aux innombrables plis. Il dominait tous les mâles de Luprat d'une bonne tête. Sa carrure était plutôt celle d'un gronde d'Ursor, et d'ailleurs, il fallait avoir la force d'un gronde pour manier l'énorme espadon qui lui battait les mollets. De lui se dégageait une impression de puissance, de brutalité et de cruauté. Malgré la lumière vive qui tombait des hautes fenêtres et éclaboussait la salle des réceptions, il semblait en permanence environné de ténèbres, comme drapé dans la noirceur de son âme.

Fro frémit à l'idée que Tia aurait pu – aurait dû – se retrouver sur la couche de ce monstre. Elle avait pleuré toutes les larmes de son corps lorsqu'on lui avait annoncé la forfaiture de sa petite protégée, mais, face au seur H'Wil, elle, la légaliste, se surprenait à approuver le choix de la fille septième du comte. Contrairement à ce qu'avait cru son entourage, les chants d'Avile le trouvre avaient continué de résonner dans la tête et dans le cœur de Tia. Fro était sans doute la seule à avoir deviné pourquoi la fugitive avait délivré le puela-merde assassin – les dieux humains étaient le trait d'union entre le trouvre et le prisonnier –, mais elle ne s'en était ouverte à personne, craignant que les autorités n'exploitent ses révélations pour remonter sa piste. L'archilai s'était répandu en imprécations et avait exigé du comte qu'il répudie publiquement sa fille, frappée par la malédiction du Grand Mesle et complice de la violation d'un tabou. Les prévôts et les miaules éclaireurs du seur H'Jah avaient battu sans relâche la campagne et les forêts. Sans résultat : leude et grogne étaient demeurés introuvables, comme volatilisés. On commençait à évoquer la magie pour expliquer cette disparition – et, par la même occasion, justifier l'échec des escouades de recherche.

« Votre fille septième, la leude Tia, n'est guère pressée d'accueillir son futur époux, seur comte. »

La voix grave de H'Wil vibra un long moment dans le silence de la salle des réceptions. Debout à quelques pas du trône de pierre, Fro se haussa sur la pointe des pieds pour observer le comte H'Mek. Le seigneur de Luprat arborait sa mine grise et chiffonnée des mauvais jours. Coincé entre le marteau et l'enclume, il traversait l'une de ces passes difficiles qui sont le lot de tous les suzerains : l'aristocratie hurle lui reprochait d'avoir cédé aux exigences de l'archilai, d'avoir retardé l'exécution du grogne et provoqué, ainsi, la mort de plusieurs prévôts dans les ergastules et les souterrains du château ; de son côté, le clergé réclamait une sentence exemplaire contre le seur H'Kor, coupable à ses yeux d'avoir outrepassé les ordres pour assouvir une vengeance personnelle. Et voici que se présentait le seur H'Wil, venu de ses terres avec le gros de son armée. Ils avaient établi leur campement à quelques lieues de Luprat. Déjà des rumeurs circulaient sur les exactions de ses soldats dans les communautés agricoles proches du bivouac. Fro se doutait que ce déploiement de force n'était ni fortuit ni anodin. Elle avait surpris les conversations de quelques aristocrates qui contestaient la légitimité du comte H'Mek et réclamaient un pouvoir plus conquérant.

« Le fait est, seur H'Wil, que des événements imprévus ont changé le cours des choses, déclara le comte d'une voix qui se voulait ferme mais dans laquelle Fro décela des fêlures. Ma fille... non, n'est plus ma fille, l'ai répudiée, hoorrll... la leude Tia, donc, a commis un grand crime : elle a libéré un meurtrier, un suppôt du Grand Mesle, et s'est ensauvée avec çui.

« — J'ai ouï d'un grogne qui estoquait vos prévôts, fit H'Wil avec une moue qui donnait à ses canines l'allure de lames de sabres. S'agit-il du misérable délivré par votre fille ? »

Le comte acquiesça d'un air las. D'un geste théâtral, le visiteur désigna les officiers prévôts regroupés sur la gauche du trône autour du seur H'Jah.

« Qu'attendent donc iceux pour claquer le museau d'une femelle et d'un failli pue-la-merde ? »

Des éclats de colère embrasèrent les yeux des officiers prévôts et du seur H'Jah. Des murmures s'élevèrent des deux côtés de la salle, aussi bien des vagues rouge, vert et brun des aristocrates que de l'île noire et figée des dignitaires du clergé.

« Ne sont pas des fuyards ordinaires, seur ! » protesta H'Jah en s'avançant d'un pas.

Hurle le plus redouté sur le territoire de Luprat, le commandant en chef de la sécurité paraissait presque frêle à côté de H'Wil. Cependant, il levait sur son vis-à-vis des yeux gris que ne troublaient ni peur ni sentiment d'infériorité.

« Sont charmés par la magie du vieux sorcier, poursuivit-il. Le grogne possède une dague ensorcelée qui l'enjomine d'une force surnaturelle. M'est avis que se sont envolés sur le souffle du Grand Mesle. »

Le rire de H'Wil roula avec la force d'un coup de tonnerre dans la salle des réceptions.

« La magie ? Je crois plutôt que ct'e grogne a plus de coïlles et de malice que vous autres !

— Notre comte ne tolère pas qu'un malappris s'aglume à Luprat pour insulter ses gens ! »

Fro crut que les deux hurles allaient tirer leur espadon et vider leur querelle sur-le-champ, mais ils se contentèrent de se défier du regard. Bien que H'Jah fût habile dans le maniement des armes, elle ne donnait pas cher de sa peau face à un adversaire aussi puissant. De même, elle s'était rendue le matin dans le campement de l'armée de H'Wil et, à la lueur de ce qu'elle y

**164**

avait vu, elle n'accordait aucune chance aux soldats du comte face aux hordes sanguinaires du « seigneur de l'animalité », ainsi que H'Wil se plaisait à se définir. Elle craignait qu'il ne saisisse le prétexte de la rupture du contrat de mariage pour renverser le comte et, soutenu par quelques courtisans ambitieux, se proclamer seigneur de Luprat. Il se hâterait alors de rompre les pactes de non-agression avec Ursor et Gupillinde, et c'en serait fini de la prospérité et de la paix dans le pays de la Dorgne. Les bandes de pillards décimeraient les communautés agricoles, le spectre hideux de la famine ferait sa réapparition, devançant son cortège d'épidémies et de bûchers funéraires. Fro avait connu ces lunaisons exécrables où la faim creusait le ventre et ciselait les côtes, où boire de l'eau pouvait vous condamner à mort aussi sûrement que le tranchant d'une hache ou la fléchette envenimée d'une sarbacane, où les soudards des deux camps faisaient subir les pires horreurs aux femelles tombées vivantes entre leurs pattes – le tabou de l'Humpur proscrivait le viol, mais ils s'y entendaient pour inventer des tortures de toutes sortes. La présence de H'Wil au château de Luprat présageait le retour des temps du malheur comme le vol des oiseaux migrateurs préludait au retour de l'hiver sur le pays de la Dorgne.

Le visiteur passa la main sur le sommet arrondi de son heaume.

« J'avais conclu un accommodement avec vous, seur comte, reprit-il. Votre fille septième en gage de mon appui dans le différend à venir contre les ronges de Muryd, hoorrll. »

Certes, malgré ses souvenirs douloureux des temps de guerre, Fro avait elle-même conseillé au comte d'engager ses troupes dans une expédition militaire aux frontières du duché de Muryd, mais il ne s'agissait pas d'un véritable conflit dans son esprit, seulement d'une série d'escarmouches destinées à occuper l'esprit des aristocrates désœuvrés.

« Hélas, je me vois contraint de rompre notre enga-
gement, répondit le comte. Et, puisque n'ai plus ct'e
fille à vous donner, je propose un dommagement.

— Au diable, votre dommagement ! tonna H'Wil.
J'exige votre fille, et rien d'autre, hoorrll ! »

Deux des fils du comte se tournèrent vers Fro et la
consultèrent du regard. C'étaient de braves hurles, dont
ni le courage ni la loyauté ne pouvaient être mis en
doute, mais ils n'avaient jamais rien compris et ne
comprendraient jamais rien au langage du pouvoir. Ils
ne songeaient qu'à chasser, saillir les ribaudes, ripailler
la viande grasse de gavard et larigoter les tonnelets de
vin. Aucun d'eux n'était digne de succéder à leur père,
et pourtant, il faudrait bien que le seigneur de Luprat
désigne son héritier avant de mourir. Fro tenta de leur
expliquer, d'une mimique, que le seur H'Wil s'accrochait à l'arrangement préalable pour placer le comte
dans une position intenable et que, par conséquent, la
fureur risquait bientôt de déferler sur Luprat.

Le comte leva le bras et claqua des doigts. Une silhouette enroulée dans une cape brune sortit de derrière un pilier et s'avança devant le trône d'une allure
hésitante. Fro la reconnut avant même qu'elle n'abaisse
sa capuche : Ona, la fille neuvième du comte, une
pucelle d'à peine treize cycles et dont la beauté, sans
valoir celle de Tia, était l'objet de bien des convoitises.
La vieille servante ressentit comme un camouflet de ne
pas avoir été placée dans la confidence. Sans doute le
comte ne lui pardonnait-il pas d'avoir failli avec Tia,
sans doute les courtisans et les religieux jaloux de son
pouvoir avaient-ils manœuvré auprès de la famille
régnante pour hâter sa disgrâce, quoi qu'il en fût Fro
déplora cette mise à l'écart : jeter Ona en pâture au
seur H'Wil n'était pas seulement un acte ignominieux
mais une erreur. Elle ne devinait que trop bien la suite
des événements. Présentez deux grognelets de lait à un
empiffre, et il les ripaillera tous les deux jusqu'à la
dernière bouchée de viande, présentez deux tonnelets

de vin à un soiffard, et il les larigotera tous les deux jusqu'à la dernière goutte.

« Il ne s'agit pas d'un dommagement argentier, reprit le comte en pointant le bras sur Ona. En lieu et place de Tia, je vous donne la leude Ona, ma plus jeune fille, hoorrll. »

H'Wil contempla la jeune leude d'un œil brillant, son pelage d'un blanc virginal, sa face délicate, ses oreilles pointues, son museau rose, ses yeux ronds et noirs, les promesses de sa poitrine sous le tissu vert de sa robe, la finesse de sa taille étranglée par une ceinture d'osier tressé. On ne trouvait probablement pas plus dissemblable que ces deux êtres dans tout le pays de la Dorgne. L'un représentait la brutalité, la férocité, les ténèbres, l'autre symbolisait la grâce, l'innocence, la lumière. Les circonstances poussaient le seigneur de Luprat à sacrifier une autre de ses filles bien-aimées, la deuxième, après Tia, dans l'ordre de ses préférences.

H'Wil tourna autour d'Ona d'un pas lourd. Les semelles de ses solerets crissèrent sur les dalles de pierre. Bien que la leude gardât la tête baissée, ainsi que l'exigeait sa condition de leude et de pucelle, Fro distinguait les éclats fugaces des larmes encore prisonnières de ses cils.

« L'est presque aussi mignarde que sa sœur, seur comte, marmonna H'Wil. Et sa jeunesse est un gage de bonne et longue fertilité, hoorrll. Mais votre offre, pour m'agréer, devra s'assortir de conditions.

— Quelles ?

— Je consens à prendre icelle pour troisième épouse mais je ne renonce pas à Tia. Et si je retrouve votre fille septième, j'en disposerai à ma guise. »

Le comte plissa le museau, signe chez lui de perplexité. Comme soulevée par un vent soudain, l'ombre noire de l'archilai s'agita devant la masse sombre et figée des serviteurs de l'Humpur.

« Le Grand Mesle s'est aglumé dans ct'e femelle. Si la regrappissez, devrez nous la remettre pour qu'elle subisse le châtiment des possédés.

— Sans compter qu'elle a dû asteur franchir la frontière d'un pays voisin, ajouta le seigneur de Luprat.

— Je remuerai tout le pays de la Dorgne ! gronda H'Wil. J'irai s'il le faut jusqu'aux montagnes du Grand Centre, mais je la regrappirai. Et la garderai. Telle est la rançon à verser pour que je devienne votre vassal, seur comte.

— Risquez de vous heurter aux troupes des seigneurs voisins. Iceux n'acceptent pas qu'on s'arue avec des gens d'armes sur leur territoire. »

H'Wil prit le menton d'Ona dans son énorme main velue et griffue, l'obligea à relever la tête et lui adressa son plus beau sourire, un rictus qui relevait sa lèvre supérieure et accentuait son air cruel. Il n'avait qu'à replier les doigts pour broyer les os de la pucelle. La frayeur se manifestait chez Ona par l'ébouriffage du pelage blanc de son crâne, de son front et de ses joues. Elle était nettement plus velue que Tia, raison pour laquelle Fro persistait à préférer la beauté de la fille septième du comte. La vieille servante avait vu juste en prévoyant que H'Wil accepterait Ona sans renoncer à Tia. L'entêtement du visiteur avait toutefois quelque chose d'étonnant : on ne mettait pas une région entière à feu et à sang pour le simple motif de regrappir une femelle, fût-elle la plus jolie drôlesse de tout le pays pergordin.

« Aucune armée ne m'empêchera de reprendre mon bien, martela H'Wil avec une assurance qui parut déplacée à Fro.

— Pourquoi donc tenez tant à Tia ? demanda le comte. Ona se montrera assez docile et féconde pour vous la faire oublier.

— Je dois accomplir mon destin, hoorrll. Ai-je votre promission que ni vous ni les lais de l'Humpur ne chercherez à me la reprendre une fois que je l'aurai capturée ?

— Et si je refuse ?

— Alors, avant de partir, je lancerai mon armée sur Luprat et vous pendrai moi-même par les coïlles à la barbacane de ct'e château. »

Une telle insulte aurait dû valoir une réplique cinglante et une rupture immédiate des relations entre le comte et le seigneur de l'animalité, mais le souverain de Luprat, tout orgueil ravalé, se contenta de bredouiller :

« N'êtes pas assuré de vaincre. »

H'Wil s'écarta d'Ona et se figea devant le trône dans une attitude provocante. À chacun de ses déplacements, les pièces de son armure émettaient des couinements prolongés qui évoquaient le piaillis d'une nichée de grolles.

« Je le suis, affirma-t-il en détachant chacune de ses syllabes. Mais, plutôt que de vous combattre, je préférerais épouser dès ce jour votre fille neuvième et me lancer sitôt à la poursuite de votre septième. Reboutez ma proposition, et je vous gage de réduire votre fief en cendres. Agréez-la, et je serai, davantage que votre gendre, votre fidèle serviteur, votre bras armé. »

Si elle avait eu la possibilité de s'adresser au comte, Fro lui aurait conseillé de différer sa réponse. Pour une raison qu'elle ignorait, mais qu'elle devinait essentielle, H'Wil bouillait d'impatience de se lancer à la poursuite de Tia. Il avait été informé de la fuite de la fille septième du comte et avait pris sa décision bien avant de s'inviter à Luprat. Ce qu'il venait chercher entre ces murs, c'était l'assurance que le comte n'exploiterait pas son absence pour annexer son fief. Fro l'aurait laissé menacer, tempêter sans réagir, car il n'avait pas de temps à perdre avec une guerre. Elle aurait joué avec sa hâte pour lui soutirer des garanties supplémentaires et lui reprendre Ona. Mais elle n'était pas le comte, et le comte, gouverné par la vanité comme la plupart des mâles, n'avait ni sa clairvoyance ni son sang-froid. Elle ne fut donc pas étonnée de l'entendre déclarer :

« L'archilai célébrera vos épousailles avec Ona dès ce jour, seur H'Wil. Ainsi le lien familial fera de vous mon vassal le plus proche et le plus fidèle. Quant à Tia, si réussissez à la regrappir, vous en ferez ce qu'il vous plaira, pourvu qu'elle ne reparaisse plus jamais devant moi. »

Imbécile, songea Fro, ne voyez-vous pas que le lien familial ne signifie rien pour un boître comme H'Wil ? Ne devinez-vous pas qu'il vous renversera de votre trône à son retour, qu'il fera le malheur de vos filles et de votre peuple ? N'avez-vous donc pas compris après tout ce temps que la traîtrise appartient aussi au langage du pouvoir ? La seule façon de traiter un animal enragé, c'est d'endormir sa méfiance et de lui passer une bonne lame au travers du cœur.

Le seur H'Wil se fendit d'une profonde révérence. L'aile rouge et noir de sa cape escamota pendant quelques instants le gris mat de son armure. L'archilai, à nouveau, s'agita comme un roseau ployé par le vent à l'intérieur de sa chasuble et de son capuchon.

« Des épousailles de cette importance méritent une très grande solennité, seur comte, croassa-t-il. Et nécessitent une importante préparation. »

L'archilai, avec qui Fro tombait rarement en accord, en était arrivé aux mêmes conclusions qu'elle. Il cherchait à négocier un sursis pour infléchir la décision du comte, pour le convaincre que Tia ne devait en aucun cas être remise à H'Wil mais rendue aux lais de l'Humpur afin de recevoir son châtiment. Fro espérait, quant à elle, que sa petite merveille échapperait à l'un et aux autres.

Le comte décocha un regard froid à l'archilai.

« Devrïez déjà avoir descampi pour préparer la cérémonie, hoorrll. »

Une rumeur ironique monta des différents groupes de courtisans.

« Mais, seur comte...

— Avant le coucher du soleil, archilai. La cérémonie s'ensuivra des réjouissances habituelles. »

Le seur H'Qak, le maître du protocole, s'avança sur le devant de l'estrade, frappa par trois fois les dalles de l'extrémité métallique de son bâton et ouvrit en grand ses mâchoires, qu'il avait fort larges et poilues.

« Hoorrll, hoorrll, que les cuisiniers saignent trente gavards et cent oies grassues ! Que les hérauts aillent colporter la bonne nouvelle dans la ville et dans les domaines ! Hoorrll, hoorrll. »

Fro dissimula dans sa manche le couteau qu'elle avait dérobé quelques instants plus tôt aux cuisines. Le silence retombé sur le palais étouffait les ronflements des seurs qui, abrutis de vin, étaient tombés de sommeil dans la grande salle des ripailles.

Préparée en toute hâte, la fête n'en avait pas moins été grandiose. Plus de deux cents convives s'étaient pressés dans le temple de l'Humpur, parés de leurs plus beaux atours, robes, capes et couvre-chef pour les femelles, tuniques, bragues et manteaux pour les mâles. Faisant contre mauvaise fortune bon cœur, l'archilai et ses assesseurs avaient célébré avec toute la solennité requise les épousailles du seur H'Wil et de la leude Ona. Puis le cortège s'était formé sur le parvis du temple et, conduit par le comte et la leude Kea, la mère d'Ona, avait parcouru à pied les rues de Luprat où la foule lui avait réservé un accueil enthousiaste. La présence des armées du seur H'Wil avait soulevé bien des inquiétudes les jours précédents, et la population hurle montrait d'autant plus de ferveur que cette union éloignait le spectre de la guerre et augurait la promesse d'une paix durable.

La graisse de gavard et le vin avaient coulé à flots dans la grande salle des ripailles du château, ainsi que dans les rues et sur les places de Luprat où une armée de serviteurs avaient disposé force plateaux et tonnelets. Fro avait participé au service, comme toutes les femelles de sa condition, mais, alors que d'habitude elle finissait toujours par se retrouver mêlée aux convives, là où sa connaissance des mécanismes du cœur et de l'esprit lui valait les confidences les plus hardies, aucune leude ni aucun seur ne l'avait en ce jour invitée à s'asseoir à sa table. Après avoir abusé de ses bons et loyaux services pendant des cycles et des cycles, ils l'ignoraient, ils la méprisaient comme la dernière des ribaudes. Le coup de folie de Tia, dont ils la tenaient pour responsable, n'était qu'un prétexte : ils sautaient sur la première occasion de lui rappeler qu'elle n'était pas de leur monde, elle qui avait mouché leur morve et torché leur cul, qui avait favorisé leurs amours adolescentes, qui avait orchestré leurs jeux d'adultes. Ils se hâtaient de se débarrasser d'elle avant que d'inavouables secrets ne s'échappent de sa vieille enveloppe poreuse. À partir de ce jour, elle devrait observer la plus grande prudence dans les couloirs sombres et humides du château.

Elle avait arrêté sa résolution en voyant la graisse de gavard dégouliner sur le menton carré et la tunique noir et rouge de H'Wil. Il ne se servait pratiquement pas de ses mains pour manger, allant chercher les morceaux dans les plats avec le bout du museau. De même, il ne se donnait pas la peine de soulever sa coupe, dans laquelle il lapait à coups de langue vifs et bruyants, il rotait et flatulait sans aucune retenue, et, lorsque sa vessie menaçait de déborder, il extirpait son vit rouge vif du fouillis de sa brague et pissait sous la table sans chercher à viser le vase d'aisances déposé par les serviteurs à ses pieds.

Pas question de laisser ce dégénéré poser ses grosses pattes sur Tia. Fro avait choisi un couteau à lame fine et droite, aiguisé juste avant le banquet pour dépecer les oies. Munie d'une petite torche, elle n'avait rencontré personne dans les cuisines, personne de réveillé du moins, quelques marmitons épuisés dormant à même le sol au milieu de marmites renversées et de flaques claires. Des carcasses presque entières de gavards étaient restées embrochées dans l'âtre gigantesque où le feu s'étouffait sous une épaisse couche de cendres. Leur graisse refroidie pendait en fines dentelles blanches de leur ventre, de leurs cuisses et de leur poitrine. Le fer des broches saillait de leurs gueules entrouvertes comme des langues monstrueuses et rigides.

Fro se rendit à la Tour Grosse par une succession de couloirs qu'elle était l'une des seules à connaître.

Avec ses sept étages et ses murs de plus de quatre pas à la base, la Tour Grosse rivalisait de hauteur et de largeur avec le donjon central, réservé à un usage strictement militaire. Le seigneur de Luprat y avait autrefois établi ses quartiers avant de déménager, une dizaine de cycles plus tôt, dans les appartements de la tour sud plus faciles à chauffer, plus confortables. Les principaux collaborateurs du comte et leurs familles s'y étaient installés mais on gardait un étage, le dernier, pour les hôtes de marque. C'est là qu'on avait convié H'Wil et Ona à passer leur nuit de noces.

Fro espérait, sans trop y croire, que l'abus de vin empêcherait le seigneur de l'animalité de déflorer la jeune épousée. Elle s'engagea dans l'escalier à vis qui desservait les sept étages de la tour. Des relents de vin aigre et de graisse rance empuantissaient l'air humide. Elle vit, par une fenêtre à croisée de meneaux, que la lumière de l'aube ourlait déjà les sommets arrondis des collines. Il ne restait pas beaucoup de temps avant le lever du jour. Avant le réveil du monstre. Elle pressa l'allure tout en veillant à faire le moins de bruit possible. Elle avait éteint sa torche et retiré ses bottines et, malgré son pelage épais, elle sentait le froid fureter sous sa robe et se déployer sur son cuir. Les gardes de faction dormaient à poings fermés, appuyés sur leurs hasts ou affaissés contre le mur entre les pichets et les coupes renversés. Les marches étroites coupaient les jambes de la vieille servante qui s'arrêtait à chaque palier pour souffler et reprendre des forces. Des cris montaient des quartiers extérieurs de la ville, où des ivrognes erraient encore dans les ruelles jonchées de corps assoupis.

Elle ne rencontra aucune difficulté à s'introduire dans les appartements du septième étage. Les ronflements des quatre gardes affalés les uns sur les autres devant la lourde porte de bois couvrirent le crissement du verrou coulissant sur son crampon et le grincement de la porte. Ils ne soulevèrent pas une paupière lorsqu'elle se faufila dans le vestibule.

Elle referma la porte et fit glisser le couteau dans sa main. Le silence l'intimida tout à coup. Les lueurs mourantes de deux torches murales dessinaient des cercles rougeâtres sur les pierres de taille. Elle eut un moment d'hésitation avant d'emprunter le couloir qui donnait sur les autres pièces. Son geste n'était pas réfléchi, mais viscéral, et il aurait peut-être des répercussions qu'elle ne soupçonnait pas. C'était la démarche désespérée d'une femelle aimante, d'une mère presque, et non l'acte calculé et froid d'une familière des arcanes du pouvoir.

Les deux premières chambres étaient désertes. Les torches révélaient, par les portes entrebâillées, des lits en ordre, des chaises et des tables bien rangées. Après le banquet, H'Wil avait ordonné aux officiers supérieurs de son armée de retourner au campement. Fro s'était étonnée qu'il acceptât d'être hébergé à Luprat sans escorte, sans protection, puis elle s'en était félicitée : la présence de gardes du corps aurait compliqué sa tâche. Elle trouva le seigneur de l'animalité et sa jeune épousée dans la sixième des douze chambres de l'étage, la plus vaste. La baie grande ouverte donnait sur une immense terrasse ceinte d'un garde-corps. Des rafales de vent s'engouffraient dans la pièce et avivaient les braises qui rougeoyaient dans l'âtre et teintaient de sang les ténèbres et les piliers.

Fro s'approcha du lit à baldaquin, vit les formes étendues et immobiles de H'Wil et d'Ona. Elle eut besoin d'un peu de temps pour s'accoutumer à la pénombre et saisir les détails. Le corps de H'Wil, entièrement velu, était encore plus impressionnant nu qu'habillé. Comme certains hurles mâles qu'elle avait attirés sur sa couche, une courte queue en panache, dont la pointe dépassait du dessous de sa fesse gauche, lui avait poussé en bas de l'échine. Des taches maculaient le drap de lin, sang et foutre bien sûr, mais également urine et vomi. Le pelage blanc de la jeune leude en était tout souillé, et les traces des griffes et des crocs de son époux zébraient ses rares parties glabres. La vie conjugale de la neuvième fille du comte n'avait pas débuté sous les meilleurs auspices. Et le sommeil ne lui avait pas apporté l'oubli, à en juger par la crispation de ses traits, les sillons creusés par les larmes dans le poil de ses joues et les plaintes sourdes qui s'échappaient de ses lèvres tuméfiées. Une odeur de sueur froide flottait dans les effluves de vin, de graisse et de cendres remués par le vent.

Fro raffermit sa prise sur le manche du couteau et s'avança jusqu'au bord du lit. Elle craignit que les frottements de ses pieds sur les dalles ou les battements désordonnés de son cœur ne réveillent le seur H'Wil, mais il continuait de souffler comme une forge, allongé sur le dos, le museau pointé sur le plafond, la gueule entrouverte, les jambes à demi enfouies sous la couverture de laine, le vit – un vit rugueux, tordu, conçu pour blesser – toujours sorti de sa gaine noire et reposant sur son ventre. Elle leva le couteau au-dessus de sa tête. Au dernier moment, elle choisit de le frapper à la gorge plutôt qu'au cœur, car les côtes pouvaient dévier la lame, et elle ne voulait pas prendre le risque de le rater. Elle resta un moment dans cette position, s'efforçant de maîtriser le tremblement de ses membres, les yeux rivés sur le cou de sa cible, enveloppée d'un filet de sueur froide. Une braise craqua dans l'âtre, projeta des étincelles qui tracèrent des paraboles fulgurantes sur le fond d'obscurité. Un autre bruit retentit, quelque chose comme un froissement d'ailes. Elle n'y prêta aucune attention : les tourterelles et les hirondelles vertes avaient pour habitude de nicher au sommet de la Tour Grosse.

Fro abattit le couteau sur la gorge de H'Wil, mais n'alla pas au bout de son geste. Une serre puissante jaillit de la nuit, lui happa le poignet et lui bloqua le bras. Une odeur indéfinissable lui cingla les narines. Elle se débattit, mais la serre se referma comme une pince sur son os et la contraignit à lâcher le couteau. Elle réprima un cri, releva la tête, sonda l'obscurité du regard. Elle distingua d'abord des yeux sombres, légèrement teintés d'ambre par les braises et les flammes agonisantes des torches. Puis un museau en forme de bec en bas d'une face pour moitié lisse et pour moitié habillée d'un duvet noir. La main qui lui tenaillait le poignet était quant à elle couverte de plumes, hormis les doigts, des appendices cornés et terminés par de longues serres.

Glacée d'épouvante, la vieille servante essaya encore de se dégager. En pure perte. Chacun de ses mouvements ne réussissait qu'à accentuer la douleur qui partait de son avant-bras et s'étendait maintenant jusqu'à son épaule. Il y eut un nouveau bruissement d'ailes, et Fro s'aperçut que trois autres créatures s'étaient posées autour d'elle. Entièrement vêtues de plumes noires, excepté sur la face, l'abdomen et le haut des cuisses. Les serres de leurs pieds labouraient les dalles de pierre. D'elles s'exhalaient une tristesse poignante, une impression de froid infini, de malédiction.

Ona geignit, s'agita sur le lit, mais ne se réveilla pas. Chassée brutalement de l'enfance, elle n'était sans doute guère pressée de renouer avec la cruauté de sa nouvelle existence. Fro se rappela soudain les légendes que racontaient les anciens aux p'tios et qui mettaient en scène les dieux humains et leurs ennemis les plus acharnés. Des phrases entières des vieux mythes lui revenaient en mémoire, qui semblaient décrire trait pour trait les êtres de cauchemar qui la cernaient : *Les kroaz, d'anciens dieux humains, s'entendirent avec les freux pour fonder une race dégénérée, maudite, mi-humaine mi-volante, devinrent des mauvais généties et contribuèrent largement à la chute du paradis terrestre...* Selon les lais de l'Humpur, les kroaz étaient les serviteurs les plus fidèles du Grand Mesle. Ils se glissaient la nuit dans les habitations et emportaient dans leurs serres les infidèles, les hérétiques. Personne n'en avait jamais vu, mais pas un habitant du pays de la Dorgne ne doutait de leur existence. Pourtant, Fro se demandait si elle n'était pas en train de rêver, si elle n'allait pas se réveiller en sursaut dans sa petite chambre des communs. Leur odeur elle-même, un mélange incertain de charogne et de minéraux broyés, la transportait dans un autre monde. La douleur qui lui paralysait le côté droit restait son seul lien avec la réalité.

Elle faillit s'évanouir de terreur lorsqu'une serre se referma sur son deuxième poignet et qu'elle décolla comme une feuille morte emportée par une bourrasque. Elle qui n'avait jamais pu grimper dans un arbre sans être prise de vertige, elle se retrouva soudain à cinq pas de hauteur, au-dessus du baldaquin, allongée sur le vide. Elle crut que les deux kroaz – il fallait bien se rendre à l'évidence et les appeler par leur nom – l'avaient soulevée pour la précipiter sur les dalles de pierre, mais ils agitèrent vigoureusement leurs bras empennés et se dirigèrent vers la baie grande ouverte. Elle pensa alors qu'ils allaient la jeter du haut de la Tour Grosse afin de lui broyer les os, et un flot de panique la suffoqua. Elle ne chercha ni à crier ni à mordre lorsqu'ils franchirent l'ouverture. L'air frais lui gifla la face et le cou. Le petit jour bâillait au-dessus des collines enlisées dans une nuit brumeuse. Les kroaz se maintinrent pendant quelques instants au-dessus de la terrasse, puis, luttant contre un vent violent, s'élevèrent vers le sommet de la tour. Les torches brûlaient en contrebas, frêles lucioles égarées dans les veines sombres de la cité. Cela faisait bien longtemps que Fro n'avait pas contemplé Luprat d'aussi haut, depuis en fait que sa carcasse usée rechignait à gravir les escaliers et qu'elle se contentait d'observer la cité depuis la fenêtre de la chambre de Tia. L'heure était venue d'abandonner ces murs entre lesquels elle avait passé toute son existence et dont elle était devenue la souveraine occulte. Contrairement à ce que prétendaient les lais de l'Humpur, c'était son corps, et non son âme, qui montait vers les cieux de l'Humpur.

Les kroaz volèrent jusqu'au toit de lauzes de la Tour Grosse, rehaussé d'une flèche et de quatre pinacles que coiffaient des étendards aux couleurs passées. Le vent s'engouffrait sous la robe de Fro et la gonflait comme l'une de ces voiles dont se servaient les bateliers pour manœuvrer leurs embarcations sur la Dorgne ou la

Zère. Elle discerna, disséminées sur les auvents, des formes aussi figées et inquiétantes que les gargouilles du grand temple de l'Humpur.

Les deux kroaz se posèrent en douceur sur le toit et la relâchèrent dès qu'elle eut réussi à trouver son équilibre sur les lauzes humides. Elle resta d'abord accroupie à mi-pente, trop terrifiée pour esquisser le moindre geste, puis elle entreprit de s'allonger sur le dos afin de décontracter ses membres tremblants et douloureux. Au-dessus d'elle, filaient des nuages bas et lourds qui semblaient se déchirer sur les pointes acérées des pinacles.

« Pourquoi voulais-tu tuer le seur H'Wil ? » fit une voix craillante.

Elle redressa le torse. Un kroaz se tenait à ses pieds, les bras collés le long du corps, les rémiges resserrées pour ne pas offrir de prise au vent. Bien qu'incapable de les différencier les uns des autres, elle eut la certitude qu'elle n'avait pas affaire à l'un de ceux qui l'avaient surprise dans la chambre de H'Wil. Les yeux de son vis-à-vis, des fenêtres de vide, la transperçaient jusqu'au fond de l'âme.

« Vous... vous êtes des kroaz ? balbutia Fro.

— Tel est le sobriquet dont nous affublent les populations superstitieuses du pays de la Dorgne. Entre nous, nous préférons nous appeler les Preux de la Génétie, ou les Génétiens. Et tu n'as toujours pas répondu à ma question. »

Il parlait pratiquement sans ouvrir le bec, un appendice volumineux, recourbé, orné d'une excroissance dentelée et percé de deux orifices sur sa partie supérieure.

« Je... je suis la gouvernante de leude Tia. Et ne voulais pas que H'Wil lui cause du mal.

— Pourquoi donc H'Wil ferait-il du mal à sa future épouse ?

— Sa réputation est celle d'un boître, d'un monstre qui mange ses proies vivantes et bat ses femelles jusqu'au sang.

— De quel droit est-ce que tu interviens dans les affaires du comte H'Mek ?

178

— Mon maître a pour habitude de quérir mon avis sur les affaires de Luprat. Mais il ne m'a pas consultée avant la visite du seur H'Wil, et j'ai seulement voulu réparer son erreur. »

Une bourrasque emporta la voix de Fro, contraignit son interlocuteur à écarter les bras et à déployer ses pennes pour se maintenir perché sur le toit. Elle entrevit furtivement son abdomen glabre et clair.

« Quelle erreur ? »

La vieille servante oublia peu à peu son vertige et s'enhardit à s'asseoir sur les lauzes. Les serres des deux kroaz avaient imprimé des marques profondes sur ses poignets. Le ciel nocturne se craquelait sur les piques du jour naissant.

« Le comte a déjà donné deux filles au seur H'Wil. Devra bientôt lui remettre son fief. »

Le kroaz émit un raclement caverneux que Fro interpréta comme un rire.

« Tu es maligne pour une servante. Plus maligne que ton maître. Mais sache que H'Wil n'a rien à faire de Luprat. Il poursuit un autre but, plus grand que tout ce que tu peux imaginer.

— L'a parlé tantôt d'accomplir son destin, avança Fro.

— Précisément. Son destin ne s'arrête pas au pays de la Dorgne. Ni même au Grand Centre.

— Et la leude Tia entre pour une bonne part dans ce destin, pas vrai ? »

Les yeux du kroaz parurent s'emplir tout entiers des vestiges de la nuit.

« Tu es vraiment futée, vieille ribaude. Et, comme tous les esprits retors, tu es un obstacle à l'avènement de l'Animalité. Si nous n'avions pas été vigilants, ton couteau aurait brisé la chaîne que nous avons mis des cycles et des cycles à mailler.

— Je ne sais pas quel but vous poursuivez, mais, comme tous les monstres enragés, H'Wil se retournera tôt ou tard contre vous et il vous ébouillera. »

Les kroaz éclatèrent tous ensemble d'un rire lugubre qui perfora les tympans et le crâne de Fro.

« H'Wil est lié à la Génétie pour l'éternité. Nous sommes les héritiers d'une science très ancienne, et les dieux...

— Jamais ne regrappirez la leude Tia ! coupa Fro. À déjà descampi depuis plusieurs jours.

— Nos messagers survolent tout le territoire jusqu'aux lointaines montagnes de l'Est et du Sud, jusqu'aux grandes plaines du Nord, jusqu'à la grande mer de l'Ouest.

— Que ferez-vous d'elle si vous la regrappissez ?

— Elle sera le temple de notre parfaite créature. Et maintenant, fouine-merde, tu vas payer le prix de ton audace. »

Un croassement rauque retentit et les kroaz se ruèrent sur Fro dans un bruissement assourdissant. Des serres et des becs lacérèrent sa robe et lui tailladèrent le cuir. L'un de ses yeux éclata, elle sentit son ventre s'ouvrir, ses intestins rouler en ruisseaux visqueux et chauds sur ses cuisses. Elle perdit connaissance lorsqu'un kroaz commença à lui déchiqueter la truffe.

Fro ouvrit son œil valide. Elle volait au-dessus d'une forêt et continuait à répandre son sang et ses intestins dans la lumière de l'aube. Elle avait franchi le seuil de la douleur, déjà délivrée de sa prison de chair. Dans un éclair de lucidité, elle comprit que l'un des kroaz l'avait enlevée pour la ripailler à l'abri de ses semblables. Les croassements de fureur de ses poursuivants s'égrenaient en notes funèbres dans le lointain. Puis un choc violent entraîna son ravisseur à ouvrir ses serres et elle tomba comme une pierre. Avant de s'empaler sur la cime d'un arbre, elle eut une dernière pensée de tendresse et d'inquiétude pour Tia.

# CHAPITRE 9

# Ruogno

*Célèbre est la ruse du cousin roux,*
*moins connue mais tout aussi redoutable est la fourberie du ronge.*
*Une femelle gronde en fit un jour l'amère expérience.*
*Tandis qu'elle s'embarquait sur un radeau de la Dorgne,*
*le batelier, un ronge aquatique, lui proposa de porter*
*son sac, qui contenait force vivres et pièces de bronze,*
*« afin, dit le batelier, que vous puissiez franchir la passerelle*
*sans transpirer, ma leude ».*
*Mais, sitôt le sac confié, le ronge tranche l'amarre*
*d'un coup d'espadon, et voici que le radeau*
*file dans le courant, laissant la femelle gronde sur le pont.*
*Elle eut beau crier, injurier, menacer,*
*le radeau ne revint jamais la chercher.*

*Elle se trouva stupide et se traita de tous les noms,*
*mais à qui servent les remords quand le mal est fait ?*
*Comme elle était assez sage, elle prit le parti d'en rire.*

Les fabliaux de l'Humpur

La température avait considérablement fraîchi au cours de la journée. Le vent charriait des nuages lourds qui se crevaient de temps à autre sur les pics effilés et libéraient une pluie glaciale. Aux courbes douces et riantes des collines avaient succédé les pentes abruptes et les formes torturées des contreforts rocheux.

D'une longueur de trente pas pour une largeur de dix, le radeau luttait contre un courant de plus en plus violent, et le batelier tirait sans cesse des bords d'une rive à l'autre de la rivière pour remonter au vent. À chaque virement, les vergues balayaient le pont et menaçaient de décapiter les passagers agrippés au bastingage.

Déjà peu rassuré au moment d'embarquer, Véhir avait été pris de panique la première fois que l'embarcation avait été secouée par les remous, et il avait fallu que Tia le happe par le poignet pour l'empêcher de sauter par-dessus bord. La hurle elle-même n'appréciait guère ce mode de transport, car, comme la plupart des habitants du pays de la Dorgne, elle aimait sentir un sol ferme sous ses pieds. Cependant, lorsque, traversant un village sur les bords de la Dorgne, elle avait aperçu le radeau amarré contre le ponton, elle s'était immédiatement dirigée vers le batelier pour lui demander où il se rendait et s'il acceptait d'embarquer des passagers. Le grogne et elle avaient marché pratiquement sans trêve depuis Luprat, et comme, au dire de bêles laineux et craintifs, ils étaient entrés depuis quelques lieues dans le duché de Muryd, elle avait vu dans cette embarcation la possibilité de poursuivre leur voyage tout en goûtant enfin un peu de repos.

Le batelier, un ronge aquatique, avait fixé Tia de ses petits yeux ronds en lustrant d'un geste machinal le pelage rêche et rayé de sa face. Puis il avait levé la tête, retroussé sa lèvre supérieure et dévoilé deux énormes incisives. Sa veste, sa brague et ses bottes de cuir retourné – peau de mêle, avait estimé Véhir – gémissaient à chacun de ses mouvements et répandaient une forte odeur de tan.

« À Muryd, avait-il répondu. Z'êtes hurle, pas vrai ? Et çui – il avait désigné Véhir, légèrement en retrait sur le ponton, la face dissimulée sous son passe-montagne –, il vous accompagne ? »

Tia avait acquiescé d'un mouvement de tête.

« Alors, ça vous coûtera quatre pièces, grrii. De fer ou de bronze, frappées du sceau du comte ou de çui du duc, ou même de çui du roi d'Ophü, m'est égal. »

Bien qu'elle jugeât la somme exorbitante, la leude avait sorti sans barguigner – c'était le cousin roux qui régalait après tout – quatre pièces d'un bronze grossièrement martelé et dont l'unique motif en relief était censé représenter le roi siffle d'Ophü. Le batelier s'en était emparé avec une vivacité que ne laissait pas soupçonner son allure pataude. Son équipage se composait de deux autres ronges, aquatiques également comme l'indiquaient leur pelage rayé et leurs doigts palmés. Empruntés au sol, ils témoignaient d'une adresse phénoménale sur le radeau. Ni la violence des remous ni les caprices du vent ne les empêchaient de se jucher dans la voilure, de courir sur les espars, de se suspendre par un seul bras au bastingage, de se maintenir en équilibre sur le beaupré pour écarter, à l'aide d'une pigouille, les branches d'arbre qui dérivaient sur la Dorgne. Le plus jeune des deux s'appelait Ruogno. Petit, râblé, l'œil vif, la langue bien pendue, il proférait sans cesse des cris suraigus et profitait de ses rares temps libres pour tailler un brin de causette avec ses passagers.

Véhir et Tia se tenaient à l'écart des autres, surtout des trois miaules efflanqués et vêtus de hardes qui s'étaient embarqués au ponton de Cinflon et qui, allongés sur les balles de laine arrimées au grand mât, passaient leur temps à dormir. La sensation d'être observé ne quitta pas Véhir de la journée. Les voyageurs ne semblaient pourtant pas lui prêter la moindre attention, ni les trois miaules assoupis, ni les cousins roux équipés de leur traditionnelle sarbacane, ni les ronges massés par petits groupes entre les caisses de marchandises, ni même les deux femelles grondes engoncées dans des robes rigides et nettement trop petites pour elles – il craignait que ses propres vêtements grondes n'entraînent ces dernières à vouloir lier connaissance au nom de cette complicité instantanée qu'on prête aux membres d'un même clan.

Des grolles noires survolaient le radeau, piquaient parfois à la surface des flots pour coincer un poisson dans l'étau de leur bec ou happer les restes de nourriture jetés par un membre de l'équipage. Des pluies cinglantes hérissaient la surface de la rivière et noyaient les reliefs. Comme l'embarcation ne disposait d'aucun abri, Tia et Véhir restaient blottis l'un contre l'autre jusqu'à la fin des averses. L'odeur du grogne avivait l'appétit de la hurle qui ne mangeait plus à sa faim depuis qu'elle avait quitté l'enceinte de Luprat ; l'odeur de la hurle exhumait les terreurs profondes du grogne qui voyait avec inquiétude les crocs acérés de la prédatrice se promener à moins d'un pouce de sa couenne. Mais ils avaient froid tous les deux, Tia parce qu'elle découvrait l'existence incertaine et inconfortable des errants, Véhir parce qu'il déambulait au milieu de prédateurs de tous poils, et aucun d'eux n'aurait songé à fuir la bulle de tiédeur qui naissait de leur étreinte et les aidait à endurer l'humidité de leurs vêtements.

Au crépuscule, le radeau fit escale dans le village de Kurdou, situé selon Ruogno à un jour de navigation de Muryd.

« Pourrez ripailler et roupir dans une maison d'hôte, avait crié le batelier. Repartirons demain matin, au premier chant de la louette, grrii. N'attendrons pas les retardataires. »

Un crachin tenace abolissait les frontières entre le ciel, la rivière, les berges, le jour et la nuit. Seules émergeaient de la grisaille les ombres pétrifiées des pics environnants et les silhouettes d'une poignée de villageois sur le ponton.

Tia et Véhir attendirent que les autres voyageurs eussent débarqué et se fussent éloignés avec les hôtes de leur choix pour dévaler à leur tour la passerelle glissante. Une dizaine de villageois braillards et gesticulants leur proposèrent de les héberger pour la nuit, « une pièce seulement pour le gîte, l'eau tiède et le couvert, crroo, crroo ». C'étaient des glousses à la tête partiellement emplumée, à la face ronde, aux yeux mobiles mais dénués d'expression. Un appendice corné court et droit leur servait à la fois de bouche et de museau. S'ils portaient les mêmes vêtements amples et informes, les mâles se différenciaient des femelles par leur taille et par la crête rougeâtre qui émergeait du fouillis de leurs plumes au sommet de leur crâne. Ils se bousculaient, s'invectivaient, se battaient presque pour entraîner les deux voyageurs vers leur maison.

Véhir comprit que les terres alentour étaient trop pauvres pour nourrir la communauté et que les glousses pourvoyaient à leurs besoins en logeant les passagers des radeaux. Contrairement aux grognes de Manac et aux autres communautés agricoles de Luprat, l'argent leur était indispensable pour assurer leur subsistance. Ils concluaient des accords avec les bateliers de la Dorgne, ces derniers leur fournissant à la fois la clientèle et les produits de première nécessité. Les deux ronges de l'équipage s'affairaient d'ailleurs à décharger des caisses et des ballots sur le ponton.

Exaspérée par le tapage et le tourbillon de plumes, Tia désigna au hasard une glousse à la peau grasse et tremblante. Les autres s'écartèrent en ronchonnant. Les mâles se dirigèrent vers l'extrémité du ponton, les femelles s'égaillèrent de leur démarche dandinante entre les masures de pierre regroupées autour d'une construction élancée, le temple de l'Humpur sans doute.

Le feu qui crépitait dans l'âtre central répandait une chaleur douce et revigorante. La lumière des torches suspendues soulignait les arêtes des pierres, les nœuds des poutres et les boursouflures de la terre battue. Les bouquets d'herbes aromatiques disséminés sur les murs de torchis ne parvenaient pas à masquer la puanteur.

La glousse vivait en compagnie d'un jeune mâle et de huit ou neuf gloussons caquetants qui déambulaient tout nus et dont certains n'avaient pas encore fait leurs premières plumes. Une lueur d'étonnement s'était allumée dans les yeux de l'hôtesse lorsque Véhir avait retiré son passe-montagne et son pardessus, mais un geste péremptoire de Tia lui avait rentré ses questions dans la gorge.

Le mâle saisit l'un des récipients métalliques posés sur des trépieds dans l'âtre et en versa le contenu dans un bac de bois séparé de la pièce principale par un paravent de tissu.

« Eau chaude, crroo, bain. »

Il désignait le bac d'un air stupide tout en secouant vigoureusement sa crête. Des plumes aux barbes détrempées s'échappaient des multiples déchirures de sa robe grise. Véhir et Tia se dévêtirent mais prirent la précaution de garder avec eux l'épée, la dague et la bourse. Le glousse ramassa leurs vêtements humides pour les étaler devant le feu.

Tia fut la première à se glisser dans l'eau fumante. Véhir la regarda se frotter le corps avec une pierre ponce. Elle ne suscitait plus en lui cette répulsion viscérale qu'éveillaient les prédateurs chez les membres des communautés agricoles. Il ne la trouvait pas spécialement jolie avec son pelage roux, son museau pointu, ses membres interminables, ses mamelles menues, sa peau blême, mais elle avait cessé d'être hideuse à ses yeux. Peut-être parce qu'il commençait à s'habituer à elle, à son odeur, à ses sautes d'humeur, aux braises parfois inquiétantes qui assombrissaient ses yeux clairs et fendus. À deux reprises, il l'avait vue rattraper un lièvre à la course, le coucher d'un coup de griffe fulgurant, le vider de son sang en grognant de plaisir, lui déchirer l'abdomen, le vider de ses viscères et de sa chair en quelques claquements et lapements. Il s'était surpris à admirer sa vélocité, l'harmonie et la vivacité de ses gestes. Conçue pour courir, chasser, déchiqueter ses proies, elle ne faisait qu'exprimer sa nature de prédatrice. Ceux qui, comme lui, n'avaient pas besoin de ripailler la chair fraîche, avaient l'allure pesante de forçats de la terre, des membres épais et courts, des ongles mous, des dents larges et carrées. Longtemps il avait trouvé injuste l'ordre qui répartissait les prédateurs d'un côté et les proies de l'autre, mais, dans l'intimité de Tia, il prenait conscience qu'elle ne maîtrisait pas davantage son existence que lui, qu'elle était prisonnière de ses instincts autant, et peut-être même davantage que lui.

« À toi. »

La voix de la hurle le tira de ses rêveries. Debout au milieu du bac, voilée de vapeur, elle l'enveloppait d'un regard trouble où désir et souffrance se mêlaient de façon inextricable. La touffe de fourrure qui lui habillait le bas-ventre évoqua dans l'esprit de Véhir un champ de blaïs caressé par le soleil couchant. La terre intime de Tia se cachait sous ce chaume soyeux, une terre aussi odorante, aussi attirante que celle de troïa Orn. Une contraction de désir secoua le grogne, accompagné, presque en même temps, d'une sensation d'abjection et d'un début de nausée. De tous les tabous de l'Humpur, l'union entre deux membres de clans différents, *a fortiori* entre une prédatrice et un pue-la-merde, était sans doute le moins franchissable. Et le simple fait d'avoir envisagé le grut avec une femelle d'un clan dont le mets favori était la viande de grogne soulevait en Véhir une violente tempête de rejet, une protestation de tout son corps. Comment Jarit aurait-il réagi dans de telles circonstances ? L'ermite avait consacré une grande partie de sa vie à déjouer les ruses

187

des prédateurs, jamais il n'avait été confronté à une promiscuité qui modifiait l'habituel rapport de forces.

Tia enjamba le rebord du bac, se dirigea vers Véhir, le frôla de manière insistante avant de se draper dans le pan d'étoffe que le glousse avait déposé sur le paravent.

« Qu'est-ce que tu attends, hoorrll ? »

Le grogne sortit de sa torpeur et s'installa à son tour dans le bac. La chaleur de l'eau le surprit. Il eut l'impression d'être un gavard entrant de son plein gré dans un chaudron pour s'y faire bouillir, puis il s'habitua peu à peu à la température du bain et ses muscles commencèrent à se détendre. Des croûtes brunâtres s'étaient formées sur les plaies profondes ouvertes par les crocs de Tia trois jours plus tôt. Des poils roux flottaient à la surface de l'eau. L'odeur de la hurle, non, son essence davantage que son odeur, s'infiltra en lui par tous les pores de sa couenne.


« De la bonne ripaille pour vous autres, crroo. »

Véhir fit instantanément le rapprochement entre les morceaux de viande rissolée qui garnissaient le plat en terre cuite et les gloussons serrés l'un contre l'autre dans un coin de la pièce. Leur hôtesse leur avait tout simplement servi à manger l'un de ses p'tios dont elle avait au préalable coupé la tête, les mains et les pieds. Véhir resta suspendu pendant quelques instants entre des sensations contradictoires. Cependant, son dégoût, bien que viscéral, ne réussit pas à lui couper l'appétit. L'odeur et l'aspect ragoûtants du plat servi par leur hôtesse réduisaient au silence cet autre tabou de l'Humpur qui interdisait aux membres des communautés agricoles de ripailler de la chair. Ce qui l'écœurait le plus, finalement, c'était que la glousse n'avait pas hésité à égorger et cuisiner l'un de ses rejetons pour une misérable pièce de bronze. Certes, les exemples abondaient de ces sacrifices dans le pays de la Dorgne, où l'équilibre reposait sur la régularité de l'approvisionnement des clans protecteurs, mais les communautés s'arrangeaient pour qu'au moins les mères n'aient jamais à poser le couteau sur le cou de leur progéniture.

« Si tu refuses de manger autre chose que des champignons, du blaïs et des truffes, tu n'auras pas assez de forces pour t'aruer dans le Grand Centre », dit Tia.

Assise en face du grogne, elle essuya à l'aide d'un pan de tissu ses lèvres luisantes de graisse. Les trois morceaux qu'elle avait déjà engloutis n'avaient pas assouvi sa faim. Elle plongea la main dans le plat, en sortit une cuisse qu'elle glissa entre ses mâchoires entrouvertes, puis, au dernier moment, elle se ravisa et se pencha par-dessus la table pour la tendre à Véhir. Il examina sans bouger la peau dorée et suintante du glousson – il avait aperçu, nageant dans la graisse, de minuscules abats qu'il avait identifiés comme des testicules. Debout devant l'âtre, la glousse et son mâle observaient leurs deux hôtes en silence. Leurs yeux ronds n'exprimaient aucun remords, aucune détresse, comme s'ils avaient définitivement renoncé aux sentiments. Il en allait de même pour Difar le mêle, pour Graüm le vaïrat, pour troïa Orn la grognesse, pour les anciens de Manac, pour les lais de l'Humpur, pour Arbouett le Blanc, pour les hurles de Luprat, pour tous ceux qui acceptaient la fatalité du Grand Mesle et hâtaient sans s'en rendre compte l'avènement de l'animalité.

« Ouvre la gueule ! » ordonna Tia.

Véhir eut un mouvement de recul lorsqu'elle lui enfourna la cuisse du glousson entre les lèvres. Puis ses dents se plantèrent dans la chair tendre autant par fatigue que par envie. La peau croquante se déchira, un jus tiède et parfumé affola ses papilles et balaya ses dernières réticences. Dès lors, il se mit à manger avec frénésie, incapable de s'arrêter, enivré par la saveur à la fois délicate et amère du glousson, avalant des morceaux entiers et des abats qu'il ne prenait pas le temps de mâcher. La graisse lui dégoulina sur le menton, sur le torse, imbiba le tissu enroulé autour de son corps.

De la même manière qu'il avait aimé la sauvagerie des combats contre le seur H'Gal et les prévôts, il découvrit le plaisir de ripailler de la viande. Sans doute faisait-il preuve d'une telle gloutonnerie pour oublier l'horreur persistante qui accompagnait ses déglutitions : il se comportait en prédateur, en commis de l'injustice, pire, il dévorait quelqu'un qui lui ressemblait, il devenait un cannibale, l'un de ces êtres maudits qui, selon les légendes, avaient voulu conquérir le pays pergordin et avaient été vaincus par les armées alliées des clans dominants.

Le regard de Tia, d'abord amusé, se teinta d'inquiétude.

Il en comprit la raison au cours de la nuit, lorsque, pris d'une soudaine envie de vomir, il eut à peine le temps de pencher la tête sur le côté pour rendre tout ce qu'il avait ingurgité.

« Tu as ripaillé comme un pichtre, te voilà malade asteur. »

Tia s'était redressée sur sa litière de paille. Sa couverture de laine avait glissé sur son épaule et dégagé l'une de ses mamelles. Ses yeux et sa peau clairs tranchaient sur l'obscurité fuligineuse qui emplissait le réduit dans lequel les avait confinés leur hôtesse. Pantelant, Véhir eut tout juste la force de se reculer sur sa propre litière pour éviter de se rouler dans ses vomissures. Enfouie dans les brins, la dague lui agaçait la cuisse. L'odeur de vomi domina les relents de graisse froide et les senteurs de paille fraîche.

La hurle et le grogne avaient rangé leurs vêtements secs et pliés de chaque côté de la porte puis, sans dire un mot, s'étaient couchés avant l'extinction de la torche. Malgré le poids qui lui comprimait le ventre, Véhir avait été visité par un désir virulent, tyrannique, comme dans la maison d'Ombe. Torturé par la tension douloureuse de son vit, il avait failli à plusieurs reprises se rapprocher de Tia, mais la répulsion dressée en lui par le tabou majeur de l'Humpur l'avait maintenu cloué sur sa litière. Il avait fini par se couler dans un sommeil tourmenté, peuplé de pelages luisants et de failles humides.

Une autre envie l'avait réveillé. Un besoin pressant d'évacuer une nourriture qui offensait son corps. D'expulser les morceaux du glousson en même temps que les remords. Vidé de ses forces, il flottait désormais dans une nuit nauséeuse où les seules étoiles étaient les yeux et les crocs de Tia. Avant de les conduire dans le réduit, l'hôtesse leur avait confié, avec une fierté déplacée, que son mâle était à la fois son fils et le géniteur des autres p'tios. De la même manière que Difar le mêle projetait de féconder sa progéniture pour reformer sa communauté, la glousse copulait avec son propre rejeton pour reconstituer ses réserves de chair fraîche. Véhir avait entendu dire que les femelles glousses pouvaient mettre bas deux portées de cinq p'tios en un seul cycle saisonnier. Combien celle-ci avait-elle sacrifié de fruits de son ventre depuis qu'elle hébergeait les passagers des radeaux ?

Il vomit une deuxième fois : il se sentait monstrueux d'avoir mangé le fruit de la monstruosité, et rien ni personne ne pourrait un jour le laver de cette souillure.


« Grrii, grrii. »

Véhir ouvrit les yeux. Il reconnut, sous le capuchon de sa pèlerine de laine, la face poilue et rayée de Ruogno, le ronge aquatique de l'équipage du radeau. Debout dans l'entrebâillement de la porte, hors d'haleine, il brandissait une petite torche dont la flamme jaunissait les quatre murs et le plafond bas du réduit. Le poil hérissé, toutes griffes dehors, Tia avait déjà repoussé sa couverture et dégainé son épée. Véhir songea alors à fouiller la paille pour se munir de la dague. Jarit lui avait pourtant recommandé d'être plus vif s'il ne voulait pas finir dans l'estomac d'un prédateur. Bien que d'apparence inoffensive, les ronges appartenaient à la catégorie des viandards. Ils compensaient simplement leur défaut de puissance par la hargne, la fourberie, le nombre et l'opiniâtreté.

Le regard affolé de Ruogno volait sans cesse de la hurle au grogne.

« Faut pas rester là, haleta-t-il. Les trois miaules du radeau sont en marche vers ct'e maison. » Il désigna Véhir d'un mouvement de menton. « Veulent capturer çui pour le revendre aux aristocrates de Muryd. Un grogne de son acabit s'monnaye bien ses cinquante pièces dans le duché. »

Tia bondit vers ses vêtements. La gorge sèche, la bouche pâteuse, Véhir la regarda passer ses bottes et sa robe, puis il se leva à son tour et commença à s'habiller. Sa nausée latente l'empêchait de se concentrer sur ses gestes.

« Comment as-tu appris ça ? demanda Tia.

— J'passais devant la chambre de ces trois guingrelins. Avaient oublié de tirer les volets, j'les ai entendus causer entre eux.

— Pourquoi nous as-tu prévenus ? »

Ruogno eut une mimique qui découvrit ses larges incisives.

« J'aime pas qu'on s'attaque la nuit aux passagers de mon radeau. Et j'aime pas les miaules, grrii. Iceux se figurent être les maîtres partout où s'installent. Empressez, vont pas tarder à s'aruer ici.

— Le radeau ne t'appartient pas.

— Sera à moi ct'e nuit, grrii. Mon maître a tellement bu qu'il ronfle comme une cataracte. »

Véhir parvint enfin à enfiler la brague et les bottes. Bien que bavard, Ruogno ne leur avait pratiquement pas adressé la parole sur le radeau, et son intrusion nocturne semblait être le prolongement d'un cauchemar. Le grogne remonta le col de son pardessus, rabattit son passe-montagne sur sa face, glissa la dague dans une poche et garda les doigts serrés sur le manche.

Ils traversèrent la pièce principale, éclairée par la torche du ronge et les lueurs mourantes du feu. Les p'tios dormaient à même le sol de terre battue, blottis les uns contre les autres. Le couple de glousses surgit d'une chambre sans avoir pris le temps de se rhabiller. Des poignées de duvets noirâtres ornaient la peau grasse et les mamelles pleines de la femelle, des plumes brunes et rouges recouvraient presque entièrement le corps du mâle.

« Qu'est-ce que qui se passe, crroo ?

— Devons partir, répondit Tia sans s'arrêter.

— N'êtes pas à votre aise dans la chambre ? Devons changer la litière ? »

L'inquiétude tendait les traits et assombrissait les yeux de la glousse : si le bruit se répandait que ses hôtes s'ensauvaient de sa maison en pleine nuit, plus personne n'accepterait d'être hébergé chez elle, elle n'aurait plus de quoi payer sa nourriture, elle deviendrait une bouche inutile, les autres villageois s'empareraient de ses p'tios pour les servir à leurs propres clients. Le mâle, lui, arborait toujours cette bouille stupide qui lui donnait un air perpétuellement assoupi.

Ruogno ouvrit la porte et inspecta du regard les ténèbres repoussées par le halo de sa torche.

« Personne, grrii. »

Tia et Véhir s'avancèrent à leur tour dans la nuit froide et humide. Le vent dispersait le murmure de la rivière et les cris lointains des rapaces nocturnes. Les miroirs ténébreux des flaques jonchaient la boue comme des bouches de vide.

« Au radeau, vite, chuchota le ronge.

— Éteins d'abord ct'e torche », ordonna Tia.

Ruogno prit conscience qu'une flamme, même ténue, se repérait de loin dans une telle noirceur et jeta la torche dans une flaque. Véhir entendit le cri de dépit de leur hôtesse lorsqu'ils s'éloignèrent de sa maison et se faufilèrent entre les murs gris du village. Affaibli, le grogne serra les dents pour se caler sur l'allure des deux autres. Par bonheur, ils n'eurent pas à courir très longtemps. Ils foulèrent bientôt les planches vermoulues et glissantes du ponton et, sur un signe de Ruogno, sautèrent dans le radeau. En posant le pied sur le pont instable de l'embarcation, Véhir fut à nouveau la proie d'une panique accentuée par sa fatigue et sa nausée, mais la peur de tomber dans les griffes des miaules le dissuada de remonter sur la terre ferme. Il agrippa le garde-corps et scruta la nuit. Des grappes d'étoiles s'épanouissaient entre les nuages déchirés. Il crut discerner des mouvements confus dans les ruelles du village.

Ruogno poussa un juron de dépit : accroupi sur le ponton, il s'énervait sur l'amarre comme une mouche engluée sur une toile d'araignée. Le nœud de la corde de la grosseur d'un bras refusait de se défaire. De temps à autre, le ronge relevait la tête et se figeait à l'écoute des bruits. Des éclats de voix et des claquements de bottes se devinaient entre les sifflements du vent et les craquements du radeau. Les griffes de Tia labourèrent la barre supérieure du bastingage.

« Dégrouille ! lança-t-elle au ronge.

— J'fais ce que j'peux, geignit Ruogno. L'humidité a gonflé ct'e fichue corde. »

La hurle tira son épée.

« Plus le temps d'attendre. »

Un voile de terreur glissa sur la face de Ruogno : les colères des hurles étaient réputées dans tout le pays de la Dorgne. Même s'il avait affaire à une femelle, en principe moins puissante et moins irascible qu'un mâle, il n'aurait aucune chance de s'en tirer au cas où elle tournerait son épée contre lui. Il se demanda s'il n'avait pas agi avec un peu trop de précipitation. Certes, il n'avait pas voulu manquer cette double opportunité de devenir le maître du radeau et de s'assurer un joli pactole, mais, après le batelier et le deuxième ronge de l'équipage, il lui faudrait tôt ou tard éliminer la hurle. Il lança un regard par-dessus son épaule, vit, à la lueur chétive des étoiles, des silhouettes bruissantes se répandre par dizaines dans le village et s'introduire dans les maisons. Quels qu'ils fussent – une bande de prédateurs errants, peut-être –, l'irruption de ces intrus n'était pas non plus prévue au programme.

Déjà les cris d'effroi des glousses se mêlaient aux vociférations et au fracas des portes brisées.

Tia grimpa sur la barre intermédiaire du bastingage et commença à frapper la corde avec son épée. Les fils tressés se rompirent l'un après l'autre sous les coups de la lame émoussée. Ruogno sauta à son tour dans le radeau et courut s'installer à la poupe près du gouvernail. Il prévoyait de se laisser d'abord dériver sur les courants, puis, une fois au milieu du cours d'eau, de hisser les voiles afin de tirer des bords et remonter au vent. L'amarre céda dans un craquement bref. Le radeau s'écarta du ponton avec une telle soudaineté que Véhir lâcha le garde-corps, perdit l'équilibre, roula sur le pont et percuta avec dureté la base du mât de misaine.

La rivière gonflée par les pluies se tordait de fureur comme une vipère réveillée en sursaut et jetait l'embarcation d'un côté sur l'autre. Une langue d'eau glaciale lécha les mains et le passe-montagne de Véhir. Les crêtes blanchâtres et rageuses des remous se déchiquetaient sur les bords anguleux de la coque basse. Toujours allongé, le grogne entrevit la silhouette de Ruogno arc-boutée sur la barre, les ailes repliées et frissonnantes des voiles, les éclats rougeoyants des flammes qui s'élevaient du village des glousses... mais pas la silhouette familière de Tia. Il se souvint qu'elle se tenait en équilibre précaire au moment où l'amarre s'était rompue et en déduisit que la secousse l'avait précipitée dans l'eau. Il scruta la surface tumultueuse des flots. Le radeau s'éloignait de la berge à une vitesse affolante. Il retira son passe-montagne et le fourra dans la poche de son pardessus.

« Hé ! Faut revenir en arrière ! »

Les sifflements du vent, le grondement de la rivière et les grincements des mâts empêchèrent sa voix de parvenir à Ruogno. Il entreprit alors de se rapprocher du ronge en s'aidant du bastingage. Il lui fallait d'abord parcourir la distance de cinq pas qui le séparait du bord de la coque. Il se releva et se lança à la faveur de ce qu'il crut être une accalmie, mais, à peine avait-il lâché le mât que le radeau donna à nouveau de la bande et qu'il fut précipité comme une balle de blaïs sur la barre inférieure du garde-corps. Une gerbe d'eau jaillit devant son groin et l'enveloppa de la tête aux pieds. Saisi, aveuglé, il chercha instinctivement une prise, agrippa la barre rugueuse, sentit quelque chose de fin et de dur sous ses doigts. Il rouvrit les yeux, aperçut des griffes plantées dans le bois, reconnut la main et la manche de Tia. Seul le bras de la hurle dépassait de l'eau. Oubliant le froid et la précarité de sa position, il se cala comme il le put contre le bastingage et saisit la main de la hurle. Elle ne réagit pas, comme si elle avait perdu connaissance, comme si elle était... morte. Cette idée lui fut intolérable, pas seulement parce qu'il craignait de perdre une protectrice dans un environnement hostile. Les griffes de Tia étaient si profondément enfoncées dans le bois qu'il n'eut pas d'autre choix que de les décoincer une à une. Les gîtes incessantes du radeau ne lui facilitaient pas la tâche. Il eut beau serrer le poignet de la leude de toutes ses forces, son corps alourdi par les vêtements et la résistance de l'eau faillit lui échapper au moment où il décrocha la dernière griffe. Les épaules plaquées contre la barre du milieu, les muscles brûlés par l'effort, il parvint à hisser la tête et le torse de Tia hors du lit de la rivière, puis à la tirer vers lui pouce après pouce. Il empoigna le tissu de sa robe pour la passer sous la barre inférieure et l'étendre sur le pont. Elle avait perdu sa mante, son épée et ses bottes. Sa face semblait sculptée dans le même bois lisse et blanc que les sarbacanes des cousins roux, sa poitrine ne se soulevait plus. Véhir se maudit de son ignorance. Jarit aurait sans doute trouvé les gestes justes pour la ramener à la vie. Lui n'avait pas d'autre ressource que de se désoler de sa mort.

Les courants avaient entraîné l'embarcation dans une zone un peu plus calme. Stabilisée, cernée par des vaguelettes clapotantes, elle dérivait désormais sur des flots qui ondulaient en souplesse.

« Qu'est arrivé ? »

Véhir tressaillit. Il n'avait pas entendu Ruogno s'approcher. Le vent avait rabattu son capuchon sur les épaules du ronge, taillé des clairières sur le pelage détrempé de sa face et couché ses oreilles pointues. Il contemplait le corps étendu de la hurle avec une expression qui oscillait entre étonnement et intérêt.

« Elle a chu dans l'eau quand la corde s'est coupée, balbutia Véhir. Elle a réussi à se retenir par les griffes à la barre, mais elle a avalé tellement d'eau qu'elle a fini par se noyer.

— Grand dommage. Mais si vraiment elle est partie rejoindre les dieux de l'Humpur, reste plus qu'à la balancer à la baille. M'est impossible de garder un cadavre sur le radeau. À cause des pidémies. »

Le ronge s'efforçait de se composer une face désolée, mais Véhir devina qu'il n'était pas mécontent de l'accident survenu à Tia. D'un geste machinal, le grogne s'assura que la dague n'était pas tombée de la poche de son pardessus.

« Qu'est-ce que vous aricotiez ensemble, toi et cette hurle ? demanda Ruogno.

— M'a... euh, emmené pour un voyage dans le Grand Centre, je ne sais pas pourquoi.

— On emporte toujours d'quoi ripailler pour les longs voyages. T'attriste pas de sa mort, elle t'aurait boulotté, tôt ou tard. Tu d'vrais plutôt te réjouir : te v'là libre comme l'air dornavant. »

Véhir s'abstint de lui parler du pacte passé entre la hurle et lui. Jarit lui avait appris à être méfiant, et la mine chafouine de Ruogno ne lui inspirait aucune confiance.

« Tu causes plutôt bien pour un pue-la-merde, reprit le ronge.

— L'est comme ça que j'ai... qu'ai'j appris dans ma communauté. »

Ruogno écarta les pans de sa pèlerine, glissa la main dans sa brague de laine et se gratta longuement l'entrejambe.

« Ça peut être utile quand on n'est plus sous la protection d'un clan, grrii. Le fondateur de ma lignée disait toujours qu'la parlure sert autant qu'la griffe ou la dent à se sortir des passes difficiles. »

Le ronge se pencha sur le corps inerte de Tia. Engourdi par l'humidité glaciale de ses vêtements, Véhir le regarda sans réagir retrousser la robe de la hurle et extirper la bourse d'une poche intérieure.

« Aide-moi à la jeter dans la Dorgne. L'a pas l'air bien grasse, mais pèse son poids. Ensuite partagerons le butin, grrii. T'en auras aussi besoin si tu veux t'aruer dans un pays où on n'prise pas la viande de grogne. »

Les solutions proposées par Ruogno étaient sans doute les meilleures, ou les mieux adaptées aux circonstances, et donc illustraient à la perfection les leçons de survie de Jarit, mais Véhir répugnait à les appliquer. Le corps de Tia n'était pas pour lui un simple quartier de viande. Un cordon invisible, éternel, l'unissait à la leude comme un fil indestructible le reliait à Jarit. Cela ne relevait ni de l'appartenance à un clan ni de la similitude des natures, mais d'une communauté de pensées. Pendant quelques jours, ils avaient partagé un rêve et vaincu leurs instincts. Elle aurait peut-être fini par le manger, comme le prétendait Ruogno, mais, pendant quelques jours au moins, ils avaient prouvé qu'il pouvait exister un ordre différent dans le pays de la Dorgne.

« Eh, qu'est-ce que t'aricotes ? » s'énerva Ruogno.

Il avait saisi le corps de Tia par les aisselles mais, de faible constitution comme la plupart des ronges, il ne parvenait pas à la soulever.

« Sommes pas pressés, murmura Véhir. Pouvons attendre le matin pour...

— Sur ce radeau, c'est moi qui ordonne asteur ! glapit Ruogno en lançant un regard mauvais au grogne. Et on n'garde jamais un mort sur un radeau. Ou la rivière en réclame d'autres, le radeau finit par s'ébouiller sur un rocher et tout l'équipage y reste. »

Il ne servirait à rien d'essayer de convaincre le ronge. Au loin, le village des glousses était la proie d'un incendie qui embrasait la nuit, enflammait les nuages et transformait la rivière en une coulée de lave. La mort dans l'âme, le grogne attrapa les chevilles de Tia. Ils transportèrent le corps à la proue du radeau et lui imprimèrent un mouvement de balancier pour le lancer par-dessus bord.

Au moment de la lâcher, la hurle fut tout à coup secouée par un hoquet, expulsa de l'eau par les narines et la bouche, émit un long borborygme comme un tuyau se vidant de son air. Elle échappa des mains de Ruogno, déséquilibré par le poids de son fardeau et emporté par son élan, mais Véhir, arc-bouté sur ses jambes, la retint avec fermeté par les chevilles. Elle s'enroula autour de la barre supérieure et le haut de son corps resta suspendu au-dessus de la rivière. Véhir l'entendit prendre une inspiration bruyante, cracher, tousser, râler, puis elle se mit à gigoter, ses talons martelèrent frénétiquement la poitrine du grogne, les griffes recourbées de ses pieds s'accrochèrent dans le tissu de son pardessus. Il se laissa tomber sur les fesses et réussit, par le simple jeu de contrepoids, à la ramener sur le pont. Allongée sur les lattes, elle continua de s'agiter, haleta, vomit encore quelques tentacules d'eau, reprit progressivement conscience. Ses yeux d'abord révulsés, inexpressifs, s'emplirent à nouveau de vie. Elle voulut parler, mais sa voix s'étrangla en un gargouillis inaudible.

« Elle est vivante ! s'exclama Véhir. Vivante ! »

Il se tourna vers Ruogno pour le prendre à témoin, mais la nouvelle ne semblait pas particulièrement réjouir le ronge qui, accoudé au bastingage, contemplait la bourse de cuir d'un air désolé.

L'aube se levait sur les crêtes dentelées du massif montagneux. Les nuages avaient déserté le ciel, le vent était tombé. Le radeau progressait avec une lenteur désespérante d'un bord à l'autre de la rivière blêmie par les premières lueurs du jour. Recroquevillée au pied du grand mât, emmitouflée dans le pardessus du grogne, Tia récupérait, alternant les phases de sommeil, les périodes de prostration et les crises de panique. Après avoir aidé Ruogno à hisser les voiles, Véhir avait consacré la plus grande partie de sa nuit à veiller sur la hurle. Il s'était assoupi à plusieurs reprises. Chaque fois, il avait été réveillé par une sensation de mouvement, la brusque gîte du radeau engagé dans une passe difficile, le froissement des voiles en panne de vent, l'ombre sournoise du ronge qui rôdait sur le pont.

Le soleil s'épanouit comme un bouton-d'or dans le rose étincelant de la plaine céleste. Parfois, les toits d'un hameau apparaissaient entre les résineux qui coiffaient les reliefs et des arches naturelles enjambaient la gorge encaissée. Ruogno naviguait avec la plus grande prudence entre les gros rochers sur lesquels se fracassaient les courants.

Au sortir d'un méandre, le radeau frôla un ponton où se pressaient une dizaine de voyageurs, ronges pour la plupart. Un peu en retrait, les ouvertures et les escaliers d'un village troglodytique criblaient sur toute sa hauteur une paroi vertigineuse. Des cris de colère et de dépit retentirent lorsque l'embarcation vira de bord et s'éloigna vers la rive opposée. La navigation étant le mode de locomotion le plus rapide et le plus pratique dans cet environnement accidenté, la majeure partie des échanges dépendaient exclusivement du bon vouloir des bateliers.

« C'est toi qui m'as sortie de l'eau ? »

Assise contre le mât, Tia le dévisageait avec un pâle sourire. Le contraste s'était encore accentuée entre sa peau d'une blancheur de craille et son pelage roussi par les rayons rasants du soleil levant.

« T'étais agriffée au bois, j'ai eu qu'à te remonter »,
dit Véhir.

La hurle frissonna, resserra les pans du pardessus.

« Sans toi, je serais morte.

— Sans toi, j'aurais fini dans un chaudron d'eau
bouillante sur la place de Luprat.

— J'ai eu des... visions avant de perdre connaissance. » Elle leva la tête et, du museau, désigna le
nuage instable et craillant des grolles au-dessus de la
gorge. « Fro, ma gouvernante, a été emportée et déchiquetée par des kroaz.

— Des kroaz ? s'étonna Véhir. Ces créatures du diable n'existent pas. Personne n'en a jamais vu. »

Tia étira ses membres et, à l'aide de ses griffes,
essaya de remettre un peu d'ordre dans son pelage
ébouriffé.

« Je n'ai jamais vu les dieux humains et ça ne m'a
pas empêchée de croire à leur existence. J'ai ressenti
les blessures infligées à Fro par leurs serres et leurs
becs, j'ai entendu l'air siffler quand ils l'ont lâchée au-
dessus de la forêt, ses os craquer quand le choc lui a
brisé les reins. En reprenant connaissance, j'ai cru que
j'avais à mon tour été enlevée par un kroaz, j'ai été
prise de panique et je me suis débattue. »

Elle marqua un instant de pause, les yeux perdus
sur les scintillements des remous. Au-dessus d'eux, la
grand-voile, un pan de laine enduite d'une substance
imperméabilisante, faseya dans un tremblement délicat.

« Fro... gémit Tia, les larmes aux yeux.

— C'était qu'un rêve », murmura Véhir.

En même temps qu'il prononçait ces mots, il
éprouva de nouveau la sensation d'être observé. Son
regard se porta instinctivement sur les petits charognards noirs qui tournoyaient inlassablement au-
dessus du radeau.

# CHAPITRE 10

# Muryd

*La chose est rare, mais il arrive que les pires coupe-jarrets*
*fassent preuve d'honneur et de bonté.*
*Cette histoire advenue sur une terrasse de Muryd*
*le montre mieux qu'un long discours.*
*Un ronge puceau s'apprêtait à saillir*
*la femelle qui l'avait séduit par ses cris et son odeur*
*quand un grand mâle soudain s'interpose,*
*mord durement le puceau à la nuque et*
*se rue sur la femelle dans l'intention*
*de ne la laisser saillir par personne d'autre que lui.*
*Les gémissements du puceau dérangent*
*un coupe-jarret ripaillant dans l'auberge d'en dessous.*
*Çui monte à la terrasse, voit le puceau ensanglanté,*
*tire sa rapière, provoque le grand mâle en duel*
*et lui transperce la gorge.*
*« Reprends là où tu en étais, dit-il au puceau*
*avant de s'en retourner ripailler. Il est temps que*
*tu connaisses le rut. Quand tu seras un ronge,*
*tu pourras en plus apprendre le courage. »*

*Dans le pire des êtres, on trouve de la bonté,*
*dans le meilleur des êtres, de la méchanceté,*
*c'est affaire de circonstances.*

Les fabliaux de l'Humpur

« Pourquoi donc z'êtes mis en tête de vous aruer dans le Grand Centre ? demanda Ruogno. Y a des endroits plus recommandables. »

Bâtie sur une étendue plane à la différence de Luprat, la cité de Muryd se dévoilait dans la lumière chaude du crépuscule. On ne distinguait aucune tour, aucun donjon, aucun rempart, mais un immense troupeau de maisons basses gardé par les pics assombris de massifs montagneux. Le vent soufflait désormais dans le sens du faible courant et Ruogno avait bloqué la barre avec un filin pour venir converser avec ses deux passagers. Il tenait un morceau de bois que, de temps à autre, il portait à sa bouche pour le rogner du bout des incisives.

Ravigotée par le soleil, Tia s'était relevée au début de l'après-midi et avait esquissé quelques pas sur le pont. La faim grondait à nouveau en elle, et, comme elle n'avait aucune chance de trouver du gibier sur le radeau, elle maintenait une certaine distance avec Véhir, de peur que son odeur ne l'entraîne à commettre l'irréparable. Elle devait se méfier de la faim, ce cri tyrannique de son ventre, comme de son pire ennemi, mais elle n'avait pas d'autre choix que de la contenter, ou elle deviendrait encore plus despotique. Muryd approchait, heureusement, et bientôt elle pourrait combler le trou qui partait de son estomac et lui creusait progressivement tout le corps.

« Sommes à la recherche des dieux humains », répondit-elle, les yeux rivés sur la cité ronge.

Elle avait prononcé ces mots sans réfléchir, comme elle aurait proféré une banalité. La mâchoire inférieure de Ruogno s'abaissa d'un pouce et sa langue tomba sur le côté de sa face comme s'il n'avait plus la force de la retenir. Il avait retiré sa pèlerine. Sa chemise et sa brague de laine collées par la transpiration épousaient les rondeurs de sa poitrine et de son ventre. Les griffes de ses pieds transperçaient le cuir usé de ses bottes. Il donna quelques vigoureux coups d'incisives sur le

morceau de bois, un éclat de chêne vert dont il atta-
quait à présent le cœur.

« Le problème des dieux, justement, c'est qu'iceux
ne s'aglument pas dans le même monde que nous, marmonna-t-il en recrachant une salve de rognures. Autant
chercher d'la pitié dans le cœur d'un lai ! »

Tia désigna Véhir d'un coup de museau.

« Çui a vu une de leurs demeures. Et moi, j'ai ouï
qu'ils apparaissaient dans une grotte du Grand Centre.

— Fables de trouve ! s'exclama Ruogno. Sont des
histoires qu'les anciens content aux p'tios ! »

La rivière s'évasait au point de former un lac aux
bords incurvés. La brise remuait une odeur de vase et
de poisson pourri. Le nombre d'embarcations qui glissaient en silence sur l'eau frissonnante étonna Véhir.
Plates et rectangulaires, comme le radeau, elles étaient
équipées d'un, deux ou trois mâts selon leur dimension. Les plus grandes transportaient des passagers
d'un point à l'autre de l'anse. Muryd s'étalait en effet de
chaque côté de la Dorgne, et, étant donné la largeur
de la rivière à cet endroit, la construction d'un pont,
voire d'une simple passerelle, était inenvisageable. Le
radeau se rapprochait d'une flottille de barques d'où
des ronges aux doigts palmés et au pelage rayé plongeaient dans l'eau pour remonter des pièges à poissons.
Ruogno ne semblait pas pressé de se réinstaller à la
barre et Véhir, crispé, irrité par la laine rêche du passe-
montagne, estima que le radeau éperonnerait les petites embarcations en moins de temps qu'il ne fallait à
un faucheur de Manac pour larigoter une gourde de
vin.

« Il faut savoir déterrer le fond de vérité qui se cache
dans les légendes », argumenta Tia.

Elle ne savait pas pourquoi elle s'obstinait ainsi à
essayer de convaincre son interlocuteur. Il n'était pas
intervenu en pleine nuit dans le seul but de soustraire
Véhir aux griffes des miaules. Son univers se limitait
à cet instinct de possession qui l'avait entraîné à dérober le radeau de son maître batelier.

« Ça vous r'garde après tout, murmura Ruogno. Faites ce que vous voulez de vos pièces et de votre temps. Et puisqu'y a pas moyen de vous empêcher de vous aruer dans les ennuis, j'dois vous prévenir qu'il vaudrait mieux prendre certaines précautions pour traverser le royaume d'Ophü.

— Quelles précautions ?

— Vous joindre à une caravane marchande. Elles seules sont autorisées à parcourir le territoire des siffles. Si vous avez le malheur d'être agrappis par leurs prévôts en dehors d'une caravane, ne reverrez pas votre pays de sitôt, aussi vrai que j'm'appelle Ruogno. »

Il jeta un regard de biais à la hurle tout en mordillant son bout de bois. Véhir fixait avec inquiétude les barques des pêcheurs qui, pas davantage que Ruogno, ne semblaient se soucier d'une éventuelle collision. La rivière rougie par le soleil couchant se perdait à l'extrémité resserrée de la gorge. La nuit s'était déjà déposée sur les aiguilles montagneuses.

« J'connais un convoyeur de caravane, reprit Ruogno. Si vous voulez, j'peux vous mettre en rapport avec çui à Muryd. »

Tia planta les griffes de sa main droite dans la barre supérieure du bastingage.

« Qu'est-ce que ça nous coûtera ?

— Dix pièces pour le convoyeur, dix pour moi.

— C'est cher. »

Les yeux de Ruogno se braquèrent sur la poche de la robe de Tia, gonflée par la bourse de cuir. Guère courageux, comme la plupart de ses congénères, il n'avait pas osé s'en prendre à la hurle pourtant affaiblie et désarmée, et dont la résurrection l'avait à ce point impressionné que toutes ses peurs s'étaient réveillées. Seul il ne se sentait pas de taille à se mesurer aux griffes et aux crocs de sa passagère. À Muryd, il s'arrangerait pour s'entourer d'une troupe nombreuse et solidement armée.

« Vingt faillies pièces pour être certains d'arriver sains et saufs dans le Grand Centre, j'dis plutôt que c'est une bonne affaire.

206

— Tu t'enrichiras vite à ce train-là. »

Le ronge haussa les épaules, lâcha le bastingage et se dirigea vers la barre de son allure pataude.

« Les temps sont difficiles pour les bateliers de la Dorgne.

— Et ton ancien maître, il ne réclamera pas son radeau ?

— Oh çui ? Là où il est, risque pas de réclamer son bien ! » gloussa Ruogno en débloquant la barre.

Au grand soulagement de Véhir, le radeau effectua son virement de bord, peu prononcé mais suffisant pour passer au large de la flottille de barques.

Une foule braillarde et gesticulante se pressait sur le quai. L'odeur des poissons étalés sur des comptoirs de bois imprégnait l'air fraîchissant du crépuscule. Des discussions animées, presque agressives, opposaient les pêcheurs et leurs clients, des ronges mâles et femelles vêtus de peaux ou de laine écrue et grossièrement filée. Ils avaient perdu le secret de la teinture, comme à Manac, comme dans la plupart des communautés agricoles. Ou bien ils considéraient la fabrication des substances colorantes végétales comme une perte de temps. Si les ronges terrestres présentaient des différences notables avec leurs congénères aquatiques – face habillée d'un pelage gris, ras, uniforme, museaux courts et oreilles d'un rose délavé, yeux ronds et noirs, doigts non palmés –, ils offraient également quelques ressemblances telles que les incisives proéminentes, l'allure sautillante et les cris suraigus dont ils ponctuaient leurs phrases. Bon nombre d'entre eux vaquaient à leurs occupations en rongeant avec frénésie un morceau de bois.

Même s'il avait abaissé son passe-montagne et relevé le col de son manteau, Véhir n'était guère rassuré au milieu de cette multitude grouillante. Dans l'obligation de se frayer un chemin à coups d'épaule et de coude, il craignait à tout moment d'être trahi par son odeur. Fort heureusement, la puanteur qui submergeait le quai avait de quoi détraquer le flair de n'importe quel prédateur. Il essayait de coller au train de Tia devant laquelle les ronges s'écartaient avec une crainte révérencieuse, mais, comme l'eau, la foule se refermait à une vitesse étonnante sur le passage de la leude. Les grondes, dont il portait les vêtements et avait à peu près la corpulence, ne suscitaient visiblement pas les mêmes craintes que les hurles dans le duché de Muryd.

Les piaillements des oiseaux s'étaient tus lorsque le radeau s'était calé contre le quai. Au pied de la passerelle, deux maîtres bateliers s'étaient inquiétés auprès de Ruogno de l'absence de leur confrère.

« Avons essuyé une faillie tempête, avait-il répondu. Mon maître et mon équipier sont tombés dans le courant en essayant de décoincer une voile. J'ai pas pu les regrappir, pas pu sauver la cargaison. »

Les deux maîtres bateliers avaient hoché la tête d'un air grave.

« La Dorgne a réclamé son dû, avait murmuré l'un d'eux.

— Te v'là asteur le seul maître du radeau, avait ajouté l'autre.

— J'aurais aimé mieux qu'ça se passe dans d'autres circonstances », avait conclu Ruogno en arborant une mine tragique qui avait tiré un voile de compassion sur les faces de ses interlocuteurs.

Le ronge, la hurle et le grogne se faufilèrent entre les monticules de caisses, les ballots, les billes de bois et les cordages enroulés sur les pavés. Ils parvinrent à sortir du quai sans encombre et s'enfoncèrent dans une artère tellement étroite qu'il leur était impossible de marcher de front. Les flammes timides des torches, disposées tous les dix pas environ, repoussaient déjà le serpent de ténèbres qui s'insinuait entre les façades des maisons basses.

La densité du flot de piétons interdisait à Véhir de se détendre. Il apercevait l'intérieur des habitations par les portes entrebâillées, des pièces basses, nues, criblées de cavités d'où émergeaient parfois les têtes entièrement roses de rongeons. Un remugle indéfinissable supplantait désormais l'odeur de poisson. Véhir serrait instinctivement les fesses chaque fois qu'ils croisaient des groupes de prédateurs errants aux allures de comploteurs sous leurs amples capes, des miaules et des cousins roux en grande majorité. Sans doute appliquait-il inconsciemment les conseils de Jarit pour qui le trou du cul était le puits d'où s'exhalait la peur. Il suait à grosses gouttes sous son passe-montagne et la double épaisseur de ses vêtements. De temps à autre, Tia se retournait et lui décochait, par-dessus son épaule, un regard où il lisait du courroux. Mais il ne savait pas comment arrêter cette maudite transpiration. Ni comment chasser cette terreur sournoise qui se déployait en lui en même temps que la nuit s'étendait sur Muryd.

À l'angle d'une boutique qui regorgeait de rouleaux de laine, Ruogno emprunta une venelle transversale et les entraîna dans une succession d'escaliers et de terrasses.

« J'connais un endroit où vous serez tranquilles en attendant le convoyeur. »

Aucune torche n'éclairait l'inextricable enchevêtrement des constructions reliées par des escaliers tournants, des toits étagés et des cours intérieures. L'obscurité soufflait les derniers feux du jour comme un immense éteignoir se posant sur une bougie. Silencieuses et pressées, les quelques silhouettes qui déambulaient dans la pénombre levaient sur Tia des yeux agrandis par l'effroi.

Lors des veillées d'hiver, les anciens de Manac avaient évoqué les guerres sanglantes qui avaient jadis opposé le comté de Luprat au duché de Muryd. Les hurles avaient compensé leur infériorité numérique par une férocité qui, visiblement, avait laissé une impression durable dans la mémoire de leurs ennemis.

Ils accédèrent par une volée de marches à une cour intérieure où s'entrecroisaient les voix aiguës d'une dizaine de ronges. Trois femelles dépoitraillées distribuaient aux mâles des gobelets d'un liquide parfumé.

Leurs mamelles n'étaient pas au nombre de deux, comme les troïas ou la leude Tia, mais de quatre ou cinq. Plus petites, alignées à la verticale, elles saillaient à peine du pelage ajouré de leur abdomen. Leurs roucoulements et leur comportement rappelèrent à Véhir le grut collectif de la communauté de Manac.

« De jeunes femelles, précisa Ruogno à voix basse. Cherchent un mâle vigoureux pour fonder une bonne lignée. »

Leurs jeux de séduction les accaparaient à un point tel qu'ils ne prêtèrent aucune attention aux trois arrivants. Un mâle se précipita sur une femelle, mais un autre surgit dans son dos et lui planta ses incisives dans la nuque. Flattée, l'élue arracha sa robe de laine et poussa des cris assourdissants pour les encourager à se battre.

« J'aurais pas sailli celle-là, grrii, souffla Ruogno. L'est trop maigre. Descampissons : risquons de prendre un mauvais coup. »

Son estime pour les ronges baissa encore d'un cran dans l'esprit de Tia. Cette façon de se livrer ainsi à la concupiscence de plusieurs mâles lui répugnait. Il lui semblait que le rut chez les hurles se pratiquait avec davantage de dignité, même si la règle permettait aux aristocrates d'épouser plusieurs femelles. Au moins, à Luprat, l'accouplement se déroulait dans l'intimité des appartements, et non au vu et au su de tous. Mais la civilisation des ronges – pouvait-on encore parler de civilisation ? – connaissait un déclin accéléré. Comme celle des pue-la-merde des communautés agricoles. Comme celle de son clan qui s'enlisait dans une décadence peut-être plus lente mais tout aussi inexorable.

Tandis que les deux mâles roulaient entremêlés sur les dalles de pierre et que des couinements rageurs se répercutaient sur les murs de la cour intérieure, Ruogno, Tia et Véhir s'engouffrèrent dans une pièce par une ouverture arrondie. Des trous de la largeur d'un pas criblaient le dallage de pierre, par lesquels fusaient des colonnes tremblantes de lumière. Le batelier s'introduisit par les pieds dans l'une de ces cavités et, d'un geste de la main, invita la hurle et le grogne à l'imiter. Ils s'exécutèrent avec d'autant d'empressement que le plafond bas les obligeait à courber l'échine et rendait pénible la station debout.

« Suffit d'vous laisser riper jusqu'en bas, indiqua Ruogno. Y a pas de danger. »

Pas de danger, répéta intérieurement Véhir.

Il lâcha le bord de la cavité et fut happé tout entier par une sorte de puits à la paroi usée par les frottements. Il prit de la vitesse et, le temps d'un bourdonnement d'abeille, il crut qu'il allait s'écraser en contrebas. Mais la pente se redressa au dernier moment et le déposa en douceur dans une vaste salle étayée par des poutres verticales et éclairée par des torches suspendues. D'autres ouvertures circulaires s'ouvraient sur le sol de terre battue entre les tables de pierre. Les habitations ronges ne s'étendaient pas en largeur comme à Manac ni en hauteur comme à Luprat, mais en profondeur, une particularité qui expliquait l'aspect écrasé de la cité de Muryd. Au lieu de se tendre vers le ciel, l'agglomération s'était développée dans les entrailles de la terre. Les maisons n'étaient que de simples vestibules, d'où, grâce à un système de puits communicants, on pouvait accéder aux étages inférieurs.

Véhir chercha Tia du regard, l'aperçut à quelques pas de lui, assise sur le rebord du puits, la robe retroussée jusqu'en haut des cuisses. Son apparition avait suspendu les conversations et les gestes autour des tables. Tous les ronges attablés s'étaient tournés vers elle, les yeux écarquillés par la terreur. Elle n'avait rien d'une apparition amicale avec les griffes effilées de ses pieds et de ses mains, ses crocs imposants sous sa lèvre supérieure retroussée, son pelage hérissé et sa robe déchirée.

« Ct'e hurle et l'autre, le gronde, sont d'mes connaissances. N'ayez aucune crainte. »

L'intervention de Ruogno détendit l'atmosphère. Comme subitement ramenés à la vie, les ronges se remirent à discuter, à ripailler à rire, à boire, à émailler leurs conversations de braillements suraigus. Ruogno entraîna Véhir et Tia vers une table libre dans un recoin de pénombre.

« S'rez tranquilles ici. C'est une bonne auberge. Trois repas, ça vous f'ra qu'une petite pièce.

— Je croyais que nous étions tes invités, hoorrll, marmonna Tia en s'asseyant sur le banc de pierre.

— J'ai pas encore le cul cousu de pièces, grrii. »


Le menu se composait de poisson cru en phase avancée de décomposition, de galettes de blaïs dures et d'une variété de légumes avariés, le tout à volonté. Tandis que Ruogno s'en régalait avec une invraisemblable gloutonnerie, Tia et Véhir, affamés eux aussi, faisaient passer le tout avec de larges rasades d'un breuvage sucré que l'aubergiste, un ronge bouffi et pelé, avait présenté comme « le meilleur vin de nave de Muryd, grrii ». Ne disposant ni de couverts ni d'assiettes, ils puisaient à même les plats communs avec les mains. Véhir devait remonter le bas de son passe-montagne chaque fois qu'il lui fallait enfourner les aliments dans sa gueule. Les galettes de blaïs n'avaient qu'un lointain rapport avec celles, croustillantes et chaudes, de Manac, mais elles éveillaient en lui une nostalgie pernicieuse. Au fur et à mesure qu'il s'éloignait de la communauté, il avait tendance à en occulter les aspects les plus déplaisants. La mémoire était un filet sournois, qui draguait les fonds de son être pour le ramener dans les murs de sa vieille existence. Un joug qui lui pesait sur la nuque et le poussait à creuser toujours le même sillon. Il en venait à espérer qu'ils ne trouveraient pas de place dans une caravane marchande, qu'ils n'auraient pas d'autre choix que de retourner à Luprat et que, sous la protection de Tia, il pourrait regagner Manac. Le temps effaçant les déchirures, la communauté l'accueillerait à bras ouverts, comme avant ce coup de folie qui l'avait poussé à briser les planches de l'enclos de fécondité.

La salle se déserta peu à peu. Les clients s'en repartaient après s'être défaussés d'une pièce ou d'un éclat de bois. Ils empruntaient, pour remonter, des puits droits et hérissés d'excroissances qui donnaient, selon Ruogno, sur la pièce de sortie. L'aubergiste et une servante ramassaient les grands plats de terre cuite et nettoyaient les tables avec des chiffons qui n'avaient pas été lavés depuis plusieurs lunaisons.

Ruogno lâcha un rot sonore avant de se lever.

« J'm'en vais asteur chercher le convoyeur.

— N'allons pas avec toi ? demanda Tia.

— Ce s'ra bérède mieux si vous restez ici. » Il pointa un index poilu sur Véhir. « Avec son odeur, çui risque d'attirer tous les prédateurs errants de Muryd. N'oubliez pas : un grogne vaut ses cinquante pièces dans le duché. L'aubergiste est prévenu. Il attendra que j'sois revenu pour fermer.

— Te serait possible de me trouver une épée, des bottes et une cape dans le coin ? »

Le ronge hocha la tête avec un sourire en coin.

« Le tout f'ra une dizaine de pièces en sus. »


Un silence total était retombé sur la salle, troublé de temps à autre par les bruits en provenance de la cuisine et les couinements rageurs tombant de la cour intérieure. Les flammes moribondes des torches dessinaient des cercles déclinants sur les parois rugueuses de la salle. L'aubergiste et la servante étaient venus à tour de rôle demander à leurs deux derniers clients s'ils ne désiraient pas un reste de poisson ou un autre pichet de vin de nave. Tia avait refusé d'un mouvement de tête : la nourriture pourrie qu'on leur avait servie leur pesait comme une pierre sur l'estomac, le vin, qu'ils avaient bu en trop grande quantité, leur imprégnait la gorge d'un goût d'amertume et leur brouillait les idées.

Ils ressassaient d'amers regrets chacun de leur côté. Les vapeurs d'alcool dressaient un mur entre eux, les renvoyaient à leur condition, à leur solitude. Tia en voulait à Véhir de l'avoir sauvée des eaux de la Dorgne. La mort était sans doute le chemin le plus court pour rejoindre les dieux humains. Pour rejoindre Fro. Pourquoi fallait-il donc qu'elle s'encombre d'un partenaire dont l'odeur était une invitation permanente à ripaille ? Pourquoi donc devait-elle sans cesse combattre ses instincts ? La nature l'avait ainsi faite qu'elle préférait la viande fraîche de grogne au poisson avarié des ronges. Elle ne parviendrait jamais à changer son caractère. Parfois elle épiait Véhir d'un regard de biais. Quelque chose en lui l'émouvait, sans doute cette frayeur persistante qu'il s'efforçait de dissimuler avec une maladresse touchante, mais à ses yeux il restait un pue-la-merde, un être inférieur dont le destin était de finir dans l'estomac d'un prédateur. Alors pourquoi l'envie l'avait-elle hantée de frotter son corps contre le sien dans la maison des glousses ? Outre qu'elle l'aurait entraînée à transgresser le tabou majeur de l'Humpur, sa défloration par un grogne ne relevait certainement pas de ce destin glorieux qu'avaient tracé en elle les chants d'Avile le trouvre.

Les torches s'étaient pratiquement éteintes lorsque la silhouette épaisse de Ruogno se découpa dans la bouche d'un puits de descente. Il n'était pas seul : trois de ses congénères étaient déjà surgis des cavités voisines, et il en arrivait d'autres. Dès qu'elle les vit se relever et s'avancer entre les tables de leur allure sautillante, Tia devina que le batelier avait mijoté un mauvais coup. Au nombre d'une quinzaine, ils se déployaient sur toute la largeur de la salle, et les dernières flammes des torches se reflétaient sur les pointes métalliques de leurs armes. La hurle retroussa sa robe et l'attacha à hauteur de ses hanches à l'aide des « fils de commodité », les lacets latéraux dont étaient munis les vêtements des femelles de son clan.

« Ta dague, hoorrll ! glissa-t-elle à Véhir.

— Pourquoi ? Qu'est-ce que... »

Le vent de la peur dispersa les brumes d'alcool dans le cerveau du grogne. À son tour il prit conscience qu'ils étaient tombés dans un traquenard, qu'ils allaient devoir se battre contre la troupe ameutée par Ruogno. Il plongea la main dans la poche de son pardessus, empoigna le manche de la dague, puis, imitant Tia, il se releva et se plaça derrière un pilier.

« Dos contre dos, chuchota la leude. Comme ça, nous verrons des deux côtés à la fois. »

Les ronges approchaient avec circonspection, les yeux rivés sur la hurle. Ils se désintéressaient du grogne, considérant sans doute qu'il ne leur opposerait aucune résistance. Un signal retentit, une flèche siffla dans la pénombre, se ficha en vibrant dans un étai de bois.

« Ces boîtres ont des arcs et des flèches, chuchota Tia. Si restons là, sommes fichus. » Elle esquiva un deuxième projectile d'un retrait du buste. « Devons foncer vers un puits de sortie. Tu es prêt ? »

Véhir bredouilla un vague acquiescement. Il n'était prêt à rien, débordant d'une panique qui lui gelait l'esprit et le corps. Les yeux des ronges le cernaient comme une nuée de lucioles venimeuses.

« Le grogne vaut plus cher vivant ! »

La voix de Ruogno avait surgi d'un recoin sombre de la salle. Peu téméraire, il laissait à ses complices le soin de mener les opérations.

« Allons-y ! » cria Tia.

Et, sans attendre l'approbation de Véhir, elle poussa un hurlement et se rua toutes griffes dehors vers ses adversaires les plus proches. La soudaineté de son attaque, sa vélocité, sa férocité surprirent les ronges, qui n'eurent ni le temps de tirer leurs flèches ni celui de battre en retraite. Elle détendit le bras et arracha la gorge du premier d'un coup de griffes.

« Tuez-la ! » glapit Ruogno.

Elle s'enfonça dans leurs rangs sans leur laisser le loisir de se réorganiser. Folle de rage, elle lacéra l'abdomen d'un deuxième, planta ses crocs dans le cou d'un troisième. La pointe d'une pique lui arracha un pan de sa robe et un lambeau de peau, mais la douleur et le sang qui coula de sa blessure, loin de l'affaiblir, ne réussirent qu'à exacerber sa fureur. Les ronges refluaient maintenant en désordre, se dirigeaient pour certains vers les puits de montée. Accroupi derrière une table, Ruogno les exhortait à reprendre le combat, mais Tia tournoyait au milieu d'eux comme un tourbillon de griffes et de crocs, frappait sous tous les angles, visait les yeux, les gorges, les ventres, les entrejambes. Elle en avait tué ou blessé cinq, trois d'entre eux s'étaient enfuis, il en restait donc sept, qui se ressaisirent sous les coups de gueule de Ruogno. Quatre d'entre eux tendirent leurs longues piques vers l'avant et réussirent à coincer la leude contre un mur tandis que les trois derniers, armés de massues, s'avançaient vers le grogne isolé.

La main dans la poche de son pardessus, Véhir se plaqua contre la paroi et les regarda approcher. C'étaient des ronges terrestres vêtus de peau grossièrement tannées et serties de plaques métalliques. Ils ne se méfiaient pas de lui mais jetaient sans cesse des petits coups d'œil vers la hurle qui, dix pas plus loin, reprenait son souffle en fixant ses quatre adversaires. L'exemple de Tia et le contact prolongé avec le métal de la dague avaient chassé toute frayeur chez le grogne. Les muscles relâchés, l'esprit vidé de toute pensée parasite, il décelait la peur de ses vis-à-vis dans l'odeur aigre qui s'échappait de leurs vêtements. L'initiative de la hurle avait bouleversé le rapport des forces, c'étaient désormais les agresseurs qui se retrouvaient dans la peau des proies.

« M'le faut vivant ! » couina Ruogno en se redressant.

Un ronge acquiesça d'un grognement et leva sa massue. Il prit tout son temps pour l'abattre sur la tête de Véhir. Il se rendit compte de son erreur lorsque la dague jaillit de la poche du pardessus du grogne et s'enfonça jusqu'à la garde sous sa cage thoracique. Déséquilibré par le poids de sa massue, il bascula vers l'arrière et s'effondra sur l'un de ses congénères. Véhir exploita instantanément la stupeur engendrée par sa riposte pour, d'un mouvement tournant, planter sa lame dans le flanc du ronge resté debout. Le choc lui meurtrit le bras jusqu'à l'épaule. La surprise qui s'afficha sur la face de l'autre se changea en une expression de terreur qui déforma ses traits, blanchit son museau et délava ses yeux. Il s'affaissa sur une table où il demeura vautré le temps d'un huant de hibou avant de glisser en douceur sur le sol.

Véhir s'assura que le troisième ronge, coincé sous le cadavre de son congénère, n'avait pas la possibilité de nuire pour l'instant et se rua sur les quatre adversaires de Tia. Ils essayaient maladroitement d'embrocher la hurle avec leurs piques. Elle se jetait d'un côté sur l'autre pour esquiver les pointes effilées. Donnait de petits coups de patte circulaires pour tenter de happer les hampes au passage. Libérait des grondements sourds, presque plaintifs, qui préludaient à une nouvelle offensive.

« Derrière vous, grrii ! brama Ruogno. Le grogne ! »

L'avertissement du batelier engendra un flottement chez ses complices, pas long mais suffisant pour donner à Tia le signal de la charge. Elle plongea brusquement dans les jambes de l'un d'eux, lui lacéra la cuisse, roula sur elle-même, se releva derrière lui, lui planta ses crocs dans la nuque. Les vertèbres du ronge craquèrent comme une coquille d'escargot. Elle se recula juste à temps pour dévier une pique d'une parade du bras et lança son pied vers l'avant. Ses griffes transpercèrent la veste de peau de son nouvel adversaire et lui écorchèrent le cuir du haut du torse jusqu'au bas-ventre. Coinçant la hampe de la pique entre son coude et ses côtes, elle se rapprocha du ronge tétanisé et lui ouvrit la gorge d'un geste vif et précis.

Elle se retourna, embrassa la salle du regard, s'aperçut que Véhir, après avoir défait le troisième, s'apprêtait à donner le coup de grâce au dernier. Elle entendit des pas précipités, vit, malgré l'obscurité presque totale retombée sur les lieux, deux silhouettes se ruer vers les puits de montée. Elle sauta par-dessus une table, rattrapa les fuyards en trois bonds, renversa l'un d'un croche-pied, lui laboura l'échine avec les griffes de ses pieds. Le second avait déjà engagé le haut du corps dans la cavité, mais elle parvint à lui agripper les jambes avant qu'il n'ait eu le temps de se hisser à l'étage supérieur. Elle n'eut ensuite qu'à tirer vers le bas pour le contraindre à lâcher prise. Il tomba sur le sol comme un fruit mûr, essaya de se débattre, s'immobilisa lorsqu'il comprit qu'il n'avait aucune chance de lui échapper.

« Pitié », haleta-t-il.

Elle reconnut alors Ruogno, le saisit par le col de sa tunique et le hala à quelques centimètres de ses crocs. L'odeur du batelier lui fouetta les narines. Il évacuait sa peur par tous les pores de son cuir. Les ronges se prétendaient prédateurs, mais leurs sécrétions les apparentaient aux proies, aux pue-la-merde, raison pour laquelle les hurles de Luprat avaient tant répugné à les combattre quelques générations plus tôt.

« Donne-moi une seule raison de t'épargner, hoorrll, gronda Tia.

— J'connais... j'peux asteur vous conduire à un convoyeur de caravane.

— Où est celui que tu devais ramener ? »

Ruogno ne savait pas ce qui l'effrayait le plus, ou les canines et les yeux clairs de la hurle, ou l'expression terrible de Véhir qui, après avoir remonté son passe-montagne, se penchait sur les ronges blessés pour les achever. Il décelait de la diablerie dans le comportement de ce grogne. Jamais on n'avait vu un membre d'une communauté agricole manier une arme avec une telle adresse, encore moins occire quatre ou cinq prédateurs au cours d'un même combat.

« J'ai... pas été le quérir, déglutit Ruogno. J'voulais... j'voulais gagner quelques pièces en r'vendant ce grogne à une famille aristocratique de Muryd. »

Tia lui frappa sèchement le haut du crâne du plat de la main, puis, d'un mouvement de menton, désigna les corps étendus.

« Ceux-là, qui sont-ils ?

— La bande de... de Graïrl. Des coupe-jarrets de Muryd. J'avais promis cent pièces à leur chef s'ils m'aidaient à r'grappir le grogne.

— Et à toi, combien ça t'aurait rapporté ?

— Trois cents pièces, p'tète quatre cents... »

Tia se releva sans relâcher le batelier, si bien que celui-ci, plus mort que vif, décolla du sol et se retrouva suspendu au bout de son bras.

« Je ne sais pas si je dois encore croire à ton histoire de caravane.

— Aruez-vous avec moi chez le convoyeur, çui vous le dira mieux que moi.

— Conduis-nous chez lui. C'est ta dernière chance, ronge d'égout. Si tu m'as menti, si tu essaies encore une fois de nous rouler, si tu essaies de nous fausser compagnie, je t'arrache les coïlles avec les dents et te les fourre dans la gueule, hoorrll ! »

« Les caravanes s'en partent de l'autre côté de la Dorgne, dit Ruogno en lançant un regard tendu sur le quai. Devons traverser. »

Ils avaient attendu le lever du jour dans l'auberge. Le patron et la servante, tremblants de frousse, leur avaient servi un plat de poisson frais et des galettes de blaïs chaudes qui avaient ravi le palais et l'estomac de Véhir. L'odeur de mort, de plus en plus dense, ne lui avait pas coupé l'appétit. Pas davantage qu'à Tia, qui avait englouti trois poissons entiers. Ni même à Ruogno qui, remis en forme par sa grâce inespérée, avait mangé avec un bel entrain, comme s'il avait déjà rayé sa traîtrise de sa mémoire.

L'aubergiste et la servante avaient commencé à transporter les cadavres dans la cuisine où, selon Ruogno, ils les brûleraient pour les faire disparaître. « À moins qu'ils ne les servent à leurs clients, avait ajouté le batelier avec une grimace entendue. C'est d'la viande qu'ils ont eue à pas cher ! » Tia avait noué un pansement de fortune sur la blessure à sa hanche, moins profonde qu'elle n'y paraissait au premier abord. Elle avait ensuite réclamé de quoi ravauder sa robe. La servante avait elle-même réparé les accrocs à l'aide d'une grosse aiguille en os et du fil de laine. L'aubergiste n'avait pas osé leur réclamer la moindre pièce lorsqu'ils s'étaient levés et qu'ils avaient quitté la salle par les puits de montée. Ils avaient enjambé des corps endormis sur la terrasse, les mâles qui avaient été vaincus lors des luttes de séduction et qui avaient noyé leur dépit dans le vin de nave. Ils avaient parcouru les ruelles, désertes à cette heure-ci, et avaient rapidement débouché sur le port fluvial où régnait déjà une animation soutenue.

Le ciel gris et bas assombrissait le ruban frissonnant de la Dorgne et présageait une journée sans soleil. Les pêcheurs apprêtaient leurs barques, les passagers encore peu nombreux s'égrenaient sur les passerelles des grands radeaux, des escouades de prévôts ronges, reconnaissables à leurs casques ronds, à leurs cottes de mailles et à leurs lances à trois pointes, battaient le pavé d'une allure endormie.

À aucun moment Ruogno ne chercha à tromper la vigilance de Tia. Il se maintenait même très près d'elle, comme s'il avait choisi de se placer sous sa protection. Parvenu à trente pas du radeau, il s'écarta subitement de la hurle et du grogne et alla se poster derrière des caisses en bois en attente de chargement. Tia le rejoignit en quelques foulées et le saisit sans ménagement par le poignet.

« Si tu recommences ton manège, hoorrll...

— Lâchez-moi, m'faites mal, coupa le ronge sans quitter des yeux la section du quai où était amarré son radeau. J'tez plutôt un coup d'œil par là. »

Tia regarda dans la direction indiquée par Ruogno, distingua, entre les pêcheurs, six ou sept ronges aux mines renfrognées et un miaule tout jaune de poil vêtu d'une cape, d'un pourpoint et d'une brague d'un brun sombre.

« Graïrl et son garde du corps, Hahuïtt le miaule, souffla le ronge. J'leur avais donné rendez-vous au port pour leur remettre leurs cent pièces. J'pensais pas qu'ils y seraient si tôt. Chiures de bouq, quand ils sauront que j'n'ai pas l'argent et que quinze de leurs coupe-jarrets ont été ébouillés dans l'auberge, me couperont en petits morceaux en commençant par les coïlles. » Il fixa Tia avec un sourire pâle. « Et j'y tiens, à mes coïlles. J'ai bien l'intention de fonder ma lignée. »

Tia ne craignait pas les ronges mais ne se sentait pas d'humeur à affronter le miaule. Il risquait de se révéler dangereux, comme tous ceux de son clan, et son flair aiguisé reconnaîtrait sans difficulté le grogne sous les hardes grondes.

« Le plus simple est peut-être de nous aglumer sur l'un des grands radeaux qui passent de l'autre côté », suggéra Véhir.

Ruogno le dévisagea d'un air stupéfait. À aucun moment il n'avait envisagé cette solution, pourtant évidente. Jamais l'idée n'aurait effleuré un batelier de traverser la Dorgne sur un autre radeau que le sien.

« Empressons ! dit-il en s'élançant vers l'autre bout du quai. Avons encore une petite chance de prendre le premier traversier du jour ! »

Ils quittèrent leur abri et foncèrent vers un grand radeau sur le point d'appareiller. Tia dut s'arrêter à trois reprises pour attendre Véhir, moins véloce que les deux prédateurs. Lors de son troisième arrêt, elle s'aperçut que le miaule au pelage jaune et les ronges, alertés par les cris des pêcheurs bousculés, s'étaient élancés dans leur direction. Ils gagnaient du terrain, s'encourageaient de la voix et du geste, franchissaient d'un bond les barques alignées, se faufilaient entre les cordages et les ballots.

« Dégrouille, Véhir ! »

Le grogne s'appliquait, courait aussi vite que le lui permettaient ses jambes et sa corpulence. Un voile lui tombait sur les yeux, teintait de rouille les montagnes proches, le moutonnement menaçant du ciel, les maigres reliefs des mâts et des monticules de caisses. Il garda suffisamment de lucidité pour se rendre compte que la main de Tia se glissait dans la sienne et que, une cinquantaine de pas plus loin, quatre membres de l'équipage étaient en train de remonter la passerelle du grand radeau.

# CHAPITRE 11

# Racnar

*L'animal pur ne sait ni la pensée ni le langage,*
*mais il sait des choses que les pensants et les parlants*
*ne connaissent pas.*
*Un jour un aboye fourvoyé dans un marais*
*perd pied et s'enfonce dans la boue meuble.*
*Qui en a rencontré un se rend compte combien*
*l'aboye est orgueilleux,*
*le plus orgueilleux de tous peut-être.*
*Mais son orgueil ne pouvait le tirer de là, pas plus*
*que sa force ni sa rage, elles aussi réputées.*
*Pourtant, ce jour-là, il fut sauvé par une nuée*
*de pies qui, voyant qu'il se perdait, vinrent*
*lui saisir les épaules, le crâne et les bras, puis*
*unirent leur envol pour le sortir pouce à pouce*
*de la boue vorace.*
*Quand il fut hissé sur la terre ferme, il reprit ses esprits*
*mais les pies avaient disparu.*
*Quel mystérieux messager les avait donc envoyées ?*
*Il ne l'apprit pas, et cela l'arrangea, d'ailleurs,*
*car l'aboye méprise la gratitude.*
*Il ne confia jamais cette histoire à quiconque,*
*hormis à votre serviteur un soir où il avait bu*
*plus que de raison.*

*Ne dédaignez jamais les inférieurs,*
*qui sont guidés par des lois supérieures.*

Les fabliaux de l'Humpur

« Attendez ! » cria Ruogno.

Les membres de l'équipage avaient déjà largué les amarres, hissé la voile du mât de misaine et, le vent soufflant en rafales, le grand radeau s'éloignait par à-coups.

« Empresse ! » hurla quelqu'un.

L'extrémité de la lourde passerelle de bois raclait encore les pierres du quai. Quatre ronges aquatiques en combinaison de peau la halaient sur le radeau à l'aide de grosses cordes montées sur des poulies de pierre. Lancé à toute allure, Ruogno parvint à s'y engouffrer avant qu'une nouvelle secousse de l'embarcation ne la tire subitement au-dessus de la rivière. Entraînée par son propre poids, elle eut une brusque inclinaison qui déséquilibra le ronge et faillit le projeter dans l'eau, mais il s'agrippa des deux mains à un montant du bastingage et resta suspendu au-dessus des flots, les jambes gigotant dans le vide.

Tia et Véhir débouchèrent quelques instants plus tard sur le bord du quai. D'un bref coup d'œil en arrière, la hurle vit se rapprocher le miaule au poil jaune et les coupe-jarrets de Graïrl entre les pêcheurs et les badauds pétrifiés. Une escouade de prévôts, alertée par le vacarme, accourait également dans leur direction. La passerelle flottait dans l'air à deux ou trois pas de l'embarcadère. Ruogno commençait à effectuer son rétablissement, et les quatre ronges aquatiques, penchés par-dessus le bastingage, s'arc-boutaient sur les cordes en ahanant.

« Il faut sauter, haleta Tia.

— Impossible ! gémit Véhir. L'est trop loin asteur.

— Aimes mieux finir sur la table d'un miaule ou d'un ronge ? »

La leude lâcha la main du grogne, prit son élan et se jeta dans le vide en hurlant. Son bond prodigieux la propulsa sur le bas de la passerelle à côté de Ruogno. Elle s'accrocha aux lattes avec les griffes de ses mains et de ses pieds, tourna la tête et, d'un regard implorant, conjura Véhir de l'imiter.

Le temps d'une inspiration, très brève mais qui lui parut une éternité, le grogne demeura incapable de prendre une décision. Puis, aiguillonné par les cris et les claquements de pas de ses poursuivants, il eut le réflexe de toucher la dague des dieux humains dans la poche de son pardessus. Le métal lui communiqua aussitôt sa force paisible et déblaya ses hésitations. Il évalua la distance à franchir, quatre ou cinq pas désormais, s'élança et bondit vers la masse sombre du vaisseau. Il eut l'impression de planer avec la légèreté d'un oiseau. L'air piquant de l'aube s'infiltra sous son passe-montagne, sous ses vêtements. Euphorique, il crut que son vol allait se prolonger indéfiniment au-dessus de la surface grise et ondoyante de la Dorgne, mais son atterrissage brutal sur la passerelle le ramena à la réalité. Il s'étala de tout son long sur les planches, juste au-dessus de Tia et de Ruogno. La longueur et la majesté de son saut avaient réduit au silence les membres de l'équipage et les passagers accoudés au bastingage.

Le miaule au poil jaune, parvenu à son tour à l'embarcadère, voulut emprunter le même chemin que le grogne, mais, au moment où il sautait, un coup de vent poussa brusquement le radeau vers le large, et il s'affala dans la rivière en soulevant une somptueuse gerbe d'eau. Fâché avec l'élément liquide comme tous ceux de son clan, il se hâta de regagner le bord en agitant frénétiquement les bras et les jambes. Les membres de l'équipage et les passagers éclatèrent de rire.

« Qu'est-ce donc qui s'passe, c'matin ? demanda l'un des bateliers après qu'ils eurent achevé de remonter la passerelle.

— Y avait de l'urgence dans l'air », répondit Ruogno avec un sourire en biais.

Une fois sur le pont, le ronge, la hurle et le grogne reprirent leur souffle et remirent un peu d'ordre dans leur tenue. Les autres passagers, tous ronges, commentaient leur embarquement à grand renfort de gesticulations et de cris perçants. Le vent gonflait les deux voiles et le grand radeau filait à grande vitesse entre les barques de pêche. Pas question pour son capitaine, seul maître à bord, de revenir en arrière comme le lui ordonnaient les prévôts gesticulants sur le quai. Le port fluvial ressemblait désormais à une fourmilière dérangée à coups de pied. Les nuages lourds se déchiraient sur les pics montagneux et libéraient de grosses gouttes qui dessinaient des cercles concentriques sur le miroir piqueté de la rivière.

Les quartiers de l'autre rive étaient surnommés les « Portes du soleil levant », ou encore les « Musses de la mort ». Ruogno précisa qu'au-delà de la grande muraille censée prévenir les invasions la partie orientale du duché de Muryd était pratiquement déserte jusqu'à la frontière avec le royaume d'Ophü.

« Seules y vivent quelques bandes de pillards, surtout des miaules chassés des autres territoires. L'est aussi pour ça que les marchands se forment en caravane et paient une milice.

— Qu'est-ce qu'ils vont chercher dans le Grand Centre ? s'enquit Tia.

— S'aruent bien plus loin que le Grand Centre ! Descendent jusqu'au Métrannée, le grand lac salé du Sud. Vendent là-bas des peaux, de la laine, du bois, achètent des parfums, des épices, du sel. Une expédition dure parfois plus d'un cycle entier de lunaisons. »

Ils arrivèrent sur une place où stationnaient des dizaines de chariots. Comme à Manac, les voitures à quatre roues étaient entièrement fabriquées en bois, hormis les moyeux en pierre polie et les bâches en laine huilée. Les rafales de vent fouettaient l'odeur de déjections qui imprégnait l'air humide. Les marchands palabraient par petits groupes autour de braseros à demi éteints. Véhir n'avait encore jamais vu les animaux qui dévoraient placidement les herbes et les branches disposées en tas tous les dix pas : des cornes recourbées, effilées, se dressaient de chaque côté de leur tête, un crin épais leur habillait le front et l'encolure, une étoupe ajourée leur recouvrait l'échine, les flancs et les membres.

« Des chevacs, fit Ruogno, comme s'il avait deviné les pensées du grogne. De bonnes bêtes, puissantes, résistantes, rapides. Vivent en hordes sur les montagnes du Grande Centre. Notre duc dispose d'un cheptel de plus de deux cents têtes. Valent bien leurs cent pièces de bronze à Muryd, grrii.

— Moins cher que moi, alors ? » gloussa Véhir.

Ils se dirigèrent vers la grande muraille, un ouvrage d'une hauteur de cinquante pas, un empilage de pierres mal taillées qui s'étendait à l'infini en direction de l'est et de l'ouest. D'immenses portails la perçaient toutes les demi-lieues environ, flanqués de tours carrées elles-mêmes couronnées de mâchicoulis. Véhir se demanda combien de temps il avait fallu aux ronges pour édifier une telle construction. Les casques, les hasts et les boucliers des sentinelles, réparties à intervalles réguliers sur le chemin de ronde, luisaient sous la pluie maussade.

Ruogno fendit une grappe de marchands abrités sous un portail et aborda un ronge terrestre vêtu d'une tunique de peau sans manches et chaussé de bottes qui lui montaient jusqu'en haut des cuisses. Son allure autoritaire, le fouet enroulé à sa ceinture et son lourd espadon le désignaient comme un convoyeur. Il interrompit sa discussion avec un marchand et posa sur le batelier un regard goguenard. Avec son pelage brillant et dru, son museau et ses oreilles presque noirs, ses épaules larges et ses bras épais, il avait le port altier d'un prédateur, contrairement aux autres ronges.

« Ce guingrelin de Ruogno ! Quel bon vent ?

— Le vent n'est pas si bon que ça, Racnar, répondit le batelier. Quand part ta caravane ? »

Le convoyeur désigna le ciel d'un geste agacé.

« Dès que le Grand Mesle aura cessé de nous pisser dessus ! En quoi ça t'intéresse, dorgnot ? »

Ruogno pointa l'index sur Tia et Véhir restés légèrement à l'écart. Les marchands avaient déjà quitté l'abri du portail, préférant s'offrir au martèlement de la pluie plutôt que de rester dans le voisinage de la hurle.

« J'connais là des gens qui s'sont mis en tête de s'aruer dans le Grand Centre et qui mandent ta protection. »

Le regard perçant du convoyeur s'attarda pendant quelques instants sur Tia.

« Hum, j'aime pas trop les ramenards de Luprat, marmonna-t-il entre ses lèvres serrées. Des sacs d'embrouilles, même les femelles. Toujours prompts à sortir crocs et griffes.

— Elle a de quoi payer, et largement.

— L'a pourtant pas l'air bien riche...

— Te fie pas à la vêture, Racnar. L'a une bourse bien garnie.

— Et l'autre ? Le gronde ?

— Elle paiera pour les deux. »

Le convoyeur dégagea un éclat de bois de son ceinturon de cuir et le déchiqueta en quelques coups d'incisives. Ruogno et lui avaient lié connaissance trois cycles plus tôt dans une taverne du port fluvial. Ils s'étaient battus au sang pour une femelle gironde et aguicheuse. La belle était partie avec un troisième larron, un failli sac d'os aux sécrétions plus attirantes sans doute, et ils s'étaient retrouvés tous les deux comme des guingrelins dans la cour intérieure baignée de ténèbres. Ils avaient noyé leur dépit et leurs blessures dans le vin de nave, et ce sang et ce vin partagés avaient noué entre eux un semblant de camaraderie – on ne pouvait parler d'amitié, une notion inconnue dans la fourmilière de Muryd, où les intérêts finissaient toujours par prendre le pas sur les sentiments. Il leur arrivait parfois de boire et manger ensemble et, d'un commun accord, ils s'efforçaient de ne pas entrer en compétition pour les mêmes femelles, un pacte d'autant plus facile à respecter que Racnar s'absentait fréquemment pour ses convoyages.

« Tu me réponds d'eux ? reprit Racnar.

— Comme de moi-même. »

Le convoyeur cracha ses rognures, esquissa une grimace qui révéla des incisives anormalement courtes. Ruogno l'avait déjà prévenu que, s'il continuait à abuser du bois, il risquait de perdre définitivement les deux dents si précieuses aux ronges – plus elles étaient longues et larges, et plus les chances augmentaient de séduire les femelles.

· « J'connais mieux comme garantie, grrii, dit Racnar. Mais c'est d'accord : jusqu'au Grand Centre, ça leur f'ra quinze pièces chacun.

— Et, euh... combien pour moi ? »

La gueule du convoyeur s'ouvrit de stupeur et sa langue se déroula jusqu'à la pointe de son menton, encadré de poils plus longs et sombres que le pelage de son visage.

« Toi ? Mais... t'es un aquatique, un dorgnot, un batelier ! Qu'est-ce que t'irais aricoter dans une caravane ?

— L'air est devenu malsain à Muryd. J'dois disparaître pendant quelque temps. Et puis, j'ai envie de voir un peu de pays. »

Les traits de Racnar demeurèrent impassibles mais une lueur sardonique s'alluma dans ses yeux noirs.

« Pour toi, Ruogno, et parce qu'on s'est battus pour une faillie femelle, parce qu'on a pris ensemble la mufflée des perdants, ça f'ra que dix malheureuses pièces.

— J'les ai pas, protesta le batelier en se raidissant. Mais j'peux travailler...

— À prendre ou à laisser », coupa le convoyeur d'un ton sans réplique. Il observa les nuages qu'écharpait un vent cinglant. « Le Grand Mesle aura bientôt soulagé sa vesse. Réfléchis, Ruogno : j'suis sûr qu'en cherchant bien tu trouveras de quoi payer, grrii. »


Le ronge aquatique dut déployer des trésors d'éloquence pour convaincre Tia de lui avancer les dix pièces de monnaie réclamées par Racnar. Même pour un gredin comme Ruogno, il y a quelque chose d'humiliant à demander l'aumône à ceux qu'on vient à peine de trahir, d'autant que la hurle et le grogne n'avaient plus besoin de lui. Il commença justement par justifier cette propension à la traîtrise chez les ronges : la vie était rude dans le duché de Muryd, où les terres ne se montraient pas autant généreuses que dans le comté de Luprat, où la plupart des communautés agricoles avaient disparu, où les bouches à nourrir étaient trop nombreuses, où les femelles fécondables méprisaient les mâles incapables de subvenir aux besoins de la lignée...

Véhir perçut de la sincérité dans les paroles du batelier, une pointe de détresse dans la voix qui ne trompait pas. Les comportements des ronges s'étaient adaptés à l'organisation de leur société – à sa déliquescence plutôt. Leur instinct de survie, exacerbé par la promiscuité et la peur du manque, se manifestait par la tyrannie des besoins, par une rivalité incessante, par l'abandon total des préoccupations religieuses et communautaires. Les hurles au moins, il fallait leur reconnaître cette qualité, avaient gardé le sens du devoir, le goût de la hiérarchie et le respect de la parole donnée. Ruogno s'était débrouillé avec les moyens du bord : il avait rançonné les passagers du radeau, détourné des marchandises, organisé des trafics avec les gardes du port fluvial, il s'était enfui sans payer d'un grand nombre de tavernes de Muryd, avait volé du poisson ou des légumes aux étals ou dans les garde-manger souterrains des habitations particulières... S'il n'exprimait aucun regret, il semblait habité par une tristesse profonde tandis qu'il confessait ses mille et une fredaines. Véhir remarquait cette morosité permanente, sousjacente, dans les yeux de tous les habitants de la Dorgne. Leur nature les différenciait, attribuait aux uns des poils et aux autres des plumes, aux uns des griffes et aux autres des ongles, aux uns la férocité et aux autres la soumission, mais ils se rapprochaient par cette incapacité à ressentir et à exprimer de la joie, à faire jaillir cette légèreté de source qui s'était parfois écoulée par la bouche et les yeux de Jarit.

Les marchands avaient attelé leurs bêtes et la colonne, longue d'une demi-lieue, s'était formée devant le portail. Juchés sur des chevacs, les gardiens du convoi supervisaient les derniers préparatifs. Des nuées d'oiseaux tournoyaient au-dessus de la muraille, guettaient le départ des chariots pour picorer les restes de nourriture. Le bleu du ciel se reconstituait sous la trame effilochée des nuages, le soleil encore engourdi miroitait sur les flaches tendues sur la terre labourée par la pluie.

« Qu'est-ce que t'as décidé, Ruogno ? »

Éperonné par le talon de Racnar, le chevac à la robe grise et à la laine blanche effectua une demi-volte et se rapprocha au trot du batelier, de la leude et du grogne. Ruogno se dandina d'une jambe sur l'autre en rivant des yeux implorants sur la leude. La brusque tension de son mors entraîna le chevac à ruer. Le convoyeur tira sur les rênes et s'arc-bouta sur ses étriers pour le ramener au calme.

« Belle bête, mais mal dressée. Eh bien, dorgnot, tu m'réponds pas ? Les Musses de la mort vont bientôt s'ouvrir, et une fois refermées, s'ra trop tard. Ça vaut aussi pour les deux autres. »

Tia plongea la main dans sa bourse de cuir et en retira une poignée de pièces qu'elle commença à compter à mi-voix. Au-delà de cinq, les chiffres résonnèrent à l'oreille de Véhir comme des invocations mystérieuses. Il maudit la folle imprudence qui avait condamné Jarit avant que l'ermite n'ait eu le temps de lui enseigner les secrets des dieux humains.

« Le prix convenu pour le gro... le gronde et moi », fit Tia en levant la main vers le convoyeur.

Racnar descendit de chevac, s'approcha d'elle avec circonspection, s'empara des pièces, les recompta une à une avant de les enfouir dans une poche de sa tunique.

« Si voulez vous installer dans un chariot, devrez vous adresser à un marchand », marmonna-t-il du bout des lèvres. Il lui en coûtait d'adresser la parole à une hurle de Luprat. « Certains acceptent de transporter des passagers. Faudra compter un p'tit supplément. Les ramenards de Luprat sont guère prisés par ci, non plus que les grondes qui se voilent la face sous un passe-montagne. Mais p'tète que vous aimez mieux marcher. »

Il glissa le pied dans l'étrier, et, de ses deux mains, attrapa le pommeau de la selle. Devant la bouille décomposée de Ruogno, Véhir faillit supplier Tia d'avancer l'argent au batelier. Même s'il les avait trahis, même s'il avait voulu le vendre comme un gavard, il n'était en cet instant qu'un pauvre bougre piégé par ses propres turpitudes. Probablement y avait-il une grande part de naïveté dans la compassion du grogne, mais il lui semblait que le moment était venu de mettre en pratique les paroles de Jarit : *Tu n'apprendras pas la méfiance si tu n'apprends pas la confiance.* Il n'intervint pas cependant, présumant que la notion de pardon était inconnue à une prédatrice comme Tia. Aussi fut-il surpris de l'entendre dire :

« Et voici les dix pièces pour le batelier. »

Racnar se hissa sur l'échine de son chevac et contempla le portail dont les énormes vantaux commençaient à s'ouvrir sous les tractions coordonnées de deux groupes de ronges. Le soleil brillait de tous ses feux désormais, inondait la place d'une lumière vibrante, aveuglante. Le convoyeur se pencha et saisit les pièces d'un geste précautionneux, comme s'il craignait de s'écorcher le cuir aux griffes de la hurle.

« Un jour, Ruogno, la chance finira par t'abandonner, grrii », ajouta-t-il avant de donner un coup de talon sur le flanc de son chevac et de s'éloigner au grand galop vers le portail.

Les clameurs soudaines des convoyeurs et des marchands clouèrent le bec aux oiseaux et les premiers chariots s'ébranlèrent au rythme pesant des attelages.

« Je ne croyais pas que tu débourserais pour Ruogno », dit le grogne.

Un marchand situé en queue de convoi avait accepté de prendre Tia et Véhir à bord de son chariot. Un vieux tanneur de Muryd dont c'était le quatorzième voyage vers le grand lac salé Métrannée et qui n'avait exigé pour paiement qu'une seule pièce. À la différence de ses confrères marchands, la présence de la hurle ne paraissait pas lui causer la moindre frayeur. L'âge se traduisait chez lui par un affaissement général du corps, par la dépigmentation du museau et des oreilles, par les crevasses profondes sur le front, par l'usure et la teinte presque noire des incisives. Et aussi par la douceur insolite de son regard dont Véhir ne savait pas si elle était due à l'éclaircissement de ses iris ou à une certaine forme de sagesse.

La puanteur des peaux entassées dans le chariot les avait incommodés au début, mais ils commençaient à s'y habituer. Elle présentait de surcroît l'avantage de masquer l'odeur traîtresse de grogne qui imprégnait les vêtements grondes de Véhir. Assis sur la plate-forme arrière, ils faisaient face aux deux chevacs de l'attelage suivant, conduit par deux ronges aux mines anxieuses et aux gestes fébriles.

Une fois le portail franchi, la caravane s'était ébranlée au trot sur une plaine jonchée de pierres jaunes, parsemée d'arbres solitaires aux feuillages noirs et aux branches tordues, puis elle s'était engagée au pas dans l'étroit sentier qui grimpait à l'assaut d'une barrière rocheuse. Aiguillonnées par les longues piques en bois des conducteurs, les bêtes peinaient à tirer leurs lourds chargements sur les passages les plus raides. Les convoyeurs galopaient d'un chariot à l'autre, excitaient les chevacs récalcitrants, tentaient de combler les trous qui se formaient en différents points du convoi.

« Je ne sais pas ce qui m'a pris, fit Tia avec une moue. Ce boître aurait mérité qu'on le laisse se darbouiller avec ses amis coupe-jarrets. Qu'aurais-tu fait à ma place ? »

Véhir se retint de répliquer qu'il lui était déjà très difficile d'être à la sienne.

« Aspérons qu'il en aura de la gratitude, avança-t-il.

— Çui ? C'est un ronge, un fourbe, hoorrll. Ces maudits grignoteurs ne connaissent ni père ni mère. »

Vautours et grolles dessinaient des arabesques sombres sur le fond d'azur. Le grogne mourait d'envie de retirer son passe-montagne et de goûter les caresses de l'air sur sa face.

« Moi non plus ne connai'j ni père ni mère. »

La tristesse contenue dans son murmure troubla l'eau claire des yeux de la hurle.

« Toi, c'est différent. Tu n'es pas... tu n'es qu'un...

— Un pue-la-merde, t'y pas ? Et la ripaille sur pattes n'a pas à se soucier de... »

Un cahot le précipita sur Tia. Elle lança le bras autour de son épaule pour le retenir. Les poils de son museau lui effleurèrent le cou. Il crut qu'elle allait planter ses crocs dans sa chair, mais elle se contenta de le garder serré contre sa poitrine, un geste qui lui rappela les timides manifestations de tendresse de troïa Orn. Enfoui dans la tiédeur et l'odeur de la hurle, il entendit les cris enroués du tanneur excitant ses chevacs de la pique et de la voix. Une nouvelle série de cahots secouèrent les planches mal rabotées de la plate-forme arrière, puis le chariot se rétablit sur ses quatre roues et attaqua une nouvelle pente, plus accentuée mais moins sinueuse. D'un côté du sentier bâillait la bouche gigantesque d'un ravin, de l'autre se dressait une paroi hérissée de sapins et d'éperons rocheux. Des aiguilles se tendaient désespérément vers un ciel qu'elles ne pourraient jamais atteindre. Les grands rapaces poussaient maintenant des cris rauques, agressifs, comme pour affoler les chevacs. De fait, les bêtes, de plus en plus nerveuses, effectuaient de brusques écarts, et il fallait toute la fermeté et la vigilance des conducteurs pour les empêcher de se précipiter tête baissée dans le vide.

Les griffes de sa main libre enfoncées dans le montant du chariot, Tia maintint contre elle le grogne qui tendait à glisser sur la plate-forme, alors que les lourdes peaux arrimées aux ridelles ne bougeaient pas d'un pouce. Mais d'autres sensations, contradictoires, la poussaient à prolonger le contact : l'odeur et la proximité de Véhir ouvraient une trappe sur une zone inconnue d'elle-même. Le gouffre de sa faim se creusait et se comblait d'un tumulte intérieur qui lui donnait le vertige. Elle se sentait prédatrice jusqu'au bout des griffes, descendante de générations et de générations de hurles guerriers et sanguinaires, mais ses instincts se diluaient dans un flot de douceur languide, comme si la présence du grogne épanchait une source au plus profond d'elle-même. Ce phénomène l'inquiétait : un prédateur qui perd sa détermination, sa férocité, sacrifie une grande partie de ses chances de s'adapter à son environnement. Elle pressentait en même temps que l'exploration de ces nouveaux territoires découvrirait des gisements insoupçonnables, des richesses fabuleuses. L'esprit et le corps du grogne la plaçaient devant un terrible dilemme. Elle ne pourrait se nourrir de l'un que si elle résistait à la tentation impérieuse et permanente de manger l'autre.

« Pouvez le lâcher, asteur. Y a plus de danger. »

Tia et Véhir relevèrent la tête dans le même mouvement. Racnar chevauchait à côté du chariot et les fixait avec, dans le regard, une dureté qui hérissa les poils de la hurle.

« Y a pas de lai dans la caravane, c'est pas pour autant que ce genre d'embrassure est toléré entre un mâle et une femelle de clans différents, grrii ! » siffla le convoyeur.

Il éperonna son chevac sans leur donner le temps de répondre et fila au grand galop à moins d'un pas du bord du précipice.

La pluie fit sa réapparition en fin de journée. La file des chariots s'étirait sur le chemin cabossé qui s'enfonçait dans une forêt profonde, interminable.

La monotonie du voyage n'avait été brisée que par une courte halte au zénith du soleil. Les marchands avaient dételé les bêtes et s'étaient assis à l'ombre des chariots tandis que les convoyeurs s'étaient répartis sur les surplombs rocheux pour surveiller les environs. Ronfir, le vieux tanneur, avait proposé à ses passagers de partager son repas, du poisson dont l'apparence et l'odeur avaient retourné les tripes de Véhir. Malgré sa faim, Tia avait également décliné l'offre.

« J'peux pas vous en vouloir, avait murmuré Ronfir en hochant la tête d'un air fataliste. C'est d'la ripaille pour ronge, et vous autres, hurles et grondes, vous prisez bérède mieux la viande fraîche. »

Tia s'était alors décidée à partir en chasse. Laissant Véhir seul avec le ronge, elle avait disparu dans les fourrés. Le vent chaud avait dispersé l'odeur de viande grillée qui montait des feux allumés par quelques marchands. Des nuées de rapaces, grolles, busards, faucons, vautours, aigles, s'étaient posées sur les reliefs environnants. Véhir avait eu la très nette impression qu'ils n'étaient pas seulement attirés par la nourriture, même s'ils se disputaient à coups de bec et de serres le moindre bout de gras jeté par les marchands rigolards, mais qu'ils poursuivaient un but connu d'eux seuls, qu'ils tendaient un invisible filet au-dessus de la caravane. Il avait cru déceler de la vigilance dans les yeux des grolles postées comme des sentinelles sur les saillies les plus proches. Il avait résisté tant bien que mal à l'envie de retirer son pardessus et son passe-montagne sous lesquels il crevait de chaud.

« Vaudrait mieux qu'la hurle s'en soit revenue avant qu'on soit repartis », avait murmuré Ronfir.

Les longs doigts squelettiques du ronge introduisaient les morceaux de poisson dans sa gueule avec une certaine élégance, mais il clappait de la langue et claquait des mâchoires comme une bête sauvage.

Miettes et arêtes s'agglutinaient sur ses lèvres plissées, sur les poils longs et blancs de son menton, sur le col de sa veste de peau retournée.

« Même une hurle aguerriée ne peut se défendre contre les bandes de rôdeurs qui rapinent dans le coin. » Adossé à une roue de son chariot, le tanneur avait marqué un temps de pause avant d'envelopper le grogne d'un regard pénétrant. « Ma foi, jamais j'ai vu une hurle et un gronde faire ami-ami comme vous deux... »

Véhir n'avait pas répondu. Bien qu'assis dans le sens de la brise, non loin des chevacs qui broutaient l'herbe haute et jaune des bordures du sentier, il ne se sentait guère en sécurité en l'absence de Tia, et il craignait autant d'être trahi par ses paroles que par son odeur.

« Ça m'regarde pas après tout, avait poursuivi Ronfir. De même, j'suppose que t'as de bonnes raisons de cacher ta goule dessous c'gratte-museau. »

Les rapaces les plus proches s'étaient soudain envolés dans un fracas d'ailes et de cris. Surgissant de l'arrière du chariot, une silhouette dandinante s'était approchée de Véhir. Le grogne avait tressailli lorsqu'il avait reconnu la face rayée et les énormes incisives de Ruogno. Le batelier mâchonnait une branche de bois vert dont il avait déjà pelé l'écorce. Le temps d'un croasse de crapaud, ses yeux furtifs avaient exploré les abords du chariot.

« J'venais aux nouvelles. La hurle n'est pas avec vous ?

— L'est partie en chasse, avait répondu Ronfir. Prisait pas ma pitance. »

Véhir avait serré les fesses, plongé la main dans la poche de son pardessus et empoigné la dague. Alors que la sincérité de Ruogno n'avait pas fait l'ombre d'un doute sur la place des Musses de la mort, il redoutait tout à coup que le batelier ne fût repris par ses anciens réflexes.

« Les hurles ont le ventre trop délicat, grrii ! s'était exclamé Ruogno avec un petit rire aigu. Sont coutumés

237

de ripailler du grogne bien gras. Mais y a pas plus de gavard dans l'secteur que de poil sur l'échine d'une vipère. »

Il s'était assis sur une grosse pierre et avait continué à mordiller sa branche sans quitter Véhir des yeux.

« C'que tu dis est point tout à fait juste, était intervenu Ronfir. J'ai vu, de mes yeux vu, une vipère à poil dans les montagnes des Vennes. Une bête pas belle à voir, pouvez m'encroire. Longue comme mon bras, vive comme une source, méchante comme un lai. Il s'en est fallu de peu qu'elle me chique la jambe. D'après les Vennols, son venin m'aurait tué en moins de temps qu'il n'en faut à un rongeon pour chier dans sa brague.

— Les bateliers disent qu'y a pas plus menteur en ce monde qu'les trouvres et les marchands des caravanes ! »

Ruogno avait expulsé autant de rognures que de mots. Un prédateur digne de ce nom aurait blêmi sous l'insulte mais Ronfir s'était contenté de secouer la tête, les yeux perdus dans le vague.

« L'est pourtant la vérité vraie. J'ai fait quatorze voyages jusqu'au Métrannée, et j'pourrais t'raconter des tas de choses que t'aurais tout autant d'mal à goburer. » Il avait remballé le poisson restant dans un carré de laine et s'était curé les dents à l'aide de ses griffes. « Mais j'me fais trop vieux, asteur, et mon pauvre sac a du mal à contenir tous ses souvenirs. J'peux quand même vous promettre qu'on verra ce soir des arbrestorches, une merveille qu'il faut admirer une fois dans sa vie. »

Une branche avait craqué derrière eux. Le temps qu'ils se retournent, et Tia se dressait devant eux, la joue barrée de quatre traits sanguinolents, le museau barbouillé de sang, la robe en lambeaux, un chevreuil éviscéré en travers des épaules. D'un sourire jaune, Ruogno s'était efforcé de masquer la frayeur suscitée en lui par l'apparition de la hurle. Elle avait jeté le chevreuil au sol, promené ses yeux clairs sur les deux ronges et le grogne pétrifiés, tendu le bras en direction des pointes rocheuses blanchies par le soleil.

« J'ai croisé deux miaules par là.

— Et z'avez réussi à les... » articula Ruogno d'une voix blanche.

Elle l'avait interrompu d'un geste de la main puis s'était laissée tomber dans l'herbe. Alors seulement Véhir avait remarqué l'extrême lassitude qui tirait ses traits et alourdissait ses gestes, et il avait été taraudé par l'envie de l'étreindre, de la bercer jusqu'à ce qu'elle s'endorme dans ses bras.

Ruogno et Ronfir avaient allumé un feu avec un boute-feu d'amadou. Bien que gavés de poisson pourri, les deux ronges n'avaient pas dédaigné ce supplément de choix qu'était le cuissot de chevreuil. Véhir avait lui-même dévoré la viande grillée à belles dents, mais avec davantage de modération que dans la maison des glousses, si bien qu'il n'avait ressenti aucune gêne à l'issue du repas et que les remords d'avoir mangé un de ses semblables ne l'avaient tracassé que de manière fugitive.

Tia s'était assoupie une bonne partie de l'après-zénith, la tête posée sur l'épaule de Véhir. Engourdi par les cahots, les grincements des roues du chariot et la chaleur de la hurle, le grogne avait dérivé sur des pensées indolentes qui l'avaient entraîné loin en lui-même. Seuls la dureté des planches de la plate-forme arrière et les craillements des rapaces l'avaient empêché de couper tout lien avec le monde réel.


« Les arbres ! » s'écria Véhir.

Les nuages s'étaient dispersés, le soleil venait de se coucher, la nuit se propageait entre les traînées ocre et pourpre qui sillonnaient le ciel. Tout autour d'eux, les frondaisons se paraient de corolles brillantes, comme embrasées par des torches. Mais la lumière ne provenait pas de flammes, elle habitait les feuilles elles-mêmes, elle gagnait de l'éclat au fur et à mesure que l'obscurité descendait sur la forêt, elle nimbait les arbres enchevêtrés de halos blancs, cristallins, elle repoussait les ténèbres dans les fosses insondables des sentiers et des clairières, elle s'enroulait en entrelacs scintillants autour des troncs et des branches. Des feuilles tombaient en tournoyant et s'éteignaient après avoir jeté leurs derniers feux sur la mousse ou les fougères. Un lai de l'Humpur eût certainement affirmé que le Grand Mesle se cachait sous semblable diablerie. Véhir, lui, s'émerveillait sans retenue de la beauté de l'immensité végétale qui s'allumait dans l'ombre nocturne.

« Les chants d'Avile le trouvre parlaient des arbres-torches, murmura Tia. Ils disaient que seuls les dieux humains avaient le pouvoir de créer de tels prodiges. »

Les chevacs de l'attelage suivant semblaient ruisseler de lumière et marcher sur un chemin de vide. Les deux conducteurs ronges ouvraient des yeux inquiets sur le phénomène. C'était leur premier voyage, visiblement, et cette débauche luminescente les rattachait aux terreurs et aux sortilèges de l'enfance.

« Ils disaient aussi que ces merveilles sont des traces de leur passage dans le pays de la Dorgne », reprit Tia.

Elle agrippa le bras de Véhir avec une telle soudaineté qu'elle se prit les griffes dans la manche de son pardessus.

« Sommes sur le bon chemin, Véhir ! »

Elle tendit le cou et frotta joyeusement son museau sur le groin du grogne. En dépit de l'épaisseur du passe-montagne, ce contact le fit frissonner de plaisir. Il jeta un coup d'œil anxieux aux deux conducteurs du chariot suivant, mais les deux ronges, obnubilés par les arbres-torches, ne leur prêtaient aucune attention. Tia se recula, comme effrayée par sa propre audace, et palpa machinalement les égratignures semées sur sa joue par l'un des miaules errants. Les deux rôdeurs avaient voulu lui voler le chevreuil qu'elle avait forcé à l'issue d'une courte traque. Le museau plongé dans les viscères encore palpitants, grisée par le goût et l'odeur du sang, elle ne les avait pas entendus approcher. Puis l'ombre de l'un d'eux s'était subitement allongée sur le sol, elle s'était retournée et les avait vus, deux miaules vêtus de hardes et d'une maigreur effrayante, deux squelettes aux yeux jaunes et au poil terne. Régénérée par le sang et la chair du chevreuil, elle ne leur avait laissé aucune chance. L'un était mort, la gorge tranchée, l'autre s'était enfui à toutes jambes après lui avoir égratigné la joue.

« Alors, j'suis un menteur ? »

La lumière des feuilles, éclairant l'intérieur du chariot, découpait la face ridée de Ronfir au-dessus d'un amas de peaux.

« Et l'est la même chose pour la vipère à poil, insista le tanneur. On voit des choses pas croyables ici-bas. »

La caravane établit son campement au milieu d'une clairière, un îlot de nuit cerné par le double foisonnement scintillant des arbres-torches et du ciel étoilé. Les chariots se disposèrent en un large cercle au milieu duquel les marchands dressèrent des tentes, pansèrent leurs chevacs et allumèrent des feux. Ronfir attacha une bâche de laine huilée aux montants de son chariot et la tendit sur deux piquets plantés cinq pas plus loin. Tia et Véhir se chargèrent de ramasser des branches mortes, les assemblèrent entre deux pierres et les enflammèrent à l'aide de la mèche d'amadou du vieux tanneur. On ne distinguait ni n'entendait plus les rapaces, mais le grogne restait persuadé qu'ils se tenaient tout près, dissimulés dans les zones de ténèbres. Ils embrochèrent le deuxième cuissot du chevreuil sur une branche lisse et le posèrent deux pouces au-dessus des braises rougeoyantes. Une brise teigneuse soulevait des gerbes de braises et entremêlait les odeurs qui montaient des foyers.

Ruogno vint leur rendre une nouvelle visite, pour « savoir si tout allait bien », prétexta-t-il, dans l'espoir de se voir offrir un peu de cette viande savoureuse qui le changeait du poisson pourri, corrigea Véhir. De fait, Tia convia le batelier à partager leur repas, et il accepta l'offre avec un empressement qui conforta le grogne dans son hypothèse.

Mais Ruogno avait d'autres préoccupations en tête. Après que Ronfir, fatigué, se fut allongé sous la bâche et eut tiré une peau sur lui, le ronge aquatique aborda le sujet des dieux humains. Il parlait à voix basse, comme s'il craignait d'être surpris par des oreilles indiscrètes, et, pour être perçu entre les éclats de rire qui éclataient autour d'eux, son murmure nécessitait une attention de tous les instants. Il voulait comprendre les motivations qui avaient poussé une hurle et un... enfin, un membre d'une communauté, à s'associer pour s'aruer en quête d'êtres légendaires. Tia et Véhir lui répondirent à tour de rôle, à voix basse eux aussi, l'une affirmant que les chants d'Avile le trouvre avaient résonné en elle comme des paroles de vérité, l'autre relatant la rencontre avec Jarit et les quelques jours passés dans l'ancienne demeure des dieux humains.

« Z'étiez donc pas contents de votre sort ? demanda Ruogno en donnant quelques coups d'incisives sur l'os du cuissot.

— Tu l'es du tien, toi ? » répondit Tia.

Les lueurs mourantes des braises et le fond étincelant de la forêt soulignaient les angles et les arêtes de leurs faces et leur donnaient des airs de comploteurs. Une froideur humide tombait sur la clairière, des nuages de buée s'échappaient de leurs lèvres et s'évanouissaient dans la nuit. Ronfir dormait à poings fermés sous la bâche.

« J'me darbouille, j'mange à ma faim le plus souvent, j'me bats avec les autres mâles, je...

— Tu trahis ceux qui te font confiance, grinça Tia.

— Ça m'arrive, faut bien vivre. J'fricote parfois avec une drôlesse volage et viendra le jour où j'en trouverai une gironde avec laquelle j'fonderai ma lignée.

— Ça te suffit ?

« — Qu'est-ce qu'on peut changer à ça ? soupira le batelier avec un haussement d'épaules. La loi des clans, les dogmes des lais...

— Les dieux humains, coupa Véhir. Iceux peuvent nous aider à changer.

— Ouais, même si vous les trouvez, et j'en doute, vous s'rez que deux... » Il se leva et jeta l'os à demi rongé dans les cendres encore chaudes. « Et à deux, ajouta-t-il avant de s'éclipser, on n'soulève pas les montagnes, grrii. »

Véhir et Tia s'allongèrent côte à côte sous la bâche. Comme la hurle n'était vêtue que de sa robe déchirée et que le vieux tanneur ne leur avait pas proposé de couverture de peau, ils n'eurent pas d'autre choix, pour se réchauffer, que de se serrer l'un contre l'autre. Tia glissa les bras sous le pardessus entrouvert du grogne et s'endormit bien avant lui. Il resta seul aux prises avec un désir nauséeux, puis, les yeux rivés sur la couronne lumineuse de la forêt, il sombra lentement dans un monde cauchemardesque où des monstres ailés aux becs acérés et aux serres brûlantes lui arrachaient des lambeaux de chair.

Le jour suivant se déroula sans incident. Au sortir de la forêt, ils franchirent un plateau désertique, plongèrent dans une étoupe nuageuse dense et froide qui éludait les cimes déchiquetées et les buissons hirsutes. Tia avait acheté une cape et des bottes à un marchand de vêtements que lui avait présenté Ruogno juste avant que le convoi ne s'ébranle. Les craillements des rapaces déchiraient régulièrement les rideaux de brume.

Le soir venu, ils établirent le campement sur la grève d'un lac encadré d'escarpements vertigineux. Tia proposa à Véhir de s'y baigner afin de dissiper une odeur qui devenait de plus en plus forte, de plus en plus dangereuse. Ils se rendirent dans une petite crique à l'abri des regards, se dévêtirent, mais, malgré les exhortations de la hurle, le grogne ne se résolut pas à entrer dans l'eau glaciale. Même si la leude pouvait désormais s'enrouler dans une bonne cape de laine, ils dormirent encore une fois enlacés sous la bâche tendue par Ronfir.

Le lendemain, alors que la caravane observait l'habituelle halte du zénith dans un passage accidenté et que le soleil tentait une timide percée entre les nuages bas, un groupe de convoyeurs menés par Racnar s'approchèrent au grand galop du chariot de Ronfir. Les oreilles de Tia se dressèrent. Elle s'arma d'une branche à la pointe calcinée et sauta sur ses jambes. Le cœur battant, la main dans la poche de son pardessus, Véhir tira sur le bas de son passe-montagne et se leva à son tour. Les cavaliers remontaient la caravane dans un grondement assourdissant. Au-dessus de leurs têtes, comme une auréole menaçante, grossissait une nuée excitée et craillante de rapaces.

# CHAPITRE 12

# Grolles

*La cruauté s'aglume parfois où on ne l'attend pas.*
*Ainsi de ce vaïrat qui fauchait le blaïs*
*par une chaude journée de la lunaison des moissons.*
*Il aperçut un grognelet qui jouait entre les épis.*
*Il se rappela qu'il avait failli lors du dernier grut,*
*que son vit ne s'était pas tendu comme l'araire,*
*qu'il n'avait pu crever les tendres mottes des troïas,*
*qu'icelles s'étaient moquées de lui.*
*Dès lors la colère le prend,*
*et il fauche la tête du grognelet comme une tige de blaïs.*
*« Ce pichtre est venu de lui-même se jeter sur ma faux »,*
*dit-il aux autres qui se lamentent.*
*On le jugea innocent, car il est vrai que les grognelets*
*font souvent montre d'imprudence.*
*Mais le vit du vaïrat ne durcit pas davantage*
*lors des gruts suivants.*
*Il resta seul avec ses regrets et ses remords.*

*Tuer l'innocent ne délivre pas de l'affliction,*
*mais en apporte de nouvelles.*

Les fabliaux de l'Humpur

Le chevac de Racnar se dressa sur ses membres postérieurs à deux pas de Tia et fouetta l'air de ses membres antérieurs. Des flocons d'écume jaillirent de sa gueule entrouverte et lui constellèrent le chanfrein. Les cinq autres convoyeurs avaient tiré leur épée et s'étaient placés en demi-cercle devant la hurle et le grogne. Véhir attendit de savoir ce qu'ils voulaient avant de sortir la dague de sa poche. Surexcitées, les grolles volaient de plus en plus bas en poussant des croassements assourdissants. Ronfir ouvrait des yeux effarés sur les robes fumantes des chevacs et les faces hargneuses de leurs cavaliers. Les derniers morceaux de chevreuil coupés en dés commençaient à noircir sur leur lit de braise.

Tia se recula d'un pas afin d'agrandir son champ de vision.

« On prise pas c'qui s'passe ici, gronda Racnar après avoir calmé sa monture d'une pression soutenue de la bride.

— Qu'est-ce donc qui se passe ? » répliqua Tia.

Sur un signe de Racnar, un convoyeur approcha son chevac de Véhir et, de la pointe de l'épée, lui souleva son passe-montagne. Le grogne ne réagit pas.

Pas encore.

Il fallait endormir leur méfiance, les laisser s'enfermer dans le sentiment de supériorité que leur conféraient le nombre, les espadons et les montures. Rien que pour le plaisir ineffable de sentir les caresses de l'air sur sa face, il ne regretta pas d'avoir été découvert. Il acheva lui-même de retirer le passe-montagne et le jeta à terre comme il se serait débarrassé d'une plante vénéneuse. Le contact prolongé avec la laine avait semé des plaques rouges sur son front et ses joues.

« Aucune loi n'interdit à un grogne de porter une vêture gronde, hoorrll, cracha Tia.

— La loi interdit qu'une hurle fricote avec un pue-la-merde, grrii ! rétorqua Racnar. On vous a vus vous baigner ensemble hier soir dans le lac, on vous a vus vous enserrer l'un contre l'autre comme un mâle et une femelle qu'auraient bien l'intention de fonder une lignée. Une abominable lignée.

— Avions seulement besoin de nous laver, de nous réchauffer, plaida Tia d'une voix sourde.

— Quand j'veux m'réchauffer, j'm'emmoule dans un manteau, quand j'veux m'laver, j'ai pas besoin qu'on m'gratte le cuir. Vous n'êtes plus les bienvenus dans ct'e caravane. »

Les autres convoyeurs et les marchands, alertés par les éclats de voix, convergeaient de part et d'autre vers le chariot de Ronfir, lequel avait oublié de retirer des braises les morceaux de viande désormais plus noirs que la chasuble d'un lai. Véhir se recula à son tour, à la fois pour se tenir hors de portée des espadons du convoyeur et pour former avec Tia un être à deux têtes, à deux regards, à quatre bras.

« Pas besoin de votre protection. On se darbouillera tout seuls. »

Les craillements des grolles avaient contraint Tia à hurler. Un sourire venimeux étira les lèvres sombres de Racnar. Son chevac secoua la tête et souffla bruyamment par les naseaux.

« T'as pas bien entendu, la hurle. Avez violé un tabou, pas question de vous laisser repartir en vie.

— Vous n'êtes pas des lais. »

Véhir voyait avec inquiétude les marchands et les convoyeurs s'agglutiner autour d'eux. Les chances de sortir de ce traquenard se réduisaient comme peau de chagrin. D'un côté ils étaient bloqués par le chariot de Ronfir, de l'autre par le demi-cercle des ronges. Les grignoteurs n'étaient pas des adversaires courageux – il avait pu s'en rendre compte dans l'auberge de Muryd –, mais la loi du nombre finirait par l'emporter. Il ne distingua pas Ruogno parmi eux. Le batelier s'était sans doute éclipsé après les avoir dénoncés, un comportement qui lui ressemblait. Les grolles frôlaient maintenant les têtes des cavaliers et apeuraient les chevacs. Pour une raison qu'il ne s'expliquait pas, il entretenait le vague espoir que le salut viendrait des petits rapaces noirs.

« Avons tout pouvoir durant les convoyages, déclara Racnar. Sommes mandatés par le duc et l'archilai de Muryd pour prendre les décisions nécessaires à la sécurité de la caravane.

— Je ne vois pas en quoi nous avons nui à la sécurité de...

— Le Grand Mesle s'est agglumé en vous deux, j'connais pas de menace plus grande.

— Mais moi je connais la lâcheté des ronges ! gronda Tia. Je suis la fille septième du duc de Luprat. Si vous me tuez, la vengeance de mon père s'ébouillera sur vous, sur vos p'tios, sur vos femelles, sur votre crétin de duc. »

La menace fit reculer quelques marchands mais n'amena pas la moindre trace de contrariété sur la face de Racnar, qui flatta négligemment l'encolure de son chevac.

« La fille d'un seigneur ne s'arue pas dans une robe de miséreuse avec un grogne pour toute escorte.

— Attends, Racnar ! »

La tête enfouie sous un capuchon de laine, un ronge se fraya un passage parmi les spectateurs et s'avança d'une allure résolue vers le chevac de Racnar. Véhir l'avait identifié à la voix bien avant qu'il ne rabatte son capuchon et ne dévoile sa face au pelage rayé.

« T'as un problème, Ruogno ?

— Un problème de taille, répondit le batelier. C'est moi qui t'ai envoyé ces deux-là. T'as empoché leurs pièces, me semble. Z'auraient pu me trucider, à Muryd, mais m'ont épargné, ont payé pour moi. Alors, si vraiment tu veux pas les garder, au moins laisse-les descampir. »

Racnar croisa les bras sur l'encolure de sa monture, se pencha vers l'avant et toisa Ruogno avec dédain.

« Me dis pas, dorgnot, que le sort d'une hurle et d'un grogne te fait souci. La gratitude et toi, ça s'emmanche pas ensemble.

— De quel mal tu les accuses ? De fornication ? Même si c'était vrai, j'vois pas en quoi ça te r'garde. Tout le monde se fiche de savoir où tu fourres ton vit. »

Véhir vit que les arguments de Ruogno étaient loin de faire l'unanimité chez ses semblables. Il se reprocha ses mauvaises pensées sur le compte du batelier.

« Assez perdu de temps, grrii ! rugit Racnar. Massacrez-moi ct'e hurle, vous autres ! N'écachez pas trop le grogne : ce soir, le rôtirons à la broche et je vous promets que chacun pourra en ripailler un morceau. »

Les convoyeurs brandirent leurs épées et éperonnèrent leurs montures. Ils rencontrèrent de grandes difficultés à maîtriser les chevacs dans un périmètre aussi étroit et se gênèrent mutuellement au moment de porter les premiers coups. Pris dans un tourbillon de sabots, de cornes, de crinières et de queues, Tia et Véhir esquivèrent les lames et ripostèrent au jugé. L'extrémité flexible de la branche de Tia cingla le flanc d'un chevac, qui se cabra et faillit désarçonner son cavalier ; la dague de Véhir entailla la croupe d'un autre, que la douleur affola et entraîna dans une série de ruades. Les marchands gesticulèrent, braillèrent, ramassèrent des pierres qu'ils lancèrent au beau milieu de la mêlée sans se rendre compte qu'ils avaient davantage de chances de toucher leurs congénères que d'atteindre leurs cibles. Racnar tenta de les en empêcher, mais ils ne l'écoutaient pas, surexcités par la perspective d'occire une hurle, une ennemie ancestrale, et de ripailler de la viande de grogne, une nourriture d'habitude réservée au duc et aux familles aristocratiques de Muryd. Une grêle de pierres dégringola bientôt sur les cavaliers et acheva de semer la panique parmi les chevacs. Tia exploita la confusion pour saisir un convoyeur par la botte et le vider de sa selle. Une fois à terre, un coup de sabot fracassa le museau du malheureux et la branche de la hurle lui perfora le ventre de part en part.

« Descampissez, vous autres, grrii ! glapit Racnar. Laissez passer les convoyeurs ! »

Il lança son chevac sur les marchands qui s'égaillèrent en poussant des couinements de terreur. Un espadon siffla à deux pouces de la tête de Véhir, la pointe d'une botte lui percuta l'épaule et l'envoya bouler dans l'herbe. Du coin de l'œil, il entrevit une forêt de membres en mouvement, une mosaïque tournoyante de naseaux écumants, de flancs laineux, fumants, étranglés par les sangles, puis, au milieu du désordre, les bottes et le bas de la cape de Tia qui sautait d'un pied sur l'autre, qui dansait entre les cornes avec la grâce et la vivacité d'une loutre. Une ombre gigantesque le recouvrit, il eut le réflexe de se jeter en arrière, des sabots ébranlèrent la terre à quelques pouces de son torse. Puis il entrevit l'éclair d'une lame, roula à nouveau sur lui-même et se retrouva sous le ventre d'un chevac.

Un hurlement de désespoir transperça les clameurs, les hennissements, les martèlements. Véhir crut reconnaître la voix de Tia. Fou de rage, il resserra les doigts sur le manche de la dague, s'accroupit, attendit que le chevac s'immobilise pour se faufiler entre ses membres. Une fois relevé, il découvrit un spectacle qui le cloua de stupeur : les grolles s'étaient abattues par dizaines sur les têtes des convoyeurs et des marchands qui refluaient dans le plus grand désordre le long des chariots. Perchées par groupes de deux ou trois sur leurs crânes et leurs épaules, elles leur arrachaient des touffes de poils et des lambeaux de cuir à coups de serres et de bec, leur picoraient le museau, leur crevaient les yeux. Les convoyeurs avaient lâché leurs espadons, inutiles dans ce genre d'affrontement. En équilibre précaire sur leur selle, aveuglés par le sang, ils essayaient de repousser les agresseurs ailés avec leurs seules mains, mais les grolles, après leur avoir échappé d'un battement d'ailes, revenaient aussitôt à la charge, attaquaient sous un nouvel angle, déchiraient les vêtements, plantaient leurs serres dans les nuques, dans les dos, dans les cuisses.

Véhir se protégea la tête de ses bras mais aucun oiseau ne l'agressa. Il constata qu'ils épargnaient également Tia debout à trois pas de lui. Certains d'entre eux tournoyaient sans relâche au-dessus d'elle, comme préposés à sa surveillance. La hurle ne relâchait pas sa vigilance et continuait de brandir sa branche souillée de sang. En arrière-plan, les yeux du vieux Ronfir, réfugié sous son chariot, lançaient des éclats de terreur entre les rayons d'une roue.

Véhir se demanda où était passé Ruogno. Une silhouette titubante, gémissante, fila devant lui. Il reconnut Racnar bien que sa face ne fût plus qu'une bouillie de chair et de sang. Le convoyeur trébucha sur l'arête d'une pierre et s'affala dans l'herbe. À la place de ses yeux s'ouvraient des orbites vides, des fenêtres béantes par lesquelles sa vie s'échappait. Trois grolles fondirent sur lui et commencèrent à lui larder la face avec une férocité et une rapidité terrifiantes. Leurs becs cognaient sur ses os comme des marteaux sur des enclumes. Racnar tenta de retarder l'échéance, mais les oiseaux esquivèrent avec agilité ses réactions maladroites. Attirés par l'odeur du sang, perchés sur les rochers proches, les grands vautours attendaient tranquillement que les grolles eussent accompli leur tâche pour nettoyer les restes. Les chevacs, tous débarrassés de leurs cavaliers désormais, broutaient l'herbe jaunie un peu plus loin, avertis par leur instinct que ce combat ne les concernait pas.

« Fichons le camp. Ou ct'e maudite volaille va nous réduire en bouillasse. »

Ruogno surgit de l'intérieur du chariot de Ronfir et, la tête rentrée dans les épaules, s'avança d'une allure prudente vers Tia et Véhir. Il jetait des coups d'œil apeurés autour de lui, mais les grolles ne l'attaquaient pas, pas davantage qu'elles n'attaquaient Ronfir, comme si, douées de jugement, elles avaient classé les ronges de la caravane en adversaires et partisans de la hurle. Le long du convoi, des dizaines de marchands et de convoyeurs avaient succombé aux assauts des petits charognards. Déjà des essaims de grosses mouches s'agglutinaient dans les plaies des corps inertes. Les senteurs minérales et végétales se délayaient peu à peu dans l'odeur doucereuse du sang, les croassements et les gémissements se figeaient dans un silence plus dense et froid que les glaces de la lunaison de la terre gelée. Le vent poussait des nuages lourds et noirs, comme si le ciel se revêtait de ses parures de deuil.

« Elles l'auraient déjà fait, murmura Tia. Nous ne risquons rien. »

Après avoir farfouillé dans ses poches, Ruogno ramassa un bout de bois dans l'herbe et le déchiqueta en trois coups d'incisives. Son regard passa pendant quelques instants de la hurle au grogne. La stupeur se teintait de frayeur dans ses yeux exorbités.

« On peut pas rester ici en tout cas, bredouilla-t-il. Les convoyeurs sont morts, asteur, et tous les rapineurs du coin vont s'aruer sur les chariots.

— Je croyais que seules les caravanes avaient la permission de traverser le royaume d'Ophü, objecta Tia.

— Qui vous parle de traverser Ophü ? » se récria Ruogno.

Sa voix étranglée prit une résonance hargneuse dans le silence funèbre. Véhir observa que les gardiennes ailées de Tia se tenaient prêtes à fondre sur le batelier au moindre geste provocant de sa part.

« N'avons pas d'autre choix que de nous en retourner à Muryd, reprit Ruogno.

— Je n'ai pas l'intention de revenir sur mes pas », dit la hurle.

Le ronge désigna Véhir.

« P'tète que çui se montrera plus raisonnable...

— Je pense de même que Tia, répondit le grogne.

— J'aurais pu m'en douter.

— Mieux vaut parfois s'aruer en un pays inconnu plutôt que de revenir là où on sait qu'on sera mal accueilli », énonça Véhir.

Le batelier se souvint tout à coup qu'il était responsable de la mort de quinze coupe-jarrets de Graïrl et que son retour à Muryd ne s'annonçait pas sous les meilleurs auspices.

« Et puis, avons de nouveaux protecteurs », ajouta Véhir.

Ruogno considéra les grolles d'un air perplexe.

« J'sais pas ce qui leur est passé par la tête, j'sais seulement qu'on peut pas faire confiance à d'la volaille qu'a autant de cervelle qu'une mouche à merde.

— Assez perdu de temps, hoorrll, fit Tia d'un ton sec. Tu fais ce que tu veux, Véhir et moi continuons vers le Grand Centre. »

Ils envisagèrent d'abord de poursuivre leur voyage à bord d'un chariot, la solution la plus pratique et la plus confortable, puis, sur l'intervention de Ronfir, ils décidèrent de franchir le territoire des siffles à dos de chevac.

« Pourrez ainsi suivre la route des crêtes, la plus difficile, la moins fréquentée, argumenta le vieux tanneur. Y a bien de drôles de légendes qui courent sur les crêtes, mais faut les prendre pour c'qu'elles sont, des fables qu'on conte aux p'tios pour les tenir tranquilles. En montagne, gagnerez en vitesse et en liberté ce que perdrez en commodité. Et augmenterez vos chances de semer les patrouilles siffles. Avec un chariot, seriez obligés de filer la route du centre, là où passent toutes les caravanes. Sans compter que vous risqueriez à tout moment de briser un brancard ou une roue. J'ai fait le voyage plus d'une fois et, croyez-moi, les chevacs sont pour vous la meilleure solution. Prenez-en quatre, un pour chacun de vous, un en plus pour les vivres. J'vous donnerai des peaux, il doit souffler un drôle de froid là-haut.

— C'est que... je ne suis jamais grimpé dessus l'échine d'un chevac, dit Véhir.

— Ni moi non plus », renchérit Ruogno.

Tia, elle, avait appris à monter, comme toute aristocrate, et, hormis les cornes et la robe laineuse, elle ne voyait aucune différence entre les chevaux de Luprat et les montures des convoyeurs.

« Le tanneur a raison, dit-elle. Vous aurez mal aux reins et au cul pendant deux jours, puis vous vous habituerez. Tu ne viens pas avec nous, Ronfir ? »

Le vieux ronge secoua la tête d'un air las.

« J'aurais eu deux dizaines de cycles en moins, j'vous aurais sûrement accompagnés. J'croyais pas plus aux dieux humains qu'aux fariboles sur les crêtes, mais après ce que j'ai vu aujourd'hui... Qui a bien pu commander aux grolles de vous protéger ? »

Les gardiennes de Tia s'étaient dispersées pour participer à la curée. Sans doute estimaient-elles que la hurle ne courait plus de danger, qu'elles pouvaient désormais prélever leur part de butin. Les grands vautours dansaient, craillaient et battaient des ailes sur leurs rochers. Aucun d'eux ne s'avisait de disputer les dépouilles aux grolles, comme s'ils craignaient les réactions des oiseaux noirs pourtant nettement moins grands et puissants qu'eux. Seules les mouches, les buveuses de sang, osaient s'inviter au festin. Un bec orange en happait parfois quelques-unes en même temps qu'un lambeau de chair et les punissait de leur imprudente voracité.

« J'm'en retourne à Muryd, poursuivit Ronfir. J'conterai aux p'tios de ma lignée la merveille qu'est arrivée ici. P'tète que j'leur donnerai le courage de partir sur vos traces.

— Ouais, si ça vient aux oreilles des lais de l'Humpur, p'tète qu'ils t'enterreront vivant », soupira Ruogno.

Le vieux tanneur eut un sourire qui ralluma une flamme fragile dans ses yeux ternes.

« Ma vie touche à sa fin, ils ne me prendront pas grand-chose. J'm'en vais maintenant vous choisir mes meilleures peaux. »


Quelques gouttes tombaient d'un ciel couleur de pomme blette lorsque Tia donna le signal du départ.

Un vent violent se levait, qui dispersait l'odeur du sang et répandait une pestilence de viande corrompue. Ils avaient choisi quatre montures robustes et apparemment dociles. Déniché des galettes de blaïs dures, du poisson et de la viande séchée dans les chariots désormais vides de leurs occupants. Arrimé les vivres et les peaux offertes par Ronfir sur l'un des chevacs. Récupéré trois espadons sur les cadavres des convoyeurs. Ruogno s'était chargé de délester quelques-uns des marchands de leurs pièces, « on sait jamais, on peut en avoir besoin... ». Ça n'avait pas été trop difficile, les grolles ayant déchiqueté les vêtements des cadavres et dégagé les bourses de cuir. Le batelier avait dû se boucher le museau pour s'approcher des dépouilles. Il avait assisté à de nombreuses scènes de massacre et à des exécutions publiques sur les bords de la Dorgne, et jamais il n'avait vu les chairs et les viscères pourrir avec une telle rapidité. À croire que les oiseaux avaient le pouvoir d'accélérer le processus de décomposition.

Ils avaient également aidé le vieux tanneur à s'approvisionner. Ronfir les avait salués d'un simple hochement de tête avant d'aiguillonner ses bêtes. Après avoir effectué son demi-tour, son chariot s'était éloigné dans une succession de cahots et de grincements.

Chevauchant en tête, suivie du chevac de bât lié à l'arçon de sa selle, Tia parcourut au pas les premières lieues afin de permettre à Véhir et à Ruogno de se familiariser avec la monte. Si le grogne ne mit que peu de temps pour synchroniser les tressautements de son corps avec le balancement régulier de son chevac, un animal à la robe grise et à la laine noire, il en alla tout autrement pour le ronge aquatique, pourtant si leste dans les voilures d'un radeau. Ruogno résista tant bien que mal à la tentation de descendre, de soulager ses cuisses, ses bourses et ses fesses échauffées par le contact avec le cuir rugueux de la selle. Ce fut bien pire lorsque Tia lança sa monture au trot et que, le rythme s'accélérant, il eut l'impression qu'un buisson d'épines avait poussé sous sa brague. Il se dressa sur ses étriers, décolla les fesses de sa selle, resta un moment le cul en l'air aux prises avec un équilibre précaire. Ses brûlures s'apaisèrent, ses jambes se détendirent, et il comprit qu'il devrait recourir à ce petit stratagème jusqu'à ce qu'il se sente aussi à l'aise sur l'échine du chevac que sur les vergues instables des grands radeaux de la Dorgne.

Suivis à distance par une nuée de grolles, ils chevauchèrent tout le jour sur le chemin des caravanes, ne s'arrêtant que pour désaltérer les bêtes à l'eau d'un ruisseau ou d'une source. Véhir et Ruogno profitaient de ces courtes haltes pour, sous le regard amusé de Tia, baisser leur brague et tremper leur bassin dans l'eau froide. La couenne du grogne virait au rouge vif, et le poil rayé de Ruogno se pelait par endroits. Ils ne s'essayèrent au galop qu'en de très rares occasions. Quand le chemin s'élargissait et se jetait dans une étendue d'herbes ondulantes et sèches. Quand, à l'issue d'un passage particulièrement délicat, le vent dispersait les brumes et révélait un plateau désertique et luisant comme un lac.

Lors de son premier galop, l'allure vertigineuse du chevac et le grondement rageur des sabots avaient soulevé une grande frayeur en Véhir. Rejeté vers l'arrière, il avait eu le réflexe d'agripper une corne et de se coucher sur l'encolure, puis il avait compris qu'il ne devait pas lutter contre le mouvement, mais l'accompagner, le favoriser. Il avait repris les rênes, et, dès lors, grisé par la vitesse, il avait excité de la voix sa monture, il avait rattrapé Tia ralentie par le chevac de bât, l'avait dépassée et attendue une demi-lieue plus loin à l'entrée resserrée du chemin, plus fier qu'un vaïrat ayant sailli ses trente ou quarante femelles dans l'enclos de fécondité. Il n'avait peut-être pas connu le plaisir du grut, mais Graüm, le géant si fier de son soc et de ses muscles, ne connaîtrait jamais l'ivresse de filer avec la légèreté du vent sur une terre nue et tendue comme peau de tambourin.

« Attention de ne pas trop le fatiguer », avait commenté Tia avec un sourire qui masquait mal son dépit.

C'était une hurle, une prédatrice, elle n'aimait pas être devancée par un pue-la-merde d'une communauté agricole. Et d'ailleurs, elle avait sauté sur la première occasion de prendre une petite revanche. Alors qu'ils débouchaient sur une nouvelle portion plane habillée d'une lèpre moussue et entourée de pics pelés et sombres, elle avait détaché le chevac de bât, défié Véhir du regard et cinglé la croupe de sa monture du plat de la main.

« Hoorrll ! »

Le museau et le groin fouettés par les crinières, ils avaient galopé flanc contre flanc, écume contre écume, dans un grondement d'orage criblé par les craillements affolés des grolles. Tia avait d'abord pris l'avantage, puis le chevac de Véhir, plus long à se mettre en train mais plus courageux, plus constant dans l'effort, avait peu à peu grignoté son retard. Sur le point d'être rejointe, la hurle avait brusquement dévié sa course de manière à lui barrer le passage. Le chevac du grogne avait évité la collision au prix d'un écart désespéré. Désarçonné, Véhir avait vidé les étriers et avait été projeté sur le sol une dizaine de pas plus loin. Il avait cru que tous ses os éclataient dans le choc, puis il s'était relevé, étourdi, la brague déchirée aux genoux. La gaine rigide de l'espadon glissé dans le ceinturon de sa brague avait disséminé des bleus et des écorchures sans gravité sur son tibia gauche. Il avait esquissé quelques pas avec la sensation d'avoir passé toute une journée dans un concasseur à blaïs. Tia était revenue sur ses pas, la face tirée par les remords et l'inquiétude. Son chevac écumait et fumait comme un feu d'herbes mouillées. Celui de Véhir, immobile au milieu de la plaine, nimbé de vapeur, broutait tranquillement la mousse.

« Ce boître a échappé à mon contrôle... », fit-elle en administrant une petite tape sur le chanfrein de sa monture.

Cette menterie éhontée avait retenti aux oreilles encore bourdonnantes de Véhir comme le plus vibrant des hommages. Il avait été frappé par la finesse du museau de Tia, par la profondeur lumineuse de ses yeux, par la pâleur délicate de son cuir que rehaussait l'éclat flamboyant de son pelage ébouriffé par le vent. Par sa beauté.

Ruogno était arrivé sur ces entrefaites en tenant le licol du chevac de bât.

« Quelle mouche vous a dardés tous les deux ? avait-il maugréé. Çui aurait pu se rompre le cou !

— J'ai rien d'abîmé, avait répliqué Véhir – le simple fait de remuer les lèvres lui plantait des piques acérées entre les côtes. T'aurais dû cavaler avec nous au lieu de rester en arrière.

— J'suis pas fou, moi !

— C'est p'tête bien ça ton problème. »

Sur ces paroles, le grogne s'était dirigé d'une allure chancelante vers son chevac.


À la tombée de la nuit, ils firent halte au sommet d'un escarpement auquel on accédait par un sentier creusé dans la paroi. Des restes de feux, des cendres, des arêtes et des os entre des foyers de pierres noircies indiquaient que l'endroit avait déjà servi de bivouac. Il ne leur fut pas possible d'allumer un feu, la brume gorgeant d'humidité les branches mortes et les herbes. Ils dessellèrent les montures, mangèrent de la viande séchée et des galettes de blaïs, s'abreuvèrent, comme les animaux, aux flaques d'eau claire abandonnées par les pluies dans les anfractuosités. Les silhouettes imposantes des montagnes voisines se découpaient par intermittence dans les trouées d'un ciel capricieux. Fourbus, perclus de courbatures, les cuisses, les mollets et les fesses à vif, ils s'enroulèrent rapidement dans les peaux odorantes du vieux Ronfir et s'allongèrent sur la roche, laissant aux chevacs les rares zones herbues. Ils ne jugèrent pas nécessaire de veiller à tour de rôle pour prévenir l'approche d'éventuels rôdeurs. La dizaine de grolles qui les avaient escortés s'étaient disposées sur les crêtes rocheuses environnantes. Extrêmement sensibles aux bruits, comme tous les oiseaux, elles donneraient l'alerte au moindre frémissement, au moindre craquement.

« Où est-ce qu'on ira une fois qu'on s'ra dans le Grand Centre ? » demanda Ruogno d'une voix ensommeillée.

Un long moment de silence suivit sa question. La nuit étalait sa noirceur insondable et l'escarpement semblait posé sur un vide saupoudré d'étoiles.

« Prétendez que les dieux humains apparaissent dans les grottes, insista le batelier en se redressant sur un coude. Mais le Grand Centre, c'est grand justement, et des grottes, y en a tellement qu'on aurait pas assez de notre vie pour les explorer toutes. »

La remarque frappa Véhir par sa justesse. Jarit avait parlé des monts où la Dorgne prend sa source, les chansons d'Avile avaient évoqué les grottes miraculeuses, mais ni Tia ni lui n'avaient d'autres précisions, et, Ruogno avait raison sur ce point, le Grand Centre était un territoire au moins aussi vaste que le pays de la Dorgne. Et nettement moins accueillant sans doute.

« Nous trouverons des signes, dit Tia.

— Y s'dit par chez nous qu'on y trouve plutôt des bêtes infernales, marmonna Ruogno.

— Les ronges ont peur de tout, c'est bien connu. »

Le mépris de la hurle alluma des lueurs de colère dans les yeux ronds du batelier.

« Les hurles s'figurent pisser plus loin que tout le monde, grrii ! »

Son éclat de voix déclencha un début d'agitation chez les grolles, qui se mirent à battre des ailes et à crailler. Les chevacs hennirent, renâclèrent, tirèrent sur leurs attaches.

Véhir perçut la tension de Tia allongée à son côté.

« Claque ton museau, maudit ronge !

— Ou tu m'étripes, t'y pas ? C'est vrai que vous autres, hurles, avez la manie de régler vos comptes avec les griffes et les crocs.

— Sommes de vrais prédateurs, hoorrll. Vous autres ne connaissez que la traîtrise et la lâcheté.

— Sommes ce que nous sommes, fit Ruogno d'une voix assourdie, comme s'il s'adressait à lui-même. Ne nous croyons ni supérieurs ni inférieurs aux autres prédateurs de la Dorgne. Avons notre lot de problèmes, essayons de tirer le meilleur d'une terre ingrate, et même si sommes moins forts et féroces que les clans voisins, notre duché est resté indépendant. » La froidure humide imprégnant le haut de ses vêtements, il se recoucha et tira la couverture de peau sur sa poitrine. « Après tout, rien ne prouve que les crocs et les griffes sont les plus efficaces des armes. »

Tia ne répondit pas. Elle ne trouvait rien à redire à cela. Elle se rendit compte, à sa respiration ample et régulière, que le grogne s'était endormi. Elle eut à nouveau faim de lui.


Deux jours plus tard, ils entraient dans le royaume d'Ophü.

Ils croisèrent un convoi restreint de marchands et de convoyeurs qui s'en revenaient d'une expédition sur les bords du Métrannée et qui, très heureux de revoir le duché de Muryd après un voyage éprouvant où deux tiers de leurs compagnons avaient péri dans une embuscade tendue par des maraudeurs non loin de la cité d'Ophü, leur annoncèrent que le territoire des siffles commençait une lieue plus loin, de l'autre côté de l'arche naturelle qui enjambait un méandre de la Dorgne. Ils étaient tellement pressés de rentrer que l'étrange équipage formé par la hurle, le ronge aquatique et le grogne ne suscita de leur part aucune question, aucune réflexion. Ils ne prêtèrent pas non plus d'attention aux grolles qui se laissaient dériver sur les courants d'air sous le déferlement morne des nuages. Ils ajoutèrent seulement que l'hiver s'annonçait plus tôt que prévu, qu'une épaisse couche de neige couvrait déjà les cols les plus élevés, que l'embâcle commençait à emprisonner les cours d'eau et les lacs et qu'il valait mieux, si on tenait à la vie, remettre le voyage à la lunaison des bourgeons.

Tia les remercia d'un grognement, éperonna sa monture et, suivie comme son ombre par le chevac de bât, s'engagea au galop dans le sentier bordé de sapins et de rochers moussus. Précédant les deux autres d'une centaine de pas, elle arriva sur le bord d'une gorge à la profondeur vertigineuse qui fendait le plateau sur toute sa largeur. La végétation qui en hérissait les parois verticales l'empêchait de distinguer la rivière dont le grondement paraissait monter des entrailles de la terre. Elle apercevait en revanche la ligne ocre, étroite et droite d'une arche consolidée avec des pierres et bordé de parapets de bois.

« Serions avisés d'écouter le conseil des marchands », suggéra Ruogno.

Mais il connaissait déjà la réponse de la hurle et du grogne, et il ne fut pas surpris de les voir éperonner leurs chevacs et dévaler le flanc abrupt de la gorge. Il éructa un grand nombre de jurons de son répertoire avant de se lancer sur leurs traces. Il se demandait pourquoi il s'obstinait à les suivre au lieu de rejoindre la caravane et de bénéficier de la protection des convoyeurs jusqu'aux Musses de la mort. À Muryd, qu'il connaissait comme sa poche, il se débrouillerait pour attirer Graïrl et ses acolytes sur une fausse piste, sauterait dans *son* radeau et voguerait d'un village à l'autre des bords de la Dorgne pendant un ou deux cycles, le temps de sortir de la mémoire percée du tyran des bas-fonds. Cependant, si sa raison lui conseillait de rebrousser chemin, un vent intérieur le poussait malgré lui dans le sillage de la hurle et du grogne. La curiosité sans doute, le désir ressuscité de rencontrer les êtres de légende qui avaient autrefois bercé ses rêves de p'tio.

Les passages répétés des convois avaient tracé une voie sinueuse entre les arbres, les buissons et les saillies. On l'avait étayée ou remblayée par endroits avec de la terre et des troncs, on avait comblé les crevasses de brindilles et de pierres.

Au sortir d'un virage particulièrement serré, la Dorgne se dévoilait dans toute sa fureur, dans toute sa splendeur. Aussi sombre que le ciel, elle se projetait avec une violence inouïe sur les échines lisses des énormes rochers enracinés dans son lit. Des gerbes d'eau se détachaient de son cours écumant, se pulvérisaient en gouttelettes livides sur les piliers et la voûte de l'arche. Le fond de la gorge semblait incapable d'absorber son débit mugissant, et il se formait au centre du méandre un énorme ressac qui générait des courants contraires où s'entrechoquaient des troncs et des branches ballottés. Impossible de naviguer sur une telle harpie, songea Ruogno. Heureusement, car une Dorgne praticable aurait engendré chez les siffles, ces créatures mystérieuses et finalement autant redoutées que les hurles, la tentation permanente de déborder de leur territoire. On a tout à craindre d'adversaires qui se glissent la nuit dans les habitations pour inoculer leur venin à leurs occupants endormis.

De près, le tablier de l'arche était moins étroit qu'ils ne l'avaient cru, mais, malgré cette largeur inattendue, malgré les parapets protecteurs, ils hésitèrent un long moment avant de s'engager au-dessus de la rivière. Effarouchés par le grondement d'orage qui s'élevait entre les parois resserrées, les chevacs piaffaient et secouaient leurs crinières. Les grolles piquaient de temps à autre vers le fond de la gorge et planaient un petit moment au-dessus d'eux avant de remonter d'un vigoureux battement d'ailes.

Tia sauta à terre et, tirant par la bride sa monture et le chevac de bât, s'avança sur l'arche. Le vent gonfla sa cape brune et lui donna l'allure d'une roussette géante sur le point de s'envoler. Elle dut s'arc-bouter sur ses jambes pour contraindre les deux animaux à lui emboîter le pas. Après qu'elle eut franchi sans encombre le premier tiers du pont, Véhir décida de s'y risquer à son tour. Son chevac le suivit avec docilité. Le tablier paraissait pourtant s'étrangler au-dessus du bouillonnement d'écume, le vent virulent semblait poursuivre l'unique dessein de renverser les créatures dérisoires qui osaient le défier dans cette gorge où il régnait en despote.

La tête rentrée dans les épaules, Véhir gardait les yeux fixés sur la croupe du chevac de bât. Il entrevoyait de chaque côté du ruban ocre la surface grise et tourmentée de la rivière, hérissée de gerbes blêmes qui se tendaient vers lui comme des mains avides et griffues. Il vit soudain le cheval de bât se reculer, se cabrer, arracher la bride des mains de Tia d'un puissant mouvement de tête. La hurle se retourna et, sans lâcher la bride de sa monture, tenta de l'apaiser de la voix et du geste. Mais il s'avérait incapable d'entendre un autre son que celui de sa peur. Il chercha désespérément un passage sur un côté du tablier, hennit, se cabra une nouvelle fois, posa les sabots de ses membres antérieurs sur le flanc de son congénère, comme s'il voulait l'enjamber, puis il se lança sur le parapet et frappa à coups de cornes la barre supérieure, une branche élaguée et liée aux rondins par des cordes. Elle céda dans un craquement à la troisième poussée. Il se prit les membres dans la barre inférieure et, emporté par son élan, bascula dans le vide. Véhir se rendit compte, à la tension brutale de la bride, que l'affolement gagnait sa propre monture. Du coin de l'œil, il aperçut la tête du chevac de bât emporté par le courant. Le vent sifflait de plus belle, des gouttes lui cinglaient la face, le cuir tressé lui râpait la paume et la pulpe des doigts. Le chevac de Tia se dressa de toute sa hauteur sur ses postérieurs. La hurle plongea sur le côté pour esquiver ses coups de sabots. Il partit au grand galop et, comme elle n'avait pas lâché la bride, il la traîna sur une quinzaine de pas jusqu'à ce qu'elle heurte violemment la base d'un rondin, puis il finit de traverser l'arche tandis qu'elle demeurait inerte sur la roche lisse.

Véhir se précipita vers Tia. Sans même s'en rendre compte, il libéra son propre chevac qui fila à toute allure vers l'autre rive. Un filet de sang coulait sur la tempe et la joue de la hurle. La pâleur de sa face et l'étrange relâchement de ses traits lui donnèrent à penser qu'elle était morte.

« Ggrroo... »

Sa respiration se suspendit. Il eut l'impression d'être un rocher battu par les courants dans le lit chagrin de la Dorgne. Il ne prêta aucune attention au crépitement qui enfla derrière lui avant de s'évanouir dans les sifflements du vent et le mugissement de la rivière. Deux grolles aux plumes hérissées se posèrent de part et d'autre du parapet.

« Faut la transporter de l'autre côté au lieu d'rester planté là comme un piquet ! »

Ruogno s'accroupit à côté de Véhir, glissa la main sous le col de la cape de Tia et, du pouce et de l'index, lui palpa les jugulaires.

« Y s'dit par chez nous que les hurles ont cinq vies, grommela le ronge aquatique. Elle en a gaspillé une sur le radeau, une autre dans ct'e trou du cul du diable, doit donc lui en rester trois. »


Tia reprit conscience un peu plus tard, allongée sur le lit d'herbes sommaire que lui avaient confectionné Véhir et Ruogno. Dès qu'elle rouvrit les yeux, les grolles s'envolèrent vers le lit nuageux qui bouchait le haut de la gorge. Ruogno avait rattrapé les trois chevacs apaisés et les avait liés aux troncs de saules rouges. À l'extrémité de l'arche, le chemin repartait en serpentant à l'assaut de la paroi opposée, aussi abrupte que sa jumelle.

Tia flaira l'odeur de Véhir avant d'apercevoir audessus d'elle sa face à la fois tourmentée et souriante.

« Le chevac de bât, gémit-elle. Avons plus de vivres, plus de peaux... »

Il l'interrompit d'un geste de la main.

« Trouverons plus loin de quoi nous nourrir et nous réchauffer. »

Ils attendirent qu'elle eût reconstitué ses forces pour se remettre en route. Le chemin se scindait en deux au sommet du versant. L'un, bordé d'arbustes épineux, coupait tout droit au travers d'un cirque désertique ; l'autre, une sente étroite et tortueuse, bifurquait sur la droite et grimpait par les contreforts rocheux vers les sommets lointains, dentelés et blancs d'un massif montagneux.

« Le chemin des crêtes », murmura Ruogno d'un ton lugubre.

# LIVRE DEUXIÈME

## Le Grand Centre

# CHAPITRE 13

# Ssassi

*Qui peut deviner ce qui s'aglume dans la tête d'un siffle ?*
*Sûrement pas ce ronge étourdi,*
*lequel tomba museau à museau sur un écailleux*
*qui s'en revenait d'une longue dormance*
*et n'avait pas ripaillé depuis des lunaisons.*
*« Faites excuse, seur siffle, j'vous ai dérangé, dit le ronge,*
*apeuré mais certain que son vis-à-vis le laisserait*
*repartir en paix.*
*— Je te sssais gré de m'avoir réveillé, au contraire, dit le siffle.*
*Sssinon j'aurais pu roupir jusqu'à ma mort prochaine.*
*Mais j'ai faim asteur et je ne flaire aucun gibier.*
*— Aruez-vous donc un brin plus loin. J'ai vu quelques bou-*
*quins et quelques mulots qui n'demandent qu'à garnir votre*
*estomac.*
*— Je n'aurai pas le courage de bouger d'ici tant que je n'aurai*
*pas goburé une proie.*
*— M'regardez pas avec ces yeux enjomineurs ! dit le ronge.*
*J'ai comme l'impression que vous faites erreur.*
*— Ce n'est pas une erreur, sssac de poils. »*
*À peine a-t-il prononcé ces mots que notre siffle*
*se jette sur notre ronge, l'envenime de ses crochets*
*et le gobure sans autre forme de procès.*

*Parfois les prédateurs se ripaillent entre eux,*
*quoi qu'en dise la loi des clans.*

Les fabliaux de l'Humpur

Bien qu'épaisse de moins d'un pouce, la neige escamotait le sentier. Ciel et terre se confondaient dans une blancheur aveuglante, et les gueules des précipices, bâillant de part et d'autre de la ligne de crêtes, étaient dorénavant les seuls contrepoints sombres, les seuls repères. Le vent soulevait des tourbillons de poudreuse qui fusaient sur l'immensité blanche comme des spectres et se formaient déjà en congères au pied des rochers. Les grolles avaient disparu, comme si elles avaient renoncé à affronter l'hiver précoce. Les chevacs avançaient au pas, la tête baissée. Protégés du froid par leur laine, ils refusaient de se lancer au trot sur le sol gelé et glissant.

Contrairement à ce qu'avait espéré Véhir, ils n'avaient pas rencontré une seule demeure habitée dans ce paysage de désolation, seulement des masures en ruine. Ils n'avaient donc pas eu la possibilité de passer une nuit au chaud, de se ravitailler, de se fournir en couvertures de laine ou de peau. Comme ils ne trouvaient ni bois ni herbes pour faire du feu, ils dormaient serrés les uns contre les autres au milieu du cercle approximatif formé par les chevacs allongés.

Véhir éprouvait de grandes difficultés à s'endormir au long de ces nuits désespérantes. Il y avait d'abord ce chœur de voix caverneuses qui montait du ventre de la montagne et chantait jusqu'à l'aube comme si tous les sorciers des enfers tenaient sabbat dans les gouffres voisins. Il y avait ensuite et surtout cette peur grandissante que ses deux compagnons ne profitent de son sommeil pour se jeter sur lui et le dévorer. Ils rentraient presque toujours bredouilles de leurs chasses – Ruogno était à peu près aussi gauche et pesant que Véhir lorsqu'il s'agissait de débusquer et de traquer le gibier ; seule Tia rapportait de temps à autre un lièvre des neiges de ses expéditions, un failli bouquin qui n'avait que la fourrure sur les os et dont la carne se révélait aussi dure que de la pierre – et il lui semblait deviner des lueurs fugaces de convoitise dans les regards de la hurle et du ronge. Après le froid, la faim devenait maintenant leur ennemie principale, obsédante, qui les ramenait à leur condition première, qui restituait l'un à sa condition de ripaille et les deux autres à leur nature de prédateurs. S'ils ne trouvaient pas rapidement quelque chose à manger, Tia et Ruogno oublieraient la courte histoire qui les liait au grogne. L'attitude distante de la leude augurait d'un retour imminent à un ordre instinctif, régressif. Elle maigrissait à vue d'œil, son poil se ternissait, ses joues se creusaient et prenaient peu à peu la consistance du givre.

Les forts avaient la solution de dévorer le faible, c'était donc au faible de résoudre le problème. Véhir avait proposé de sacrifier un chevac, mais Tia lui avait rétorqué d'un ton sec qu'il n'était pas question de se séparer d'une seule de leurs montures : les chevacs, insensibles au froid, capables de marcher plusieurs jours sans s'alimenter, représentaient leurs seules garanties de survie dans un contexte aussi hostile. Dès lors, le grogne s'usait les yeux à scruter les environs, cherchait un toit, une fumée, une silhouette, un mouvement entre les rares sapins pétrifiés, mais il ne décelait aucune trace de vie dans le vide blanc qui buvait les couleurs et les bruits.

Bien que Tia fût plus grande et avide que Ruogno, bien que celui-ci fût également mieux protégé par sa fourrure et son épaisse couche de graisse, ce fut le ronge aquatique qui, le premier, passa à l'offensive. Alors qu'ils s'étaient réfugiés sous un surplomb rocheux et que la leude était partie en chasse avant la tombée de la nuit, Véhir et Ruogno s'étaient chargés de desseller les chevacs et de monter un petit muret de neige qui les isolerait du vent glacial. Cela faisait deux jours que le batelier ne s'exprimait que par bribes et deux nuits qu'il dormait pelotonné contre le flanc de sa monture à l'écart de la hurle et du grogne. Occupé à tasser la neige en blocs, Véhir ne sentait plus ses doigts ni ses pieds. Le froid qui transperçait ses bottes et ses vêtements engourdissait également sa méfiance. Il ne vit pas Ruogno dégainer son espadon et s'approcher silencieusement dans son dos. Un crissement de bottes sur la neige l'entraîna à tourner la tête. Il fut d'abord surpris par la densité suffocante des ténèbres. La nuit n'avait été qu'une ébauche grise lorsqu'il avait entamé le muret. Puis une silhouette fondit sur lui et un trait sombre s'abaissa vers son crâne. Hébété, transi, il eut encore le réflexe de se jeter sur le côté.

L'espadon de Ruogno souleva une gerbe de neige à deux pouces de sa joue. La démence agrandissait les yeux du batelier, retroussait sa lèvre supérieure, hérissait le poil de sa face.

« Grrii, grrii, j'vais enfin ripailler d'la fameuse viande de grogne ! Larigoter du sang chaud de grogne ! »

Il leva son espadon au-dessus de sa tête. Véhir plongea la main dans la poche de son pardessus mais ses doigts gourds, raides, furent incapables d'empoigner le manche de la dague.

« C'est toi et la hurle qui m'avez entraîné dans ct'e beurnasserie ! J'aime encore mieux me coltiner Graïrl et ses coupe-jarrets que de crever céans de faim et de froid ! »

Ses glapissements ébréchaient comme des lames grinçantes le silence nocturne. Trop faible pour se défendre, Véhir lança un regard désespéré sur les environs. Seule l'intervention de Tia pouvait le tirer de ce mauvais pas, mais les ténèbres restaient inertes, comme piégées par le froid.

« Dommage pour toi ! poursuivit Ruogno. Avec les trois chevacs et une bonne réserve de viande, j'devrais pouvoir me sortir de cet enfer et m'en retourner à Muryd. »

Il abattit à nouveau son espadon, mais, guère plus vaillant que le grogne, déséquilibré par le poids de son arme, il manqua largement sa cible et tomba à genoux. Véhir en profita pour se relever et mettre une dizaine de pas entre son agresseur et lui. Le moindre effort coûtait une énergie folle, coupait le souffle, brûlait les poumons, affolait le cœur, tétanisait les jambes. Véhir se rendit compte, un peu tard, qu'il s'était éloigné des chevacs attachés au tronc d'un sapin. Ruogno s'en était également aperçu, qui se releva en jurant et se plaça entre le grogne et les animaux.

« Je t'estime, mieux même que bérède de ronges, mais j'ai faim, t'entends ? reprit le batelier, dont la voix avait maintenant perdu son agressivité pour revêtir des intonations suppliantes. La vie est ainsi faite que l'un de nous peut permettre à l'autre de survivre. Si je ne te saigne pas, nous périrons tous les deux.

— Et Tia ? »

Véhir cherchait à gagner du temps. Ses doigts se désengourdissaient progressivement dans la poche de son pardessus, des aiguilles enflammées lui transperçaient les ongles, le métal lisse de la dague commençait à frémir dans le creux de sa paume.

« Elle a sans doute descampi, ou lui est arrivé quelque chose. En tout cas elle r'pointera plus le museau dans les parages. »

Véhir se souvint que le batelier s'était éloigné quelques instants avant de dételer les chevacs et se demanda s'il ne s'était pas au préalable débarrassé de la hurle avant de s'attaquer à lui. Le feu de la colère se propagea dans ses veines et accusa le contraste avec la morsure du froid. L'espadon posé sur l'épaule, le batelier s'avança d'une allure mal assurée vers le grogne. Le temps d'un roucoulement de tourterelle, Véhir fut taraudé par l'envie de capituler, de s'offrir aux coups de Ruogno. Même s'il n'était pas un gavard, il gardait de sa condition de grogne, enracinée au plus profond de lui, cette propension au sacrifice entretenue par des générations et des générations d'ancêtres qui s'étaient couchés sous les crocs et les griffes des prédateurs afin de sauvegarder leurs communautés. Puis l'instinct de survie reprit le dessus et il enroula ses doigts encore malhabiles autour du manche de la dague.

C'est alors que des bruits de pas étouffés et précipités s'élevèrent dans la nuit. Surpris, le grogne et le ronge flairèrent le vent, scrutèrent l'obscurité, ne détectèrent aucune odeur.

« Tia ? » cria Véhir.

Une respiration précipitée, sifflante, enflait peu à peu dans le silence lugubre. La langue pendante, les yeux exorbités, Ruogno était désormais incapable d'esquisser le moindre geste.

« Tia ? » répéta Véhir.

Une forme grise fendit le rideau de ténèbres et fit quelques pas dans leur direction. Ce n'était pas Tia, mais une créature vêtue d'un ample manteau de fourrure et d'un fichu de laine qui ne laissait apparents que les yeux. Des yeux jaunes, fendus, agrandis par la frayeur, barrés par les traits noirs et verticaux des pupilles. Un regard inquiétant, fascinant, dont Véhir ne parvenait pas à se détacher.

« Évite de la fixer, chuchota Ruogno. C'est une femelle siffle. »

Les mises en garde du batelier eurent pour seul effet d'aiguillonner la curiosité de Véhir. Il avait entendu parler des siffles par quelques anciens de Manac qui, sur l'ordre du comte, avaient livré un contingent de gavards à une ambassade d'Ophü de passage à la cour de Luprat. De leur bref contact avec la délégation siffle, les anciens avaient gardé le souvenir d'êtres mystérieux aux mines sournoises et à la peau écailleuse. On disait d'eux que, comme les vipères et les couleuvres, ils goburaient leurs proies entières, vivantes – une rumeur confirmée par le cousin roux sur la rive du lac –, et qu'ils avaient ensuite besoin de plusieurs jours pour les digérer. Il en ressortait que la communauté préférait ses maîtres hurles, mais c'était sans doute une façon pour les grognes de justifier leur inqualifiable résignation.

Sur les bords du fichu naissaient les sillons qui striaient les joues et le crâne de la siffle. Des gémissements à peine perceptibles se glissaient dans ses halètements. Elle resta immobile le temps d'un brame de cerf, puis, sans un mot, elle dénoua son fichu et le jeta dans la neige. Aucun pelage ne couvrait son crâne et sa nuque luisants, squameux, étoilés de taches noires. Son museau triangulaire et court se perçait en son extrémité de deux narines minuscules et rondes. Elle dégrafa les attaches de son manteau de fourrure. Elle ne portait rien en dessous, hormis des bottes fourrées qui lui montaient jusqu'aux genoux. Véhir aperçut son ventre gonflé, ses mamelles lourdes, ses jambes longues et fines. Aucune écaille, aucun poil ne troublait la peau de son corps, aussi blanche, lisse et tendre que la couenne des pucelles de Manac. Elle lui lança un regard indéchiffrable, retira son manteau, l'étala sur le sol et s'allongea dessus, la tête posée sur son fichu, les jambes relevées et écartées.

« Par les coïlles de mon géniteur, ct'e sac d'écailles va nous pondre un œuf ! » s'exclama Ruogno.

Le ventre distendu de la siffle fut secoué par une série de convulsions qui lui arrachèrent un cri et corroborèrent les propos du batelier. Véhir n'avait jamais eu l'occasion d'assister à un aptiotement dans la communauté, les mâles étant proscrits dans la salle où les troïas mettaient bas. Le froid et la nuit semblaient tout à coup reprendre vie, s'emplir de la magie et de la douleur de la naissance. La femelle siffle serrait les mâchoires, étouffait ses cris, labourait la neige et la terre de ses talons, s'interrompait à intervalles réguliers pour tourner la tête dans leur direction et leur adresser une supplique muette.

« C'est l'moment ou jamais ! » gronda Ruogno.

Brandissant son espadon, il s'avança de deux pas vers la siffle, mais le grogne lui barra le passage, la dague levée à hauteur de poitrine.

« Sois pas si empressé, le grogne, ton tour viendra après ! » marmonna le batelier.

Véhir ne répondit pas, mais son air résolu et la flamme nouvelle qui embrasait ses yeux rouges suffirent à intimider Ruogno, qui se souvint à propos que le grogne avait occis cinq ou six des coupe-jarrets de Graïrl dans l'auberge de Muryd.

« Tu connais pas les siffles, espèce d'imberloqué, insista le ronge. Tu comprends donc pas qu'elle s'occupera de nos couennes dès qu'elle aura aptioté ? Elle a dans ses crochets de quoi envenimer tous les habitants du pays de la Dorgne. J'lui réglerai son compte si tu t'en sens pas le courage. »

Véhir ne s'écarta pas, et ce fut Ruogno qui, comprenant qu'il n'avait aucune chance d'infléchir la volonté de son vis-à-vis, rompit le premier et s'éloigna d'un pas lourd en direction des chevacs.

« N'attends aucune gratitude de sa part, maugréa-t-il en saisissant sa selle posée dans la neige. Elle t'enjominera et te goburera tout entier aussi vrai que j'm'appelle Ruogno. Et tu pourras pas m'reprocher de pas t'avoir prévenu, vu que tu s'ras dans son estomac. »

La siffle avait expulsé des débris qui ressemblaient à des fragments de coquille brisée. De semblables restes jonchaient les nids de vipère. Une ancienne de Manac avait un jour expliqué à Véhir que les petits des serpents naissaient dans des œufs mais que, contrairement aux oiseaux, aux poissons et aux insectes, ces mêmes œufs restaient dans le ventre de la mère jusqu'à leur éclosion. Les siffles n'avaient apparemment pas que les écailles, les crochets et le venin en commun avec les reptiles. Malgré sa souffrance, malgré l'intensité de ses efforts, la femelle ne transpirait pas. De même, aucune vapeur ne montait du sang qui s'écoulait de son bas-ventre et se délayait dans la neige. Elle continuait d'évacuer les morceaux de coquille, dont certains, très larges, lacéraient le sillon de sa terre secrète et l'intérieur de ses cuisses. Véhir chercha un moyen de soulager sa souffrance, puis il estima que toute intervention de sa part serait comme une violation dans une cérémonie intime. Ces instants appartenaient à la siffle, ce serait une hérésie que de les lui dérober. Sans compter que son ignorance et sa maladresse risquaient d'avoir l'effet inverse à celui escompté. Il veilla donc sur elle en silence, surveillant du coin de l'œil Ruogno qui s'affairait entre les chevacs. Elle lui lançait de temps à autre un regard implorant comme elle se serait accrochée à une aspérité pour ne pas basculer dans un précipice. Sa langue en forme de fourche pointait entre les deux crochets recourbés qui saillaient sous sa lèvre supérieure. Un spasme la secoua de la tête aux pieds et la laissa pantelante sur sa fourrure étalée. Elle leva le bras en direction du grogne. Il lui saisit la main après un court moment d'hésitation : ses trois doigts glacés et dépourvus de griffes avaient la finesse et la souplesse de pattes d'araignée. Son ventre ondula de nouveau, comme balayé par une puissante vague intérieure. Il vit nettement la poussée du p'tio sur son bas-ventre, une bourrade qui évoquait la charge d'un bélier. Il entendit les éclats d'une dispute derrière lui. Il n'eut pas besoin de se retourner pour reconnaître la voix de Tia. Son attention fut attirée par un mouvement entre les cuisses de la siffle : une petite tête humide, luisante, squameuse, pendait maintenant au-dessus de la neige. Les doigts de la siffle se recroquevillèrent dans la paume du grogne. Elle émit une longue plainte avant de s'arc-bouter sur ses jambes puis, dans un ultime effort, expulsa le corps de son rejeton. Projeté entre les pieds de sa mère, le nouveau-né resta inerte le temps d'un chant de coucou avant de gigoter de ses quatre membres et de libérer un braillement suraigu entrecoupé de sifflements. Quelques fragments de coquille étaient restés collés à son crâne et à ses épaules. Il sembla à Véhir que c'était un mâle et que, contrairement à sa mère, des écailles brun, rouge et noir lui couvraient presque entièrement le dos, les bras et les jambes. La siffle surmonta son épuisement pour se redresser, le soulever entre ses mains tremblantes et l'envelopper d'un regard à la fois scrutateur et chaviré de bonheur. Puis elle le serra contre sa poitrine, remonta son manteau de fourrure sur ses épaules et, de sa main libre, maintint le col resserré à hauteur de son cou. Le sang, un sang

visqueux, presque noir, s'écoulait lentement des égratignures de ses cuisses. « Les mères arrosent les racines
de leurs petits, avait dit Jarit, elles leur permettent de
se dresser vers le ciel comme des chênes ou des
hêtres... » Ce p'tio ne mesurerait jamais sa chance de
ne pas avoir été arraché dès sa naissance des bras de sa
mère.


Elle s'appelait Ssassi et était la douzième et plus
jeune épouse de Ssenal, le roi d'Ophü. Les oracles du
temple de l'Humpur avaient prédit que la naissance de
cet enfant provoquerait la chute de la dynastie
régnante et plongerait le royaume dans une longue
période d'affliction et de disette. En réalité, Ssassi pensait que les épouses délaissées du harem royal avaient
fomenté un complot avec les lais pour se débarrasser
de leur jeune rivale et regagner les faveurs du roi.
« Ssenal n'a pas voulu me condamner à mort, j'étais
sssa favorite. Il a ssseulement décrété que mon p'tio
serait exécuté à sa naissance. J'ai attendu la lunaison
des arbres défeuillés pour descampir. Les premiers
froids engourdissent les prévôts, et je pensais qu'il me
ssserait plus facile de tromper leur vigilance. Mais la
première épouse du roi les a prévenus, et ils se sssont
lancés à mes trousses. »
Ses propres sifflements et les bruits de succion de
son rejeton enfoui sous son manteau et pendu à ses
mamelles entrecoupaient ses propos. Assis à l'écart,
Ruogno évitait soigneusement de croiser le regard de
la siffle. Il y avait une part de remords dans son attitude, mais également et surtout une peur irraisonnée
d'être enjominé, envenimé et goburé. Il avait d'abord
eu l'intention de mettre la plus grande distance possible entre l'écailleuse et lui, mais Tia l'avait convaincu
de rester en leur compagnie en argumentant que, seul,
il n'aurait aucune chance de redescendre vivant du chemin des crêtes.

Bien que la piste d'un chamois l'eût entraînée à plusieurs lieues du campement, la hurle n'avait rien rapporté de sa chasse. En revanche, elle était tombée sur une imposante escouade de soldats aux capes frappées du blason du roi d'Ophü, un serpent enroulé autour d'un sabre recourbé. Un cousin roux et deux miaules cernaient le chamois tacheté à l'intérieur d'une haie circulaire de soldats. Des cantinières siffles emmitouflées dans des manteaux de fourrure alimentaient le feu qui brûlait à proximité d'un chariot et faisait fondre la neige sur un rayon de trois pas. Comme elle s'était placée dans le bon sens du vent, aucun d'eux n'avait flairé son odeur. La mort dans l'âme, elle avait renoncé à son gibier et était revenue sur ses pas.

« Ça fait trois jours et trois nuits qu'ils me pistent, poursuivit Ssassi. Ils ont failli me regrappir dans la ferme où je m'étais réfugiée, mais des chiens sssauvages ont donné l'alerte et j'ai pu m'ensauver. Ils n'abandonneront pas tant que je n'aurai pas franchi les frontières d'Ophü. Les légendes du chemin des crêtes ne les arrêteront pas.

— Elles débagoulent quoi, ces légendes ? » s'enquit Véhir.

Ssassi leva sur lui ses grands yeux jaunes, et, à nouveau, il fut envoûté par son regard. Il eut l'impression qu'elle n'avait qu'à en fredonner le désir pour qu'il aille de lui-même se jeter dans sa gueule, qu'elle avait immense comme le démontraient ses fréquents bâillements.

« Elles parlent de monstres gigantesques conduits par des cohortes de démons grimaçants. Sssi un guingrelin a le malheur de les rencontrer, il a le choix entre être transformé en démon ou ripaillé par les monstres. Il n'en revient jamais en tout cas.

— Comment est-ce que vous le savez, alors ? maugréa Ruogno qui fixait obstinément le bout de ses bottes.

— Un roi sssiffle a réussi à s'en retourner dans les temps très anciens. Il a perdu toute son armée, des

279

centaines et des centaines de sssoldats, mais, aidé par un grand sssserpent, il a déjoué les ruses des démons et égaillé les monstres avec son sssabre. C'est depuis ce jour que l'emblème d'Ophü est le sssserpent et le sssabre. Et vous, qu'est-ce que vous aricotez sur le chemin des crêtes ? »

Tia retraça brièvement la succession d'événements qui les avaient conduits dans le royaume d'Ophü.

« J'ai ouï d'un compère voyageur les apparitions des dieux humains dans les grottes du Grand Centre », murmura Ssassi d'un air songeur après avoir jeté un coup d'œil dans l'échancrure de son manteau et constaté que le p'tio, gavé de colostrum, s'était assoupi.

Elle frissonna et rabattit les pans de son vêtement sur ses jambes. Un rayon de lune tomba entre deux nuages et miroita sur les écailles de son crâne.

« Mais je croyais que ce n'était qu'une fabulette pour les sssifflins.

— Ni plus ni moins que vos stupides légendes sur les crêtes, grrii ! » intervint Ruogno d'un ton rogue.

La face de Ssassi demeura impassible mais sa langue fourchue jaillit de sa gueule entrouverte et se trémoussa furieusement devant son museau. Les ronges, constata Véhir, avaient réussi à se créer des ennemis ancestraux de part et d'autre du duché de Muryd. À l'ouest ils vivaient dans la peur de la puissance guerrière des hurles, à l'est dans la crainte de la sournoiserie envenimée des siffles. Et l'intrusion de Ssassi dans leur petit groupe multipliait par deux les terreurs immémoriales de Ruogno.

« Çui a vu leurs merveilles dans leur ancienne demeure, fit Tia en désignant Véhir.

— J'ai ripaillé du grogne au palais d'Ophü, dit Ssassi après un court instant de silence. Et jamais n'avais mangé une viande d'aussi bonne goûture. Mais quelle confiance accorder aux dires d'un sssous-merde promis à la broche ? Il débagoulerait n'importe quelle fredaine pour échapper à son destin.

— Il a empêché le ronge de vous écacher, toi et ton p'tio, objecta Tia.

— C'est pour ça que je ne l'ai pas ripaillé. Pourtant, si je ne mange pas rapidement, mon p'tio n'aura pas asssssez de lait pour vivre. »

Véhir se rendit compte qu'il lui serait difficile d'échapper à son destin de grogne. De lui dépendait à présent la survie de quatre prédateurs perdus dans l'immensité neigeuse des crêtes. Il prit également conscience qu'il y avait une certaine grandeur à servir de pâture aux autres êtres vivants. C'était une façon comme une autre de déployer la vie à travers le temps. La sévérité de son jugement sur les grognes de Manac s'estompa. L'élevage des gavards et les lois iniques qui en découlaient, le grut collectif, la séparation des nouveau-nés de leurs mères, le tabou individuel, engendraient une indifférence affective qui permettait aux uns et aux autres d'accepter l'inadmissible et de continuer à vivre. Ils s'acharnaient à perpétuer l'espèce en attendant des jours meilleurs, sans s'apercevoir qu'ils perdaient peu à peu la mémoire, qu'ils franchissaient une frontière d'où il leur serait impossible de revenir. Un épanchement de compassion recouvrait à présent les ruines de la révolte qui l'avait poussé à briser les planches de l'enclos de fécondité. Il n'éprouvait plus aucune répulsion, plus aucun mépris à l'encontre de ses frères grognes. Il avait été pris de pitié devant les gavards, devant Ombe la mêle, devant le couple de glousses qui les avait hébergés sur les bords de la Dorgne, mais pour la première fois, il ressentait cet amour ineffable dont les yeux et la voix de Jarit lui avaient donné un premier aperçu.

« Sui'j... Si vous voulez, pouvez asteur me ripailler, déclara-t-il d'un ton hésitant.

— Tu perds la tête ! » protesta Tia.

Mais il lut dans ses yeux clairs que l'idée avait déjà tracé son chemin dans les pensées de la hurle.

« On trouve pas de gibier dans le coin, insista le grogne. Mieux vaut qu'un seul meure plutôt que cinq.

— T'avais pas l'air d'accord avec ça tout à l'heure ! gronda Ruogno.

— T'avais pas non plus l'intention de partager », rétorqua Véhir.

Le ronge donna quelques coups d'incisives dépités sur un bout de la branche de sapin qu'il avait coupée et taillée avec son espadon. Un vent tourbillonnant étirait la neige en nappes fines et rasantes.

« Donnons-nous encore un jour avant de prendre une décision, proposa Tia.

— Le p'tio résistera sûrement pas un jour.

— Ma réserve de lait devrait sssuffire jusqu'à la nuit prochaine, affirma Ssassi.

— Vous autres, siffles, avez la même façon d'aptioter que les vipères, et pourtant, les vipereaux ne tètent pas leur mère », fit observer Véhir.

La langue dansante et agile de Ssassi réapparut entre ses crochets découverts.

« Avons des écailles, des crochets envenimeux, notre emblème est le grand ssserpent, mais ne sssommes ni des vipères ni des couleuvres ! lâcha-t-elle d'un ton exaspéré.

— Au fait, est-ce que tu as trouvé un nom pour ton p'tio ? » demanda Tia.

La question désamorça le courroux de la siffle, qui écarta les pans de son manteau et contempla son rejeton endormi sur le coussin de ses mamelles.

« Il s'appellera Ssimel, comme le roi des anciens temps qui revint des crêtes.

— Eh bien, si tu veux que ton Ssimel vive, devons descampir sans tarder ou, à l'aube, les éclaireurs miaules et le cousin roux auront tracé notre piste. »


Afin de ménager leurs montures, soumises à rude épreuve depuis plusieurs jours, ils marchèrent toute la nuit en tirant les chevacs par les rênes, hormis Ssassi qui, trop épuisée pour tenir sur ses jambes, les chevauchait à tour de rôle. Un vent pénétrant, hurlant, balayait la neige accumulée sur les branches des sapins ou sur les éperons rocheux. Les rayons intermittents de la lune et des étoiles saupoudraient d'argent la ligne de crêtes que ne protégeait aucune barrière, aucun massif. Ils évoluaient selon Ssassi à trois mille pouces d'altitude, dans ces contreforts des montagnes du Grand Centre que les siffles surnommaient le plateau des Millevents. Rarissimes étaient les êtres vivants capables de résister aux rigueurs d'un hiver qui s'y installait dès la fin de la lunaison des chaleurs tardives pour ne se retirer qu'au début de la lunaison des pollens.

Ils ne croisèrent pas âme qui vive jusqu'au crépuscule du jour suivant. Plus préoccupant, ils ne décelèrent aucune trace ni aucune odeur de gibier et durent se contenter d'étancher leur soif en suçant de la neige. Véhir voyait avec inquiétude la lumière décliner sous le couvercle nuageux d'où tombaient de régulières averses de flocons. Il n'oubliait pas les propos qu'il avait tenus la veille à ses interlocuteurs. Au fur et à mesure que se rapprochait l'heure du sacrifice, il regrettait cet accès de générosité qui l'avait poussé à leur proposer son sang, sa viande et ses viscères. Tiraillés par leur fatigue et leur faim, ils l'épiaient avec un autre regard, ils ne voyaient plus en lui l'être doué de parole mais une simple promesse de ripaille. Il lisait toute l'âpreté de son combat intérieur dans les yeux de Tia, ces miroirs transparents où se reflétaient les désirs et les regrets. Lui-même, s'il sentait ses forces décliner, paraissait supporter aussi bien et même mieux qu'eux cette épreuve de la traversée du chemin des crêtes. Ssimel vagissait à fendre l'âme sous le manteau de fourrure de Ssassi, signe que les mamelles de la siffle commençaient à s'assécher. Ruogno mordillait sans cesse l'un des éclats de sapin dont il avait bourré ses poches.

Exténués, ils s'arrêtèrent à la tombée de la nuit au pied d'un promontoire dont l'avancée leur offrait un toit. Les averses de la journée avaient épaissi le manteau neigeux et la température s'était encore abaissée de plusieurs degrés. Ils aidèrent Ssassi à descendre, dessellèrent les chevacs et s'assirent contre la paroi intérieure pour détendre leurs membres douloureux. La siffle eut beau présenter ses tétins crevassés à son p'tio, il ne cessa de vagir, et, en cet instant, ils auraient préféré entendre les vociférations des démons des légendes plutôt que de subir les cris déchirants d'un nourrisson affamé.

Ce fut Tia qui prit l'initiative de briser la gêne qui s'était posée entre eux comme une grosse pierre.

« Ce que tu as dit hier soir, Véhir, ça tient toujours ? »

Ballotté par une vague de panique, le grogne contint à grand-peine une violente envie de se relever et de courir tout droit devant lui. Mais ses jambes flageolaient, les chevacs étaient fatigués, et la nuit glaciale sauterait sur la première occasion de souffler la flamme ténue de sa vie. Il se demanda comment Jarit aurait réagi dans ces circonstances. L'ermite n'avait jamais trouvé le courage de quitter sa forêt, sa prison sournoise selon ses propres termes, et donc n'avait jamais été placé devant un tel dilemme. Curieux comme l'envie de vivre se faisait irrésistible dans les parages de la mort. Les bruits, les lumières, les caresses, les odeurs, les saveurs révélaient toute leur importance quand les événements conviaient au renoncement suprême. Les lais de l'Humpur présentaient la mort comme un passage vers le paradis des dieux humains – ou vers l'antre du Grand Mesle si on avait transgressé les dogmes –, mais, sur le seuil de la porte, elle apparaissait soudain comme une plongée désespérante dans l'oubli, comme une dispersion dans le vide.

« On peut aussi manger un chevac, Véhir, reprit Tia. Rien ne t'oblige à...

— Nous, on peut l'y obliger ! coupa Ruogno.

— J'ai besoin de lait pour mon p'tio, gémit Ssassi.

— Ai'j pas envie de mourir », balbutia Véhir, au bord des larmes.

À peine avait-il prononcé ces mots qu'il commença à retirer son pardessus. Quelle que fût la manière, la mort n'était pas glorieuse, car aucun être vivant n'accepte d'un cœur léger de déchirer l'enveloppe corporelle qui contient sa vie, mais au moins la mort pouvait être utile. Il dégrafa ensuite son ceinturon, posa l'espadon contre la roche, se dévêtit de sa tunique, de ses bottes, de sa brague. À chacun de ses gestes, il refoulait la peur qui lui commandait de s'emparer de sa dague et de s'étourdir en un ultime combat. Les trois prédateurs l'observaient en silence, les yeux injectés de sang, les lèvres retroussées, la langue pendante. Eux aussi, comme les grognes de Manac, emmuraient leurs émotions, leurs sentiments, pour ne pas fléchir au moment de boire son sang.

Lorsqu'il se présenta nu devant eux, un froid intense l'enveloppa et engourdit ses regrets.

« Prendrez mes habits pour couvrir le p'tio, déclarat-il d'une voix qu'il voulait solennelle mais qui n'était que caverneuse, comme s'il s'exprimait déjà depuis l'au-delà. Je vous confie la dague des dieux humains. Ai'j pas... Je n'ai pas été digne d'elle.

— Tu en as été le plus digne de nous tous », murmura Tia en se relevant.

La hurle l'inspecta de la tête aux pieds. Même s'il s'était amaigri depuis leur départ de Luprat, même si on lui voyait les côtes, même si les nuits à la belle étoile avaient tanné sa couenne, elle le trouva appétissant. Le chant grondant de son estomac réduisit au silence la petite voix agaçante qui lui serinait qu'elle allait perpétrer l'acte le plus ignoble de sa jeune existence. Elle se réservait le cœur. Le manger, c'était la façon la plus naturelle d'exprimer son élan. Le temps des remords viendrait après, quand elle serait repue, quand il ne resterait de cet étrange grogne que des os et des souvenirs.

Ruogno et Ssassi se levèrent à leur tour et se rapprochèrent de Véhir. La siffle dénoua fébrilement son fichu dans lequel elle emmaillota Ssimel, qui hurla de plus belle, puis elle retira son manteau, l'étala sur le sol et y posa son p'tio. Véhir entrevit l'entrelacs bleuté de ses veines sous sa peau translucide. Il plongea tout entier dans les yeux lumineux de la siffle, dans l'espoir d'être enjominé, apaisé, délivré de la peur hideuse qui se répandait en lui comme un poison violent. Il la vit distendre la gueule et dégager ses terribles crochets, sentit sur sa poitrine et son bas-ventre le souffle chaud de Tia, flaira un bouquet d'odeurs fortes, perçut le mugissement du vent, le hennissement d'un chevac, les vagissements du sifflin...

Les larmes roulaient en silence sur ses joues. Il eut encore le temps de se remémorer la fin de Jarit, sa dignité dans la mort, la noblesse de ses traits. Des crocs se promenaient sur son cou, cherchaient la jugulaire. Les paroles d'agonie de l'ermite se détachèrent de son tapage intérieur : *Tu es le dernier lien avec les dieux humains, écoute ton cœur...* Il avait écouté son cœur, et ses trois bourreaux, prisonniers de leur faim, allaient trancher ce dernier lien.

Quelle importance ? Cela faisait trop longtemps que les dieux humains avaient renié leurs créatures.

## CHAPITRE 14

# Ssenal

*Un henne fut un jour surpris en train de saillir*
*une glousse derrière un buisson.*
*On cria sitôt scandale,*
*on manda les prévôts, les lais de l'Humpur,*
*on jugea les deux fautifs à être écartelés par des chevaux,*
*à subir l'épreuve de l'ébouillage,*
*et enfin, à être jetés dans les flammes du bûcher.*
*La voix d'un vieux mêle s'éleva de l'assistance :*
*« Pourquoi donc les traiter si durement*
*pour une saillie qui est en principe impossible ?*
*— N'avons pas jugé le fait, mais l'intention, dit l'archilai.*
*— Si vous exécutiez tous ceux qui ont des mauvaises pensées,*
*ne resterait plus grand monde dans le pays de la Dorgne. »*
*Tous rirent autour du vieux mêle,*
*car il parlait de vérité.*
*On rit moins lorsque les prévôts vinrent l'agrappir*
*et le hissèrent avec les deux condamnés sur le bûcher.*

*Souvent les puissants prêchent la fausse vérité,*
*malheur à çui qui proclame la vérité vraie.*

Les fabliaux de l'Humpur

Le messager, un officier des troupes déployées sur la frontière occidentale, se traîna péniblement dans le couloir qui donnait sur la salle du trône. Engourdis, les gardes négligèrent de lui confisquer ses armes et de lui poser les questions d'usage. Surpris par les premières vagues de froid, les siffles n'avaient pas eu le temps de prendre les dispositions habituelles : ils n'avaient pas réactivé l'immense chaudière centrale qui chauffait les nids, les places et les galeries de la cité souterraine, ils n'avaient pas comblé les fossés ni érigé la triple rangée de herses métalliques qui protégeaient le cœur d'Ophü des incursions des clans voisins, ils n'avaient pas recensé les élevages de rongeurs et d'insectes qui constituaient la base de leur nourriture durant les lunaisons hivernales, ils n'avaient pas disposé les guetteurs miaules et cousins roux aux frontières du royaume...

Les oracles du temple de l'Humpur n'avaient pas prédit la précocité de l'hiver. Convoqués par le roi Ssenal, sommés de se justifier, l'archilai et ses assesseurs avaient déclaré que les dieux humains envoyaient cette épreuve au roi afin de lui signifier leur colère : n'avait-il pas fait preuve d'une faiblesse indigne d'un souverain en refusant d'exécuter sa douzième épouse, Ssassi, la félonne qui avait placé ses intérêts individuels au-dessus de l'intérêt commun ? Tant que les prévôts n'auraient pas regrappi la mère et l'enfant, de graves menaces continueraient de planer sur le royaume. Sur le conseil des premières épouses, le clergé avait exploité les circonstances pour convaincre Ssenal, jusqu'alors irrésolu, d'en finir une bonne fois pour toutes avec sa favorite. Cinq autres détachements avaient été expédiés sur les traces de la fugitive avec pour ordre de rapporter sa tête et celle du p'tio au palais d'Ophü.

Le messager s'avança dans la salle du trône. Une activité léthargique et des conversations en sourdine évinçaient l'agitation bruissante qui caractérisait d'ordinaire cette pièce, la plus vaste et la plus fréquentée du palais royal. Des colonnes de lumière diurne tom-

l'offensive, les prémices de l'hiver, une période critique pour les siffles dont l'engourdissement les rendait aussi vulnérables que des nouveau-nés. Ssenal lança un regard furibond à l'archilai, debout aux côtés de sa première épouse près de la margelle du foyer central. Les oracles du temple n'avaient pas davantage prévu l'incursion des hurles que l'arrivée de l'hiver. Il se retint d'apostropher le responsable du clergé. Il connaissait par cœur ses arguments : les voies impénétrables de l'Humpur, les impondérables du pouvoir, le temps des épreuves... Ssenal savait également que la prédiction au sujet de l'enfant de Ssassi n'était que le résultat de manœuvres destinées à éliminer la douzième épouse, mais, bien que Ssassi fût nettement supérieure aux autres dans l'art de ragaillardir son sceptre capricieux, il avait cédé à la pression des lais. Leur caution était nécessaire à la légitimité de son règne. Tant qu'ils le reconnaîtraient publiquement comme le souverain d'Ophü, les courtisans se contenteraient de complots de langue. Les autres épouses, les intrigantes, ne perdaient rien pour attendre. Il se délecterait de les voir se traîner à ses pieds pour implorer son pardon. Il réquisitionnerait ensuite, à la cour ou dans les rues d'Ophü, de jeunes pucelles qui l'aideraient à oublier les caresses enjomineuses de Ssassi.

« Le connétable Ssabor requiert auprès de Votre Majesté l'ordre de masser les troupes à la frontière », reprit le messager.

Ssenal se secoua pour chasser la léthargie engendrée par la deuxième digestion. La saveur musquée du rat et celle, acide, de ses propres sucs lui irritèrent la gorge.

« Qu'il les regroupe avec discrétion, déclara-t-il. Puis qu'il dépêche une ambassade auprès du chef de ces hurles et qu'il me tienne informé du résultat de sssa démarche. Sssi les hurles ssse montrent intraitables, il devra feindre de leur céder le passage...

— Mais, Ssssire... »

Les yeux de Ssenal flamboyèrent et dissuadèrent le messager d'insister.

« Pendant ce temps, nous aurons préparé une deuxième ligne de défense, juste devant Ophü. Quand ils ssseront à portée de nos balistes, et seulement à ce moment-là, Ssabor déploiera ssses troupes pour les prendre à revers. »

L'officier se fendit d'une profonde révérence, autant pour montrer qu'il avait parfaitement reçu les ordres de son souverain que pour rendre hommage à son habileté stratégique. Le règne de Ssenal avait été marqué par trois guerres, la première contre des hordes venues du nord et chassées de leurs territoires par la famine, la deuxième contre le clan aboye de Uaar-K'end, la troisième contre les troupes ailées du conquérant glate Okole. Elles s'étaient terminées toutes les trois par le triomphe des siffles. Les têtes d'Uaar-G'end et d'Okole, réduites et conservées dans un macérat de plantes, avaient orné pendant plus d'un cycle le linteau de la porte principale de la cité d'Ophü. Les courtisans raillaient leur souverain et ses petits travers, mais ses soldats lui vouaient une admiration et une fidélité sans faille.

La première épouse, une femelle dont le durcissement des écailles, l'affaissement des épaules et l'assèchement de la peau trahissaient un vieillissement accéléré, s'avança d'une démarche souffreteuse vers le trône. Comme elle n'avait pas donné d'héritier mâle à son royal époux, elle compensait par l'intrigue ce qu'elle n'avait pas su acquérir par son ventre. De la vipère elle n'avait pas que la langue et le venin, elle tenait l'art et la manière d'enjominer ses interlocuteurs. Seule Ssassi, peu influençable malgré son jeune âge, avait refusé de se laisser enfermer dans ses pièges. Elle avait donc manœuvré auprès des autres épouses et du clergé pour hâter la disgrâce de la favorite du harem royal. Pas question que le rejeton de la dernière arrivée, une pucelle achetée par les fournisseurs du roi dans les quartiers les plus profonds de la cité, une engeance roturière, vienne chasser du trône d'Ophü les autres princes héritiers, tous issus de familles aristocratiques.

« Le malheur est sssur nous, Sssire. » Sa voix, forte, claire, offrait un contraste saisissant avec le délabrement de son corps. Les innombrables bracelets métalliques qui ceignaient ses avant-bras tintèrent les uns contre les autres. « Et nous en connaissons tous la responsable : votre douzième épouse, qui a refusé d'ouïr les sssages préceptes de l'Humpur. »

Ssenal enveloppa la première épouse d'un regard insondable, puis, d'un geste de la main, il congédia le messager, qui fit claquer ses solerets sur les dalles, s'inclina et sortit de la salle d'un pas aussi pressé que possible.

« Nous venons d'entrer en temps de guerre. » Les intonations aigrelettes du souverain siffle étaient maintenant des flèches acérées. « L'heure n'est pas aux règlements de comptes entre épouses. Nous devons unir toutes nos forces, et vos manœuvres ont expédié plusieurs dizaines de nos sssoldats et de nos éclaireurs sur les traces d'une femelle en fuite. Aussi je vous conseille de clapper votre gueule et de disparaître dans votre nid. »

Les protestations de la première épouse s'étranglèrent dans sa gorge et sa langue imprudente revint se nicher entre ses crochets jaunâtres. La menace hurle offrait à Ssenal une magnifique opportunité de se venger des intrigantes de son harem.

*
**

Le connétable Ssabor laissa errer son regard sur l'armée hurle regroupée de l'autre côté de la frontière. Moins fournie que ce que lui en avaient rapporté les éclaireurs cousins roux, elle restait néanmoins impressionnante. Il dénombrait environ trois cents cavaliers, caparaçonnés de métal, armés d'espadons, de piques, de masses d'armes, de boucliers ovales. Leurs capes et leurs gonfalons noir et rouge flottaient et claquaient aux bourrasques violentes qui balayaient le cirque blanchi par la neige. Les minces fentes oculaires de leurs heaumes cylindriques, luisants, empanachés, les rendaient difficiles à enjominer. Les siffles devraient donc en appeler à la force pure et, malgré les grands feux qui brûlaient sans discontinuer depuis l'aube, ils n'étaient pas encore sortis de leur préhibernation. Plus inquiétante encore était cette nuée criarde de grolles qui tournoyaient sans relâche au-dessus des cavaliers. Quand les petits charognards noirs campaient ainsi dans le sillage d'une troupe, c'était qu'ils étaient assurés d'y trouver leur pitance favorite : les cadavres.

Le roi Ssenal avait fait preuve de sagesse en enjoignant à Ssabor de dissimuler son armée et de ne pas opposer de résistance. Si elle n'ajoutait rien à son prestige de connétable, cette dérobade laisserait à ses soldats le temps de recouvrer leur vigueur et permettrait par la même occasion de prendre les hurles dans une tenaille. En attendant, il lui fallait aller à la rencontre du chef de cette vague noir et rouge figée à l'entrée du cirque et tâcher de savoir ce qu'il avait derrière la tête. Ssabor flatta machinalement le flanc de son chevac. Il ignorait si les hurles respectaient les us de guerre et, comme il ne voulait pas risquer la vie de ses officiers et de ses soldats, il avait décidé de réduire l'ambassade à sa seule personne. Le vent dissipait la fine pellicule de neige et dénudait par endroits le sol rocheux et brun.

« Ssss, ssss. »

Il éperonna sa monture et se lança au grand galop au travers du cirque. L'air frais, piquant, accentua immédiatement son engourdissement et il dut entourer de ses deux bras l'encolure du chevac pour se maintenir en selle. Tandis que sa tête ballottait de part et d'autre de la crinière ondulante, il ne rêvait que de s'allonger sur sa couche, de goburer un rat bien gras et de serrer contre lui le corps lisse d'une femelle. De Ssassi, par exemple, la douzième épouse du roi qui, durant deux cycles, s'était glissée une nuit sur trois hors du harem pour le rejoindre dans son nid. Ssassi l'enjomineuse qui était passée avec une aisance désinvolte des bras du souverain d'Ophü à ceux de son connétable. Ssassi qui avait été ensemencée par l'un des deux – cela ne pouvait être le roi, son auguste semence avait perdu depuis bien longtemps sa vitalité – et qui, victime d'un complot, s'était enfuie le jour même où il partait en tournée d'inspection à la frontière de l'ouest. Leurs étreintes passionnées auraient pu leur valoir une mort atroce. De toutes les femelles siffles du royaume d'Ophü, seules les épouses du harem royal n'étaient pas autorisées à s'accoupler avec les mâles de leur choix, mais le danger était un stimulant irremplaçable et...

Une violente secousse le tira de ses rêveries. Il se rendit compte que sa tête pendait pratiquement à hauteur de son soleret droit et que son chevac, livré à lui-même, avait dévié de sa course. Les effets de la préhibernation, un état somnolent, hypnotique, où les rêves se déguisaient en réalité, où le passé se conjuguait au présent, où les pensées s'étiraient en spirales lentes et fascinantes. Il tira sur les rênes aussi énergiquement que possible, redressa la course du chevac et s'efforça de garder les yeux braqués sur la haie rouge et noir de la horde hurle.

Un cavalier se détacha de la troupe et vint à sa rencontre au petit trot. Il en fut soulagé : ils auraient pu lui expédier, en guise de bienvenue, une pierre, un trait ou une flèche.

Le hurle et le siffle immobilisèrent leurs montures à dix pas l'un de l'autre. Le vent tirait déjà une dentelle de neige sur les traces de leurs montures. Le ciel s'assombrissait au-dessus du cirque et l'air se gorgeait d'humidité. Ssabor lança un coup d'œil discret pardessus son épaule. Ses officiers avaient parfaitement exécuté ses consignes. Même s'ils continuaient d'entretenir les feux, aucune colonne de fumée ne montait de la masse lointaine et sombre de la forêt.

Le hurle était grand, large d'épaules. Un colosse. Une barde métallique protégeait le poitrail et la croupe de son cheval, un animal plus grand et racé que les chevacs mais sans doute moins résistant. Ils s'observèrent en silence le temps d'une jacasserie de pie – Ssabor ne distinguait pour sa part que l'éclat des yeux de son vis-à-vis au travers de la fente de son heaume.

« Je suis le seur H'Wil, seigneur de l'animalité, hoorrll », déclara le hurle. Le métal du heaume étouffait sa voix grave et mobilisait toute l'attention du connétable, une attention sournoisement gangrenée par l'engourdissement. « À qui ai-je l'honneur ?

— Au connétable Ssabor, commandant des armées du roi Ssenal, sssouverain d'Ophü.

— Avez failli dégringoler de votre bête tout à l'heure, seur connétable ! »

Le ton sarcastique de son interlocuteur restitua toute son énergie, toute sa combativité à Ssabor, qui sentit le venin affluer dans ses crochets.

« Ssss... sssans importance, ssseur. Mon soleret a ripé de l'étrier. »

Le hurle hocha la tête, un mouvement qui fit frissonner son large panache noir. Pas besoin de distinguer sa face pour s'apercevoir que l'explication ne l'avait guère convaincu.

« Je suis mandaté par le comte H'Mek de Luprat dans le but de m'aruer dans le Grand Centre, reprit-il. Et je mande à traverser votre territoire.

— Ssseules les caravanes marchandes ont l'autorisation de passage », répliqua Ssabor.

L'image de Ssassi revint le hanter. Pourquoi ne l'avait-elle pas averti de ses projets ? Elle avait pourtant paru résignée à confier son p'tio – leur p'tio – aux bourreaux de l'Humpur...

L'autorisation de passage, avait dit ce guingrelin, les hurles n'avaient donc pas l'intention de se battre.

« Dans ce cas, seur connétable, considérez-nous comme une caravane.

— Qu'allez-vous donc aricoter dans le Grand Centre, ssseigneur de... l'animalité ? L'hiver vous y trucidera plus sssûrement que le fil d'un sssabre. »

Le vol bruyant d'une dizaine de grolles effraya le cheval du hurle, qui secoua sa crinière et frappa à plusieurs reprises le sol avec les sabots de ses membres antérieurs.

« Sommes chargés de regrappir une pucelle et un pue-la-merde hérétique.

— Aucune pucelle, aucun hérétique ne vaut qu'on lève une armée pour battre un massif plus grand que le pays de la Dorgne. Ssserez encore à leurs trousses dans vingt cycles.

— Avons nos services de renseignement, seur connétable, hoorrll. » Une certaine impatience gonflait la voix du hurle. « Et nous ont conté que vos défenses ne sont pas prêtes, que la chaleur des feux n'a pas encore dégourdi vos soldats cachés dans la forêt. Pouvez vous-même constater que nos auxiliaires sont efficaces, seur connétable. »

Ssabor fut effleuré par la tentation de se laisser tomber de chevac et de se coucher dans la neige. En état de préhibernation, les moindres contrariétés se traduisaient chez les siffles par des envies subites de se réfugier dans l'oubli du sommeil. Puis il se rappela qu'il était le connétable d'Ophü, le garant de la souveraineté du royaume et de la sécurité de ses congénères siffles, et il se ressaisit. Le rapport de forces n'étant pas en sa faveur pour l'instant, il n'avait pas d'autre choix que de négocier.

« Traverser notre territoire, c'est tout ce que vous mandez, seigneur de l'animalité ?

— Voulons aussi halter deux jours dans votre cité, seur connétable, voulons du blaïs pour nos chevaux, voulons de la ripaille pour nous autres, et pas que de faillis rats crus !

— C'est que... »

Les problèmes de l'intendance ne concernaient aucunement Ssabor, mais le bruit courait à la cour que les réserves alimentaires d'Ophü étaient au plus bas. Des nuées de guêpes particulièrement féroces avaient décimé une grande partie du cheptel de rongeurs et d'insectes – et tout particulièrement les élevages de mouchalots, une espèce de mouches de la grosseur d'un poing et trop lourdes pour s'envoler –, des musaraignes sauvages s'étaient introduites dans les greniers à blaïs et avaient dévoré la moitié de la récolte. Même si les siffles ne consommaient pratiquement pas de blaïs ni aucune autre variété de céréales, les grains, nourrissant les animaux purs qui les nourrissaient, étaient indispensables dans leur chaîne alimentaire.

« Refusez, seur connétable ? » demanda H'Wil d'un ton menaçant.

Les grolles poussèrent des croassements agressifs, comme si elles épousaient les pensées du hurle. Ssabor leva les bras en signe d'apaisement. D'un autre côté, un conflit avec les soldats de ce braillard coûterait bien davantage au royaume. Les réserves seraient pillées, l'armée du roi Ssenal subirait de lourdes pertes et Ophü mettrait de longs cycles à s'en remettre. Le connétable maudit l'hiver précoce qui avait soufflé du plateau des Millevents et s'était abattu sans crier gare sur le pays des siffles. Et qui avait emporté Ssassi... Ssassi, ssassssssss...

« J'aspère une réponse, me semble, hoorrll ! »

Le grondement du hurle produisit le même effet qu'un coup d'espadon sur le crâne de Ssabor. Ses pensées éparpillées remontèrent comme des poissons affolés à la surface de son cerveau.

Capituler, au moins pour gagner du temps...

« Je... j'accepte votre requête, ssseigneur de l'animalité. » Le connétable prit soudain conscience du ridicule de ce titre. « Mais je pose une condition... »

Capituler certes, mais sauver les apparences, donner l'illusion d'une véritable négociation.

« Quelle ?

— Vos sssoldats camperont à l'extérieur du rempart. Nous leur allumerons des feux, nous leur fournirons des couvertures, la ripaille et le blaïs pour leurs chevaux. Vous, et vous ssseul, serez admis à pénétrer dans la cité.

— Et si je refuse ?

— Alors nous nous battrons. Sssommes peut-être en état de préhibernation, mais notre venin est encore capable d'envoyer quelques-uns de vos hurles à la jaille. »

H'Wil émit un ricanement que son heaume transforma en un grincement caverneux.

« Suffit d'un coup de talon pour ébouiller une vipère engourdie, hoorrll !

— Sssommes pas des serpents ! glapit Ssabor, hors de lui. Auriez grand tort de nous sssous-estimer. »

Des gouttes de venin tombaient de ses crochets, se déposaient sur sa langue, coulaient des commissures de sa gueule.

« Gardez donc votre satané poison pour vous, dit le hurle. J'agrée votre proposition. Mais gare à vous si elle cèle un piège.

— On ne tend pas de piège à un hôte aussi bien renseigné », ironisa le siffle.

L'ironie était à peu près tout ce qui lui restait de son honneur de guerrier. Il devrait déployer toute son éloquence devant Ssenal pour justifier cette piètre capitulation, et déjà il sentait sur sa nuque le fil tranchant du sabre de l'exécuteur. Quelle importance ? Les lais avaient exigé la tête de Ssassi et, sauf si le paradis de l'Humpur n'était qu'une invention du clergé, la mort était sans doute le seul moyen de la rejoindre.


Le roi Ssenal avait paru se satisfaire des explications de son connétable. Il avait bien un peu tiqué lorsque Ssabor avait évoqué le service de renseignement du seigneur H'Wil, cet hôte horriblement velu qui semblait surgir en droite ligne de l'antre du Grand Mesle, mais il n'avait pas été emporté par l'une de ces colères froides que tous redoutaient dans l'enceinte du palais, ni même n'avait lancé de ces piques à double ou triple sens annonciatrices des pires désagréments pour ses interlocuteurs.

On avait donc installé H'Wil dans un nid du palais, on avait allumé des grands feux au pied des remparts pour permettre à ses soldats, déjà protégés par leur poil, de se réchauffer et de rôtir un grand nombre de rats et de mouchalots – ces empiffres dévoraient trois ou quatre fois plus que les siffles –, on leur avait fourni des jarres de macérat d'insecte et des fourrures, on avait versé des centaines de seaux de blaïs dans les mangeoires de pierre devant lesquelles étaient alignés leurs chevaux, on avait reçu pour consigne formelle de ne répondre à aucune de leurs provocations, de garder venin en crochet et sabre en gaine quoi qu'il advînt. Enivrés par le macérat d'insecte, les hurles ne se gênaient pas quant à eux pour railler cette apathie, qu'ils attribuaient à tort à la préhibernation, pour provoquer les serviteurs et les passants, pour brocarder leurs écailles, leurs crochets, leur venin, leurs sifflements, leur goburage... Les grolles s'étaient posées sur le faîte du rempart, une muraille d'une hauteur de cent pas et percée de six portes monumentales. La cité proprement dite n'était qu'une surface plane traversée par des allées bordées d'arbres et criblée de centaines de trous d'où montaient des panaches obliques de fumée. Les siffles pouvaient à tout moment condamner les accès aux nids à l'aide des énormes roches rondes et polies qui jonchaient le sol enneigé. Les flocons tiraient un rideau silencieux et blafard sur la nuit noire.

Ssenal avait convié le seigneur H'Wil à partager la table royale où avaient également pris place trois de ses épouses (la deuxième, la troisième et la cinquième), l'archilai, le connétable Ssabor, deux officiers supérieurs et quelques représentants mâles et femelles des grandes familles. Pour l'occasion, les intendants du palais avaient vidé les caves des derniers quartiers de viande séchée de grogne, des rats et des mouchalots les plus gras. Les cuisiniers les avaient dépiautés par

respect pour les coutumes de leur invité qui ne gobu-
rait pas les animaux vivants mais qui, comme tous les
prédateurs velus, préférait la viande écorchée et rôtie.
Le hurle avait beau parler plus haut et fort qu'une foule
entière de ronges, il n'avait pas les mâchoires assez
distendues pour enfourner un rat entier dans sa gueule
et l'œsophage assez large pour le digérer.

La table royale se dressait dans une pièce contiguë
à la salle du trône et réchauffée par le feu d'un foyer
central. H'Wil avait l'impression d'être entouré de sacs
d'écailles munis de bras ondulants et d'yeux maléfi-
ques. Sans son heaume protecteur, il sentait un dangereux engourdissement le gagner et il rivait de plus
en plus souvent son regard au bois de la table pour ne
pas risquer l'enjominement. Si les siffles ne soute-
naient guère la comparaison avec la puissance et la
vitesse d'exécution hurles, leur venin en revanche, leur
sournoiserie, cette façon qu'ils avaient de fasciner leurs
proies pour mieux les neutraliser, le tracassaient. Il
n'avait rencontré aucun problème à Muryd, où le duc,
aussi veule que ses sujets, lui avait largement ouvert
sa ville et avait mis à sa disposition sa flotte de radeaux
pour traverser la Dorgne. H'Wil aurait préféré combattre, forcer le passage à la pointe de l'espadon, semer
le feu, le sang et la tripaille ainsi que le voulait son
statut de conquérant, mais les Preux de la Génétie lui
avaient intimé l'ordre de ne pas perdre son temps en
affrontements inutiles. Quand il aurait regrappi la
leude Tia, quand il l'aurait ensemencée, il pourrait
lever une armée de plusieurs milliers de soldats, libérer
ses ardeurs meurtrières, conquérir l'ensemble des pays
de la Dorgne, étendre son hégémonie jusqu'à l'océan
du couchant, jusqu'aux plaines gelées du Nord, jusqu'aux montagnes pyrénennes, jusqu'au grand désert
de l'Est. Il offrirait à son héritier un vaste territoire où
régnerait l'animalité, où disparaîtrait le langage, où
tous les êtres vivants se réconcilieraient avec les éléments naturels. Et serait accompli le rêve de l'éden
entretenu génération après génération par les Preux de

la Génétie. Mais leur dessein s'affaisserait comme le vit d'un vieillard si H'Wil ne retrouvait pas d'abord la drôlesse insolente qui s'était enfuie du castel de Luprat.

« J'ai ensemencé sa sœur plus jeune, la leude Ona, avait argumenté H'Wil. Le fils qu'elle me donnera fera aussi bien l'affaire.

— Nous sommes les gardiens d'une très vieille et très authentique science, avait répliqué Krazar, le Preux dominant. La Génétie nous apprend que le rejeton d'Ona aura la faiblesse d'esprit et la fragilité de sa mère, tandis que le fruit de Tia aura le caractère indomptable de sa mère et la férocité de son père. Lui seul aura la capacité de mettre la dernière touche au projet que nous caressons depuis des siècles.

— Siècles ?

— Une durée d'un peu plus de cent cycles lunaires. Ne disperse pas tes forces, H'Wil. Prends patience : le temps viendra bientôt de rougir la terre du sang de tes ennemis.

— En attendant, avons perdu la trace de Tia. Les grolles que vous aviez chargées de sa surveillance se sont ensauvées comme des pucelles aux premiers froids !

— Elles ont reçu le châtiment qu'elles méritaient. »

Le ton sinistre avec lequel Krazar avait prononcé ces paroles avait hérissé les poils du hurle. Sur le chemin du retour au bivouac, il avait aperçu une vingtaine de grolles empalées sur des poteaux de bois. Leurs congénères venaient à tour de rôle leur picorer les viscères, les pattes, les ailes, les yeux ou le crâne. Mieux que tout discours, leurs croassements déchirants lui avaient montré qu'il valait mieux ne pas contrarier la volonté de ses redoutables alliés. Ils avaient, grâce à la diligence du peuple des grolles, des yeux et des oreilles partout, ils avaient sur les événements plusieurs jours et plusieurs lieues d'avance, ils se déplaçaient à une vitesse phénoménale sur les courants aériens, ils semblaient percer les pensées de leurs interlocuteurs aussi facilement que le fer s'enfonce dans l'eau, ils débusquaient infailliblement les menteries, les cachotteries, les fourberies, ils employaient un langage d'ansavant qu'eux seuls étaient à même de comprendre, ils se livraient à toutes sortes de diableries – qu'ils appelaient « expériences » – à l'intérieur des grands arbres creux où ils avaient élu domicile, bref, ils étaient aussi mystérieux qu'inquiétants.

La première fois qu'ils s'étaient posés dans la cour de sa demeure, H'Wil les avait pris pour des grolles géantes, puis l'un d'eux avait déclaré, d'une voix encore plus dissonante que les criailleries d'une femelle en renaude, qu'ils l'avaient élu comme seigneur de l'animalité et que, s'il consentait à les écouter, il surpasserait en gloire les anciens héros hurles et tous les comtes qui s'étaient succédé sur le trône de Luprat.

« Le Grand Centre n'est qu'un failli désert de neige et de glace », fit la troisième épouse de Ssenal, assise à la droite de H'Wil. La queue du mulot qu'elle avait goburé quelques instants plus tôt dépassait encore de sa gueule entrouverte et donnait l'illusion qu'elle était pourvue d'une deuxième langue. « Même avec votre poil – ce mot dans sa bouche claquait comme une insulte –, risquez de périr de froid. De faim aussi, car le gibier sss'y fait rare. »

Le hurle croisa fugitivement le regard de la siffle, cerné d'écailles vertes, et fut effleuré par le désir de plonger dans ses yeux couleur tournesol. Il leva son hanap, but une gorgée de macérat d'insecte, resta un petit moment suffoqué par l'amertume.

« Sommes des hurles, leude, le froid ne nous effraie pas, dit-il. Et trouverons bien de quoi ripailler notre saoul. »

Il saisit un morceau de grogne et le glissa dans sa gueule pour chasser la saveur infecte du breuvage.

« On m'a conté que vous fouillez tout le pays de la Dorgne à la recherche d'une drôlesse.

— La fille septième du comte H'Mek, approuva H'Wil du bout des lèvres.

— Quelle idée de lever trois cents cavaliers pour...
– elle eut un hoquet, la queue du mulot disparut entre
ses crochets –... pour regrappir une pucelle ?

— Avons nos raisons », répondit prudemment
H'Wil.

Les vapeurs du macérat et l'enjominement de sa voisine commençaient à lui embrouiller les idées.

« Les mêmes raisons que les vôtres, très chère
épouse, intervint Ssenal. Ne m'avez-vous pas demandé
cinq détachements pour fouiller le royaume et regrappir Ssassi ? »

Les faces se figèrent, les gestes se suspendirent
autour de la table. Tous avaient perçu la menace sous
le ton apparemment badin du souverain. La troisième
épouse lustra d'un geste machinal les écailles déjà luisantes de son crâne. Les flammes du foyer central
déformaient les ombres sur les piliers ronds, sur les
murs habillés de carreaux de terre cuite et sur le plafond fendillé.

« Ssssavez le danger que fait peser le p'tio de Ssassi
sur votre royaume, Ssssire », bredouilla la troisième
épouse.

H'Wil observa les convives avec un regain d'intérêt,
et particulièrement le roi, qui lui était jusqu'alors
apparu comme un gros ver stupide. Le parfum singulier de la cruauté flottait désormais entre les odeurs de
grogne, d'insecte et de rat. Nul ne songerait à contester
l'autorité de Ssenal tant que l'armée du seigneur de
l'animalité camperait sous les remparts d'Ophü. La
menace hurle lui permettait de régler ses comptes, et
cela le rendait à la fois intéressant et presque sympathique aux yeux de H'Wil. L'archilaï, un siffle décharné
à la face creusée, aux écailles brunes et aux yeux d'un
orange qui tirait sur le rouge, n'en menait visiblement
pas large. Sa chasuble noire ne bougeait pas d'un
ongle, comme s'il avait cessé de respirer.

« Un p'tio est sûrement moins dangereux que trois
ou quatre femelles intrigantes, insinua Ssenal.

— Sssire, ne devriez pas parler de vos affaires devant un hôte à poil, intervint la cinquième épouse, une femelle grasse dont le menton fuyant et les yeux saillants lui donnaient un air perpétuellement penché.

— Avez raison, ma douce. Causer ne sert à rien. »

Le roi leva le bras et agita les quatre doigts de sa main. Un groupe de siffles vêtus de peaux grossièrement tannées et de cagoules de laine surgirent d'une entrée dérobée et se déployèrent dans la salle. Ils portaient chacun un billot de bois et un sabre à la large lame recourbée. Leur intrusion souffla un vent de panique parmi les convives. Les trois épouses royales levèrent aussi hâtivement que le leur permettait la pré-hibernation, le connétable et quelques représentants des grandes familles sombrèrent dans une brusque léthargie qui les coucha sur la table comme des épis de blaïs giflés par les bourrasques, l'archilai resta de marbre mais l'épouvante brouilla l'orangé de ses yeux. Les exécuteurs rattrapèrent les épouses en quelques foulées, les traînèrent au milieu de la salle et les agenouillèrent devant les billots. Elles n'eurent pas un geste ni un murmure de protestation lorsqu'ils les plaquèrent sur le bois, qu'ils les dénudèrent jusqu'en bas du dos et qu'ils levèrent leur sabre. H'Wil vit avec ravissement les trois têtes rouler sur les dalles de pierre. Il fut étonné par la consistance du sang qui sourdait de leur cou comme une boue noirâtre et visqueuse.


Krazar, le Preux dominant, se posa dans un froissement à quelques pas de H'Wil. La neige avait cessé de tomber, la lune illuminait la trame ajourée des nuages et parsemait la blancheur de reflets métalliques.

Quelques instants plus tôt, deux grolles s'étaient posées de chaque côté de la couche du hurle et l'avaient tiré de son sommeil en lui picorant la joue. Il s'était demandé comment les deux messagères ailées étaient parvenues à se faufiler dans son nid du palais de Ssenal sans éveiller l'attention des gardes. Il s'était levé, rhabillé et, mal réveillé, pestant contre les Preux de la Génétie, avait suivi les deux petits rapaces noirs. Ils l'avaient conduit par une succession de souterrains, de tubes et d'escaliers à l'extérieur de la cité, à deux lieues du rempart. Les grolles avaient emprunté des passages qui n'avaient visiblement pas été visités pendant des lustres. Le ventre d'Ophü était un dédale de galeries étroites dont les siffles eux-mêmes semblaient avoir perdu le secret. Le hurles et les grolles n'y avaient croisé aucun garde, aucun passant, seulement des squelettes et des rats effrayés.

Krazar agita avec délicatesse ses rémiges avant de refermer ses ailes sur son torse, son abdomen et le haut de ses cuisses glabres. Comme à chacune de leurs rencontres, H'Wil craignit d'être happé par le vide et dissous comme un grêlon s'il acceptait de plonger dans les puits sombres qui servaient d'yeux au kroaz dominant.

« Nos petits alliés ont retrouvé la trace de la leude Tia », déclara Krazar.

Sa voix craillante blessa le silence nocturne et vrilla les nerfs de H'Wil.

« Hoorrll, auriez pu attendre le jour pour m'en informer ! » grommela le hurle.

Il pataugeait dans une neige épaisse, l'humidité glaciale imprégnait le cuir de ses bottes, lui agaçait les pieds.

« Prends garde, seigneur de l'animalité ! tonna Krazar. Nous t'avons élevé à un statut qui ne te donne pas seulement des droits, mais également des devoirs. »

Des lueurs incertaines filèrent dans ses yeux comme des comètes dans une nuit d'été.

« Dépendez plus de moi que je dépends de vous, hoorrll, lâcha H'Wil.

— Même si tu es un élément important de notre projet, nous n'avons pas tout misé sur toi, rétorqua le kroaz d'un ton légèrement radouci. La Génétie nous propose une infinité d'autres possibilités, d'autres pistes. »

H'Wil fut embrasé par l'envie furieuse de tirer son espadon et de lui décoller la tête comme les exécuteurs avaient décollé la tête des épouses du roi siffle. Une bonne lame d'acier, voilà qui résolvait les problèmes mieux que les mots, mieux que les manigances. Il se contint cependant, conscient qu'une volée de grolles et d'autres kroaz se tapissaient dans les ténèbres, prêts à le réduire en charpie à la moindre incartade. Krazar ouvrit le bec et se racla la gorge à plusieurs reprises, sa façon à lui de rire, comme s'il avait percé la brève pulsion meurtrière de son interlocuteur.

« La leude Tia se terre dans un nid de siffle sur la ligne des crêtes, poursuivit-il. Nous croyons savoir où elle a l'intention de se rendre. Tu partiras demain à l'aube, seigneur de l'animalité. Les grolles te guideront vers ta destination. Tu emprunteras le chemin des caravanes. À partir de ce jour, tu ne connaîtras ni trêve ni repos tant que tu n'auras pas regrappi et engrossé Tia.

— Des fois, on a beau saillir et ressaillir une femelle, sa terre ne donne pas de fruit.

— La sienne en donnera, nous t'en donnons l'assurance. »

H'Wil dispersa de la pointe de la botte un petit tas de neige amoncelé contre une pierre.

« Pourquoi n'allez pas vous-même la regrappir ?

— L'heure n'est pas venue de révéler notre présence au monde. »

H'Wil devina que Krazar lui taisait les véritables raisons, mais il n'insista pas, conscient qu'il n'obtiendrait pas de réponse satisfaisante.

« Et pourquoi ne pas m'avoir choisi, moi, comme seigneur de l'animalité ?

— Demain à l'aube », dit le kroaz.

Il rouvrit les ailes, les déploya avec lenteur dans un premier temps, les secoua avec vigueur par la suite et décolla du sol avec la légèreté d'un papillon. H'Wil suivit des yeux la tache claire de sa poitrine et de son ventre jusqu'à ce qu'elle s'évanouisse dans les replis de la nuit. Ulcéré, il tira son espadon avant de prendre la direction d'Ophü, fermement décidé à le passer au travers du corps du premier être vivant qui croiserait son chemin, animal, siffle ou hurle.

# CHAPITRE 15

# Ssofal

*La sagesse n'a pas de frontière,*
*a-t-on vu l'air, l'eau et le soleil s'embarrasser de limites ?*

*Un trouvre à plume et à bec,*
*venu d'une lointaine contrée afin de conter*
*ses fariboles aux pucelles de cour,*
*fut un soir recueilli par un vieux miaule*
*au poil si tanné qu'on eût dit de l'écorce.*
*Après qu'ils eurent ripaillé,*
*le miaule pria le trouvre de chanter*
*quelques-unes de ses godelurades,*
*ce que l'autre accepta volontiers,*
*n'ayant aucune autre manière de rendre grâce à son hôte.*
*Cependant, au deuxième chant, le miaule s'endormit*
*et ronfla si fort que le trouvre rangea sa vielle*
*et, mortifié, se coucha à son tour.*
*« N'avez guère apprécié mes contes, dit le trouvre au réveil.*
*— Bien plus que tu ne crois, dit le miaule.*
*Hier soir, il n'y avait pas de vent, et j'avais besoin d'entendre*
*un chant pour me bercer. Je ne suis pas un guingrelin de cour,*
*mais je sais prendre ce qui me convient*
*dans les fariboles d'un trouvre. »*

Les fabliaux de l'Humpur

Véhir haleta, suffoqua, eut besoin d'un long moment pour renouer avec ses souvenirs. Il était allongé sur une couche de bois, sa tête reposait sur un coussin de tissu bourré d'herbes séchées. Ses yeux s'accoutumèrent à l'obscurité et discernèrent progressivement les limites d'une pièce arrondie, exiguë. Une agréable chaleur se diffusait par l'une des bouches qui se découpaient sur les parois de roche et de terre. Quelque chose lui entravait la gorge, un bandage serré d'où émanait une odeur de plantes aromatiques et de minéraux, une douleur vive partait de son cou, lui irradiait le crâne, les épaules, la poitrine.

Il ne se rappelait plus lequel des trois prédateurs lui avait planté le premier ses crocs dans la couenne. Pas Ssassi en tout cas : le venin de la siffle l'aurait tué en moins d'un huant de hibou. Il se demanda si justement il n'avait pas franchi la porte, s'il ne se trouvait pas en cet instant dans les mondes de l'au-delà, dans l'antre du Grand Mesle – en aucun cas dans le paradis de l'Humpur, cette pièce sombre ne correspondait en rien aux images radieuses qu'évoquaient les paroles des lais et qu'il avait lui-même entraperçues dans les livres de Jarit.

Il se souvenait seulement que son cou s'était déchiré, que des griffes avaient labouré son abdomen, que ses jambes s'étaient dérobées, qu'il s'était affalé sur la roche enneigée, que les trois autres avaient fondu sur lui comme des charognards sur une dépouille, que le froid, la peur et la douleur s'étaient associés pour le plonger dans un sommeil qu'il avait cru définitif. Il palpa son ventre, sentit sous la pulpe de ses doigts les boursouflures de plaies en voie de cicatrisation. Une vague odeur de viande grillée flânait dans l'air tiède. Il prit alors conscience qu'il était toujours entier, que ses compagnons ne l'avaient pas dévoré, qu'au dernier moment ils s'étaient rabattus sur une autre pitance pour assouvir leur faim. Il en éprouva de la joie, et aussi une certaine déception. Son sacrifice avait exigé une telle abnégation qu'il en arrivait presque à regretter que la hurle, le ronge et la siffle ne l'eussent pas consommé. Jarit lui aurait certainement soutenu qu'il restait désespérément prisonnier de sa nature de grogne. Mais, et c'est là que résidait la différence avec les gavards de la communauté, son offrande avait procédé d'une démarche volontaire, d'un consentement. Il avait parcouru en toute liberté le chemin qui conduisait à la frontière de l'au-delà, le destin avait voulu qu'il en revînt, il était désormais affranchi de ses peurs.

Une porte s'ouvrit, un flot de lumière en jaillit qui, bien que de faible intensité, le contraignit à fermer les yeux. Lorsqu'il les rouvrit, il distingua la silhouette de Tia au pied de la couche, vêtue d'une robe de peau ornée de broderies. Elle paraissait en meilleure santé que les jours précédents ; ses joues avaient rosi, son pelage avait recouvré son éclat flamboyant et ses yeux clairs leur vivacité coutumière. Elle lui adressa un sourire embarrassé qui coinça sa lèvre supérieure contre l'un de ses crocs.

« Ça fait trois jours et trois nuits que tu sommeilles, hoorrll, murmura-t-elle. Avons eu peur que tu meures, mais Ssofal t'a ramené à la vie.

— Ssofal ? murmura Véhir.

— La femelle siffle qui nous héberge. Elle est arrivée juste quand... quand avons commencé à te ripailler... » La tête baissée, les bras ballants, elle répugnait visiblement à extraire ces mots de sa gorge. « Elle nous a dit que nous ne devions pas te tuer et nous a invités dans son nid. Ton sang était tellement chaud et bon, Véhir, que je n'ai pas voulu l'écouter, hoorrll. Alors elle m'a enjominée, elle a enjominé Ruogno, et nous avons bien été obligés de lui obéir. » Son débit s'accélérait, comme si elle se hâtait tout à coup de vider un sac devenu trop lourd, trop encombrant. « Elle nous a servi de la viande de chamois conservée dans une pièce qu'elle garde froide avec des blocs de glace et elle t'a soigné. Tu n'avais presque plus de sang, tu étais aussi blanc que la neige, mais elle sait le secret de plantes qui t'ont ramené à la vie. »

Elle vint s'asseoir sur le bord de la couchette. Elle ne sentait plus le poil mouillé mais le savon parfumé aux herbes. Transfigurée, comme délivrée de ses démons, elle ressemblait en cet instant davantage aux images des dieux humains des livres qu'à une hurle de Luprat. Elle se pencha sur Véhir à lui frôler le groin de la pointe du museau. Il fut envahi d'un trouble qui chassa ses douleurs, qui donna à son corps la consistance duveteuse d'une lieusée de balles de blaïs et à son vit la dureté d'un soc.

« Te mande pardon, chuchota-t-elle, les yeux embués de larmes. Je suis si faible, je n'aurais pas dû... »

Son haleine tendait sur les joues et le front de Véhir un filet doux et tiède qui le bouleversait. Brusquement, elle inclina la tête et rapprocha ses lèvres des siennes. Il n'avait pas observé ce genre de geste dans l'enclos de fécondité de la communauté de Manac, où les troïas ne faisaient jamais face aux vaïrats mais se contentaient de se mettre à quatre pattes et de tendre la croupe. Il entrevit les crocs de la hurle, eut un mouvement de recul. Plus vive que lui, elle lui emprisonna la gueule. Il chercha de l'air, se débattit, mais elle lui bloqua les bras avec ses mains et les jambes avec ses genoux. Les premiers instants de panique passés, il comprit qu'elle ne lui voulait pas de mal, ignora la douleur lancinante qui se réveillait à la base de son cou, s'abandonna à la pression à la fois ferme et douce des lèvres de Tia. Une langue épaisse et râpeuse s'insinua dans son palais, fureta comme une vipère entre ses dents. Il aperçut, par l'échancrure de sa robe, les deux mamelles blanches de la leude comprimées par le tissu. Son désir enfla comme un fleuve grossi par des pluies torrentielles, déborda, balaya les vestiges du tabou de l'Humpur. Il ferma les yeux pour mieux sombrer dans le puits de délices qu'était la gueule de Tia, un puits moite à la saveur légèrement acide. « Peu't pas apprendre à être méfiant si n'apprend't pas à être confiant », avait dit Jarit. Y avait-il plus belle preuve de confiance pour un pue-la-merde que de mêler son souffle et sa salive à ceux d'une prédatrice ? À son tour il tendit la langue et effleura les crocs de Tia, ces armes à présent baissées et presque émouvantes dans leur innocuité.

« Moi j'm'amuserais pas à tailler ce genre de bavette avec Ssassi ! »

Tia tressaillit, se redressa avec une telle brusquerie que la langue de Véhir demeura pointée entre ses lèvres entrouvertes. Il eut l'impression que cette voix grave et familière l'avait coupé en deux comme la lame de pierre d'un faucheur et que sa sève s'enfuyait à gros bouillons par la plaie béante.

Tia se leva, défroissa sa robe, passa la main dans son pelage ébouriffé, se dirigea d'une démarche chavirée vers la porte où se découpait la silhouette courtaude de Ruogno. Le ronge aquatique avait en partie tiré son espadon hors de la gaine passée dans son ceinturon. Sa tunique et sa brague de laine avaient été lavées, ravaudées, le poil rayé de sa face avait recouvré son aspect brillant et soyeux. Son regard inquisiteur s'attarda sur les joues rouges et les lèvres luisantes de la hurle.

« J'ai d'abord cru que tu voulais à nouveau le ripailler, reprit-il. J'm'apprêtais à intervenir, vu qu'Ssofal nous a mandé de veiller sur çui comme sur la merveille des merveilles, puis j'ai compris qu'il avait pas vraiment l'air de souffrir, et j'me suis dit que vous étiez plutôt affairés à...

— Je croyais que c'était ton tour de garder les chevacs, coupa Tia d'un ton courroucé.

— Le p'tio de Ssassi s'est endormi. Elle en a profité pour me remplacer. »

Les yeux ronds et noirs du ronge, qui avait pourtant plaidé la cause de la hurle et du grogne devant Racnar et ses convoyeurs, exprimaient la réprobation, voire l'indignation. Les tabous de l'Humpur seraient plus difficiles à franchir que le chemin des crêtes, que les montagnes du Grand Centre ou que les remparts de pierre des cités.

Le matin du cinquième jour, Véhir s'estima suffisamment rétabli pour se lever. Les remèdes de Ssofal, des onguents à base de plantes et d'argile auxquels elle rajoutait du macérat d'insecte et quelques gouttes de son propre venin, avaient accéléré la cicatrisation de ses plaies. De la profonde entaille à la base de son cou ne subsistait qu'un long bourrelet de chair un peu plus foncé que le reste de sa couenne.

Ssofal avait l'habitude de déambuler entièrement nue à l'intérieur de son nid. Seule la teinte brunâtre des écailles qui recouvraient son crâne et l'affaissement de ses mamelles attestaient son grand âge. Son corps glabre d'une blancheur de neige avait conservé la sveltesse d'une siffline et la fermeté d'un jeune bois. Elle ne s'emmitouflait dans son ample mante de peau et ne chaussait ses bottes que lorsque la nécessité l'obligeait à braver les rigueurs de l'hiver. Sa mère avait exercé pendant plus de dix cycles comme guérisseuse à la cour d'Ophü, avant que les lais de l'Humpur, jaloux de son influence, ne l'accusent de sorcellerie et ne manœuvrent auprès du souverain de l'époque pour obtenir sa condamnation à mort. Quelqu'un avait ouvert son cachot et déposé le berceau de Ssofal, alors âgée de deux cycles, devant la porte – Qui ? elle ne l'avait jamais su, probablement l'un des nombreux mâles qu'elle avait soignés et attirés sur sa couche. Sa mère s'était alors réfugiée sur le chemin des crêtes, là où les légendes et le froid tenaient les curieux à l'écart, et elle avait enseigné à sa fille les secrets des plantes, des poisons et des minéraux. Ssofal n'avait pas eu d'enfant, parce que « les bons coïllards se faisaient rares dans le coin » et que « son ventre était sans doute aussi sec que le cœur d'un lai », et, comme elle n'avait pas voulu retourner à la cour, elle s'était résignée à l'idée que son savoir disparaîtrait avec elle.

Cinq jours plus tôt, alors qu'elle découpait des blocs de neige non loin de son nid, elle avait entendu des éclats de voix, des grognements, des gémissements, des bruits de lutte. Elle n'en avait pas été étonnée, car un rêve l'avait visitée la nuit précédente, qui lui avait montré une créature à la couenne rose, aux soies blanches et à la chair savoureuse cernée par un petit groupe de prédateurs affamés.

« Et le rêve prédisait que la mort de ce pichtre annonçait l'avènement des ténèbres, pas celles de la nuit, ni même celles de la mort, mais celles de l'extinction, celles de l'oubli. »

Elle parlait sans entrecouper ses phrases de sifflements et ses connaissances lui permettaient de ne pas souffrir des effets de la préhibernation. Ses yeux d'un vert uniforme et lumineux avaient un pouvoir d'enjominement nettement supérieur à celui de ses congénères. Lorsqu'il croisait son regard, Véhir se sentait happé par une puissante spirale et projeté dans un ciel vert, apaisant et infini.

Son nid se composait d'une dizaine de cavités reliées entre elles par d'étroites galeries et chauffées par un foyer central dont la fumée s'évadait par les bouches et les conduits d'aération. Elle destinait deux de ces pièces aux élevages de mouchalots, d'insectes, de vers et de rongeurs qu'elle nourrissait avec du blaïs sauvage et des baies séchées. Si la plupart des siffles goburaient leurs proies entières et vivantes, elle prenait le temps de les dépiauter, de les embrocher – sauf les insectes et les vers, qu'elle étalait directement sur une plaque de fer – et de les rôtir aux braises du foyer. Ses diverses préparations, herbes séchées, minéraux broyés, macérats divers, fioles de venin, jarres d'alcool de baie et d'huile de noix, occupaient les rayonnages de deux autres pièces. L'eau de pluie recueillie par un réseau de chéneaux et la neige fondue durant les lunaisons d'hiver alimentaient une citerne creusée à même la roche et qui, grâce à un ingénieux système de tirettes, lui fournissait largement de quoi boire et se laver. Comme elle voyait aussi bien dans l'obscurité qu'à la lumière du jour, elle réservait à l'usage de ses invités les torches à base de résine qu'elle confectionnait elle-même. Elle ne recevait pas assez souvent à son goût, « la dernière visite remonte à quatre ou cinq cycles, le rejeton d'une famille aristocratique d'Ophü incapable de saillir une femelle, je lui ai redressé le soc, c'est sur moi qu'il a essayé sa roideur toute neuve », elle veillait donc sur ses cinq hôtes avec une sollicitude inlassable, sur le petit Ssimel en particulier, qu'elle berçait aussi souvent que possible contre ses mamelles en fredonnant des comptines aux accents nostalgiques.

Même si elle appartenait à un clan prédateur, elle évoquait Jarit par bien des aspects. D'elle se dégageaient la même sagesse, la même bonté que de l'ermite de la forêt de Manac. Comme lui, elle avait trois phalanges à chacun de ses quatre doigts, elle connaissait les secrets de son environnement, elle retardait à sa manière la régression qui conduisait les clans prédateurs et les communautés agricoles à la bestialité. Le temps estompait ses caractéristiques siffles et la rapprochait de l'idéal de l'Humpur tel que Véhir l'avait admiré dans la demeure de l'ermite.

Lorsque Tia lui avait restitué la dague des dieux humains, le grogne avait eu la sensation, en empoignant son manche, de retrouver une vieille amie, de revoir le monde à travers les yeux de Jarit, de renouer avec la magie de l'Humpur.


« J'suis quand même ébaubi que la mort de ct'e guingrelin... – Ruogno éloigna le mouchalot rôti de sa gueule, s'essuya les lèvres d'un revers de main et désigna Véhir d'un coup de menton –... ait tant d'importance que tu l'dis, Ssofal ! C'était qu'un rêve après tout. Et les rêves débagoulent n'importe quoi ! »

Les regards convergèrent vers la vieille siffle accroupie devant le foyer. Les éclats des braises, sur lesquelles elle soufflait régulièrement, doraient sa peau claire, enflammaient ses écailles, rougissaient les parois rugueuses de la pièce centrale. Elle saisit à pleine main la plaque métallique chauffée à blanc et la posa sur la table basse de pierre autour de laquelle se serraient ses quatre hôtes assis sur des coussins de peau. Comme sa congénère, Ssassi évoluait entièrement nue à l'intérieur du nid, une coutume parfaitement adaptée aux besoins physiologiques des siffles et à la nature de leur habitat. Les vêtements de tissu ou de peaux les auraient empêchés de capter pleinement la fraîcheur du nid durant les lunaisons chaudes et la chaleur du foyer pendant les lunaisons froides. Véhir lui-même, très peu velu en comparaison des prédateurs à poil, avait apprécié de goûter sans entrave les caresses de l'air tiède sur sa couenne. Puis Ssofal lui avait rendu ses vêtements après les avoir ravaudés, lavés et séchés, et il les avait enfilés à regret, autant pour suivre l'exemple de Tia et de Ruogno que pour dissimuler ses érections intempestives lorsqu'il repensait à la douceur ineffable de la gueule de la hurle.

Pendu aux mamelles de sa mère, Ssimel ronronnait de plaisir. Il grossissait à vue d'œil et perdait peu à peu les écailles de son dos et de ses membres. La façon qu'avait Ssofal de déplacer les braises ou la plaque métallique sans ressentir la moindre gêne fascinait Véhir. Le grogne saisit précautionneusement deux sauterelles grillées et les décortiqua. Il commençait à s'habituer à la nourriture siffle, hormis les mulots qui continuaient de lui inspirer un dégoût rédhibitoire et le macérat d'insecte, un breuvage épais et brunâtre dont l'amertume lui provoquait des picotements jusqu'en bas de la colonne vertébrale.

« Les rêves débagoulent n'importe quoi aux oreilles de celui qui ne sait pas les entendre, dit Ssofal en se laissant tomber sur son coussin. Ce sont des messages envoyés par le ciel, des signes qui jalonnent l'avenir.

— L'avenir de tous peut pas dépendre d'la vie ou d'la mort d'un seul, objecta Ruogno. Et surtout pas d'un failli pue-la-merde !

— Ce n'est pas parce que les uns ripaillent les autres que les uns sont supérieurs aux autres, répliqua Ssofal. Un ordre invisible gouverne le monde, où les faibles ne sont pas toujours ceux qu'on croit. Si tu t'arrêtes à ce que voient tes yeux, à ce qu'entendent tes oreilles, à ce que flaire ton museau, à ce que touchent tes mains, à ce que goûte ta langue, tu ne vaux guère mieux qu'un mouchalot.

— L'ordre invisible, les dieux, tout ça c'est la même fable servie aux pue-la-merde, aux écailleux et aux poilus », marmonna le batelier, les yeux baissés sur la table pour échapper à l'emprise du regard de son interlocutrice.

La vieille siffle désigna Tia et Véhir d'un geste du bras.

« Comment se fait-il alors que tu t'arues avec iceux dans le Grand Centre ? »

Ruogno haussa les épaules et arracha d'un coup d'incisives un morceau de mouchalot.

« J'savais pas où descampir après l'histoire avec les coupe-jarrets de Graïrl.

— Menterie ! La vérité, c'est que l'ordre visible ne te contente pas, que tu aspères à sortir de ta condition de ronge. Autrement, tu te serais darbouillé pour retourner à Muryd et t'accommoder avec tes ennemis, comme savent si bien le faire les tiens.

— Des fois, j'me dis qu'on aurait bérède mieux fait de l'ripailler, ce guingrelin. Si ton rêve n'est pas qu'une divagance de vieille folle, Ssofal, l'oubli est p'tète la meilleure chose qui puisse arriver à tous les vivants du pays de la Dorgne. »

Ayant prononcé ces paroles, Ruogno enfourna le reste de mouchalot dans sa gueule, se leva, se dirigea de son allure dandinante vers la tenture de laine et passa dans le vestibule, la petite cavité d'où partait la galerie oblique qui donnait sur l'extérieur du nid.

« Y a que moi pour soucier les chevacs ! grommela-t-il en enfilant sa pèlerine. M'en vais les surveiller, ou serviront de pitance aux bêtes féroces. »

318

Véhir dormait seul dans la cavité où il avait repris conscience quelques jours plus tôt, Ruogno également seul dans une chambre voisine, Tia, les deux siffles et le p'tio dans la pièce la plus vaste et la mieux chauffée.

Tout au long des trois nuits supplémentaires qu'ils passèrent dans le nid de Ssofal, le grogne fiévreux, agité, espéra que la hurle viendrait le rejoindre sur sa couche et lui offrirait à nouveau ses lèvres et sa langue – voire davantage, il avait ressenti le contact avec sa gueule comme une promesse, comme les prémices d'une cérémonie à la fois essentielle et mystérieuse –, mais la porte resta désespérément close, comme si le regard réprobateur de Ruogno avait suffi à rétablir, entre Tia et lui, l'infranchissable fossé de la loi des clans. Elle ne lui témoigna de l'intérêt qu'en une seule occasion, alors qu'il se lavait dans le bac en bois empli d'une eau à la fraîcheur piquante, revigorante. Elle s'introduisit dans ce que Ssofal appelait le « coin de propreté », le contempla sans dire un mot avec ce mélange de désir et de remords qu'il avait surpris à plusieurs reprises dans ses yeux clairs, s'avança de deux pas, tendit le bras, lui effleura le front, le groin et l'épaule avec une délicatesse d'araignée. Le temps d'un reptir de vipère, il crut qu'elle allait passer sa robe par-dessus sa tête et sauter dans le bac, mais, après avoir palpé la cicatrice de son cou et poussé un long soupir, elle se détourna et sortit en l'abandonnant à sa déception, à sa frustration – et en laissant à l'eau le soin de refroidir ses ardeurs.

La veille de leur départ, Ssassi exprima l'intention de les accompagner jusqu'au Grand Centre.

« Impensable ! se récria Ruogno. Le froid et les bêtes sauvages emporteraient ton p'tio plus sûrement que les démons et les monstres des crêtes.

— Dis plutôt que tu as peur que je t'envenime pendant ton sssommeil, rétorqua Ssassi.

— Les hurles croient pisser plus loin que les autres, et vous autres, les siffles, vous vous figurez toujours tout connaître sur tout, grrii ! Si j'avais eu peur de ta

venime, et aussi d'la venime de Ssofal, j'me s'rais darbouillé pour descampir. De toute façon, on a que trois
chevacs. »

Véhir devina que le batelier était tenaillé par une
crainte qu'il ne voulait pas ou ne pouvait pas avouer.
Il se cachait derrière son poil épais et son air bourru,
mais la lumière de ses yeux avait changé, il portait un
regard différent, comme nettoyé de l'intérieur, sur ses
vis-à-vis. Sur Ssassi en particulier, qu'il épiait à la dérobée comme un p'tio cherchant à percer le mystère d'un
adulte.

« Ruogno a raison pour une fois, intervint Tia. La
place de Ssimel n'est pas...

— Sssauf si je le confie à Ssofal jusqu'à mon
retour », coupa Ssassi.

La vieille siffle se pencha sur le p'tio endormi dans
ses bras.

« Je serais la plus heureuse des femelles du royaume,
fredonna-t-elle. J'aurais pour moi toute seule un prince
d'Ophü.

— Ssimel... n'est pas le fils du roi, bredouilla Ssassi.
Mais celui de Ssabor, le connétable.

— Un failli bâtard, hein ! grinça Ruogno. L'est pour
ça que tu veux l'abandonner ? »

Le temps d'un coasse de crapaud, Ssassi parut sur
le point de se jeter sur le ronge et de lui planter ses
crochets dans le museau. Sa langue se trémoussa entre
ses lèvres, des gouttes de son venin dégoulinèrent sur
son menton, dégringolèrent en pluie sur ses mamelles.

« Je... je sssuis sssa mère ! s'écria-t-elle d'une voix
gonflée de colère. Que m'importe que ssson père sssoit
le roi d'Ophü ou le plus misérable de ssses sssujets ! Je
chéris Ssimel plus que tout au monde mais, sssi je ne
pars pas avec vous, sssi je rate cette chance de rencontrer les dieux humains, je passerai le reste de ma vie à
me maudire !

— Bâtard ou non, il restera mon prince, murmura
Ssofal. Je lui enseignerai les secrets de la terre, j'en

320

ferai le plus grand guérisseur du royaume d'Ophü, du pays de la Dorgne.

— Il n'aura pas besoin du lait de sa mère ? s'enquit Tia.

— Je le fortifierai avec l'amour de la terre, avec le miel des plantes, avec le sel des pierres. Jamais on n'aura vu p'tio plus gaillard, plus joyeux. Ssassi prend la bonne décision : elle a transgressé la loi du harem royal, il vaut mieux, pour elle et Ssimel, qu'elle s'éloigne pendant quelque temps. Bon nombre de siffles l'ont vue à la cour d'Ophü. Si un voyageur ou un chasseur venait à la reconnaître, il alerterait aussitôt les prévôts, et nos têtes seraient clouées sans tarder sur les portes du rempart. Je m'occuperai de son rejeton jusqu'à ce qu'elle s'en retourne du Grand Centre. Et puis il faut une siffle dans votre équipée. Il ne sera pas dit que les écailleux seront absents de la rencontre avec les dieux humains. »

Elle s'efforçait de paraître enjouée, mais Véhir lut de la tristesse dans le vert assombri de ses yeux. Avait-elle vu la mort de Ssassi dans ses rêves ? Savait-elle que la mère de Ssimel ne reviendrait jamais sur le chemin des crêtes ? Un long moment de silence suivit ses paroles, haché par les craquements des braises et la respiration bruyante du p'tio. Des larmes glissaient sur les joues de Ssassi, diluaient les gouttes plus sombres de venin qui lui maculaient les joues et le menton.

« Ça change rien au fait qu'il nous manque un chevac ! maugréa Ruogno.

— On se darbouillera », dit Tia.

Le ronge eut beau se rencogner contre la paroi et se soustraire à la lumière du foyer, il ne put éteindre les étoiles qui brillèrent dans la nuit de ses yeux.


Le lendemain matin, ils s'aperçurent qu'il ne leur manquait pas une monture, mais deux. À cinq pas du promontoire rocheux, la carcasse gelée d'un chevac gisait sur la neige tassée et souillée de fleurs pourpres.

Les bêtes sauvages n'avaient laissé de lui qu'un squelette où pendaient quelques lambeaux de chair et des crins pétrifiés.

« À moins encore que ce soient les monstres des crêtes, suggéra Ruogno.

— Tu gobures les fariboles sssiffles, maintenant ? » ironisa Ssassi.

Elle avait longuement serré son p'tio avant d'enfiler ses bottes, son manteau de fourrure, et d'enrouler son fichu autour de sa tête. Ssimel n'avait pas protesté lorsqu'elle l'avait remis à Ssofal et s'était engagée dans la galerie. Elle-même, ayant pleuré toute la nuit, avait asséché son réservoir de larmes. Elle portait sur l'épaule l'un des deux sacs de vivres que leur avait préparés la vieille siffle, le ronge s'était chargé de l'autre. Les rayons rasants du soleil naissant peinaient à déchirer le voile nuageux, la bise s'engouffrait rageusement sous leurs vêtements. Les pieds de Véhir s'engourdissaient déjà dans ses bottes. Si, au dire de Ssofal, l'hiver du chemin des crêtes n'offrait qu'un faible aperçu des températures glaciaires du Grand Centre, leurs chances lui paraissaient minces, voire nulles, d'atteindre les grottes où apparaissaient les dieux humains. Le grogne glissa la main dans la poche de son pardessus et serra le manche de la dague. Le métal lisse et froid se réveilla peu à peu sous ses doigts. Comme il craignait que le métal grossier de son espadon ne contrecarre la magie des dieux humains, il avait confié l'arme des convoyeurs à Ssassi, qui avait passé le ceinturon sous sa fourrure, directement sur sa taille nue, et s'était exercée à piquer la lame ébréchée sur une congère.

« Les deux chevacs porteront les sacs de vivres, proposa Tia. Nous marcherons à côté.

— On s'ra vite ébaudés à ce train-là ! marmonna Ruogno.

— La hurle parle juste, dit Ssassi. Marcher nous tiendra chaud, nous empêchera de geler.

— Qui sait combien de lieues on d'vra courir jusqu'au Grand Centre, soupira le ronge.

— Sssi tu as peur, tu peux demeurer chez Ssofal jusqu'au retour des lunaisons chaudes », lança la siffle.

Ruogno ouvrit la gueule pour répliquer, se ravisa, se rendit sous le promontoire, posa le sac et vivres et sella un chevac. À cet instant, Véhir remarqua les formes noires et immobiles d'une dizaine de grolles perchées sur l'avancée rocheuse.

Cinq jours durant, ils progressèrent avec une lenteur désespérante sur les crêtes nues, mornes, fouettées par un vent glacial et balayées par des averses de neige qui les obligeaient à s'arrêter, à s'abriter sous un rocher ou, lorsqu'aucun refuge naturel n'était disponible, sous le ventre des chevacs. Bien qu'il parût impossible que la vie ait réussi à s'agripper dans une telle désolation, des cris sourds ou aigus retentissaient de part et d'autre du chemin, des sabots martelaient le sol gelé, des bruits de cavalcade enflaient et décroissaient comme des tempêtes éphémères. De temps à autre, les grolles disparaissaient dans les brumes givrantes, dans les tourbillons de poudreuse qui s'élevaient parfois à plus de vingt pas, mais, alors qu'on les croyait définitivement égarées, elles déchiraient soudain les nues, effectuaient un vol rasant au-dessus des chevacs avant de reprendre de l'altitude. À Ssassi, qui s'étonnait de leur présence dans ce désert de neige, Ruogno narra leur intervention contre Racnar et ses convoyeurs. Ce mystère apparut à Ssassi, harcelée par les remords, comme un signe des dieux humains, comme une légitimation de sa décision. Seule la volonté divine pouvait justifier l'abandon de son p'tio, la douleur de ses mamelles pleines d'où s'écoulaient les gouttes d'un lait désormais inutile. Et lorsque la tentation de rebrousser chemin se faisait pressante, intolérable, elle cherchait des yeux les points noirs et mouvants des grolles entre les voiles nuageux et les rideaux floconneux.

Ils mangeaient trois fois par jour, et en grande quantité afin de reconstituer l'énergie qu'ils dépensaient dans leur marche et dans leur lutte incessante contre le froid. Les fines volutes de vapeur qui montaient de la robe des montures empêchaient la viande fumée de chamois, les mouchalots rôtis, les insectes et les vers grillés de devenir aussi durs que du bois.

Chaque fois qu'à la tombée de la nuit il s'allongeait entre Tia et le flanc laineux d'un chevac, Véhir n'était pas certain de se réveiller le lendemain matin. Non seulement à cause du froid qui transformait l'obscurité en une gigantesque chape de glace, mais parce que le concert de hurlements, de grincements et de grattements qui résonnait dans le silence nocturne lui donnait à penser qu'ils étaient cernés par les bêtes sauvages ou les monstres des crêtes. Les griffes de la hurle, les crochets envenimés de Ssassi, la fourberie de Ruogno, leurs espadons et la dague des dieux humains seraient des armes dérisoires face à une horde de fauves affamés ou aux créatures démoniaques du Grand Mesle.

Ce furent les bêtes sauvages qui se manifestèrent le matin du sixième jour.

Alarmé par les croassements continus et assourdissants des grolles, par le comportement nerveux des chevacs, Véhir ne distinguait aucune silhouette, aucun mouvement sur la ligne immaculée et arrondie des crêtes, ni sur les versants latéraux qui se coulaient en pente douce jusqu'aux précipices. Pourtant, une menace presque palpable semblait ternir l'air vif et lumineux que ne parvenaient pas à réchauffer les feux d'un soleil blafard. L'espadon à la main, Tia escaladait les moindres reliefs, les pics rocheux, les congères, pour scruter les environs, mais, bien que ses sens de prédatrice fussent plus aiguisés que ceux du grogne, elle ne remarquait rien d'autre que les scintillements et les tourbillons de poudreuse sur la bande aveuglante d'une largeur de trois ou quatre cents pas qui se tendait entre les bouches sombres des gouffres.

« Si ces maudites grolles s'arrêtent pas de crailler, j'leur coupe le sifflet ! »

Une bourrasque emporta la voix de Ruogno ainsi que le petit nuage de buée qui s'était formé devant ses lèvres.

« Faudrait être un fieffé guingrelin pour couper le cou aux messagères de l'Humpur ! » cria Ssassi.

Gagnée par la préhibernation, elle luttait depuis leur réveil pour ne pas s'allonger dans la neige et détendre enfin un corps qui devenait embarrassant, pesant. Au milieu de la nuit, elle avait entrouvert son manteau de fourrure et s'était couchée sur le flanc du chevac. Elle aurait donné un de ses bras pour se réveiller dans son nid douillet du harem royal, pour s'asseoir dans le bac d'eau bouillante installé chaque matin par les servantes dans la petite salle qui jouxtait sa chambre. Elle s'efforçait de ne prêter aucune attention aux gouttes de lait qui s'échappaient de ses mamelles et traçaient des sillons froids sur son ventre. Il y avait de surcroît le souvenir obsédant de Ssabor le connétable, de leurs interminables saillies dans la pénombre tiède de son nid, de la douceur de sa peau sertie d'écailles souples. Si elle ne chassait pas de son esprit son p'tio et tout ce qui avait trait à sa vie de mère et de femelle, elle risquait de se laisser entraîner dans le dédale des spirales fascinantes, de s'enfoncer dans un sommeil dont elle ne reviendrait pas. Elle avait connu un grand nombre de courtisans et quelques concubines royales qui, en état de préhibernation, avaient choisi de s'installer dans la dormance éternelle plutôt que d'affronter leurs problèmes et leurs tourments. Cela n'avait rien à voir avec le sommeil réclamé chaque soir par le corps fatigué, c'était, au début des lunaisons des premiers froids, une invitation à pénétrer dans un labyrinthe envoûtant et illusoire dont on ne trouvait jamais la sortie.

« Hoorrll ! »

Le silence transi mit un long moment à absorber le cri perçant de Tia. Véhir regarda dans la direction indiquée par l'espadon de la hurle. La blancheur étincelante de la neige lui blessa les yeux, puis, après qu'il eut placé la main en visière sur le front, il distingua de vagues formes une cinquantaine de pas plus loin. Il les prit d'abord pour des congères qui se seraient formées autour d'excroissances rocheuses, mais il s'aperçut rapidement qu'elles remuaient, que les unes se levaient pendant que les autres s'affaissaient et disparaissaient dans la neige.

« Par les coïlles de mon géniteur, quelle sorte de diablerie... commença Ruogno.

— Des bhoms des neiges, souffla Ssassi qui dut faire un violent effort sur elle-même pour rester campée sur ses jambes.

— Jamais vu des bêtes pareilles ! » grommela le ronge en tirant son espadon.

Sauvages, ces créatures l'étaient sûrement à en juger par leur comportement qui s'apparentait à celui d'une horde. Mais leur façon de se dresser sur leurs pattes postérieures, d'agiter leurs pattes antérieures comme des bras, leur pelage blanc qui ne dévoilait pas un pouce de leur cuir leur conféraient une certaine ressemblance avec les membres des clans grondes, hurles ou glapes. Les longs poils de leur face leur camouflaient les yeux et occultaient à moitié leur gueule où on ne distinguait aucun croc. De même, les extrémités de leurs membres semblaient entièrement dépourvues de mains, de doigts, de griffes. Les grolles les survolaient en poussant des croassements agressifs mais elles se maintenaient à une hauteur respectable, comme si la nature de l'adversaire leur interdisait de l'attaquer, voire simplement de l'approcher. Véhir se remémora l'implacable férocité des petits rapaces noirs contre Racnar et ses convoyeurs, et leur manque d'audace face à cette nouvelle menace ne le rassura pas.

« Il faut... descampir tout de sssuite, geignit Ssassi. Ou nous... sssommes... ssss... perdus.

— L'ont pourtant pas l'air bien féroces », lança Ruogno.

L'affolement de la siffle se traduisait par une paralysie de son système nerveux, par une incapacité à
accorder ses intentions et ses actes. Elle voulut dégainer son espadon mais sa main se suspendit entre son
épaule ·et sa hanche, comme frappée par le gel. Elle
eut encore la force de murmurer quelques mots.

« Sss'ils nous égrappent, ils... ils nous emprisonne-
ront... dans la glace... la... glace... ssss... à jamais... »

Elle oscilla sur ses pieds et s'affaissa en tournoyant
comme une feuille morte. Le ronge eut le réflexe de
lâcher son espadon et de la rattraper par la taille avant
qu'elle ne s'effondre sur la neige.

« L'est pas l'moment de roupir ! Avons besoin des
forces des uns et des autres ! »

Les paupières de Ssassi, si fines qu'elles en paraissaient translucides, se relevèrent et découvrirent des
yeux d'un jaune déjà trouble où les pupilles se réduisaient à de minces fils verticaux.

« Tu... tu sssoucies une écailleuse, ronge ? »

Sa voix n'était plus qu'un filet sonore qui pouvait à
tout moment se tarir.

« J'voudrais pas que ton p'tio soye un jour privé de
sa mère.

— Ce... bâtard ?

— Pas la peine d'avoir tant d'venin en gueule si c'est
pour défaillir au premier tracas.

— Ss... sserre-moi contre toi, ton poil me ravigo-
tera. »

Alors, malgré la peur ancestrale qui resurgissait en
lui comme une source d'eau sale, le batelier dégrafa le
manteau de fourrure de Ssassi, la releva, ouvrit sa propre pèlerine, remonta sa tunique, glissa les bras autour
de la taille de la siffle et plaqua le poil épais de son
torse sur sa peau blême.

« Si un jour on m'avait dit que j'm'frotterais avec
une écailleuse », ronchonna-t-il.

Toutefois, même si l'aspect lisse et la fraîcheur de
la peau de Ssassi le déconcertaient, même si les crochets de la siffle se promenaient à moins d'un pouce

de son cou, il ne trouvait pas cette étreinte désagréable. Les drôlesses de Muryd lui produisaient un tout autre effet : leurs déhanchements, leur odeur piquante, leurs roucoulements hystériques suscitaient en lui une excitation brutale qu'il lui fallait calmer en défiant ses rivaux et en sautant sur la femelle élue. Il n'avait jamais retiré de véritable satisfaction de ces brèves saillies, juste une sensation superficielle de soulagement. La douceur froide de Ssassi ne chavirait pas ses sens mais l'apaisait, l'envoûtait.

Il lançait de temps à autre un regard aux créatures des neiges qui poursuivaient leur étrange ballet sur toute la largeur du chemin des crêtes. Leur agitation, désordonnée en apparence, masquait une progression régulière, cohérente. Les cinquante pas du départ s'étaient déjà réduits à trente, et d'autres surgissaient de l'arrière, qui leur coupaient toute retraite. Tia et Véhir se rapprochèrent du ronge et de la siffle. La dague des dieux humains diffusait, dans la main du grogne, un feu qui le brûlait jusqu'à l'épaule. Les grolles craillaient de plus belle, les chevacs renâclaient, secouaient leur crinière, donnaient des coups de cornes.

Ruogno vit que la lumière était revenue dans les yeux de Ssassi. Il ne relâcha pas pour autant son étreinte, il y puisait lui-même de la chaleur, de l'énergie.

« Puisque tu les connais, ces guingrelins, dis-nous comment les ébouiller, suggéra-t-il.

— C'est la première fois que j'en rencontre », souffla la siffle.

À nouveau le venin perlait à ses crochets et dégouttait sur sa lèvre inférieure.

« Comment s'fait alors que t'en as tellement peur ? »

Elle recula la tête et le fixa avec une telle intensité qu'il eut l'impression de flotter dans un gouffre jaune. Son regard se porta machinalement sur les tortillements de la langue de la siffle. Il sentit la bise glaciale se faufiler entre ses poils hérissés.

« Les fables disent que les bhoms encachotent leurs prisonniers dans les glaces profondes jusqu'à ce qu'un jour le sssoleil se réchauffe et les fasse fondre.

— Sont les démons des légendes ?

— Sssont les esprits de l'hiver, sss'aruent parfois jusque dans les nids pour enlever les sssiffles en pré-hibernation.

— Si décollons la tête de quelques-uns, p'tète que...

— On pourra en ébouiller une poignée, et je n'en sssuis pas sssûre, mais ils sssont tellement nombreux qu'ils finiront de toute façon par nous déborder. Lâche-moi asteur, je sssuis bien réveillée. »

Le ronge se détacha à regret de la siffle, remit de l'ordre dans ses idées et dans ses vêtements avant de ramasser son espadon.

Les deux lignes des créatures des neiges se resserrèrent peu à peu sur les trois prédateurs, le grogne et les deux chevacs. Les grolles n'étaient plus que des taches sombres et décroissantes sur le fond incandescent du ciel. Qu'elles eussent battu en retraite ou qu'elles fussent parties chercher du renfort, elles avaient admis l'inégalité du combat.

Pris individuellement, les bhoms, dont les plus grands atteignaient à peine la taille d'un grognelet ou d'un sifflin, n'étaient guère impressionnants, mais l'ensemble dégageait une impression de mouvement machinal, implacable. Ils ne poussaient aucun cri, et le froissement à peine perceptible de leurs poils blancs sur la neige accentuait l'aspect mécanique de leur progression. Ils n'avançaient pas lorsqu'ils se redressaient, ils se contentaient d'agiter leurs membres supérieurs, comme s'ils s'appliquaient à conserver leur équilibre. Ils semblaient alors en attente, hors de leur élément, puis ils s'enfonçaient dans la neige et, le temps pour un grogne de Manac de faucher un petit carré de blaïs, ils en ressortaient trois ou quatre pas plus loin. Véhir comprit pourquoi ni Tia ni lui-même ne les avaient repérés sur les étendues verglacées du chemin des crêtes : ils ne vivaient pas sur la neige, mais dans la neige, comme des poissons dans les rivières, et leurs gueules bordées de poils spumeux bâillaient comme des puits abandonnés et cernés par la végétation.

Le grogne leva la dague à hauteur de son visage. Le métal du manche lui calcinait les ongles. Il doutait fort que la magie des dieux humains lui fût d'un quelconque secours dans le combat qu'il s'apprêtait à livrer. Il n'avait pas peur de la mort, il aurait accepté que les créatures des neiges le tuent pour se nourrir de sa chair, mais il avait entendu Ssassi, et il refusait de toutes ses forces la perspective d'être encachoté pour l'éternité dans une prison de glace.

# CHAPITRE 16

# Bhoms

*Bon nombre d'histoires*
*parlent des créatures mystérieuses*
*hantant le pays du Grand Centre.*
*Pour ma part je ne les crois pas toutes,*
*mais j'en accepte d'aucunes,*
*telle celle qui mit aux prises un voyageur gronde*
*et un bhom.*
*Le gronde marchait depuis des jours dans la neige*
*quand un bhom surgit devant lui.*
*Le gronde brandit sa hache dans l'intention*
*de fendre en deux son vis-à-vis.*
*Mais il sent le froid l'engourdir, son bras se gèle,*
*il ne peut plus esquisser un geste.*
*« Je commande au froid, dit le bhom.*
*Si tu ne m'avais pas menacé,*
*je ne t'aurais pas congelé.*
*— Si vous n'étiez pas apparu, dit le gronde,*
*je ne vous aurais pas menacé.*
*— Pour cette parole, dit le bhom, je te condamne à rester*
*figé dans la glace jusqu'à la fin des temps. »*

*Les créatures mystérieuses, réelles ou non, ne sont finalement*
*que les reflets de nos terreurs.*

Les fabliaux de l'Humpur

L'espadon de Tia siffla vers la tête du bhom qui avait brusquement jailli de la neige à moins d'un pas d'elle.

« Non ! » cria Véhir.

Le poids de l'arme et la vitesse d'exécution de la hurle l'empêchèrent de retenir son geste, mais, au dernier moment, elle infléchit la trajectoire de la lame, qui frôla les poils du crâne du bhom sans le toucher. Une muraille frémissante et silencieuse de créatures blanches se dressaient à présent autour d'eux, oscillant sur leurs membres inférieurs comme des fleurs sur leur tige. De leur gueule s'écoulait de la neige à demi fondue qui agglutinait les poils de leur menton et de leur thorax.

« Qu'est-ce qui t'prend, maudit grogne ? gronda Ruogno. J'm'laisserai pas engeôler dans la glace sans m'battre !

— Ils n'attaqueront pas si nous n'attaquons pas », rétorqua Véhir.

L'apaisement soudain des chevacs avait forgé une évidence dans l'esprit du grogne.

« Qu'est-ce que t'y connais ? »

Tendu, Ruogno se tenait prêt à abattre son espadon au premier geste des bhoms qui se pressaient devant lui. Il en surgissait d'autres de la neige, qui comblaient peu à peu les vides et grossissaient leurs rangs. Tous ouvraient en grand leur gueule ronde, mais on ne leur voyait pas de crocs ni même de langue, pas davantage qu'on ne devinait d'yeux ou de museau sous la fourrure épaisse et duveteuse qui leur barrait la face.

« Je ne les connais pas, mais je suis certain qu'ils ne nous veulent pas de mal, répondit le grogne. Ou ils nous auraient agrappis pendant notre sommeil. »

À mesure qu'il parlait, les réponses se dessinaient dans son esprit, évidentes, limpides. La dague, dont il maintenait la lame dressée vers le ciel, se gorgeait de l'extraordinaire brillance du soleil et lançait des éclats fulgurants sur la neige. Les dieux humains lui communiquaient leur magie par l'instrument qu'ils avaient autrefois forgé et qui avait traversé les cycles sans s'altérer. Le métal plus lisse que la couenne d'un grognelet était l'intermédiaire entre l'ordre invisible dont avait parlé Ssofal et l'ordre visible, entre les créateurs et leurs créatures, entre le ciel et la terre.

« Qu'est-ce qu'ils nous veulent, alors ? » gronda Tia. Les jambes fléchies, les lèvres retroussées, les crocs dégagés, à nouveau gouvernée par sa nature de hurle, elle avait dégrafé sa mante pour brandir son espadon à deux mains.

« Nous inviter dans leur antre, me semble.

— Autant s'passer le cou dans la corde qui va nous pendre ! gronda Ruogno.

— Devriez remiser vos armes, insista Véhir. On n'apprend pas la méfiance si on n'apprend pas la confiance. »

Et, joignant le geste à la parole, il glissa la dague dans la poche de son pardessus, tendit le bras et posa la paume sur le sommet du crâne du bhom le plus proche, qui lui arrivait à la taille. Le froid intense qui s'exhalait de la fourrure emmêlée et blanche offrait un contraste douloureux avec la chaleur qui continuait de lui irradier le corps. Alors, comme si les créatures des neiges n'avaient attendu que ce signe, la horde se réorganisa. L'une après l'autre, elles s'allongèrent, se coulèrent dans la neige, réapparurent un plus loin sur le versant occidental du chemin des crêtes, réitérèrent leur manège jusqu'à ce que les premières atteignent le bord du précipice. Seules une dizaine d'entre elles demeurèrent à proximité de Véhir et des trois prédateurs.

« Sont plus qu'une faillie poignée ! s'exclama Ruogno. C'est l'moment ou jamais. »

Il leva l'espadon qu'il avait seulement feint de rengainer. Ssassi l'arrêta d'un geste du bras.

« La ssstupidité des ronges n'est pas qu'une fable ! lâcha-t-elle entre ses lèvres serrées.

— Moi j'm'ensauve pas dans la dormance à la première contrariété ! » cracha-t-il.

Ssassi entrouvrit la gueule et émit un sifflement qui ébouriffa les poils du batelier. Véhir choisit ce moment pour fendre la rangée des bhoms restés près d'eux et s'avancer d'un pas tranquille sur le versant occidental. Les chevacs lui emboîtèrent le pas.

« Il n'y a que le précipice de ce côté-là ! » hurla Tia.

Mais Véhir poursuivit son chemin sans tenir compte de l'intervention, escorté par les montures et par les bhoms qui se couchaient et se relevaient avec une régularité lancinante dans son sillage. Il ne savait pas où le conduisaient les créatures des neiges mais en lui s'était ouvert un chemin qu'il lui fallait parcourir jusqu'au bout. Comme, il en prenait conscience en cet instant, s'était ouvert le chemin de la liberté dans l'enclos de fécondité de la communauté. Comme, à chaque instant, s'ouvraient une multitude de chemins que les membres des clans et des communautés, hormis les exilés comme Jarit et Ssofal, refusaient d'explorer. Il n'eut pas besoin de se retourner pour s'apercevoir que Tia, puis Ssassi et enfin Ruogno se lançaient sur ses traces. Il perçut le bruit de leurs pas qui se rapprochaient et, du coin de l'œil, il vit flotter la mante de la hurle entre les masses sombres des chevacs.

Les bhoms s'évanouissaient au bord du précipice et ne reparaissaient pas, comme s'ils s'étaient jetés dans le vide. Véhir ralentit l'allure et redoubla de précautions. Ses bottes ripaient à présent sur la neige verglacée. Le moindre écart risquait de se transformer en une glissade mortelle sur cette pente dépourvue de reliefs. Les chevacs, qui avaient également raccourci leur foulée, avançaient en travers et assuraient chacun de leurs appuis en creusant des trous à coups de sabots nerveux et puissants. La gueule du gouffre se dévoilait, insondable, vertigineuse, bordée de dentelles de glace dont les pics, entraînés par leur propre poids, se craquelaient et se détachaient peu à peu de leur support. Un enchevêtrement de pics étincelants, de parois abruptes, de gorges mystérieuses et de forêts pétrifiées exposait sa majesté de l'autre côté du précipice et se perdait dans les traînes brumeuses et scintillantes qui coiffaient l'horizon.

Les bhoms s'étaient tous volatilisés sans laisser de trace. Seuls étaient encore visibles les dix individus du petit groupe – ou d'autres, rien ne les différenciait – qui avait attendu Véhir. Ils continuaient de plonger dans la neige pourtant aussi dure que la glace et qui, comme l'eau après le saut d'un poisson, recouvrait peu à peu son aspect lisse, immaculé. Ils augmentaient régulièrement la cadence, creusaient l'écart, se redressaient à l'issue d'éclipses de plus en plus longues, et le grogne craignait de les voir disparaître aussi subitement que le reste de la horde.

« Ils nous entraînent dans l'abîme ! » cria Tia.

Distancée par Véhir, elle plantait à chaque pas son espadon dans la neige pour se cramponner à la poignée. L'extrême attention que requérait cette descente tirait ses traits, perlait son front de gouttes de sueur, précipitait son souffle. Arc-boutés sur leurs cuisses, les chevacs demeuraient un long moment immobiles avant de se remettre en mouvement. Plus haut encore, Ssassi et Ruogno progressaient avec une prudence exacerbée par une première glissade du ronge, vite enrayée par l'espadon de la siffle.

Lorsque les derniers bhoms se furent volatilisés, Véhir, parvenu à moins de vingt pas du précipice, se demanda s'il ne s'était pas trompé sur leur compte. Si, en même temps, il n'avait pas été leurré par ses propres perceptions, par ses propres pensées. Il avait pu s'en rendre compte à plusieurs reprises, l'esprit était un faiseur d'illusions, un redoutable escroc du désir. Il scruta à s'en blesser les yeux la neige à nouveau déserte et polie comme un miroir.

« Et maintenant ? » cria Tia, hors d'haleine.

Pliée en deux, appuyée sur son épée, elle tentait de reprendre son souffle et, surtout, de surmonter la frayeur que soulevait en elle le voisinage de l'abîme. Elle s'en voulait de s'être laissée décrocher par le grogne. Il faisait preuve d'une imprudence folle en se rapprochant du gouffre, comme un insecte téméraire sur le point d'être gobé par une immense gueule. Elle ne lui serait d'aucun secours s'il perdait l'équilibre.

« Reviens, Véhir. »

Elle eut l'impression que son gémissement se brisait sur le silence hostile qui montait des profondeurs du vide pour s'épandre sur le versant. Le danger que courait le grogne occultait cet autre danger auquel, sans l'intrusion de Ruogno, elle aurait succombé dans le nid de Ssofal. Le regard réprobateur du batelier l'avait brûlée comme un fer chauffé à blanc. La loi des clans, les tabous de l'Humpur, tous ces spectres s'étaient relevés d'un passé tellement lointain qu'il en paraissait mort, et leur agitation frénétique, leurs grincements effrayants avaient rentré en elle ses aspirations profondes, ses désirs d'épanchement. C'étaient sans doute ces mêmes spectres qui, davantage que la faim, l'avaient poussée à ripailler le grogne sous le promontoire rocheux. Ils se terraient dans ses besoins physiologiques pour l'enfermer dans sa nature de prédatrice. Comme elle regrettait sa faiblesse à présent ! Comme elle regrettait de ne pas avoir donné de prolongement à leur baiser, ces mêmes baisers que décrivaient les chants d'Avile le trouvre et dont les lais de l'Humpur avaient proscrit l'usage ! Un pressentiment lui soufflait que plus jamais la chance ne se présenterait, que le précipice allait lui prendre Véhir de la même manière que les kroaz lui avaient enlevé Fro. D'un geste énergique, elle arracha l'épée profondément fichée dans la neige.

« Véhir, remonte, hoorrll ! »

Elle se hâta autant que possible en direction du grogne qui, visiblement, rencontrait des difficultés grandissantes à maîtriser son équilibre. Un hennissement, puis un mouvement attirèrent son attention. Un chevac s'affaissa sur le flanc, partit en glissade, prit peu à peu de la vitesse, agita en vain ses membres comme un insecte renversé sur sa carapace. Horrifiée, Tia le suivit du regard jusqu'à ce qu'il bascule dans le vide. Ses yeux restèrent un petit moment rivés sur le sillon d'une largeur de deux pas qu'il avait creusé derrière lui, puis elle se rendit compte qu'elle ne captait plus la silhouette de Véhir dans son champ de vision.

Son cœur s'arrêta de battre. Elle examina fébrilement le bord du gouffre sur toute sa largeur, ne discerna ni forme ni autre trace que celle du chevac sur la neige enflammée par les rayons du soleil.

« L'est... l'est tombé ! »

La voix de Ruogno lui fit l'effet d'un deuxième coup de massue. Hébétée, elle tourna la tête en direction du ronge et de la siffle immobilisés à mi-pente.

« Faut s'en revenir au chemin des crêtes, poursuivit le batelier. Y a plus de raison d'aricoter dans les parages. »

Le deuxième chevac avait déjà entamé sa remontée. Ses sabots affolés soulevaient de petites gerbes qui fusaient en flaques poudreuses sur la neige dure. Tia refusa de bouger, tenaillée par la tentation de se jeter à son tour dans le précipice, fixant sans la voir la faille assassine que soulignait la blancheur aveuglante du versant. L'avenir sans Véhir s'annonçait plus froid et stérile que l'hiver du plateau des Millevents. Les miroitements du soleil scintillaient comme autant d'éclats de son rêve brisé. Elle n'envisageait pas non plus de revenir en arrière, de regagner le comté de Luprat. Les seurs et leudes étaient devenus de parfaits étrangers, et les coutumes hurles, des rites vides de sens. Rien d'autre ne la reliait à la vie que l'espoir fou de voir Véhir resurgir du sol comme les bhoms quelques instants plus tôt. Au fond d'elle, elle savait que tout était consommé, que le grogne était tombé dans le piège dès créatures des neiges, qu'il n'avait pas pu survivre à une telle chute, que la seule façon de le rejoindre, c'était de franchir les portes de l'au-delà, à supposer que le paradis n'était pas qu'une fable entretenue par les lais à l'âme noire. Une à une ses certitudes s'envolaient comme les feuilles des arbres à la lunaison des grands vents. Elle n'était rien d'autre en cet instant qu'une enveloppe de chair battue par le chagrin et criblée par les regrets. Le gouffre n'était pas à côté d'elle, mais en elle, il s'ouvrait dans son ventre, dans sa poitrine, il dévorait ses muscles, ses organes, il aspirait son sang, ses pensées, ses forces. Elle eut la vague sensation de lâcher la poignée de son espadon, de s'affaisser, d'être happée par la pente. Puis il y eut un choc, un arrêt brutal, et elle crut que ses vertèbres cervicales se brisaient comme du bois mort.

« Un, ça suffit ! »

Elle voulut tourner la tête, mais une douleur aiguë monta de son cou, qui la cloua sur la neige. Une ombre la dominait, trop velue et puante pour être celle de la mort. Des formes bruissantes tournoyaient dans le ciel radieux comme des étoiles noires et folles. Elle devina que Ruogno avait piqué son espadon dans la traîne de sa mante pour enrayer sa glissade. Elle n'était plus retenue que par le tissu dont le col renforcé lui comprimait la gorge, lui coupait la respiration. Elle éprouva pour le batelier un terrible sentiment de haine, immérité sans doute, mais de quel droit l'empêchait-il de réparer dans la mort l'injustice perpétrée par la vie ?


Tantôt sur les fesses, tantôt sur le dos, Véhir dévalait l'obscur boyau à une allure démentielle. De temps à autre, une bosse le faisait décoller de la glace, l'envoyait percuter de plein fouet la voûte basse ou une paroi, et il repartait à l'envers, ou sur le côté, sans autre ressource que de se protéger la tête avec ses deux bras et d'attendre qu'un nouveau choc le replace dans sa position initiale. La vitesse l'avait grisé au début, elle l'effrayait à présent, surtout qu'une nuit noire, profonde, avait rapidement supplanté la lumière du jour et qu'il craignait à tout moment de se rompre le cou sur une invisible barrière de roche ou de glace. Il avait lancé les mains sur les côtés pour essayer d'accrocher une aspérité ou, au moins, ralentir sa glissade, mais ses doigts avaient touché une surface tellement lisse et

338

froide qu'elle en devenait brûlante. Son pardessus se retroussait peu à peu sur sa poitrine, ses épaules et sa face. Son bassin et ses jambes n'étaient plus protégés que par la laine de la brague dont les mailles commençaient à s'effilocher.

Il avait vu le chevac tomber dans le précipice. Il n'avait pas eu le temps de se le reprocher – sa stupide obstination à suivre les bhoms leur avait coûté une monture et un sac de vivres –, la neige avait brusquement cédé sous son poids et la pente raide d'une galerie de glace l'avait saisi comme une gueule vorace. Elle s'était adoucie par la suite, mais il avait continué à prendre de la vitesse, à sombrer dans les ténèbres à la densité suffocante, à se balancer d'un côté sur l'autre comme un radeau brinquebalé par des eaux tempétueuses. Il avait fini par comprendre qu'il valait mieux se rouler en boule et accompagner le mouvement plutôt que de chercher à s'y opposer, un réflexe qui, bien que naturel, s'avérerait inutile, voire dangereux, dans les circonstances. Une question, obsédante, émergeait du tumulte de ses pensées : dans quelle geôle, dans quel ventre l'entraînait cet interminable boyau ? Sans doute les gavards de Manac éprouvaient-ils le même désarroi, le même sentiment d'impuissance, lorsque les troïas les menaient dans l'enclos d'engraissage. Ils s'engageaient dans une voie qui, aussi étroite et sombre que cette galerie, les conduisait immanquablement sur l'étal des bouchers du castel de Luprat. Eux non plus n'avaient pas la possibilité d'infléchir leur trajectoire.

La glace lui pelait la couenne des fesses. Il lui sembla que le sol se redressait légèrement, que sa propre vitesse diminuait. Il eut l'intuition que l'issue était proche, et son inquiétude augmenta en proportion de son soulagement. Une lueur lointaine révélait les inégalités de la voûte et des parois. Il se demanda si la galerie ne débouchait pas sur le précipice, plia les jambes, tenta désespérément de freiner sa dégringolade avec les semelles de ses bottes, ne réussit qu'à pivoter sur lui-même et à repartir de plus belle, la tête en avant.

Des images syncopées défilèrent devant ses yeux, le résumé saisissant de ces derniers jours, l'adorable couenne de troïa Orn, le rictus de Graüm dans l'enclos de fécondité, le crâne écaché du seur H'Gal, le corps calciné de Jarit, les mamelles d'Ombe, les yeux cruels d'Arbouett le Blanc, la face décharnée de l'archilai de Luprat... Tia... Le cuir pâle et le pelage roux de Tia... La gueule béante et fascinante de Tia...

Ébloui par un flot brutal de lumière, il prit soudain conscience qu'il était sorti du boyau pour passer dans une cavité étayée par des piliers translucides. Il continua de glisser sur une distance d'une cinquantaine de pas jusqu'à ce que le sol se redresse et vint buter en douceur contre la base d'une paroi. Étourdi, perclus de douleurs, il eut besoin d'un long moment pour coordonner ses pensées et reprendre conscience des limites de son corps. Son premier réflexe fut de vérifier que la dague n'était pas tombée de la poche de son pardessus. Un souffle glacial s'insinua par les déchirures de sa brague et lécha les brûlures de ses fesses.

La sensation aiguë d'une présence l'incita à se relever. La main crispée sur le manche de la dague, il se campa sur ses jambes cotonneuses, rajusta son pardessus, s'adossa à la paroi et balaya la grotte du regard. Des colonnes obliques de lumière vive tombaient d'orifices à demi occultés par les stalactites, habillaient les piliers, les parois et le sol de reflets chatoyants, sculptaient, dans les zones d'ombre, des formes torturées et blêmes que Véhir prit d'abord pour des démons grimaçants avant de se rendre compte qu'il s'agissait de dentelles de givre. La splendeur irréelle de cette immense salle entièrement creusée dans la glace l'émerveilla. Aucun castel, aucune construction de la Dorgne ne proposait une telle perfection, un tel équilibre entre la lumière et l'ombre, une telle harmonie de formes et de couleurs. Les tores des piliers, d'une épaisseur de deux grognes à la base, s'étranglaient en leur milieu pour s'évaser à nouveau en se rapprochant de la voûte et offraient une infinité de nuances qui allaient du rose le plus vif au bleu le plus sombre. Le grogne eut l'impression d'être entré par effraction dans la demeure des dieux humains, puis il avisa une ouverture arrondie, aperçut des silhouettes blanches regroupées dans une autre salle et comprit qu'il était seulement arrivé dans le repaire des bhoms.

Il hésita le temps d'une stridulation de grillon avant de traverser la grotte d'une démarche rendue hésitante par le sol glissant. Les créatures des neiges ne bougèrent pas lorsqu'il franchit l'ouverture et qu'il pénétra dans la deuxième salle, nettement plus petite, éclairée elle aussi par des colonnes inclinées de lumière qui convergeaient en faisceau vers un énorme pilier solitaire coiffé d'une couronne de stalactites. Même si aucun repère, aucun mouvement ne lui permettait de déterminer s'ils lui faisaient face ou s'ils lui tournaient le dos, il acquit rapidement la certitude que tous les bhoms, dressés sur leurs membres inférieurs et répartis sur toute la surface de la grotte, étaient orientés vers le pilier comme les grognes de Manac autour de la chaire des lais dans l'atmosphère oppressante du temple de la communauté. Il leva les yeux sur le tore obèse de la colonne cylindrique dont les flots croisés de lumière ne laissaient des contours qu'un voile cristallin, et il les vit.

Un couple de dieux humains. Figés dans la glace.

Le cœur battant, le grogne se faufila entre les bhoms et, sans rencontrer d'opposition, s'approcha du pilier pour mieux contempler les deux corps suspendus. Les dieux humains ne portaient aucun vêtement, contrairement aux images des livres. La déesse se tenait dans une curieuse position, les bras écartés, les jambes ployées, le bassin basculé vers l'avant, comme si elle tentait encore de briser la gangue de glace qui la retenait prisonnière. Les cheveux longs et bruns qui partaient du sommet de son crâne s'écoulaient en cascades ténébreuses et gelées sur ses épaules et ses mamelles. Avec ses yeux grands ouverts, le pelage ras qui prolongeait le sillon de sa terre intime était la seule tache sombre sur son corps à la blancheur bleutée. Le dieu était en comparaison plus velu, surtout sur le torse, sur les jambes et sur le bas-ventre. Sa couenne paraissait plus foncée, plus épaisse, plus rugueuse que celle de la déesse, mais ses cheveux avaient l'éclat doux et chaud du soleil de la lunaison des cèpes, et le bleu limpide de ses yeux évoquait un coin de ciel d'été. Véhir s'étonna de l'indicible épouvante exprimée par la crispation de leurs traits : les dieux étaient-ils donc, comme leurs créatures, sujets à la peur ? Pourquoi ces deux-là ne s'étaient-ils pas libérés de leur prison de glace, eux qui avaient créé la terre et le ciel, eux dont la magie ordonnait les saisons, eux dont le regard embrasait le soleil, eux qui gouvernaient le feu, l'air et l'eau ?

Il les observa pendant un temps qu'il aurait été incapable d'évaluer, tournant à plusieurs reprises autour du pilier pour les examiner sous tous les angles. Il admira la finesse de leur face, de leur groin – ou de leur museau, il ne connaissait pas d'autre nom pour désigner l'appendice saillant qui abritait le flair –, de leurs mains, de leurs poignets, de leurs chevilles, de leurs pieds. Il envia le vit du dieu, qui tombait droit sur ses bourses, contrairement au sien, tout tire-bouchonné et d'une hideuse teinte rouge vif. Une honte encore plus cuisante que celle qu'il avait ressentie devant Jarit le submergea. La sensation haïssable d'être la réplique déformée d'êtres à la beauté inaccessible. Lui et ses semblables – ce « semblables » englobait les clans, les communautés agricoles et les prédateurs errants – avaient proliféré comme des plantes nuisibles sur une terre qui ne leur était pas destinée. Ils avaient empêché les fleurs de s'épanouir et, maintenant, ils se vautraient dans leur laideur, les uns affûtaient leurs griffes et leurs crocs, les autres oubliaient leur condition de pue-la-merde dans un travail abrutissant et dans des croyances iniques.

L'immobilité intrigante des bhoms lui donna à penser qu'il se trouvait en cet instant dans la grotte miraculeuse où les dieux humains s'adressaient à leurs créatures, que ce couple magnifique allait bientôt se ranimer et briser sa prison de glace. Il cessa de bouger et, planté devant le pilier, vibrant d'espérance, attendit le prodige. Sa flamme s'éteignit en même temps que s'estompait l'éclat des colonnes de lumière. Puis, comme une rouille crépusculaire et sale inondait la salle, les paroles de Jarit lui revinrent en mémoire : *Quand tu as faim, les glands ne viennent pas tout seuls dans ton estomac...* Les dieux avaient besoin d'un signe pour sortir de leur sommeil, c'était à lui de leur montrer sa résolution. Il saisit la dague, la leva à hauteur de leur face, crut déceler un éclair fugitif dans les yeux sombres de la déesse, insista jusqu'à ce que ses bras lourds, douloureux, retombent le long de ses jambes. Elle ne réagit pas, à jamais prisonnière de son épouvante, et le dieu ne parut pas davantage remarquer sa présence. Un gouffre infranchissable se tendait entre eux et leur créature, l'abîme du temps, la blessure d'une très ancienne trahison, un reniement définitif. L'obscurité se déposa dans la grotte, estompa les bhoms, se déversa dans le pilier, transforma les deux silhouettes en ombres indécises, fantomatiques.

Véhir frappa rageusement la glace de la pointe de la dague, n'obtint qu'une série de rayures insignifiantes, puis, la mort dans l'âme, il admit son échec, s'allongea sur le sol et se recroquevilla sur son désespoir. Il prit conscience que les bhoms se remettaient en mouvement mais n'y prêta aucune attention. Ils pouvaient maintenant le couler dans un pilier comme le couple de dieux – les bhoms avaient joué un rôle dans leur congélation, à en croire la légende siffle –, il n'en avait cure, il n'avait plus de goût à la vie, puisque les créateurs avaient abandonné leurs créatures, puisqu'ils les avaient condamnées à l'inexorable marche vers la déchéance, vers l'ignominie. Quelle faute avaient-ils donc commise, les ancêtres, les fondateurs des clans et des communautés, pour que la magie humaine se retire ainsi du pays de la Dorgne ? Les lais rejetaient la responsabilité de la malédiction originelle sur le Grand Mesle, sur le tentateur, sur le démon, mais, sans l'intervention des dieux humains, les réalités qui se cachaient derrière les dogmes de l'Humpur ne seraient jamais exhumées, la force brute continuerait de piétiner l'intelligence, les crocs et les griffes s'allongeraient, les uns et les autres marcheraient à quatre pattes, le langage se perdrait, l'individu serait broyé par le clan, par la communauté.

Avec la dague, les livres et la maison de Jarit, les formes sombres engeôlées dans la colonne étaient les derniers vestiges du passage des dieux humains sur terre. Les derniers, cela ne faisait aucun doute. Et cela signifiait qu'il n'existait pas de grotte miraculeuse dans le Grand Centre, que Tia et Véhir avaient entrepris ce voyage en vain. À nouveau terrassé par le découragement, il s'allongea sur la glace et, sans se soucier des langues de froid qui se faufilaient par les déchirures de sa brague, dériva sur des pensées plus noires que la nuit. Il n'entrevit pas d'issue plus engageante que la mort et s'endormit avec l'amer regret de ne pas avoir fini ses jours dans la gueule et l'estomac de Tia.

Le chemin tombait presque à pic. En fait de chemin, il aurait plutôt fallu parler d'une pente verglacée d'une largeur de cent pas qui plongeait vers la tache sombre de ce qui était probablement une forêt. N'ayant pas trouvé de refuge sur les hauteurs, le ronge, la siffle et la hurle s'étaient aventurés dans la descente juste avant la tombée de la nuit. Le ciel s'était couvert au milieu du jour et les averses avaient abandonné une neige épaisse et molle de laquelle ils peinaient de plus en plus à s'arracher. Le souffle court, les tempes bourdonnantes, ils suivaient les grolles qui, volant en groupe au ras du sol, semblaient leur indiquer le chemin.

Elles avaient fait leur réapparition lorsque Tia et Ruogno avaient rejoint Ssassi sur le chemin des crêtes. Les trois prédateurs s'étaient remis en route sans dire un mot, accompagnés par les craillements rauques des petits rapaces noirs. Ils s'étaient arrêtés au zénith du soleil pour se reposer et se restaurer. La hurle avait refusé de s'alimenter. De même elle n'avait esquissé aucun geste ni émis aucune protestation lorsque les deux autres s'étaient relevés et que, constatant qu'elle n'avait ni la volonté ni la force de repartir, ils l'avaient juchée d'autorité sur le dernier chevac. Jusqu'au soir elle était restée muette, elle avait paru indifférente, absente, comme morte de l'intérieur. Elle s'était laissée tomber de sa monture en haut de la pente, qu'elle dévalait à présent d'une allure mécanique, comme maintenue par d'invisibles fils.

Que la disparition d'un grogne qu'elle avait failli ripailler quelques jours plus tôt eût produit un tel effet sur la hurle restait un mystère aux yeux de Ruogno. Certes, il les avait surpris en train de s'agueuler dans la chambre du nid de Ssofal, il avait admis qu'ils éprouvaient l'un pour l'autre une attirance incompatible avec les préceptes de l'Humpur, mais, même si Véhir n'était pas un grogne ordinaire, même si, par ailleurs, il ressentait lui-même une certaine appétence pour une femelle qui n'était pas de son clan – il mettait cet abominable désir sur le compte du pouvoir enjoimineur des écailleuses –, il ne comprenait pas qu'un pue-la-merde eût réduit à l'état de loque une hurle de Luprat, une leude de surcroît, une de ces femelles ombrageuses et puissantes dont les ronges de Muryd se méfiaient comme d'un ciel trop bleu de la lunaison des orages. Lui n'était pas fâché d'être débarrassé de Véhir. Il y avait de la diablerie dans le comportement, dans la dague, dans la parlure de ce grogne. Ruogno n'était plus tendu que vers un but désormais : sortir vivant de ce désert blanc qu'enlaçait la nuit dans une étreinte à la saveur grisâtre, retourner à Muryd, reprendre sa place dans le clan des ronges, s'empiffrer de poisson pourri, fonder une lignée avec une femelle grasse et velue, récupérer son radeau, naviguer entre les rives riantes de la Dorgne. Batelier il était, batelier il restera. Tant pis pour les dieux humains, tant pis pour Ssassi. Tant pis pour lui.

Ils arrivèrent exténués en bas de la pente. Devant eux s'étendait une haie menaçante de grands conifères dont les branches basses secouées par la bise cinglaient le sol comme des lanières de fouet.

« On ne peut pas roupir ici, dit Ssassi d'une voix traînante. Le vent buffe fort. Demain matin, ssserions enfouis sssous trois pas de neige.

— Agglumons-nous dans la forêt », proposa Ruogno.

Il consulta Tia du regard mais les yeux de la hurle le traversèrent comme s'il était invisible. Il haussa les épaules, s'avança vers la lisière de la forêt, se retourna, se rendit compte que ni le chevac ni la hurle ni la siffle ne le suivaient.

« Qu'est-c'que vous attendez ? » hurla-t-il.

À peine avait-il prononcé ces mots que la branche d'un conifère se détendit brusquement, le frappa entre les épaules et le renversa. Des aiguilles acérées griffèrent sa pèlerine et lui effleurèrent la joue. Saisi, étourdi, il grommela, se releva, se recula, épousseta la neige sur son museau et sur les poils de sa face.

« Des arbres gardiens, déclara Ssassi. Sssi nous entrons dans la forêt, ils nous réduiront en charpie.

— Tu connaissais, et tu les aurais laissés me hacher le cuir ! rugit le ronge.

— La légende m'est revenue au dernier moment, se défendit la siffle en se raidissant. Les arbres gardiens sssont les sssuppôts du Grand Mesle.

— Par les coïlles de mon géniteur, est-ce qu'on peut dénicher un coin sans diablerie dans ct'e... »

La fin de sa phrase se perdit dans un concert de craillements. Les grolles luttaient contre les rafales pour voler toutes ensemble dans la même direction.

« Elles nous mandent de les sssuivre », cria Ssassi.

Le chevac s'était déjà mis en marche. Le vent jouait dans sa robe de laine et découvrait ses flancs squelettiques. S'ils ne trouvaient pas rapidement de quoi le nourrir, ils le perdraient comme ils avaient perdu les deux autres.

« Cette maudite volaille va encore nous obliger à marcher pendant des lieues et des lieues ! marmotta Ruogno. J'suis flapi, j'veux ripailler et roupir asteur !

— Tu penses qu'à geindre, comme tous les ronges, répliqua Ssassi. Reste là sssi ça te chante, tu pourras roupir pendant l'éternité. »

Elle saisit Tia par le bras et se lança à la poursuite du chevac. La hurle ne lui opposa aucune résistance, comme si cette scène ne la concernait pas. Mortifié par le ton méprisant de la siffle, Ruogno attendit le temps d'un chant de cigale avant de les suivre. Il garda ses distances avec les deux prédatrices et veilla à se tenir éloigné des arbres dont les branches basses s'allongeaient parfois pour claquer à quelques pouces de sa tête. Le froid était plus humide, plus mordant que sur le chemin des crêtes. Il se souvint des soirées douces et chaudes sur les bords de la Dorgne, du clapotis de l'eau sur le bois du radeau, des chants d'oiseaux, de l'odeur de vase qui montait des bancs et des roseaux, des affleurements de la brise sur son poil. Il se demanda s'il reverrait un jour son monde. Il se maudit d'avoir écouté les fariboles du couple contre-nature formé par la hurle et le grogne : la malédiction de l'Humpur le frapperait comme elle avait déjà frappé Véhir. C'était pure folie que de lutter contre une organisation qui avait traversé les cycles et les cycles, qui avait permis à tous, prédateurs et proies, de se ménager une petite place dans le pays de la Dorgne. Seuls les guingrelins se figuraient pouvoir changer le cours du temps.

Les grolles les conduisirent près d'un tertre rocheux enseveli sous une épaisse couche de neige, la seule éminence de l'étendue plane sur laquelle ils s'étaient engagés. Ils avaient abandonné les arbres gardiens derrière eux mais Ruogno n'était pas rassuré pour autant. Il percevait une présence sournoise, hostile, dans les ténèbres qui se resserraient sur la blancheur comme une armée assiégeant une cité. La main refermée sur la poignée de son espadon, les bottes remplies de neige, il peinait à suivre le train imprimé par la siffle et la hurle qui marchaient derrière le chevac une bonne vingtaine de pas plus loin.

Il ressentit une immense frayeur lorsque, après avoir contourné le tertre, il s'aperçut que Ssassi, Tia, le chevac et les grolles s'étaient escamotés, exactement comme le grogne au bord du précipice, puis un immense soulagement lorsqu'il distingua l'entrée étroite d'une grotte entre des stalactites aussi acérées que les crocs des miaules. Il pressa le pas, à la fois terrifié par sa solitude et ragaillardi par laperspective de mettre un toit au-dessus de sa tête, se faufila par l'ouverture, s'introduisit dans une cavité tellement sombre qu'il eut l'impression de s'être fourvoyé dans un puits sans fond. Il discerna peu à peu des formes autour de lui, les silhouettes de Ssassi et de Tia, la masse volumineuse du chevac, les arêtes torturées des parois et de la voûte rocheuses. Une odeur indéfinissable imprégnait l'air figé. Le silence sépulcral rappela à Ruogno la paix douloureuse qui planait sur les communautés incendiées et dévastées par les hordes de prédateurs errants. Un silence de tombe. Un silence de mort.

« On sera mieux ici que dehors, pas vrai ? » dit Ssassi.

Son murmure s'envola dans l'obscurité comme un oiseau blessé.

« Où donc se sont agglumées les grolles ? demanda Ruogno à voix basse.

— Elles ont descampi. Reviendront sssans doute à l'aube. »

La siffle déchargea le sac de vivres de l'échine du chevac. Assise sur une excroissance, Tia restait prostrée, apathique. Elle accepta cependant le mouchalot que lui tendit Ssassi et qu'elle ripailla sans entrain. Son corps réclamait de l'énergie, et c'était là, dans les besoins fondamentaux de son organisme, que la vie se réfugiait. La viande n'avait aucun goût, pas davantage que n'avaient d'intérêt les battements de son cœur et la mesure de son souffle, mais elle s'obstinait à vivre parce que son organisme l'exigeait, parce qu'elle·n'était pas seulement pétrie de sentiments, d'émotions. L'instinct de survie était plus fort que le souvenir de Véhir, ou elle aurait saisi toutes les occasions de mourir sur le chemin des crêtes. L'esprit se réfugiait dans le passé, dans le futur, dans l'ailleurs, le corps s'agrippait au présent, sa seule façon d'appréhender le temps.

Après avoir fini le mouchalot, Tia s'allongea sur la roche nue, se recroquevilla dans sa mante et essaya de récupérer un peu de cette chaleur qui l'avait désertée àprès la disparition de Véhir. Elle erra comme une comète mourante dans un ciel infiniment vide, entendit, comme un orage lointain, les éclats de voix de Ssassi et de Ruogno embringués dans l'une de ces chamailleries qui abolissaient les distances entre eux. Elle se surprit à penser à son père, le comte H'Mek, à sa mère, la leude Yda, à ses frères, à ses sœurs, aux tours orgueilleuses du castel, au moutonnement rassurant de la cité de Luprat, et, pour la première fois depuis qu'elle avait délivré Véhir de son cachot, elle s'immergea tout entière dans la nostalgie comme elle s'était autrefois abandonnée sur la poitrine de Fro. Le chevac poussa un hennissement apeuré, son cri se répercuta sur les parois et la voûte avant d'être peu à peu avalé par une bouche lointaine.


Un sifflement prolongé réveilla Tia.

Ssassi, vêtue de ses seules bottes, se tenait dans le flot de lumière qui fusait de l'entrée de la grotte, les jambes ployées, les bras écartés, l'espadon levé à hauteur du bassin, la gueule ouverte, les crochets dégagés, une posture de combat.

Le chevac affolé s'était mussé dans une galerie trop étroite pour lui. Ruogno, encore ensommeillé, se débattait avec sa pèlerine et la poignée de son espadon. La hurle ne distingua aucune silhouette à l'extérieur du tertre, mais un danger se présentait, et elle retrouva sur l'instant ses réflexes de prédatrice. Le destin la conviait à s'étourdir dans la fureur d'un ultime combat. Elle frémit d'une énergie sauvage, ses crocs, ses griffes s'impatientèrent de déchirer la chair, de plonger dans le sang. Elle dégrafa sa mante, sauta sur ses jambes, dégaina son épée et rejoignit Ssassi en deux bonds.

D'un geste, la siffle l'invita à jeter un coup d'œil par la mince ouverture. La blancheur éclatante du plateau l'éblouit, puis elle discerna des formes noires disséminées sur la neige.

« Des grolles géantes », murmura la hurle.

Une violente bourrasque souleva des tourbillons, contraignit les grands volatiles à battre des ailes, dévoila leur abdomen glabre, clair, les mamelles des femelles, le vit et les bourses des mâles. Leurs petits yeux ronds brillaient comme des perles noires au-dessus de leur bec d'un jaune foncé.

« Je crois mieux que ce sssont des kroaz, chuchota Ssassi.

— Des kroaz ? » bêla Ruogno.

Le ronge avait enfin réussi à se débarrasser de sa pèlerine. La face chiffonnée, les yeux bouffis, le poil emmêlé, il se porta à hauteur des deux prédatrices, chercha un détail qui contredît l'affirmation de Ssassi, dut reconnaître que ces créatures emplumées correspondaient trait pour trait à la description des Freux de la Génique dans la mythologie ronge.

« Les kroaz de mon rêve, souffla Tia. Ils viennent m'agrappir. Comme Fro. »

Ruogno étouffa un juron, faillit lâcher son espadon et courir se réfugier avec le chevac dans la galerie, mais un reste de fierté lui interdit de révéler sa lâcheté devant Ssassi. Une fierté mal placée : la lâcheté était un signe d'intelligence, d'adaptabilité, comme le démontrait la pérennité du duché de Muryd à travers les âges. Seulement il ne voulait pas déplaire à l'écailleuse qui était venue au cours de la nuit frotter sa peau glacée sur son pelage et qui était restée serrée contre lui jusqu'aux premières lueurs de l'aube. À en croire les mythes ronges pourtant, la rencontre avec un kroaz n'avait rien d'une partie de plaisir.

« Ces faillies grolles nous ont menés tout droit dans un piège, marmonna-t-il. Vont nous emporter dans leur nid, nous crever les yeux, nous défouillir à p'tit...

— Ravale ta parlure et garde tes forces pour te battre, Ruogno ! » cracha Ssassi.

Les kroaz avançaient maintenant vers la grotte à pas courts et sautillants. Le vent pulvérisait des gerbes de neige sur les rémiges de leurs ailes déployées.

« À quoi vous serviront vos crocs, vos griffes, votre venin, asteur ? geignit le ronge. On n'peut pas lutter contre des démons. »

# CHAPITRE 17

# Simiens

*Les dieux humains existent-ils ?*
*À cette question nul ne peut répondre,*
*mais chacun est libre d'encroire à leur intercession.*
*J'ai cependant ouï d'un ronge qui avait vu*
*apparaître une déesse en un coin reculé du Grand Centre.*
*« Que t'a-t-elle dit ? lui ai-je demandé.*
*— M'a causé, mais ses mots n'étaient pas d'ma comprenure.*
*— Était-elle belle ?*
*— Plus belle que tout c'qu'on peut imaginer. »*
*Il ne m'a dit*
*que tout ce qu'on dit déjà*
*sur les dieux, leur parlure et leur beauté.*
*Il avait une mine de sincérité,*
*mais l'esprit, plus rusé que mille glapes,*
*est capable de toutes les menteries.*

*La question reste posée.*
*À la fin, la réponse m'importe peu.*

Les fabliaux de l'Humpur

Véhir courait dans la galerie étroite et obscure vers laquelle l'avaient guidé les bhoms. Une angoisse lancinante l'avait tiré du sommeil. Une sensation oppressante de danger. Un appel pathétique avait retenti au plus profond de lui, qui avait tracé un sillon douloureux entre son bas-ventre et sa gorge. Il avait reconnu la voix de Tia. Ses doutes et sa détresse de la veille avaient été balayés comme les brumes matinales par les grands vents d'ouest. Les dieux et les croyances étaient incapables de lui indiquer une direction, mais il lui restait à parcourir le chemin qui le menait à la leude. Il avait jeté un coup d'œil aux humains congelés dans le pilier caressé par une lumière encore fade. Il ne leur avait plus rien trouvé de divin. Les dieux étaient immortels, et ces deux-là étaient bel et bien morts. Leur beauté, préservée par la glace, ne suffisait pas à en faire des souverains, des protecteurs, des sources vitales. Lui, le pue-la-merde, le contrefait, le sac de couenne, avait sur eux un énorme avantage : son sang circulait dans ses veines, son souffle se répandait dans l'air, son cœur battait au rythme de la création, il avait encore la possibilité d'agir dans les champs de matière.

Des dizaines de bhoms avaient surgi des parois de glace et l'avaient encerclé. De longs frémissements avaient parcouru leur fourrure blanche puis, comme s'ils avaient entendu un mystérieux appel, ils s'étaient dirigés dans un ordre parfait vers le fond de la cavité. Ils ne levaient ni n'abaissaient leurs membres inférieurs, ils avançaient en se dandinant d'un côté sur l'autre. S'ils évoluaient avec l'aisance des poissons dans la neige et la glace, leurs éléments naturels, ils se révélaient d'une gaucherie presque comique sur le sol ferme. Véhir avait supposé qu'ils le guidaient vers la sortie de la grotte. Leur lenteur avait accentué sa propre nervosité. Il avait refréné son impatience en se retournant de temps à autre pour contempler les dieux humains qui, de loin, ressemblaient à des quartiers de viande suspendus dans l'office d'un boucher de Luprat.

Les bhoms s'étaient engagés dans une vaste galerie légèrement déclive qui s'était progressivement étranglée. Au bout d'une centaine pas, le sol était devenu moins glissant et, aux lueurs qui venaient mourir dans la pénombre, le grogne avait vu les aspérités rocheuses affleurant les parois de glace, à les crever parfois. Les créatures des neiges s'étaient scindées en deux groupes, réparties de chaque côté de la galerie et immobilisées. Les vêtements transpercés par un froid intense, Véhir s'était glissé entre la double rangée de fourrures tellement serrées qu'elles formaient des haies spumeuses et compactes. Il avait présumé qu'il franchissait à cet instant la frontière du pays des bhoms, qu'ils refusaient d'aller plus loin parce que la neige et la glace leur étaient aussi indispensables que l'air et l'eau aux membres des communautés et des clans. Les êtres vivants devaient pourtant se nourrir pour se maintenir en vie, et on ne trouvait rien à manger dans ce monde gelé. Avaient-ils seulement besoin de manger ? De respirer ? De se reproduire ? Ils semblaient ne pas avoir d'autre fonction que de veiller en silence sur le couple humain prisonnier de la grotte. D'attendre, peut-être, que les feux du soleil fassent fondre la glace et mettent fin à leur absurde devoir. Régis par d'autres lois, ils évoluaient pourtant sur le même plan d'existence que les prédateurs et les proies, ils appartenaient à cette structure invisible qui sous-tendait l'univers et qui leur avait permis d'entrer en contact avec Véhir. Ils l'avaient seulement invité à partager leur secret, à contempler les humains comme Jarit lui avait montré leurs trésors dans son refuge, comme n'importe quel ancien se fait une joie et un devoir de transmettre les légendes que lui ont contées ses ancêtres.

Le grogne les avait dépassés, avait accéléré l'allure puis, sentant le sol devenir rugueux sous ses bottes, s'était mis à courir sans se retourner, les bras tendus vers l'avant pour prévenir d'éventuels obstacles. Il progressait maintenant dans une obscurité totale, effleurait parfois de l'épaule une saillie rocheuse aux arêtes blessantes. Son impatience augmentait au fur et à mesure qu'il s'enfonçait dans les ténèbres saturées d'une odeur minérale aussi épaisse que de la boue. Il guettait une lueur, un signe qui lui indiquât qu'il se rapprochait de la sortie. Il maudit encore une fois la nature qui l'avait doté de membres épais, qui l'avait façonné pour le rythme pesant du labeur. Il n'avait toujours pas appris à synchroniser ses mouvements avec son souffle, à économiser ses efforts. Il aurait voulu caresser la roche avec la légèreté et l'élégance de Tia, il ne parvenait qu'à la marteler avec la lourdeur d'un bœuf. Les bhoms l'avaient conduit vers la sortie de leur monde, mais rien ne prouvait que cette galerie le conduisait vers la hurle. L'incertitude, la fatigue, la faim décuplaient son inquiétude, ses poumons le tiraillaient, ses jambes vacillaient, des gouttes d'une sueur vénéneuse lui dégoulinaient sur le front et lui brûlaient les yeux. Il avait l'impression d'errer dans ce boyau depuis des cycles et des cycles, d'avoir perdu la course de vitesse engagée contre le temps. S'il arrivait trop tard, s'il ne parvenait pas à retrouver Tia vivante, il n'aurait plus aucune raison d'encombrer le pays de la Dorgne, il s'effacerait pour laisser s'accomplir la malédiction de l'Humpur, de la même manière que Jarit et les dieux humains s'étaient effacés, et plus rien ni personne ne s'opposerait à l'avènement de l'animalité.

Plus rien, hormis ces impressions à la fois douces, violentes, excessives, bouleversantes et propres à chaque individu que les trouvres appelaient les sentiments.

Une lueur ténue dans le lointain lui donna un regain d'énergie. Sa main se fourra dans la poche de son pardessus et s'empara de la dague. Trompé par la perspective, il n'atteignit pas l'extrémité de la galerie aussi rapidement que prévu. Les rumeurs confuses qui s'échouaient dans le silence se précisèrent peu à peu en cris aigus, en craillements, en crissements. La lumière crue révélait des taches de sang et des touffes de crin sur les aspérités des parois resserrées.

Tia, Ssassi et Ruogno contenaient tant bien que mal les kroaz. Comme l'entrée étroite et basse interdisait aux créatures ailées d'attaquer en groupe et d'utiliser la voie des airs, elles avaient adopté une tactique de harcèlement. Elles se maintenaient en vol au-dessus du tertre, se présentaient à tour de rôle ou par deux devant l'ouverture, essayaient de repousser leurs adversaires à coups d'ailes, de serres ou de bec, battaient en retraite avant d'être touchées par les espadons. La vague suivante prenait le relais sans laisser le moindre répit aux trois défenseurs, que cette pression soutenue contraignait à reculer peu à peu. Les bras et les jambes tétanisés, le souffle court, la hurle, la siffle et le ronge peinaient désormais à manier les lourdes épées des convoyeurs. Il s'écoulait, entre le moment où ils levaient et abaissaient leurs armes, un intervalle de plus en plus long dans lequel s'engouffraient les agresseurs pour gagner quelques pouces de terrain.

« S'ils s'aruent dans ct'e maudite grotte, on finira tous en bouillasse ! » gémit Ruogno.

Il puisait dans sa peur ses dernières gouttes d'énergie, conscient que les kroaz, nombreux, méthodiques et puissants, forceraient tôt ou tard le passage et s'ébouilleraient sur eux comme une nuée de fourmis volantes sur un silo de blaïs. Il s'inquiétait autant pour Ssassi que pour lui. Les chamailleries avec l'écailleuse lui manqueraient plus que ses mille et un fricotages, plus que le plaisir pourtant incomparable de mener un radeau dans le vent capricieux de la Dorgne. Il ne s'était jamais soucié de l'au-delà, trop affairé à survivre pour écouter les prêches des lais, mais, devant la mort qui s'avançait, il acceptait mal de perdre ce qu'il venait tout juste de gagner, un élan inexplicable pour une femelle d'un autre clan, pour une ennemie héréditaire, une attirance qui lui gonflait le cœur et le faisait se sentir aussi niais qu'un rongeon avant sa première saillie.

Tia piqua la pointe de son espadon sur une aile insaisissable puis baissa le bras. Elle décolla de la pointe de ses griffes sa robe plaquée par la sueur sur ses mamelles et fixa d'un air absent les kroaz qui revenaient à la charge.

« C'est moi qu'ils veulent, murmura-t-elle. Descampissez dans la galerie vous deux, ils vous laisseront tranquilles. »

— T'es empressée de r'trouver ton grogne de l'autre côté, hein ? » lança Ruogno, hors d'haleine.

Les moulinets de l'espadon de Ssassi tenaient en respect les kroaz mais ils ne se dérobaient plus, ils disposaient d'assez de place pour esquiver la lame d'un retrait du buste ou d'un pas sur le côté. On n'aurait pas su dire ce qui était le plus monstrueux chez eux, ou le cuir blanc, hérissé de duvet, de leur abdomen et de leurs cuisses, ou leur parure de plumes plus rigides que des cartilages, ou leur énorme bec percé de deux narines, ou l'absence totale d'expression de leurs yeux noirs, bien plus déroutante, bien plus effrayante que les mines féroces des prédateurs sauvages des contrées du Nord.

« Ils viennent me chercher comme ils ont enlevé Fro, répondit la hurle d'une voix lasse.

— J'gage mieux que t'as perdu la tête ! »

Elle haussa les épaules et lâcha son espadon. Un hennissement plaintif retentit derrière eux. Le chevac, ayant compris qu'il ne pourrait se musser tout entier dans la galerie, était revenu sur ses pas. Il se tenait immobile et tremblant dans un recoin sombre de la grotte.

« Aidez-moi au lieu de jacasser ! cria Ssassi. Je ne peux plus les contenir. »

Tia se dirigea alors vers l'ouverture, les bras ballants, les épaules voûtées, la tête baissée. Ruogno ne chercha pas à la retenir. L'attitude de la hurle lui rappelait celle du grogne sur le chemin des crêtes, un mélange de résignation et de grandeur, une manière d'aller au-devant du sacrifice dont il était incapable mais qu'il ne pouvait s'empêcher d'admirer.

Les kroaz cessèrent aussitôt de s'agiter et s'effacèrent comme pour inviter la hurle à sortir. Tia contourna Ssassi et franchit l'ouverture désormais dégagée.

« Avons encore des forces pour nous battre, ssss... »

La siffle leva son espadon, mais, exténuée, elle lança un regard de détresse à Ruogno et renonça à reprendre le combat.

Tia s'avança dans la lumière aveuglante du jour. Le froid se faufila sous sa robe détrempée et lui mordit le cuir. Un soleil encore pâle se levait dans un ciel embrumé. Un à un, tous les kroaz se posèrent dans la neige avec une légèreté surprenante pour des volatiles de leur gabarit.

Ils l'attendaient en silence. Ils n'avaient pas l'intention de la tuer. Deux d'entre eux s'approchèrent de la hurle et tendirent une aile à hauteur de ses bras. C'est alors seulement qu'elle remarqua les longues serres qui dépassaient des rémiges et, sous le fouillis des plumes, des membres longs qui ressemblaient à des bras. Si leur bec recourbé et leurs yeux mornes ne les différenciaient guère de leurs congénères, leurs mamelles en partie enfouies sous un duvet noirâtre désignaient ces deux-là comme des femelles. Elles puaient le vieux, le renfermé, l'arbre creux. Bien que ce contact la fît frissonner de dégoût, Tia ne réagit pas lorsqu'elles refermèrent leurs serres sur ses poignets. Dans son rêve, c'était de cette manière que les kroaz avaient transporté Fro.

« Non, ggrroo ! »

Le cœur de la leude bondit dans sa poitrine. Cette voix, ce grognement... est-ce qu'elle rêvait encore ? Elle n'eut pas le temps de tourner la tête, elle décolla tout à coup du sol dans un bruissement assourdissant, elle s'éleva à une vitesse qui lui donna l'impression que tous ses organes tombaient dans ses jambes, dans ses pieds. Elle bascula vers l'avant et se retrouva à l'horizontale, comme Fro dans son cauchemar, encadrée par une escouade de kroaz qui volaient au ras des ailes de ses ravisseuses. La plaine enneigée s'étendait à perte de vue, cernait l'îlot sombre de la forêt des arbres gardiens, se jetait à l'horizon dans une muraille blanche hérissée de pics étincelants. Les serres lui sciaient le poignet. Glacée par la fraîcheur de l'air, par la terreur, elle se souvint de la douleur effroyable de Fro se démembrant sur les branches et elle craignit d'être précipitée plusieurs dizaines de pas en contrebas.

Des mouvements sur la neige attirèrent son attention. Trois silhouettes couraient devant le tertre rocheux qui n'était plus qu'une bosse blanche et criblée de taches brunes. Elle tendit le cou, plissa les yeux, reconnut Ruogno à sa démarche dandinante, Ssassi à sa peau blême. Et...

Véhir. Le pardessus de Véhir, la couenne rose et l'allure pesante de Véhir. Elle se mordit l'intérieur de la joue jusqu'au sang, ferma les yeux, les rouvrit. Elle n'avait pas rêvé : c'était bel et bien Véhir qui agitait les bras et hurlait des paroles qui lui parvenaient comme des soupirs étouffés. Qui s'engageait dans une course inutile contre les kroaz. Qui creusait un sillon laborieux dans la neige.

Il s'effaçait inexorablement de sa vue. De sa vie... La joie qui l'avait inondée se volatilisa en cendres froides. Elle crut que ses poignets torturés allaient éclater. Elle se rendit alors compte que deux autres kroaz la portaient par les chevilles pour la maintenir allongée et soulager ses épaules disloquées.

Véhir... Ô dieux, pourquoi avait-elle cessé le combat dans l'entrée de la grotte ? Pourquoi avait-elle cessé de croire en lui ?

« Ils ont pris la direction de l'est », murmura le grogne en gardant les yeux levés sur le ciel.

Les points noirs des kroaz s'étaient pourtant évanouis depuis un bon moment dans les brumes lointaines.

« C'est vague ! grommela Ruogno.

— C'est la direction du Grand Centre, insista Véhir, les mâchoires serrées. La retrouverons là-bas, je suis sûr... »

Le batelier le fixa d'un air où le courroux le disputait à la pitié. Comment aurait-il réagi, lui, si ces monstres ailés lui avaient enlevé Ssassi ? La siffle s'était laissée tomber dans la neige, les bras refermés sur ses mamelles pour lutter contre le froid qui se gorgeait d'humidité avec l'arrivée des nuages. Les grolles n'avaient pas reparu, comme si elles avaient accompli leur mission et, maintenant, il leur paraissait évident qu'elles n'étaient pas les messagères de l'Humpur, comme ils s'étaient complu à le croire, mais les servantes des kroaz dont elles étaient par ailleurs les répliques miniatures avec leurs plumes noires, leur bec jaune, leurs yeux vides et leurs serres affûtées. De la même manière que les communautés et les clans de la Dorgne destinaient les animaux purs aux travaux agricoles, les kroaz confiaient certaines tâches au peuple des petits rapaces. Ainsi s'éclairaient les raisons pour lesquelles les grolles avaient veillé avec tant d'attention sur Tia, étaient intervenues contre Racnar et ses convoyeurs, avaient entraîné la hurle dans la grotte de ce tertre rocheux. Les grands freux la voulaient en vie, et c'était là, dans ce foyer minuscule, que se nichait l'espoir de Véhir.

« Faites comme bon vous chaut, reprit le grogne. Moi je continue vers le Grand Centre.

— Un, nous reste plus qu'un chevac aussi faible qu'un nourrisson et presque plus de vivres ; deux, rien n'prouve que ces emplumés s'aruent dans le Grand Centre ; trois, même s'ils y vont, le Grand Centre est aussi vaste que l'pays de la Dorgne ; quatre, j'suppose qu'ils nichent dans des recoins plus difficiles à débrouiller qu'les élans d'une ronge en rut. »

Ruogno savait qu'il ne parviendrait pas à infléchir la volonté de Véhir, et d'ailleurs il ne pouvait s'empêcher de l'approuver dans le fond, mais sa prudence – prudence, et non lâcheté – l'entraînait à jouer sans conviction son rôle d'avocat du diable. Allez donc convaincre qu'il caresse un rêve impossible un failli pue-la-merde qui a trucidé son lot de prédateurs, visité le pays des bhoms et vu, de ses yeux vu, un couple d'humains figé dans la glace !

« Je m'en viens avec toi, grogne », fit Ssassi en se relevant.

Sous sa peau translucide, ses muscles et ses organes se devinaient entre les mailles sombres et serrées de ses veines. Elle se dirigea d'un pas chancelant vers l'entrée du tertre, traînant derrière elle un espadon désormais trop lourd à soulever. Le contact prolongé avec la neige avait bleui ses fesses et le haut de ses cuisses.

« J'aurais la pensée de trahir Ssimel et Ssofal si je n'allais jusqu'au bout du voyage, poursuivit-elle sans s'arrêter ni se retourner. Mais je te le dis, Ruogno, je ssserai bien aise si tu t'agglumes avec nous. »

C'était la parole que le ronge attendait. Lui qui avait toujours hésité à s'éloigner de plus d'une lieue des rives rassurantes de la Dorgne, il serait allé au bout du monde pour Ssassi, dans l'antre du Grand Mesle s'il l'avait fallu. L'écailleuse à la peau douce et aux crochets envenimés l'avait bel et bien enjominé.


Ils se mirent en route au moment où les premiers flocons s'échappaient en folâtrant du couvercle nuageux. Le chevac essaya de les embrocher à coups de corne lorsqu'ils entreprirent de le faire sortir de la grotte, mais les paroles et le regard envoûtant de Ssassi finirent par l'apaiser. Il s'était blessé assez sérieusement au flanc sur les arêtes rocheuses de la galerie et avait perdu beaucoup de sang.

Au milieu du jour, alors qu'ils avançaient avec une lenteur inquiétante entre les averses de flocons plus gros que le poing, l'animal s'arrêta, vacilla un moment sur ses membres fuyants puis s'effondra. Sa blessure s'était rouverte, ses côtes saillaient sous les poils de sa laine noire agglutinés par le sang.

« L'aura plus la force de r'partir, asteur », soupira Ruogno.

Le batelier se pencha sur la masse inerte de l'animal et, à l'aide de ses incisives, trancha les lanières qui attachaient le sac de vivres au pommeau de la selle.

« On n'peut pas le laisser agonier dans ct'e gelure », reprit-il après avoir chargé le sac sur l'épaule.

Véhir dégagea la dague de la poche de son pardessus mais Ssassi l'arrêta d'un geste du bras. Elle dénoua son fichu, se pencha à son tour sur la monture, ouvrit la gueule et lui enfonça ses crochets dans l'encolure. Lorsqu'elle rejeta la tête en arrière, des gouttes de sang et de venin perlaient sur sa lèvre inférieure. Le chevac n'eut d'abord aucune réaction, puis de longs frissons parcoururent sa robe grise, des convulsions secouèrent sa grande carcasse, il souffla, s'ébroua pour expulser le feu dévorant qui se propageait en lui, puis, les centres nerveux paralysés par le poison, il eut une dernière expiration, longue, plaintive, et retomba inerte dans la neige, la langue pendante, les yeux vitreux. Le venin de la siffle l'avait tué en moins d'un huant de hibou. Ruogno douta d'avoir un jour le courage de plaquer sa gueule contre celle de l'écailleuse, comme il l'avait vu faire à Véhir et Tia dans le nid de Ssofal.

Ils ne trouvèrent aucun refuge à la tombée de la nuit et ils durent monter, au beau milieu de la plaine, un abri avec des blocs de neige tassée, une sorte de cabane basse pour ne pas offrir de prises au vent. Ils s'y entassèrent, mangèrent des mouchalots et des insectes presque aussi durs que du bois vert, s'allongèrent serrés les uns contre les autres, Ssassi entre Véhir et Ruogno.

Leurs odeurs mêlées surchargèrent rapidement un air que ne suffisait pas à renouveler l'étroite ouverture. Avant de s'endormir, la siffle interrogea le grogne sur le monde des bhoms, sur les dieux humains coulés dans le pilier de glace. Comment était la déesse ? Était-elle aussi belle que le prétendaient les fables de l'Humpur ? Avait-elle des poils ou des écailles ? Des mamelles ? Une porte par laquelle pouvait sss'introduire le mâle ? Et le mâle était-il outillé pour pousser cette porte ? Il lui répondit d'une voix monocorde, sans omettre aucun détail, mais s'abstint de lui avouer qu'il ne croyait plus aux dieux humains. Il ne cherchait pas à bercer d'illusions ses deux compagnons, mais sa vérité n'était pas la leur, il ne s'estimait pas le droit de tailler leurs chimères en pièces comme les troïas et les vaïrats avaient piétiné les siennes dans l'enclos de fécondité. Et puis le ronge et la siffle éprouvaient l'un pour l'autre une attirance de la même nature que celle qui les rapprochait, Tia et lui, et ils avaient encore besoin du prétexte des dieux humains pour se connaître, pour s'apprivoiser. D'ailleurs, comme elle en avait pris l'habitude les nuits précédentes, Ssassi entrouvrit son manteau de fourrure, dégrafa la pèlerine et la tunique de Ruogno, lui glissa les bras autour de la taille et posa la tête sur son épaule. Malgré l'inconfort de sa position, le ronge n'osa pas bouger, de peur de déranger l'écailleuse, de peur qu'elle ne morde involontairement, de peur, surtout, que ne s'estompent le contact de sa peau froide sur son poil et la caresse douce et régulière de son souffle sur sa joue.

La vision de Tia suspendue aux serres des kroaz empêcha Véhir de trouver le sommeil. Ces mêmes kroaz dont elle avait rêvé sur le radeau et qui avaient, selon elle, précipité sa servante sur les arbres de la forêt qui entourait Luprat. Les rêves étaient des signes du ciel d'après Ssofal. N'était-ce pas le rêve prémonitoire de la vieille siffle qui avait sauvé le grogne lorsqu'il s'était offert aux crocs des trois prédateurs sur le chemin des crêtes ? Les monstres ailés n'avaient pas fondu sur Tia par hasard – le comportement des grolles et l'attitude résignée de la hurle le confortaient dans cette impression –, ils avaient préparé leur coup, ils avaient conçu un projet dans laquelle elle tenait un grand rôle. Quel projet ? Quel rapport entre ces suppôts du Grand Mesle et la fille septième du comte de Luprat ? Il ne trouvait aucune réponse satisfaisante aux questions qui tournaient et retournaient dans sa tête, mais une petite voix lui disait que leur dessein avait quelque chose à voir avec l'avènement du règne animal. Et aussi avec les lais de l'Humpur aux robes et aux pensées aussi noires que leur plumage. Absurde ! Comment penser que Tia, la leude bouleversée par les chants d'Avile le trouvre, fût engagée d'une manière ou d'une autre dans les rangs de la régression animale ? Comment imaginer que les serviteurs de l'Humpur fussent les complices de ceux qu'ils présentaient comme leurs pires adversaires ? Non, les kroaz avaient plus sûrement l'intention d'emporter Tia dans leur repaire pour la dépecer, pour la ripailler, pour user sur elle de cette cruauté diabolique que leur prêtaient les légendes. Et l'espoir s'éteignit en Véhir comme la flamme d'une torche soufflée par une giboulée.

Des grattements retentissaient autour de la précaire construction de neige battue par les vents hurlants. Des bêtes couraient sur la neige, légères sans doute, car leurs foulées courtes, nerveuses, ne déclenchaient ni les vibrations ni les sifflements qui caractérisent le déplacement d'une horde de grands fauves.

De fait, il y avait bien des traces à demi effacées sur la neige lorsque, après une nuit entrecoupée par les réveils en sursaut, une impatience rageuse jeta Véhir hors de l'abri. Après avoir bâillé à s'en décrocher la mâchoire puis étiré ses membres, il s'accroupit et les observa : elles avaient la forme de... mains, avec quatre doigts et un pouce écarté. De mains humaines, comme si des dizaines d'êtres humains avaient traversé la plaine sans se servir de leurs pieds. Il ne connaissait pas un membre des clans prédateurs ou des communautés capables de marcher sur les mains, à l'exception des miaules peut-être, parce qu'ils avaient un sens de l'équilibre un peu plus développé que les autres.

« On a eu d'la visite, ct'e nuit, hein ? »

Debout devant la construction, Ruogno s'appliquait à glisser les attaches de bois de sa pèlerine dans leurs boutonnières. Il mâchait un os de mouchalot du bout des incisives, une besogne qui lui allongeait la gueule, creusait des plis dans le pelage rayé de sa face et lui donnait l'air d'un nourrisson ridé en train de sucer une mamelle.

« Eh, mais on dirait qu'iceux ont des mains à la place des pieds ! s'exclama le batelier après s'être accroupi à côté de Véhir.

— Les sssimiens ont quatre mains... »

Le grogne et le ronge se retournèrent dans le même mouvement vers Ssassi. Elle bouclait son ceinturon sur son ventre lisse tout en maintenant du coude les pans de son manteau écartés. La gaine de l'espadon lui épousait la jambe jusqu'en bas de sa botte. Ruogno fut incendié par un désir aussi soudain, aussi ravageur que celui qui l'avait lancé, la brague baissée, sur les drôlesses ronges dans les cours de Muryd. Si Véhir n'avait pas été là, si Ssassi n'avait pas bâillé et dégagé ses crochets envenimés – un huant de hibou pour raidir un chevac qui avoisinait la tonne... –, il se serait rué sur elle dans la ferme intention d'œuvrer à sa manière pour le rapprochement des clans ronge et siffle. D'enfoncer le tabou majeur de l'Humpur, cette barrière fantomatique dressée par les lais qui ne résistait pas davantage au bouillonnement intérieur que les pontons de la Dorgne aux tempêtes de la lunaison des arbres défeuillés. Les yeux de la siffle flamboyèrent. La tension soudaine du ronge ne lui avait pas échappé. La fourche de sa langue s'insinua avec une lenteur inhabituelle, langoureuse, sur sa lèvre supérieure et sur son museau.

« Les... ss... simiens ? releva Véhir.

— Les ssserviteurs des dieux humains, répondit-elle sans cesser de fixer Ruogno.

— Encore une faillie légende siffle ? » gronda le ronge.

Il n'avait pas trouvé d'autre solution qu'un ton agressif pour détendre la corde noueuse qui partait de son bas-ventre, lui fendait la poitrine et lui obstruait la gorge.

« Sssont dans les fables de chez nous », concéda-t-elle. Et sa langue maintenant se trémoussait entre ses narines comme un brin d'herbe chahuté par les rafales. « Sssont un peu farceurs, mais pas méchants. N'avons rien à craindre d'iceux. Possible que leurs traces nous mènent tout droit jusqu'aux dieux humains.

— Ss... si tu l'dis ! » bougonna Ruogno.

Elle referma son manteau, s'enveloppa la tête dans son fichu et, sans les attendre ni même leur jeter un regard, elle s'élança sur la plaine enneigée que coupait en deux le sillage abandonné par la horde de simiens.


Les nuages restèrent accrochés tout le jour au-dessus de leur tête mais aucun flocon ne tomba, et la neige tassée, durcie par le froid, cessa de s'enfoncer sous leurs bottes. Ils portaient le sac de vivres à tour de rôle, Véhir un peu plus longtemps que les autres, habitué au dur labeur de Manac et plus endurant que les deux prédateurs. Une imposante muraille montagneuse barrait l'horizon sur toute sa largeur. Pas un ne l'aurait avoué, mais chacun présumait qu'ils avaient sous les yeux le massif du Grand Centre, chacun se rendait compte que la route était encore longue, peut-être trois jours de marche, voire plus, chacun savait que les vivres ne suffiraient pas, chacun guettait chez l'autre le premier signe de renoncement pour cesser enfin de marcher.

Alors que l'obscurité approchait à grands pas, d'autres traces, venant de la droite et de la gauche, se jetèrent dans le chemin tracé par les simiens. Plusieurs hordes semblaient marcher dans la même direction. Un rassemblement étonnant : l'énormité des distances sur cette plaine interminable interdisait aux groupes de communiquer par le cri, par l'odeur, et il fallait qu'un instinct immémorial les pousse à emprunter la même draille, à se lancer dans la même migration, un peu comme les anguilles, ces serpents d'eau qui dévalaient toutes en même temps les ruisseaux et les rivières pour aller frayer dans ces mers lointaines et mugissantes où nul batelier n'avait osé aventurer son radeau.

Ils décidèrent de s'arrêter et, à nouveau, de construire un abri de fortune pour la nuit quand Véhir, se penchant pour découper un bloc de neige tassée avec sa dague, aperçut une lueur dans le lointain. Une lueur fixe, qui n'avait pas l'éclat instable d'une flamme mais brillait comme un fragment de soleil échoué dans la nuit. Il lui sembla également discerner, autour d'elle, des formes innombrables et tressautantes. Cela tenait du rassemblement de sorciers, du sabbat, d'une diablerie en tout cas, mais, au lieu de prendre ses jambes à son cou, comme auraient dû l'y inciter les croyances superstitieuses du pays de la Dorgne, le grogne décida d'aller y regarder de plus près. Ssassi et Ruogno le virent tout à coup s'éloigner, remarquèrent à leur tour, dans le prolongement des traces des simiens, le halo de lumière qui semblait découper à l'horizon une porte sur un autre monde, qui révélait un pullulement semblable au fourmillement d'une colonie d'insectes.

Le museau du ronge s'allongea de terreur.

« Ct'e guingrelin a vraiment la manie de fourrer son groin dans les pires tracas ! gronda-t-il d'une voix enrouée. Ferait mieux de descampir au lieu de s'aruer dans ct'e diablerie. »

Ssassi lui jeta un regard mi-méprisant mi-narquois avant de rengainer son espadon, de fermer son manteau et de s'élancer à la poursuite de Véhir, que l'obscurité absorbait déjà une centaine de pas plus loin. Ruogno soupira, lâcha le bloc de neige qu'il venait de découper, ramassa le sac de vivres et, se traitant de tous les noms d'oiseaux du répertoire ronge, allongea la foulée pour rejoindre la siffle.

« Tu as eu peur de rester ssseul ? »

Il ne répondit pas, non que le persiflage de Ssassi l'indifférât, mais la lumière, dont le rayonnement semblait s'accroître dans une nuit désormais plus noire que le charbon, requérait toute son attention.

« On dirait que... qu'ça bouge en dedans ! »

Ils rattrapèrent Véhir, qui, ayant également discerné une silhouette à l'intérieur du halo de lumière, s'était arrêté et avait empoigné sa dague. Un froid pénétrant les pinçait sous leurs vêtements et dans leurs bottes. Ils s'étaient suffisamment rapprochés pour s'apercevoir que les formes tressautantes étaient celles de petits animaux à fourrure blanche qui marchaient tantôt à quatre pattes tantôt sur les membres inférieurs. Leur incapacité à rester en place, leurs bonds incessants sur la neige donnaient à leur rassemblement cette allure de ruche surexcitée qu'accentuaient les ondoiements de lumière sur la collerette de poils épais, dressés et verdâtres qui leur entourait la tête et le cou. Leur corps voûté aux longs membres et leur pelage ras les apparentaient à des animaux purs, mais leur face glabre et ridée, leur museau court, leurs fesses pelées, leurs lèvres minces et leurs petits yeux renfoncés avaient quelque chose d'humain. Ils libéraient de temps à autre des cascades de hurlements aigus qui oscillaient entre ricanements et rires.

« Vous v'là asteur d'venus raisonnables ! maugréa Ruogno à voix basse. Nous reste plus qu'à nous ensauver et à nous abriter dans une solide cabane de neige en attendant l'aube. »

Il constata que sa suggestion ne rencontrait aucun écho chez ses deux compagnons, maudit le jour où la hurle et le grogne s'étaient embarqués sur son... enfin, sur le radeau de son maître batelier et l'avaient entraîné dans une succession d'aventures qui avait toutes les chances de s'achever dans cette nuit hantée par les mille démons du Grand Mesle. Des éclairs étincelants parcouraient le halo lumineux, déformaient ou effaçaient les contours de la silhouette, zébraient les ténèbres d'éclats menaçants. Ruogno chercha instinctivement des yeux une cachette où se musser, un trou dans la neige, une congère, mais la plaine ne proposait rien d'autre que sa platitude à demi occultée par la nuit.

D'un geste du bras, Véhir désigna les simiens les plus proches.

« On ne risque pas pire qu'iceux. »

Contrairement à Ruogno, il ne voyait pas la marque du Grand Mesle dans ce phénomène. Il supposait qu'il se reproduisait à intervalles réguliers et agissait à la manière d'un signal pour les hordes établies dans les environs. Il y décelait une relation secrète avec les kroaz, avec Tia, avec les humains figés dans le pilier de glace, avec un ordre invisible, magique, auquel il restait étranger pour l'instant mais dont l'accès se trouvait quelque part dans le Grand Centre. Le vent, la pluie, le soleil, la nuit, le gel, semblaient eux aussi des éléments séparés, incohérents, parfois amicaux et parfois hostiles, et pourtant ils appartenaient à un ordre naturel qui permettait à la vie de se déployer, aux plantes de pousser, aux animaux de se nourrir, aux clans et aux communautés de subvenir à leurs besoins. Il se pouvait également qu'il fût leurré par son désir obsédant de retrouver la hurle, mais, quoi qu'il en fût, il lui fallait affronter cette source lumineuse, recueillir le moindre indice susceptible de l'orienter dans ses recherches.

« Moi j'dis qu'on... »

Ruogno s'interrompit : le grogne s'avançait d'une allure tranquille mais déterminée vers les simiens qui grouillaient autour du halo lumineux comme des essaims de mouches autour d'une torche. Le temps d'un reptir de vipère, le ronge espéra que Ssassi aurait la sagesse de rester avec lui en arrière mais son regard implorant ne suffit pas à dissuader la siffle de se remettre en marche, et, la mort dans l'âme, il n'eut pas d'autre choix que lui emboîter le pas.

Ils atteignirent bientôt la circonférence de l'immense cercle formé par les rangs serrés des simiens. La lumière, désormais stabilisée, en éclairait le centre avec une intensité aveuglante avant de s'atténuer et de mourir en vagues concentriques et décroissantes sur les pourtours. La silhouette se précisait à l'intérieur de sa prison éblouissante, les couleurs s'organisaient en taches vives et persistantes, une tête, des bras, des jambes se dessinaient. Les simiens retroussaient les lèvres sur leurs dents carrées et courtes, bondissaient sur leurs quatre membres, se jetaient les uns contre les autres en hurlant, roulaient sur le sol, se relevaient avec agilité d'enchevêtrements inextricables, projetaient des boules de neige qui se pulvérisaient en vol et criblaient les ténèbres de scintillements éphémères. Ils n'avaient pas de pieds mais quatre mains, ainsi que Ssassi l'avait affirmé à l'aube, et leur invraisemblable souplesse leur permettait de se servir à leur convenance des unes ou des autres. Ils parurent d'abord ne prêter aucune attention aux trois intrus, puis, comme Véhir, Ssassi et Ruogno – ce dernier plus mort que vif avait coincé le sac sur son épaule et dégainé son espadon – commençaient à se frayer un passage au milieu d'eux, ils se reculèrent en glapissant, les membres inférieurs repliés, le museau en avant, les dents dégagées, la collerette ébouriffée.

Ruogno décocha un regard noir à Ssassi.

« Juste un peu farceurs, hein ? »

Le vent propageait les cris, les odeurs, et l'agressivité gagnait comme un incendie l'ensemble de la gigantesque horde. Les simiens n'étaient plus désormais que hurlements hystériques, gesticulations forcenées, poils dressés, yeux étincelants. Ni grands ni puissants, ils n'osaient pas encore passer à l'attaque mais il suffisait que l'un d'entre eux brise la digue de sa peur pour entraîner les autres dans une fureur collective qui ne laisserait pas l'ombre d'une chance au grogne, à la siffle et au ronge. C'était la même chose sur un radeau ballotté par les courants de la Dorgne : qu'une seule vague vînt à briser une latte, un rondin, une poutre traversière, et l'eau s'engouffrait avec voracité dans la voie, submergeait le pont, démantelait la structure, les garde-corps, les mâts, happait les passagers et les membres de l'équipage. Même s'il n'y avait pratiquement jamais de survivants après un naufrage, Ruogno aurait mille fois préféré braver la Dorgne vindicative de la lunaison des tourmentes plutôt que de subir les assauts de cette multitude de créatures à quatre mains et au cul pelé.

Suivi de près par la siffle et le ronge, Véhir continua d'avancer, les yeux rivés sur le halo de lumière, la dague plaquée contre la cuisse. Les simiens essayaient de l'intimider à coups de cris perçants et de gestes menaçants, mais ils finissaient par s'écarter après lui avoir lancé une boule de neige ou esquissé une fausse attaque.

La silhouette était celle d'une humaine aux cheveux bruns et courts. Elle portait un vêtement aux couleurs vives, irréelles. Le haut, une sorte de manteau court, était du même rouge que les cerises burlat, le bas, une robe courte, d'un bleu plus éclatant qu'un ciel d'été. Ses lèvres remuaient mais aucun son ne franchissait les limites de sa prison de lumière.

« Une déess... sssse, s'extasia Ssassi. Elle est... ss... ssssi belle... »

Le temps d'un battement d'ailes de papillon, Ruogno oublia sa peur, subjugué à son tour par la beauté de l'apparition. Puis un fracas éclata dans la nuit, un coup de tonnerre, la voix d'un dieu tombée des nues, et le batelier vit avec inquiétude la multitude des simiens se refermer sur eux comme l'eau de la Dorgne sur un radeau en perdition.

# CHAPITRE 18

# Tahang

*Avez-vous ouï l'histoire de ce grogne*
*qui, humant l'odeur d'un miaule, se cacha*
*dans l'eau de la Dorgne avec, pour respirer,*
*la tige creuse d'un roseau ?*
*C'eût été là un bon instinct si notre grogne*
*n'avait pas oublié que ses oreilles dépassaient de l'eau.*
*Le miaule, cruel et patient comme tous ceux de son espèce,*
*attendit que le grogne gelé et ruisselant*
*se présente à lui.*
*Il ne le dévora pas sitôt,*
*il joua un long moment avec lui,*
*le laissant prendre un peu d'avance pour mieux le regrappir.*
*Cent fois le grogne eut l'occasion de descampir.*
*Mais la peur le gouvernait,*
*et, à la fin, épuisé, il se résigna et reçut sans protester*
*le coup de grâce.*

*Le fort cherche le faible,*
*le faible appelle le fort.*
*Que le faible se change en fort,*
*et la nature aussi changera.*

Les fabliaux de l'Humpur

Une série de craquements domina le raffut des simiens, qui cessèrent tout à coup de s'agiter. Véhir et les deux prédateurs en profitèrent pour accélérer l'allure et franchir, entre les petits animaux pétrifiés, les trente ou quarante pas qui les séparaient du centre du cercle.

D'une hauteur de deux ou trois grognes, le halo lumineux brillait avec une telle intensité qu'ils eurent besoin d'un peu de temps pour réussir à le fixer. C'était de lui qu'émanaient les sons puissants et discordants qui leur meurtrissaient les tympans. Aspergés de lumière, les simiens des premiers rangs le contemplaient en silence, les yeux et la gueule grands ouverts, dans une attitude qui évoquait à la fois l'adoration et la frayeur. L'apparition était deux fois plus grande que les humains figés dans le pilier de la grotte des bhoms.

Véhir avait l'impression que certains sons, plus harmonieux, jaillissaient de sa bouche en mouvement. Elle bougeait les bras et le dévisageait comme si elle s'adressait à lui, mais, en affinant son observation, il se rendit compte que son regard englobait la siffle et le ronge figés à ses côtés, qu'il embrassait la horde entière des simiens, qu'il se perdait sur la plaine enneigée. Elle ne les voyait pas, il en eut la certitude à cet instant, elle vivait sur un autre plan d'existence, elle n'était pas faite de chair et de sang, mais d'une substance immatérielle, éblouissante, qui débordait de ses yeux, de ses joues, de ses cheveux, de ses mains, de ses pieds, de ses vêtements, pour se projeter dans la nuit. Parfois ses contours perdaient de leur netteté, des petits points blancs et des rayures déformaient ses traits, son tronc et ses membres. Elle paraissait alors sur le point de s'évanouir, comme vaincue par l'obscurité, puis elle se reconstituait, recouvrait son éclat flamboyant, et des bribes de sa voix chaude, entêtante, se détachaient du vacarme étourdissant qui continuait de marteler les ténèbres.

Elle produisait sur Ssassi et Ruogno le même effet que les images avaient produit sur Véhir dans la demeure de Jarit. Les yeux jaunes et larmoyants de la siffle occupaient la moitié de sa face, la fourche de sa langue reposait sur son menton court et pointu, ses doigts trituraient distraitement le nœud de son fichu ; le saisissement du ronge se manifestait par un allongement du museau et une horripilation de tous les poils de sa face qui lui donnait une ressemblance frappante avec un chardon étoilé. Le grogne, lui, ne ressentait pas la joie profonde qui l'avait tourneboulé au moment où Jarit avait ouvert le livre. Les frissons qui le parcouraient étaient provoqués par le froid, et non par l'excitation. Il ne pouvait s'empêcher de penser que l'apparition de cette humaine était aussi trompeuse que les paroles des lais, aussi vaine que le couple congelé par les bhoms. Les humains avaient vécu sur la terre des cycles et des cycles plus tôt, de cela on ne pouvait douter, mais cette créature de lumière n'était, comme les ruines de leur maison dans la forêt de Manac, comme le couple conservé dans la glace, qu'un vestige de leur règne, un signal de détresse lancé à travers les âges, une tentative de prolonger une ère qui n'avait plus de raison d'être. Ils avaient connu une civilisation magnifique, supérieure sur tous les plans à l'organisation des clans – il suffisait, pour s'en convaincre, de découvrir quelques-unes de leurs merveilles qui avaient résisté à l'œuvre destructrice du temps –, mais il s'était passé quelque chose, un événement, un désastre, qui les avait entraînés dans la chute. Ils n'avaient pas quitté la terre pour punir de leur impiété les clans du pays pergordin et les livrer à la malédiction du Grand Mesle ainsi que le proclamaient les lais et les fables, ils avaient été surpris, décimés, ébouillés avec la même implacabilité qu'une communauté agricole ayant transgressé un tabou de l'Humpur. Ils avaient défié une loi eux aussi, ils étaient tombés sur plus forts ou plus féroces qu'eux, ils avaient été pris au dépourvu, ils n'avaient transmis que des fragments absurdes de leur héritage, comme les anciens de Manac marmonnaient des bouts de phrases incompréhensibles aux vaïrats qui s'approchaient d'eux, une cordelette en main, pour les étrangler.

« Bienve... parc pré... torique... bêtes... gereuses... »

Véhir comprenait certains mots employés par l'humaine, d'autres lui échappaient, d'autres encore se noyaient dans les flots grésillants qui submergeaient sa voix.

« ... si... peur... le puits... sommet du... sif... tral... puits de... ancy... le parc... stoire... en haut... oste comman... sage... bêtes... dangereuses... ne... du mal... de... est : étoile, soleil, lune, arbre, eau, soleil, lune, arbre... répète : étoile, soleil, lune, arbre, eau, sol... lune... bre... je... épète : étoile, so... lune, arbre, eau... sol... lu... arbre... venue par... pré... rique... bêtes... dange... peur... met... ma... cen... san...... commande... de... toile, soleil, lune, arbre, eau, soleil... lu... arbre... je répète : étoi... leil, lune, arbre, eau, soleil, étoile, arbre... pète : étoile, soleil, lune, arbre, eau, soleil... ne, arbre... »

Véhir devina qu'elle répétait sans cesse les mêmes paroles, qu'elle reproduisait les mêmes gestes, les mêmes expressions, les mêmes regards. Elle était saisie, au bout d'un certain temps, d'une sorte de hoquet, infime mais nettement perceptible, qui la ramenait quelques instants en arrière, au début de cette étrange mélopée où les mots tronqués se percutaient, se chevauchaient, rebondissaient comme des grêlons sur les pierres. Son obstination avait un aspect mécanique, dérisoire et tragique. On aurait dit un serpent qui se mordait la queue.

« ... puits de Sancy... pos... comman... co... toile, soleil, lune, arbre, eau, soleil, lune, arbre... »

Les simiens ne bougeaient pas. Seuls ondulaient sous les caresses de la bise les longs poils de leur collerette. Leurs yeux brillaient sous leurs arcades sourcilières soulignées par la lumière. Ils s'étaient rassemblés dans le seul but d'entendre la voix hachée de l'humaine, un rituel qu'ils accomplissaient sans doute depuis des temps immémoriaux, la survivance

376

d'un culte archaïque aussi absurde en apparence que le discours de celle qu'ils avaient élue pour déesse.

« ... soleil, lune, arbre, eau, soleil... »

Les propos de l'humaine ressemblaient désormais à une comptine de p'tio.

« ... lune, arbre, eau... »

La lumière décroissait peu à peu, la nuit resserrait son emprise autour du halo vacillant, les simiens manifestaient leur désappointement par des murmures sourds, plaintifs. Véhir comprit que l'apparition allait bientôt s'évanouir.

« ... pète... lune... arbre... »

Étoile, soleil, lune, arbre, eau... en dehors du fait qu'ils relevaient pour les uns du cosmos et pour les autres de la terre, la signification de cette suite de mots, qui sonnait pourtant comme un avertissement, comme un message, échappait à l'entendement du grogne. Elle avait parlé d'un puits, d'un sancy ou quelque chose d'approchant, une indication peut-être pour orienter les recherches dans le Grand Centre.

« ... arbre... so... »

Il y eut une première interruption, une pluie d'éclairs horizontaux qui découpèrent l'humaine en une dizaine de tronçons aplatis, une vague de crépitements qui alla s'amplifiant jusqu'à l'intolérable, puis la silhouette se reforma, avec moins de netteté et des couleurs plus ternes, continua de remuer les lèvres et d'agiter les bras, comme condamnée à jouer son rôle pour l'éternité, et enfin la lumière décrut, sembla se rétracter sur elle-même, l'apparition se réduisit à la grosseur d'un grogne, d'un sac de jute, d'un poing, d'un escargot, d'une mouche... Les simiens hurlèrent à nouveau, mais la détresse avait supplanté l'agressivité dans leurs glapissements stridents.

La nuit se referma comme une gigantesque serre désenchantée sur la plaine enneigée. Tandis que Ssassi et Ruogno, abasourdis, tétanisés, gardaient les yeux braqués sur l'endroit où s'était évanoui le halo, Véhir épia les réactions des petits animaux. Le temps d'un vol d'oies sauvages, ils continuèrent de clamer leur frustration, puis un cri perçant couvrit le tapage, ils se regroupèrent en bandes à une vitesse étonnante, et, sous la conduite des femelles dominantes, ils s'égaillèrent dans toutes les directions.

« Bâtirons une cabane pour Ruogno et moi, feras la tienne pour toi », dit Ssassi.

Véhir hocha la tête avec un peu d'envie. Il aurait aimé, s'il s'était trouvé à la place de Ruogno, que Ssassi prenne ce genre d'initiative. Il préleva donc deux mouchalots dans le sac de vivres, s'éloigna d'une centaine de pas et construisit un abri sommaire.

Après avoir mangé, il dormit profondément cette nuit-là. La hurle hanta ses rêves à un point tel que, lorsqu'il se réveilla, il fut persuadé qu'elle était couchée contre lui. Sa main ne caressa que la neige amollie par sa propre chaleur. Sa déception fut plus cruelle sans doute que le désespoir des simiens après la disparition de l'humaine. Il se leva en hâte pour chasser la morosité qui l'imprégnait jusqu'aux os. Le soleil, qui s'était levé depuis un bon moment, dardait des rayons verticaux et ardents sur la plaine qui se transformait par endroits en marécage. Les traces en étoile des simiens se comblaient d'eau et de neige fondue. Il avisa la cabane de Ssassi et de Ruogno, plus spacieuse que la sienne, trouva étrange de n'apercevoir ni le ronge ni la siffle. Inquiet, il franchit en trottinant l'intervalle qui séparait les deux abris, se glissa par l'ouverture, aperçut, à la lueur du jour, leurs corps nus, entrelacés, allongés sur le manteau de fourrure et la pèlerine. Le contraste était frappant entre la peau glabre de l'écailleuse et la pilosité du batelier, qui n'épargnait que sa poitrine et son abdomen. Ruogno ronflait comme une souche, les lentes expirations de Ssassi s'achevaient en sifflements prolongés. Les poils rêches de l'un avaient rougi le ventre et la poitrine délicats de l'autre. L'odeur âpre qui imprégnait l'air confiné l'informa qu'ils avaient vaincu leurs réticences, leurs différences, pour transgresser le tabou de l'Humpur. Les lais prétendaient que, dans leur grande sagesse, les dieux humains avaient conformé les organes de manière à proscrire la saillie entre membres de clans différents, Ssassi et Ruogno, pourtant aussi dissemblables que pouvaient l'être un pue-la-merde et un prédateur, leur apportaient le plus cinglant, le plus vivant des démentis. Véhir n'en conçut aucune jalousie, au contraire : leur grand mesle attisait son désir de rejoindre Tia, d'explorer avec elle les territoires qu'ils avaient défrichés. Il sentait la leude vivre en lui, son souffle, son cœur battre au rythme des siens. Pourvu qu'il n'arrive pas trop tard... Il réveilla Ssassi et Ruogno d'une pression sur le pied.

Ils marchèrent pendant trois jours dans une boue de terre et de neige qui se durcissait la nuit et se ramollissait sous les feux du soleil. Bien que rationnés, les vivres s'épuisèrent le soir du troisième jour. Ils ne débusquèrent ni gibier ni aucun autre moyen de subsistance dans le paysage désolé qui s'étalait jusqu'aux contreforts du Grand Centre, mais, à aucun moment Ssassi et Ruogno ne songèrent à égorger et dépecer le grogne. Il avait cessé d'être à leurs yeux un pue-la-merde, de la ripaille douée de parole. Il était leur alter ego, leur semblable – il avait même un certain ascendant sur eux, comme tous ceux qui avaient eu le courage de sortir de leur condition et de violer des frontières jusqu'alors infranchissables. Comme la neige se révélait désormais trop friable pour construire des abris, ils dormaient à la belle étoile, le ronge et la siffle à l'écart du grogne. Le vent colportait leurs soupirs aux oreilles de Véhir, dont le propre désir, encombrant, inutile, l'empêchait de trouver le sommeil. Il songeait alors à Tia, à leur agueulement qui avait entrebâillé une porte jamais refermée, à la fête des sens et des sentiments qui scellerait leurs retrouvailles.

« J'ai rien compris à c'que nous a conté ct'e déesse... »

Ruogno avait rongé son dernier os de mouchalot deux jours plus tôt, et l'extrémité de ses incisives, qui semblaient s'être allongées d'un bon quart de pouce, reposait sur son menton. L'ombre proche et gigantesque du massif du Grand Centre escamotait en partie la nuit étoilée. Le soleil avait tapé fort toute la journée et dévoilé des bandes de roche brunes et luisantes entre les mailles élargies du filet de neige. Le froid revenait s'inviter avec l'obscurité. À l'aube, les flaques se seraient transformées en miroirs durs et glissants.

« L'a parlé du soleil, de la lune, des étoiles, des arbres, de l'eau, mais pas b'soin d'être un dieu pour connaître tout ça ! reprit le ronge.

— Elle voulait peut-être rappeler que ce sssont eux, les dieux, qui ont créé le monde, intervint Ssassi.

— Ils ont voulu créer le monde à leur image, dit Véhir. Mais asteur, leur image est brouillée et le monde a changé. »

La tristesse infinie contenue dans sa voix amena de la perplexité dans les yeux et sur la face de ses interlocuteurs.

« Qu'est-ce que tu veux dire ? demanda Ssassi.

— On a fait fausse route en se figurant qu'iceux nous donneraient les réponses, répondit le grogne.

— Alors pourquoi qu'on s'entête à s'aruer dans l'Grand Centre ? grommela Ruogno.

— Moi, j'acompte délivrer Tia, et aussi découvrir ce qui s'est passé dans les temps reculés. Les paroles de l'humaine sont juste un message qu'on ne peut pas débrouiller pour l'instant mais que je comprendrai peut-être dans le Grand Centre. Vous, vous n'avez plus raison de me filer le train, vous avez déjà couru le chemin.

— Quel chemin, grrii ?

— Çui qui vous a menés l'un à l'autre. C'est là, dans votre... dans votre... amour (ce mot, venu des profondeurs de son esprit, se déploya en lui comme un éblouissement) que se nichent les réponses, que se pré-pare le renouveau du pays de la Dorgne. Vous suffira d'arroser la graine pour qu'un jour elle donne des fruits. »

La siffle et le ronge se consultèrent du regard. À la lueur des propos de Véhir, ils prenaient conscience en cet instant qu'ils avaient atteint le but qu'ils s'étaient fixé. La vraie magie se tenait là, dans cet élan, dans cet... *amour* qui leur avait donné la force de braver les lois, les peurs et les habitudes. Ruogno pouvait main-tenant s'agueuler avec Ssassi sans craindre l'enveni-mure, Ssassi prenait du plaisir à caresser le pelage et accueillir le vit de Ruogno, et ça, c'était plus miracu-leux que les apparitions des dieux humains, plus puis-sant que tous les sortilèges du Grand Mesle. Ils se chamaillaient encore, les réactions de l'autre les dérou-taient parfois, mais ils gardaient l'envie de se réchauf-fer à l'autre, de se nourrir de l'autre. Le silence se prolongea, cinglé par les hurlements du vent. Ce fut Ssassi qui le rompit :

« Je ne sssais pas ce qu'en pensera Ruogno, mais, même sssi j'ai voulu te ripailler, grogne, je n'ai pas oublié que tu nous as sssauvés de la mort, moi et mon p'tio, quand ce guingrelin – elle désigna le ronge d'un mouvement de tête – sss'est mis en tête de nous éca-cher. J'ai bérède d'amitié pour toi et je te sssuivrai jusqu'à ce que tu sssois réuni à Tia.

— J'pense de même, renchérit Ruogno avec un sou-rire. J'ai pas l'habitude de payer mes dettes, mais j'paie-rai celle que j'ai envers toi, Véhir. Et j'aspère de toutes mes forces que ces maudits kroaz n'ont pas...

— Elle respire, l'interrompit Véhir. Je le sens, je le sais. »

Le ronge et la siffle lui pressèrent à tour de rôle l'épaule avant de s'éloigner dans la nuit et de pratiquer cette magie nouvelle qui les élevait au rang des dieux.

« Hhiii... »

Debout sur ses membres postérieurs, la créature avait surgi des rochers déchiquetés pour leur barrer le passage. Ils avaient atteint au milieu du jour les contre-forts du Grand Centre et entamé une ascension délicate sur les escarpements verglacés. Étrangement, le froid se faisait moins vif au fur et à mesure qu'ils montaient. Leur faim, en revanche, ne s'apaisait pas.

La créature avait quatre mains à quatre doigts et un pouce, comme les simiens. Pour le reste, elle ne leur ressemblait pas : sa taille avoisinait les deux grognes, son poil gris foncé la recouvrait du sommet du crâne jusqu'aux orteils et avait la consistance de la paille d'un balai, deux narines retroussées s'ouvraient en bas de son mufle plat et rose, ses yeux minuscules étaient logés si profondément dans leurs orbites qu'on n'en distinguait que le poudroiement lumineux, sa gueule était une blessure aux bords nets où des petites dents pointues auraient poussé par mégarde. Aussi large d'épaules et épaisse de membres que grande, elle répandait une odeur fauve et portait une sorte de bra-gue courte de poils tressés qui lui couvrait une partie du bassin et le haut des cuisses. Seul ce détail incongru la différenciait des bêtes sauvages.

« Hhhhiii... »

Elle se dandinait d'une jambe sur l'autre à la manière d'un lutteur prêt à porter son attaque. Ssassi et Ruogno avaient dégainé leur espadon, Véhir avait agrippé la dague dans la poche de son pardessus. L'étroitesse de l'espace entre les parois rocheuses entravait leurs mouvements et leur interdisait de faire front ensemble.

« Hhhhiii... »

Le cri de la créature exprimait davantage la peur que l'agressivité, mais cela ne rassura pas Véhir pour autant : l'agressivité rassemblait les forces, la peur les décuplait. La couronne de nuages qui entourait le soleil abandonnait un large cercle dégagé au-dessus des cimes du Grand Centre.

« Ne bougez pas, chuchota le grogne. Il finira par s'en aller.

— Des fois j'aimerais pouvoir m'ranger à ton avis, murmura Ruogno, l'espadon levé à hauteur du ventre.

— Hhhhiii, pas mal, pas mal...

— Hé, ça parle, ct'e sac de poils !

— Sss'il parle, il peut aussi entendre, intervint Ssassi. Tu devrais sssurveiller ton langage, Ruogno. Et puis, toi aussi, tu es un sssac de poils !

— Hhhhiii, comprendre, comprendre... »

La créature semblait se détendre, comme si elle avait cessé de compter les intrus au nombre de ses ennemis. Elle se redressa et se frappa la poitrine d'une claque de la main qui aurait arraché la tête d'un bœuf.

« Moi, moi, Tahang, hhhiii, ami.

— Où est ton clan ? demanda Ssassi.

— Pas clan, seul, vieux, très vieux. Ami de tous, pas ami des monstres du parc.

— L'humaine parlait d'un parc et de bêtes dangereuses ! » s'exclama Véhir.

Le bras de la créature velue se déplia et son énorme index se pointa sur les pics sombres qui dominaient la ligne irrégulière des crêtes proches.

« Parc, parc prétorique, hhhiii, monstres. »

Bien qu'il lui fût impossible de lire dans ses yeux, Véhir détectait de la terreur dans les orbites profondes, dans les gestes et dans la voix de son vis-à-vis. Le dénommé Tahang avait la masse d'un taureau ou d'un grand fauve mais il semblait aussi couard qu'un grognelet.

« Où se trouve ce parc ?

— Puits sancy, hhhiii, tout en haut du plus haut, pas aller là, monstres, manger, manger. »

Il parsemait ses propos de gestes théâtraux, d'onomatopées, de clappements de langue, de déglutitions bruyantes.

« Est-ce que ces monstres sssont les kroaz ? demanda Ssassi.

— Pas connaître, pas connaître, monstres, grands lézards, hhhiii, hommes.

— Hommes ?

— Hommes créer moi, créer monstres, hhhiii.

— Tu parles des dieux humains ?

— Hhhhhhiiiiii ! »

Ruogno baissa son espadon d'un air las.

« J'pige rien à son charabia !

— Nous savons maintenant où se trouve le puits dont parlait l'apparition, avança Véhir.

— Quel rapport avec le soleil, la lune, les étoiles, les arbres, l'eau ? Quel rapport avec les kroaz, avec Tia ? »

Tahang grimpa avec une souplesse et une légèreté irréelles sur le rocher le plus proche et désigna le soleil.

« Là, ciel, soleil, hhhiii. Lune, étoiles, la nuit. Arbres et eau plus loin, montrer, montrer. »

Puis il sauta du rocher et indiqua une direction de son bras tendu. Chacun de ses mouvements remuait son odeur et donnait l'impression qu'une horde entière de fauves rôdait dans les parages. Les poils tressés de sa brague s'effilochaient et dévoilaient des fesses pelées, rouge vif, autre point de ressemblance avec les simiens.

« Montrer, montrer...

— Nous ne risquons rien à le suivre, proposa Véhir.

— Sauf que son odeur est plus envenimée que le poison de Ssassi », marmonna le ronge en se pinçant le museau.

La siffle se retourna avec vivacité et promena ses crochets dégagés à moins d'un pouce de la joue du batelier.

« Faudra qu'un jour j'essaie de sssavoir à quelle vitesse mon venin peut raidir un ronge...

— Moins vite en tout cas que ton ventre m'raidit le soc ! »

Tahang les entraîna dans une succession d'escarpements et de rochers sur lesquels il évoluait avec une grande aisance. Si Ruogno suivait l'allure sans peine, l'exercice lui rappelant les acrobaties sur les espars et le pont des radeaux, le grogne et la siffle éprouvaient davantage de difficultés, Véhir surtout que sa lourdeur ne favorisait guère sur un terrain aussi accidenté. La température grimpait encore, contrairement à ce que leur avait certifié Ssofal, pour qui l'hiver du Grand Centre était plus rigoureux que l'hiver du plateau des Millevents. Le grogne, qui transpirait à grosses gouttes, finit par retirer son pardessus et l'enrouler autour de sa taille.

« Arbre, eau, hhhiii. »

Tahang était arrivé au pied d'un arbre étrange aux larges feuilles en arc de cercle et dont les fruits longs et jaunes ployaient les branches. Ce n'était pas vraiment un arbre d'ailleurs, plutôt un rassemblement de plantes géantes dont les pieds emboîtés les unes dans les autres faisaient office de tronc. Non loin coulait un ruisseau qui bondissait de roche en roche en égrenant son murmure joyeux.

« Soleil, arbre, eau, hhhiii », répéta Tahang.

La fierté lui bombait le torse, ses lèvres s'étiraient en une large moue qui striait son mufle de rides verticales. L'arbre, ou les plantes, se dressait au milieu d'un petit carré de terre où poussait une herbe du même vert tendre que les rives de la Dorgne à la lunaison des bourgeons. Sur un côté s'élevait une paroi abrupte où se découpait l'ouverture arrondie et sombre d'une grotte, le repaire de Tahang sans doute. L'herbe et le sol rocheux alentour étaient jonchés de peaux flasques et jaunes qui viraient au brun sombre, au noir pour certaines d'entre elles.

Ruogno se laissa tomber sur une pierre et épongea le poil humide de sa face d'un revers de manche.

« Ct'e guingrelin a cru malin d'nous montrer un arbre et de l'eau », soupira-t-il.

Tahang perçut la déception de ses invités et entreprit de s'amender en leur proposant des fruits qu'il cueillit sur une branche basse.

« Manger, manger, bon, hhhiii. »

Payant d'exemple, il éplucha un fruit, découvrit la chair blanche et l'avala tout entier avec un soupir de délectation. Il se servait de ses gros doigts avec une adresse et une délicatesse stupéfiantes. Après avoir ingurgité cinq fruits, il s'assit à même le sol et, tout en fixant l'un après l'autre le ronge, la siffle et le grogne, glissa la main dans sa brague de poils et joua avec son vit court et rose avec autant de naturel que s'il avait été seul.

Véhir éplucha à son tour le fruit dont la peau épaisse se décollait de la chair avec une grande facilité. Il le goûta d'abord du bout de dents. Sa saveur sucrée, parfumée, et sa consistance pâteuse lui rappelèrent les gâteaux au miel servis par les troïas dans la salle des banquets de la communauté. Sa faim n'étant pas assouvie, il suivit l'exemple de Tahang et en dévora cinq de suite. Non contents d'être savoureux, ils étaient plus nourrissants que les pommes, les poires ou les cerises des vergers de Manac.

« Pas mauvais, reconnut Ruogno. Comment ça s'appelle ?

— Banna, hhhiii, répondit Tahang. Manger, manger, beaucoup, toutes les deux lunes.

— Tu veux dire qu'ct'arbre donne des... des bannas toutes les deux lunaisons.

— Toutes les deux lunes, hhhiii. Étoiles, lune, la nuit. Soleil, arbre et eau, le jour.

— Tu n'ripailles rien d'autre que ça ? »

Tahang plissa le museau et suspendit ses mouvements à l'intérieur de sa brague de poils, signe chez lui d'intense réflexion.

« Tu ne manges rien d'autre ? traduisit Ssassi.

— Hhhhiii, banna, banna...

— Et tu vis seul ici ? »

Le voile de tristesse qui glissa sur la face de Tahang assombrit son mufle et éteignit les lueurs de ses orbites. Le temps d'un bourdonnement d'abeille, il baissa la tête et contempla d'un air stupide ses pieds en forme de mains.

« Pas femme, pas femme, pas...

— Tu parles de femelle ? coupa Ssassi.

— Femme, femelle.

— Tu as dit que tu étais très vieux, intervint Véhir. Tu as quel âge ?

— Siècles, siècles...

— Siècles ?

— Siècles, cent ans, un an, hiver, printemps, automne, été, Tahang beaucoup siècles.

— Est-ce que... tu as connu ceux que tu appelles les hommes ?

— Hhhhiii, hhhiii. »

Tahang se releva avec une telle soudaineté que, l'espace d'un coasse de grenouille, sa masse et son ombre parurent occuper tout l'espace. À nouveau il se frappa la poitrine avec force.

« Hommes créer Tahang vieux, dernier, seul, Tahang jouer avec enfants hommes. »

Le cœur de Véhir s'affola comme un oiseau dans sa cage.

« Qu'est-ce qu'ils sont devenus, les hommes ?

— Mourir, mourir, mourir, hhhiii.

— Qui les a tués ?

— Mourir, enfants, hommes, femmes, Tahang pas voir, dans la montagne, pas voir. »

Le témoignage de la créature velue confirmait ce qui n'était jusqu'alors qu'une hypothèse dans l'esprit du grogne. Véhir comprit qu'il n'en tirerait pas davantage. Tahang avait vécu pendant des cycles et des cycles avec la peur pour seule compagne et il avait enfoui les souvenirs les plus douloureux dans les tréfonds de sa mémoire. Bien que doué d'une force colossale – ne venait-il pas d'avouer qu'il jouait avec les enfants des hommes ? –, il se contentait d'effrayer les intrus qui pénétraient sur son territoire et menaçaient de lui voler sa seule richesse, l'arbre à bannas.

Ils décidèrent de se baigner dans le ruisseau et d'y laver leurs vêtements avant de se remettre en chemin. Alors qu'il s'attendait à pénétrer dans une eau froide,

Véhir eut la surprise de constater qu'elle était tiède, si bien que Ssassi, réticente au début, accepta de se joindre au grogne, au ronge et à Tahang qui s'aspergeaient joyeusement dans le lit peu profond du petit cours d'eau. Cette baignade lui procura autant de plaisir que le bain matinal dans le bac déposé par les servantes près de son nid du palais d'Ophü, davantage même parce que Ruogno, le ronge autrefois honni dont les gestes tendres atténuaient la douleur de la séparation avec Ssimel, riait à ses côtés, le poil collé au cuir, les incisives en avant, les yeux pétillants.

Ils repartirent dès que le soleil eut séché leurs vêtements étalés sur l'herbe. Tahang essaya une dernière fois de les dissuader de se rendre au puits sancy.

« Parc prétorique, hhhiii, monstres, grands lézards, manger, manger.

— Bah, avons vu les bhoms, avons vu les kroaz, avons vu les simiens, c'est pas une poignée d'faillis monstres qui vont nous fich' la trouille », déclara Ruogno.

Le comblement de son estomac, la propreté de son poil et de son cuir, la fraîcheur de ses vêtements, la chaleur revigorante et la présence de Ssassi l'incitaient à un optimisme inhabituel chez lui, mais la suite des événements devait lui prouver qu'il n'était pas tout à fait dans le vrai.

« Suivre soleil, soleil, parc prétorique, puits sancy. »

Tahang leur offrit une grande quantité de bannas qu'ils fourrèrent dans les poches de leur pardessus, de leur manteau, de leur pèlerine, de leur tunique, de leur brague. Touchés par la sollicitude de leur hôte, ils l'invitèrent à les accompagner dans leur ascension vers les sommets, mais il secoua farouchement sa grosse tête, libéra un cri déchirant et, après leur avoir lancé un dernier regard de détresse, courut sur ses quatre mains se réfugier dans sa grotte.

Ils progressèrent jusqu'au soir sur les pentes abruptes du Grand Centre, dérangeant sur leur passage des reptiles – Ruogno crut entrevoir une vipère à poil et se souvint des paroles de son congénère tanneur, le vieux Ronfir –, des rapaces ou des chamois aux robes rayées et aux cornes tortueuses. Même si la chaleur baissa sensiblement après que le soleil se fut abîmé derrière les cimes, elle resta supportable, presque printanière. La frileuse Ssassi elle-même, qui avait traversé tout l'après midi vêtue de ses seules bottes, n'éprouva pas le besoin d'enfiler son manteau de fourrure. Le soleil avait rougi sa peau et tendu un voile translucide sur les écailles brunes de son crâne. Un début de mue, expliqua-t-elle. Son organisme abusé par la chaleur croyait que l'hiver touchait à sa fin et entamait aussitôt le processus de transformation.

« Moi aussi, j'perds mon poil, fit Ruogno en soulevant sa tunique et exhibant des zones pelées sur ses bras et son torse.

— Ssseras bientôt aussi lisse qu'un écailleux ! gloussa Ssassi.

— Les dieux m'en préservent... »

Ils choisirent une grotte peu profonde pour manger quelques bannas et se reposer. Il régnait sur la montagne une atmosphère légère, charmante, radicalement différente des nuits hurlantes et glaciales du plateau des Millevents. La toile céleste fourmillait d'étoiles plus grosses, plus brillantes que les brandons enflammés qui s'élevaient des feux de forêt au cœur des étés caniculaires. Comme s'ils s'étaient rapprochés du ciel. Ou plutôt comme si le ciel s'était rapproché d'eux : ce n'était pas parce qu'ils avaient gravi l'équivalent d'une ou deux lieues qu'ils tutoyaient les corps célestes, qu'ils avaient comblé des distances que Véhir devinait infinies. La lune elle-même avait doublé ou triplé de volume et ils discernaient des marques sombres, comme des cicatrices, sur sa rondeur pleine. Le cosmos ainsi amplifié les écrasait de toute sa majesté et les renvoyait à leur insignifiante condition. Cependant, si négligeable qu'il fût,

Véhir se sentait appartenir à ce scintillement insolent, à cette trame prodigieuse qui supportait l'univers. Il n'était pas ni à côté ni en dehors, il était en dedans, il était un enfant de la création, il portait en lui toute sa complexité, toute sa magnificence, lui et tous les autres, la leude Tia, le ronge et la siffle enlacés à ses côtés, les membres de la communauté de Manac, les membres des clans, les bêtes sauvages, les insectes, les plantes, les rochers, l'eau... tous avaient été enfantés par la beauté du monde. Les simples et les animaux le savaient, les autres, les êtres doués de parole, de conscience, ceux qui se réclamaient d'une évolution supérieure, l'ignoraient, trop affairés à délimiter et protéger leurs territoires, trop empêtrés dans leurs querelles et leurs lois. Les humains eux-mêmes, les « hommes » de Tahang, avaient oublié de contempler le ciel, emmurés dans l'orgueil des conquérants, des ansavants. Une certitude se fit jour dans l'esprit du grogne : bien loin d'être des modèles, les humains s'étaient engagés dans une voie qui les avait menés à la désolation, à la ruine.

Il leur fallut encore trois jours pour arriver au pied du puits sancy. Les bannas s'étant écrasées dans leurs poches, ils avaient mangé les mûres des buissons et les autres fruits sauvages qui abondaient dans la végétation luxuriante. La température avait continué à grimper, s'imprégnant d'une humidité qui transformait certains passages en véritables bains de vapeur. Véhir et Ruogno avaient à leur tour retiré leurs vêtements et leurs bottes, qu'ils avaient entassés dans les balluchons sommaires de leur pardessus ou de leur pèlerine. Ils n'osaient pas s'en débarrasser, de peur d'être surpris par un brusque retour de l'hiver. Le grogne gardait la dague en main, le ronge avait, à l'exemple de Ssassi, bouclé le ceinturon de son espadon sur sa taille velue.

La mue de la siffle s'était étendue à l'ensemble de son corps. Ses anciennes peau et écailles s'en allaient en lambeaux tandis que les nouvelles, encore translucides, encore tendres, se formaient par-dessus les os, les muscles, les veines et les organes. Affaiblie, elle s'efforçait néanmoins de rester dans l'allure. Le soir venu, elle s'effondrait comme une masse sans avoir pris le temps d'étaler son manteau et son fichu dans l'herbe, et c'était Ruogno qui se chargeait de faire à sa place tous les gestes qu'elle n'avait plus la force d'accomplir. Il veillait sur elle jusqu'à l'aube en rognant un bout de bois – ses incisives avaient raccourci d'un bon demi-pouce depuis qu'il avait la possibilité de se fournir en branches d'arbre –, il résistait à l'appel entêtant du sommeil jusqu'à ce que, terrassé par la fatigue, sa tête dodelinante pique comme un oiseau alourdi sur son épaule ou sur sa poitrine.

Ruogno leva un regard perplexe sur le pic verdoyant dont la végétation foisonnante, extravagante, ne correspondait pas à ce qu'il connaissait des montagnes. Là où le versant aurait dû se couvrir de sapins et autres aiguillards, il étouffait sous des arbres aux feuillages exubérants, des buissons inextricables et des fleurs aux pétales criards.

« T'es sûr qu'on est dans la bonne direction ? » demanda le ronge.

Véhir marqua un temps d'hésitation avant de répondre.

« Je n'ai pas vu de sommet plus haut que çui...

— À l'œil, moi j'suis pas capable de faire la différence entre çui et les autres ! Et d'abord, pourquoi ça s'dit un puits ? Un puits, c'est là où y a d'l'eau, non ? »

Ssassi s'était assise sur une souche, exténuée. Des perles d'un sang noir et visqueux s'écoulaient des innombrables déchirures de son ancienne peau. Le ceinturon de son espadon, légèrement relâché, avait imprimé une marque profonde et violette sur son ventre.

À l'aube, un fil s'était cassé en Véhir. Il ne ressentait plus la présence de Tia, il ne percevait plus sa respiration, il n'entendait plus le battement de son cœur, comme si, au lieu de se rapprocher d'elle, il s'en était éloigné. Comme si, mais il répugnait à prendre cette éventualité en compte, elle était... morte. Désemparé, il contempla le flanc vertigineux du puits qui se jetait dans le bleu assombri du ciel.

« T'as pas l'air si sûr de toi, reprit Ruogno, l'œil soupçonneux.

— Bienvenue... parc pré... torique du puits de Sancy... »

Les regards du grogne et du ronge convergèrent à l'unisson vers Ssassi, mais, devant l'air hébété de la siffle, ils se rendirent compte que ce n'était pas elle qui venait de prononcer ces mots.

« ... dans... parc pré... rique du... Sancy... le monde de la peur et de... »

Une silhouette s'agitait entre les feuillages et les épines d'un buisson. Non, elle ne s'agitait pas, elle brillait comme une flamme dans un fagot de sarments. Une humaine, vêtue des mêmes veste rouge et robe bleue que l'apparition sur la plaine enneigée. Les lanières extérieures et emmêlées du buisson dissimulaient en partie son corps, mais sa tête, coiffée d'une sorte de bonnet d'où s'évadaient de longs cheveux couleur de soleil, émergeait entièrement du fouillis de feuilles et de branches. Ses lèvres s'ouvraient sur des dents à la blancheur éclatante.

« Mada... sieur, êtes-vous prêts à affronter la plus dangereuse a... ture de votre vie ? »

Elle disait cela sans perdre son sourire, comme si elle les conviait à une partie de plaisir. Seules les rayures verticales et les nuées opaques de points blancs, déjà observées sur l'autre humaine et accompagnées de grésillements, plaquaient de temps à autre une grimace sur sa face.

« ... les monstres les plus terrifiants de l'histoire de notre planète... les féroces... rodactyles, et surtout... le terrible... saurus Rex... Si vous en réchappez, n'oubliez pas de rendre une visite au der... des grands... Ta...... dans le parc... sancy. »

Elle disparut dans un éblouissement, le buisson recouvra sa tranquillité verte et frissonnante. Véhir défit son balluchon, enfila sa brague, sa tunique, ses bottes. Même si Tia avait cessé de vivre, même s'il s'avançait au-devant de sa propre mort, il devait gravir les pentes du puits sancy, au moins pour aller jusqu'au bout de la voie qui s'était ouverte le jour où il avait rencontré Jarit. Sans se consulter, sans dire un mot, Ssassi et Ruogno se rhabillèrent et tirèrent leur espadon hors de leur gaine.

# CHAPITRE 19

# Le parc prétorique

*La peur est le poison le plus répandu dans le pays de la Dorgne.*
*La proie a peur du prédateur,*
*le prédateur a peur de la faim et de la mort.*
*C'est ainsi qu'un p'tio mêle se garda en vie*
*quand, errant dans les champs,*
*il se retrouva fort loin de sa communauté*
*et qu'un miaule affamé croisa son chemin.*
*« Si me mangez, seur miaule, dit le mêlot,*
*devrez chasser encore demain.*
*— Si je te ripaille, j'aurai déjà gagné un jour, dit le miaule.*
*— Peu'j vous dire asteur comment gagner plein d'autres*
*jours... »*
*Le miaule rentre ses griffes, s'assoit et écoute le mêlot.*
*« Regardez autour de vous, seur miaule :*
*l'herbe est abondante, les arbres donnent des fruits à foison,*
*arrêtez donc de manger de la viande*
*et vous ne connaîtrez plus jamais la disette.*
*— Suis un viandard, dit le miaule.*
*Ai des griffes et des crocs. À qui me serviraient ceux ?*
*— À vous défendre, à défendre ceux qui vous sont chers.*
*— Suis seul, n'ai point de famille ni d'amis.*
*— Si vous m'épargnez, seur, aurez gagné un ami. »*
*Le miaule pense en lui-même et dit :*
*« Goûterai l'herbe et les fruits pour t'agréer. »*
*Il épargna le mêlot et connut la joie de partager un repas.*
*L'instinct cruel est une prison,*
*dont les plus féroces attendent d'être délivrés.*

Les fabliaux de l'Humpur

Cela se manifesta d'abord par des rumeurs sourdes, puis par des vibrations cadencées, des battements semblables aux martèlements d'une horde de grands animaux lancés au grand galop, des craquements d'arbres arrachés, des cris à glacer le sang. Véhir jeta son pardessus dans l'herbe haute, jaune et coiffée de panaches spumescents qui ondulait sous les caresses d'une brise molle et chaude. Le soleil amorçait sa descente au-dessus du puits, le bleu du ciel virait doucement au mauve, les ombres s'allongeaient, devenaient tentaculaires, installaient déjà les premiers nids d'obscurité dans lesquels viendrait se blottir la nuit. Ruogno et Ssassi se débarrassèrent à leur tour l'un de sa pèlerine et l'autre de son manteau de fourrure. L'imminence du danger restituait son énergie à la siffle, le venin affluait dans ses crochets. Les oiseaux colorés qui voletaient d'un arbre à l'autre avaient cessé de jacasser.

Pour atteindre le sommet, ils n'avaient pas d'autre choix que de traverser l'océan d'herbes, une zone qui s'étendait sur quatre ou cinq lieues, qui n'offrait aucune possibilité de refuge en dehors des bosquets épars aux ramures sombres et squelettiques.

Cela se poursuivit par un grondement effroyable, par une succession de tremblements prolongés qui leur donna à penser que la terre allait s'ouvrir sous leurs pieds, par une gerbe enflammée, immense, rougeoyante, qui jaillit en force des rochers couronnant la cime du puits, qui s'affaissa sur elle-même, qui s'écoula avec une lenteur majestueuse sur le versant, traça un sillage rutilant entre les reliefs, emporta les rochers, les plantes, les buissons, les arbustes, exhala son haleine incendiaire des lieues à la ronde, teinta le ciel de vert, prit de la vitesse, piqua en sinuant sur l'océan d'herbes.

« Ça dégobille le feu là-haut ! hurla Ruogno. Allons roustir comme d'la volaille sur une broche ! »

Cela reprit une nouvelle série de secousses, par un épouvantable fracas retentissant cette fois derrière eux, en dessous d'eux, par la course folle et zigzagante d'une lézarde qui séparait le sol en deux, qui s'allongeait, s'élargissait, avalait la terre, les rochers, les arbres, tendait un gouffre béant, insondable, gagnait du terrain, s'avançait comme une gueule affamée vers le grogne, la siffle et le ronge pétrifiés.

« Pouvons plus... pouvons plus r'venir en arrière, asteur », gémit Ruogno.

Il n'avait pas d'autre ressource que de brandir son espadon, une arme dérisoire face à de tels adversaires. Le fleuve de feu, là-haut, s'étirait dans leur direction comme un serpent furieux, la faille, en bas, rongeait le sol avec une voracité effarante, rétrécissait le versant, essartait la forêt qui s'affaissait en craquant dans le vide.

« T'as une idée, asteur ? » gronda Ruogno en décochant un regard furibond à Véhir.

Le grogne s'efforça d'ordonner les pensées qui s'entrechoquaient dans sa tête. Il capta dans son champ de vision les taches vives des oiseaux entre les feuilles des branches proches. Ils ne chantaient plus mais ils restaient immobiles, comme s'ils n'avaient rien à craindre des éléments déchaînés. Certes, ils avaient moins de raison de s'affoler que les créatures terrestres coincées entre le feu et le vide, il leur suffisait de battre des ailes pour échapper au chaos qui s'abattait sur le puits et s'envoler vers des contrées un peu moins agitées, mais leur tranquillité cadrait mal avec leur nature craintive.

« Ça va bientôt s'arrêter, affirma le grogne.

— Sûr, ça s'arrêtera quand on aura chu dans le bas ou qu'on s'ra roustis par le haut ! grinça le batelier.

— C'est moins grave de mourir que de vivre comme des cloportes, dit Ssassi. Je peux partir, asteur, je vis à travers Ssimel et je sssuis aise de t'avoir connu, Ruogno.

— Mais moi, j'ai s'rai le dernier de ma lignée, j'vivrai à travers personne, comme si Ruogno le dorgnot n'avait jamais existé. »

Les trépidations du sol se propageaient dans leur corps et hachaient leur voix. Ssassi posa l'espadon contre sa hanche, tendit le bras et caressa la joue du ronge avec une douceur infinie.

« La terre et le ciel garderont ton sssouvenir...

— Là-haut, regardez ! » s'exclama Véhir.

Le fleuve de feu continuait de couler, ainsi qu'en témoignaient ses ondulations rougeoyantes, tumultueuses, mais il disparaissait subitement au beau milieu de la pente, quelques centaines de pas au-dessus de l'océan d'herbes, donnant l'impression de s'engouffrer dans un invisible précipice. De même, la faille avait cessé de grandir, des arbres couchés se maintenaient en équilibre au-dessus de la cavité. Curieusement, la forêt tout juste détruite semblait se reconstituer, se déployer sur le vide, comme si le temps s'emmêlait, comme si le passé refusait de mourir et se superposait au présent.

« C'est le moment », dit le grogne en fendant les premières vagues de l'océan d'herbes.


Cela recommença avec des vibrations, des martèlements, des cris, des ombres furtives qui ployaient les hautes herbes, des déplacements si soudains, si rapides que l'œil n'avait pas le temps de les capter, des grattements, des souffles, des grincements. Ils se savaient environnés de créatures vivantes, et sans doute féroces à en croire les apparitions humaines, mais ils ne les voyaient pas, et ce décalage entre les impressions et les sens les emplissait d'une tension douloureuse, leur incisait les nerfs, leur asséchait la gorge, leur nouait les muscles.

Et puis, soudain, alors qu'ils avaient accompli la moitié du parcours, un monstre surgit devant eux, ruisselant de lumière. Une face de reptile, des yeux verts, fendus d'un pupille verticale, une gueule débordante de crocs acérés, un corps écailleux, brun-rouge, des pattes antérieures courtes, collées au torse et armées de griffes recourbées en comparaison desquelles les griffes des miaules paraissaient inoffensives, un abdomen blanchâtre, des cuisses énormes, une longue queue qui giflait les herbes et fouettait le sol. Haut comme deux grognes, dressé sur des pieds aussi larges que longs et pourvus, eux aussi, d'énormes griffes plantées dans la terre, il donnait des petits coups de tête vers l'avant, comme s'il voulait sonder les intentions de ses proies, ou s'assurer de leur qualité, avant de se jeter sur elles. Il ressemblait à un grand lézard, comme l'avait spécifié l'apparition humaine.

Une sensation presque palpable de présence entraîna Véhir à tourner la tête. Deux autres monstres s'étaient approchés en silence dans leur dos. Même taille, mêmes écailles brunes, mêmes griffes, même rictus de férocité, même attention silencieuse, menaçante.

« J'comprends pourquoi Tahang n'a pas voulu s'aruer avec nous, murmura Ruogno, les yeux exorbités.

— C'est pas une poignée de faillis monstres qui vont nous fiche la trouille ! lâcha Ssassi en imitant la voix rauque du ronge.

— J'gageais pas qu'les monstres s'raient autant monstrueux, se défendit Ruogno.

— Peut-être qu'iceux ne ripaillent que du fourrage, comme les vaches, avança Véhir.

— T'as entendu comme moi c'qu'a dit Tahang, c'qu'ont dit les humaines. »

Peut-être Véhir était-il soulagé de voir enfin les monstres qui n'avaient jusqu'alors galopé que dans son imagination, ou bien pressentait-il qu'il ne courait pas vraiment de danger face à ces grands lézards d'apparence terrifiante, toujours est-il que sa tension intérieure était soudain retombée. Pourtant, lorsqu'ils se mirent en mouvement et convergèrent dans sa direction, il réagit comme ses deux compagnons, il cessa de penser, prit ses jambes à son cou, détala dans les herbes sèches comme un bouquin débusqué par un fauve.

Un coup d'œil par-dessus son épaule lui apprit que les prédateurs écailleux s'étaient lancés à leur poursuite. Ils couraient vite malgré leur poids, la tête penchée, la queue en l'air, basculant parfois vers l'avant et appuyant leurs pattes antérieures sur le sol pour se rééquilibrer, pour rebondir. Chacun de leurs pas ébranlait la terre, chacun de leurs cris déchirait l'air avec la force d'un coup de tonnerre. Les herbes cinglaient la face, les épaules et le bras du grogne, ses pieds se recroquevillaient dans ses bottes, la sueur lui irritait les yeux, la dague glissait dans sa main. Il ralentit, chercha des yeux la siffle et le ronge, plus rapides que lui. Les herbes frissonnantes s'étaient refermées sur leur passage. Il était seul désormais, seul avec sa peur, seul avec la fatigue qui lui alourdissait les membres, lui affolait le cœur, lui brûlait les poumons. Aveuglé par le soleil couchant, incapable de s'orienter, la bouche entrouverte, il ne contrôlait ni sa respiration ni ses gestes, il éparpillait ses forces dans son halètement, dans les moulinets de ses bras, dans la poussée désordonnée de ses jambes.

Il n'eut pas besoin de se retourner pour se rendre compte qu'un des monstres l'avait pris en chasse. Les secousses de la terre se répercutaient dans sa colonne vertébrale, dans son crâne, le faisaient tressauter comme des miettes sur une table frappée en cadence par des vaïrats avinés. Il aurait dû appliquer les conseils de Jarit, il aurait dû réfléchir, chercher un autre moyen d'échapper à son prédateur, combattre cet instinct de pue-la-merde qui le poussait à enchaîner les erreurs, il aurait dû, il aurait dû... L'haleine chaude du monstre lui léchait la nuque. Il n'osait plus se retourner, regarder le danger en face, il fuyait comme toutes les proies de la terre, piétinant les herbes avec une rage proportionnelle à sa panique, martelant le sol, cherchant désespérément de l'air, le groin levé vers le soleil qui le narguait de son œil sanguin. Puis, tandis qu'il chancelait, qu'il attendait le coup de grâce, l'image de

Tia lui effleura l'esprit. L'image d'une Tia vivante, respirante, espérante... aimante.

Ce fut le déclic qui déclencha sa prise de conscience, sa colère. Il avait déjà trop couru. Fuir n'était qu'une façon d'entrer dans le jeu du monstre, fuir le séparait de lui-même, fuir l'éloignait de la hurle. Il assura sa prise sur le manche de la dague et se retourna en poussant un grognement de défi.

Le grand lézard n'était pas aussi près qu'il l'avait cru. Immobile, il se dressait dans un balancement qui traduisait son hésitation, sa perplexité. La moitié de son grand corps dépassait des herbes, des grondements sourds s'échappaient de sa gueule fermée, ses écailles brillaient comme des feuilles humides et arrosées par un soleil rasant. Hors d'haleine, le cœur brinquebalant, Véhir fit un pas dans sa direction. Le monstre recula aussitôt sans esquisser le moindre mouvement ni même ouvrir la gueule. Étrange pour un prédateur qui avait consacré une telle énergie à courser sa proie. Enhardi, Véhir avança cette fois de deux pas. Le grand lézard se replia pour maintenir une distance constante entre le grogne et lui. Ou bien la réaction de sa proie le surprenait, l'intimidait, ou bien ils étaient unis l'un à l'autre par des liens secrets qui outrepassaient les règles habituelles entre les prédateurs et leur gibier. Véhir se rappela que la deuxième apparition leur avait souhaité la bienvenue dans le parc du puits sancy, « dans le monde de la peur ». On ne prononçait pas des paroles de bienvenue à ceux qu'on envoyait à la mort. « N'oubliez pas de rendre visite au dernier des grands... Ta... », avait ajouté l'humaine. Ta pour Tahang sans doute. Ne s'était-il pas lui-même présenté comme le dernier de sa race ? N'avait-il pas joué avec les enfants des hommes ? Un endroit où on se faisait peur, un parc pour les jeux des enfants humains, voilà ce qu'était le puits sancy. Les grognelets imitaient de la même manière les mines furieuses des hurles ou des miaules pour exorciser les terreurs qui hantaient leurs nuits.

Le grand lézard brillait de mille feux sous les ors déclinants du soleil. Des flèches de lumière saillaient de ses écailles et le nimbaient d'une auréole comparable au halo de l'apparition sur la plaine enneigée. Pour la première fois, le grogne se rendit compte que le prédateur écailleux ne répandait aucune odeur. Lui aussi était une apparition, le vestige d'un passé oublié, il n'évoluait pas sur le même plan d'existence que les êtres de chair et de sang. Véhir marcha sur lui sans hâte mais avec détermination. Le monstre resta sur place, tenta de l'impressionner d'un coup de tête, d'un coup de patte, mais le grogne ne s'écarta pas ni ne baissa les yeux. Il s'approcha du grand lézard jusqu'à le frôler, ignora les griffes qui dansaient quelques pouces au-dessus de sa tête, tendit le bras et enfonça la pointe de sa dague dans l'abdomen écailleux. Le fer le transperça sans rencontrer de résistance, comme si l'intérieur en était vide. Véhir enfonça ensuite la main, le bras tout entier. Il eut la sensation de ne fendre que de l'air, même si des fourmillements inhabituels, agaçants, lui couraient sur la couenne. Alors il décida de traverser tout entier le monstre. Un premier pas l'entraîna à franchir le rideau d'écailles, aussi impalpable, aussi volatil, qu'un courant de brise, les trois suivants le propulsèrent dans une ruche de lumière, où des points scintillants, vibrionnants, fusaient dans tous les sens comme des insectes effarés, le cinquième l'amena à nouveau dans les herbes. Il se rendit compte qu'il marchait sur la queue du grand lézard, ou plutôt que ses bottes étaient encore immergées dans sa queue comme dans l'eau d'une flaque. Le monstre pivota sur lui-même avec vivacité et se pencha sur le grogne, la gueule béante, les crocs dégagés, les yeux flamboyants. Véhir ne put s'empêcher de sourire : l'illusion continuait de faire son travail comme si de rien n'était. Les humains avaient puisé dans un savoir phénoménal pour la concevoir – n'avaient-ils pas réussi à effrayer Tahang pendant des siècles ? – mais, si elle trompait les deux sens les plus exposés, la vue et l'ouïe, elle ne résistait ni au toucher ni à l'odorat.

« Tu peux retourner d'où tu viens », murmura le grogne en s'épongeant le front.

Le grand lézard persista à le suivre tandis qu'il partait à la recherche de Ssassi et de Ruogno. Cris et craquements résonnaient dans la moiteur du crépuscule, des secousses sèches, rageuses, agitaient la terre. Plus haut, le fleuve de feu continuait de se perdre dans un invisible abîme, plus bas, la forêt repeuplait peu à peu la faille. Véhir savait maintenant qu'il ne se brûlerait pas à cette matière en fusion, qu'il ne tomberait pas dans ce gouffre. Feu, faille, cris, craquements, tremblements, mouvements des herbes appartenaient eux aussi au monde illusoire dont les grands lézards étaient issus.

Il dut grimper dans un arbre pour repérer les traces du ronge et de la siffle dans l'océan d'herbes. Il remonta un sillon qui coupait tout droit dans l'écume des panaches et retrouva Ssassi, recroquevillée sur le sol, l'espadon posé en travers de son corps comme un bouclier inutile. Elle avait perdu ses bottes et son ceinturon. De son ancienne peau ne subsistaient que quelques lambeaux desséchés, brunâtres. Les tiges avaient criblé son nouvel épiderme d'écorchures sanguinolentes. Comme bon nombre de siffles exposés au froid ou à un danger pressant, elle s'était réfugiée dans la dormance, dans le monde des spirales fascinantes. Véhir lui secoua vigoureusement l'épaule, la pinça sur les bras, sur les cuisses, sur les hanches, lui piqua le ventre et la poitrine de la pointe de la dague, mais, pas davantage que ses cris, ses stimuli ne suffirent à la ranimer. Il eut alors l'idée de lui retrousser les lèvres et de tirer sur l'un de ses crochets. Le venin, froid, visqueux, lui dégoutta aussitôt sur les doigts. Elle essaya de mordre le corps étranger qui fouissait dans sa gueule, mais Véhir continua de lui maintenir les mâchoires écartées jusqu'à ce que des convulsions de colère secouent sa poitrine, son bassin, ses membres, et l'obligent à rouvrir les yeux. Elle ne prit pas conscience de la situation tout de suite, elle siffla, cracha, se débattit, enroula ses jambes comme du lierre autour du cou de Véhir.

« C'est moi, Véhir », cria le grogne.

Il peinait à contenir les contorsions puissantes de Ssassi et, en même temps, à l'empêcher de lui planter ses crochets dans la couenne. Ils roulèrent enchevêtrés dans les herbes. L'odeur de la siffle frappa Véhir de plein fouet, la même, en plus âcre, que celle du nid de Ssofal.

« C'est moi, Véhir ! »

Elle cessa enfin de s'agiter. Il crut qu'elle l'avait reconnu puis il s'aperçut que, les yeux agrandis par la terreur, elle observait le grand lézard qui dominait la ligne frémissante et blanche des panaches une dizaine de pas plus loin. Véhir retira les doigts de la gueule de la siffle, se dégagea de ses jambes, se releva et courut vers le monstre.

« Il n'est pas dangereux ! Regarde, Ssassi, regarde ! »

Il traversa et retraversa l'illusion comme il l'avait fait quelques instants plus tôt.

« C'est pas une vraie bête ! Juste un jeu pour les enfants humains, juste une menterie de lumière ! »

Ssassi se leva à son tour et s'approcha d'une allure circonspecte, chancelante, de l'étrange couple formé par le grogne et le grand lézard.

« Viens le toucher, Ssassi, il ne te fera aucun mal ! »

Elle enveloppa le monstre d'un regard apeuré, tendit un bras tremblant vers son abdomen blanchâtre puis, après une longue hésitation, plongea la main dans les écailles. Elle la retira, l'enfonça de nouveau, recommença son manège à plusieurs reprises.

« Tu n'as plus de raison d'avoir peur », ajouta le grogne.

Alors seulement elle parut remarquer sa présence.

« C'est toi qui m'as réveillée ? »

Véhir acquiesça d'un hochement de tête.

« Je ne t'ai pas envenimé ? »

Il montra les sillons noirâtres tracés par les gouttes de venin sur ses doigts.

« Malheur à qui sssort un sssiffle de sa dormance, murmura-t-elle. J'aurais pu te tuer.

— Tu es revenue de la dormance et je suis vivant, c'est tout ce qui compte. »

Elle contempla de nouveau le grand lézard avec l'air d'un p'tio qui se rassure après un cauchemar.

« Comment as-tu sssu qu'ils n'étaient que des menteries ?

— Je m'en suis douté en me rappelant les paroles des apparitions humaines.

— Où est Ruogno ?

— L'ai pas encore cherché... »

Ils trouvèrent le ronge à la lisière de l'océan d'herbes. Le grand lézard qui l'avait pris en chasse se balançait d'une patte sur l'autre en attendant que le jeu reprenne. Prostré, la tête enfouie sur ses bras croisés, secoué par des sanglots, par des spasmes de terreur, le ronge aurait sans doute attendu la mort dans cette position si la siffle et le grogne n'étaient pas venus le tirer de là. Il fallut toute la douceur persuasive de Ssassi pour qu'il accepte de se redresser et de jeter un coup d'œil à la bestiole qui lui avait flanqué la frousse de sa vie. Il y avait de la honte dans ses atermoiements. Il avait été pris en flagrant délit de peur par le grogne et surtout par Ssassi, lui qui avait affirmé, dans un de ces accès de forfanterie qui caractérisaient les bateliers de la Dorgne, qu'il ne craindrait pas d'affronter les faillis monstres du puits sancy. Les monstres en question avaient sérieusement ébréché son orgueil de mâle et de ronge. Il avait pissé sur lui et il craignait, en se relevant, d'être dénoncé par les taches sur sa brague et par l'odeur poisseuse de son urine.

Émue par son désarroi, Ssassi vint à son secours.

« J'ai eu tellement peur que je me sssuis réfugiée dans la dormance. Sssi Véhir ne m'avait pas regrappie, je ssserais restée dans le monde des spirales fascinantes jusqu'à ce que la mort m'agrappe.

— Et moi, si je n'avais pas senti Tia reprendre vie en moi, je crois bien que je serais encore en train de cavaler comme un failli bouquin ! » renchérit Véhir.

Ruogno bondit soudain sur son espadon, couché dans les herbes un peu plus loin, et se rua en hurlant vers les deux monstres qui se tenaient l'un à côté de l'autre. L'un dans l'autre plus exactement, les contours déformés de leurs pattes postérieures et de leurs flancs s'entremêlant dans un fatras d'écailles et de lumière.

« Saloperies ! »

Fou de rage, Ruogno tailla de taille et d'estoc dans les illusions sans même s'apercevoir qu'elles s'effaçaient peu à peu, qu'elles s'emplissaient de panaches ployés par la brise et inondés de pourpre par le soleil couchant.


La tombée de la nuit les contraignit à faire halte au bord d'un ruisseau, à une demi-lieue environ du sommet. L'océan d'herbes n'était plus qu'une tache grise et ondulante en contrebas. Le Grand Centre se déployait autour du puits sancy, les dents sombres de ses pics, les pans ténébreux de ses versants, les profondeurs secrètes de ses gorges, les miroirs occultes de ses lacs. À cette hauteur, Véhir avait l'impression de voguer au milieu des étoiles qui éclairaient la voûte céleste comme d'innombrables torches. Les grognes de Manac ne contemplaient jamais le ciel, le groin toujours penché sur la terre, sur le blaïs, sur les vignes, sur les légumes. Ils baissaient la tête devant le labeur, devant les lais, devant les prévôts, devant les prédateurs. S'ils levaient les yeux sur le ciel, ce n'était pas pour contempler ses merveilles, mais pour guetter l'apparition des nuages aux lunaisons sèches et le retour du soleil aux lunaisons humides. Quand il reviendrait à Manac – s'il revenait à Manac –, il leur apprendrait à s'abandonner à ce vertige cosmique qui ravissait l'âme.

« J'ripaillerais bien quelqu'chose, marmonna Ruogno. Toutes ces émotions m'ont fait un trou dans l'ventre. »

Il n'y avait pas d'arbres fruitiers sur les hauteurs, seulement une herbe rase, sèche et émaillée de fleurs blanches qui courait entre les saillies rocheuses. Pas un bruit ne troublait la paix nocturne, hormis le bruissement du ruisseau. La tiédeur de l'air agissait comme un baume sur leurs blessures physiques et morales. Difficile d'imaginer que l'hiver soufflait sur le plateau des Millevents, difficile de se souvenir que la journée avait été pleine de fureur et de bruit. Ruogno avait lavé ses vêtements et les avait étalés sur un rocher. Secouée par sa mue et son retour brutal de dormance, pelotonnée contre le ronge, Ssassi semblait plongée dans un rêve éveillé.

« J'aspère que trouverons de quoi manger là-haut », dit Véhir.

Il espérait surtout retrouver Tia. La leude la hantait à nouveau, aussi présente, aussi palpable, que si elle avait été assise à son côté. Si l'obscurité n'avait pas rendu l'ascension périlleuse, il se serait rué vers le sommet pour vérifier que la réalité correspondait à son désir, qu'il n'était pas abusé par son esprit de la même manière que Tahang avait été trompé par les illusions du parc prétorique. Les doutes le harcelaient, le dépeçaient comme une nuée de rapaces. Pour quelle raison les kroaz se seraient-ils installés au puits sancy ? Leur repaire pouvait aussi bien se nicher sur n'importe quel sommet du Grand Centre, ou même dans une autre contrée. Pourquoi auraient-ils gardé Tia en vie ? Qu'avaient-ils à faire d'une hurle sinon pour la ripailler ? Après tout, si les pue-la-merde des communautés agricoles servaient de pitance aux clans prédateurs, ces mêmes prédateurs pouvaient aussi bien servir de pitance aux kroaz. La vie se maillait ainsi que les uns mangeaient les autres, du plus démuni au plus aguerrié. Plus Véhir approchait du but, plus il redoutait la cruauté de la désillusion, de la déception. Il s'allongea dans l'herbe mais, les nerfs à fleur de couenne, il lui fut impossible d'oublier l'angoisse qui le rongeait, d'endurer l'attente, insupportable, qui remuait une brassée de questions auxquelles répondaient, en une chaîne interminable, d'autres questions. La lassitude l'entraîna peu à peu dans un état second qui oscillait entre éveil et sommeil, entre rêve et réalité.

La voix de Ruogno lui fit l'effet d'un coup d'espadon dans la poitrine.

« Des torches en bas ! »

Le grogne tressaillit, se redressa, chercha la dague posée dans l'herbe. Son cœur lui martelait la cage thoracique avec la même frénésie que le bec d'un pic-vert. Suivant la direction indiquée par le bras de Ruogno, il remarqua, une lieue plus bas, les lueurs caractéristiques de torches qui dansaient sur les rochers, sur les arbres, sur les buissons, qui découpaient les silhouettes de grands animaux, des chevaux ou des chevacs, qui luisaient sur les casques et les armures des cavaliers.

« Z'ont l'air bien vrais, ceux-là, ajouta Ruogno. Y a toute une troupe qui s'arue dans l'coin. »

La brise colportait des éclats de voix, des crépitements, des hennissements, des craillements, des odeurs de crottin frais. Pour autant que Véhir pût en juger, ils n'avaient pas encore atteint l'océan d'herbes.

« On dirait qu'ils arrangent leur campement, reprit le ronge. Vont avoir une faillie surprise, demain matin, quand tomberont museau à museau avec les grands lézards... »

Les cavaliers semblaient en effet avoir mis pied à terre pour installer leur bivouac. Ils s'agitaient autour des feux qui brillaient déjà dans la nuit. Des brandons fusaient comme des étoiles filantes avant d'être soufflés par les ténèbres. Des odeurs alléchantes de viande grillée se diffusèrent dans l'air doux.

« Qui peuvent bien être ces guingrelins ? demanda Ruogno.

— Amis ou ennemis, il faut le sssavoir », intervint Ssassi.

L'intensité des yeux jaunes de la siffle, accroupie sur le rocher, montrait qu'elle était sortie de sa torpeur. Ses longs doigts avaient enserré la poignée de l'espadon, sa langue frétillait entre ses crochets.

« Comment, grrii ? maugréa Ruogno avec l'air de celui qui pressent le retour des ennuis.

— Allons retraverser les herbes pour les observer, répondit Ssassi. C'est maintenant qu'ils ne connaissent pas encore que sssommes là que devons agir, ssss.

— Agir ? Sont beaucoup trop nombreux pour nous trois !

— Pas trois, Ruogno, deux. Toi et moi. Sssi sssont des ennemis, les attarderons pour laisser à Véhir le temps de chercher Tia.

— Et si elle n'est pas là ?

— Au moins, il sssaura.

— C'est que... j'suis saoulé d'fatigue, grrii. Si j'roupis pas un brin, j's'rai guère plus vaillant qu'un rongeon de deux jours. »

Ssassi s'agenouilla et posa les mains sur les épaules du ronge. La pression de son regard se fit plus forte, plus dense. Les nouvelles écailles de son crâne luisaient à la clarté diffuse des étoiles et de la lune.

« Le moment est venu de payer ta dette, ronge », dit-elle en détachant chacune de ses syllabes.

Bien que conscient d'être enjominé, Ruogno ne chercha pas à se soustraire à l'emprise de la siffle, à sa voix envoûtante. Elle, l'écailleuse, savait tirer le meilleur de lui, à l'inverse de ses congénères ronges qui l'avaient poussé au pire depuis qu'il était né.

« Et si ce sont des amis ? souffla-t-il.

— Les inviterons à monter avec nous. Mais ça m'étonnerait : le venin monte dans mes crochets.

— Comment est-ce qu'on s'y prendra ?

— On verra sssur place.

— Et lui – Ruogno désigna Véhir d'un signe de tête –, il en pense quoi ? »

Le grogne s'accroupit au bord du ruisseau, plongea les mains dans l'eau tiède et s'aspergea le visage.

« Je m'en viens avec vous », dit-il en se relevant.

L'éclat des corps célestes accrochait des perles scintillantes sur sa face. Ssassi saisit son espadon, sauta du rocher et vint se planter devant lui, ombre blême et furieuse sur le fond d'obscurité.

« Pas question ! siffla-t-elle. C'est à Ruogno et à moi de régler cette affaire. Des fois, il faut sssavoir répartir ssses forces, compter sssur les autres. Le roi Ssenal, ce grand zirou, m'aura au moins appris ça. Toi tu t'arues asteur vers le haut, nous on ssse glisse vers le bas.

— Mais...

— Pas de mais ni de ssss... sssi ! Te rejoindrons demain au sssommet. »

Véhir resta un moment figé, étranglé d'émotion, puis il finit par hocher lentement la tête.

« Je n'aurai peut-être jamais l'occasion de vous remercier. »

Il avait l'impression que les mots étaient sortis par accident de sa gorge nouée, comme une pensée perdue qui se serait réfugiée dans sa voix.

« Allons-y, grommela Ruogno en se laissant glisser du rocher. Ou finirons par nous éplorer comme des rongeons à qui leur mère a flanqué la fessée ! »


La siffle et le ronge dévalaient avec entrain les rochers qui jonchaient la pente. Ruogno n'avait pas jugé utile de s'encombrer de son ceinturon ni de ses vêtements encore mouillés. L'air s'infiltrait entre ses poils éclaircis et lui flattait le cuir. La griserie de cette cavalcade dans la nuit reléguait sa peur et sa faim au second plan. Elle lui rappelait les temps très anciens où, rongeon, il plongeait dans la Dorgne pour remonter les pièges à poissons. Les caresses de l'eau et l'air sur le cuir engendraient un plaisir incomparable, une sensation de liberté inouïe qui faisaient paraître les saillies dans les cours intérieures ou sur les terrasses de Muryd pour ce qu'elles étaient, des actes bestiaux et vides de sens. Ssassi, elle, s'y entendait pour transformer la saillie en un rituel ensorcelant. Elle déployait toute sa langueur, toute sa sensualité de siffle, elle le roulait dans ses bras, dans ses jambes, sur son ventre, dans sa gueule, comme une vague tantôt douce tantôt violente qui se retirait pour mieux attiser son désir et revenait le reprendre dans un bouillonnement qui leur chavirait les sens.

Elle bondissait devant lui avec l'agilité et la grâce d'un chamois, elle piquait la pointe de son espadon sur les roches, s'en servant comme d'une canne. Jamais il n'avait ressenti ainsi le bonheur d'être un enfant de la nature, un enfant libre et heureux qui folâtrait sur le dos de sa mère. Sa terreur devant le grand lézard l'avait couvert de honte et de ridicule, mais elle l'avait également dépouillé de sa défroque de ronge pusillanime et calculateur.

Ssassi s'arrêta, se retourna, se figea en une pose provocante et lui adressa un sourire.

« Avons un peu de temps devant nous, ssss. »

Elle n'avait pas besoin d'exciter Ruogno, puisque son vit court et noueux était aussi roide que la lame de son espadon, puisque cette course était comme un rut géant dans le ventre fécond de la terre.


Ils traversèrent l'océan d'herbes sans croiser les grands lézards.

« Sssans doute que les illusions ont le besoin de roupir la nuit, comme nous autres », avait chuchoté Ssassi.

Une explication qui n'avait pas convaincu Ruogno, mais, comme il n'en avait pas d'autre à sa disposition, il l'avait validée d'un grognement. Les panaches translucides, teintés d'un éclat argentin, sertissaient la surface des herbes comme les pierres éclatantes d'une immense couronne. Il avait été difficile à l'écailleuse et au poilu de s'arracher de leur étreinte langoureuse. Il n'y avait pas plus doux que le puits d'une siffle, il n'y avait pas plus délicieusement blessant que le vit d'un ronge. Ils s'étaient cajolés, agueulés, léchés, chevauchés comme si c'était la dernière fois.

La dernière fois...

« J'aspère qu'ce fichu grogne réussira à... »

D'un geste de l'index, Ssassi ordonna à Ruogno de clapper son museau. Des craquements et des éclats de voix, entrecoupés de hurlements, s'élevaient un peu plus loin. Les lueurs tremblantes d'un feu grimpaient timidement à l'assaut de l'obscurité. Ils se plaquèrent au sol, rampèrent jusqu'à la lisière de l'océan d'herbes, entrevirent deux sentinelles qui bavardaient à voix basse, assises devant un foyer aux braises encore vives. Elles avaient retiré leur casque et leur cape. De temps à autre, elles remuaient les morceaux de viande qui rissolaient sur une pierre incandescente. Des hurles, aux museaux allongés, aux crocs saillants, au pelage ras et noir pour l'un, bouclé et fauve pour l'autre, le cou et les épaules recouverts d'un haubert, le torse enserré dans un plastron métallique, les jambes entourées de cuissards et de jambières, les pieds protégés par des solerets, les bras tendus, les mains croisées sur le pommeau de leur espadon dégainé.

« Le grogne avait raison, souffla Ssassi à l'oreille de Ruogno. Sssi ces hurles ssse sssont arués ici, c'est que Tia ssse trouve en haut du puits.

— Viennent peut-être la délivrer », avança le ronge.

Une moue dubitative allongea le museau de la siffle.

« J'ai entendu des craillements de grolles. M'est avis que ct'es hurles sssont maillés avec les kroaz, que les uns et les autres ssse sssont donné rendez-vous en haut du sssancy. Sssont en habits de guerre, fourrent un mauvais coup.

— Viennent de Luprat, ont sans doute traversé le pays ronge, le pays siffle...

— Sssont pas assez nombreux pour partir en conquête. Sssont venus là pour prendre Tia.

— Pourquoi ne l'ont pas engeôlée avant ?

— Elle a dû sss'ensauver avant. Occupons-nous de ces deux-là.

412

— Comment... »

La question de Ruogno resta en suspens. Ssassi s'était déjà faufilée entre les pierres et les buissons. Le temps d'une stridulation de criquet, la vitesse de ses reptations fascina le ronge, une coulée grise et vive sur un fond noir, puis il se rendit compte qu'elle s'en allait toute seule défier deux adversaires plus puissants qu'elle, il se secoua et s'aventura à son tour hors de l'abri des herbes.

Ssassi se glissa en silence derrière l'un des deux hurles, lâcha son espadon, se dressa d'un bond et s'abatttit sur sa nuque, le seul endroit dégagé de son corps. Il eut le réflexe de vouloir la chasser comme on chasse un moustique, puis il prit conscience que l'agresseur était plus lourd et tenace qu'un insecte, bondit de la pierre sur laquelle il était assis et leva le bras pour donner un coup d'espadon dans son dos. Son mouvement fit décoller Ssassi du sol, l'écrasa contre son plastron, mais les crochets de la siffle restèrent fermement plantés dans son cou et lui inoculèrent quelques gouttes de venin. Le hurle vacilla, son espadon lui échappa des mains.

« Hoorrll, hoorll... »

Revenu de sa surprise, le deuxième soldat s'était reculé et avait évalué la situation en moins de temps qu'il n'en faut à un boucher pour trancher le cou d'un gavard. Il avait vu que l'adversaire était une écailleuse, une siffle sauvage sans doute puisqu'elle ne portait aucune vêture. Comprenant que son compère n'avait aucune chance de s'en tirer, il attendait qu'elle eût fini de lui injecter sa venimure pour lui passer le fer au travers du cœur. Il évitait cependant de la regarder en face de peur d'être enjominé par ses yeux jaunes qui crevaient la nuit comme des éclairs démoniaques. Son honneur de soldat, son orgueil de hurle lui interdisaient d'appeler les autres à la rescousse. Dès qu'elle eut relevé la tête et se fut écartée de son congénère titubant, il leva son espadon et fonça sur elle, les yeux à demi baissés sur le sol, toute colère dehors. Il ne se laissa pas abuser par sa fragilité apparente. Qu'ils fussent mâles ou femelles, grands ou p'tios, il fallait écacher les siffles comme de la vermine, hoorrll ! Elle ne bougea pas, les jambes écartées, avec, sur les lèvres, un sourire narquois qui déclencha une alarme dans l'esprit du hurle. Il se rendit compte qu'elle l'avait attiré dans un piège lorsqu'il sentit un fer s'enfoncer sous son plastron, à l'endroit précis où son dos n'était protégé que par la fine cotte, crisser sur ses vertèbres, fouailler ses viscères, lui traverser le ventre, buter de l'autre côté contre les mailles métalliques.

« Hoorrll... »

Il avait voulu pousser un cri d'alerte, sa gorge avait lâché un misérable soupir. Il tenta de pivoter sur lui-même mais la lame coincée dans son corps l'en empêcha. Il vit, au travers du voile trouble qui se tendait sur ses yeux, son compère envenimé s'affaisser dans un éclaboussement de brandons, d'étincelles et de cendres brûlantes.

« Hoorrll... »

Il ne saurait jamais qui l'avait embroché comme un vulgaire gavard, il connaîtrait la fin la plus redoutée pour un soldat du seigneur de l'animalité : la mort des lâches.

Ruogno retira son espadon d'un coup sec, le hurle s'effondra dans l'herbe.

« Et maintenant ? » haleta le ronge.

Le combat, pourtant bref, l'avait épuisé autant qu'une journée entière de marche dans la neige et avait agrandi le creux de son ventre. Ssassi ramassa son espadon.

« On continue, dit-elle. Me reste encore du venin.

— Sont deux ou trois cents là-bas. À ce train-là, on y s'ra encore dans deux jours.

— Tu as une meilleure idée ? »

Le regard de Ruogno erra pendant quelques instants sur l'océan d'herbes.

« Peut-être bien. Une idée qui nous permettra d'roupir un peu. Mais avant de t'en causer, faut d'urgence que j'me remplisse la panse. »

Il écarta du pied le cadavre du hurle envenimé, puis, de la pointe de son arme, il dégagea les morceaux de viande qui étaient tombés dans les cendres.

## CHAPITRE 20

# Le dieu nu

*Un dieu descendit sur terre*
*et apparut à un vieux kroaz.*
*« Je n'aime pas bérède la façon*
*dont toi et les tiens traitez mes créatures.*
*— Je n'aime pas bérède la façon*
*dont vous les avez créées, dit le kroaz.*
*— Ce n'est pas à toi de juger de ces choses.*
*— Ce n'est pas à vous d'intervenir dans nos affaires.*
*— Ton ingratitude me peine, dit le dieu.*
*— Fallait pas nous créer si vous vouliez avoir la paix.*
*Retournez-en donc d'où vous venez,*
*ici n'y a plus de place pour vous. »*
*Et le dieu s'en repart en son paradis de lumière,*
*où coulent depuis ce jour ses larmes de tristesse*
*qui tombent en pluie amère*
*sur la terre et ses habitants.*

*Le dieu n'avait pas tort,*
*le vieux kroaz non plus.*
*Les dieux eux-mêmes ne savent pas*
*quel grand mystère se cache sous leur création.*

Les fabliaux de l'Humpur

L'aube effaçait les dernières étoiles et étendait sa lumière pâle sur le sommet dénudé du puits. La nuit se recroquevillait entre les cimes lointaines, dans les vals, dans les forêts profondes. Le pic de sancy n'était pas pointu, comme Véhir l'avait présumé, mais plat, légèrement arrondi. La végétation s'y réduisait à sa plus simple expression, une mousse brune qui s'accrochait au ventre des pierres, des fleurs mauves en forme de clochettes, quelques arbustes anémiques, des ronciers aux feuilles vert sombre. La couleur dominante était le gris, gris des éperons rocheux, gris des parois, gris de la terre, gris d'un ciel qui attendait l'arrivée du soleil pour virer au bleu, gris du silence où planaient de sourdes menaces.

Le grogne avait passé une grande partie de la nuit à escalader le versant. Parfois les pierres avaient roulé sous ses pieds et il n'avait évité la dégringolade qu'en lançant le bras et en s'agrippant à la première saillie à portée de main. Une fois seulement il avait dû planter la dague dans la terre sèche pour enrayer sa glissade. Il s'était allongé lorsque le sol avait cessé de monter et que le sentiment de solitude, oppressant, lui avait coupé la respiration et l'envie. Il avait jugé misérable de perdre ainsi courage pendant que Ruogno et Ssassi affrontaient les soldats qui investissaient la montagne. Il ne s'était pas relevé pour autant, il s'était laissé emporter par le sommeil et avait plongé dans un rêve où le harcelaient des kroaz aux plumes blessantes et aux yeux vides. Il s'était réveillé avec le sentiment nauséeux d'avoir trahi le ronge et la siffle, d'avoir trahi Tia. Il s'était rendu compte qu'il n'y avait plus rien au-dessus de lui, mais que le sommet, loin d'être une simple aiguille, s'étendait comme un plateau bosselé sur des lieues et des lieues.

Un froissement incisa le silence. Il se retourna, la dague en avant, ne repéra aucun mouvement entre les échines granuleuses aux courbes effacées. Une nouvelle vague de découragement le suffoqua. Il essaya de battre le rappel de ses souvenirs, de se remémorer les paroles des apparitions humaines. Quelques mots subsistaient de leur parlure entrecoupée par les grésillements : sommet, puits sancy, bêtes dangereuses, peur, commande, et puis, comme une litanie, étoile, soleil, lune, arbre, eau, soleil, étoile, arbre... rien qui lui fournisse une véritable indication, rien qui puisse l'aider.

Il erra comme une âme en peine jusqu'à ce que le soleil se lève au-dessus des crêtes. Il se crut revenu une lunaison en arrière, dans l'impénétrable forêt qui étouffait les collines entre les territoires de Luprat et de Muryd. La même impression de tourner en rond, d'être égaré dans un labyrinthe. Comme les arbres, comme les clairières, comme les fougères, les rochers, les ronciers et les arbustes se ressemblaient tous. Comme dans la forêt, il espérait apercevoir un signe, un changement quelconque qui le mît sur la voie, mais le paysage se contentait d'étaler sa neutralité désolée entre les versants qui plongeaient à pic dans les gorges insondables.

L'air était déjà chaud, moins humide, moins étouffant toutefois que dans les forêts luxuriantes du bas du puits.

« Un grogne, krrooaa...

— Si la chair est aussi goûtue que l'odeur, krrooaa... »

Véhir tressaillit et balaya les environs du regard. Deux taches noires perchées sur un escarpement. Des kroaz, becs jaunes, yeux morts, serres acérées. Ils le suivaient depuis un bon moment sans doute. Ils s'étaient posés sans un bruit, estimant que le moment était venu de passer à l'offensive, à la ripaille. Il fut partagé entre deux sentiments, la joie d'avoir remonté la bonne piste, la piste de Tia, la crainte qu'ils n'aient réservé à la hurle le sort qu'ils lui promettaient. La dague lui brûlait les doigts. Il savait maintenant que cette chaleur n'était pas due à la magie humaine mais à sa propre tension, à son propre bouillonnement intérieur. Le métal, conducteur selon Jarit, se gorgeait seulement de ses flambées de colère ou de peur. L'ermite lui avait conté des fables pour lui donner le courage d'accomplir le voyage que lui-même n'avait jamais entrepris.

« Sancy n'est pas un endroit pour les grognes, krrooaa.

— L'est notre territoire, personne ne vient s'il n'est pas invité.

— Le grogne porte une arme.

— N'a pas entendu les sages préceptes de l'Humpur, krrooaa. Mérite la mort.

— Y a pas meilleure viande que la viande de grogne.

— Nous changera du chamois et du rat musqué, krrooaa. »

Ils s'élevèrent dans un bruissement d'ailes au-dessus de l'escarpement, prirent de la hauteur, tracèrent des cercles paresseux dont Véhir était le centre. Les bourses et le vit de l'un pendaient en bas de son abdomen glabre ; des mamelles et un sillon aux renflements épais émergeaient du duvet noir de l'autre. Véhir chercha un abri des yeux, mais ne discerna aucune musse, aucune fissure, entre les roches aussi lisses et rebondies que les flancs des vaches. Les cercles qu'ils décrivaient avaient le même pouvoir hypnotique que l'enjoinement des siffles. Ils obnubilaient leur proie avant de fondre sur elle, ils tendaient une toile aérienne qui servait à masquer leur piqué. Il eut beau concentrer toute son attention sur les deux ombres planantes, il faillit être surpris par la première attaque. Il lui semblait qu'elles continuaient de tournoyer toutes les deux quand une nuit soudaine l'enveloppa. Il eut la présence d'esprit d'attendre que le kroaz, les ailes rejetées vers l'arrière, descende encore un peu avant de se jeter au sol. Le grand freux, surpris par sa dérobade, manqua sa cible d'une bonne vingtaine de pouces et dut redresser son vol pour ne pas s'écraser. Le déplacement d'air fouetta la nuque et le dos du grogne. Du coin de l'œil, Véhir le vit remonter, éviter l'escarpement d'un brusque écart, se faufiler entre les échines rocheuses et disparaître à l'horizon. Il n'eut pas le temps de se relever : le deuxième tomba sur lui comme une pierre, ses serres se fichèrent dans ses épaules, crissèrent sur ses omoplates. Une odeur de vieux bois, de pourriture, lui fouetta les narines. La douleur lui tétanisa les bras, l'inonda de sueur froide. Tout en battant des ailes pour reprendre son envol et emporter le grogne dans les airs, là où il n'aurait aucune possibilité de se défendre, le freux lui donnait des petits coups de bec sur la tête qui ne visaient pas à le dépecer mais à l'étourdir, à l'empêcher de se rebeller. Véhir comprit qu'il ne servirait à rien de tenter de lui échapper tant qu'ils resteraient au sol. Il fallait endormir sa méfiance, feindre de se soumettre, le laisser s'envoler, lui faire oublier la présence de la dague coincée dans le pli de son aine. Le kroaz cessa ses coups de bec, poussa un craillement de triomphe et commença à s'élever. Ses serres se resserrèrent sur les épaules du grogne et le soulevèrent du sol comme un fétu de blaïs. Une onde fulgurante partit de l'échine de Véhir, lui fendit le crâne, éparpilla ses pensées. Il se raccrocha de toutes ses forces au souvenir de Tia, tourna la tête – nouvelle lame de douleur – et observa son ravisseur qui, alourdi, consacrait toute son énergie à prendre son vol. C'était la femelle, dont les mamelles, des outres vides, tressautaient à chacun de ses battements d'ailes. Ses pattes tendues maintenaient le grogne hors de portée de son abdomen et de sa poitrine. Ses mouvements agacés brassaient une odeur fétide, putride. L'extérieur de sa cuisse était le seul endroit où il pouvait la frapper. Elle s'élevait à la verticale, le suspendait au-dessus des échines rocheuses. Il serra les mâchoires, se recroquevilla sur lui-même, pivota sur le côté. Des lambeaux de couenne se détachèrent de son omoplate, le sang empoissa sa tunique. Les serres de la patte droite de la kroaz, déséquilibrée, relâchèrent leur étreinte. Véhir exploita cet infime moment de flottement pour détendre son bras et, d'un geste circulaire, lui planter la dague dans la cuisse.

« Krrooaa... »

Il retira la lame, une pluie de sang noir l'aspergea, les convulsions saccadées de la kroaz le ballottèrent un moment dans un tourbillon de plumes et de duvets, comme une brindille dans les remous d'un torrent, puis, vaincue par la douleur, elle le lâcha, le vide le happa, il tomba d'une hauteur de quatre ou cinq grognes, la tête en avant, eut le réflexe d'amortir sa chute avec sa main libre, s'embarqua dans une interminable roulade à l'issue de laquelle il se retrouva sur le dos, pantelant, étourdi, relié à la réalité par les seuls fils des élancements qui s'étiraient de ses omoplates déchirées pour s'insinuer dans ses os, dans ses muscles, dans ses organes. Entre ses paupières mi-closes, il vit la kroaz blessée se poser un peu plus loin, s'affaisser sur le côté, incapable de se tenir sur ses pattes. Il vit également le deuxième freux traverser le ciel gris-bleu comme une comète noire.

« Krrooaa, maudit grogne... »

Averti par la mésaventure de sa congénère, le mâle ne commettrait pas l'erreur de sous-estimer sa proie, il lui éclaterait le crâne à coups de serres et de bec avant de l'emporter. Il amorça sa descente en piqué. Véhir essaya de se relever, mais sa souffrance le cloua au sol. L'image d'un prédateur à poil roux et à la mine finaude lui traversa l'esprit. Le coup du mort, la ruse favorite des glapes en perdition, un subterfuge que tous connaissaient dans le pays de la Dorgne mais auquel tous se laissaient prendre. Le cousin roux avait roulé Tia, pourtant avertie et méfiante, comme une p'iote sur la rive du lac. Le grogne glissa la main armée de la dague sous ses fesses, prit une longue inspiration, ferma les yeux, renversa brusquement la tête en arrière et cessa de respirer. Il repoussa avec l'énergie du désespoir la panique galopante qui lui commandait de soulever ses paupières et de surveiller la progression du kroaz. Son cœur lui martelait la poitrine comme un maillet de bois la peau tendue d'un tambourin. Le grand freux éventerait la supercherie au moindre tressaillement, au moindre frémissement. Un sifflement l'avertit que le kroaz se rapprochait, un déplacement d'air, qu'il le survolait, un crissement de serres sur la roche, qu'il se posait près de lui, un effleurement sur son ventre, qu'il le reniflait. Il sentit sur sa face le poids du regard du kroaz, en déduisit que sa tête était proche, dégagea la main de sous ses fesses, entrouvrit les paupières.

« Maudit gro... »

Le bec recourbé s'abattit sur le front de Véhir en même temps que la dague se fichait jusqu'à la garde dans la gorge du freux. Le grogne évita la pointe cornée d'un retrait de la tête.

« Maudit... krr... »

Il repoussa le corps emplumé et chancelant qui menaçait de s'effondrer sur lui, puis il se traîna quelques pas plus loin, jeta un coup d'œil à la femelle blessée, paralysée par sa blessure à la cuisse, arracha sa tunique imbibée de sang et, aux prises avec une souffrance qui le maintenait au bord de la nausée, il s'appliqua à reprendre une partie de ses esprits et de ses forces.

La façade grise et droite de la construction contrastait avec les formes torturées qui l'entouraient. L'avant, surmonté d'une coupole transparente, se détachait de la paroi hérissée tandis que l'arrière se perdait dans un enchevêtrement de rochers moussus. Le soleil miroitait sur le vantail métallique qui en interdisait l'accès, aussi lisse et brillant que la dague.

Véhir n'avait pas rencontré d'autres kroaz lorsque, la douleur s'atténuant, il s'était relevé et remis en chemin. Il n'avait pas jugé nécessaire d'achever la femelle qui perdait son sang en abondance et dont les soubresauts n'étaient que des tentatives désespérées de gagner un supplément de vie. Il avait renoncé à enfiler sa tunique, il ne supportait pas le contact de l'étoffe sur ses plaies. Il avait parcouru une demi-lieue avant d'arriver dans un espace dégagé et cerné par les escarpements. Embusqué derrière un rocher, il avait aperçu une construction aux formes géométriques insolites dans un tel environnement. Il avait alors su qu'il était arrivé au bout de son voyage, que la vérité, sa vérité, l'attendait à l'intérieur de cette bâtisse plus hermétique en apparence que le cœur d'un lai.

Alors qu'il se demandait comment en forcer l'entrée, le vantail coulissa dans un froissement feutré et s'escamota dans le mur. Il resta immobile le temps pour une horde de sangliers de traverser un champ de blaïs, les sens en alerte, les plaies ravivées par les feux du soleil. Il finit par se résoudre à franchir l'espace dégagé entre les rochers et la construction. Au moment où il quittait son abri, un bruissement s'insinua dans le silence, qui l'incita à revenir sur ses pas, enfla en un grondement sourd, ponctué de craillements. Un flot tumultueux et noir jaillit de l'ouverture. Des kroaz, une nuée de kroaz, une armée de plumes, de becs, de serres, un chœur de voix croassantes, un remugle épais, irrespirable, moisissant l'air des pas à la ronde. Véhir se plaqua de tout son long contre la surface rugueuse du rocher, puis, repris par sa curiosité, il mouilla son doigt pour interroger le vent – un réflexe un peu tardif, mais par bonheur, il s'était placé dans le bon sens de la brise – et prit le risque de se redresser pour les observer. Ils sautillaient sur place comme une bande piaillante de moineaux, s'excitaient, craillaient sans raison apparente. Leurs serres crépitaient sur le sol dur avec la frénésie d'une averse de grêlons. Leur agitation semblait à première vue désordonnée, incompréhensible, puis Véhir s'aperçut qu'ils tendaient à converger dans la même direction, qu'ils se bousculaient, qu'ils se battaient presque pour occuper un même point. L'objet de leur rage se matérialisa tout à coup, une lumière vive, une tache rouge, une autre bleue, une silhouette humaine dont la voix tonnante domina le vacarme.

« Vous êtes dans l'aire du poste de commande du parc préhistorique du puits de Sancy... veuillez insérer votre main dans... lecture de votre puce bio... »

Les kroaz redoublèrent de fureur, s'agglutinèrent comme des abeilles dans une ruche pour déchiqueter l'apparition, mais elle n'était qu'une illusion, comme les grands lézards, et leurs coups de bec et de serres se perdaient dans le vide, ou encore atterrissaient sur le crâne, l'aile ou la patte d'un congénère.

« Vous êtes... commande du parc préhistorique du puits de Sancy... veuillez s'il vous plaît vous identi... Seuls les techniciens et les membres du personnel sont autorisés à... »

L'apparition se volatilisa, comme soufflée par une invisible bouche. Les kroaz piétinèrent pendant quelques instants l'endroit où elle s'était éclipsée, puis, craillant de dépit, ils s'envolèrent l'un après l'autre. À nouveau, Véhir se tassa contre le rocher en espérant qu'ils ne le découvriraient pas. Les croassements et les bruissements d'ailes allèrent décroissant jusqu'à ce que le silence retombe sur les lieux. Le grogne s'enhardit à se relever et à scruter le bleu éclatant du ciel. Les points lointains et sombres des grands freux se diluaient dans les ors du soleil. Il hésita encore un peu, puis il prit son courage à deux mains, sortit de sa cachette et marcha d'un pas prudent vers l'entrée de la construction.

Nul ne s'interposa lorsqu'il se faufila, la dague collée derrière la cuisse, dans une première salle éclairée par la colonne de lumière sale qui tombait de la coupole et illuminait les duvets et les particules qui voletaient au gré des souffles d'air. La puanteur, infecte, lui retourna les tripes. Ses pieds s'enfonçaient dans une marée de fientes, de plumes et de brindilles dont les vagues culminaient, dans certains coins, à plus d'un grogne de hauteur. On eût dit un temple élevé à la gloire des déjections, à la gloire de l'infection. Des formes arrondies et blanches se devinaient dans les creux sombres, qui ressemblaient à des... œufs. Véhir faillit ressortir pour respirer un peu d'air frais, puis il découpa un large pan de sa brague à l'aide de la dague, s'en couvrit le groin, le noua sur sa nuque et avança vers le fond de la salle. Il longea une succession de parois transparentes – le fameux vitre évoqué par les anciens de Manac ? –, souillées par des traînées blanchâtres et criblées de multiples impacts. Il entrevit, de l'autre côté, un amoncellement de meubles renversés et d'objets étranges dont l'utilité lui échappait. Il s'engagea dans la seule issue de la salle, un couloir sombre bordé des deux côtés par des portes fracassées et des cloisons à demi éventrées d'où saillaient des fils de fer aux extrémités tranchantes. Des craillements aigus, faibles, provenaient des petites pièces attenantes. Il discerna dans les poches d'obscurité les mouvements turbulents de formes claires qu'il identifia, en les fixant avec attention, comme des p'tios freux. Entièrement glabres, incapables de se dresser sur leurs pattes, engoncés dans leurs nids de fientes, de plumes et de brindilles, pitoyables dans leur maladresse et leur laideur. L'agressivité qui leur levait le bec et leur emplissait les yeux de lueurs malveillantes offrait un contraste insoutenable avec leur fragilité apparente de nouveau-nés.

Le grogne refoula une envie sauvage de les égorger pendant qu'ils étaient encore sans défense et passa dans une deuxième salle délimitée par des cloisons circulaires qui dressaient dans la pénombre leurs ombres grises et figées. L'odeur perdait ici de sa densité, comme si les kroaz s'interdisaient d'investir cette partie de la construction. Il foulait à présent un sol dur, pavé de pierres plates et carrées dont quelques-unes étaient fendillées. Il avisa cinq ouvertures qui béaient sur le fond d'obscurité comme des orbites vides. Les deux premières donnaient sur d'autres couloirs, les deux suivantes sur des petites pièces en enfilade séparées par des poutres verticales à claire-voie et, là encore, jonchées d'une multitude de meubles brisés et d'objets incongrus, la cinquième, enfin, était fermée par une porte noire dépourvue de poignée.

Véhir resta un moment à l'écoute des bruits, ne décela rien d'autre que les piaillis agaçants des p'tios, se demanda s'il devait commencer son exploration par les couloirs ou les pièces. Puis son attention fut attirée par une lueur sur un côté de la porte, si ténue qu'elle peinait à percer l'obscurité. Il s'approcha d'abord de la porte, en éprouva la consistance du plat de la main, se rendit compte qu'elle était en métal et que, comme la dague, la maladie de la rouille l'avait épargnée. Si les humains l'avaient ainsi conçue pour résister au temps et aux kroaz, c'était qu'elle contenait quelque chose de précieux. Un secret.

Leur secret.

La dernière apparition avait parlé d'un poste de commande et, bien que le grogne ignorât la signification de cette expression, il en pressentait toute l'importance. Il examina la lueur. Elle brillait au fond d'une niche creusée, non pas dans la cloison, comme il l'avait pensé, mais dans le chambranle de la porte, également métallique. Elle luisait, comme l'œil indolent d'un crapaud, au travers d'une gangue de poussière aussi dure que de la terre sèche. Il entreprit de la dégager, avec les doigts au début, puis, comme ses ongles manquaient de dureté, avec la pointe de la dague. Au bout de quelque temps, la lame crissa sur une surface polie et translucide qui lui rappela l'embâcle sur les mares et les flaques pendant la lunaison des truffes. Il fit sauter les dernières incrustations de poussière, délia le pan de tissu noué sur sa nuque, s'en servit comme d'un chiffon pour nettoyer la niche, découvrit, sous un rectangle diaphane et rigide, un ensemble de boutons blancs carrés, serrés les uns contre les autres, gravés de signes incompréhensibles. La lumière libérée inondait la niche, débordait sur la porte, léchait les cloisons, se répandait sur le sol. Il trouva étrange que les kroaz ne se soient pas intéressés à ce vestige de la civilisation humaine. À en croire leur comportement devant l'apparition, la réponse se trouvait peut-être dans la haine farouche qu'ils vouaient aux humains. Ou encore, plus prosaïquement, dans une vue déficiente, comme certains animaux de la Dorgne dont le regard restait insensible aux éclats de lumière.

Il existait, sans l'ombre d'un doute, une relation entre les boutons carrés et la porte. Le système d'ouverture était nettement plus sophistiqué que les barres et les poignées en bois dont usaient les grognes de Manac, mais, même si Véhir n'avait pas le moindre commencement d'idée sur la manière de procéder, il décida de briser la matière transparente afin d'accéder aux boutons. Elle était plus résistante que son apparence cristalline ne le laissait supposer. Il avait beau frapper de toutes ses forces, la pointe de sa dague n'y semait que des rayures ou des marques superficielles. Alors il recourut à la méthode qu'il avait employée pour forcer le passage des souterrains du castel de Luprat, il bascula le torse en arrière et, décrivant un arc de cercle avec la tête, se projeta le front en avant sur le rectangle lumineux. Le choc lui meurtrit le crâne, le haut du groin, et réveilla toutes ses blessures. Il se redressa, à demi estourbi, vacilla, s'appuya à la cloison pour ne pas défaillir. Un filet de sang s'écoulait d'une déchirure de sa couenne. Il attendit que la douleur s'estompe pour jauger les résultats de son initiative. La matière n'avait pas rompu, mais elle s'était gondolée, fendillée, elle présentait désormais des fêlures dans lesquelles il pouvait musser la lame de la dague. Une fois qu'il eut arraché le premier fragment, le reste vint sans difficulté.

Il posa un doigt tremblant d'excitation sur un bouton, qui s'enfonça d'un quart de pouce sur lui-même avant de revenir à sa position initiale. Il recommença à plusieurs reprises, obtint chaque fois le même résultat, essaya tous les boutons un à un, puis plusieurs en même temps, les écrasa tous ensemble de ses mains et de ses doigts écartés, mais rien d'autre ne se produisit qu'un grésillement désagréable qui résonnait comme un soupir de protestation. Démoralisé, il se recula d'un pas et essuya le sang qui dégouttait de son groin avec le pan de tissu maculé de poussière. L'obstacle le moins franchissable, ce n'étaient pas les lais de l'Humpur, ni les kroaz, ni les illusions humaines, c'était son ignorance. Un minimum de savoir était indispensable pour prétendre percer le secret des êtres qui avaient régné sur la terre avant l'avènement des clans. Un savoir que Jarit n'avait pas eu le temps le lui inculquer.

Il avait assez tergiversé, seule lui importait Tia. Il jeta un coup d'œil machinal aux signes gravés sur les boutons, des... comment Jarit les avait-il appelés ?... lettres, des chiffres. Il remarqua soudain de minuscules dessins sous les signes. Il ne les avait pas vus jusqu'à présent, aveuglé par sa fièvre, par son obstination. Le cœur battant, le souffle court, il se rapprocha de la niche, se pencha à nouveau sur les boutons. Les dessins représentaient un animal qui ressemblait à un cheval, des fleurs en forme de marguerites, une hache, une faux, un marteau, et... un cercle avec des rayons – le soleil –, un quartier de lune, une étoile à cinq branches, un arbre stylisé, trois traits ondulants qui symbolisaient les nuages ou... l'eau. La voix grésillante de la première apparition résonna en lui avec la netteté d'une stridulation de grillon : *Je répète : étoile, soleil, lune, arbre, eau, soleil, lune, arbre...* Elle avait surgi d'un passé lointain pour lui délivrer un message, pour lui donner une clef. Il pressa le bouton de l'étoile avec une telle fébrilité qu'il en enfonça trois autres avec lui et que le grésillement désapprobateur sanctionna aussitôt sa maladresse. Il se calma d'une longue inspiration, maîtrisa le tremblement de ses mains, appuya avec une délicatesse d'araignée sur l'étoile, sur le soleil, sur le quartier de lune, sur l'arbre, sur les trois traits – aucun autre dessin ne figurait l'eau – sur... quel était le suivant déjà ?... le soleil à nouveau, et encore sur le quartier de lune, et encore sur l'arbre... Est-ce qu'il n'avait rien oublié ? Tandis qu'il fouillait sa mémoire à la recherche d'un indice qui lui aurait échappé, il capta un déplacement sur sa gauche, se colla contre la cloison, la dague levée à hauteur du ventre.

La porte ! Elle coulissait, sans aucun bruit, avec la même légèreté qu'une nue qui s'efface, elle dévoilait une bouche encore sombre mais où se déployait une clarté bleutée.

Il pencha la tête et aperçut des points rouges qui luisaient comme des yeux de vaïrats assis devant un feu. Il hésita à bouger, non qu'il fût tétanisé par la frayeur, mais il n'osait pénétrer dans ce qui lui apparaissait comme un sanctuaire, fouler un lieu qui était resté inviolé depuis la nuit des temps.

« Entrez, entrez, je vous en prie. »

La voix grave, suave, aimable, balaya son indécision. Il remisa la dague dans la ceinture de sa brague et s'introduisit dans la pièce. Entièrement capitonnée de métal clair, elle n'était pas grande, à peine la longueur et la largeur de deux grognes allongés. Les rayons fusant des yeux rouges la traversaient de part en part. Les lumières fixes réparties sur le plafond lui donnaient un petit air de ciel effondré. Elle ne comportait aucun meuble, aucun objet, aucune décoration.

Rien, si ce n'était un humain debout au milieu de la pièce.

« Qui que vous soyez, n'ayez aucune crainte. »

L'humain était nu. Une étoupe de cheveux clairs lui nimbait la face. Le reste de son corps était glabre, hormis le buisson clairsemé et bouclé d'où saillait son vit, un vit court et fin qui reposait bien droit sur le coussin de ses bourses. Aucune ride ne striait sa face, aucune flétrissure n'altérait sa peau brune, ses jambes étaient vigoureuses, ses yeux noirs avaient conservé le lustre de la jeunesse, et pourtant il parut vieux à Véhir. Infiniment plus vieux que les anciens de la communauté, que Jarit, que Tahang.

« Si vous ne comprenez pas mon langage, tout ce que j'ai accompli n'aura servi à rien, dit l'humain. Je serai pour vous, pour toi, visiteur du futur, un fantôme, un démon ou un dieu. Peut-être seras-tu tenté d'établir un culte sur le phénomène surnaturel ou miraculeux que je te parais, peut-être te serviras-tu de moi pour exploiter ou massacrer tes semblables. Qu'importe, les paroles ne servent à rien à celui qui ne peut les entendre... »

L'humain s'absorba dans ses pensées pendant quelques instants.

« Qui êtes-vous ? s'écria Véhir. Pourquoi...

— ... si tu me comprends en revanche, je t'invite à me consacrer quelques minutes de ton temps. »

Minutes ?

« Je voudrais t'apprendre ce qu'étaient les hommes, je voudrais te parler de ceux qui volèrent si haut dans le firmament qu'ils se prirent pour des dieux. Si mon langage te semble trop compliqué, aie un peu de patience. Il reste toujours quelque chose de la musique des mots. Première précision : si je m'exhibe dans mon plus simple appareil, nu si tu préfères, ce n'est pas par volonté de choquer, mais pour que tu voies comment étaient les hommes. Je ne suis probablement pas le spécimen le plus représentatif de la race humaine, ni le plus beau ni le plus jeune, mais l'image que j'en donne, celle des mâles en tout cas, est fidèle. Je te proposerai des images de femmes, ou de femelles, au cours de la conversation. Tu peux m'observer sous tous les angles si tu le souhaites, je suis une image virtuelle en relief, une sculpture de lumière. »

Spécimen ? Virtuelle ? Sculpture ? Son tourbillon de mots levait une tempête dans l'esprit de Véhir.

« Deuxième précision : si je suis virtuel, non réel, cela veut dire que je ne peux pas communiquer avec toi, que tu ne peux pas m'interroger, que tu devras subir mon verbiage, ou mon flot de paroles, sans avoir le droit de m'interrompre. Quand j'ai conçu – créé – ce programme – cette illusion –, je ne pouvais imaginer les questions qui me seraient posées des années ou des siècles plus tard. »

Siècles, une durée de cent cycles selon Tahang, cent, un nombre encore plus grand que la durée de vie de Jarit.

« Peut-être serait-il temps de me présenter ?... Oh, et puis mon nom n'a aucune importance, je suis retourné au néant, comme tous les miens, inutile de t'encombrer avec ça. Mes jours sont comptés à l'instant où j'enregistre ce message – où je prête mon corps et ma voix à une machine qui le reproduira dans mon futur et dans ton présent. Mes hôtesses fictives sont déjà prêtes à intervenir sur un territoire qui s'étend de l'océan Atlantique, la grande mer de l'Ouest, jusqu'aux plaines de Sibérie, une étendue désertique et gelée à l'est. Les hôtesses, ce sont ces femmes qui apparaissent régulièrement dans certains endroits pour guider ceux qui s'intéressent à l'histoire, au passé. Mais tu les as déjà rencontrées, n'est-ce pas, puisque tu es parvenu jusqu'ici, puisque tu as composé le code d'accès à cette salle. À propos du code, j'ai estimé que l'écriture et, par conséquent, la lecture se perdraient, j'ai donc ajouté aux lettres et aux chiffres, les signes gravés dans les touches, des symboles, des dessins qu'on peut comprendre dans toutes les traditions. Me suis-je trompé ? Est-ce que l'écriture a survécu à un déclin que je ressens inexorable et dont nous, les hommes, sommes responsables ?

— Jarit connaissait la lecture ! dit Véhir. Et il...

— ... suis revenu à l'archaïque système du clavier, cet ensemble de touches dont tu as pressé quelques-unes pour ouvrir la porte. Nous, nous disposions d'implants biotech... enfin, de toutes petites intelligences artificielles qu'on appelle des puces, pour accomplir nos gestes quotidiens, pour acheter, pour vendre, pour nous soigner, pour voyager, pour entrer dans des zones réservées comme celle-ci et même, même pour faire l'amour à distance... Nous étions démangés par les puces, comme les chiens ! Tu te demandes sans doute pourquoi j'ai choisi de t'apparaître au puits du Sancy, le plus haut sommet du Massif central ?...

432

— Justement parce que l'est le plus haut pic du Grand...

— ... réponse en est simple : à cause du parc préhistorique, une merveille technologique... désolé, je n'ai pas trouvé d'autre définition claire au mot technologique... une merveille technologique – l'équivalent le plus compréhensible est peut-être magique, ou surnaturel – disais-je, qui m'a offert tout le support dont j'avais besoin pour envoyer ce message à destination de nos successeurs. Je n'ai pas dit descendants, tu l'auras noté. On venait du monde entier visiter le parc du Sancy, des États-Unis d'Europe, de la grande Amérique du Nord, de l'Afrique, de l'Asie, de l'Australie, on accourait de toutes les villes de la terre admirer les dinosaures virtuels – les grands lézards d'un temps reculé – aussi réalistes et terrifiants que les vrais – enfin, on les imaginait ainsi, ils ont vécu des millions d'années avant les humains –, on adorait se faire peur avec les fausses éruptions volcaniques et les faux tremblements de terre. Sans entrer dans les détails techniques, les dinosaures, en particulier les ptérodactyles, étaient équipés de capteurs à logique interactive – je renonce à expliquer ces mots, trop long, trop compliqué... – grâce auxquels ils pouvaient identifier les visiteurs et les prendre individuellement en chasse. Mais la recherche de la peur n'est-elle pas qu'une préparation à la dissolution – pardon, la disparition – finale ?... Je m'égare... Tu auras remarqué que le climat du Sancy est particulier : il y fait toujours beau, toujours chaud, même si l'hiver le plus rude règne sur les environs. Les gens qui avaient conçu ce parc avaient investi des sommes tellement colossales – est-ce que l'argent, les billets, l'or, les pièces de métal ont toujours cours à ton époque ? J'espère que non, l'argent est devenu la boue du monde –... tellement colossales, disais-je, qu'il n'était pas question pour eux de perdre un seul jour d'affluence. Ils ont donc détourné la lumière du soleil à l'aide de satellites – des miroirs géants lancés autour de la terre – de manière qu'il n'y ait plus jamais d'hiver sur le puits.

Ensuite ils ont réglé l'hygrométrie... le taux d'humidité afin de créer des paysages de jungle ou de savane. Il y pousse même des bananiers, des plantes qui ne poussaient jadis que dans les pays tropicaux, plus au sud. Je ne sais pas si les dinos du parc ont passé l'épreuve du temps. Si tel est le cas, ils t'ont certainement flanqué la frousse de ta vie et il t'a fallu beaucoup de courage et de clairvoyance pour atteindre le sommet du Sancy. Mon Dieu, je me demande tout à coup si ma propre image passera l'épreuve des siècles ! Nous les hommes avons une confiance aveugle en notre savoir, et pourtant, le temps, le dieu Chronos des anciens Grecs, nous dévore avec un appétit féroce, nous renvoie impitoyablement à notre condition de créature comprimée dans un espace minuscule et dans une durée dérisoire. Quand on songe à l'âge et à l'immensité de l'univers... Être plus grands que l'espace et le temps, tel fut notre orgueil, telle fut notre perte. Nous voulions dominer la création, mais la création est indomptable, la création est régie par des cycles et des lois qui nous dépassent, qui se ferment à notre compréhension. Nous pensions être ses maîtres, nous ne sommes que ses enfants... »

La colère et la détresse embrasaient les yeux noirs de l'humain. Il était resté immobile jusqu'alors, il agitait les bras à présent, il passait la main dans son épaisse chevelure, il s'essuyait les lèvres du dos de ses doigts – des doigts longs, souples, magnifiques.

« Comment nous sommes-nous laissés prendre par ce courant de plus en plus violent qui nous a poussés dans le vide ? Si tu crois, en contemplant la merveille techno... extraordinaire qui s'agite devant toi – je ne parle pas de moi, mais de mon image virtuelle –, que nous avions la maîtrise des lois de la nature, détrompe-toi : le savoir n'est pas la connaissance, la science n'est pas la conscience, l'apparence n'est pas l'être. Ce n'est pas parce que nous allions plus vite, plus haut et plus fort que nous étions délivrés de nos instincts animaux, ces pulsions les plus archaïques, les plus primaires qui nous poussent sans cesse à posséder, à conquérir, à dominer, à détruire. J'irais jusqu'à affirmer que c'était l'inverse : les couches de savoir s'empilent les unes sur les autres, nous empêchent de nous regarder au plus profond de nous-mêmes, de dompter cette violence animale qui grossit à notre insu et finit par nous déborder. Le savoir n'est trop souvent qu'un voile doré, trompeur, tendu sur la cage intérieure où grouillent nos monstres, attendant leur heure. C'est aussi l'une des raisons pour lesquelles les visiteurs se pressaient au parc du Sancy : puisqu'ils refusaient d'observer les monstres enfantés par leur propre esprit, ils venaient contempler les monstres virtuels, ils venaient se faire peur à peu de frais. Il ne s'agit pas là d'une certitude scientifique ou d'une quelconque analyse psychanalytique – la psychanalyse est une ancienne science qui s'intéresse au contenu caché de l'esprit –, mais d'une interprétation tout à fait personnelle. Comment avons-nous évolué, descendons-nous de l'animal ? À ces questions, fondamentales, nous n'avons jamais trouvé de réponses satisfaisantes. »

L'humain avança en direction de Véhir jusqu'à ce qu'ils se touchent presque.

« Pour te prouver que je ne suis qu'une illusion, et si je ne t'ai pas déjà traversé, tu peux passer la main au travers de mon image. Tu ne ressentiras aucune douleur et tu te rendras compte que je ne suis constitué que de vide...

— Pas la peine, l'ai'j déjà fait avec le grand lézard », murmura Véhir.

L'humain ne se recula pas et Véhir eut l'impression que son souffle lui effleurait le front et le groin.

« ... nous avons atteint l'apogée de notre civilisation lorsque nous sommes parvenus à transformer l'infiniment petit. Tu connais peut-être cette règle qui veut que plus un levier est court, et plus sa force de poussée est grande. C'est la même chose avec les... hum, comment dire ça ?... les infimes grains de poussière qui composent notre corps. Nous avons une enveloppe charnelle en apparence solide, compacte, mais nous

435

sommes faits d'atomes, de grains tellement minuscules qu'il est impossible de les voir à l'œil nu, qu'il faut pour cela un objet spécial qu'on appelle microscope. C'est la force qui les retient autour d'un noyau qui donne cette impression de densité, mais, si tu étais aussi petit qu'eux, tu les verrais un peu comme les étoiles dans la nuit. Je te demande de bien vouloir m'excuser si tu sais déjà tout cela : j'ai parié pour une régression du savoir mais j'ai pu me tromper. Je ne dis pas *j'espère* m'être trompé, car je crois que tout doit s'effacer pour laisser un terrain vierge, pour établir de nouvelles bases, pour entamer un nouveau cycle. Donc ton corps est essentiellement constitué de vide. Nos ancêtres avaient découvert l'atome, une source d'énergie phénoménale, l'énergie nucléaire. Ils en ont fait des centrales, des machines qui produisaient cette autre énergie qu'on appelle l'électricité – dont les éclairs sont la manifestation la plus spectaculaire –, ils en ont fait aussi des bombes, des armes explosives qui détruisaient un territoire grand comme le Massif central et rendaient l'air irrespirable pour des milliers d'années. L'une de nos grandes tâches a d'ailleurs été de fermer les centrales et de nettoyer cette gigantesque poubelle nucléaire qu'était devenue la terre. Après l'atome est venue l'ère de l'informatique, des ordinateurs, des machines intelligentes dont la capacité d'analyse nous a permis de franchir rapidement les étapes dans la connaissance de l'infiniment petit. »

L'humain tourna le dos à Véhir, alla s'asseoir sur une invisible chaise, croisa les jambes et posa les mains sur ses cuisses.

« Grâce à l'ordinateur, nous sommes entrés dans le corps humain, reprit-il d'une voix lasse. Nous avons compris comment s'organisait la vie à partir des locus, des unités nichées dans les chromo... Je t'aurais bien prié de m'arrêter si tout cela te paraît trop compliqué, mais, comme je ne t'entendrai pas, je prends l'initiative d'aller au plus simple. Ces unités s'appellent les gènes. Peut-être connais-tu les mots hérédité, génétique ? Les

gènes contiennent des informations qui se transmettent de génération en génération – génération, gène...
Ne te voyant pas, j'ignore quelle est ton apparence physique, mais, quelle qu'elle soit, elle te vient de tes géniteurs – géniteur prend aussi sa racine dans le mot gène. L'hérédité est un conditionnement, parfois une bénédiction, parfois une malédiction. Les hommes se sont aperçus qu'en intervenant à la source, sur les gènes, ils avaient le pouvoir de changer la vie, ils devenaient des créateurs, ils réalisaient ce vieux fantasme... ce vieux rêve de s'élever dans l'Olympe, dans la demeure des dieux. Alors a débuté l'ère de la biotechnologie, la science de la manipulation des gènes... N'hésite pas à te mettre à l'aise, nous en avons encore pour un certain temps... »

Véhir prit conscience qu'il était fatigué, à cause de sa longue marche jusqu'au puits du Sancy et de son combat contre les deux kroaz, mais surtout parce que les propos de l'humain nu lui pesaient sur le crâne davantage qu'un sac de blaïs. Il s'assit donc à même le sol, les jambes repliées sous lui, la dague posée devant les pieds.

« Le biotechnologie a été le début de notre fin... »

# CHAPITRE 21

# Krazar

*On dit que les kroaz sont les pires des êtres vivants.*
*Quant à moi, je crois que leur haine vient*
*de ces temps très anciens où ils vécurent dans le mépris.*
*Ce matin-là, un grand freux se pose devant un cousin roux*
*qui dépiautait un bouquin sur la rive d'un lac.*
*« Tu te comportes comme un animal », dit le kroaz.*
*Apeuré, le glape lève le bouquin :*
*« Ma foi, seur kroaz, la nature m'a ainsi fait*
*que je précie la chair des lièvres et des autres gibiers.*
*— Ce que je proclame, dit le kroaz,*
*c'est que l'animal est ce qu'il y a de plus noble en toi.*
*— Les animaux ne parlent pas ni ne pensent, seur.*
*— Eh bien, cesse de parler, cesse de penser,*
*et tu retourneras au paradis des origines. »*
*Et le kroaz de s'envoler,*
*laissant perplexe notre cousin roux.*

*Quel est le meilleur en soi, l'animal ou le penseur ?*
*C'est selon l'intérêt du moment.*

Les fabliaux de l'Humpur

« La biotechnologie, donc... »

D'un geste élégant, l'humain dégagea son vit coincé entre ses cuisses. Il était « virtuel » mais il avait accompli tous ces gestes dans un temps très ancien, il avait respiré, il avait mangé, il avait bu, il avait pissé, il avait déféqué, il avait aimé, il avait été... vrai. Ce décalage entre une réalité enfuie et un présent illusoire projeta Véhir dans une spirale vertigineuse.

« Elle a rendu d'immenses services à ses débuts. Je ne parle pas ici des plantes transgéniques – modifiées par l'introduction de nouveaux gènes. On s'est vite aperçu qu'elles généraient une pollution dangereuse, incontrôlable, que les mauvaises herbes et les insectes s'adaptaient et devenaient encore plus vivaces, plus virulents. La biotechnologie a servi à éradiquer, supprimer, certaines maladies, à corriger les anomalies dont certains étaient dotés à la naissance comme si une mauvaise fée s'était penchée sur leur berceau. Et d'ailleurs, c'est ce qu'est la génétique, une baguette magique de fée, une façon de réaliser les désirs, de transformer les crapauds en princes charmants, les bergères en princesses, les vieillards en jeunes gens. Connais-tu l'histoire de Faust, ce savant qui vendit son âme au diable – le diable, pas la peine de te l'expliquer, c'est l'un des personnages qui résistent le mieux au temps... – pour jouir d'une nouvelle jeunesse ? Toute l'humanité s'est métamorphosée en un immense Faust, mais elle a oublié le prix à payer. Il y eut aussi les clones, ces réplications exactes qui permettaient à chacun de vivre en double ou en triple exemplaire. Puis les clones ont été interdits, officiellement à cause de l'éthique, ou de la morale, officieusement parce qu'ils ont mis en péril les fondements mêmes de la société. Comme ils dépérissaient plus vite que les autres, vers l'âge de quarante ans, on s'est bien gardé de les soigner et on les a laissés mourir comme des chiens – le chien est un animal domestique qui aboie... »

Le clan des aboyes...

« ... sang des clones sur nos mains n'a jamais séché. Leur sort misérable préfigurait le sort non moins misérable qui nous attendait. Puisque les multinationales – aïe, des... des groupements de commerçants qui vendent à peu près tout ce qui se consomme sur notre terre –, outillées d'un formidable dispositif technologique, n'avaient plus la possibilité d'amasser des fortunes avec les plantes ni avec les maladies ni avec les clones, elles ont accouché d'un nouveau projet et se sont lancées à la conquête d'un nouveau marché. Ce marché-là n'a rien à voir avec les vivres ou les objets de première nécessité qu'on échange sur les places des villages ou des villes : on crée un désir dans l'esprit du consommateur – de celui qui va donner de l'argent pour acquérir un produit ou un service –, puis on fabrique le produit ou le service et on le vend à l'échelle planétaire. Mais quel produit proposer qui fût à la fois attirant et issu de la biotechnologie ? Un animal domestique d'un genre nouveau, un esclave intelligent, un sous-homme apte aux travaux les plus pénibles, les plus dangereux, apte à guerroyer si la nécessité l'impose, apte à se plier aux pires expériences, aux voyages dans l'espace, aux descentes dans les grands fonds marins, aux explorations les plus insensées. Les biologistes des multinationales inventèrent donc les chimères. Ils ne les inventèrent pas tout à fait d'ailleurs : ils exploitèrent les banques de données des chercheurs qui avaient étudié la fusion des cellules de deux individus différents. J'ai moi-même participé à ces travaux... »

L'humain se releva et fit quelques pas dans la pièce. Les rayons lumineux s'écrasaient en flaques rouges sur sa peau. L'invisible chaise avait imprimé des stries sombres sur ses fesses.

« ... Peut-être es-tu toi-même le descendant – descendant et non plus successeur – de l'une de ces chimères.

— L'est quoi une chimère ? demanda Véhir.

— ... me dois de préciser ici ce que sont les chimères : à l'origine, elles étaient des monstres à tête et poitrail de lion, à ventre de chèvre et à queue de dragon. Enfin c'est ce que prétendent les mythes, les légendes. Elles évoquaient un mélange de plusieurs animaux en tout cas, un hybride. Nos chimères à nous ont été créées à partir d'embryons animaux et humains. Le premier hybride réussi et présenté en grande pompe devant une foule extasiée fut un porc-homme, le porc étant l'animal le plus proche de l'homme sur le plan génétique. Ne dit-on pas qu'un cochon sommeille en chaque homme ? Non, ne regarde pas à l'intérieur de toi, c'est seulement de l'humour, une façon de se tourner en dérision, de se moquer de soi-même. Le porc domestique a une couenne rose, des soies blanches, des yeux rouges et un groin à la place du nez... »

Il parle des... grognes !

« ... les caractéristiques humaines se traduisaient chez notre porc-homme par la station debout, par l'usage balbutiant de la parole, par des mains à cinq doigts et des pieds à cinq orteils, tout le reste relevait du porc : le groin, les yeux rouges, les soies, la couenne, les grognements... »

Groin, soies, couenne, grognements... Les grognes seraient des... porcs ?

« ... le pénis – l'organe de la reproduction, le membre qui durcit au moment de la copulation – rouge vif et en forme de spirale pour les mâles, la vulve – la fente qui reçoit le membre des mâles – suidée pour les femelles. Notre porc-homme, rebaptisé cochomme, présentait l'indéniable avantage de disposer d'organes très proches de ceux des hommes purs, et donc, constituait une banque – un endroit où on entrepose l'argent et les objets précieux – d'organes où, puisqu'on avait proscrit le clonage, on pouvait puiser à loisir. Le désir était créé, tout le monde voulut posséder sa chimère. La voie s'ouvrait en grand pour les entreprises de bio-ingé... de biotechnologie. Une demande frénétique, une véritable manne ! Dès lors, on se lança dans une production intensive : on engendra les hommes-chiens, les hommes-loups, les hommes-chevaux, les hommes-singes, les hommes-serpents, les hommes-oiseaux, les hommes-poules, les hommes-renards, les hommes-ours, les hommes-rats, les hommes-chèvres, les hommes-moutons... et bien d'autres encore, la liste n'est pas exhaustive. Toutes les familles humaines se procurèrent une ou plusieurs chimères, par jeu ou par nécessité. Les entreprises biotechnologiques devinrent les plus puissants des groupements, plus puissants que les états, plus puissants que les organismes internationaux, plus puissants que les religions. Le président de la première d'entre elles, Khimer & Cie, fut même élu premier magistrat de l'EU, l'Europe Unie. Nous avions aboli les maladies, la pauvreté, les inégalités sociales, au moins en Occident, nous avions triplé notre espérance de vie, nous avions fabriqué de toutes pièces des espèces nouvelles, nous leur avions abandonné les travaux les plus durs, nous leur avions délégué le maintien de l'ordre, nous leur avions confié le solde des escamourches militaires qui continuaient de secouer une partie du monde, nous pensions avoir atteint notre apogée, cette terre était nôtre, nous l'avions modelée à notre image, nous l'avions enfin conquise... Et puis, et puis... »

L'humain se voûta, comme s'il avait du mal à supporter le poids de ses souvenirs.

« Tu m'écoutes toujours ? dit-il en se redressant. Si tu dois quitter cette pièce, un besoin pressant par exemple – tu ne vas tout de même pas vomir, uriner ou déféquer dans ce sanctuaire du passé ! –, la porte se refermera automatiquement derrière toi. Elle est commandée de l'intérieur par les rayons infrarouges, ces petites lumières enchâssées dans les cloisons. Pour la rouvrir, il te suffira de recomposer le code sur le clavier. Même sans la protection du verre, il est prévu pour résister au vandalisme, à la brutalité, à la sauvagerie, choisis le terme qui te convient. La pièce dans laquelle tu te trouves est elle-même une cellule autonome, protégée, étudiée pour résister aux tremblements de terre, aux incendies, aux éruptions volcaniques et... aux inondations, même s'il est très peu probable que l'eau monte un jour jusqu'au pic du Sancy. Tant que la boucle – l'enregistrement de mon message virtuel – n'est pas arrivée à son terme, il reprendra à l'endroit exact où tu l'auras abandonné. Si tu as eu la patience de m'écouter jusqu'au bout, ce dont je te remercie à l'avance, il reprendra au tout début chaque fois que tu ouvriras la porte...

— Et puis ? lança Véhir, impatient. Qu'est-ce qui est arrivé ?

— ... pourras si tu le désires m'entendre aussi souvent qu'il te plaira. Mais j'ai parlé de femmes tout à l'heure, le moment est venu de t'en montrer une. Les hôtesses que tu as déjà rencontrées étaient vêtues d'uniformes : la religion sévit à toutes les époques et je ne voulais pas risquer de choquer les populations de ton temps.

— L'ai déjà vue, une femme ! grommela Véhir. Dans la grotte des bhoms... »

La stupéfaction lui ferma la gueule. La femme qui s'était substituée à l'humain en moins d'un chicotement de souris n'avait pas la peau blême de l'humaine prisonnière du pilier de glace, mais noire, de la tête aux pieds, hormis l'intérieur des mains légèrement plus clair. Ses cheveux et les poils de son bas-ventre étaient plus frisés que la laine d'un bêle, les aréoles de ses mamelles aussi grêlées que des morceaux de charbon, ses yeux et ses dents brillaient comme des torches dans une nuit sans lune. Elle donnait l'impression, d'ailleurs, d'être tout entière drapée dans un pan de nuit.

« Je te présente Emgané, une jeune femme originaire d'Afrique noire, et plus précisément d'une région qui s'appelait, qui s'appelle peut-être encore l'Ouganda. »

Elle ne remuait pas les lèvres, la voix était toujours celle de l'humain.

« Tu ne le savais peut-être pas, mais certains humains étaient noirs, d'autres... mais attends. »

La femme noire s'effaça, une autre s'incrusta en surimpression. La peau de la nouvelle avait la couleur des grains de blaïs mûrs, des cheveux sombres et raides tombaient comme des tiges détrempées sur ses épaules, des paupières lourdes surmontaient ses yeux fendus, son nez était si court qu'il paraissait se résumer aux deux narines, des tétons bruns et lisses s'épanouissaient sur ses mamelles, pas plus grosses que celles de Tia, comme des fleurs en bouton, une pointe de poils plongeait entre ses cuisses, les os se devinaient à l'intérieur de ses membres graciles.

« Lu Tan, une Chinoise, une habitante de l'ancienne région de la Chine, une jolie représentante de la race qu'on dit jaune. Elles sont belles toutes les deux, n'est-ce pas ? »

La femme « jaune » s'évanouit à son tour et l'homme revint se dresser au centre de la pièce. L'aspect magique de ces métamorphoses fascinait le grogne, bien plus que la splendeur, pourtant inégalable, des humains noirs, jaunes ou blancs. Il leur préférait finalement Tia. La beauté de la hurle s'accommodait mieux avec ce qu'il était, avec le monde qu'il incarnait.

« Et puis, disais-je avant cette petite interruption, les chimères se sont révoltées. C'était prévisible, et nous ne l'avions pas prévu. Tout a commencé quand un homme-corbeau du nom de Kraar, oui, je n'ai pas encore précisé que les hommes avaient donné des noms à leurs chimères, et donner un nom, c'est déjà inviter à la prise de conscience individuelle, pour peu bien sûr qu'elle s'enracine dans un embryon d'intelligence... quand ce Kraar, donc, s'est rebellé contre l'ordre qui lui avait été intimé de nettoyer une décharge nucléaire dans la région de Mongolie. Quelle idée, aussi, de créer des hybrides d'homme et de corbeau ? Je n'ai jamais eu de sympathie pour les freux, les choucas, les corneilles et autres familles de corvidés... »

Les freux, les Preux de la Génétie ? Génétie s'enracinait aussi dans le mot gène.

« On avait décidé, dans les laboratoires, de créer une race d'hommes-corbeaux afin de débarrasser la terre de tous les résidus de l'ancienne civilisation. Ils firent preuve d'une redoutable efficacité dans les premiers temps. Les déchets les plus solides, ils les enfermaient dans des conteneurs étanches qu'ils jetaient ensuite dans de grands désintégrateurs ; les déchets organiques, ils les mangeaient, purement et simplement. Le système digestif des corvommes était tellement performant qu'ils auraient été capables de digérer une pierre. Kraar fut celui par qui la révolte arriva. Il se jeta sur ses maîtres humains et les égorgea avec le redoutable bec qu'on avait jugé pittoresque de lui perfectionner – on a isolé les gènes porteurs de l'information du bec, puis on les a combinés avec des gènes de pélican et d'aigle. On pourchassa Kraar, mais il volait, il voyait dans l'obscurité, il était capable de franchir d'énormes distances en une nuit. De plus, et c'est là où nous avons commencé à réaliser que la génétique n'était pas une science exacte, Kraar était doté d'une intelligence supérieure. Elle lui permit d'échapper aux armées des Nations Unies durant quatre ans. Quatre longues années pendant lesquelles il prêcha la révolte auprès des autres chimères. Il leva bientôt une armée de plusieurs milliers d'hommes-corbeaux – comment avaient-ils réussi à se multiplier alors que les naissances étaient, pour de sombres questions de royalties, de bénéfices, strictement contrôlées par les laboratoires ? Encore un mystère de la nature... –, des adversaires d'autant plus dangereux que résistants, mobiles, imprévisibles, féroces, haineux. Ils tuèrent plusieurs milliers, voire plusieurs millions, d'êtres humains, et souvent dans des conditions atroces, avant d'être acculés, dans le désert d'Amazonie, en Amérique du Sud, par les armées des nations réunies composées pour la plupart de chimères. Les complices de Kraar furent abattus sans sommation, lui-même fut jugé et exécuté en grande pompe. Par un de ces retours de barbarie dont sont coutumiers les humains, on le crucifia sur l'une des avenues les plus célèbres du monde, les Champs-

Élysées, à Paris, capitale de cette région où nous sommes et qui s'appelait la France. Son supplice eut l'effet inverse de celui que les hommes escomptaient. La colère gagna le cœur des chimères, volantes et terrestres, des soulèvements furent signalés sur toutes les parties du globe – la Terre –, les soldats qui avaient jusqu'alors servi loyalement les intérêts des hommes se retournèrent contre leurs créateurs. Ce fut... »

L'humain se prit la tête à deux mains et la secoua comme pour en chasser les pensées.

« ... l'horreur, le début de l'entreprise de destruction systématique des hommes. Innombrables, armées, puissantes, hystériques, les chimères s'introduisaient dans les maisons, dans les appartements, elles massacraient hommes, femmes et enfants à tour de bras, puis elles les... mangeaient. Nous avions procréé nos propres bourreaux. Leurs sens, plus développés que les nôtres, leur donnaient toujours un coup d'avance sur nous. Nous ne savions plus nous battre, nous étions des jouisseurs ramollis par notre génie inventif, nous ne faisions presque plus d'enfants, pourquoi donc s'encombrer de progéniture quand vous avez une espérance de vie de deux ou trois cents ans ? Nous n'avions plus de futur puisque nous avions renié le présent. Les chimères, elles, avaient tout à prouver, et, en premier, qu'elles existaient sans l'image insultante que leur tendaient les hommes purs. Les humains purs, l'homme pur, l'humpur, peut-être as-tu déjà entendu ce nom ? Elles rasaient les villes et les villages avec les engins qu'elles avaient appris à manipuler, elles éliminaient méthodiquement toute trace de la civilisation qui les avait engendrées, elles déchaînaient le feu et le sang, éventraient, démembraient, déchiquetaient, dévoraient, à la fois dominées par ces pulsions animales dont nous parlions au début de cet... j'allais dire entretien... de ce monologue et guidées par un désir inconscient de se nourrir physiquement et moralement de ceux qui demeuraient leurs modèles. La vitesse à laquelle une civilisation s'effondre est quelque chose d'effarant. Ce que nous avions mis des siècles et des siècles à bâtir fut réduit en miettes en l'espace d'une cinquantaine d'années. Bien sûr des poches de résistance s'organisèrent, bien sûr une poignée d'humains n'acceptèrent pas de disparaître sans réagir, bien sûr il y eut des batailles, bien sûr nous en remportâmes quelques-unes, bien sûr nous déployâmes la toile des satellites de défense, bien sûr nous resserrâmes nos rangs, mais nous regardions du mauvais côté de l'histoire, nous n'avions plus notre place sur ce monde. Je fis partie de ces résistants qui, pourchassés de région en région par les chimères, vécurent pendant vingt ans comme des bêtes traquées. Quand j'eus admis notre défaite, je décidai de laisser un témoignage à l'intention de tous ceux qui s'interrogeraient sur la naissance du nouveau monde. Je me rendis au puits du Sancy, où vivaient encore les techniciens retranchés dans leur bunker – le poste de commande, cette maison –, après avoir récupéré les images d'archives des biopuces moléculaires de certains de mes compagnons morts. Les femmes noire et jaune que je t'ai présentées proviennent de ces archives, raison pour laquelle je n'ai pas pu reconstituer leur voix. Les femmes en uniforme, en revanche, étaient des hôtesses virtuelles destinées à guider les visiteurs dans le parc... Comme j'avais la possibilité de modifier leur voix, leurs paroles et leurs mouvements, je les ai reprogrammées pour qu'elles se manifestent deux cents ans après ces événements, et je les ai expédiées, via le réseau des satellites encore en activité, en divers points de l'Europe. Deux siècles, c'est la période que j'ai estimée probable pour que s'éteigne la haine des chimères. À l'heure où je te parle – enfin, à l'heure où j'enregistre ce message –, le monde continue de sombrer. Les images en trois dimensions qui échouent sur mon virthé – mon théâtre-virtuel –, enregistrées et envoyées par des appareils automatiques depuis les satellites-espions, ne montrent que dévastation, désolation, ruine. Je vois des humains offerts en pâture à des bouches écumantes, d'autres crucifiés sur des arbres, des femmes violées par des mâles surexcités, des enfants cernés par des petits monstres à tête de rat ou de serpent, des cadavres jonchant par milliers une terre rouge de sang, des squelettes nettoyés par les charognards. Les monuments de béton et de métal érigés à notre gloire s'effondrent l'un après l'autre. Les grands freux, les instigateurs de la révolte, les nouveaux maîtres, jettent les vestiges de notre civilisation dans les désintégrateurs, organisent de grandes cérémonies où il est question de partager la terre en clans, d'interdire le mélange entre chimères, de retrouver la pureté des origines... Leur discours va dans le sens d'un retour à l'animalité... »

Un vertige saisit l'humain, ses jambes fléchirent, il se raccrocha à une invisible prise.

« Je n'en ai pas pour longtemps, même si je te parais en bonne santé. Les gènes, toujours les gènes, me gardent au même poids et me donnent bonne mine que je mange ou que je me serre la ceinture. Mes compagnons refusent de témoigner. Peut-être ont-ils raison, peut-être est-il préférable de laisser les choses s'accomplir telles qu'elles doivent être accomplies. J'en ai jugé autrement... »

La lassitude tirait les traits de l'humain, épuisé par sa longue tirade. Il était mort depuis... combien de temps ?... et pourtant la magie de sa science le restituait vivant, nu, vulnérable.

« Le moment est venu de prendre congé. Je n'ai peut-être pas répondu à toutes tes interrogations, mais, encore une fois, je ne peux pas concevoir les questions que tu serais amené à me poser. Je ne cherche pas à nier ma responsabilité : elle est énorme, étouffante, comme celle de chaque homme, de chaque femme. Comment exprimer la force de mes regrets ? J'aurais tellement aimé te contempler, te toucher, te parler. Qui es-tu ? Dans quel monde vis-tu ? Je m'endormirai ce soir avec mes suppositions, avec mes délires, avec mes hallucinations. Je ne suis pas certain de me réveiller. À présent je vais me retirer. L'enregistrement prendra fin dans dix secondes. Dix secondes, c'est tellement court pour parler de réconciliation. Peut-être l'humanité a-t-elle survécu dans une autre partie du monde ? Que la paix soit avec toi. Une formule galvaudée, c'est la seule que j'aie trouvée... »

Il se volatilisa. Un silence sépulcral s'abattit sur la pièce. Hébété, vidé, Véhir fut submergé par une envie de pleurer, sur les humains et sur les grognes, sur le monde passé et sur le monde présent, sur tous les enfants de cette terre maudite. Alors seulement il prit conscience que les larmes roulaient depuis un bon moment sur son groin et sur ses joues.

Un mélange d'humain et d'animal, voilà ce qu'il était. L'un et l'autre, ni l'un ni l'autre, suspendu entre deux mondes. Il descendait de ceux qui avaient tué les hommes, il vivait avec ceux qui avaient élevé les hommes au rang de dieux. Pourquoi Jarit l'avait-il expédié sur des chemins aussi épineux, aussi douloureux ? N'avait-il pas deviné que les dieux étaient morts ? Avait-il joué avec ses aspirations comme les illusions du parc avaient joué avec sa peur ? Ses larmes se déversaient maintenant en flots abondants, intarissables.

« Instructif, hein ? »

Il leva les yeux, croyant que l'humain était revenu, puis il huma une odeur nauséabonde, ramassa la dague, déplia ses jambes ankylosées et se releva avec difficulté. La silhouette d'un kroaz se découpait dans l'encadrement de la porte.

« Ça fait un bon moment que je me tiens là, mais tu étais tant absorbé par les fables de cet humain que tu ne m'as ni senti ni entendu, grogne... »

Le kroaz s'avança. Il était vieux, lugubre, horrible, il puait la charogne, ses yeux se chargeaient de tous les maléfices du monde, son bec pendait au milieu de son visage comme un bout de métal rongé par la rouille, ses plumes éparses laissaient entrevoir des bandes d'un cuir pâle, hérissé de hampes brisées.

« J'ai presque tout entendu, krrooaa. L'humain a dit la vérité : les hommes nous ont créés mi-animaux mi-humains, ils nous ont méprisés, exploités, reniés... La vérité n'est pas toujours bonne à entendre, grogne, voilà que tu pleures comme un p'tio. »

Véhir renifla, essuya ses larmes d'un revers de manche.

« Je suis Krazar de la lignée de Kraar, krrooaa, je suis le gardien de sa mémoire, le Preux de la Génétie. Après moi viendra un autre dominant, un mâle qui veillera à ce que jamais les clans de la Dorgne et des autres pays ne succombent à la tentation de l'humain. »

Chacune de ses paroles s'accompagnait d'un odieux claquement de bec.

« Les lais de l'Humpur sont vos alliés, pas vrai ? » lança Véhir d'une voix mal assurée.

Le craillement caverneux de Krazar s'apparenta à un rire.

« Ils sont sans le savoir nos plus fidèles serviteurs. Nous avons promulgué les dogmes, ils se chargent de les appliquer. Toutes les nuits sans lune, les archilais et les lais se rendent à des cérémonies secrètes où nous leur parlons sans qu'ils nous voient. Ils croient ainsi recueillir le verbe de l'Humpur.

— Pourquoi avez enlevé la leude Tia ? »

Le grand freux leva une aile et pointa des serres menaçantes sur le grogne.

« Cette femelle hurle n'est pas pour toi, pue-la-merde ! Son ventre est destiné à recevoir la semence du seigneur de l'animalité, à engendrer l'être qui conquerra tous les pays du Grand Centre, de la Dorgne, de l'Ouest, de l'Est, du Sud et du Nord, qui étendra le règne de l'animalité, qui rendra cette terre à la pureté des origines.

— Comment le savez ? »

Krazar marqua un long silence avant de répondre. Son odeur emplissait toute la pièce.

« Tu as entendu l'humain : nous sommes aussi les

héritiers de la vieille science que les hommes appelaient la génétique, nous sommes les Preux de la Génétie, les Freux de la Génique dans certains endroits. Nous surveillons l'évolution des uns et des autres, nous voyons comment ils s'engagent sur la voie de la pureté animale. Nous pensons que les temps sont venus d'accélérer l'évolution, de porter un coup définitif à la tentation de l'humain. Tu es l'exemple, grogne, que la mémoire des hommes couve dans l'esprit comme des braises sous la cendre.

— Tia refusera d'être le ventre d'une abomination ! » se récria Véhir.

Un croassement haché, horripilant.

« Elle n'aura pas le choix. Le seur H'Wil l'engrossera, nous la garderons avec nous jusqu'à ce qu'elle ait mis bas, nous lui retirerons le p'tio après le sevrage, nous l'éduquerons selon notre foi, selon notre loi...

— Pourquoi ne l'avez pas enlevée à Luprat ?

— Nous avions tout prévu, sauf qu'elle s'enfuirait avec un grogne de ton espèce ! Nous lui avons envoyé le peuple des grolles afin de la protéger, puis, quand nous avons appris les dangers qu'elle courait sur le plateau des Millevents, nous avons décidé d'intervenir. Nous nous en gardons d'habitude : nous sommes des visiteurs nocturnes, notre pouvoir repose sur le secret, sur la terreur inspirée par les fables. Nous avons pris un risque. Et mes vassaux chargés de capturer la femelle hurle ont commis une erreur : ils ont oublié de vous tuer, toi, le ronge et la siffle. Le mal sera bientôt réparé. Vous vous êtes arués comme des pichtres sur le puits du Sancy, vous vous êtes de vous-mêmes enfermés dans la nasse.

— J'ai tué deux des tiens, maudit kroaz ! Et j'en tuerai d'autres ! »

Véhir avait levé la dague et ployé les jambes.

« Tu es plus malin que les autres, grogne : la preuve, tu as échappé aux prédateurs, tu as trouvé notre repaire, tu as ouvert la porte de cette salle, ce que personne d'autre n'avait réussi avant toi. Mais tu oublies une chose : tous mes vassaux vont bientôt revenir au nid, chargés des chamois et des autres gibiers qu'on chasse dans le Grand Centre.

— Je croyais que ne sortiez que la nuit ?

— Sauf dans le Grand Centre. Personne d'autre n'y habite que les animaux purs. C'est le centre d'où s'étendra notre paradis, krrooaa. Et puis le seur H'Wil a besoin de bonne ripaille avant de saillir la leude Tia.

— Où est-elle ? »

Krazar déploya ses ailes. Il s'apprêtait à passer à l'attaque. Véhir entrevit son abdomen plissé, criblé de taches brunes, son vit ratatiné, ses bourses distendues.

« Range cette dague, grogne, et je te conduirai à la pièce où elle est engeôlée. »

Le temps d'un grisollement d'alouette, Véhir fut tenté d'accepter la proposition de Krazar. Voir Tia était la seule étincelle qui pouvait ranimer la flamme soufflée par les révélations de l'humain et du freux. Puis il flaira un piège. Le kroaz cherchait à endormir sa méfiance, ou à gagner du temps, il s'estimait sans doute trop faible, trop vieux, pour lutter contre un grogne armé d'une dague.

« Veu'j bien la voir, mais gardé'j la dague. »

Des éclairs de colère dansèrent dans les yeux noirs de Krazar dont les plumes frissonnèrent comme des feuillages agités par la brise.

« Tu n'as pas d'ordre à donner au gardien de la mémoire de Kraar !

— Pourquoi ? Je suis ton égal, je suis le gardien de la mémoire de Jarit.

— Jarit, ce maudit, ce sorcier... Nous avons fini par lui crever la couenne, comme tous ceux qui se sont opposés au règne de l'animalité.

— L'était pas un sorcier ! gronda Véhir. Avait appris la lecture, en savait des choses que tu ne connais pas !

— Un grogne, un pue-la-merde, une boucane immangeable... »

Le kroaz l'emmenait à présent sur le terrain de la colère, et Véhir, qui s'en apercevait, ne parvenait pas à juguler la fureur qui se répandait en lui à la vitesse d'un cheval au galop.

« Contrairement à Jarit, tu es de la bonne ripaille, ajouta Krazar d'un ton calme. Ce soir j'offrirai tes coïlles au seur H'Wil en guise de bienvenue. Peut-être en donnerai-je une à la leude Tia. Ce sera une autre façon de lui foutre ta semence, krrooaa. »

Incapable de contenir sa rage, Véhir bondit sur le freux. La vitesse de réaction de son adversaire le surprit. Il croyait planter sa dague dans son abdomen offert, il frappa dans le vide et dut battre des deux bras pour se rééquilibrer. Le temps qu'il se rétablisse, qu'il se retourne, et Krazar, qui avait déjà changé de position, se dressait derrière lui, ombre insaisissable, malodorante. Le grogne hurla de dépit et, à nouveau, se rua sur le kroaz. Des serres jaillirent d'un fouillis de plumes et lui entaillèrent l'avant-bras jusqu'à l'os.

« Tu vas apprendre ce qu'il en coûte de défier le Preux de la Génétie, misérable grogne ! »

Véhir lâcha la dague, la récupéra au vol de sa main gauche, se recula vers le centre de la pièce, battu par un vent glacial, toute colère gelée. Krazar s'approchait sans hâte, précédé de son odeur. Ses ailes dépliées flottaient comme une cape, les rayons infrarouges ouvraient dans son plumage, sur sa face, des yeux flamboyants et insaisissables.


H'Wil n'était pas tranquille. Son cheval montrait une nervosité qui ne s'expliquait pas seulement par la fatigue d'une lunaison de chevauchée. Ni par les surgissements réguliers des grands lézards dans les herbes hautes, sèches et ondulantes. Kraar l'avait prévenu que les monstres écailleux, issus d'une diablerie, ne provoquaient pas d'autre dégât que la peur sur les êtres vivants, que, si on les ignorait, ils finissaient d'eux-mêmes par s'en retourner dans les entrailles putrides où ils croupissaient. Mais, bien que dûment chapitrés par le seigneur de l'animalité, les hurles s'étaient égaillés comme des moineaux à la première apparition des illusions et, la panique se communiquant aux montures, la troupe entière s'était dispersée, un éparpillement incompatible avec l'idée que H'Wil se faisait du courage et de la discipline. Lui-même d'ailleurs avait failli choir de cheval, puis il avait repris conscience de son rang, de son titre, de sa mission, il avait dompté sa frayeur, il avait fondu au grand galop sur un lézard et l'avait transpercé avec la même facilité qu'une lame fend l'air. Soulagé, il avait battu le rappel de ses troupes d'un hurlement strident, il leur avait expliqué puis démontré que les monstres n'étaient que des sortilèges inoffensifs, il avait décapité un de ses soldats qui tremblait comme une pucelle avant sa première saillie, il avait houspillé les autres et les choses étaient peu à peu rentrées dans l'ordre. Ils avaient perdu du temps dans l'affaire, mais à présent, ils avançaient en bon ordre. Une menace continuait pourtant de planer dans l'air chaud et lumineux.

Les kroaz s'étaient assurés que personne n'avait défloré Tia pendant son escapade. Il n'aurait plus manqué que ça. Qui ? Le failli grogne qu'elle avait délivré ? Impensable ! Tia était la fille septième du comte H'Mek, une aristocrate de Luprat, jamais elle n'aurait transgressé le tabou majeur de l'Humpur avec un puela-merde. Il tardait à H'Wil d'arriver au sommet du puits sancy, pour saillir la leude certes, mais surtout pour entamer, avec l'aval de ses alliés, les opérations de conquête de tous les pays du Grand Centre et de la Dorgne, d'offrir à son héritier, à l'élu des kroaz, un territoire plus vaste que n'en avait jamais occupé un clan. Il lui tardait de se dégager de ces herbes plus sèches que la paille dorée dont les palefreniers garnissaient les litières des chevaux. Au-dessus des panaches bercés par un friselis agaçant, se dressait le sommet gris et austère du puits sancy, un espace dénudé qui ne pouvait pas receler de traîtrise.

Une odeur de rousti s'insinua dans l'air chaud. Des volutes d'une fumée blanche, diaphane, s'entrelacèrent sur le fond bleu du ciel, s'opacifièrent, se déployèrent, de part et d'autre de la lisière de la savane en une muraille impénétrable, menaçante. Des langues rougeoyantes dansèrent entre les panaches, d'abord silencieuses, puis crépitantes, une barrière de feu barra l'horizon, une gueule terrifiante qui dévorait les herbes, qui exhalait une haleine brûlante, qui courait à la vitesse d'un bouquin débusqué. La monture de H'Wil se cabra et faillit désarçonner son cavalier. Il laissa errer un regard hébété sur l'incendie. Encore une des maudites diableries qui enjominaient le puits sancy... Le Preux de la Génétie avait évoqué ces autres menteries démoniaques, l'éruption volcanique, les tremblements de terre, les failles béantes. « Menteries, menteries, menteries, tu n'as rien à craindre, seigneur de l'animalité... » Son cheval continuait de piaffer, de ruer, de hennir alors qu'il n'avait pas manifesté le moindre mouvement de panique devant les grands lézards. L'instinct des animaux ne les trompait pas. C'était bel et bien un gigantesque brasier qui transformait les herbes en torches, qui, poussé par le vent, avançait en vomissant une âcre fumée noire et en abandonnant sur son sillage une terre calcinée.

Tendus, les hurles peinaient à maîtriser leurs chevaux. Leurs regards luisaient d'inquiétude entre les fentes des heaumes. Quelques-uns d'entre eux avaient dégainé leur espadon, un réflexe ridicule dans les circonstances. Ils épiaient les réactions de leur chef, attendaient de savoir s'il allait franchir l'incendie avec la même témérité qu'il avait traversé le grand lézard quelques instants plus tôt.

« Retraite ! » glapit le seigneur de l'animalité.

S'ils lançaient leurs montures au triple galop dans

la pente, ils avaient une chance de prendre le feu de vitesse.

« Ça roustit par là aussi, seur ! » hurla une voix.

H'Wil jeta un coup d'œil en contrebas. L'incendie s'était allumé sur deux fronts en même temps, la gueule avait deux lèvres, deux rangées de crocs enflammés, elle les prenait en tenaille, elle se refermait sur eux. Ce fut le signal de la débandade. Des chevaux tournèrent en rond, ruèrent, vidèrent leurs cavaliers, d'autres piquèrent d'abord vers le front du bas, se heurtèrent à la fournaise, rebroussèrent chemin, tentèrent de forcer le passage par le haut, furent refoulés par les flammes gesticulantes. Ils disparurent l'un après l'autre dans l'irrespirable fumée ou dans la frange encore intacte des herbes qui rétrécissait à vue d'œil entre les deux mâchoires incandescentes de l'étau.

H'Wil endigua la panique son cheval d'une pression forte et continue des cuisses. Il se surprit à penser que ses valeureux hurles n'étaient que des couards et des crétins. Ils ne s'étaient pas comportés en soldats, en conquérants, en trompe-la-mort, ils avaient réagi en pue-la-merde, en viande à ripaille. Il dégaina son espadon, dégrafa sa cape, en déchira un large pan de la pointe de la lame, retira son heaume, se recouvrit la face du tissu qu'il noua sur sa nuque, remit son casque, rengaina son arme et, du talon de son soleret, éperonna sa monture jusqu'au sang. Fou de douleur, le cheval s'élança au grand galop vers le front supérieur de l'incendie. Il chercha à plusieurs reprises à se dérober, à se rebeller lorsqu'il atteignit les premières vagues de fumée. Le seigneur de l'animalité le maintint dans la même direction d'une poigne de fer. Il s'enfonça dans une chaleur de four, ses crins commencèrent à roussir, mais la douleur à ses flancs, labourés par le fer blessant du soleret, domina sa terreur.

« Hoorll, hoorrll ! »

La haie des flammes se dressa tout à coup devant eux, éblouissante, dévorante, terrible. Le cheval comprit les intentions de son cavalier. L'air carbonisé lui calcinait les poumons, la gorge, des flammèches grimpaient à l'assaut de sa crinière, de sa queue, ses veines se gondolaient, son sang bouillonnait. Il puisa dans sa souffrance la force de continuer.

« Hoorll ! »

Dans un sursaut d'énergie, le cheval franchit la courte distance qui le séparait du feu et sauta l'obstacle d'un bond prodigieux. Il retomba, de l'autre côté, sur un tapis de braises rougeoyantes, souleva une gerbe d'étincelles et de débris enflammés, parcourut, sur son élan, une trentaine de pas, puis il s'effondra avec une telle soudaineté que H'Wil eut tout juste le temps de retirer ses solerets des étriers, de s'éjecter de la selle et de se rétablir en souplesse malgré le poids de son armure. Le hurle ne se soucia pas de l'animal qui, pourtant, venait de lui sauver la vie. Le métal de son heaume, de son plastron, de ses jambières, lui grillait le poil, lui donnait l'impression d'être plongé à l'intérieur d'un chaudron d'eau bouillante, tout comme les pue-la-merde qui avaient l'audace de transgresser les lois du comté de Luprat. Il s'éloigna en courant du front de l'incendie avant de reprendre sa respiration et de se débarrasser de son armure. Il ne garda sur lui que sa brague de laine et son espadon, dont la poignée, plus chaude qu'un brandon, lui pelait le cuir de la paume et des doigts.

Il n'était plus qu'une brûlure vivante lorsqu'il foula enfin le sommet du puits. Il chercha des yeux une source, un ruisseau, une mare, une flaque, n'importe quel point d'eau qui pût soulager, ne serait-ce qu'un court instant, les élancements de ses pieds, de ses mains, de son torse, de sa face, de ses oreilles.

Il distingua une silhouette pâle et recroquevillée entre les formes mornes et figées de deux grands rochers.

Une siffle, nue, assoupie.

Il établit la relation entre cette écailleuse et la siffle du petit groupe qui, selon Krazar, avait escorté la leude Tia dans son périple. Il tenait l'une des responsables de l'incendie qui avait ébouillé ses troupes. Elle avait

enflammé les herbes du haut pendant qu'un complice
– qui ? le grogne, le ronge ? – embrasait celles du bas.

H'Wil n'ayant pas d'eau à sa disposition, il lui restait
à se tremper dans un bain de sang. L'enjomineuse allait
payer pour les autres. Avant les autres. Il referma la
main sur la poignée encore brûlante de son espadon
et, bouillant de colère et de souffrance, fonça vers les
rochers.

# CHAPITRE 22

# Le temps des chimères

*Ce grogne, qui se contemplait*
*dans l'eau d'une mare,*
*se trouva si laid qu'il pleura et que ses larmes*
*brouillèrent son miroir.*
*Une voix tombe alors des nues et lui dit :*
*« Aucune créature n'est plus belle que toi, grogne.*
*— Menterie, crie le grogne. Sui'j plus vilain*
*qu'un crapaud.*
*— Il n'y a rien de plus beau qu'un crapaud.*
*— Le crapaud et moi, pouvons pas être en même temps*
*les plus beaux !*
*— Toutes mes créatures sont les plus belles à mes yeux. »*
*Alors le grogne comprend qu'un dieu lui a parlé,*
*et se mire à nouveau dans la mare,*
*tout guilleret.*

*Laideur et beauté*
*ne sont qu'une question de regard.*

**Les fabliaux de l'Humpur**

Véhir avait l'impression d'esquiver les attaques incessantes de Krazar depuis des lunaisons, depuis des cycles, depuis des siècles, selon les propos de l'humain. Le grand freux prolongeait le jeu avec délectation, avec une négligence affectée, avec davantage de cruauté que n'en étaient capables tous les miaules rassemblés du pays pergordin. Il décochait un coup de bec par-ci, un coup de serres par-là, lacérait la couenne du grogne une fois sur la face, une fois sur le torse, une fois sur les bras, une fois sur les jambes. De petites bottes précises, fulgurantes, entrecoupées de craillements de jubilation. Son odeur, épouvantable, emprisonnait sa proie comme un filet poisseux, l'emmenait déjà dans la puanteur de la tombe, de la putréfaction. Les ripostes mollassonnes de Véhir, aveuglé par le sang, se perdaient dans le vide ou sur les murs métalliques.

« Goûte la puissance du Preux, grogne. »

Le coup du mort n'avait aucune chance de marcher avec un adversaire aussi madré, aussi attentif. La seule ressource, c'était résister, rester agrippé au manche de la dague, guetter l'erreur, exploiter le premier relâchement, la moindre faille. Le kroaz se reculait parfois d'un sautillement, d'un semblant de vol, revenait aussitôt à la charge, choisissait un nouvel angle d'attaque, frappait en haut, en bas, comme s'il avait l'intention de dépiauter et de dépecer sa proie sur pied. Un choc sur le crâne, un autre sur l'épaule, un troisième sur le ventre... Il visait les yeux, le groin, contraignant Véhir à se protéger la face de ses bras, à exposer le reste de son corps. L'erreur ne venait pas, la faille ne s'ouvrait pas, la vie du grogne s'en allait par ses blessures, la dague pendait inutilement dans sa main. Sa brague se coinça dans le bec du freux, l'étoffe se déchira, lui dénuda le bassin, lui tomba sur les cuisses, lui entrava les jambes. Il perdit l'équilibre, glissa le long de la cloison, se sentit aussi nu, fragile, las et désemparé que l'humain virtuel dans sa prison du passé.

Krazar battit des ailes et s'éloigna d'un vol rasant en direction de la porte. Là, il se posa et contempla son œuvre, l'amas de chair sanguinolente et recroquevillée au fond de la pièce, la pauvre chose qui avait eu la témérité de défier l'ordre séculaire des Preux de la Génétie, le grain de sable qui s'était cru assez dur pour enrayer l'implacable mécanique mise en place par Kraar et ses vassaux, les premiers, les martyrs. Il n'y avait rien de bon à attendre des hommes, et encore moins de l'humanité qui survivait à travers ses chimères. Les hommes étaient mauvais, foncièrement, ils avaient souillé la planète, ils avaient changé en enfer le paradis des origines. Et lui, ce pue-la-merde, il fouissait de son misérable groin la terre profonde où les Preux avaient enseveli les anciens maîtres, il cherchait à extraire les gouttes d'humain du plus profond de son patrimoine génétique, il reniait ses origines animales, il refusait d'entrer dans le cercle où les uns mangeaient les autres, où aucune vie n'était inutile, où régnait l'ordre parfait de l'instinct, de l'animalité. Bientôt, les chimères remarcheraient à quatre pattes, bientôt elles abandonneraient les vêtements, les constructions, le fer, le feu, le langage, bientôt elles n'utiliseraient plus que le cri, la griffe et le croc, bientôt elles se formeraient en hordes, elles migreraient au rythme des saisons, elles rejoindraient leurs supérieurs dans l'échelle de l'évolution, les animaux purs. La terre redeviendrait ce ventre généreux et fécond qui pourvoit aux besoins naturels de ses enfants, et lui, Krazar, le dominant par qui seraient accomplies les volontés du fondateur, rendrait leur liberté à ses vassaux avant de s'éteindre, de dissoudre dans la pourriture de son cerveau les derniers vestiges de l'humanité. La vision de la pureté du monde arracha un croassement d'allégresse au grand freux. Achever ce pue-la-merde maintenant, le déchiqueter, servir sa viande et ses abats à H'Wil et à ses sbires. Ripailler la chair des parlants aiguisait l'instinct de la prédation. Le cannibalisme chimérique était, avec le tabou qui interdisait le rut entre clans et accélérait la dégénérescence, l'un des fondements de l'enseignement de Kraar.

« Krrooaa... »

Il marcha d'un pas joyeux vers le grogne. Il le vit se relever, se camper avec difficulté sur ses jambes flageolantes. Il ricana, ouvrit en grand les ailes, sautilla sur place, une danse de provocation à laquelle se livraient tous les freux avant la curée. Un éclat de lumière, en haut du bras dressé de sa proie, attira son attention et leva en lui un vent d'inquiétude.

« Grroo ! »

Véhir détendit le bras et ouvrit la main. La lame de la dague siffla dans l'air confiné de la pièce, accrocha au passage le faisceau d'un rayon infrarouge, vint se ficher jusqu'à la garde dans la gorge du kroaz.

« Krr... »

Un hoquet d'effroi secoua le Preux. À aucun moment il n'avait envisagé que le pue-la-merde eût l'idée de projeter une arme conçue pour le combat de près. Ce n'était pas... krr... l'usage. Il n'acceptait pas d'être vaincu par l'un de ces êtres inférieurs que leur chair savoureuse et leur pesanteur condamnaient à finir dans l'estomac des prédateurs. Le fer – une invention des hommes, krr... – coincé en travers de son cou l'empêchait de respirer. Ses serres supérieures volèrent vers le manche de l'arme pour la retirer de sa gorge, elles restèrent en suspension à mi-chemin... plus la volonté, plus la force...

« Krr... »

Le grogne approchait, nu, couvert de sang, appétissant, un sourire sur les lèvres. Comment s'était-il... comment avait-il trouvé les ressources de... Les pensées de Krazar glissaient comme des anguilles entre les mailles déchirées de son esprit. Il ne pouvait pas mourir, pas maintenant, il n'avait ni désigné ni préparé son successeur... il avait été... jaloux de son pouvoir... comme... comme les hommes... il avait vécu... comme un homme... il avait voulu laisser... une trace.

Véhir se tint à distance prudente du grand freux jusqu'à ce qu'il s'effondre, qu'une exhalaison prolongée et un raidissement de tous ses membres indiquent qu'il était passé de vie à trépas. Malgré son dégoût, malgré son épuisement, il se pencha sur le cadavre du kroaz, extirpa la dague et lui trancha le cou. Son sang était aussi noir que ses plumes et aussi épais que de la glu, sa chair blanchâtre avait l'aspect d'un bois pourri et rongé par les vers. Le grogne se dressa en soulevant par les plumes la tête coupée et sortit de la pièce. La porte se referma automatiquement sur son passage. Il avait projeté plus que la dague lorsqu'il avait décidé de tenter sa dernière chance, il avait projeté sa vie.

Il resta pendant quelques instants à l'écoute des bruits. Hormis les grappes de notes aiguës et discordantes des piaillis des p'tios, un silence paisible régnait sur le bâtiment. Les autres kroaz n'étaient pas rentrés de leur chasse. L'ivresse de la victoire l'aidait à oublier les élancements de ses plaies.

Il essuya le sang qui lui dégouttait dans les yeux, explora le couloir qui partait de la salle ronde et donnait, une dizaine de pas plus loin, sur une succession de portes brisées, arrachées de leurs gonds, puis plus loin encore, sur un cul-de-sac fermé par un portail de bois, intact celui-ci et maintenu fermé par une barre en fer.

« Tia ? »

Sa voix vibra un long moment dans l'obscurité, mais il lui sembla que les battements de son cœur résonnaient plus fort encore. La tête de Krazar ne pesait guère plus lourd qu'une lieusée de blaïs au bout de son bras.

« Vé... Véhir ? »

Aucun baume n'aurait su se montrer plus apaisant, plus enjoumineur, que cette voix, que ce tout petit filet de voix. Il entreprit de soulever la barre de fer posée sur deux crochets métalliques scellés dans le mur. Comme elle pesait son poids, elle ripa à deux reprises sur ses doigts fébriles, poissés de sang, et retomba sur ses supports dans un tintement prolongé. La troisième tentative fut la bonne. Il n'eut plus qu'à baisser la clenche de pierre archaïque qui ne cadrait pas avec le reste de la construction – un façonnage à la mode kroaz – et, enfin, à ouvrir la porte.

Tia se tenait de l'autre côté. On lui avait retiré ses vêtements et rogné les griffes des pieds et des mains, afin sans doute de l'empêcher de se pendre ou de se trancher les veines. Elle avait maigri, ses côtes saillantes rayaient son cuir plus pâle que jamais, mais, même efflanquée, même ternie par sa captivité, elle lui parut bien plus attirante que les femmes noire et jaune de l'ancien règne des humains.

« Véhir, ô dieux... »

Des lueurs d'inquiétude, de compassion, se promenaient dans ses yeux clairs. Véhir discerna, dans la pénombre du cachot, une couchette et des restes de nourriture épars sur une table. La hurle se pencha vers le grogne, emprisonna sa gueule entre ses lèvres, puis, après qu'ils eurent mêlé leur odeur et leur salive, elle lapa le sang de ses plaies, une à une, commençant par la face, poursuivant par le cou, les épaules, les bras, les mains, la poitrine, le ventre, le bassin, les cuisses, s'accroupissant pour finir par les jambes et les pieds. Les effleurements de sa langue étaient infiniment plus doux, plus apaisants que les onguents des anciennes de Manac. Le museau barbouillé, elle se releva et le baisa à nouveau. À la saveur acide de la gueule de la leude se mêlait le goût à la fois âpre et sucré de sang du grogne.

« Faut... faut descampir tout de suite, balbutia Véhir. Les kroaz sont partis en chasse. Vont bientôt s'en revenir... »

Tia hocha la tête. Son regard heurta le vit tendu de Véhir et se troubla.

« Tu as donc toujours du désir pour une hurle ?

— Tu as toujours de... de l'amour pour un pue-la-merde ? »

Elle lui caressa la joue et le groin du bout de ses griffes rognées.

« Je ne croyais plus que tu t'aruerais jusqu'ici, Véhir.

— J'ai vu les dieux humains, ou ce qu'il en reste. Je t'en parlerai plus tard, devons sortir asteur. »

Il se pencha pour ramasser la dague et la tête de Krazar.

« Pourquoi ne la laisses-tu pas ici ? demanda la hurle avec une moue de dégoût.

— L'est au Preux dominant, peut nous être utile. »


« Eh toi, le hurle ! »

H'Wil se retourna. L'espadon en main, un ronge aquatique traversait l'espace dégagé entre les rochers et la construction aux murs lisses, au toit en forme de coupole scintillante et à l'ouverture béante, le repaire des kroaz d'après la description de Krazar. Les trous aux bords noircis qui criblaient ses vêtements et ses poils roussis informèrent le hurle qu'il avait sous les yeux son deuxième incendiaire. Tant mieux : torturé par les brûlures, il n'avait pas encore assouvi son besoin de tremper son fer dans la tripaille et le sang.

« Sais-tu à qui tu parles, gueule de bois ?

— Au plus grand guingrelin que la pire des femelles ait jamais porté ! répliqua le ronge.

— C'est toi et la siffle qui avez allumé ct'e feu, pas vrai ? Qui avez grâlé mes soldats et mon cheval...

— Le seul sort qu'ils méritaient, grrii ! Qu'as-tu fait de Ssassi ? »

Parvenu à moins de cinq pas de H'Wil, le ronge leva le museau et exhiba ses énormes incisives.

« Pas la peine de jouer les fiers-à-bras, sac de poils, tu pues la peur ! Comme ton duc et tous ceux de ta race, hoorrll.

— Qu'as-tu fait de Ssassi ? répéta le ronge d'un ton menaçant.

— La siffle ? La pauvrette dormait, elle n'a pas eu le temps de prendre son espadon ni celui de m'enjominer.

— Est-ce qu'asteur t'auras les coïlles de t'battre contre un mâle ?

— Un mâle ronge vaut encore moins qu'une femelle écailleuse, hoorrll.

— Bats-toi !

— Ne me dis pas que tu as de l'attrait pour une siffle. Je croyais que les siffles et les ronges pouvaient pas s'empiffer... »

Tout en soutenant la conversation, H'Wil avait placé son espadon derrière sa jambe et étudié la position de son adversaire.

« Bats-toi !

— À ton aise, gueule de bois ! »

Le hurle porta son attaque, un mouvement tournant du bas vers le haut qui visait à contourner la garde du ronge et le frapper d'estoc dans la partie tendre du flanc, entre la hanche et le bas des côtes. Au dernier moment, alors que la lame allait s'engouffrer dans son cuir, le ronge plongea sur le côté, esquiva la botte et se releva un peu plus loin. Sa vivacité, une vivacité étonnante pour l'une de ces boules velues et rayées qui passaient leur vie dans l'eau ou sur les radeaux de la Dorgne, interloqua H'Wil, et plus encore la haine qui consumait ses yeux noirs. Les ronges connaissaient la fourberie, la couardise, la fanfaronnade, mais jamais on ne leur avait vu cette haine, pure et tranchante comme du cristal, qui caractérisait les prédateurs nobles, les conquérants, les hurles, les miaules, les glapes, les aboyes.

« La prochaine fois, faudra être un peu leste », grinça le ronge.

Il n'y aurait pas de prochaine fois, ainsi en avait décidé le hurle. Il fendrait le corps de l'impertinent du sommet du crâne jusqu'à l'extrémité du vit, il le démembrerait et éparpillerait ses restes aux quatre vents du puits sancy, ce lieu maudit où l'hiver était plus chaud que l'été, il forcerait le ventre de la leude Tia et l'abandonnerait aux kroaz, il s'en retournerait en son fief, il tuerait le comte et tous ceux qui se mettraient en travers de son destin, il reconstituerait son armée perdue, il envahirait Ursor, Gupillinde, Muryd, Ophü, il pousserait jusqu'aux étendues désolées du lointain Est, il labourerait la terre des sabots de ses chevaux et noierait les sillons de sang, il régnerait sur un empire où le soleil ne se coucherait pas, il était le seur H'Wil, le seigneur de l'animalité, tous tremblaient devant lui comme les herbes couchées par le vent.

« Hoorrll ! »

Il chargea vers son adversaire comme un taureau furieux, l'espadon brandi bien haut au-dessus de sa tête, et abattit la lame de toutes ses forces. Le ronge se déroba une deuxième fois, d'un pas sur le côté. La pointe racla le sol rocheux dans un grincement sinistre, le choc endolorit tout le côté droit de H'Wil. Il eut l'intention de relever son arme et, en pivotant, de couper son adversaire en deux au niveau de la taille, mais le fer du ronge s'engouffra en mugissant entre ses omoplates, ripa sur les vertèbres, glissa entres ses côtes, lui déchira la plèvre, lui perfora un poumon, ressortit de l'autre côté comme une langue avide et souillée de sang.

Le souffle coupé, H'Wil lâcha son arme et tomba à genoux.

« Pense asteur à Ssassi ! »

Le ronge posa le pied sur l'épaule du hurle prostré et arracha l'épée d'un coup sec.

« Pense à tous ceux que tu as tués. »

Ruogno n'eut besoin que d'un seul coup pour le décapiter.

Ensuite sa colère tomba comme un vent fainéant de la lunaison du grand chaud, une peine immense le terrassa, il s'effondra sur le sol, les jambes et les bras écartés, et, le museau collé sur cette terre cruelle qui lui avait enlevé Ssassi, il pleura toutes les larmes qu'il n'avait jamais eu l'occasion de verser. Il n'avait *aimé* personne avant elle, il s'était fourvoyé, comme tous ceux de son clan, dans une quête forcenée de la survie qui emprisonnait les élans du cœur.

Sitôt l'incendie éteint, il avait traversé, pour rejoindre Ssassi, l'étendue noire, fumante et encore crépitante de l'ancienne mer d'herbes. Il ne l'avait pas vue à l'endroit convenu, ses recherches entre les gros rochers du sommet n'avaient rien donné, mais il avait aperçu une silhouette sombre qui parcourait à grands pas un espace dégagé où se dressait une étrange construction aux murs lisses et au toit étincelant, un hurle, vêtu d'une brague brûlée, déchirée, et armé d'un espadon.

Un bruit de pas retentit quelque part derrière lui. Il ne bougea pas, accaparé par son chagrin, laissant le nouvel arrivant disposer de lui à sa guise. On ne pouvait plus rien lui prendre puisqu'on lui avait tout pris. On pouvait regagner les pièces de bronze dérobées, on pouvait reconstruire un radeau fracassé sur les récifs, on pouvait trouver du poisson dans les eaux des rivières, on pouvait s'abreuver tout son saoul lorsque la poussière asséchait la gorge et épaississait la langue, on pouvait remplir les gourdes de vin de nave larigotées par les soiffards, mais Ssassi était unique, comme lui, comme tous les êtres vivants de ce monde, et nulle femelle, fût-elle la rongeonne la plus appétissante du duché de Muryd, ne parviendrait un jour à la remplacer.

« Tu as vaincu ce sssaligaud de hurle, failli ronge... »

Ruogno tressaillit.

« Çui m'a surprise en train de roupir, je me sssuis réveillée juste au moment où il sss'aruait sur moi, je n'ai pas pu l'enjominer, je me sssuis ensauvée comme si j'avais les mille diables du Grand Mesle aux fesses... »

Les larmes de Ruogno étaient maintenant des larmes de joie. Les flèches du soleil transperçaient la nouvelle peau de Ssassi, nimbaient son corps entier d'une nue lumineuse, vaporeuse, comme les humaines des apparitions, comme les grands lézards du parc.

« Il m'a pourchassée pendant un bon moment, la gueule écumante de rage. Il a bien failli m'agrappir, puis j'ai vu l'entrée d'un ancien terrier, je m'y sssuis mussée et je me sssuis aruée jusqu'au fond. Ce lourdaud était trop gros pour m'ensuivre. Il a essayé d'agrandir l'entrée, mais les galeries étaient sssi profondes qu'il a dû abandonner. »

Ruogno s'était relevé, sa main s'était posée comme un oiseau tremblant sur le museau court de Ssassi.

« Des fois ça sssert d'être une écailleuse, pas vrai ? Je l'ai entendu pester, taper du pied, jurer. Il a fini par sss'éloigner. Je me sssuis assoupie, puis, quand je me sssuis réveillée, ssson odeur avait disparu. Alors je sssuis sortie du terrier, je sssuis montée au sssommet du puits et je t'ai vu te battre contre çui. Je t'ai ouï dire que tu le défiais pour moi, Ruogno, parce que tu croyais qu'il m'avait tuée, et ça m'a fait chaud là. »

Elle saisit la main du batelier et la posa sous sa mamelle gauche, à l'emplacement du cœur. Ils se seraient sans doute étourdis dans l'une de ces étreintes miraculeuses qui les roulaient dans des vagues de pure volupté s'ils n'avaient entendu le bruissement caractéristique d'un vol de grands rapaces.


Les kroaz, regroupés devant la porte du poste de commande, fixaient Véhir et Tia en silence, les plumes hérissées de colère, claquant du bec, labourant le sol. Ils avaient lâché les chamois, les mouflons, les bouquins, les faisans argentés et les perdrix qu'ils avaient capturés et dont certains, couverts de sang, respiraient encore. Le vent chaud qui soufflait en rafales ne parvenait pas à chasser les odeurs de putréfaction et de viande fraîche.

Le grogne et la hurle avaient été retardés par les p'tios kroaz les plus vigoureux qui étaient tombés de leur nid, s'étaient traînés dans le couloir afin de leur barrer le passage, avaient essayé de les piquer et de les griffer de leur bec et de leurs serres encore tendres. Leur agressivité, leur opiniâtreté n'avaient pas laissé d'autre choix à Tia et à Véhir que de les tuer. La leude leur avait brisé les vertèbres cervicales d'un coup de crocs, avec une délicatesse presque maternelle, le grogne leur avait tranché la tête avec autant de précision et d'efficacité que possible. Ils avaient dû, pour exécuter ces p'tios, et même s'ils étaient les rejetons d'une race malfaisante, même s'ils déployaient une violence et une haine pires que celles des adultes, surmonter une répulsion, une culpabilité qui leur avaient donné la nausée.

Ils avaient franchi à grands pas la salle des déjections et s'étaient précipités vers le rectangle lumineux de la porte. Ils en avaient franchi le seuil au moment où les kroaz alourdis par le poids de leur gibier se posaient devant la construction. Plus loin, devant les rochers, un cadavre décapité, habillé d'un pelage ras et noir, achevait de se vider de son sang dans un gargouillis. Plus loin encore, deux silhouettes s'étaient agitées et leur avaient adressé des signes. Ils avaient reconnu Ssassi et Ruogno. Ainsi donc, le ronge et la siffle s'étaient débrouillés pour défaire la horde de cavaliers qui s'était lancée la veille à l'assaut du puits sancy.

« H'Wil, souffla Tia. Ce boître est venu de loin consommer sa nuit de noces. Asteur il n'est pas près de me déflorer. De toute façon, je lui aurais arraché le vit et les coïlles avec les crocs. »

Bien que de plus en plus agités, les kroaz ne se décidaient pas à passer à l'attaque. Ils attendaient quelque chose, un signal, une directive. Leur organisation reposait entièrement sur le Preux dominant. Sans lui, ils n'étaient plus que des volatiles désemparés, incapables d'initiative.

Alors Véhir s'avança vers eux d'un pas assuré, la tête de Krazar cachée dans son dos, la dague dans l'autre main. Tia resta en retrait, attentive, prête à se jeter dans la bataille au premier geste d'agressivité de la part des grands freux. Le râle d'agonie d'un chamois monta comme une mélopée funèbre dans le silence tendu.

« N'avez plus rien à faire ici, déclara le grogne d'une voix forte mais calme. Retournez d'où vous venez, dans la nuit, dans les arbres morts, dans les marais, dans tous ces endroits où la terre a besoin de vous pour se nettoyer, pour se décomposer, pour renaître. »

Un vacarme assourdissant de battements d'ailes, de crépitements et de craillements ponctua son intervention.

« Avez votre place parmi nous, continua Véhir. Pas contre nous.

— N'avons pas d'ordre à recevoir d'un pue-la-merde, krrooaa.

— Êtes deux, sommes plus de cent, krrooaa.

— Te ripaillerons, rien de plus goûtu que la chair d'un grogne.

— Sommes les Preux de la Génétie, krrooaa.

— Les garants de la pureté animale...

— Les gardiens de la mémoire de Kraar...

— Les visiteurs de la nuit...

— Krrooaa, krrooaa, krrooaa... »

Impossible de savoir à qui appartenaient les voix dans ce maelström de plumes ébouriffées et de becs béants.

Véhir rétablit le silence d'un geste du bras.

« Sommes pas des animaux purs, freux. Voulons garder nos deux natures, animale et humaine, voulons nous aruer sur un chemin que personne d'autre n'a exploré avant nous.

— Krrooaa, krrooaa, krrooaa...

— Personne n'a le droit de nous empêcher d'inventer notre propre évolution, notre propre vie.

— Tu parles comme un ansavant, pue-la-merde...

— Je ne suis pas un ansavant ni un pue-la-merde, je suis un grogne de Manac, j'aime cette hurle – Véhir désigna Tia d'un mouvement de tête – et avons tous les deux l'intention de fonder une lignée.

— Krrooaa, krrooaa, krrooaa...

— Nous avons tué nos dieux, les temps sont venus de relever la tête, d'accepter ce que nous sommes, des chimères, de prendre en nous le meilleur de l'animal et le meilleur de l'humain.

— Tout ce qui vient de l'humain est mauvais, krrooaa...

— La vie n'est ni bonne ni mauvaise, elle s'écoule comme la Dorgne, tantôt calme, tantôt colère, tantôt grosse, tantôt asséchée.

— Voulons asteur entendre Krazar... Krazar... Krazar... Krazar...

— Le voici, freux », dit Véhir.

D'un geste théâtral, il leva la tête du Preux dominant et la promena un long moment au bout de son bras avant de la lancer sur le sol. Elle roula en cahotant jusqu'aux kroaz des premiers rangs. Un silence mortuaire ensevelit le sommet du puits sancy, puis un premier craillement le rompit, aigu, plaintif, lamentable, un deuxième s'y ajouta, d'autres s'élevèrent de divers points de la bande, enflèrent en un chœur désolé, en un concert croassant où les rares notes d'agressivité se perdaient dans le bourdon confus d'une douleur poignante.

La tête baissée, le bec fermé, les plumes rabattues, les kroaz se répandirent un long moment en lamentations. Ils avaient vécu pendant des cycles et des cycles en clandestins de l'existence, en serviteurs d'un ordre secret qui, ils s'en rendaient compte à cet instant, n'avait reposé que sur l'orgueil des dominants, des héritiers de Kraar. Un jour incertain se levait sur leur interminable traversée des ténèbres, une lumière brillait sur la nuit de leur conscience. Le grogne avait raison : ils n'avaient plus rien à faire sur le puits sancy. L'instinct maternel avertissait les mères que les p'tios avaient subi le même sort que le Preux dominant. Elles furent les premières à s'envoler, à emporter leur douleur dans l'une de ces places abandonnées des dieux où nul ne les retrouverait.

« L'est temps de r'partir, asteur. Ssassi s'languit de son p'tio. »

Ruogno retroussait de son mieux sa lèvre supérieure pour simuler le sourire, mais le chagrin se perchait dans les larmoiements de ses yeux et le tremblement de ses incisives.

« Le froid souffle en bas, devrez trouver de quoi vous couvrir, dit Tia.

— Le ciel y pourvoira. »

Deux jours plus tôt, ils avaient décidé de brûler le poste de commande du puits sancy. Véhir avait invité Ruogno, Ssassi et Tia à prendre connaissance du message de l'humain, mais ils avaient décliné l'offre.

« Pas question de rentrer dans c'infecture, avait grommelé le ronge.

— Préférons que tu nous contes, avait suggéré Ssassi.

— Laissons le passé où il est, avait ajouté Tia. Avons déjà beaucoup à faire avec le présent. »

Ils avaient coupé les branches des arbustes, les avaient entassées dans la première salle et les avaient enflammées à l'aide de deux silex, selon la technique archaïque que Ruogno avait apprise sur les bords de la Dorgne. Les déjections s'étaient embrasées mieux que de la paille, mieux que la mer d'herbes sèches. Dévorée par le feu, la construction s'était effondrée, les rochers s'étaient éboulés et l'avaient entièrement recouverte. Ils n'avaient eu, pour se nourrir, qu'à puiser dans le gibier délaissé par les kroaz. Ils avaient découvert une source souterraine à l'intérieur d'une grotte dont un amas de pierres et de ronciers dissimulait l'entrée. C'est là qu'ils avaient choisi de s'installer en attendant de redescendre vers les plaines. Véhir et Tia avaient décidé d'y passer quelques lunaisons, au moins jusqu'à ce que l'été soit revenu sur le pays de la Dorgne. Le grogne leur avait rapporté les paroles de l'humain, du moins telles qu'il les avait comprises.

« Si j'ai bien entendu, avait soupiré Ruogno, on a couru après des guingrelins qui ont engendré nos ancêtres avant d'être ébouillés par eux. Et les anciens dieux, ils s'aglument asteur à l'intérieur de nous autres avec ct'es gènes : fallait seulement chercher à l'intérieur de nous-mêmes ceux qui n'y sont plus au-dehors. »

Ils se tenaient tous les quatre devant l'entrée de la grotte. Le soleil ne s'était pas encore levé dans le ciel couleur de raisin vert.

« Ssassi est grosse de moi, ajouta le ronge. Mon premier p'tio naîtra dans un œuf. J'sais pas s'il aura des poils ou des écailles, ou les deux, mais je... j'l'aimerai comme il s'présentera.

— Moi j'espère qu'il n'aura pas trop de poils et un peu de venin dans les crochets pour te rappeler qu'il est passé dans mon ventre ! » s'exclama Ssassi.

S'il attristait Véhir et Tia, le départ du ronge et de la siffle les soulageait également. Ils allaient enfin explorer les territoires de leurs sens, ce qu'ils n'avaient pas osé faire en présence des deux autres. Ces derniers, eux, ne s'étaient pas gênés pour orner les nuits d'interminables guirlandes de frottements, de soupirs, de gémissements, de halètements. La hurle et le grogne avaient désormais du temps devant eux pour rattraper leur retard.

« Ssassi et moi, on voulait vous dire, à Tia et à toi, que...

— Vous reviendrez bien vite nous passer le bonjour », l'interrompit Véhir.

Ruogno hocha la tête. Une larme se décrocha de ses cils et roula sur les poils rayés de sa face. Il enveloppa d'un regard tendre ses deux vis-à-vis et se lança, de sa démarche dandinante, à la poursuite de la silhouette diaphane de Ssassi qui avait déjà disparu entre les rochers environnants.


« Viens asteur, Véhir... »

Tia l'attendait, allongée sur la litière de feuilles, de mousse et d'herbes. Le murmure de la source berçait le silence ensorcelé de la grotte où le soleil s'invitait avec tact.

Si Jarit, si les grognes de Manac avaient su qu'il connaîtrait son premier grut avec une femelle hurle...

476

Elle transpirait là, la magie humaine, dans ces bras tendus, dans ce regard implorant, dans ces mamelles arrogantes, dans ces jambes écartées, dans ce ventre offert.

Il lui fallait maintenant sceller sa réconciliation avec *son* monde.

# TABLE DES MATIÈRES

6280

Achevé d'imprimer en Slovaquie
par NOVOPRINT SLK
le 2 février 2016.
EAN 9782290346112
1er dépôt légal dans la collection : février 2005

Éditions J'ai lu
87, quai Panhard-et-Levassor, 75013 Paris
Diffusion France et étranger : Flammarion